*

Ensemble face au doute

*

Maggie est en danger

JANICE KAISER
Prisonnière du passé

Prisonnière du passé

*

Margie est en danger

Traduit de l'américain
par H. LAMBERTON

BLACK ROSE

HARLEQUIN

JANIE CROUCH

Prisonnière du passé

Traduction française de
PASCALE DOMÉJEAN

BLACK ROSE

HARLEQUIN

Collection : BLACK ROSE

Titre original :
TEXAS BODYGUARD: CHANCE

© 2023, Janie Crouch.
© 2025, HarperCollins France pour la traduction française.

Ce livre est publié avec l'autorisation de HARLEQUIN BOOKS S.A.

Tous droits réservés, y compris le droit de reproduction de tout ou partie de l'ouvrage, sous quelque forme que ce soit.
Toute représentation ou reproduction, par quelque procédé que ce soit, constituerait une contrefaçon sanctionnée par les articles 425 et suivants du Code pénal.

Si vous achetez ce livre privé de tout ou partie de sa couverture, nous vous signalons qu'il est en vente irrégulière. Il est considéré comme « invendu » et l'éditeur comme l'auteur n'ont reçu aucun paiement pour ce livre « détérioré ».

Cette œuvre est une œuvre de fiction. Les noms propres, les personnages, les lieux, les intrigues sont soit le fruit de l'imagination de l'auteur, soit utilisés dans le cadre d'une œuvre de fiction. Toute ressemblance avec des personnes réelles, vivantes ou décédées, des entreprises, des événements ou des lieux serait une pure coïncidence.

HARPERCOLLINS FRANCE
83-85, boulevard Vincent-Auriol, 75646 PARIS CEDEX 13
Service Clients — https://www.harlequin.fr/contenu/contactez-nous
ISBN 978-2-2805-1424-8 — ISSN 1950-2753

Édité par HarperCollins France.
Composition et mise en pages Nord Compo.
Imprimé en mars 2025 par CPI Black Print (Barcelone)
en utilisant 100% d'électricité renouvelable.
Dépôt légal : avril 2025.

MIXTE
Papier issu de
sources responsables
FSC® C159065

Pour limiter l'empreinte environnementale de ses livres, HarperCollins France s'engage à n'utiliser que du papier fabriqué à partir de bois provenant de forêts gérées durablement et de manière responsable.

Prologue

Dès que la sonnerie de son réveil retentit, Chance se leva, même si le soleil commençait à peine à poindre. Il n'avait pas de temps à perdre.

Il devait aider les autres enfants à s'habiller, à prendre leur petit déjeuner, et à se laver les dents. Il fallait qu'ils soient prêts lorsque le bus passerait les chercher pour les emmener à l'école. Pendant qu'ils mangeraient, il vérifierait que les devoirs étaient faits, et que les livres et les cahiers se trouvaient bien dans les cartables. Il devait préparer un encas pour les plus petits, des vêtements de rechange pour ceux qui étaient encore en maternelle...

— Chance, le petit déjeuner est servi !

Chance, qui était en train d'enfiler son pantalon, s'immobilisa et considéra la pièce encore plongée dans la pénombre.

C'était *sa* chambre. À lui tout seul.

Il ne se trouvait plus dans le foyer où il avait passé les quatre dernières années. Il n'était plus environné d'une flopée de jeunes enfants. Il n'avait plus personne à aider à se préparer pour aller à l'école.

Il vivait chez les Patterson, depuis cinq mois maintenant.

Il finit de s'habiller, et descendit à l'étage inférieur. Au lieu d'avoir à surveiller le petit déjeuner d'une foule de gamins affamés, il allait pouvoir savourer celui que Sheila avait préparé pour lui.

Elle lui sourit lorsqu'il entra dans la cuisine.

— Il y a des crêpes. Et quelques fraises en plus pour toi. Les autres garçons devraient arriver dans une minute. Viens t'asseoir à table !

— Hum... Merci.

Il tenta de se faire à l'idée que les rôles soient inversés, et que ce soit lui l'objet de l'attention d'une autre personne.

— Je peux aider à emballer les encas, suggéra-t-il.

Sheila sourit.

— C'est déjà fait. Mais merci de le proposer.

Bon, tout était déjà prêt...

Lorsque Sheila l'invita d'un geste à s'asseoir à la grande table de la cuisine, il lui obéit. La pièce ne demeura silencieuse qu'un court instant, le temps que les autres arrivent un à un.

— Bonjour, maman !

Brax, le fils adoptif de Sheila et Clinton, embrassa Sheila sur la joue, puis il attrapa son assiette et s'installa à côté de Chance.

— Merci d'avoir préparé tout ça. Je meurs de faim !

— Des crêpes. Super ! s'exclama Luke, leur second fils adoptif, qui en engloutit une avant même de s'asseoir.

Chance fit la grimace en voyant qu'il avait de la difficulté à l'avaler, mais les autres éclatèrent de rire.

— Et voilà pourquoi j'en prépare toujours de plus petites pour toi ! s'exclama Sheila en souriant.

Les derniers à entrer dans la pièce furent Clinton et Weston, qui conversaient calmement. Weston était arrivé il y avait quelques semaines seulement, peu après Chance. Il parlait peu et passait le plus clair de son temps libre à jardiner, mais Chance l'appréciait.

Il aimait bien Clinton lui aussi. Le mari de Sheila était un grand noir américain qui possédait une bonne dose d'humour, et ne criait jamais. Il exerçait le métier de comptable dans une entreprise de San Antonio.

Sheila rejoignit le reste de la famille à table.

— Vous avez des projets pour cet après-midi ? demanda-t-elle.

Elle prit une bouchée de ses crêpes et regarda avec insistance l'assiette de Chance : il n'avait touché à rien. Elle demeura silencieuse, mais il n'était pas nécessaire qu'elle parle. Avec un petit sourire, il se mit à manger, sachant que c'était ce qu'elle voulait.

Il se demanda ce que cela serait d'avoir Sheila Patterson pour mère. Elle était d'origine hispanique, comme lui, et ils étaient physiquement assez semblables… ce qui n'était pas le cas de ses fils adoptifs puisque Brax était métis et Luke blanc. Quant à Weston, il était noir, comme Clinton.

Sheila et Clinton avaient entamé des démarches pour adopter Chance, mais il refusait de se laisser aller à espérer.

Les gens, les circonstances… tout changeait. C'était la raison pour laquelle Chance avait décidé de ne compter que sur lui-même. C'était plus sûr de prendre soin des autres que d'attendre quelque chose d'eux.

Le silence se fit autour de la table. Il leva les yeux et fut surpris de voir tous les regards braqués sur lui.

De quoi parlaient-ils ? Ah oui : de leurs projets pour cet après-midi.

— Je n'ai rien prévu…

— Tu veux venir avec nous ? Nous allons au cinéma, déclara Luke qui était déjà en train d'engloutir une autre crêpe aussi goulûment que la première.

Clinton esquissa un sourire, mais Sheila s'adressa à Luke d'un ton ferme :

— Je suis heureuse que tu aimes mes crêpes, mais j'aimerais que tu veilles à améliorer tes manières.

— Pardon, répondit Luke d'un air faussement contrit.

Il glissa un clin d'œil à Chance, qui ne put s'empêcher de sourire.

— Alors, tu viens au cinéma ? demanda Brax.

Chance songea à l'argent qu'il avait gagné dollar après dollar au cours de l'été, en tondant des pelouses et en faisant tous les petits boulots qu'il avait pu trouver. Il aimait savoir qu'il avait des économies en cas de besoin.

Il réfléchit un instant. Le cinéma allait lui coûter quelques dollars, mais il lui en resterait largement assez s'il avait besoin d'acheter de nouveaux vêtements ou des fournitures pour le lycée lorsqu'il devrait retourner au foyer.

— Nous te l'offrons, et ça te ferait du bien de t'amuser un peu, déclara Clinton. Tu devrais y aller, Chance.

Sheila lui sourit et ajouta :

— Sois un enfant, pour une fois.

Chance n'était pas sûr qu'il en ait jamais été un. Très tôt, il avait dû apprendre à se protéger et à protéger les autres...

Mais il était intelligent. Il savait que s'il refusait cette sortie, il contrarierait tout le monde. Alors, il acquiesça.

— D'accord. Bonne idée !

Les autres garçons se tapèrent dans la main et se mirent à parler de ce qu'ils allaient voir. Sheila et Clinton échangèrent un sourire.

Chance prit une autre bouchée de sa crêpe. Il allait certainement passer un bon moment et apprécier le film. Mais malgré tous les sourires qui éclairaient les visages autour de lui, il connaissait la vérité.

Il ne pouvait compter que sur lui-même.

1

Chance Patterson sursauta en entendant des coups vifs frappés à la porte, et renversa du café brûlant sur sa main. Il marmonna un juron. Pour un lundi matin, ce n'était pas un bon début !

Les bureaux de San Antonio Security – l'entreprise que Chance et ses frères avaient montée cinq années auparavant – n'ouvriraient que dans une heure. Il était arrivé tôt dans l'espoir de pouvoir travailler sans être dérangé, mais visiblement, les choses n'allaient pas se passer comme il l'entendait.

Il jeta un torchon pour éponger le café tombé sur le comptoir, et sortit son téléphone pour consulter les images transmises par la caméra braquée sur l'entrée de l'agence.

Un homme en costume se tenait sur le seuil, un attaché-case à la main. Grâce à la qualité de l'équipement, Chance le voyait assez distinctement malgré la lumière encore blafarde du petit matin. Il était de taille moyenne, la quarantaine, et avait le teint pâle de ceux qui passent leurs journées dans un bureau.

— Je peux vous aider ?

Chance s'adressa à l'homme par le micro. Il était hors de question qu'un professionnel de la sécurité comme lui ouvre la porte à un inconnu, même s'il semblait digne de confiance.

— Vous êtes un des frères Patterson ?

L'homme parlait d'une voix nette, et semblait avoir l'habitude d'exprimer sa pensée de manière efficace et concise.

— Oui, mais l'agence n'ouvrira que dans une heure. Si vous désirez revenir...

— Cela m'est impossible, déclara-t-il immédiatement, n'hésitant pas à interrompre Chance. Je représente quelqu'un qui aurait besoin de vos services. Pourrais-je savoir à qui je m'adresse ?

— Chance Patterson. Écoutez, le mieux serait de conseiller à votre employeur de nous téléphoner, afin que nous puissions prévoir une entrevue.

— C'est également impossible. Mon employeur est très occupé, et le problème est urgent.

Chance se retint de lui faire remarquer qu'il était très occupé lui aussi. Il s'approcha de l'évier et fit couler de l'eau froide sur sa brûlure tout en se versant une nouvelle tasse de café.

— Qui est votre patron ?

— Je ne pourrai vous le révéler que lorsque vous aurez signé cet accord de confidentialité, répliqua l'homme en agitant une enveloppe en papier kraft devant la caméra. Son besoin de discrétion est réel, et vous comprendrez pourquoi si vous acceptez les clauses de ce document. Je peux cependant vous informer que je m'appelle Benjamin Torres, et que votre agence a été chaudement recommandée à mon employeur par Leo Delacruz.

Chance coupa le robinet et s'essuya la main. Leo Delacruz faisait quasiment partie de la famille. Quelques mois plus tôt, il avait requis les services de l'agence – plus précisément de son frère Weston – pour assurer la protection de sa fille, Kayleigh.

Leo était un homme d'affaires influent qui possédait un vaste réseau de relations. Savoir que c'était lui qui les avait recommandés ne pouvait donc pas aider Chance à déterminer l'identité de celui qui employait Benjamin Torres.

Chance réfléchit quelques instants, et l'homme demeura immobile. Tout en lui exprimait la détermination et l'efficacité. Il faisait ce qu'il avait à faire, et attendait une réponse.

Chance ne pouvait lui en donner une dans ces circonstances.

— Je n'aime pas l'idée de signer un accord qui m'obligerait à cacher certaines choses à mes frères.

Les frères Patterson n'avaient pas de secrets les uns pour les autres.

Et pourtant… Chance songea soudain qu'il en avait gardé un – et de taille – ces deux derniers mois.

Benjamin Torres secoua la tête.

— Cet accord de confidentialité vous permettra de leur dire tout ce que vous jugerez nécessaire, et requiert seulement que vous ne révéliez ni l'identité de mon employeur ni la teneur des échanges que vous aurez avec lui, et ce, même si vous choisissez de ne pas accepter cette mission.

— Glissez le document dans la fente de la porte. Je vais y jeter un coup d'œil.

Une lecture rapide du contrat lui apprit qu'il contenait les dispositions habituelles, à l'exception de la clause que Benjamin Torres venait de lui signaler. Il pourrait discuter de cette affaire avec ses frères et les employés de l'agence, mais avec personne d'autre. L'accord ne faisait pas état de pénalités s'il n'acceptait pas la mission, donc il le signa et ouvrit la porte, tendant la liasse de papiers à son visiteur.

— Merci, monsieur Patterson, déclara l'homme en rangeant le contrat dans son attaché-case. M. LeBlanc sera heureux que vous ayez accepté de le rencontrer. Il lui tarde de pouvoir vous expliquer son problème.

— Nicholas LeBlanc ?

Le richissime promoteur immobilier ?

— Et pour quelle raison souhaite-t-il faire appel à San Antonio Security ? poursuivit Chance.

— M. LeBlanc préférera vous exposer la situation lui-même. Si vous êtes libre cet après-midi, il est disponible à 15 heures, au dernier étage de la tour Van-Point.

— Nous y serons.

Benjamin Torres hocha brièvement la tête et s'éloigna. Chance le regarda monter à l'arrière d'une berline noire stationnée au coin de la rue, puis retourna dans son bureau. Il fallait qu'il réunisse quelques informations sur Nicholas LeBlanc et qu'il informe tous les membres de l'agence de ce nouveau contrat.

Apparemment, les quelques instants de tranquillité qu'il espérait trouver ici ce matin n'étaient pas à l'ordre du jour.

— Tu peux me redire pourquoi nous sommes ici ? demanda Luke alors qu'ils pénétraient dans l'ascenseur vitré de la tour Van-Point quelques heures plus tard.

Chance considéra l'élégant bâtiment.

— Parce que Nicholas LeBlanc est le genre de clients que toutes les agences de sécurité rêveraient d'avoir.

Chance et ses frères avaient monté leur entreprise il y avait cinq ans de cela. Ils voulaient travailler ensemble et, à eux quatre, totalisaient des années d'expérience dans l'armée ou la police. Au début, ils avaient dû accepter toutes les missions qu'on leur avait proposées, et avaient dû effectuer bon nombre de filatures d'époux volages, ou retrouver des mauvais payeurs.

Mais récemment, San Antonio Security était devenue une des agences de sécurité les plus respectées du Texas. Maintenant, les quatre frères effectuaient principalement des missions de protection des biens et des personnes, pour le compte soit de particuliers soit d'entreprises.

Leurs principales missions consistaient à détecter et à combler les failles des systèmes de sécurité, et à prévenir les attaques en tout genre.

Mais il arrivait également qu'ils doivent intervenir a posteriori, pour réparer les dégâts, et Chance craignait que cela ne soit le cas aujourd'hui.

Le trajet en ascenseur donna l'occasion à Chance et à ses frères d'entrevoir l'intérieur de ce somptueux bâtiment qui abritait une multitude de sociétés. Celle de Nicholas LeBlanc en occupait les deux derniers étages, ce qui attestait en soi du prestige et de la prospérité de l'entreprise.

Les portes de l'ascenseur s'ouvrirent sur un large hall. Une foule de personnes se trouvaient là, occupées à parler, marcher, tapoter sur des claviers. Des sonneries de téléphone s'élevaient de partout, mais même ce chaos donnait l'impression d'être ordonné avec précision.

— Monsieur Patterson ?

Chance se retourna et se retrouva face à face avec l'homme qu'il avait rencontré ce matin.

— Bonjour.

— Je pensais que vous seriez accompagné de vos frères et non de collègues. Le gardien qui vous a accueillis dans le hall m'a annoncé que les Patterson arrivaient.

— Pour la bonne raison que nous sommes bien les Patterson. Je vous présente mes frères : Brax, Luke et Weston Patterson.

La méprise était courante, puisque les quatre frères ne se ressemblaient en rien.

— Je vois. Veuillez excuser mon erreur.

Une fois de plus, Benjamin réagissait avec professionnalisme et efficacité.

— M. LeBlanc vous attend, poursuivit-il. Suivez-moi.

Chance ferma la marche, et avança tout en balayant l'endroit du regard. Même s'ils avaient déjà été contrôlés par le gardien qui filtrait les entrées dans l'immeuble, il remarqua qu'il y en avait d'autres postés près de l'ascenseur et de l'escalier. D'où ils se trouvaient, ils avaient tous une vue dégagée sur la porte à laquelle Benjamin était en train de frapper.

LeBlanc était-il tout particulièrement menacé en ce moment, ou ces mesures de sécurité étaient-elles habituelles ?

— Entrez, déclara Benjamin en ouvrant la porte.

Chance se retrouva dans un bureau entièrement vitré situé dans un angle du bâtiment. La ville s'étendait à leurs pieds, avec ses gratte-ciel dont la ligne se découpait sur l'horizon et ses rues où les personnes et les voitures étaient semblables à des fourmis affairées.

Il fallait avoir beaucoup d'argent et le goût du pouvoir pour s'offrir une telle vue.

Un énorme bureau couvert de tas de papiers bien ordonnés trônait au milieu de la pièce. L'endroit – qu'il s'agisse des sièges, du tapis ou des tableaux – était entièrement décoré dans des teintes masculines. Le bleu marine et le gris s'accordaient avec le ton chaud de l'acajou pour former un cadre digne du PDG fondateur d'une entreprise qui capitalisait aujourd'hui plusieurs millions de dollars.

— Monsieur LeBlanc, je vous présente les frères Patterson, les dirigeants de San Antonio Security.

Nicholas LeBlanc se leva derrière son bureau.

— Je vous remercie d'être venus, messieurs. Leo Delacruz m'a dit grand bien de vous.

Nicholas les invita à s'installer sur le canapé et dans les fauteuils situés à côté de son immense bureau. Il leur proposa à boire, mais tous déclinèrent son offre.

— Que pouvons-nous faire pour vous, monsieur LeBlanc ? demanda Brax.

De tous les frères Patterson, il était le plus charmeur, et avait tendance à être le premier à prendre la parole. Il avait l'art de mettre les gens à l'aise.

Chance préféra le laisser parler afin de pouvoir mieux observer la scène.

— Leo m'a dit que vous étiez les plus compétents dans votre domaine.

— Merci. Nous travaillons très dur, et nous faisons tout pour être à la hauteur des attentes de nos clients, répondit Brax en hochant la tête. Avez-vous besoin d'une protection renforcée ? J'ai l'impression que celle qui est en place est tout à fait performante.

— Il ne s'agit pas exactement de cela, répondit Nicholas avec un soupir. Ma fille Stella a un problème. C'est une influenceuse très suivie. Mais récemment, quelqu'un s'est mis à la harceler.

— De quelle manière ?

— Tout d'abord, elle a reçu des commentaires étranges sur ses publications, puis des messages privés provenant de faux profils. Ils ont ensuite fait place à des lettres envoyées à son domicile, alors que seuls ses proches sont censés connaître son adresse. Et ces derniers temps, elle a même reçu des cadeaux étranges. Elle veut se servir de cette histoire, et la rendre publique pour renforcer sa présence en ligne. Visiblement, elle n'a pas pris conscience de la gravité de la situation.

— Pouvez-vous nous expliquer pourquoi vous ne partagez pas cet avis ? demanda calmement Brax.

Si la fille de Nicholas LeBlanc ne recevait que des lettres, ils ne pouvaient pas faire grand-chose pour mettre fin à cela. Même la police enquêtait rarement pour ce genre d'affaires, dans la mesure où cela n'aboutissait généralement pas sur une condamnation.

Ce qui était malsain n'était pas pour autant illégal.

Nicholas se passa la main sur la nuque.

— Le problème est que, quelles que soient les mesures de sécurité que nous prenons, celui qui la harcèle arrive toujours à les contourner. Stella s'est cachée pendant plusieurs jours, et il a malgré tout réussi à lui faire parvenir des lettres. Je crains que la situation ne s'envenime, et je ne veux pas que ma fille en fasse les frais.

Brax s'enfonça dans son siège.

— Donc, vous voudriez que nous assurions une protection rapprochée pour Stella ?

Nicholas haussa les épaules.

— Oui et non. Une équipe de sécurité veille sur elle vingt-quatre heures sur vingt-quatre. J'ai également embauché Rich Carlisle pour qu'il soit son assistant personnel, et il fait aussi office de garde du corps. Ils sont constamment ensemble.

Il semblait que Stella n'ait besoin de rien de plus.

— En quoi interviendrions-nous ?

— Je n'ai aucune objection à ce que vous renforciez la protection dont elle fait déjà l'objet. Mais ce que j'attends véritablement de vous, c'est que vous retrouviez celui qui la harcèle. Puisque Stella n'a pas été menacée ni agressée physiquement, la police ne peut rien faire… et j'ai besoin que l'on trouve qui est derrière tout ça.

Chance croisa le regard de ses frères. Ils avaient eux aussi conscience de l'importance que cette mission revêtait pour leur agence, mais il fallait qu'ils soient tous d'accord pour l'accepter.

Les choses avaient changé pour ses frères ces derniers temps. Luke et Brax venaient de se marier, et Brax avait maintenant un enfant. Quant à Weston, il était fiancé à Kayleigh, la fille de Leo Delacruz.

Chance était le seul à ne pas avoir de compagne.

Une mission de cette ampleur nécessitait un gros investissement en temps pour chacun, même si c'était Chance qui en prenait la direction.

Cela signifiait également que Chance allait devoir passer beaucoup plus de temps à l'agence… et donc beaucoup plus de temps en compagnie de Maci Ford, l'assistante de direction de San Antonio Security.

Même s'ils se voyaient chaque jour au travail, tous deux feignaient d'avoir oublié que, deux mois auparavant, elle s'était glissée hors de son lit au beau milieu de la nuit et s'en était allée sans un mot d'explication.

Ses trois frères hochèrent discrètement la tête, et il sut qu'ils étaient d'accord pour prendre cette mission en charge. Chance reporta alors toute son attention sur Nicholas.

— Si nous acceptons, nous allons devoir partager notre temps entre la protection de votre fille et notre enquête. Cela va nécessiter des moyens, et un gros effort d'organisation.

— Je suis prêt à payer le prix qu'il faudra. Vous avez réussi à rester discrets lorsque vous avez travaillé pour Leo, et c'est exactement ce dont j'ai besoin : d'efficacité et de discrétion.

— Je ne parlais pas seulement d'argent. Comment allons-nous

coordonner nos efforts avec ceux de votre équipe de sécurité ? demanda Brax. Ils risquent de ne pas apprécier notre intervention.

Ils avaient dû faire face à ce problème lorsqu'ils avaient travaillé pour Leo Delacruz, et la situation avait été difficile à gérer.

Nicholas secoua la tête.

— Non, les choses ne se passeront pas du tout ainsi. Je ne serais même pas en train de vous parler en ce moment si mon équipe n'avait pas effectué des recherches très poussées sur vous.

Nicholas se dirigea vers son bureau et tapota sur un écran. Quelques secondes plus tard, un homme entra.

Il avait la quarantaine, des cheveux poivre et sel soigneusement peignés, et portait un costume noir.

— Je vous présente Dorian Cane, le chef de la sécurité. Dorian travaille pour moi depuis que j'ai monté cette entreprise, et il connaît Stella depuis toujours. Dorian, voici les frères Patterson.

Dorian s'avança et leur serra la main. Lorsque le tour de Chance arriva, il vit le regard observateur de Cane se promener sur lui, et s'arrêter un instant à l'endroit où il avait dissimulé l'arme qu'il portait. Visiblement, c'était un bon professionnel.

Chance s'assit et s'éclaircit la gorge.

— À votre avis, Dorian, la situation que nous a exposée Nicholas est-elle inquiétante ? D'après votre expérience, s'agit-il de simples farces, d'une personne qui veut attirer l'attention sur elle, ou est-ce plus sérieux ?

À son crédit, l'homme réfléchit avant de parler.

— Au début, cela donnait vraiment l'impression d'être un jeu. Mais les messages sont devenus de plus en plus inquiétants, et je crains que nous ne soyons en train d'assister à une véritable escalade.

C'était une chose qu'un père inquiet dise qu'il pensait que sa fille était en danger. Mais cela en était une tout autre qu'un homme avec l'expérience de Dorian Cane soit du même avis.

Et Nicholas avait raison : il n'y avait rien dans le comportement ou le ton de Cane qui puisse suggérer qu'il sente son autorité menacée ou qu'il soit contrarié par leur présence.

Mais Chance lui posa tout de même la question :

— Êtes-vous d'accord pour que Nicholas fasse appel à nous ?

— Ma priorité est de découvrir qui est derrière tout cela. Les agissements de cet homme – il pourrait d'ailleurs s'agir d'une femme – me mettent mal à l'aise. Je sais que vous êtes compétents. C'est moi qui ai personnellement effectué les recherches sur votre agence.

Chance ne doutait pas que ce soit vrai.

— Mon équipe ne peut pas laisser tomber toutes les missions qu'elle assure d'habitude pour garantir la sécurité de Nicholas, poursuivit Cane. S'adjoindre les services de personnes en qui nous pouvons avoir confiance et qui sauront rester discrètes est vraiment la meilleure solution.

— Si nous acceptons ce travail, nous devons avoir la certitude que Stella coopérera, déclara Weston.

Des quatre frères, il était celui qui s'exprimait le moins. Mais il savait d'expérience qu'essayer d'assurer la protection de quelqu'un contre son gré pouvait s'avérer dangereux pour tous.

— D'après ce que vous venez de nous dire, ajouta Weston, il se pourrait qu'elle n'en ait pas envie.

Dorian Cane regarda Nicholas, qui lui fit signe qu'il pouvait répondre.

— Stella a été gâtée. Elle a l'habitude de faire ce qu'elle veut, et elle n'a pas conscience que la situation est dangereuse et qu'elle empire de jour en jour.

Nicholas ajusta sa cravate.

— Dorian n'a pas tort. J'ai probablement trop gâté Stella, mais elle est tout ce que j'ai.

Nicholas prit un des deux cadres photo qui se trouvaient sur son bureau et le tendit à Chance, qui s'en saisit... et faillit le lâcher.

Mon Dieu !

— Nous acceptons la mission, déclara immédiatement Chance.

La photo venait de lui ôter ses derniers doutes.

Ses trois frères le regardèrent d'un air interrogateur, jusqu'à ce qu'il tourne le cadre vers eux.

Stella LeBlanc était le sosie quasiment parfait de Maci Ford.

Et il était hors de question qu'une femme ressemblant trait pour trait à Maci soit menacée sans que Chance agisse.

2

— J'ai attendu ce moment pendant toute la journée.

Ces mots murmurés à son oreille firent doucement frissonner Maci. Elle sentit des mains délicieusement calleuses glisser sur sa taille et se poser sur ses hanches, alors que des lèvres chaudes et douces caressaient son cou et ses épaules. Elle ne put s'empêcher de gémir lorsqu'elles se posèrent sur le creux de sa gorge.

— Maci, ta peau est si douce !

Chance parlait à voix si basse qu'elle la percevait à peine, et la chaleur de son souffle sur la peau la faisait tressaillir. Elle enfonça ses doigts dans sa chevelure épaisse, et oublia tout ce qui n'était pas eux.

Il n'y avait plus de dossiers, plus de clients, plus de danger. Seulement eux deux enveloppés par l'obscurité. Le poids de Chance sur elle, les mouvements lents de leurs corps qui s'enlaçaient, l'excitation qui montait en eux chaque seconde.

Ses doigts laissaient sur sa peau des traces de feu. Cela n'avait jamais été ainsi avec un autre. Elle n'aurait pas dû être surprise : elle n'avait jamais connu quelqu'un comme Chance Patterson. Même lorsqu'il la faisait enrager, elle se sentait plus vivante que jamais quand elle était avec lui.

Et elle se demandait sans cesse comment elle arriverait à vivre lorsqu'il se serait lassé d'elle, et qu'il aurait compris qu'elle n'était pas assez bien pour lui.

Il posa sa main chaude sur son cou, et lui mordit doucement l'épaule.

— Reste avec moi, Maci.

Il la connaissait bien. Il ignorait peut-être les détails de son passé,

20

mais il savait qu'elle réfléchissait trop et avait du mal à se laisser aller, même dans les moments les plus intimes.

Elle déposa un baiser sur son front.

— Je suis là.

Il déposa un autre baiser sur sa gorge, puis remonta le long de son cou, et elle en eut le souffle coupé. Elle enfonça ses ongles dans le dos de Chance alors qu'elle tentait de ne pas se laisser emporter par la passion. Il continua à aller et venir en cadence tout en lui disant combien il la trouvait belle, jusqu'à ce qu'ils jouissent ensemble dans un cri.

Comme toujours, ils restèrent ensuite un instant dans les bras l'un de l'autre. Leurs souffles se mêlaient, et leurs corps rassasiés s'abandonnaient complètement...

Tout comme leurs cœurs sans défense.

Maci ne pouvait supporter que Chance la regarde en ces instants. Elle avait trop de secrets à garder, et il était trop près de les découvrir... et de lui tourner le dos lorsqu'il les connaîtrait.

Comblé et détendu, Chance déposa un baiser sur ses cheveux, et la prit dans ses bras. Maci tenta de se dégager, de mettre un peu de distance entre eux pour que les choses soient claires et qu'ils ne soient plus que des collègues lorsque viendrait le matin.

Elle avait besoin d'une minute. Juste une minute pour ériger à nouveau les murs que Chance abattait avec tant de facilité chaque fois qu'ils étaient ensemble. D'habitude, il lui laissait ces quelques instants. Mais aujourd'hui, il les lui refusait.

— Reste avec moi, murmura-t-il contre ses cheveux.

Elle en avait tellement envie ! Même si leur relation était sans lendemain, elle voulait la vivre avec une intensité qui la laissait complètement désarmée.

Après toutes les luttes qu'elle avait dû mener, Maci Ford savait se protéger de tout, mais Chance Patterson était l'exception à la règle. Et c'était pour elle à la fois surprenant et délicieux de se sentir aussi vulnérable.

Lorsqu'il la serra un peu plus fort dans ses bras, elle sourit et le laissa l'attirer à lui.

— Je suis là, avec toi.

Elle ne voulait pas être ailleurs.

Elle voulait rester avec lui, toujours.

Alors, elle se laissa aller à la douceur de cette étreinte.

Mais lorsqu'il s'endormit et que l'obscurité autour d'eux s'épaissit, elle comprit qu'elle ne devait plus jamais se laisser aller à croire que cette relation était possible. Et elle sut qu'elle devait partir.

Elle n'avait pas le choix.

Encore tout ensommeillée, Maci étendit le bras dans son lit pour toucher la peau de Chance. Elle fronça les sourcils au contact des draps froids, et ouvrit péniblement les yeux.

Elle était seule. Bien sûr qu'elle était seule ! Elle n'avait plus dormi auprès de Chance depuis qu'elle s'était glissée hors de son lit à tâtons, deux mois plus tôt. Elle avait fait le nécessaire pour qu'il comprenne qu'ils ne devaient plus avoir de relations physiques... même si rien ne lui avait jamais autant coûté.

À part peut-être le fait de le voir tous les jours à l'agence, et d'agir comme s'il n'était pour elle qu'un simple collègue.

Elle jeta un coup d'œil au réveil posé sur la table de nuit et poussa un grognement. 5 h 45. Elle n'avait plus le temps de se rendormir si elle voulait arriver à l'heure au travail. Elle passa cinq minutes à regarder le plafond, regrettant amèrement que son rêve n'ait pas été réalité, avant de se lever. Elle se dirigea vers la cuisine et, encore tout ensommeillée, mit la cafetière en marche.

Au moins, le café l'aiderait à trouver l'énergie nécessaire pour cette journée... une de plus à côté de Chance.

Peut-être devrait-elle essayer de trouver un autre travail...

Elle repoussa l'idée immédiatement. Elle ne pouvait pas faire cela, et ne le voulait pas. Elle se sentait redevable envers les frères Patterson, qui avaient tous fait preuve de tant de générosité à son égard. Qui d'autre aurait confié un poste d'assistante de direction à une jeune femme de vingt-cinq ans sans expérience, qui avait repris des études après une scolarité chaotique ?

Personne. Les frères Patterson étaient des hommes droits et honnêtes. Même lorsqu'elle ne cessait de se chamailler avec

Chance, avant que leur relation prenne un tour nouveau, elle le respectait. Elle les respectait tous, et il était hors de question qu'elle abandonne ce poste.

Elle allait devoir trouver un moyen de continuer à travailler pour San Antonio Security en dépit de ses sentiments pour Chance. Cela lui semblait envisageable jusqu'à hier après-midi, lorsque les frères Patterson étaient revenus de leur entrevue avec Nicholas LeBlanc.

Chance s'était montré encore plus grincheux avec elle que ces derniers temps, et n'avait cessé de la regarder fixement. Il ne lui avait pas fourni la moindre explication, se contentant de lui demander de rassembler toutes les informations possibles sur le promoteur immobilier et sa société.

Maci s'était retenue pour ne pas se mettre au garde-à-vous, veillant à ne pas fournir à Chance le moindre sujet de dispute. Autrefois, tous les deux prenaient un malin plaisir à se quereller, mais leurs chicanes avaient pris une tournure amère depuis qu'elle s'était enfuie de chez lui sans un mot d'explication.

Elle prit une douche, tentant comme chaque matin de laisser l'eau emporter l'image obsédante de Chance. Elle espérait qu'un jour, elle ne penserait plus à lui… sans trop y croire.

Lorsqu'elle fut prête à partir, elle avait déjà ingurgité plusieurs tasses de café, et avait désespérément besoin de manger pour éviter les crampes d'estomac. Malgré tout, elle était heureuse d'aller travailler. Elle aimait son métier, et prenait beaucoup de plaisir à mettre de l'ordre dans le monceau de documents qui atterrissaient sur les bureaux des frères Patterson. Elle était heureuse de pouvoir les décharger des soucis administratifs, et d'accueillir et d'aider leurs clients.

C'était appréciable de savoir que l'on avait besoin d'elle, et qu'elle était compétente. Jamais auparavant elle n'avait eu ce sentiment.

Lorsqu'elle eut garé sa voiture devant l'agence, elle jeta un coup d'œil à son téléphone avant de sortir, et se figea. Deux appels manqués, et un message, tous émanant de sa mère. Elle regarda fixement son portable, résistant à l'envie de le lancer par la fenêtre.

Elle effaça les messages de sa boîte vocale sans les consulter. Ils ne pouvaient rien annoncer de bon, si sa mère l'appelait avant 8 heures du matin.

Elle jeta un coup d'œil au SMS avant de l'effacer lui aussi.

Il faut que je te parle !

Bien sûr ! songea Maci tout en fourrant son téléphone dans son sac et en ouvrant sa portière.

Elle dut faire un effort pour ne pas laisser ce message ruiner une journée qui venait à peine de commencer. Sa relation avec sa mère, Evelyn, avait toujours été tendue. Cela n'avait rien d'étonnant lorsque votre mère se droguait, et vous considérait comme un distributeur de billets. Elle ne faisait de brèves apparitions que lorsqu'elle n'était pas en mesure de payer son dealer, avant de disparaître à nouveau.

Maci inspira profondément et sortit de sa voiture, veillant bien à remonter la poignée pour pouvoir refermer la portière de ce véhicule qui avait connu des jours meilleurs. Evelyn n'était pas son principal problème aujourd'hui.

— Bonjour, ma chérie !

Ou peut-être que si. En entendant la voix de sa mère, Maci pivota brusquement, et se retrouva face à une version plus âgée d'elle-même.

Evelyn Ford avait été autrefois le genre de femme qui faisait tourner les têtes, avec ses longs cheveux blonds soyeux, ses yeux bleus ourlés de cils épais et sa silhouette aux courbes voluptueuses.

Autrefois, elle avait la beauté d'une star de cinéma. Aujourd'hui, elle semblait tout simplement usée. C'était l'effet produit par plus de trente années d'addiction à la drogue. Ses cheveux étaient toujours longs, mais tombaient en mèches filasse autour de son visage, d'épaisses poches alourdissaient son regard, et son corps était décharné.

C'était l'image obsédante de sa mère qui avait terrifié Maci au point de l'amener à mettre fin à sa relation avec Chance. Un simple message dans lequel sa mère menaçait d'arriver avait été le déclic qui l'avait poussée à s'enfuir.

Chance était un homme bien. Il avait une famille formidable, un métier qu'il aimait, et une vie sans problème. Il n'avait pas de place pour une fille qui avait abandonné les études, et qui, à une époque de sa vie, avait failli suivre l'exemple de sa mère et tomber dans la dépendance à la drogue. Elle n'était pas exactement le genre de belle-fille que Clinton et Sheila Patterson souhaitaient.

Non, Chance était bien mieux sans elle... même si cette certitude lui brisait le cœur.

— Tu n'as rien à faire ici, répondit Maci tout en s'appuyant contre la portière de sa voiture.

Elle espérait ainsi dissimuler sa mère à la vue de ceux qui pourraient arriver à l'agence. Les bureaux de San Antonio Security n'étaient pas encore ouverts, mais elle ressentait avec une intensité poignante le besoin de cacher cette part sombre de sa vie.

— Tu n'as pas répondu à mes appels.

Comme s'il était normal que Maci réponde à 3 heures du matin.

— Je dormais.

Sa mère répondit avec désinvolture :

— Eh bien, j'ai besoin de ton aide.

Maci la regarda. Si sa mère recherchait du soutien pour se débarrasser de son addiction, Maci était prête à faire tout ce qui était en son pouvoir. Mais ce n'était jamais le cas.

Lorsque Evelyn disait « aide », la signification du mot était très claire.

— Tu as besoin d'argent ?

Sa mère hocha la tête. Elle ne semblait même pas avoir honte. Et pourquoi en aurait-elle ressenti, puisque depuis une dizaine d'années, elle se reposait sur sa fille pour résoudre tous ses problèmes ?

— Combien ?

Habituellement, ce n'était pas la méthode employée par Maci, mais aujourd'hui, il fallait qu'elle se débarrasse de sa mère au plus vite, avant que quelqu'un la voie et commence à se poser des questions. C'était le problème lorsque l'on travaillait pour des professionnels de la sécurité.

Sa mère se balança d'un pied sur l'autre, avec un air faussement embarrassé que Maci ne connaissait que trop bien maintenant. Elle serra les dents, et réprima l'envie de tourner les talons. Mais elle savait que sa mère la suivrait, et ne la laisserait tranquille que lorsqu'elle aurait cédé.

— Trois cents.

Maci soupira, tout en se félicitant une fois de plus de ne pas s'être laissé entraîner sur le chemin suivi par sa mère. C'était une grosse somme, mais Maci avait mis de l'argent de côté pour pouvoir faire face à des dépenses imprévues.

Elle ne voulait plus revivre ce qu'elle avait connu dans son enfance.

— Comment va papa ?

Evelyn fit un geste vague de sa main décharnée.

— Comme d'habitude.

Hugo Ford, quant à lui, était un alcoolique. Maci ne l'avait plus revu depuis qu'il l'avait chassée de la maison alors qu'elle n'avait que dix-huit ans, sous l'emprise d'une rage d'ivrogne. Elle n'était plus jamais retournée chez elle, mais pensait souvent à son père. C'était épuisant de se faire constamment du souci pour des personnes incapables de se prendre en charge et de penser aux autres.

Le ronronnement familier d'un moteur poussa Maci à agir rapidement. Elle plongea la main dans son sac et saisit son portefeuille. Elle en sortit une liasse de billets, mais elle ne la lâcha pas lorsque sa mère tenta de s'en emparer.

— C'est tout ce que j'ai, maman. Tu me prends toutes mes économies.

— Oui, oui. Je sais. C'est la dernière fois.

Maci ne le croyait pas une seconde. Mais elle laissa filer les billets, que sa mère enfouit dans sa poche. Puis Evelyn se redressa et replaça une mèche de cheveux derrière l'oreille avant de tourner les talons sans un mot de remerciement ni un geste d'affection. Maci aurait dû se sentir blessée, mais elle était seulement soulagée.

— Qui était-ce ?

Elle sentit tout son corps réagir au timbre grave de la voix de Chance Patterson.

Elle se retourna, et le voir ne fit qu'accentuer l'effet qu'il produisait immanquablement sur elle. Il était grand, avec des épaules larges qui semblaient capables de porter le poids du monde. Son visage aux pommettes hautes, à la mâchoire nette, était trop sévère pour être d'une beauté classique.

Seuls ses yeux étaient doux. Ils étaient noisette, mais d'une nuance plus lumineuse, plus dorée qu'à l'accoutumée, comme ambrée.

Elle connaissait le pouvoir de ce regard : il était capable de vous donner le sentiment que vous étiez la seule personne au monde lorsqu'il se posait sur vous.

— Qui était-ce ? demanda-t-il à nouveau.

— Bonjour, à toi aussi ! lança-t-elle en réajustant la lanière de son sac sur son épaule.

Il était hors de question qu'elle lui explique ce qui venait de se passer avec sa mère.

Ses yeux ambrés se plissèrent.

— Cette femme t'embêtait ?

Elle secoua la tête et se dirigea vers la porte de l'agence.

— Non. Elle voulait seulement savoir où elle pouvait acheter des tampons.

Chance avait trois frères et aucune sœur. Maci espérait que le mot *tampons* le ferait taire.

Cela marcha. Il abandonna le sujet et lui emboîta le pas vers l'agence.

— Je crains que la mission confiée par Nicholas LeBlanc ne soit compliquée, déclara Chance. Si quelque chose d'inhabituel se passe, dis-le-moi.

Elle ne savait pas en quoi cette affaire pouvait l'affecter, mais elle hocha la tête. Inutile de commencer à se chamailler avec lui dès le matin !

Chance ouvrit la porte et la tint pour la laisser passer. Elle entra, et se dirigea vers le bureau qu'elle occupait dans le hall.

— Maci..., commença-t-il.

Elle s'immobilisa et se tourna vers lui. Son regard sérieux se posa sur elle pendant un long moment. Elle tenta de demeurer indifférente tout en sachant qu'elle n'y parviendrait pas.

— Oui ? finit-elle par demander lorsqu'il demeura silencieux.

Il continua à la regarder.

J'ai attendu ce moment pendant toute la journée.

Le rêve de ce matin lui revint soudain à l'esprit, tout comme le trouble qu'elle avait ressenti alors.

Ils étaient seuls dans les locaux de l'agence. Chance arrivait toujours très tôt, et personne ne viendrait avant une bonne heure.

Elle fit un pas vers lui, avec la sensation d'être attirée par un aimant.

— Chance ? murmura-t-elle.

Il s'avança lui aussi vers elle.

Elle ne devait pas agir ainsi, ne devait pas se laisser emporter par la magie de l'instant. Mais elle se sentait incapable de s'en extraire, incapable de résister à ces yeux, à ce visage...

À cet homme.

Ils firent tous deux un pas vers l'autre, mais soudain, Chance cligna des paupières et s'immobilisa. Il se raidit et recula.

L'instant était passé.

— Bonjour, dit-il.

Puis, sans un autre mot, il pivota sur ses talons et alla dans son bureau, dont il referma la porte derrière lui.

3

Depuis qu'elle travaillait pour San Antonio Security, Maci n'avait jamais vu les frères Patterson aussi troublés par une affaire que celle confiée par Nicholas LeBlanc.

Lorsqu'ils étaient revenus du rendez-vous qu'ils avaient eu avec lui, ils s'étaient installés dans la salle de conférences avec les documents que leur avait transmis le chef de son équipe de sécurité, Dorian Cane. Lui et ses hommes avaient soigneusement rassemblé et classé tous les messages et les objets adressés à Stella. Maintenant, un pan de mur entier était encombré par des boîtes empilées contenant des lettres, des notes, des photographies, ainsi que des rapports détaillant les faits.

Trois jours et de nombreuses tasses de café plus tard, ils étaient tous épuisés, mais ne savaient rien de plus sur l'identité de celui qui persécutait Stella ni sur la manière de la protéger. Plus le temps passait, plus Chance était stressé, et plus la ride qui barrait son front se creusait.

Les choses ne firent qu'empirer lorsque de nouvelles lettres arrivèrent. Et ce qu'elles contenaient était assez inquiétant pour mettre Chance dans un état de fureur qui surprit Maci.

Elle ne comprenait pas pourquoi il prenait cette affaire tant à cœur. Jamais il n'avait agi de la sorte depuis qu'elle travaillait ici. Peut-être avait-il une aversion particulière pour ceux qui terrorisaient dans l'ombre ?

D'ailleurs, la raison pour laquelle il s'impliquait si personnellement dans cette mission importait peu. Les quatre frères avaient tous besoin d'aide, alors elle avait fait de son mieux pour les soutenir, veillant par exemple à ce qu'ils aient toujours à disposition des encas et des repas sains.

Malgré ses efforts, ils avaient tous les yeux cernés et l'air épuisé. Et elle aurait pu trouver cela presque drôle si elle-même n'avait pas été si fatiguée.

Elle se sentait vaguement nauséeuse, juste au moment où les frères Patterson avaient besoin d'elle. Comme elle ne pouvait pas prendre de jours de congé, elle fit de son mieux pour le cacher, et continua à travailler en serrant les dents.

— Il aurait pu la tuer, déclara Luke en reposant sur la table une pile de photos prises lors du dernier incident survenu dans l'affaire Stella LeBlanc.

Maci les remit en ordre, puis leur apporta des sandwichs et du café fraîchement passé.

Chance appuya sur *Play* pour visionner une vidéo.

— Je ne pense pas qu'il en avait l'intention. Il a suivi Stella et son chauffeur alors qu'elle revenait d'une boutique où elle avait tourné une vidéo pour sa chaîne YouTube. Regardez, il se contente d'emboutir le coffre, alors qu'il aurait pu faire beaucoup plus de dégâts.

— Vous voyez comment il cache son visage ? déclara Chance en désignant l'image. Cet homme savait que nous analyserions toutes les photos et les vidéos que nous pourrions obtenir. Ce coup a soigneusement été préparé.

Chance repassa l'extrait, et Maci fit la grimace lorsque le véhicule où se trouvaient Stella et son chauffeur fit un tête-à-queue. Fort heureusement, le garde-fou stoppa la voiture avant qu'il y ait des dégâts majeurs.

— Nous assistons à une escalade, reprit Chance. C'est la première fois que ce type fait usage de violence.

Ils regardèrent tous à nouveau l'enregistrement vidéo, puis une fois encore.

Ce fut Weston qui finit par déclarer :

— Il vaut mieux faire une pause. Regarder cet extrait en boucle ne servira à rien. Stella est en sécurité chez elle, sous la surveillance de Dorian Cane. Il ne se passera rien de nouveau ce soir.

Luke se leva.

— Je suis d'accord. Je vais rentrer chez moi pour voir Claire et dormir un peu. Lorsque nous nous retrouverons demain matin, nous pourrons porter un regard neuf sur cette affaire.

Maci voyait bien que Chance aurait voulu protester, mais qu'il savait que ses frères avaient raison.

— Il faut que j'aille voir mon petit tyran, déclara Brax en empilant des dossiers devant lui. Il fait tourner Tessa en bourrique.

Il ne leur fallut pas longtemps pour sortir de la salle de conférences.

— Tu viens, Chance ? demanda Weston.

— Je vais jeter un dernier coup d'œil à tout cela, et je rentrerai.

Ses frères levèrent les yeux au ciel, mais ne dirent rien. S'il s'était écouté, Chance serait resté ici à travailler jusqu'à ce que son corps le lâche ou qu'il trouve une solution. Ils savaient tous qu'il était inutile de le convaincre de se reposer.

— Rentre chez toi, Maci. Nous t'aiderons à tout ranger demain matin, déclara Brax en la saluant de la main.

Malgré la promesse de Brax, dès que les trois frères furent partis, elle commença à rassembler les tasses sales. S'ils trouvaient la pièce propre lorsqu'ils reviendraient demain, ils pourraient mieux se consacrer à leur travail.

— Tu es épuisé. Tu devrais rentrer chez toi aussi, dit-elle à Chance lorsqu'il reposa sur la table les photos que Luke avait regardées.

Pour la première, elle vit le visage de Stella LeBlanc, et s'immobilisa, en état de choc.

C'était son sosie parfait !

Les cheveux de Stella étaient légèrement plus longs, et coiffés de manière plus élaborée, ses habits et son maquillage étaient plus sophistiqués que ceux de Maci, mais elles auraient pu être sœurs jumelles.

Leur ressemblance était telle qu'elle en fut presque mal à l'aise.

— Oui, je sais que je dois rentrer, répondit Chance en se passant la main sur le visage. Mais je ne comprends pas pourquoi cet accident de voiture a eu lieu. L'homme qui harcèle Stella aurait pu avoir recours à la violence beaucoup plus tôt. Alors, pourquoi maintenant ? Qu'est-ce qui l'a poussé à lancer cette attaque ?

Maci se força à détacher son regard des photos de Stella.

— Peut-être que quelque chose l'a mis en colère… Ou alors, c'était un avertissement…

Elle empila les tasses et alla les déposer dans l'évier de la petite cuisine. Elle était en train de les laver lorsqu'elle sursauta en constatant que Chance était derrière elle. Elle n'avait pas remarqué qu'il l'avait suivie.

Mais il voulait manifestement continuer leur conversation.

Il s'assit devant la petite table qui se trouvait au milieu de la pièce, et elle eut soudain une conscience aiguë de sa proximité.

— Je n'ai pas l'impression qu'il s'agisse d'une réaction de colère. Ça doit être autre chose, poursuivit-il.

Elle tourna le robinet pour couper l'eau, et s'essuya les mains.

— Quoi, par exemple ? demanda-t-elle.

Elle céda à la tentation, et s'approcha de lui.

Sa main sembla ne plus lui obéir, et elle enfouit les doigts dans les cheveux de Chance. Il se raidit, et un instant, elle crut qu'il allait s'éloigner. Puis il se détendit et laissa aller sa tête en arrière, contre elle. Elle faillit pousser un gémissement : elle avait oublié à quel point c'était bon de le toucher… Et le léger soupir qu'il poussa l'incita à poursuivre.

— Je ne sais pas. Si le mobile était l'argent, l'homme aurait enlevé Stella et aurait réclamé une rançon. Je parle d'un homme car, statistiquement, c'est souvent le cas.

— Peut-être qu'il veut se venger de Nicholas LeBlanc ?

— Peut-être, mais si c'est le cas, il a avancé très lentement au cours des dernières semaines ! Ou alors, il veut seulement jouer avec Stella…

Maci vit que Chance réfléchissait, alors elle se tut pour lui laisser le loisir de le faire.

Soudain, il se redressa et se tourna vers elle.

— Comment vas-tu ?

Elle le regarda en fronçant les sourcils.

— Tu me demandes comment je vais alors que c'est toi qui ne dors pas depuis des jours.

Chance se leva et posa la main sur son visage. Puis, de son pouce, il lui caressa délicatement la joue.

— C'est peut-être vrai, mais tu as l'air fatigué, toi aussi. Tu vas bien ?

Elle savait qu'elle le payerait plus tard, mais elle s'abandonna à la douceur de ce contact. Même au beau milieu du chaos de cette semaine, et alors que les relations entre eux deux étaient tendues, il avait fait attention à elle.

— Peut-être que nous travaillons trop tous les deux, répondit-elle.

Il la regarda attentivement, et elle sut qu'il remarquait sa coiffure faite à la va-vite et ses vêtements amples. Elle avait fait beaucoup moins d'efforts qu'à l'accoutumée pour soigner son apparence. Elle était presque sur le point de s'en excuser lorsqu'il secoua la tête.

— Rentre chez toi, Maci. Va te reposer.

— Je le ferai si tu rentres aussi chez toi, répliqua-t-elle en lui donnant une petite tape sur l'estomac.

Lorsqu'il la prit dans ses bras sans prévenir, elle sut qu'elle aurait dû se dégager, mais elle en fut incapable.

Il lui caressa la joue du bout de son nez, et l'enfouit dans son cou.

— Viens chez moi, murmura-t-il.

Ses lèvres étaient tout contre sa peau, mais il ne l'embrassait pas, et Maci aurait été bien incapable de dire si elle le regrettait ou non.

— Nous pouvons seulement dormir ensemble si tu veux, mais je voudrais être allongé auprès de toi et te tenir dans mes bras, Maci. Je ne voulais pas que tu partes.

Elle ne put cacher le frisson qui la parcourut en entendant ces mots.

Ne te laisse pas emporter par le désir, Maci Ford. Réfléchis avant d'agir.

Sa proposition était si tentante ! Elle rêvait de se glisser dans ses draps, et de s'endormir auprès de lui... de se réveiller le matin et de voir son regard posé sur elle. Elle mourait de l'envie de sentir ses mains sur elle après la rupture qu'elle leur avait imposée.

Mais rien n'avait changé. Le fait que sa mère surgisse sur le parking quelques jours plus tôt le lui avait cruellement rappelé. Si elle cédait, si elle allait chez lui après cette séparation qui lui avait tant coûté, elle ne ferait que rendre la situation plus confuse.

Et honnêtement, elle n'était pas certaine d'avoir à nouveau le courage de s'éloigner de lui. Elle avait tellement envie de lui !

Et lui aussi avait envie d'elle.

Mais lorsqu'il connaîtrait son passé, ce serait *lui* qui partirait.

Elle le perdrait, mais elle perdrait bien plus encore : son métier, l'amitié qu'elle avait trouvée à San Antonio Security, la vie qu'elle avait réussi à construire... Elle serait anéantie.

— Il vaut mieux que je ne vienne pas, répondit Maci en s'éloignant de lui.

Il se raidit, et la laissa partir.

— D'accord. Je vais te raccompagner à ta voiture.

Il avait l'air si déçu que Maci faillit revenir sur sa déclaration. Mais elle se mordit la langue, et retint les mots qu'elle voulait prononcer.

Ils rassemblèrent leurs affaires en silence, fermèrent la porte de l'agence à clé, et sortirent dans la nuit. Chance marchait tout près d'elle alors qu'ils traversaient le parking. Il resta auprès d'elle jusqu'à ce qu'elle soit installée dans sa voiture.

— Rentre bien chez toi, lui dit-il avant de refermer la portière.

Puis il la regarda s'éloigner.

Même si elle avait refusé de venir chez lui, il s'était assuré que tout allait bien pour elle. C'était un protecteur dans l'âme. Un homme droit.

Et elle n'était vraiment pas la femme qu'il méritait.

4

Le lendemain matin, Maci arriva à l'agence, une tasse de thé à la main. Elle se sentait encore barbouillée et nauséeuse, mais il était hors de question qu'elle n'aille pas travailler.

C'était d'autant plus vrai qu'elle avait eu une idée qui allait peut-être leur permettre de débloquer l'affaire LeBlanc.

Chance et ses frères étaient déjà installés dans la salle de conférences.

— Bonjour. Vous allez bien, ce matin ?

Ils marmonnèrent des réponses inintelligibles tout en agitant la main dans sa direction. Elle remarqua non sans surprise qu'ils semblaient tous reposés... même Chance.

L'un d'entre eux avait déjà fait du café, mais il n'en restait presque plus. Alors, elle déposa son sac à main et alla en préparer un nouveau pot. Lorsqu'elle leva les yeux, elle vit que Chance l'observait.

— Notre café n'est plus assez bon pour toi ?

Maci considéra la tasse qu'elle venait de poser sur la table.

— C'est du thé, en fait.

D'ordinaire, elle n'en prenait jamais, mais elle avait l'impression qu'en ce moment, son estomac ne supporterait rien d'autre.

Chance se leva et vint auprès d'elle.

— Tu ne te sens toujours pas bien ? demanda-t-il à voix basse.

Elle haussa les épaules.

— J'ai dû attraper un virus. Ça va passer.

— Si tu as besoin de prendre un jour de congé...

— Je vais bien, l'interrompit-elle.

Elle lui sourit pour atténuer la brusquerie de sa réaction et ajouta :

— Si j'ai besoin de rentrer chez moi et de me reposer, je le ferai. Je te le promets.

— D'accord. Nous allons nous réunir dans dix minutes pour envisager de nouvelles pistes.

Maci hocha la tête et détourna le regard, tout en tentant de calmer l'excitation qu'elle sentit monter en elle. D'habitude, elle intervenait très peu dans ce genre de réunions : les quatre frères Patterson étaient experts en leur domaine, et il n'y avait souvent rien à ajouter à leurs suggestions.

Elle ne savait pas ce qu'ils penseraient de son idée. Mais elle avait dix minutes pour préparer ses arguments.

Elle entra dans la salle de bains, munie de sa trousse de maquillage. La veille au soir, elle avait étudié quelques vidéos prodiguant des conseils, dont une de Stella LeBlanc elle-même.

Lorsqu'elle se rendit dans la salle de conférences dix minutes plus tard, elle ressemblait bien plus à Stella qu'à elle-même.

Chance et Brax étaient assis, et semblaient absorbés par la lecture de rapports. Luke et Weston étaient penchés sur une tablette et commentaient ce qu'ils étaient en train d'étudier. Elle alla s'installer et mit son ordinateur en marche, afin de pouvoir prendre des notes comme elle le faisait à l'accoutumée. Elle hésitait encore à leur faire part de son idée.

— Nous pouvons commencer ? demanda Chance. Nous ne sortirons pas d'ici avant d'avoir élaboré un plan pour pincer celui qui harcèle Stella. Nicholas commence à s'impatienter.

— Et je le comprends, marmonna Weston.

Tous ses frères acquiescèrent.

Brax se saisit d'une télécommande et alluma l'écran accroché au mur.

— Nous pourrions essayer de revoir la vidéo de l'accident avec des yeux nouveaux ?

S'ils commençaient ainsi, elle allait avoir du mal à attirer leur attention sur autre chose. C'était le moment de leur exposer son plan.

— Avant de faire cela, j'aimerais vous parler de quelque chose.

Tous les regards se posèrent sur elle.

Luke secoua la tête, l'air véritablement inquiet.

— J'espère que tu ne vas pas nous annoncer que tu démissionnes ! Nous n'arriverons jamais à gérer cette agence sans toi.

— Non ! répondit Maci en éclatant de rire. Mais j'ai une idée pour faire avancer l'affaire LeBlanc.

Luke se laissa aller contre le dossier de sa chaise avec un soulagement visible. Son aversion pour la paperasserie était proverbiale.

— Quelle idée ? demanda Brax en croisant les bras.

— Pourquoi t'es-tu maquillée comme ça ? l'interrogea Chance d'un air bougon avant qu'elle puisse répondre à Brax.

Elle ignora sa remarque, sachant qu'elle devait leur présenter son plan sans se laisser distraire.

— Je pense que vous devriez employer un leurre, expliqua-t-elle, quelqu'un qui prendrait la place de Stella pour éloigner le danger d'elle.

— Et tu proposes d'être cette personne ? suggéra Weston.

Maci hocha la tête.

Un lourd silence s'installa, mais il fut rompu par une explosion de colère de Chance.

— C'est pour cela que tu t'es maquillée ainsi, n'est-ce pas ? Pour nous montrer que tu peux ressembler à Stella. Il est hors de question que nous te laissions faire cela !

Brax se pencha en avant, considérant Maci avec attention.

— Ce n'est pas une mauvaise idée, en fait, déclara-t-il. Et ce maquillage accentue encore la ressemblance frappante qu'il y a entre vous deux.

— Tu n'as pas entendu ? s'exclama Chance en regardant Brax d'un air furieux. J'ai dit non !

Maci s'apprêta à répondre, mais elle vit Luke secouer la tête en face d'elle. Il valait mieux laisser les frères s'expliquer entre eux.

— Il me semble que nous avons tous voix au chapitre, Chance, répliqua Brax d'un ton nonchalant.

Chance semblait avoir du mal à contenir sa colère.

Luke hocha la tête et intervint :

— Nous avons une expertise dans le domaine de la protection des personnes, et nous saurions assurer la sécurité de Maci. Nous ferions en sorte qu'il n'y ait aucun danger.

Chance se passa la main sur le visage.

— Vous êtes devenus fous ! Maci n'a aucune expérience du terrain. Il est hors de question que nous nous servions d'elle pour attraper cet homme !

Cela finit par agacer Maci.

— Vous ne vous serviriez pas de moi : je me porte volontaire, répliqua-t-elle d'un ton sec.

Chance lui jeta un regard plein de colère.

— Tu n'es pas entraînée pour ce genre de mission, déclara-t-il.

— Alors, forme-la, Chance, répliqua Luke. Maci en sait déjà beaucoup plus que la plupart des gens. Elle est intelligente et débrouillarde. Donne-lui quelques cours de self-défense, et allons-y !

Chance se tourna vers Weston, qui n'était toujours pas intervenu.

— Tu peux m'aider à leur faire entendre raison ?

Weston observa Maci pendant un long moment, puis s'adressa à Chance.

— Je comprends ton inquiétude, déclara-t-il. Maci fait partie de la famille, et personne n'a envie de la mettre en danger.

Maci regarda Weston avec gratitude. Ces paroles lui faisaient chaud au cœur. Chance se tourna alors vers elle et, un instant, elle craignit qu'il ne révèle à ses frères que, dans la mesure où elle avait mis fin à leur relation sans un mot d'explication deux mois plus tôt, le terme *famille* n'était peut-être pas le plus approprié.

Mais le regard qu'il posa sur elle était encore plus protecteur, plus possessif, plus… *tout*.

La chaleur qui l'avait envahie monta d'un cran.

— C'est le meilleur plan que nous ayons eu jusqu'à présent,

déclara Brax. Nous pouvons considérer d'autres options sans pour autant l'écarter.

Chance détourna le regard et approuva.

— D'accord. Mais si nous envoyons Maci sur le terrain, nous devons tout faire pour qu'elle ne coure aucun danger.

Les trois frères hochèrent la tête.

— Stella est constamment sous la surveillance d'un garde du corps, n'est-ce pas ? demanda Luke.

Chance poussa un soupir, comme s'il avait conscience d'être en train de perdre la bataille.

— Oui. Elle en a au moins trois qui sont à proximité d'elle en permanence, répondit-il.

— Bien ! s'exclama Luke. Donc, nous pouvons envoyer la véritable Stella en vacances à l'étranger, dans un lieu où il ne peut rien lui arriver.

Weston renchérit :

— Cela nous permettrait d'avoir un meilleur contrôle de la situation. Et notre nouvelle Stella ne ferait des apparitions publiques que lors d'événements pendant lesquels il serait facile de la surveiller.

Brax sourit.

— L'avantage, c'est que nous n'aurons plus une jeune femme gâtée et capricieuse à gérer. Maci sera un atout pour nous... surtout lorsque nous l'aurons formée pour qu'elle sache réagir si la situation se corse.

— Bien..., finit par lâcher Chance.

Il avait prononcé ce mot d'une voix rauque, comme si cela lui était douloureux, et Maci sentit tout son corps réagir malgré elle.

— Mais, poursuivit Chance, je pose deux conditions : Maci doit d'abord suivre une formation de self-défense pendant au moins trois jours avec moi. Et je resterai à ses côtés pendant toute la durée de la mission.

Maci écarquilla les yeux. Elle devrait passer toutes ses journées avec Chance ? Cela n'allait pas être facile.

— Je suis certaine que quelqu'un d'autre peut m'enseigner les bases. Il n'est pas nécessaire que tu te charges seul de cette formation.

— Tous mes frères ont quelqu'un qui les attend à la maison. Nous sommes les seuls célibataires du groupe. C'est cela, ou nous abandonnons cette idée.

Chance savait qu'elle n'avait pas le choix. Mais elle voulait à tout prix éviter qu'ils soient seuls : elle devait réussir à préserver la distance qu'elle avait eu tant de mal à établir entre eux.

— Qu'en dis-tu, Maci ? finit par demander Chance. Tu es prête à travailler avec moi ?

Il s'attendait visiblement à ce qu'elle refuse, mais il était hors de question pour elle d'abandonner son plan.

— Ça promet ! marmonna-t-elle.

— Oh oui ! murmura Luke, pendant que Brax et Weston étouffaient leurs rires.

Chance demeura silencieux, attendant manifestement une réponse claire.

Maci ressentait à la fois de l'excitation et de la panique, mais elle réprima ces sentiments. Ils avaient une mission à accomplir. Rien d'autre n'importait. Il fallait qu'ils découvrent qui faisait de la vie de Stella un enfer.

Elle soutint le regard ambré de Chance.

— J'accepte.

Le sort en était jeté...

Lorsque Maci ferma les locaux de l'agence le soir, elle n'arrivait toujours pas à croire que les frères Patterson aient accepté son plan. Elle ne les avait plus revus depuis la réunion de ce matin, et leur journée avait été très chargée. Ils avaient contacté l'équipe de sécurité de LeBlanc pour mettre au point les détails de l'opération. Ensemble, ils avaient dû décider entre autres choses de l'endroit où Stella irait se cacher, ainsi que des événements auxquels Maci devrait participer à sa place.

Maci allait prendre une part active à cette mission, et contribuer à mettre hors d'état de nuire un homme qui menaçait la sérénité d'une jeune femme. Peut-être cela serait-il une façon de racheter ses erreurs passées.

Si seulement les choses pouvaient être aussi simples !

Repoussant ces pensées, elle monta dans sa voiture et se rendit dans un restaurant situé près de chez elle, où elle avait commandé son repas du soir. Une soupe chinoise lui semblait tout à fait appropriée pour fêter sa nouvelle carrière d'agent secret.

Au moins, son estomac pourrait supporter cela. Elle allait mieux depuis ce matin, et pensait être définitivement guérie.

Et heureusement ! Elle aurait besoin de toutes ses forces pour passer les trois jours suivants avec Chance.

Elle avait déposé le sac contenant son repas devant le siège du passager lorsque son téléphone sonna. C'était Claire, la fiancée de Luke.

— Comment vas-tu, Claire ?

Les deux femmes étaient devenues amies depuis que Claire avait fait appel à Luke pour l'aider, deux ans auparavant. Elle était alors faussement accusée de meurtre, et les frères Patterson l'avaient aidée à prouver son innocence.

— J'aurais tellement aimé te voir tenter de convaincre Chance de te laisser prendre la place de Stella LeBlanc !

Maci activa le haut-parleur de sa voiture pour pouvoir conduire en poursuivant la conversation.

— En fait, répondit-elle, j'ai simplement émis cette idée, et les frères Patterson ont été assez raisonnables pour m'écouter et comprendre que c'était le meilleur moyen de faire avancer l'enquête.

— Mais nous savons tous que Chance est tout sauf raisonnable lorsqu'il s'agit de toi !

Maci avait conscience que Claire se doutait qu'il y avait un lien particulier entre elle et Chance, même si elles n'en avaient jamais parlé ensemble.

— La partie la plus dangereuse de l'opération sera certainement les trois jours de formation que je vais devoir passer avec Chance. Après cela, faire face à une armée de ninjas me semblera un jeu d'enfant !

Claire éclata de rire.

— Fais attention, répliqua-t-elle plus sérieusement. Si, à un moment ou à un autre, tu as l'impression que c'est trop difficile pour toi, dis-le à quelqu'un. À moi, par exemple, et j'en parlerai à Luke. Si tu as le moindre doute, tu dois arrêter.

— Je le sais bien. Et je suis certaine que tous les frères Patterson le comprendraient. Mais en fait, je suis plutôt heureuse à l'idée de participer à cette mission.

Elle gara sa voiture devant son appartement et attrapa le sac contenant son dîner.

— Bien, conclut Claire.

Maci entendit un ronronnement à l'autre bout de la ligne.

— C'est mon copain Kahn que j'entends ?

Le chat de Claire était un membre de la famille à part entière.

— Oui. Il s'est installé sur le canapé à côté de moi. Je me suis allongée parce que j'ai des règles un peu douloureuses, et il me soutient.

— Tu as de la chance. Bon, je viens d'arriver chez moi. Je vais devoir raccrocher. À plus tard !

Elle mit fin à l'appel et rentra chez elle, tout en espérant qu'elle n'aurait pas le même problème que Claire pendant sa formation de self-défense.

Elle déposa son repas sur le comptoir et s'immobilisa.

Il lui était impossible de se souvenir de la date de ses dernières règles…

L'angoisse monta en elle. C'était la première fois qu'elle avait un retard.

— Non, non, non ! murmura-t-elle en prenant son téléphone pour ouvrir l'application de suivi de son cycle.

Elle poussa un gémissement : elle avait un retard de deux mois.

S'il s'était agi de quelques jours, elle aurait pu attribuer cela au stress, mais deux mois ?

Cela ne lui était jamais arrivé, et quelque chose en elle lui soufflait que ce n'était pas anodin, bien que Chance et elle aient pris leurs précautions.

Ne t'inquiète pas tant que tu n'es sûre de rien. Avant tout, tu dois faire un test de grossesse.

Dans un état presque second, Maci se rendit dans un supermarché, et empila plusieurs tests de marques différentes dans son panier. Un seul ne suffisait pas : il y avait parfois des résultats faussement positifs, et il fallait qu'elle en ait le cœur net.

Elle passa à la caisse et rentra chez elle sans avoir vraiment conscience de ce qu'elle faisait. Elle mit son repas au réfrigérateur – elle n'avait plus la moindre envie de manger maintenant – et déposa tous les tests qu'elle avait achetés dans sa salle de bains. Puis elle se saisit d'un au hasard, et poussa les autres de côté.

Quelques minutes plus tard, elle regardait fixement le bâtonnet qu'elle tenait dans ses mains tremblantes.

Deux lignes.

— Non. Ce n'est pas possible… Il faut en faire un autre.

Le test suivant était digital. Ce ne furent pas des lignes qui s'affichèrent, mais un simple mot…

Enceinte

Cela n'avait jamais fait partie de ses projets. Elle était totalement incapable d'élever un enfant !

Et Chance… Le simple fait de penser à lui serra le cœur.

Qu'importe, il allait croire qu'elle l'avait pris au piège. Comment pourrait-il en être autrement ?

Maintenant, il était coincé avec elle. Après tous les efforts qu'elle avait faits pour l'éloigner d'elle, leurs vies étaient liées à jamais, parce qu'elle allait garder ce bébé.

Cela lui apparaissait comme une évidence. Et même si Chance ne voulait pas entendre parler de cet enfant, elle ne se posait pas la question.

Tu vas être une mauvaise mère. Comment quelqu'un comme toi peut-il élever un enfant ?

Elle tenta de repousser ces pensées négatives, mais n'y parvint pas. Elle ne savait pas ce qu'était être mère. On ne pouvait pas dire qu'Evelyn Ford le lui ait appris !

Peut-être que Chance refuserait qu'elle ait la garde de cet enfant... Maci songea soudain à Tessa, la femme de Brax, à laquelle on avait momentanément retiré le droit de voir son bébé.

Non, Chance n'agirait jamais comme l'ancien compagnon de Tessa. Il n'était pas manipulateur et menteur comme lui !

Mais cela ne signifiait pas pour autant qu'il la jugerait digne d'élever son enfant.

Pour le moment, tu ne peux absolument rien faire. Concentre-toi sur ta grossesse, et travaille.

Travailler... Ce qui s'annonçait comme une belle journée se terminait dans le chaos. Elle devait jouer un rôle essentiel dans le plan qu'ils avaient mis en place pour protéger Stella, et maintenant, elle était enceinte. Elle ne savait pas si elle devait mettre un terme à tout cela ou si...

— Non. Je vais le faire, murmura-t-elle pour elle-même en se redressant. Je vais prendre la place de Stella parce qu'elle a besoin de mon aide, et que je sais que Chance va veiller sur moi comme il l'a toujours fait. Et quand tout sera terminé, je lui parlerai du bébé. Tout ira bien.

Maci observa son reflet dans le miroir et regretta pour la première fois depuis des années de n'avoir personne à appeler pour partager cette nouvelle... Pas de mère qui pourrait la conseiller...

Elle se redressa en prenant une inspiration. Elle n'avait peut-être pas de parents pour l'aider, mais elle ne buvait pas, ne se droguait pas, et avait une vie saine. Elle était organisée, travailleuse, et ferait tout ce qui serait en son pouvoir pour que son bébé ne manque de rien.

Quelque peu réconfortée, elle sortit son téléphone et prit un rendez-vous en ligne, afin de voir un médecin dès le lendemain matin. Il fallait qu'elle fasse un test en laboratoire pour déterminer de quand datait la grossesse. Et elle allait demander si les cours de self-défense pouvaient être dangereux pour le bébé.

Elle retourna dans la cuisine et sortit son repas du réfrigérateur. Elle n'avait pas faim, mais elle devait manger. Puis elle sortit un bloc-notes d'un tiroir, et dressa la liste de toutes les questions qu'elle allait poser au médecin.

Elle s'en tiendrait à son plan, et tout irait bien.

Du moins, elle l'espérait.

5

Le lendemain matin, Chance était en train de mettre la touche finale au plan de formation de Maci lorsqu'il reçut un message d'elle, l'informant qu'elle arriverait un peu plus tard à l'agence car elle avait pris rendez-vous chez le médecin. Bien. Elle était visiblement fatiguée ces derniers jours, et il fallait qu'elle se soigne.

Il espérait même que cette indisposition passagère l'empêcherait de prendre part au plan qu'ils avaient mis au point.

Chance avait toujours été très rationnel. Cette caractéristique, alliée à ses instincts protecteurs, l'avait conduit à prendre en charge les jeunes enfants qui se trouvaient dans le foyer où il vivait avant d'être adopté par Sheila et Clinton.

C'était lui qui organisait leurs journées, anticipait leurs besoins, et mettait au point des stratégies de remplacement au cas où les choses ne se passaient pas comme prévu.

La partie logique de son cerveau savait que le plan de Maci était certainement le meilleur. La ressemblance frappante qui existait entre Stella et elle était d'ailleurs la raison pour laquelle il n'avait pas hésité une seule seconde avant d'accepter la mission. Et même si Maci et lui se chamaillaient souvent, il savait qu'elle était intelligente, compétente et débrouillarde, comme le lui avaient fait remarquer ses frères.

Mais ce n'était pas sa raison qu'il voulait écouter. L'important pour lui était de tenir Maci éloignée de tout danger.

Et s'il avait le sentiment qu'elle n'était jamais plus en sécurité que lorsqu'elle se trouvait dans ses bras, était-ce vraiment une mauvaise chose ?

Mais il avait accepté ce stratagème. Il tiendrait sa parole, et ferait tout pour qu'elle soit le mieux préparée possible.

Puisqu'il avait du temps avant que Maci arrive, il décida de se préparer du café, ainsi qu'une tasse de thé pour elle. Elle pourrait toujours le réchauffer si elle le voulait.

Il avait réservé une salle privée dans son club de sport favori. C'était un environnement calme et familier, et c'était ce dont il avait besoin lorsqu'il était en présence de Maci. C'était déjà difficile pour lui d'être constamment auprès d'elle à l'agence, mais ici, il n'y aurait pas ses frères pour l'empêcher de parler de choses qu'il était préférable d'oublier.

Et il lui serait impossible de s'enfermer dans son bureau pour ne pas être tenté de lui demander une fois de plus pourquoi elle avait mis fin à leur relation sans la moindre explication.

Il n'y aurait qu'eux deux, leurs peaux séparées par de légers vêtements de sport.

Cela allait être une torture.

Lorsque Maci entra, Chance remarqua immédiatement qu'elle était préoccupée.

Elle avait les yeux cernés, les lèvres gercées, et les cheveux décoiffés comme si elle s'était passé les doigts dedans à de multiples reprises.

Il la retrouva à la porte du club, et la conduisit vers la salle qu'il avait réservée.

— Comment s'est passé ton rendez-vous ?

Ses yeux bleus s'écarquillèrent.

— Pardon ?

— Ton rendez-vous chez le médecin ?

— Oh ! répondit-elle avec un sourire qui lui sembla forcé. Je vais bien. C'est simplement un virus. Le médecin m'a prescrit un médicament contre les nausées, et ça devrait aller.

Soit elle mentait, soit elle ne lui disait pas toute la vérité. Il connaissait trop bien ce beau visage et ces yeux bleu foncé pour ne pas le savoir.

Maci était têtue, et n'aimait pas parler d'elle-même. Même s'il lui posait des questions, elle ne lui dirait rien, c'était certain.

Il aurait dû être habitué à ce qu'elle ne lui donne aucune explication, mais cela continuait à le blesser. La meilleure chose à faire était de tenter de ne pas y penser.

— Bon. Nous allons nous échauffer, et puis commencer. Je t'ai préparé du thé si tu veux.

Il lui fit faire quelques étirements, tout en gardant à l'esprit le fait qu'elle avait mal au ventre, et qu'il ne devait pas trop la solliciter.

Ces mouvements auraient dû l'aider à se relaxer, mais il pouvait presque la voir vibrer de stress.

— Maci, tu ne veux plus participer à cette mission ? Si c'est le cas, il n'y a aucun problème.

— Non, je suis toujours partante, répondit-elle en détournant le visage.

Il avait le sentiment qu'elle tentait de se cacher, et il n'aimait pas cela. Soudain, il se posa une question qui lui fit du mal. Il dut s'éclaircir la voix avant de l'exprimer à voix haute :

— Tu préférerais que ce soit quelqu'un d'autre qui assure cette formation ? Si tu te sens mal à l'aise avec moi, nous pouvons demander à Luke ou à Weston de s'en occuper.

Cela lui serait très difficile, mais la sécurité de Maci primait sur tout le reste. Si elle préférait travailler avec quelqu'un d'autre, Chance l'accepterait.

— Non, ça va. C'est seulement... Je suis un peu préoccupée en ce moment.

— Tu es certaine que...

— Oui. Je veux que ce soit toi qui me donnes cette formation. J'ai confiance en toi.

Elle le regardait droit dans les yeux, et il sentit quelque chose se dénouer en lui. Elle lui faisait confiance. Elle ne pouvait savoir tout ce que cela signifiait pour lui !

48

Ils terminèrent l'échauffement sous sa direction, puis elle reprit sa respiration, attendant ses instructions.

— Avant que nous commencions, déclara Chance, je voudrais préciser que je ne vais pas t'apprendre à te battre.

Elle plissa le front, et eut cette expression qu'il trouvait adorable.

— Pourquoi pas ?

— Nous n'avons pas le temps de te faire atteindre un niveau qui te permettrait d'être efficace. Le but ici sera de te mettre en sécurité. L'essentiel, c'est la survie. Répète-le.

— L'essentiel, c'est la survie.

— Et pour cela, nous allons voir comment se servir de ta taille pour que tu réussisses à te sortir des scénarios les plus habituels.

Maci le considéra avec aux lèvres le sourire moqueur qu'il aimait tant, et qui avait déserté son visage ces dernières semaines. Il lui avait manqué.

— Tu as compris que je ne suis pas vraiment grande, n'est-ce pas ?

Oh oui, il l'avait compris ! Il sourit en la regardant de la tête aux pieds, et son sourire s'élargit lorsqu'il la vit rougir.

Maci n'était pas particulièrement petite, mais il aimait sentir sa tête sous son menton quand il la prenait dans ses bras.

— Justement, reprit-il. Si la personne qui t'attaque est plus grande que toi, elle va devoir se tordre pour t'attraper. Cela te donne un petit laps de temps qui est un avantage pour toi.

Elle hocha la tête.

— D'accord.

— Nous allons voir quelques prises, et comment procéder pour s'en dégager. Demain, nous approfondirons ce que nous aurons vu aujourd'hui, et le troisième jour, je t'enseignerai quelques techniques de self-défense que chacun devrait connaître.

— Le programme est chargé ! remarqua-t-elle d'un air dubitatif.

Chance hocha la tête.

— Comme je te l'ai dit, le but n'est pas que tu sortes victorieuse d'un combat au corps à corps. C'est que tu réussisses à esquiver les coups et à t'échapper.

— D'accord. Allons-y !

— Tout d'abord, le plus important est de toujours garder la tête froide. Et c'est plus difficile qu'il n'y paraît.

C'était également impossible à tester lors d'un entraînement, mais il voulait tout de même attirer son attention sur ce point.

— D'accord.

— Tu es intelligente et tu as l'esprit vif. Tu peux utiliser ces atouts à ton avantage.

Elle rougit.

— Merci.

Il ne disait pas cela pour la flatter.

— Dans un combat avec une personne physiquement plus aguerrie que toi, il faut utiliser tes atouts. Pour toi, il ne s'agit pas de force physique, mais d'intelligence.

Il était heureux de constater qu'elle l'écoutait avec attention, et prenait les choses au sérieux.

— Bon. Imaginons que tu es attaquée par l'arrière. Dans ce cas, l'agresseur va probablement essayer de te soulever ou de te bloquer les bras pour que tu ne puisses pas te défendre.

Elle hocha la tête.

Il lui fit signe de se retourner, et se plaça derrière elle, faisant de son mieux pour se concentrer sur sa tâche, et non sur l'effet que produisait sur lui la proximité de son corps.

— Si l'agresseur t'a bloqué les bras, il te reste les jambes. Tu dois viser les endroits sensibles – l'entrejambe, les genoux – et tenter de lui faire perdre l'équilibre. Si tu réussis à te retourner, vise les yeux, ou donne un coup de boule. Mais quoi que tu fasses, n'aie qu'un souci à l'esprit : être efficace. Peu importe la forme.

Il lui montra quels étaient les endroits du corps qu'il fallait frapper en priorité pour faire mal à l'adversaire.

Elle l'écoutait avec concentration et faisait de son mieux pour imiter les mouvements qu'il lui montrait. Sa technique n'était pas parfaite mais assez efficace, et chaque fois qu'elle réussissait à mettre en pratique ce qu'elle avait appris, elle semblait un peu plus radieuse.

C'était une sensation délicieuse d'être auprès de Maci Ford... une sensation qu'il aurait aimé pouvoir goûter à longueur de journée.

— Bon, déclara-t-il au bout de deux heures environ. Essaye de te dégager encore une fois, et nous verrons ensuite autre chose.

Chance se plaça derrière Maci, posant fermement les mains sur ses biceps, et pendant un instant, ils demeurèrent tous les deux immobiles. Cela faisait des mois qu'il ne l'avait pas tenue ainsi, et il n'était pas pressé de la lâcher.

Il tenta d'imprimer ce moment dans sa mémoire : la douceur de son T-shirt sous ses doigts, le souffle de sa respiration alors qu'il la tenait tout contre lui. Il pressa même le nez contre ses cheveux et inspira les notes de son shampoing, qu'il aimait tant. Lorsqu'il fut certain qu'il se souviendrait de cet instant, il lui pressa doucement les bras pour lui rappeler qu'elle devait se dégager.

Maci prit une inspiration et se laissa tomber de tout son poids. Ce fut assez inattendu pour qu'il relâche un peu son étreinte, et elle utilisa cela à son avantage. Elle se retourna, attrapa l'arrière de son genou et lui décocha un coup d'épaule dans l'estomac. Lorsqu'elle vit qu'il allait la lâcher, elle se dégagea et courut à l'autre bout de la pièce.

— Parfait ! C'est exactement ce que tu devais faire. Utilise n'importe quel moyen pour surprendre ton agresseur et pour pouvoir t'échapper. Je te propose de faire une pause, puis nous reprendrons.

Chance attrapa sa bouteille d'eau et tenta de ne pas regarder Maci, qui mangeait une barre de céréales et buvait son thé froid de l'autre côté de la salle.

Même dans un simple T-shirt et un short, les cheveux collés contre son front par la transpiration, elle était superbe.

Comment en étaient-ils arrivés là ?

Que pouvait-il faire pour la persuader de reprendre leur relation ?

Après la pause, elle revint au centre de la salle. Elle avait l'air un peu fatiguée, mais c'était normal. Peut-être valait-il mieux ralentir le rythme pour le reste de la journée... Ils commencèrent par reprendre rapidement ce qu'ils venaient de voir le matin. Plus les mouvements deviendraient instinctifs pour elle, mieux cela serait.

Puis vint le moment d'aborder les attaques frontales.

— Très bien, nous allons maintenant voir ce qu'il faut faire pour une prise d'étranglement. Dans ce cas, tu vois ton assaillant et...

Il tendit les mains vers sa gorge, mais avant qu'il la touche, Maci eut un mouvement de recul. Tout son corps se raidit et elle ferma les yeux. L'expression de son visage lui apprit qu'elle avait réagi par réflexe, involontairement.

Et il ne comprenait pas pourquoi.

Immédiatement, il baissa les mains et fit un pas en arrière. Maci n'avait jamais réagi ainsi, que ce soit lorsqu'ils se chamaillaient sans arrêt, ou lorsqu'ils étaient devenus amants.

Il sentit quelque chose se briser en lui.

— Maci ? Ça va ?

Elle ouvrit les yeux et sembla comprendre ce qui venait de se passer.

— Je... Je suis désolée.

— Tu as peur de moi ?

Cela lui faisait mal de poser cette question, mais c'était nécessaire.

— Non.

— Tu en es sûre ?

Peut-être avait-elle réprimé cette même crainte toute la matinée sans qu'il s'en aperçoive ?

— Je ne veux pas risquer de créer un blocage, reprit-il. Si cette formation t'est pénible...

— Non. Je n'ai pas peur de toi.

Elle parlait d'une voix ferme et il sentit le soulagement l'envahir, pour faire presque immédiatement place à la confusion. Si elle n'avait pas peur de lui, pourquoi avait-elle eu ce geste instinctif de recul ? Quelqu'un lui avait-il fait du mal autrefois ?

Et d'ailleurs, pourquoi ne connaissait-il pas la réponse à cette question ? Il ne savait pratiquement rien d'elle.

— Je pense que ça suffit pour aujourd'hui, finit-il par dire. Nous continuerons demain.

— Non.

— Alors, tu peux me dire pourquoi tu as réagi ainsi ?

Il s'attendait à une réplique cinglante ou moqueuse. Mais lorsqu'elle demeura silencieuse, il songea qu'elle n'allait probablement pas répondre.

— Mes parents se battaient parfois. Physiquement. Je pense que c'est un geste qu'ils ont dû avoir l'un envers l'autre, même si je n'ai pas de souvenirs précis.

Chance fut abasourdi. Il ne l'avait jamais entendue parler de ses parents, et il ignorait totalement qu'elle avait probablement eu une enfance difficile.

— Maci, je...

Elle leva la main pour l'interrompre. Il ne savait d'ailleurs pas très bien ce qu'il allait dire.

— Nous avons du travail. J'ai eu un instant de faiblesse, mais je vais bien maintenant. Nous pouvons continuer.

— Tu en es sûre ?

— Il y a beaucoup de choses dont je doute, mais celle-là n'en fait pas partie.

6

Chance considéra Maci, qui était en train de se battre contre lui sur le ring.

C'était la dernière demi-journée de leur stage de self-défense. Demain, elle commencerait sa mission et prendrait la place de Stella lors d'un gala donné par une galerie d'art... qu'elle soit prête ou non.

Mais Chance savait qu'elle l'était, du moins autant que cela était possible après seulement trois jours. Ils avaient su tirer pleinement parti du temps dont ils disposaient, et les journées avaient été très occupées. Le stage de self-défense était certes la partie la plus exigeante de cette formation d'un point de vue physique, mais Maci avait également dû passer des heures à visionner des vidéos pour étudier les attitudes de Stella et ses tics de langage.

La fiancée de Weston, Kayleigh Delacruz, était également venue les aider, et avait montré à Maci comment elle devait se coiffer et se maquiller pour ressembler le plus possible à la riche héritière.

Maci, Chance et ses frères avaient aussi passé beaucoup de temps à étudier ceux qui assisteraient à ce gala, ainsi que les amis et connaissances de Stella. Certaines personnes – très peu d'ailleurs – étaient capables de se rendre compte de leur stratagème, et Nicholas Leblanc s'était assuré qu'elles ne seraient pas présentes, leur offrant pour cela un week-end de ski dans les Alpes françaises.

Cela était parfois pratique de pouvoir dépenser sans compter !

Rich Carlisle, l'assistant de Stella, était venu enseigner à Maci la façon dont elle devait se comporter avec les différents groupes de personnes. Cet épisode fut plutôt désagréable : non seulement ils comprirent que Stella n'était qu'une jeune fille snob et égoïste, mais il s'avéra que Rich avait la main baladeuse.

Chance dut se retenir pour ne pas lui envoyer son poing dans la figure lorsqu'il replaçait une mèche de cheveux derrière l'oreille de Maci, lui touchait l'épaule ou lui décochait un de ses sourires éclatants.

Il savait bien que Rich se comportait avec Maci comme il le faisait avec Stella, et qu'il essayait de les aider de son mieux.

Mais Chance avait bien du mal à le supporter... surtout lorsque Maci éclatait de rire à ses remarques.

Pour éviter qu'ils en viennent aux mains, ses frères lui avaient demandé d'aller étudier la disposition des lieux, ce qui correspondait d'ailleurs bien à ses compétences. Il avait examiné le bâtiment, et déterminé les endroits où l'homme qui harcelait Stella pouvait tenter de s'approcher de Maci. Dorian Cane leur avait également proposé de mettre à leur disposition du personnel de sécurité aux endroits où ils en auraient besoin.

Chance avait répertorié les voies d'accès, et avait demandé à Maci d'apprendre où elles se trouvaient... tout comme les issues de secours. Et, même si ses frères avaient levé les yeux au ciel, il lui avait montré de larges conduits d'aération où elle pourrait se cacher si cela devenait nécessaire.

Le soir, il était resté à l'agence longtemps après le départ des autres à étudier les scénarios possibles, à se demander quelle serait la réaction appropriée à différentes sortes de menaces, et comment mettre Maci en sécurité.

Il avait passé et repassé en esprit tous les dangers qu'il pouvait imaginer, pour être le mieux préparé possible. C'était toujours ainsi qu'il procédait.

Mais maintenant, alors qu'il croisait le regard bleu de Maci, il craignait qu'ils ne s'entretuent avant que l'homme qu'il recherchait cherche à s'en prendre à elle.

La situation était stressante, et ils étaient tous les deux épuisés, mais ce n'était pas le problème.

Elle lui cachait quelque chose...

Enfin, non, pas *quelque chose. Tout !* Plus il songeait à la réaction instinctive qu'elle avait eue le premier jour, plus il se rendait compte qu'il ignorait presque tout de Maci.

Il savait que leur entente physique était parfaite. Que tout en elle stimulait son corps et son esprit.

Mais elle gardait soigneusement pour elle-même tous les détails de son passé. Et plus il y songeait, plus il était convaincu que le connaître pourrait expliquer pourquoi elle l'avait quitté ainsi deux mois plus tôt.

À plusieurs reprises, il avait essayé de la faire parler, commençant par aborder des sujets anodins pour enchaîner sur leur relation, sur son passé, sur la raison pour laquelle elle était si secrète... mais chaque fois, elle avait détourné la conversation.

— Ça suffit, déclara-t-il soudain en la lâchant et en reculant.

Il lui avait montré comment se dégager si on lui agrippait le poignet et, pendant tout ce temps, il avait senti son pouls s'emballer sous ses doigts.

— J'ai fait une erreur ? demanda Maci en reculant.

Il détestait la distance qu'elle mettait entre eux.

— Non, tu te débrouilles très bien. Mais il faut que nous parlions.

— Terminons cette leçon, d'accord ?

— Nous allons la terminer, mais nous allons également parler. Je ne peux pas te protéger efficacement si tu refuses systématiquement de répondre à des questions plus personnelles.

Elle se raidit.

— Chance, je t'en prie, arrête.

Mais il persista.

— Je voudrais que tu répondes à une question.

Elle posa les mains sur les hanches, et le considéra en plissant les paupières.

— Laquelle ?

— Tu me caches délibérément quelque chose, n'est-ce pas ? Quelque chose d'important.

Elle pâlit, et il sut qu'il avait vu juste.

— Terminons la leçon. Je suis fatiguée, et nous serons très occupés demain.

Elle était épuisée : il le voyait bien aux cernes qu'elle avait sous les yeux et à la contraction de sa bouche. Malgré sa visite chez le médecin, elle n'était pas encore complètement remise.

Il n'aurait pas dû insister, mais il ne pouvait en rester là. C'était impossible.

— Je te propose un marché : si tu réussis à te dégager en moins de deux minutes, je te laisse tranquille.

— Et si je n'y arrive pas ?

— Tu me diras pourquoi tu ne veux plus que nous soyons ensemble, alors qu'il est évident que nous en avons envie tous les deux.

Il la vit hésiter.

— Je ne pense pas que...

Chance s'approcha d'elle et lui caressa doucement la joue d'un doigt.

— J'aurais dû insister bien plus tôt. Mais je ne voulais pas que tu puisses croire que je te faisais du chantage, et que tu risquais de perdre ton emploi.

Elle eut l'air choquée.

— Je n'aurais jamais pu croire cela de toi !

— Bien.

Il était si près d'elle qu'il aurait facilement pu se pencher et l'embrasser. Il en avait tellement envie !

— J'ai pensé un moment que tu t'étais lassée de moi. Ce n'était pas facile à accepter, mais j'y serais parvenu. Tu avais presque réussi à me faire croire que je ne t'intéressais plus. Mais ces derniers jours, pendant notre stage, j'ai bien vu que ce n'était pas le cas.

Elle déglutit, attirant son regard vers la gorge qu'il rêvait d'embrasser, mais ne dit rien.

— Alors, si tu ne parviens pas à te dégager en moins de deux minutes, je veux que tu me dises pourquoi tu es si déterminée à mettre de la distance entre nous.

— Et si je refuse le pari ?

— Dans ce cas, je sonnerai chaque matin à ta porte jusqu'à ce que je sache la vérité. Tu choisis.

Il fallait qu'il comprenne ce qui se passait.

— Bien, déclara-t-elle en faisant un pas en arrière et en s'étirant, allons-y.

Chance enclencha le chronomètre de son téléphone, et l'avertit avant de se lancer sur elle. Il lui bloqua les deux bras, veillant à rester sur le côté pour qu'elle ne puisse lui donner de coups de pied. Elle lutta pour se dégager, mais il la maintint, tout en jetant des coups d'œil sur son portable.

Il restait encore une minute. Maci avait la respiration courte. Il voyait la panique la gagner, et il ne savait pas si c'était parce qu'il la maintenait d'une main de fer, ou parce qu'elle savait qu'elle allait perdre. Quoi qu'il en soit, cela décupla ses forces, et elle lui enfonça les ongles dans l'estomac tout en tentant de le mordre.

Bien ! Elle utilisait les ressources qu'elle avait à sa disposition, et elle réussit à lui faire mal.

Il regarda son portable. Encore trente secondes...

Il ne restait plus que vingt secondes lorsque la porte de la salle s'ouvrit et que Brax entra, son téléphone à la main.

— Bonjour ! Maci, il y a un problème à l'agence. Nous avons besoin de toi.

Ils le regardèrent tous deux, et Chance relâcha la pression juste assez pour que Maci se dégage.

La sonnerie du portable s'éleva, mais elle avait déjà gagné.

Ils se regardèrent pendant un long moment en silence, avant qu'elle tourne les talons et se dirige vers le vestiaire.

— Tout va bien ? l'interrogea Brax, en le regardant. J'ai l'impression qu'un petit match de boxe ne te ferait pas de mal.

C'était certain. Chance avait bien du mal à contenir sa colère, et Brax avait été prompt à le remarquer.

Quelques minutes plus tard, ils sautillaient tous deux sur le ring, équipés de gants et de casques.

— Quelle était l'urgence à l'agence ? demanda Chance, tout en restant sur le qui-vive.

Brax était vif, et il ne devait pas relâcher son attention.

— Il n'y en avait pas. Mais vous étiez tellement plongés dans votre conversation que vous ne m'avez pas entendu entrer la première fois.

Chance s'immobilisa.

— Tu as entendu quoi ?

— Seulement la fin. Que si elle ne parvenait pas à se dégager en moins de deux minutes, elle devrait te dire pourquoi elle mettait de la distance entre vous.

Cela aurait pu être pire, mais quand même...

— Brax...

— Que se passe-t-il avec Maci ?

Brax fit un bond en avant et, de ses mains gantées, décocha un direct, suivi d'un crochet.

Chance réussit à esquiver le premier coup, mais le second atterrit sur la protection qu'il portait au menton.

— Il ne se passe rien.

Brax répliqua d'un air moqueur.

— Je ne t'ai jamais pris pour un menteur. Tu couches avec elle ?

Le gant de Chance se rapprocha dangereusement du nez de Brax, qui réussit néanmoins à éviter le coup.

— Les choses sont compliquées entre Maci et moi... Mais non, pas en ce moment.

— Pas en ce moment, répéta Brax en ponctuant ses paroles d'un uppercut. Donc, vous avez eu une relation. C'est pour cela que tu ne voulais pas qu'elle prenne la place de Stella ?

— Elle n'a pas conscience des risques qu'elle prend.

Ce n'était pas un mensonge, mais ce n'était pas une réponse non plus.

— Les risques sont minimes, étant donné les circonstances. Nous serons constamment auprès d'elle.

— Ils sont minimes, mais ils existent. Tu te sentirais comment s'il s'agissait de Tessa ?

En entendant le nom de sa femme, Brax se mit à cogner avec plus d'ardeur. Chance l'imita. Ils évitèrent quelques coups, en reçurent d'autres.

Finalement, Chance ralentit le rythme. Cela pouvait durer longtemps : Brax et lui avaient à peu près le même niveau et se connaissaient trop bien.

— Nous sommes en train de gaspiller notre temps, déclara Chance.

Brax pouvait en profiter pour décocher un coup sans prévenir, mais Chance savait qu'il ne le ferait pas.

— Entièrement d'accord. Il faut que nous soyons au top demain. Je suis heureux que Maci soit partie. Elle avait l'air épuisée.

Chance acquiesça tout en enlevant ses gants de boxe.

— Tu peux me dire ce qui se passe entre vous deux ? reprit Brax.

— Il n'y a rien...

— Ne me mens pas. Nous avons tous vu comment tu la regardes ! Mais j'ignorais que les choses étaient allées plus loin.

Chance ôta son casque et se passa la main dans les cheveux.

— Elles sont allées plus loin, puis tout s'est arrêté.

Brax lui fit un sourire taquin.

— Dans ce cas, tu devrais peut-être chercher ailleurs.

— Je ne peux pas.

C'était la réponse la plus honnête qu'il puisse faire à Brax. Il avait la certitude que Maci et lui étaient faits l'un pour l'autre, et il refusait de gâcher cette chance.

— Mais, poursuivit-il, j'essayerai de faire en sorte que cela n'ait pas d'incidence sur notre travail.

Brax lui lança une bouteille d'eau et ils burent tous les deux quelques gorgées.

— Je pense que Maci et toi iriez très bien ensemble, déclara-t-il.

Chance faillit s'étrangler en buvant, et toussa.

— Mais tu viens tout juste de me dire d'aller chercher ailleurs !

— C'était seulement pour voir ta réaction, et savoir ce que tu voulais vraiment.

— Tu n'as pas confiance en moi ? Je suis tout de même ton frère !

Brax sourit.

— Bien sûr ! Mais Maci fait partie de la famille, elle aussi, et elle n'a personne pour prendre soin d'elle.

Comment se faisait-il que Brax en sache plus sur Maci que lui-même ?

C'était certainement parce que Maci et lui avaient été tellement absorbés par l'aspect physique de leur relation qu'ils n'avaient pas encore pris le temps d'avoir de longues discussions. Chance s'était dit qu'ils auraient le plaisir de se découvrir peu à peu, d'apprendre à se connaître progressivement.

Ils prirent tous les deux leurs sacs de sport et se dirigèrent vers la porte. Brax lui donna une tape dans le dos.

— Je voulais être certain que c'était du sérieux pour toi, parce que Maci le mérite.

— Tu penses que je ne le sais pas ?

Brax rit et changea de sujet, revenant sur quelques détails de l'opération qui aurait lieu le lendemain. Chance l'écoutait à peine, perdu dans ses pensées.

Maintenant, quelle conduite allait-il tenir avec Maci Ford, et les secrets qu'elle gardait si jalousement ?

7

— Maci, respire. Tu vas y arriver.

Maci était heureuse d'entendre la voix de Chance dans son oreillette. C'était la seule chose qui lui procurait un peu de stabilité.

Elle n'avait plus la même apparence, plus la même façon de parler, de se comporter... et cela lui donnait l'impression de ne plus être elle-même.

Par ailleurs, elle devait constamment réprimer l'envie de poser sa main sur son ventre. Même si elle ne les voyait pas, les frères Patterson étaient tout près d'elle, et il ne fallait pas qu'ils devinent son secret. Ce n'était pas le moment.

Mais elle savait qu'elle ne pourrait pas le cacher longtemps à Chance. Dès qu'il sentait qu'il se trouvait devant une énigme, il mettait un acharnement de pitbull à la résoudre... et elle était en quelque sorte devenue pour lui un mystère qu'il s'était donné pour mission d'éclaircir.

Elle lui apprendrait qu'elle était enceinte lorsqu'ils auraient terminé cette mission. Pour le moment, elle devait seulement se concentrer sur ce qu'elle avait à faire même si, en réalité, elle ne cessait de penser à sa grossesse et à l'épreuve de force qui l'avait opposée à Chance la veille.

— Je vais bien, murmura-t-elle dans le micro qu'ils avaient dissimulé sous ses vêtements. C'est seulement que je ne suis pas habituée à fréquenter ce genre de personnes.

Chance éclata de rire.

— Moi non plus !

Il lui apportait tout son soutien, laissant de côté leurs disputes personnelles, et elle lui en était reconnaissante. C'était lui qui lui avait montré comment ils pourraient communiquer, et c'était sa voix qu'elle avait entendue dans son oreillette pendant toute la soirée.

— La plupart de ces gens ont l'air si superficiels !

Elle s'était attendue à ne pas être dans son élément en se rendant dans une galerie d'art alors que finalement, ce n'était pas l'environnement qui la mettait mal à l'aise, mais la façon dont les gens se comportaient.

Ce gala était donné en l'honneur d'un artiste contemporain, qui faisait des créations multimédias, et Maci aurait été la première à reconnaître qu'elle ne comprenait pas bien où il voulait en venir.

Mais cela ne semblait gêner personne. Les gens n'étaient pas là pour essayer de comprendre les œuvres, mais pour être vus et photographiés. La performance qui se jouait sur les réseaux sociaux éclipsait totalement celle de la création artistique.

Rich restait aux côtés de Maci, la touchant sans arrêt – comme il l'aurait fait avec Stella – et cela commençait à l'irriter sérieusement. Elle tâchait de l'oublier, et de ne penser qu'à sourire et à prendre la pose pour des photos. Ils avaient préalablement rassemblé des clichés de la véritable Stella pour faire des montages qu'ils posteraient sur les réseaux sociaux.

Mais pour l'instant, Maci devait jouer assez bien son rôle pour tromper l'homme qui harcelait Stella.

Une heure plus tard, malgré ses efforts et ceux de Rich qui la couvait d'attentions, elle était persuadée d'avoir échoué.

Elle serra un peu plus fort la coupe de champagne dans laquelle elle n'avait pas trempé les lèvres. C'était une erreur. Comment avait-elle cru qu'elle serait capable de faire cela ? De se mêler à l'élite, et de se faire passer pour une de ces femmes accoutumées aux vêtements haute couture et aux chaussures de luxe ? Même vêtue des plus beaux atours de Stella, elle se sentait différente. Ce n'était pas son monde, et ça ne le serait jamais.

Elle eut soudain la tentation de fuir, de reconnaître qu'elle devait laisser sa place à des professionnels, et tenta de repérer l'issue la plus proche.

— Détends-toi, Maci, lui dit Chance.

Sa voix lui sembla lointaine dans son micro.

— On dirait que tu vas t'enfuir ! poursuivit-il.

— Je crois que ça serait préférable ! marmonna-t-elle sur sa coupe de champagne.

Le rire de Chance fut comme un baume apaisant, et lui rappela que lui et ses frères étaient tout près. Ils ne laisseraient rien lui arriver. Et même si jouer le rôle de Stella l'exposait à certains risques, Maci se sentait en sécurité avec Chance auprès d'elle.

— Qui peut se permettre de payer un droit d'entrée aussi cher pour ne même pas regarder les œuvres exposées ? murmura-t-elle alors que Rich se tournait pour parler à quelqu'un.

Il fallait débourser plus de mille dollars par tête pour pouvoir assister à l'événement. San Antonio Security n'avait bien entendu pas eu à le faire, mais penser que toutes les autres personnes présentes s'étaient acquittées de cette somme et ne portaient pas la moindre attention aux œuvres la laissait perplexe...

— Les gens sont prêts à payer des milliers de dollars pour pouvoir poster des photos de ce gala, répondit Chance. Ou alors ils pensent qu'ils vont pouvoir se faire des relations...

Elle dut se retenir pour ne pas lever les yeux au ciel. L'argent dépensé pour pouvoir être là ce soir aurait pu être utilisé pour de bien meilleures causes !

Un bras lui enlaça la taille, et des lèvres se pressèrent sur ses cheveux.

— Tu es là, Stella, ma chérie...

Même si elle savait que c'était Rich et qu'il jouait son propre rôle, elle dut faire un effort pour ne pas se raidir.

Elle entendit Chance pousser un grognement, et retint un sourire. On ne pouvait pas dire qu'il appréciait le compagnon de Stella.

Pourtant, même Chance devait reconnaître que Rich les aidait grandement. Il avait grandi dans le même milieu social que Stella, et était parfaitement à son aise dans ce genre d'événements, auxquels il pouvait assister en se faisant passer pour son meilleur ami. Cela en faisait un garde du corps discret donc parfait.

Du moins, Maci le considérait comme tel, même si elle ne l'avait jamais vu dans ce rôle, mais uniquement dans celui du séducteur. Il flirtait avec toutes les filles qu'il croisait, y compris Maci. Avec ses cheveux blonds, son corps d'athlète et son sourire enjôleur, il n'était pas étonnant que la plupart des gens le considèrent comme un play-boy inoffensif.

Quoi qu'il en soit, Maci aurait bien aimé qu'il se montre un peu moins tactile.

Rich baissa la tête vers Maci. Elle sentait son souffle sur ses cheveux.

— Tu n'as pas l'air à l'aise. Tout va bien ?

— Bien. J'avais seulement besoin de reprendre mes esprits, déclara Maci avec honnêteté, tout en reculant d'un pas pour se donner un peu d'espace.

— Tu es parfaite.

Il glissa son bras autour de sa taille et l'attira à lui.

— Les deux personnes qui viennent vers nous sont Amy et Angelina Kendrick. Ce sont des jumelles qui ont une chaîne YouTube. Ce sont les plus grandes concurrentes de Stella.

Maci hocha la tête, lui lançant le sourire emblématique de Stella, celui qu'elle avait dû pratiquer pendant des heures devant son miroir avant de parvenir à l'imiter. Cette expression ne lui était pas naturelle du tout, mais elle sut qu'elle s'en était bien sortie lorsque Rich lui fit un clin d'œil.

— Tu es certain qu'elles ne vont pas se rendre compte de la supercherie ?

— Non. Elles ne vont pas s'attarder : elles sont trop occupées à faire un maximum de photos pour les poster avant Stella, et à essayer de nouer de nouveaux contacts. Je m'en occupe.

Maci hocha la tête.

— Bonjour. C'est un plaisir de vous voir, déclara Rich en saluant les deux sœurs et en engageant la conversation avec un naturel remarquable.

Il fit en sorte de monopoliser l'attention des jumelles pour leur faire oublier la fausse Stella à ses côtés.

Maci se tenait debout, les épaules en arrière, le menton levé, une expression dédaigneuse sur le visage.

— Nous pourrions déjeuner ensemble tous les quatre, pour parler affaires, déclara Angelina.

— Je regarderai mon agenda, répondit évasivement Maci, tout en adoptant l'air distant et snob que Stella semblait avoir sur toutes les vidéos qu'elle avait étudiées.

Les jumelles la considérèrent un instant, et Maci sentit sa poitrine se serrer. Avait-elle fait une erreur... dit une bêtise ? Elle aurait voulu se tourner vers Rich, mais savait que cela la trahirait.

— Je vais prendre un verre, déclara-t-elle. J'ai besoin de quelque chose de plus fort que ce champagne.

Elle se retourna sans un regard pour les deux jeunes femmes et partit, espérant qu'elle avait eu la réaction adéquate.

Rich la rejoignit au bar.

— C'était super ! J'aurais juré que tu étais Stella si je n'avais pas été au courant !

— Je suis d'accord, intervint Chance dans son oreillette. Tu t'es débrouillée comme une championne.

Dommage que son estomac ne soit pas du même avis. Il se tordait alors que Rich lui commandait un cocktail.

— Tu vas bien ? lui dit-il en lui tendant un verre. Tiens, cela va t'aider à ressembler à Stella.

Maci ne prêta attention ni à ses paroles ni à la boisson qu'il lui présentait. Elle tentait seulement de combattre la nausée qui montait en elle.

Oh non ! Elle était en train d'apprendre à ses dépens que cela n'arrivait pas que le matin !

— Pardon...

Elle s'éloigna de Rich, essayant désespérément de se rappeler où se trouvaient les toilettes. Chance s'était assuré qu'elle savait sur le bout des doigts où étaient situées les sept entrées du bâtiment, mais il ne lui avait rien dit des sanitaires.

Son estomac se serra à nouveau, et elle marmonna un juron.

— Maci, tu vas bien ? demanda Chance. Pourquoi as-tu quitté Rich ?

Maci ne se sentait pas en mesure de parler, mais elle savait que Chance envisagerait le pire si elle ne le faisait pas.

— J'ai envie de vomir. Je cherche les toilettes.

Elle entendit Chance et ses frères parler, mais elle ne prêta pas attention à ce qu'ils disaient : elle avait vu un panneau indiquant les sanitaires, et faisait tout son possible pour y arriver avant de se donner en spectacle.

Le soulagement qu'elle ressentit lorsqu'elle aperçut la porte fut immense. Elle entra en trombe, heureuse de n'y voir personne, même si, à vrai dire, elle n'y aurait pas accordé la moindre attention. Elle se précipita vers un lavabo, et vomit.

Pourquoi appeler cela des nausées matinales si elles pouvaient survenir à tout moment ?

Maci ne sut pas depuis combien de temps elle était restée penchée sur la cuvette lorsqu'elle sentit des mains écarter ses cheveux de son visage avec douceur.

— Ça va aller...

Chance.

Il resta derrière elle à lui murmurer des paroles d'encouragement, tout en lui frottant le dos pour la réconforter.

Elle ne savait pas comment elle allait lui expliquer ce qui venait de se passer.

Enfin, les nausées se calmèrent, pour faire place à une immense fatigue. Maci était heureuse que Chance la soutienne.

Elle se rinça la bouche, regrettant de ne pas avoir de brosse à dents, ou au moins quelques pastilles.

— Merci.

Elle se sentait beaucoup mieux maintenant qu'elle avait vomi – comme d'habitude.

— Tu vas bien ?

Chance la considérait, les bras croisés sur la poitrine.

Elle n'avait pas le courage de se tourner pour lui faire face. Alors, elle leva les yeux et croisa son regard dans le miroir.

— Ça va.

— Non. Ce n'est pas vrai. Il faut arrêter cela.

— Non.

— Il y aura d'autres galas, Maci.

Elle le regarda en fronçant les sourcils : il n'aurait pas dû parler aussi ouvertement de la mission. Mais un rapide coup d'œil lui apprit que tous les box étaient vides.

— J'ai fermé la porte à clé derrière moi. Nous sommes seuls, déclara-t-il.

Bien entendu. Il pensait toujours à tout.

— Je suis capable de continuer. C'était seulement la nervosité.

C'était en partie vrai, même si ce n'était pas exactement ce qui s'était passé.

Elle se regarda à nouveau dans le miroir, et ouvrit sa pochette, heureuse d'y avoir placé quelques produits de maquillage à la dernière minute. Lorsqu'elle eut fait quelques retouches et que toute trace de son malaise eut disparu, elle se sentit infiniment mieux.

— J'ai l'air de quoi ? demanda-t-elle.

Il s'avança d'un pas.

— Tu es certaine que tu veux y retourner ? Nous pourrons recommencer un autre jour.

— Je vais bien. Je me sens beaucoup mieux maintenant.

Elle se dirigea vers la porte, mais il s'interposa. Elle sentait son regard comme une caresse sur son visage, et elle dut combattre le réflexe de s'éloigner... ou de s'approcher de lui.

Ses yeux ambrés tentaient de voir au plus profond d'elle-même, de percer ses secrets les plus intimes...

— Nous devons mettre Stella en sécurité le plus vite possible, murmura-t-elle.

Il soutint son regard pendant un long moment. Finalement, il alla ouvrir la porte, et la tint pour la laisser sortir.

— Si cela se reproduit, nous arrêtons tout.

Elle hocha la tête, et se fondit à nouveau dans la foule.

Le reste de la soirée, Maci ne prit aucun risque, restant aux côtés de Rich. Ce fut Brax qui prit la relève et s'adressa à elle dans l'oreillette. Elle pensait que Chance était furieux contre elle jusqu'à ce qu'elle l'aperçoive au milieu de la foule, très élégant dans son pantalon foncé et sa chemise blanche.

Il restait à proximité au cas où elle ait besoin de lui. Cette pensée lui faisait chaud au cœur et la terrifiait à la fois.

— C'est fini pour ce soir, Maci, annonça Brax dans son oreillette. Si l'homme voulait tenter quelque chose, il l'aurait déjà fait. Dirige-toi vers la voiture avec Rich.

Elle résidait dans l'appartement de Stella pour mieux donner le change. L'endroit était luxueux, mais en ce moment, cela importait peu : elle voulait simplement se coucher et dormir pendant une centaine d'heures.

— Qui est de corvée baby-sitting ? demanda-t-elle.

— C'est moi, le meilleur des frères Patterson, lui répondit Brax. Ça te va ?

Elle se força à sourire.

— Bien sûr !

Ce n'était pas Chance. C'était certainement préférable. Être seule avec lui dans un appartement rendrait les choses plus compliquées, et le sommeil probablement impossible.

Cependant, elle ne put calmer le sentiment de déception qui monta en elle. Elle appréciait tous les frères Patterson, mais Chance était celui qu'elle aurait choisi entre tous pour être auprès d'elle.

Même si elle était convaincue que cela ne pourrait que les mener au désastre.

8

Rien.

Après trois sorties publiques au cours des quatre soirs qui suivirent, ils ne semblaient pas plus près d'attraper l'homme qui harcelait Stella qu'au début de leur mission. Pourtant, Maci n'avait absolument rien à se reprocher : elle jouait le rôle de la jeune influenceuse à la perfection.

Et Chance détestait voir cela.

Il lui était difficile de la voir se maquiller pour ressembler à quelqu'un d'autre – quelqu'un qui ne possédait ni la fougue ni la chaleur de la véritable Maci. Il n'aimait pas non plus les vêtements qu'elle portait. Ils étaient peut-être beaucoup plus coûteux que ses tenues habituelles, mais il la trouvait bien plus belle avec un jean et un chemisier qu'avec ces robes de couturier et ces hauts talons.

Et Rich... Si Chance était obligé de supporter plus longtemps le spectacle de cet homme posant la main sur le creux des reins de Maci, il ne répondait plus de rien.

— Il y a du nouveau ? demanda Chance à ses frères.

— Non.

L'agacement qu'il percevait dans la voix de Brax reflétait le sien.

— Tu penses que ce type se fiche de nous ? poursuivit Brax.

— Je n'en sais rien..., répondit Chance en se frottant la nuque.

Ce soir, il était posté dans la salle de contrôle, et Brax se trouvait à côté de Maci, prêt à intervenir rapidement si c'était nécessaire. Ses frères et lui s'étaient relayés au cours des différentes soirées, afin qu'aucune des personnes présentes ne puisse se souvenir de les avoir vus la veille à un autre gala.

Le mode opératoire était toujours le même : Rich et Maci arrivaient, Maci jouait son rôle – toujours à la perfection – pendant qu'ils étudiaient soigneusement tous ceux qui l'approchaient. Chacune des personnes qui s'adressaient à elle faisait ensuite l'objet de recherches... même celles qui ne faisaient que la regarder !

Dorian Cane et son équipe les aidaient de leur mieux, vérifiant par exemple l'identité des invités en utilisant des logiciels de reconnaissance faciale. Dorian lui-même était venu s'asseoir un moment dans la salle de contrôle avec Weston hier soir, pour voir si un détail qu'ils n'auraient pas remarqué attirerait son attention. Les Patterson étaient heureux de pouvoir compter sur lui : il connaissait bien son métier, et collaborait pleinement avec eux.

Mais il n'y avait toujours rien.

— Je pense qu'il est possible que l'homme soit au courant de notre subterfuge, et qu'il est inutile de continuer à faire parader Maci de la sorte, déclara Chance.

Ils avaient déjà évoqué cette hypothèse avec Dorian, qui avait décidé de renforcer la sécurité de Stella en Europe, même si rien d'inquiétant ne s'était passé là-bas.

— Je suis d'accord, déclara Weston dans son micro.

Il était posté devant l'entrée du personnel, à l'arrière du bâtiment.

— Ce type semble toujours avoir une longueur d'avance sur nous, poursuivit-il. Je pense que nous loupons quelque chose.

Ils n'avaient jamais rien remarqué d'anormal, que ce soit lors des événements publics, ou lorsque Rich raccompagnait ensuite Maci à l'appartement de Stella, avant de repartir par une sortie dérobée... absolument rien !

Le pire était la pression que cette situation faisait peser sur Maci. Plus le temps passait, plus elle semblait perdre son énergie et sa vitalité. Au bout de quatre jours, elle était véritablement épuisée, et titubait presque de fatigue, même si elle ne buvait pas une goutte d'alcool.

Chance n'arrivait plus à supporter de la voir dans cet état.

— Maci n'en peut plus, dit-il à ses frères sur le canal qu'eux seuls pouvaient entendre. Arrêtons ça.

— Bien reçu, répondit Weston. Je vais aller vérifier que l'appartement est sûr.

Chance perçut la fatigue dans la voix de son frère, alors il prit une décision.

— Non. Dès que Maci sera dans la voiture, rentrez tous vous reposer. Je vais la raccompagner chez elle, puisque notre piège pour attirer cet homme n'a pas marché. Demain, nous essayerons de mettre au point un autre plan d'action.

Aucun de ses frères ne protesta. Ils voyaient bien que leur manège ne menait à rien.

— Appelle-nous si tu as besoin de quoi que ce soit, dit Luke. Nous ne serons pas loin.

Chance s'adressa alors à Maci.

— Maci, c'est fini pour ce soir.

Sur l'écran, il vit qu'elle se détournait pour pouvoir lui parler discrètement.

— Nous allons chez Stella ?

— Non. Visiblement, ce plan ne marche pas. Je vais te raccompagner chez toi. Tout le monde a besoin d'une bonne nuit de sommeil !

Il la vit se frotter les yeux.

— Je regrette que ça n'ait pas marché, soupira-t-elle.

— Ne t'inquiète pas, nous allons le pincer. Dirige-toi vers la voiture avec Rich.

Brax accepta de rester à la soirée jusqu'à la fin et de s'occuper de remballer tout leur matériel. Chance retrouva Rich et Maci dans le parking. Elle était déjà à l'intérieur de la voiture.

— Vous abandonnez ? demanda Rich.

Chance plissa les yeux.

— Au moins pour ce soir. Ça ne sert à rien d'insister.

Le sourire de Rich fut, comme toujours, charmeur.

— Vous me direz quelle est la suite…

Chance le regarda s'éloigner avant d'aller s'installer au volant. Puis il se tourna vers Maci pour lui demander comment elle allait.

Elle s'était endormie, la joue écrasée contre la vitre de la portière. Ils avaient décidément eu raison de terminer plus tôt ce soir. Trop, c'était trop.

Chance conduisit lentement, savourant ce moment où il était tout près d'elle. Il était toujours déterminé à mettre au jour les secrets qu'elle lui cachait. Peut-être que si elle cessait de jouer un rôle actif dans cette mission, il pourrait penser à cela plus librement…

Au lieu de forcer ses défenses, il voulait l'amener à se confier par la douceur. Il n'était pas certain d'en être capable, mais il essayerait. Elle le valait bien.

Ils n'étaient partis que depuis quelques minutes quand Chance remarqua une voiture qui semblait les suivre. Ne voulant pas réveiller Maci sans raison, il prit un chemin détourné qui les ramènerait vers l'appartement de Stella. Si quelqu'un les filait, c'était l'itinéraire qu'il s'attendait à les voir prendre.

Chance tourna à la dernière minute à un feu, espérant que le véhicule irait tout droit.

Il les suivit.

Tous ses sens en éveil, Chance continua à faire des tours et des détours. La voiture emprunta exactement le même chemin.

Cette fois, c'était clair.

— Maci, Maci, réveille-toi.

— Nous sommes arrivés ? demanda-t-elle d'une voix tout ensommeillée.

Bien à contrecœur, il lui avoua la vérité.

— Nous sommes suivis.

Elle se redressa dans un sursaut.

— Qu'allons-nous faire ?

Tout en composant le numéro de Weston sur le tableau de bord, il lui répondit :

— Tout va bien. Mais reste baissée.

— Que se passe-t-il ? demanda Weston en décrochant.

Chance lui donna leur localisation, et expliqua :

— Nous sommes suivis par une berline noire. Dès que je l'ai remarquée, je me suis dirigé vers l'appartement de Stella.

— Nous arrivons.

Chance entendit un crissement de pneus.

— Luke est avec moi, poursuivit Weston.

— Je vais déposer Maci dans l'appartement. Ensuite, ça sera à nous de prendre l'offensive.

Peut-être que ce soir, tout serait terminé. Chance le souhaitait de tout cœur.

— Il n'est pas nécessaire que tu me laisses chez Stella, dit-elle. Je vais rester avec toi dans la voiture.

— Non.

C'était hors de question. Si les choses tournaient mal, il ne voulait pas qu'elle soit dans les parages.

— Nous sommes derrière toi, annonça Weston. Luke a vu la voiture noire. Elle te suit, c'est certain. Nous allons la bloquer pour que tu puisses emmener Maci chez Stella sans qu'ils te voient.

Quelques minutes plus tard, le véhicule de Weston dépassa la berline et se plaça devant, lui obstruant le passage. Chance en profita pour s'engager dans la rue où se trouvait l'immeuble de Stella.

Il s'arrêta devant, et se tourna vers Maci.

— Cours à l'intérieur. Ne t'arrête pas. Va dans l'appartement et ferme la porte à clé. Nous viendrons te rejoindre dès que possible.

Fort heureusement, elle ne protesta pas.

— Sois prudent.

Chance regarda le portier la faire entrer dans l'immeuble, puis repartit rapidement.

— Ils nous ont doublés et nous les suivons, mais je pense qu'ils nous ont remarqués. Ils accélèrent, annonça Weston. Nous nous dirigeons vers le sud sur Market Street.

— Continuez à les suivre. Je vous rejoindrai dans moins d'une minute.

— Bon sang ! s'exclama Luke ! Ils viennent de s'engager sur la 4e Rue, et ils se dirigent vers l'autoroute ! Ils essayent de nous semer !

Chance était maintenant derrière eux. Il tourna brusquement le volant pour pénétrer dans une allée, espérant que cela lui permettrait de gagner de la vitesse et de couper la route à la berline.

— J'arrive de l'est par une rue parallèle.

— Tu as prévu de faire quoi ? demanda Weston.

— De leur couper la route et de les obliger à s'arrêter.

— Mauvaise idée ! s'exclamèrent Luke et Weston au même moment.

C'était la seule qu'il avait.

Il fit ronfler le moteur et sortit de l'allée. Il avait réussi. La berline filait sur lui.

— Nous te voyons ! hurla Luke.

Ils se trouvaient maintenant dans une zone industrielle, ce qui jouait plutôt en leur faveur : il y avait peu de trafic à cette heure de la nuit. Il plaça son véhicule au milieu de la route de manière qu'il ne soit pas possible de le contourner.

Un instant, il se demanda si les hommes allaient percuter sa voiture, mais la berline noire s'arrêta dans un crissement de pneus. Le soulagement de Chance fut de courte durée : ce ne fut pas une, mais deux portières qui s'ouvrirent, et les occupants du véhicule se ruèrent dans des directions opposées.

Il entendit Luke et Weston crier.

— Je m'occupe du conducteur, hurla Chance en se mettant à courir. Suivez l'autre !

Le type s'engagea dans l'allée dont Chance venait de sortir, tentant de rejoindre la rue principale. Chance devait l'arrêter avant qu'il y parvienne. Il fit un effort pour accélérer sa course, et gagna du terrain sur l'homme. Il finit par se jeter sur lui, et tous deux tombèrent lourdement à terre.

Malgré la douleur, pour la première fois depuis qu'il avait remarqué qu'on les suivait, Chance avait le sentiment qu'il pouvait respirer. Enfin !

Il força l'homme à rebrousser chemin et le traîna vers son véhicule, heureux qu'il ne fasse pas mine de se battre. Luke et Weston avaient réussi à attraper son compagnon. À la lueur du réverbère, Chance les vit enfin.

Bon sang ! Ils n'avaient pas vingt ans !

Il regarda ses frères, et comprit qu'il partageait leur étonnement. C'étaient donc ces gamins qui harcelaient Stella LeBlanc ?

— Quel âge avez-vous ? leur demanda Chance.

— Dix-sept ans, répondit le conducteur en levant le menton d'un air de défi.

Chance remarqua qu'ils avaient tous deux les yeux rouges.

— Et vous vous appelez comment ?

Le gamin répondit.

— Homer Simpson.

Et il ajouta en désignant son compagnon du pouce :

— Et lui, c'est Bart.

Chance réprima un geste d'agacement. Ses frères et lui vérifieraient leur identité plus tard. Tout en considérant les yeux injectés de sang des garçons, il les questionna :

— Vous vous êtes drogués ?

Tout cela n'avait aucun sens. Comment des gamins défoncés avaient-ils réussi à échapper à des professionnels de la sécurité aguerris ?

— Ça vous intéresse ? demanda Bart avec un sourire narquois.

Chance ignora la question.

— Pourquoi nous suivez-vous ?

Homer répliqua d'un ton moqueur :

— Nous ne dirons rien.

— Bien, répliqua Luke en faisant un pas vers eux. Nous allons appeler nos amis de la police de San Antonio. Avec toutes les infractions que vous venez de commettre – excès de vitesse, conduite sous l'emprise de substances illicites –, ils auront beau jeu de vous retirer votre permis et de vous mettre sous les barreaux.

Les deux garçons pâlirent.

— Écoutez, nous ne voulions faire de mal à personne...

— Alors, pourquoi suiviez-vous Stella LeBlanc ? les interrogea Weston.

— Qui ? demanda Homer. Nous ne savions pas qui était dans la voiture.

Bart secoua la tête, comme s'il était prêt à pleurer.

— C'est vrai ! Quelqu'un nous a payés pour suivre votre voiture, en précisant qu'il fallait que ça se voie. Nous ne savions pas que vous alliez faire une crise !

Chance croisa le regard de Weston. Tout cela n'avait aucun sens.

— Attendez : vous pouvez répéter exactement ce que l'on vous a demandé de faire ?

— Nous devions seulement suivre votre voiture. Il nous a dit que vous nous remarqueriez certainement, et que nous devions faire durer la poursuite aussi longtemps que possible.

— Qui a dit ça ? continua Luke en s'avançant d'un air menaçant.

Les deux gamins eurent un mouvement de recul.

— Je ne sais pas ! s'exclamèrent-ils tous deux en même temps.

Chance attrapa Homer par le col.

— Qui vous a demandé de faire ça ? Un homme ? Une femme ? Cette personne ressemblait à quoi ?

Bart se mit à trembler.

— C'était un homme. Nous étions devant le supermarché, et il nous a proposé cinq cents dollars pour vous suivre quand vous sortiriez du garage. Il est resté dans l'ombre. Je ne l'ai pas vu.

— Mais pourquoi aurait-il demandé une chose pareille ? s'exclama Weston. Vous ne deviez pas tenter d'agresser la femme qui se trouvait dans cette voiture ?

Les garçons secouèrent la tête.

— Non. Il nous a seulement payés pour vous suivre.

Chance sentit son sang se glacer. Il se tourna vers Weston.

— Ce n'était qu'une diversion... et j'ai cru mettre Maci à l'abri en la déposant chez Stella.

Elle était seule dans un appartement où l'homme qu'ils recherchaient avait déjà réussi à pénétrer.

Chance s'était mis à courir vers sa voiture avant même d'avoir fini sa phrase. Il entendit ses frères discuter pour décider lequel d'entre eux resterait avec les garçons, mais il n'y prêta pas la moindre attention.

Tout en conduisant, il composa le numéro de Maci.

Pas de réponse... Ni au premier appel, ni au second, ni au troisième...

Il roulait le plus rapidement possible, mais il lui sembla que le court trajet durait une éternité. Finalement, il s'arrêta devant l'immeuble de Stella et se précipita hors de son SUV sans se soucier de le garer correctement.

Le portier lui lança un regard noir lorsqu'il traversa le hall en courant et appela l'ascenseur. Il se sentait bouillir d'impatience alors que les étages défilaient.

Maci allait bien. Il fallait qu'elle aille bien. Elle était si fatiguée ! Elle s'était certainement endormie.

Pourquoi n'arrivait-il pas à le croire ?

Dès que les portes de l'ascenseur s'ouvrirent, il sut qu'il était arrivé trop tard : la porte de l'appartement de Stella était entrebâillée. Pourtant, il avait bien recommandé à Maci de la fermer à clé. Il ne savait même pas si elle avait eu le temps d'essayer de le faire.

Mon Dieu, faites qu'elle soit en vie ! Il sortit l'arme qu'il portait sur lui, et entra dans l'appartement.

Le silence qui y régnait fit frissonner Chance. Il aurait voulu appeler Maci, mais ne voulait pas risquer d'alerter un éventuel agresseur avant qu'il soit en mesure de le mettre hors d'état de nuire. Il jeta un coup d'œil dans le salon, puis s'engagea dans le couloir qui menait aux chambres.

Il entendit un petit bruit derrière lui et pivota brusquement, son arme levée. Il la baissa lorsqu'il reconnut Weston, qui brandissait lui aussi son pistolet.

Son frère lui fit un bref signe de tête. Sans un mot, ils se remirent à avancer. Chance vérifia la chambre d'amis, et Weston le bureau.

Personne.

Où était Maci ? Avait-elle été enlevée ?

Ils se dirigèrent à nouveau vers le salon, puis vers la cuisine adjacente. Lorsqu'il aperçut Maci depuis l'embrasure de la porte, Chance se précipita vers elle, sans plus songer à demeurer silencieux.

S'il n'y avait pas eu cette coupure qui saignait sur le front, il aurait pu croire qu'elle dormait là, allongée devant le lave-vaisselle. Chance tomba à genoux à côté d'elle. Il lui prit la main, et chercha son pouls.

Mon Dieu ! Mon Dieu ! Mon Dieu !

— Elle est...

Weston ne termina pas sa phrase.

Chance sentit enfin une pulsation sous ses doigts. Dieu merci !

— Elle est vivante !

Il sortit son téléphone, et ce fut d'une voix étranglée qu'il annonça à l'opérateur :

— Nous avons besoin d'une ambulance.

9

Maci se réveilla avec la sensation qu'elle ne se trouvait pas là où elle aurait dû être. Avant qu'elle puisse comprendre pourquoi, un signal continu retint toute son attention.

Était-ce l'alarme de son réveil ?

— Arrêtez ça, parvint-elle à dire d'une voix rauque.

Elle avait la bouche sèche, et sa voix résonnait étrangement à ses oreilles. Elle perçut un froissement auprès d'elle et se força à ouvrir les yeux, mais dut aussitôt les refermer tant la lumière était intense… beaucoup trop pour qu'elle soit dans son appartement ou celui de Stella.

— Où suis-je ?

— Tu es à l'hôpital.

Chance. Le simple fait d'entendre le son de sa voix suffit à la calmer.

Du moins jusqu'à ce qu'elle le voie. Il n'était pas rasé, et avait les yeux rouges de fatigue. Ses cheveux bruns étaient ébouriffés comme s'il avait passé les doigts dedans des milliers de fois.

Puis elle comprit enfin ce qu'il venait de dire. *Hôpital.* D'instinct, elle porta les mains à son ventre pour protéger le bébé. Quelque chose n'allait pas ? Elle l'avait perdu ?

Savait-il qu'elle était enceinte ?

— Tu as des vertiges ? demanda-t-il en s'approchant du lit.

— Non. Je suis ici depuis combien de temps ? Je… Je vais bien ?

— Cela fait deux heures. Tu as repris connaissance et tu t'es rendormie plusieurs fois.

Il semblait à bout de nerfs, et elle ne fut pas surprise lorsqu'il se mit à aller et venir dans la chambre.

— Tu as été frappée à la tête alors que tu te trouvais dans l'appartement de Stella. Tu t'en souviens ?

L'appartement... Elle était rentrée, et avait voulu se préparer une tasse de thé...

L'homme.

— Il y avait quelqu'un chez Stella, murmura-t-elle.

Sa poitrine se serra. Et dire qu'elle avait passé des heures à tenter d'acquérir des mécanismes de self-défense avec Chance ! Elle n'avait même pas eu l'occasion de les utiliser.

Chance lui prit la main et la serra doucement.

— Tout va bien. Tu es en sécurité maintenant.

Une infirmière entra.

— J'ai l'impression que vous êtes réveillée pour de bon cette fois-ci ! Comment vous sentez-vous ?

Elle étudia les yeux de Maci à la lumière d'une petite lampe torche, et lui demanda de suivre son doigt du regard.

— J'ai mal à la tête, mais à part ça, j'ai l'impression d'aller bien. Il n'y a pas de problème particulier ?

Maci ne savait pas comment parler du bébé alors que Chance se trouvait dans la pièce. Elle le dévisagea avec nervosité.

L'infirmière surprit son regard.

— Vous voulez être seule ? Nous avons laissé M. Patterson entrer parce qu'il était indiqué comme étant la personne à contacter en cas d'urgence, mais certains de nos patients préfèrent ne pas avoir de compagnie pour mieux se remettre.

Maci commença à secouer la tête, puis interrompit immédiatement son mouvement en sentant la douleur l'assaillir.

— Non, c'est bon. Je préfère que Chance reste.

Elle n'avait pas envie d'être seule en ce moment.

L'infirmière sourit.

— Vos pupilles ne sont pas dilatées et vos propos sont tout à fait cohérents, ce qui est bon signe. Le docteur Ashburn va bientôt passer, et voudra certainement qu'on vous fasse un scanner pour vérifier qu'il n'y a pas de commotion cérébrale.

— Et je n'ai pas d'autre problème ailleurs qu'à la tête, n'est-ce pas ?

Maci ne savait comment demander si son bébé allait bien.

L'infirmière sourit.

— Apparemment non. Vous êtes jeune et en bonne santé.

Cela ne répondait pas exactement à sa question, mais la rassura quelque peu.

L'infirmière sortit, et Chance s'assit à côté d'elle.

— Je suis si heureux que tu sois enfin bien réveillée ! Quand Weston et moi t'avons trouvée dans cette cuisine…

Il se passa la main sur le visage.

— L'homme qui m'a agressée était déjà là quand je suis entrée dans l'appartement. Il devait m'attendre.

— Tu es capable d'en parler, ou tu préfères te reposer pour le moment ?

Elle poussa un soupir.

— Je peux le faire. Je sais que cela peut vous aider à mettre la main sur ce type.

Leurs regards se croisèrent.

— Mais cela est moins important que toi, protesta Chance.

Elle ne parvenait pas à détacher son regard de ses yeux ambrés.

— Je suis assez en forme pour en parler. Je te le promets.

— Mes frères sont dans la salle d'attente. Je peux les faire entrer ou tu penses que nous serions trop nombreux ?

— C'est bon.

Il sortit et revint quelques instants plus tard, accompagné de Brax, Weston et Luke. Tous avaient l'air quasiment hagards.

— La voilà ! s'exclama Brax en se précipitant vers elle et en lui plantant un baiser sur la joue. Dieu merci ! Luke était déjà en train de se lamenter qu'il allait devoir faire toute sa paperasserie lui-même.

Luke lui sourit.

— Ce n'est pas tout à fait faux. Je suis heureux que tu ailles bien, Maci.

Weston, toujours plus solennel que ses frères, hocha la tête.

— Tu nous as fait peur !

— Maci se sent capable de nous raconter ce dont elle se souvient, déclara Chance.

Il s'assit à côté d'elle et lui prit la main. Cela lui insuffla la force dont elle avait besoin pour parler.

— Tu m'as déposée devant l'immeuble de Stella et je me suis précipitée chez elle. J'étais un peu inquiète, mais dès que j'ai vu la porte de son appartement, j'ai été soulagée. Je suis entrée et j'ai refermé la porte à clé, mais l'homme devait déjà être à l'intérieur.

Chance lui serra les doigts, et elle se concentra sur la sensation de sa main chaude enveloppant la sienne.

— Je me suis rendue dans la cuisine pour me faire du thé, et il s'est approché de moi par l'arrière. Il m'a poussée contre le mur, et a déclaré qu'il savait que je n'étais pas Stella.

— Il a dit autre chose ?

— Oui, mais sa voix était étrange, comme un murmure.

Elle serra les dents. Jamais elle n'oublierait les paroles qu'il avait prononcées, et la terreur qu'elle avait alors ressentie.

Elle poursuivit :

— Il m'a dit : « Tu penses vraiment que je suis un imbécile ? Je sais que tu n'es pas Stella, simplement une pâle imitation. Mais tu es forte. Tu es restée pour te battre alors qu'elle s'est enfuie. Tu as le sens de l'honneur. »

Elle considéra les Patterson un à un.

— Ce ne sont peut-être pas ses mots exacts, mais en substance, c'est cela.

— Comment as-tu été blessée ? demanda calmement Weston.

— Il m'a poussée contre le placard, et ma tête a heurté la poignée.

Maci se rappela soudain la douleur vive qu'elle avait ressentie, et la chaleur du sang qui s'était mis à couler sur sa joue.

— Je ne me souviens pas l'avoir vu partir, conclut-elle. J'ai perdu connaissance. J'ignore s'il voulait m'enlever.

— Il avait peut-être l'intention de le faire, et il a pu changer d'avis en voyant que tu étais blessée. C'est plus difficile de partir discrètement avec une femme qui saigne, remarqua Brax en fronçant les sourcils, l'air grave.

— Nous pouvons essayer de récupérer les enregistrements des caméras de surveillance autour de l'appartement, proposa Weston, et voir ce que nous trouverons.

On frappa à la porte, et une femme en blouse blanche entra.

— Bonjour, Maci, je suis le docteur Ashburn. Je suis heureuse de vous voir éveillée.

Le médecin procéda aux mêmes vérifications que l'infirmière, observant sa pupille à l'aide d'une petite lampe torche.

— Nous vous avons déjà fait passer un scanner à votre arrivée. Il a mis en évidence des hématomes qui sont de petite taille, ce qui est une bonne nouvelle. Les analyses toxicologiques et sanguines étaient quant à elles tout à fait normales.

— Un scanner ? répéta Maci en se raidissant. Cela peut... poser un problème dans mon état ?

Le médecin sembla comprendre le sens véritable de sa question, et secoua gentiment la tête.

— Ne vous inquiétez pas : les risques sont tout à fait minimes. Vous êtes en aussi bonne forme que vous l'étiez hier, à l'exception de la bosse que vous avez sur le front.

— Y a-t-il d'autres choses auxquelles nous devons faire attention ? demanda Chance.

Il serra brièvement la main de Maci tout en continuant à regarder le médecin.

— Rien, à part d'éventuels signes de commotion cérébrale. La coupure est superficielle. Maci n'aura même pas besoin de points de suture. Le strip que nous avons posé suffira à refermer la plaie jusqu'à la cicatrisation.

— Il faut la surveiller cette nuit ?

84

Même si cela lui faisait chaud au cœur de voir Chance si protecteur à son égard, Maci aurait préféré qu'il soit un peu moins impliqué. Il allait lui être bien difficile de lui cacher l'existence du bébé.

— Chance, je vais bien.

— Mais que se passera-t-il si...

— Chance !

Il la regarda, et Maci comprit ce qui le poussait à agir ainsi : il était terrifié. Elle avait été blessée alors qu'elle était sous sa protection, et cela lui faisait très mal. Elle lui pressa la main.

— Je vais bien. Dites-le-lui, docteur.

— Mlle Ford va pouvoir rentrer chez elle. Nous vous donnerons des instructions pour veiller sur elle pendant les jours à venir, mais elle va bien. Elle est en bonne santé.

Le docteur Ashburn se tourna vers Maci.

— Vous n'avez à vous soucier que de votre blessure à la tête, d'accord ? Tout le reste va bien.

Mais Chance insista.

— Cela fait des jours qu'elle a la nausée, et elle est constamment fatiguée. Une grippe ne dure pas si longtemps !

Elle lui serra la main. Elle ne se doutait pas qu'il faisait si attention à elle.

— Chance, je vais bien.

Il écarta une mèche de cheveux de son front.

— Tant que tu es à l'hôpital, ils pourraient te faire passer d'autres examens ! S'il y a un problème, autant le savoir rapidement. Quoi que ce soit, je suis là.

— Le docteur Ashburn a dit que les résultats de mes analyses étaient bons.

Il se pencha vers elle, avec une expression implorante dans ses yeux si lumineux.

— Maci, nous savons tous les deux que quelque chose ne va pas. Et si c'était une maladie grave ?

— Je n'ai pas de maladie grave.

— Comment peux-tu en être sûre ? murmura-t-il. Je te vois souffrir depuis des jours, et je ne peux plus le supporter.

Il fallait qu'elle le lui dise. Jamais elle n'aurait meilleure occasion de le faire...

— Je ne suis pas malade, Chance. Je suis enceinte. De dix semaines.

Chance écarquilla les yeux, mais heureusement, il ne lui lâcha pas la main.

— Et je peux vous dire que le bébé va bien, malgré votre bosse à la tête, déclara le docteur Ashburn. Maci, si vous avez des questions, n'hésitez pas à me les poser. Nous allons faire un autre scanner, puis vous libérer si tout semble bon.

Le médecin salua tout le monde et sortit, mais Maci n'y prêta pas attention. Elle ne voyait que la stupéfaction qui s'était peinte sur les visages de Chance et de ses frères.

Elle leur avait révélé son secret.

Enceinte.

Le mot résonnait en boucle dans la tête de Chance. *Maci est enceinte.*

Le savait-elle déjà lorsqu'elle avait proposé de prendre la place de Stella ?

Était-elle enceinte de lui ?

C'était la question qui demeura dans son esprit. Avaient-ils fait ensemble le bébé qu'elle portait ? Ils avaient utilisé des préservatifs, mais ce n'était pas un moyen de contraception sûr à 100 %... Mais là n'était pas le problème.

La véritable question était : qui était le père du bébé, et que ferait Chance si ce n'était pas lui ?

— Vous pouvez nous laisser seuls ?

Ses frères le connaissaient assez pour ne pas discuter.

Weston partit le dernier. Mais avant, il posa la main sur l'épaule de Chance et lui dit :

— Sois gentil avec elle. La nuit a déjà été dure pour elle.

Chance ne dit rien lorsque Weston referma la porte derrière

lui. Mais s'il y avait un mot qui ne correspondait pas à ce qu'il ressentait en ce moment, c'était bien « gentil ».

Il se sentait désorienté, angoissé, en colère, mais certainement pas gentil.

Mais il savait que pour l'heure, Maci avait besoin de réconfort, donc il trouverait en lui les ressources nécessaires pour le lui apporter.

Maci bougea dans son lit d'hôpital, et Chance se concentra à nouveau sur elle.

— C'est le mien ?

Il ne sut pourquoi, mais il fut incapable de la regarder en lui posant cette question.

— Nous ne nous sommes jamais rien promis, poursuivit-il, donc, je ne veux pas tenir pour acquis que…

— Oui, c'est le tien. Je ne passe pas mon temps à coucher avec le premier venu !

Maintenant, il la regarda.

— Ce n'est pas ce que je voulais dire. Je te le jure. Je ne pensais pas que tu avais une relation avec un autre homme, mais je craignais d'être indélicat en tenant pour sûr que le bébé était le mien.

Elle hocha la tête, mais il eut l'impression d'avoir été un malotru lorsqu'une larme perla, et qu'elle l'essuya rapidement.

— Je suis désolé, murmura-t-il.

— C'est bon…

Mon Dieu ! Maci Ford attendait son enfant.

— Tu vas le garder ?

Il essaya de prononcer ces mots d'un ton aussi neutre que possible. Il ne voulait pas influencer sa décision, mais il sentit le soulagement l'envahir lorsqu'elle hocha la tête.

Pendant quelques minutes, aucun d'eux ne parla. Chance tentait seulement de prendre véritablement conscience de la situation. Puis soudain, une foule de questions se pressèrent à son esprit.

— Depuis combien de temps le sais-tu ?

Maci détourna le regard, et il serra les poings si fort qu'il sentit ses ongles s'enfoncer dans ses paumes. La réponse n'allait pas lui plaire.

— Quelques jours...

— C'est-à-dire ?

Elle le regarda à nouveau, et il vit que le feu qui brillait habituellement dans ses yeux était presque éteint. Elle avait l'air fatigué, et Chance eut envie de la prendre dans ses bras et de la tenir pendant qu'elle s'endormirait contre lui, mais il fallait d'abord qu'il sache.

— Je l'ai appris la veille du jour où nous avons commencé l'entraînement.

Le rendez-vous de dernière minute chez le médecin... Chance sentit la peur et la colère s'emparer de lui, et il dut prendre son inspiration pour les réprimer. Lorsqu'il prit la parole, ce fut d'une voix rauque.

— Donc, tu as suivi cet entraînement de self-défense et tu as pris la place de Stella alors que tu savais que tu attendais un enfant ?

Il repensa aux mouvements qu'il lui avait appris. A priori, aucun n'était interdit à une femme enceinte, mais il n'avait pas pu prendre les précautions qu'il aurait jugées nécessaires s'il avait été au courant.

Et l'attaque de ce soir...

Il y eut de la culpabilité dans l'expression et l'attitude de Maci.

— J'ai parlé de l'entraînement de self-défense au médecin et, selon lui, à ce stade de la grossesse, il n'y avait aucun problème du moment que je ne recevais pas de coup dans le ventre.

Cela ne suffit pas à le rassurer.

— Tu as pris la place d'une jeune femme harcelée par un homme qui était en train de devenir violent alors que tu étais enceinte de notre enfant. Dis-moi que tu comprends pourquoi cela me pose un problème, Maci !

— Je te promets que j'étais prudente. Vous étiez tous là pour...

— Tu as été agressée !

Chance se leva. Il ne parvenait plus à rester en place.

— Et maintenant, poursuivit-il, tu es blessée, sur un lit d'hôpital.

— Ce n'est pas juste. Nous savons tous les deux que je n'y suis pour rien !

Chance sentit son cœur se serrer. Elle avait raison : elle n'y était pour rien. C'était lui, le fautif ! Il l'avait laissée monter seule chez Stella, pensant qu'il serait plus utile ailleurs.

Il l'avait laissée sans défense.

Toute sa vie, il avait pris soin des autres. Et maintenant, une seule erreur avait failli lui faire perdre Maci et leur enfant. Que se serait-il passé s'il n'était pas revenu à temps, ou si l'agresseur avait décidé d'enlever Maci ?

Ou s'il avait décidé de la tuer dans cette cuisine lorsqu'il s'était rendu compte qu'elle n'était pas Stella ?

Pendant un instant, il fut incapable de respirer.

— Chance, arrête, lâcha-t-elle d'un ton sec.

Elle lui attrapa le poignet et le força à se rasseoir.

— Tu n'y es pour rien. Tu ne pouvais pas savoir que l'homme m'attendait chez Stella, et rien ne dit que les choses se seraient mieux passées si tu avais été là. Il aurait pu te tuer !

— Tu n'en sais rien.

Il se laissa aller contre le dossier de sa chaise, soudain complètement vidé.

— Je vais bien. Le bébé va bien. C'est l'essentiel.

C'était vrai, mais il n'arrivait tout de même pas à calmer la terreur qui s'était emparée de lui.

— Je ne veux plus que tu te fasses passer pour Stella. C'est fini !

Maci écarquilla les yeux, pour ensuite les plisser.

— Tu n'as pas à me donner des ordres, Chance Patterson. Je ne t'appartiens pas.

— Comme si j'allais permettre à la mère de mon enfant de courir des risques que nous n'arrivons pas à contrôler !

Maci ouvrit la bouche, s'apprêtant à répondre, mais il poursuivit :

— D'ailleurs, continuer à mettre ce piège en place ne sert plus à rien : ce type sait que tu n'es pas Stella. Tu l'as dit toi-même.

— Alors, tu me demandes d'arrêter. Tu ne l'exiges pas.

Chance serra les mâchoires, tout en songeant à ses parents. Il avait parfois vu Clinton et Sheila se disputer, mais le respect et l'admiration qu'ils avaient l'un pour l'autre finissaient toujours par l'emporter.

Il prit la main de Maci avec douceur, et lui fut reconnaissant lorsqu'elle ne la retira pas.

— Maci, cet homme sait que tu n'es pas Stella. Nous devons réfléchir et aborder l'affaire sous un angle différent. Je t'en prie, aide-nous à le faire.

— Et Stella ?

— Notre agence et l'équipe de sécurité de son père sont sur l'affaire. Ensemble, nous arriverons à trouver l'homme qui la harcèle avant qu'elle revienne dans le pays. Mais dorénavant, tu ne dois plus prendre sa place. C'est d'accord ?

Maci soupira.

— C'est d'accord.

Il y avait donc un problème en moins sur la liste de Chance. Maintenant, il n'en restait plus qu'une centaine d'autres à régler.

10

Après quelques examens complémentaires, et un scanner qui ne révéla rien d'inquiétant, le docteur Ashburn accepta de laisser Maci sortir de l'hôpital. Ses frères étaient rentrés chez eux pour prendre un peu de repos, mais Chance était resté auprès de Maci. Il était encore sous le choc de ce qu'il venait d'apprendre.

Demain matin, ses frères passeraient en revue les événements de la soirée. Ils chercheraient vraisemblablement à rassembler des informations sur les fameux Homer et Bart, et examineraient les enregistrements des caméras de sécurité de l'immeuble. Chance savait qu'ils s'acquitteraient de leur tâche avec sérieux, et leur faisait entièrement confiance... car il ne pourrait pas être là pour les aider.

Maci attendait son enfant, et il allait rester auprès d'elle, coûte que coûte. Il avait déjà demandé à Weston de lui apporter un sac avec quelques vêtements et des affaires de toilette, parce qu'il serait aux côtés de Maci cette nuit... et demain... et s'il ne tenait qu'à lui, *toujours*.

Le soleil commençait à poindre lorsque Maci fut autorisée à rentrer chez elle, et qu'un brancardier poussa son fauteuil roulant jusqu'à la voiture.

— Qu'y a-t-il dans ce sac ? demanda-t-elle en désignant le bagage posé sur le siège arrière.

— Quelques habits pour moi. Je t'emmène chez toi, et je vais rester avec toi pendant quelques jours.

Elle poussa un petit soupir.

— Chance, c'est inutile ! Cet homme ne cherchera pas à s'en prendre à moi, mais à Stella. Je peux m'occuper de moi toute seule !

— C'est certain, mais je veux rester avec toi, répliqua-t-il en passant la main sur le visage. Cette soirée a été très difficile, et je me sentirais mieux si j'étais auprès de toi... de toi et du bébé. Tu es d'accord ?

Elle sembla sur le point de protester jusqu'à ce qu'elle pose le regard sur lui. Et ce qu'elle vit sembla la convaincre.

— C'est bon.

— Je pensais que j'aurais plus de mal à te persuader, reconnut-il avec un petit rire.

— Je sais que le docteur Ashburn ne veut pas que je reste seule les premiers jours. Et tu as raison : les dernières heures ont été dures.

Ce ne fut que lorsque Chance fit démarrer sa voiture qu'il se rendit compte qu'il ne savait même pas où elle habitait. Ils se voyaient le jour à l'agence, et elle était déjà venue passer la nuit chez lui, mais il n'était jamais allé dans son appartement.

Ce n'était pas l'envie qui lui en avait manqué, mais elle ne l'y avait jamais convié.

— Hum... Je ne sais pas où tu habites.

Elle hocha la tête, et lui donna les indications nécessaires. Mais plus il se rapprochait de l'endroit, plus Chance était perplexe. Maci n'habitait pas dans le pire quartier de la ville, mais ce n'était tout de même pas là qu'il aurait voulu la voir vivre avec leur enfant. Lorsqu'elle lui signala d'entrer sur le parking d'un immeuble ancien, il se retint de faire le moindre commentaire. L'endroit avait besoin d'un sérieux ravalement de façade.

Peut-être pourrait-il la convaincre de venir habiter chez lui avant la naissance du bébé... Il allait certainement avoir du mal à la persuader de le faire, mais il allait essayer. Même si l'avenir semblait particulièrement incertain en ce moment, il espérait qu'un jour, ils formeraient une famille.

Et entre-temps, il resterait avec elle où qu'elle soit.

Il trouva une place près de la porte d'entrée et, quand bien même elle grommela qu'elle n'était pas une invalide, il l'aida à sortir de la voiture. Lorsqu'elle fut debout, il s'écarta pour qu'elle ne trouve pas sa présence oppressante.

Ils se dirigèrent vers son appartement en silence. Chance observait les lieux, et Maci semblait guetter ses réactions. Mais plus ils avançaient, plus elle semblait se tasser.

— Ce n'est pas très beau, mais c'est là que j'habite.

Il haussa les épaules.

— J'ai vécu dans des endroits bien pires.

— Ah bon ?

— Oui. Avant d'arriver chez Clinton et Sheila, j'ai passé mon enfance dans des foyers qui laissaient vraiment à désirer. Alors oui, j'ai connu bien pire.

— Moi aussi, répondit-elle calmement.

Elle arriva à l'étage où elle habitait, mais il dut se ressaisir avant de pouvoir monter les dernières marches.

Maci Ford avait-elle eu une enfance comparable à la sienne et à celle de ses frères ? Avait-elle été obligée de grandir trop vite, et de ne compter que sur elle-même ?

Et comment se faisait-il qu'il n'en sache rien ?

Elle l'avait désigné comme la personne à contacter en cas d'urgence... Cela en disait long sur les relations qu'elle devait avoir avec sa famille.

Il était tellement perdu dans ses pensées qu'il n'avait pas remarqué que Maci s'était arrêtée dans le couloir, à quelques mètres de la porte de son appartement.

— Quelque chose ne va pas ?

D'instinct, il lui enlaça la taille et la plaça derrière lui. Mais à l'exception de la femme d'une quarantaine d'années qui se tenait devant une des portes, il ne vit rien d'inquiétant.

— Tu vas me présenter à ton ami, May May ? demanda la femme en posant un regard appuyé sur Chance.

S'il n'apprécia pas de se faire ainsi dévorer du regard, il remarqua immédiatement une ressemblance entre elle et Maci.

93

— Maman..., déclara Maci en se dirigeant vers la porte.

Elle serrait si fort son trousseau de clés que ses articulations étaient blanches.

— ... que fais-tu ici ?

— Une mère ne peut pas venir rendre visite à sa fille ?

Puis elle ajouta en dévisageant à nouveau Chance :

— Tu me présentes à ton ami ?

— Non.

Ce fut tout. Simplement « non ». La femme sembla agacée, mais pas surprise. À la manière dont Maci la regardait, il était clair qu'elle ne lui faisait pas confiance, et Chance se rapprocha instinctivement d'elle.

Maci tourna la clé dans la serrure et ouvrit la porte de son appartement. Elle s'apprêtait à y pénétrer quand il l'attrapa par le bras.

— Je peux d'abord vérifier que tout va bien ?

Maci hocha la tête. Sans un mot de plus, il entra.

Ainsi qu'il s'y attendait, l'appartement était petit, mais meublé avec soin, bien rangé et pimpant. Des accessoires de couleur vive tranchaient sur les murs et le mobilier clair, et rappelèrent à Chance les fleurs que Weston faisait pousser dans son jardin. L'endroit était beau et chaleureux, comme Maci.

Il prit le temps de vérifier que tout allait bien, allant jusqu'à contrôler que les fenêtres n'avaient pas été forcées. S'il ne parvenait pas à convaincre Maci de venir habiter avec lui, il y avait une ou deux choses qu'il faudrait faire pour rendre les lieux plus sûrs.

Lorsqu'il fut certain qu'il n'y avait aucun danger, il retourna dans le couloir où se tenaient Maci et sa mère. Elles discutaient à voix basse, et l'atmosphère était visiblement tendue. Dès qu'il approcha, elles se turent.

— Tu peux entrer, déclara-t-il.

— Il faut que je parle à ma mère seule à seule.

Maci semblait tendue, presque effrayée. Les deux femmes n'entretenaient visiblement pas de bonnes relations.

Mais il ne servait à rien de tenter d'intervenir. Maci et lui devaient apprendre à se faire mutuellement confiance, et la meilleure des choses était donc de lui laisser l'espace dont elle avait besoin.

— D'accord. Tu as faim ?

Il faillit parler du bébé, mais se retint à temps. Cela aurait été une erreur, étant donné ce qu'il sentait entre les deux femmes.

— Je mangerais volontiers quelque chose. Et n'hésite pas à te servir à manger ou à boire, déclara Maci avec un coup de menton en direction de la cuisine.

Elle attrapa le bras de sa mère et la traîna littéralement jusqu'à sa chambre.

Chance tentait d'envisager toutes les raisons pour lesquelles Maci aurait pu être si froide avec sa mère, et rien d'agréable ne lui venait à l'esprit. Il avait terriblement envie d'entreprendre quelques recherches, mais il savait qu'il n'en ferait rien... pas sans en avoir préalablement demandé l'autorisation à Maci.

Si elle voulait qu'il connaisse son passé, elle le lui dirait.

Mais cela ne faisait pas taire sa curiosité pour autant, d'autant plus que cette femme était la grand-mère de son enfant. Il songea soudain qu'il allait devoir parler de ce bébé à sa propre mère, et cela fit venir un sourire à ses lèvres. Sheila Patterson aimait les enfants, et depuis que Walker, le fils de Brax, était entré dans sa vie, elle avait suggéré avec plus ou moins de subtilité à ses frères et lui qu'elle était prête à accueillir d'autres petits-enfants.

Elle allait être transportée de joie lorsqu'elle apprendrait que Maci était enceinte. Les deux femmes s'étaient déjà rencontrées à plusieurs reprises depuis que Maci avait commencé à travailler pour San Antonio Security.

Finalement, Maci et sa mère revinrent. Maci semblait encore plus tendue qu'auparavant, mais sa mère souriait.

— À bientôt, May May !

Maci ne répondit pas, et l'expression de son visage demeura sombre. Dès que la porte se referma sur sa mère, elle se laissa tomber sur le canapé. Puis tout aussi soudainement qu'elle s'était assise, elle se leva et se mit à faire les cent pas.

Chance s'éclaircit la gorge pour attirer son attention. Il poussa vers elle le sandwich qu'il lui avait préparé, mais elle secoua la tête, visiblement trop tendue pour pouvoir manger.

Il aurait voulu insister. La scène dont il venait d'être témoin faisait partie des secrets qu'elle lui cachait et qu'il désirait découvrir. Mais lorsqu'il la regarda, Chance vit qu'elle était à bout. La nuit avait déjà été très difficile, et ce dernier épisode l'avait visiblement épuisée.

Il désigna à nouveau le sandwich.

— Je ne vais pas te poser de questions, mais je suis désolé de constater que la visite de ta mère a rendu la situation encore plus stressante.

Maci se frotta les yeux.

— Ma mère a le don de rendre tout plus stressant !

— Elle vient souvent te voir ?

— Beaucoup plus que je ne le voudrais.

Cela ne lui apprit pas grand-chose, mais il eut soudain une idée.

— Tu ne voudrais pas venir habiter chez moi quelque temps au lieu de rester ici ? C'est beaucoup plus calme, et tu serais certaine de ne pas avoir de visites inopinées.

Il retint son souffle, persuadé qu'elle allait refuser. Et dans ce cas, il n'insisterait pas. Mais il avait le sentiment qu'il aurait été plus en mesure de la protéger chez lui...

Même des ennemis dont il ne soupçonnait pas l'existence.

— Oui. Merci.

Pas de discussions, de protestations. Rien.

Chance ne put retenir un sourire, qui s'élargit encore lorsqu'elle le laissa saisir sa main.

— Alors, prenons tes affaires, et allons à la maison.

11

Lorsqu'elle se réveilla le lendemain matin dans la chambre d'amis de Chance, Maci se sentait infiniment mieux. Son mal de tête, bien que toujours présent, s'était nettement atténué, et elle était enfin libérée du stress qu'elle éprouvait chaque fois qu'elle devait se faire passer pour Stella.

Surtout, elle n'avait plus à cacher sa grossesse. Jusque-là, elle avait dû supporter en silence les nausées et les moments d'épuisement. Maintenant, elle pouvait en parler ouvertement.

Chance avait beaucoup mieux accueilli la nouvelle qu'elle ne l'aurait cru. Elle ne s'était pas attendue à ce qu'il veuille rester auprès d'elle. D'ailleurs, si elle avait pu trouver une raison valable pour qu'il ne l'accompagne pas à son appartement, elle l'aurait fait.

Elle n'avait pas honte de son logement, mais il supportait diffi-cilement la comparaison avec la maison de Chance...

Et pour couronner le tout, Evelyn était là ! Maci se frotta les yeux. Les choses n'auraient pas pu plus mal se passer. Dès qu'elle s'était retrouvée seule avec sa mère dans sa chambre, elle lui avait donné tout l'argent liquide dont elle disposait pour qu'elle déguerpisse.

À long terme, ce n'était certainement pas la meilleure façon de se comporter avec Evelyn. Mais Maci ne voyait pas si loin : elle voulait simplement que sa mère disparaisse avant de révéler à Chance les secrets sordides de sa jeunesse.

Au moins, Evelyn ne viendrait pas ici. C'était la raison pour laquelle Maci avait si spontanément accepté d'aller chez Chance lorsqu'il le lui avait proposé.

Elle avait dormi la plus grande partie de la journée, et ils n'avaient donc pas eu l'occasion de se parler longuement. Elle se doutait qu'il voulait lui poser des questions… mais elle ignorait si elle pourrait lui répondre.

Ils dînèrent assis en face l'un de l'autre, en silence. La vie de Chance avait été chamboulée en une nuit, et elle voulait lui laisser le temps de digérer les choses. Il en avait besoin… et à vrai dire, elle aussi.

Elle ne pourrait indéfiniment retarder le moment d'avoir une conversation sérieuse avec lui, mais il était nécessaire qu'elle retrouve ses repères au préalable.

Lorsque, après le dîner, Chance vint s'asseoir à côté d'elle sur le canapé, Maci sut que le moment était venu.

— Il faut que nous parlions, commença-t-il.

À cet instant, un coup frappé à la porte retentit. En fronçant les sourcils, il se tourna vers elle.

— Tu attendais quelqu'un ?

— Non.

Et surtout pas chez Chance !

Elle resta assise sur le canapé pendant que Chance se dirigeait vers la porte.

— Ouvre-nous, Chance ! Nous voulons voir la maman de ton bébé !

La voix était étouffée, mais Maci reconnut le timbre joyeux de son amie Claire.

— J'arrive, marmonna Chance, qui ouvrit la porte.

Mais Claire, l'épouse de Luke, n'était pas seule. Elle était accompagnée de Tessa, l'épouse de Brax, et de Kayleigh, la fiancée de Weston.

— Nous sommes venues prendre des nouvelles de Maci, déclara Kayleigh, et passer un petit moment avec elle.

— Entrez, répondit Chance.

Alors que les trois femmes s'avançaient, il croisa le regard de Maci et leva les sourcils d'un air interrogateur, cherchant visiblement à savoir si elle se sentait assez bien pour avoir de la compagnie. Elle savait que si elle lui faisait comprendre qu'elle ne se sentait pas prête, il demanderait aux trois femmes de partir.

Cela la toucha profondément. Jamais personne ne s'était occupé d'elle de la sorte. Elle hocha la tête pour lui signifier qu'il n'y avait pas de problème. Ses amies avaient certainement des questions à lui poser, et elle leur devait des réponses.

Il suivit les trois femmes, qui s'approchèrent de Maci.

— Vous voulez boire quelque chose ? leur proposa-t-il.

Maci cacha son sourire derrière le plaid dont elle s'était enveloppée. Même si Sheila Patterson n'avait pu élever ses garçons depuis leur plus tendre enfance, elle avait bien fait son travail. Les manières impeccables de Chance le prouvaient.

— Non, merci, Chance. Nous venons seulement parler à Maci.

Il hocha la tête.

— Je vais vous laisser, et appeler l'agence pour savoir quelles sont les dernières nouvelles.

Maci savait qu'il l'avait déjà fait plus tôt dans l'après-midi, mais apprécia sa discrétion.

— Merci.

Alors que les trois femmes s'installaient, Chance disparut dans la cuisine. Lorsqu'il revint, il posa quelques crackers sur la table basse, des canettes de soda au gingembre et une cuvette à portée de main de Maci. Lorsqu'elle leva les sourcils, il fit la grimace.

— C'est au cas où tu aies la nausée. Vous avez besoin d'autre chose ?

Comment ne pas fondre devant tant de prévenance ?

Consciente que tous les yeux étaient braqués sur eux, Maci fit un signe de tête et le remercia. Chance la dévisagea à nouveau, et se pencha pour déposer un baiser sur son front.

— Appelle-moi si elles ne sont pas gentilles avec toi.

Dès qu'il referma la porte de son bureau, les trois amies se mirent à parler en même temps.

Claire poussa un soupir.

— J'espère que Luke sera aussi attentionné lorsque je serai enceinte.

— C'est le comble du romantisme ! s'exclama Kayleigh en riant.

Tessa croisa les bras et la considéra.

— Alors ? Chance et toi ? Tu es une cachottière !

Claire acquiesça.

— Nous savions tous que vous étiez faits l'un pour l'autre, mais nous ignorions que vous l'aviez remarqué, vous aussi !

Maci répondit :

— Nous sommes sortis ensemble il y a quelque temps.

Ce n'était pas faux, mais ce n'était pas vrai non plus. Leur relation avait été courte, mais beaucoup plus intense qu'elle ne le sous-entendait.

— Et c'est terminé ?

— J'ai rompu.

En prononçant ces mots, elle ne put s'empêcher de faire la grimace. Elle n'avait pas rompu : elle était partie sans la moindre explication.

— Ce n'était que sexuel, ajouta-t-elle sans parvenir à y croire elle-même.

— Plus maintenant, répliqua Claire, qui poussa un petit cri lorsque Tessa lui donna un coup de coude. Et pourquoi as-tu rompu ?

— Je ne suis pas le genre de femmes que mérite un homme comme Chance.

— Pourquoi ? demanda Kayleigh en fronçant les sourcils.

Des souvenirs lui revinrent brutalement à la mémoire... Les endroits sales et désolés où elle avait vécu lorsqu'elle était enfant, ce petit ami drogué qui avait failli l'entraîner dans sa déchéance...

Mais ses amies ignoraient elles aussi tout de son passé.

— Disons seulement que mon histoire ne fait pas de moi la candidate idéale pour devenir la compagne de quelqu'un comme lui.

— Mais qui se soucie d'histoire ? Ce qui compte, c'est le présent. Tu es quelqu'un de bien, Maci Ford. Tu es travailleuse, honnête, loyale, et tu as un cœur d'or. N'importe quel homme pourrait s'estimer heureux de t'avoir à ses côtés, et Chance tout particulièrement.

Maci savait bien que Tessa s'exprimait ainsi par amitié pour elle, et elle ne parvenait pas à en croire un seul mot. Chance méritait dans sa vie quelqu'un de mieux qu'elle, moins marquée par son enfance.

— Chance voulait que vous alliez plus loin ? Il te l'a demandé ?
— Non, mais...

Maci s'interrompit. Elle avait fait en sorte que Chance ne puisse jamais en arriver là.

— Non, mais tu redoutais qu'il ne le fasse, devina Kayleigh.

Maci hocha la tête. Elle avait tout fait pour s'empêcher de rêver à un avenir avec lui, mais chaque fois qu'ils cédaient à l'attirance incontrôlée qu'il y avait entre eux, cela devenait plus difficile. Elle savait que si Chance avait commencé à parler de s'engager, elle n'aurait jamais pu dire non.

Oui, c'était certain : elle avait des sentiments pour Chance Patterson.

— C'est compliqué...
— C'est *toujours* compliqué ! s'exclamèrent les trois femmes en même temps, avant d'éclater de rire.

— Ça ne peut pas être plus compliqué que pour Brax et moi, déclara Tessa. Il pensait que j'étais la baby-sitter de Walker, pas sa mère.

Claire renchérit en haussant les épaules :

— Et Luke n'était même pas certain que je n'aie pas commis un meurtre !

Kayleigh ajouta avec un large sourire :

— Et j'étais persuadée que Weston était jardinier, pas mon garde du corps !

Maci ne put s'empêcher de sourire elle aussi.

— Vous devez avoir raison : c'est toujours compliqué.
— Alors, que vas-tu faire ? demanda Tessa.
— À propos de quoi ?

Claire lui serra la main.

— Du bébé, de Chance, de tout... Tu es à un moment crucial de ta vie, et tu peux décider quelle direction lui donner.

— Chance et moi allons élever cet enfant ensemble, et peut-être rester amis. C'est tout.

Même si c'était à elle qu'incombait la tâche de fixer les limites... Chance avait toujours pris soin d'elle, et pour une fois, ce serait à elle de le protéger.

— Hum..., reprit Tessa. Tu as envie d'être avec lui ?

Oui. Maci en avait la certitude. Mais elle ne pensait pas que cela soit possible. Alors, une fois de plus, elle choisit la fuite.

— Je ne sais pas.

Kayleigh la considéra en fronçant les sourcils.

— Si, rectifia-t-elle. Mais tu refuses de l'admettre.

— J'ai déjà dit...

— Nous avons entendu, rétorqua Kayleigh en levant les yeux au ciel. Tu n'es pas assez bien pour lui. Il mérite mieux. Et patati, et patata... Mais as-tu déjà demandé à Chance ce qu'il en pense ?

Tessa vint s'asseoir sur la table basse en face de Maci, et lui prit les deux mains.

— Au lieu d'essayer de le protéger, pourquoi ne le laisses-tu pas faire ses choix lui-même ?

Maci secoua la tête.

— Mais il ne sait pas...

— Alors, parle-lui, déclara Kayleigh en se glissant à côté de Tessa, et en lui posant la main sur le genou.

Claire l'enlaça, et Maci eut soudain l'impression d'être au centre d'un réseau lié par l'amitié.

— Chance est un grand garçon qui sait bien évaluer les situations, déclara Claire. Il est tout à fait capable de choisir s'il veut rester ou non, et quel rôle il veut tenir dans ta vie. Cela serait injuste de ta part de ne pas le laisser donner son avis.

— J'ai peur. Je ne veux pas le blesser.

— Tu l'as déjà fait, remarqua Claire avec douceur.

Maci cilla, et Claire ajouta :

— Je ne veux pas te peiner, mais je me dois d'être franche avec toi. En le tenant à distance alors qu'il est évident pour tout le monde qu'il t'aime, tu le fais souffrir... D'autant plus qu'il se demande ce qu'il a fait de mal.

— Il n'a rien fait de mal !

— Alors, dis-le-lui. Parle-lui. C'est normal d'avoir peur, mais vous allez tous les deux devoir trouver le moyen de coexister pour le restant de votre vie. Tu ne crois pas que ça serait mieux de repartir sur de bonnes bases ?

Maci savait bien que ses amies avaient raison : Chance méritait de faire ses propres choix. Mais comment allait-elle pouvoir lui dire tout ce qu'il devait savoir ? Comment pourrait-elle lui donner des raisons de s'éloigner d'elle ?

Et comment allait-elle survivre lorsqu'il serait parti ?

— Tu n'es pas obligée de le faire immédiatement, mais réfléchis-y, d'accord ?

Tessa l'aida à se lever du canapé, et la prit dans ses bras.

— Nous sommes là pour toi.

— À n'importe quel moment, déclara Claire en se blottissant contre le dos de Maci.

— Tu peux tout nous demander, ajouta Kayleigh en lui enlaçant la taille.

Entourée par ses amies, comme enveloppée par leur tendresse, Maci eut un sentiment de soulagement pour la première fois depuis qu'elle avait appris qu'elle était enceinte. Tessa, Claire et Kayleigh étaient devenues des piliers de sa vie, et les meilleures amies qu'elle ait jamais eues.

Elles étaient en train de se redresser lorsque Chance sortit de son bureau.

— Je peux vous laisser seules si vous préférez.

— En fait, il est temps que nous partions.

Tessa prit Maci dans ses bras et lui souffla à l'oreille :

— Laisse-le faire ses propres choix.

Les autres femmes la saluèrent elles aussi, et elle les raccompagna à la porte.

Chance referma le battant derrière elles, mais resta là où il se trouvait. Il était debout dans l'entrée et considérait Maci. Sous son regard, elle se sentit soudain vulnérable, et s'enveloppa dans ses bras comme pour se protéger.

— Que fais-tu ? finit-elle par demander.

— Je te regarde.

Immédiatement, elle utilisa le ton sarcastique qui était sa meilleure défense lorsqu'elle était mal à l'aise.

— Je le vois bien ! Et pourquoi tu me regardes ?

— Parce que tu es belle.

Maci ouvrit la bouche, mais aucun son n'en sortit. Que pouvait-elle répondre à cela ? Le silence entre eux devint lourd, et soudain, elle n'y tint plus.

— Je te demande pardon, bafouilla-t-elle.

Chance fronça les sourcils.

— Pourquoi ?

— J'aurais dû te parler du bébé. J'aurais dû te dire...

Elle s'interrompit. Ce n'était pas le moment d'inviter ses démons dans la conversation. Pas encore. Il allait bien falloir finir par les aborder, mais pas aujourd'hui.

— Pourquoi tu ne m'as rien dit ?

Sa voix ne trahissait aucune animosité.

Elle retourna dans le salon et se laissa tomber sur le canapé en se tordant les mains. Finalement, elle décida que s'ils devaient élever ensemble cet enfant – ou plus – elle devait être honnête avec lui. Ils ne pourraient jamais aller plus loin si elle continuait à lui cacher la vérité.

— J'avais peur.

— Ma chérie...

Il fut soudain à genoux devant elle, et prit son visage dans ses grandes mains.

— De quoi avais-tu peur ?

Elle voulait le lui dire, mais elle savait qu'elle ne le pourrait pas. Pour le moment, elle voulait qu'il continue à la considérer de la même manière, avec ce regard qui lui donnait le sentiment d'être admirée, aimée et comprise.

Comme s'il pouvait lire dans son esprit, il s'approcha d'elle au point qu'elle sentit son souffle sur sa joue.

— Tu n'as pas besoin de m'en parler tout de suite. Ce n'est pas pressé.

Il déposa un léger baiser sur ses lèvres, et elle les sentit picoter sous cette légère caresse.

— Garde tes secrets pour le moment, Maci Ford. Je suis là, et je reste.

Maci sentit son cœur se serrer aux accents si tendres de sa voix. Elle attira son visage à elle, et sut qu'elle ne pourrait pas résister.

Elle n'avait pas la faiblesse de croire que cela durerait, mais en cet instant, elle voulait profiter pleinement du fait que Chance était à ses côtés.

Ils s'embrassèrent lentement, et finirent par se diriger vers la chambre de Chance, où ils firent à nouveau connaissance avec le corps de l'autre. Chaque baiser, chaque caresse alimentait le feu qui avait couvé pendant des mois. Maci sentait sa peau brûler au moindre contact, et ne pouvait se rassasier de ses caresses. Sans qu'elle s'en rendît compte, Chance enfila un préservatif. Et lorsqu'il la pénétra, l'expression de son visage bouleversa Maci.

Elle y lut de la révérence et de l'émerveillement. Lorsqu'il la regardait ainsi, la touchait ainsi, elle avait l'impression d'être une déesse.

Quand ils furent enfin rassasiés l'un de l'autre, Chance l'enveloppa de son corps et posa une main sur son ventre, tout en pressant doucement les lèvres sur sa nuque. Bercée par sa respiration régulière, elle se laissa aller au sommeil... Et même si elle s'interdisait de croire à ce rêve, pour la première fois depuis qu'elle avait quitté ce même lit en pleine nuit, Maci se sentit à nouveau en paix.

12

Pour la première fois depuis que ses frères et lui avaient ouvert San Antonio Security cinq ans plus tôt, Chance n'avait pas vraiment envie d'être dans son bureau.

Il avait laissé Maci chez lui, et avait eu bien du mal à la quitter. Elle ne voulait pas le laisser partir elle non plus, mais il savait que c'était parce qu'elle aurait aimé aller travailler à l'agence, et non parce qu'il allait lui manquer.

Il lui avait promis de lui rapporter un dîner venant de son restaurant italien préféré si elle acceptait de prendre cette journée pour se reposer. Elle avait capitulé, même si elle l'avait foudroyé du regard lorsqu'il lui avait suggéré de rester au lit et de dormir.

Il eut un rire étouffé. Maci n'était pas le genre de personne à rester oisive. Son chantage avait marché pour aujourd'hui, mais il se doutait bien que la perspective d'un bon repas ne suffirait pas à la faire rester tranquille longtemps... d'autant plus qu'elle avait semblé éprouver une certaine culpabilité à l'idée qu'il allait faire un détour pour elle.

Cela lui était égal. Il aimait prendre soin d'elle. Il en avait envie. Il voulait rattraper tous ces jours où il aurait dû le faire.

Chance avait passé la matinée enfermé dans son bureau, occupé à examiner les informations que ses frères avaient rassemblées pendant son absence. Il consulta le dossier qu'ils avaient établi sur Homer et Bart – qui s'appelaient en réalité Daniel Neweth et Miles Dary – même s'il ne contenait aucun élément nouveau. Un homme les avait payés pour les suivre. Ils ignoraient son identité, et n'avaient pas vu son visage.

C'était une impasse.

Il rédigea également le rapport relatant la course-poursuite et l'agression de Maci, parvenant difficilement à étouffer la terreur qui montait en lui lorsqu'il repensait au moment où il l'avait trouvée gisant sans connaissance sur le sol de la cuisine.

Mais la véritable raison pour laquelle il restait terré dans son bureau, c'était parce qu'il savait que ses frères étaient prêts à lui sauter dessus dès qu'il en sortirait. Ils voudraient en savoir plus sur sa relation avec Maci, et sur le bébé.

Il faudrait bien qu'ils finissent par avoir cette conversation, mais Chance préférait la retarder, dans la mesure où ils allaient rencontrer Nicholas LeBlanc le jour même.

Lorsqu'il ouvrit la porte de son bureau, bien après l'heure du déjeuner, il était temps de partir pour la réunion.

— Il est encore en vie ! s'exclama Luke, tout en lui glissant une tasse de café et un sandwich dans les mains. Nous étions en train de nous demander si nous n'allions pas déclencher l'alarme incendie pour te faire sortir !

— J'essayais seulement de rattraper le travail en retard... surtout la paperasserie.

Lorsqu'il vit le frisson exagéré que mima Luke en entendant ce mot, Chance éclata de rire. Leur tasse de café à la main, tous les deux se dirigèrent vers le SUV où Brax et Weston étaient déjà installés.

— Alors, Maci se sent mieux ? demanda Brax en démarrant.

Chance espérait qu'il n'était pas en train de lancer l'inquisition.

— Elle est totalement remise de l'agression. Elle se sent encore fatiguée et a des nausées, mais c'est à cause du bébé.

Il prit une gorgée de son café, et nota sur son portable qu'il devait acheter un ou deux livres sur la grossesse.

— Je lui ai promis de lui rapporter un bon repas ce soir si elle acceptait de rester à la maison pour se reposer.

À la maison... Il songea un instant à la joie qu'il aurait à rentrer ce soir pour la retrouver. C'était presque trop de bonheur pour Chance... d'autant plus qu'il s'était réveillé ce matin avec la caresse de ses cheveux sur sa joue, et la certitude que sa place était ici. Avec lui et leur bébé. Pour toujours.

— Bien. Essayons de mener efficacement cette réunion, déclara Weston. Plus vite nous finirons, plus vite nous pourrons rentrer chez nous. Personne n'a envie de faire attendre une femme enceinte.

Et ses frères en restèrent là. Chance n'aurait pas dû être surpris : ils n'insisteraient pas s'ils sentaient qu'il n'était pas prêt à parler. D'autant plus qu'ils avaient besoin de se concentrer sur l'affaire qui les occupait.

Ils se garèrent à la tour Van-Point et montèrent dans le bureau de Nicholas LeBlanc. Dorian Cane et Rich Carlisle s'y trouvaient déjà.

Chance tâcha de dissimuler son antipathie pour Rich du mieux qu'il le put, mais il avait constamment dans un coin de son esprit l'image des mains de ce play-boy sur les hanches de Maci. Cela lui laissait un goût amer.

LeBlanc prit le temps de serrer la main de tous, malgré la tension manifeste qui régnait dans la pièce.

— Dorian m'a mis au courant de l'agression qu'a subie votre assistante. Comment va-t-elle ?

— Elle est en train de se rétablir, mais nous avons décidé de mettre fin à ce type de mission, répondit Chance.

Il était hors de question qu'il laisse Maci continuer à se faire passer pour Stella.

— De toute façon, elle a été démasquée, donc inutile de poursuivre, conclut-il.

— C'est dommage, remarqua Rich avec son éternel sourire enjôleur. J'ai apprécié le temps que j'ai passé avec elle. Cette fille a du caractère.

Chance serra les poings. Weston lui tapota l'épaule, et l'aida ainsi à rester concentré. Sinon, il se serait volontiers jeté sur Rich pour ôter ce sourire satisfait de son visage.

Dorian s'avança.

— Les deux adolescents qui ont été payés pour vous suivre vous ont-ils fourni des informations utiles ?

— Rien, répondit Luke en secouant la tête. Ni numéro de téléphone ni la moindre information sur celui qui les a embauchés. Ils n'ont pas vu son visage.

— Nous avons des contacts à la police de San Antonio, alors nous les avons fait intervenir, poursuivit Weston. Les gamins ont été emmenés au poste, et ils ont simplement été inculpés pour conduite sous l'emprise de stupéfiants.

Pendant que ses frères parlaient, Chance observait Rich. Son aversion pour ce type était personnelle, mais il y avait plus que cela : cet homme n'était pas net.

Ils avaient fait des recherches sur lui sans rien trouver, mais il avait le sentiment que quelque chose ne collait pas.

— Combien le type les a-t-il payés ? demanda Dorian.

Weston haussa les épaules.

— Assez pour se défoncer plusieurs fois. C'est tout ce qui les intéressait.

— Donc, nous avons une de vos employées qui a été blessée, deux adolescents qui ne peuvent rien nous dire d'utile, et nous ne sommes pas plus près de découvrir l'identité de celui qui harcèle Stella, résuma Nicholas.

Chance serra les dents. Son évaluation de la situation était correcte.

— Oui. Il ne sert plus à rien que Maci se fasse passer pour Stella : avant de l'assommer, l'homme lui a dit qu'il était au courant de la supercherie. Nous ignorons quand et comment il s'en est rendu compte.

— Et cet homme savait parfaitement où se trouvaient toutes les caméras de sécurité installées dans l'immeuble de votre fille, ajouta Brax. Il a désactivé celle qui était fixée dans l'ascenseur, et a réussi à éviter celles du hall d'entrée.

— Même celles que nous avions personnellement ajoutées ? demanda Dorian.

Chance hocha la tête.

— Le type a gardé la tête baissée et le visage détourné. À part la caméra de l'ascenseur, il ne semblait pas savoir où elles étaient situées, mais nous n'avons réussi à capturer aucune image de son visage. L'employé de la réception ne l'a pas vu arriver, donc il a dû pénétrer dans l'immeuble par l'entrée de service.

Dorian semblait ressentir la même frustration qu'eux. C'était comme si celui qui harcelait Stella avait toujours un temps d'avance.

Et pire encore : il devenait violent. Il n'envoyait plus de lettres, mais avait commis deux agressions à la suite. Cette escalade était particulièrement inquiétante.

— Stella commence à trouver le temps long. Elle en a assez de se cacher, déclara LeBlanc.

Brax secoua la tête.

— Elle ne pourrait rien faire de pire que revenir maintenant. L'homme qui la harcèle ignore où elle se trouve actuellement, puisqu'il n'a rien tenté contre elle en Europe.

Tous les autres acquiescèrent.

— Monsieur LeBlanc, nous faisons tout ce qui est en notre pouvoir pour résoudre cette affaire, déclara Chance... Et ce, d'autant plus que l'homme a blessé un membre de notre équipe !

LeBlanc se frotta la nuque.

— Et quelle est la prochaine étape ?

— Nous allons étudier tous les enregistrements des caméras de surveillance des derniers mois, pour déterminer s'il y a des individus qui reviennent régulièrement, ou si nous remarquons des éléments récurrents. Nous allons avoir besoin de l'agenda de Stella pour connaître l'endroit où elle se trouvait chaque fois qu'elle a reçu des messages, et voir si nous pouvons en tirer quelque chose.

— Nous aurons également besoin de la liste de tous vos employés, ajouta Weston.

Rich remua sur son siège. Il semblait mal à l'aise. Était-il nerveux ? S'ennuyait-il ? Avait-il trop bu la veille ? Tout était possible.

— Nous avons déjà les enregistrements des caméras de surveillance, déclara Dorian. Je vais vous les transmettre. Et je joindrai la liste des personnes qui gardaient Stella et son appartement à ces moments-là.

Chance hocha la tête, soulagé que Dorian ne se sente pas offensé qu'ils veuillent vérifier le travail qu'il avait déjà effectué.

— Si nous continuons à travailler ensemble, nous allons réussir à pincer ce type. À un moment ou à un autre, tout le monde finit par commettre une erreur. Nous allons essayer de le pousser à la faute.

La réunion se termina ensuite rapidement, et les frères Patterson remontèrent dans leur SUV. Tous demeurèrent silencieux jusqu'à ce qu'ils furent loin du bâtiment.

— Rich ne semble pas apprécier le fait que nous réexaminions les anciens enregistrements, remarqua Weston.

Chance se mit à pianoter sur le siège à côté de lui.

— Effectivement... et il a fait la grimace lorsque tu as demandé la liste de tous les employés, répondit-il.

— Vous pensez que ça pourrait être lui ? lança Luke.

Chance haussa les épaules.

— Ça serait tout de même étonnant : cela fait des années qu'il a directement accès à Stella. Pourquoi aurait-il eu recours à ce manège ?

Ses frères hochèrent la tête.

— Pour l'instant, concentrons-nous sur les prochaines étapes, poursuivit Chance. Nous allons étudier ces enregistrements, et effectuer des recherches encore plus poussées sur les employés de LeBlanc et les proches de Stella. Nous allons aussi nous intéresser à ceux qui lui envoient des messages ou semblent la suivre de manière obsessionnelle sur les réseaux sociaux. Mais je pense que, quel qu'il soit, le coupable, est un proche.

— Pourquoi dis-tu ça ? demanda Weston.

— Cet homme semble avoir des renseignements très précis sur Stella.

— Il y a peut-être une taupe dans l'équipe de sécurité ? suggéra Luke.

Ils émirent tous un grognement.

— Je ne l'espère pas, marmonna Brax. Cela nous compliquerait beaucoup la tâche !

Chance se passa la main sur le visage.

— Il faut bien envisager cette possibilité.

Si Luke disait vrai, l'homme serait assez bien informé pour leur échapper pendant longtemps, alors que Chance n'avait qu'une idée en tête : éclaircir cette affaire au plus vite, et s'occuper de Maci. Il n'avait pas de temps à perdre avec un type qui nourrissait une obsession malsaine pour une célébrité alors qu'il allait être papa.

Ils revinrent à l'agence, et tous se mirent à ranger leurs dossiers avant de rentrer chez eux. Chance songea en souriant intérieurement que, cette fois, il n'avait plus la moindre envie de convaincre ses frères de rester travailler.

Savoir que quelqu'un vous attendait à la maison faisait toute la différence.

— À demain !

Brax l'arrêta en lui posant la main sur le torse.

— Tu remarqueras que nous avons évité de te poser des questions sur ce qui se passe entre toi et notre chère assistante.

Luke sourit et ajouta :

— Mais il est hors de question que nous partions sans avoir porté un toast à notre nièce ou à notre neveu !

— Et au fait que tu seras bientôt papa, que tu sois prêt ou non.

Luke sortit une bouteille de whisky – celui qui était cher et qu'ils ne buvaient qu'exceptionnellement.

— D'habitude, nous sortons cette bouteille pour fêter nos gros succès. Mais je pense que le fait que Chance sera bientôt papa est le plus gros de tous !

Avec un sourire à l'intention de Chance, il leur versa un verre à chacun, et tous trinquèrent.

— Chance, commença Brax, la paternité est une des aventures les plus extraordinaires et les plus gratifiantes qui soient.

Il était le seul à pouvoir en parler en l'ayant personnellement expérimentée.

— Je suis sûr que tu vas être un papa exceptionnel ! ajouta-t-il.

Weston lui donna une petite tape dans le dos.

— Tu as pris soin de nous tous depuis que nous sommes devenus des Patterson… et tu le faisais certainement avant avec d'autres. C'est la raison pour laquelle nous savons que tu t'occuperas très bien de ton bébé : tu t'entraînes depuis toujours !

Luke leva son verre, et ils l'imitèrent tous.

— Félicitations ! Nous sommes ravis d'accueillir un autre bébé dans la famille. Vive le nouveau papa !

— Vive le nouveau papa !

Ils trinquèrent, et se mirent à siroter leur whisky.

Une fois encore, il ressentit un choc en songeant qu'il allait être père. Et dire que Maci attendait leur enfant !

— Alors, Maci… ? demanda Luke en levant les sourcils.

Chance sourit.

— Oui. C'était… inattendu.

Il y eut un éclat de rire général.

— Pour toi seulement ! répliqua Brax en secouant la tête. L'attirance qu'il y avait entre vous était évidente, malgré vos chamailleries incessantes. Tessa et moi avions lancé les paris pour savoir quand vous alliez vous en rendre compte.

Même s'il était curieux, Chance décida qu'il n'avait pas besoin de savoir qui avait finalement gagné.

Brax hocha la tête.

— Maci et toi, cela n'a rien de surprenant. C'était inévitable, en fait, conclut-il.

— Peut-être, concéda Chance.

— Alors, vous êtes ensemble maintenant ? demanda Luke. Il faut ajouter une place autour de la table pour le dîner de famille de cette semaine ?

— Nous verrons. Cela dépend de l'état de Maci.

Il termina son verre de whisky.

— Eh non, ajouta-t-il, nous ne sommes pas ensemble. Du moins, je ne le pense pas.

Luke dévisagea Chance.

— Mais tu aimerais être en couple avec elle ? demanda-t-il.

— Oui.

La réponse était évidente. Chance la connaissait depuis des mois. Mais Maci avait fui avant qu'il soit en mesure de se l'avouer.

— Maci est... Tu la connais, poursuivit-il, elle est extraordinaire. Elle a de l'humour, et l'esprit très vif. J'aime la façon dont elle sait mettre tout le monde au pas... moi y compris. J'aime la taquiner, et j'aime qu'elle me réponde du tac au tac sans jamais se laisser démonter. Nous allons bien ensemble.

— Tu le lui as dit ? demanda Weston.

Il poussa un soupir.

— Non. Elle semble avoir peur. J'ai toujours l'impression qu'elle est sur le point de s'enfuir.

Comme elle l'avait fait deux mois plus tôt.

— Je ne suis pas un expert en relations amoureuses, mais pourquoi ne commencerais-tu pas par lui dire tout cela ? Peut-être que cela l'aiderait à se stabiliser.

Chance était convaincu que Luke avait raison, mais il ne savait comment en parler à Maci.

Il y avait quelque chose de fragile en elle, malgré son apparence de battante... quelque chose qui lui donnait envie de la protéger, même d'elle-même.

— Tu as probablement raison, reconnut Chance. Mais pour le moment, je dois aller chercher le dîner.

Il sortit de l'agence, tout heureux à l'idée d'aller retrouver chez lui celle qui était la femme de sa vie... et qui ne le savait peut-être pas.

13

Maci réussit à passer trois jours à se reposer chez Chance.

Et si elle savoura ces instants, elle se sentait maintenant prête à retourner travailler.

— Sois raisonnable, dit Chance en lui ôtant des mains le pull qu'elle tenait et en le jetant sur le lit. Tu viens tout juste de sortir de l'hôpital !

Elle prit un autre pull-over et l'enfila, avant de se rendre compte qu'il appartenait à Chance. Elle hésita à le garder, mais il était bien trop confortable. Lorsqu'elle fut habillée, elle lui fit à nouveau face.

— Cela fait trois jours maintenant, Chance. Je vais bien. Je ne suis pas une invalide.

— Mais tu as besoin de repos. Et le bébé aussi, répliqua-t-il en croisant les bras sur ce large torse qui la faisait rêver.

Mais s'il pensait que faire allusion au bébé ou qu'adopter une attitude de top model allait l'amadouer, il se trompait du tout au tout !

— Le bébé a surtout besoin d'avoir une mère qui ne devienne pas folle d'ennui. Je n'ai pas l'intention de rester à la maison pendant toute ma grossesse, et j'ai des choses à faire à l'agence.

— Un jour de plus. Un seul ! Détends-toi, et reste ici un jour de plus.

Se détendre... Maci avait l'impression qu'elle ne faisait que cela depuis une éternité. Elle en avait assez, et le considéra en plissant les paupières. Il portait des vêtements décontractés, et non le costume qu'il réservait à ses rendez-vous extérieurs, et elle sut qu'il allait certainement rester à l'agence pour y effectuer du travail de bureau.

— Tu vas sur le terrain pour une mission aujourd'hui ?

— Non, répondit-il en fronçant les sourcils.

— Vous allez dénouer une situation de prise d'otage ?

— Non.

Elle vit qu'il serrait les mâchoires, et sourit. Il avait déjà compris qu'il avait perdu la bataille.

— Alors, dis-moi pourquoi je ne peux pas venir à l'agence.

Silence retentissant. Maci faillit éclater de rire.

— C'est bien ce que je pensais. Je t'ai entendu dire à tes frères que vous alliez visionner des enregistrements vidéo. Ce n'est pas très fatigant ! Je peux vous aider.

— Maci…

— Je ne suis pas faite pour rester assise à manger des confiseries. J'ai besoin de m'occuper utilement, sinon je vais devenir folle !

Il la regarda, et elle vit qu'il s'apprêtait à lui répondre, alors elle joua le tout pour le tout.

— Je t'en prie, Chance, je ne veux pas avoir à batailler avec toi. J'ai seulement besoin de sortir d'ici. Et en plus, j'ai assisté aux événements que vous allez visionner. J'aurai peut-être de bonnes intuitions.

Il poussa un soupir et se passa la main dans les cheveux.

— Bon, d'accord. Mais seulement pour quelques heures. Et si je te vois ne serait-ce que bâiller, je te ramène à la maison.

Maci ne chercha pas à cacher son sourire extatique. Elle bondit à travers la pièce, et planta un baiser sur sa joue.

— Marché conclu !

Entrer dans l'agence après en être restée si longtemps éloignée était comme un retour au bercail pour Maci. Le gris tourterelle des murs et les meubles en bois lui avaient manqué. Même voir des post-it partout lui fit du bien.

En revanche, elle fut moins enthousiaste lorsqu'elle découvrit le bazar que les quatre frères avaient laissé dans la cuisine.

— Vous avez revendu le lave-vaisselle pendant mon absence ? demanda-t-elle en lançant un regard noir à Luke, qui était en train de déposer sa tasse sale dans un évier presque débordant de vaisselle.

Il s'immobilisa et écarquilla les paupières en la voyant dans l'embrasure de la porte.

— J'ai oublié comment le mettre en marche.

— Bien sûr ! grommela Maci.

Luke jugea plus prudent de charger le lave-vaisselle avant de se tourner à nouveau vers elle.

— J'ignorais que tu revenais aujourd'hui, Maci.

La voix de Chance s'éleva juste derrière elle.

— C'est parce qu'elle devrait être encore à la maison à se reposer.

Il l'avait à peine lâchée d'une semelle depuis qu'ils avaient franchi la porte de l'agence.

Maci balaya ses paroles d'un revers de main.

— Ne fais pas attention à lui. Il est agacé parce qu'il a perdu la bataille.

— Je n'ai pas perdu la bataille. J'ai décidé d'arrêter de me battre parce que tu me l'as demandé.

Elle ne sut que répondre. Chance faisait des efforts. Il se comportait de manière protectrice avec tout le monde, et la grossesse de Maci ne faisait qu'exacerber cette tendance naturelle.

Il n'aimait pas la voir ici, mais il prenait sur lui.

Elle se prépara une tisane et se dirigea vers son bureau. Ce ne fut que lorsqu'elle s'assit sur sa chaise qu'il prit à nouveau la parole.

— Que fais-tu ?

— Je dois répondre à des centaines de mails, et régler une bonne douzaine de factures. Je pensais que j'allais commencer à faire le travail pour lequel vous me payez.

Maci alluma son ordinateur et attendit qu'il se mette en marche.

Lorsqu'elle leva les yeux, Chance fronçait encore les sourcils. Ce n'était pas juste qu'il soit aussi beau quand il boudait !

— Nous travaillons tous dans la salle de conférences.

— C'est plus simple pour moi de m'installer ici.

— J'aimerais que tu viennes avec nous.

Il ne fallait surtout pas qu'elle s'imagine que c'était parce qu'il voulait être à ses côtés. Chance voulait seulement la surveiller.

— Je ne vais rester ici que quelques heures, à ta demande. Donc, je vais rester travailler là où je suis le plus productive.

Elle était en train de taper son mot de passe lorsque Chance tira sur son fauteuil à roulettes, et la fit tourner face à lui.

— Ce n'est pas une demande, Maci. Tu as voulu revenir travailler, et je respecte cela...

— J'ai du mal à penser que me harceler constamment soit une preuve de respect.

— Mais je veux veiller sur toi pendant que tu es là. Je sais que jamais tu ne me diras que tu es fatiguée, alors tu peux considérer que je vais te suivre comme ton ombre jusqu'à ce qu'il soit temps de partir.

Maci sentit la colère monter en elle.

— Et tu vas me suivre aux toilettes également ?

— S'il le faut.

Et il n'avait pas du tout l'air de plaisanter.

Maci se demanda s'il était nécessaire de poursuivre cette chamaillerie – car cela en était une. Chance n'avait pas à lui dire ce qu'elle devait faire de son temps ou de son corps, c'était certain. Mais elle voyait bien la ride qui creusait son front et la tension de ses épaules.

Il se faisait du souci pour elle.

Son agression l'avait terrifié, et maintenant qu'il savait qu'elle était enceinte, il avait doublement peur. Quel mal y avait-il à le laisser s'occuper d'elle un peu plus longtemps ? D'autant plus qu'elle avait l'intention de vite retourner vivre chez elle.

— Bon, je resterai avec toi. Mais si tu veux vraiment me suivre dans les toilettes, je te promets que je vais utiliser sur toi tous les mouvements de self-défense que tu m'as appris.

Il déposa un baiser sur ses cheveux, et déménagea ses affaires dans la salle de conférences où l'attendaient ses frères. Elle fit semblant de ne rien remarquer lorsqu'il déposa des bouteilles d'eau supplémentaires et des biscuits sur la table, mais elle sut que c'était pour elle.

Et elle veilla surtout à ne pas laisser son cœur s'emballer.

Pendant que les quatre frères parlaient de l'affaire, Maci mit ses écouteurs et s'absorba dans ses fichiers Excel et ses dossiers avec délectation. Tout cela lui avait manqué. Elle aimait répondre aux mails, s'acquitter des tâches administratives, essayer d'ordonner les documents de l'agence pour gagner en efficacité. Cela lui convenait infiniment mieux que sa seule et unique tentative de travail de terrain, c'était certain.

Elle répondit aux mails en attente, envoya des factures à leurs clients, paya leurs fournisseurs, et rattrapa tout ce que les frères Patterson avaient laissé passer au cours des derniers jours. Lorsque le fumet appétissant du repas qu'ils s'étaient fait livrer lui parvint aux narines, elle était fatiguée et affamée, mais elle avait le sentiment gratifiant du travail accompli.

Chance frappa doucement sur la table à côté d'elle. Elle ôta ses écouteurs, et il désigna du menton les boîtes en polystyrène.

— Il est temps de manger. Cela fait des heures que tu travailles !

— Le timing est parfait : j'ai presque terminé.

Elle finit de rédiger son dernier mail et l'envoya. Puis elle referma son ordinateur portable, le poussa sur le côté, et se saisit de la boîte que Chance avait posée devant elle. Nouilles sautées au poulet avec un supplément de sauce, et des nems. Parfait.

— C'est délicieux !

Chance lui sourit alors que ses frères sortaient leur propre commande du sac. Il n'échappa pas à Maci qu'il l'avait servie avant tous les autres.

Pendant quelques minutes, ils savourèrent leur repas en silence.

— Il y a du nouveau dans l'affaire Stella LeBlanc ? demanda-t-elle.

— Nous sommes en train de visionner les enregistrements vidéo des événements auxquels elle a assisté au cours des deux derniers mois, et nous tentons de voir si quelque chose nous a échappé.

— Pour le moment, ajouta Luke, nous n'avons pas la moindre piste.

Elle n'eut soudain plus très faim, et repoussa sa boîte sur la table.

— Et je n'ai pas brillé non plus dans mon rôle de Stella !

Chance replaça son plat devant elle.

— Non. Tu t'en es parfaitement tirée.

— Maci, je peux te poser quelques questions sur la voix que tu as entendue ? demanda Weston.

Chance se tourna vers lui, et lui lança un regard noir. Elle comprit alors qu'il avait demandé à ses frères de ne plus lui parler de son agression.

Il poussait un peu loin la prévenance !

— Oui, je t'en prie. Si cela peut vous aider, j'en serais ravie !

— Tu n'es pas obligée de le faire, marmonna Chance.

Elle leva les yeux au ciel.

— En quoi essayer de me souvenir de la voix de cet homme peut-il me faire du mal ?

— Je ne veux pas que cela te perturbe.

Elle croisa les bras sur la poitrine.

— Tu sais ce qui me perturbe ? C'est d'être en mesure de donner des éléments qui permettraient de pincer un homme dangereux, et que quelqu'un décide à ma place que je ne dois pas en parler au lieu de me laisser faire mes propres choix.

Il y eut des rires autour de la table, mais elle garda le regard fixé sur Chance.

Il céda, de mauvaise grâce.

— Bien.

Elle se tourna vers Weston.

— Que veux-tu savoir ?

— Tu as reconnu la voix ? Ou un accent, une intonation ?

— C'était un murmure étrange, qui donnait la chair de poule.

C'était comme si cet homme faisait des efforts pour sembler menaçant.

Comme si le fait qu'il entre par effraction dans l'appartement de Stella ne l'était pas !

— Tu penses que ça pourrait être une des personnes auxquelles tu as parlé lors d'une des soirées ? l'interrogea Brax.

Elle secoua la tête.

— Je n'en ai pas l'impression.

— Ça pourrait être Rich ? demanda Chance.

— Rich ? répéta Maci en se tournant vers lui. Pourquoi ?

— À ce stade, tout le monde est suspect.

Maci fit un effort pour se remémorer la scène.

— Je ne le pense pas… La voix de Rich est chaleureuse. Celle que j'ai entendue était froide… comme vide.

Sans vie, songea-t-elle. L'homme qui l'avait attrapée lui avait semblé sans vie.

— Mais une fois encore, ce n'était qu'un murmure, poursuivit-elle, alors que j'ai seulement entendu la voix habituelle de Rich. Mais non, je ne pense pas que ce soit lui.

Les quatre frères échangèrent des regards. Chance continua, contrarié :

— D'accord. Ce n'était pas Rich. Tu reconnaîtrais cette voix si tu l'entendais à nouveau ?

— Oui.

Maci en était certaine.

— Je ne l'oublierai jamais, ajouta-t-elle.

— Je sais que tu n'as pas vu le visage de ton agresseur. Mais tu te souviens d'une odeur ? De bruits étranges ? demanda Brax. Le moindre détail peut nous aider.

Elle tenta de rassembler ses souvenirs, mais à part la voix, tout était comme dans un brouillard.

— Non, je suis désolée.

— Ça t'ennuierait si nous essayions de rejouer la scène ? demanda Weston.

— Pas de problème.

— Alors lève-toi, répondit Weston en lui tendant la main pour l'aider. Bon, maintenant, pense à la voix, lorsque ce type était derrière toi.

Elle hocha la tête.

Weston se tourna vers Chance.

— Va te placer derrière elle.

Même si elle savait qu'elle n'avait rien à craindre, elle ne put s'empêcher de se raidir.

— À quel endroit entendais-tu la voix quand l'homme était derrière toi ? demanda Chance. Réfléchis-y. Était-ce au-dessus de ta tête, comme avec moi maintenant, ou un peu plus bas ?

Elle ferma les yeux et tenta de faire resurgir la scène de sa mémoire.

— Plus bas. Plus près de mon oreille.

Elle ouvrit les yeux, incapable de supporter cela plus longtemps.

— Donc, l'homme mesurait environ un mètre soixante-quinze. S'il avait été aussi grand que Chance, la voix serait venue de plus haut.

C'était logique.

— Mais le type pouvait également se pencher vers elle, fit remarquer Brax.

Maci se laissa aller contre le dossier de sa chaise, mais ne reprit pas sa fourchette. Elle n'avait vraiment plus faim.

— Je suis désolée de ne pas pouvoir vous aider.

— Ne t'excuse pas : tu as fait de ton mieux. Pourquoi ne regarderais-tu pas les enregistrements vidéo avec nous maintenant ?

Il tentait de lui changer les idées, et elle lui en fut reconnaissante.

— Oui, mais il faudra que je revienne demain, répondit-elle. Vous avez une idée du nombre de mails qui sont arrivés depuis mon départ ?

— Parce que nous sommes censés les consulter ? répliqua Luke en prenant un air outrageusement inquiet.

Ils se remirent ensemble au travail, et elle tourna un peu l'écran vers elle. Peut-être qu'elle serait plus utile ainsi. Mais les minutes s'écoulèrent, et elle n'entendit ni ne vit rien qui lui rappelle l'homme qui l'avait attaquée.

C'était abrutissant d'être assise à fixer cet écran. Elle ne savait pas comment Chance et ses frères arrivaient à le faire depuis aussi longtemps.

Elle resta ainsi à les aider pendant une ou deux heures, au bout desquelles elle ne savait plus comment s'asseoir pour ne pas avoir mal au dos. Elle s'appuya contre le dossier de sa chaise et fit la grimace. Bien entendu, son garde-malade le remarqua immédiatement et intervint.

— Bon, c'est fini, déclara Chance.

Il lui laissa à peine le temps de rassembler ses affaires et de dire au revoir à ses frères, avant de l'escorter hors de l'agence et de l'aider à s'installer dans son SUV.

Elle ne protesta même pas. Elle était épuisée.

Et pire : elle n'avait pas été de la moindre utilité.

14

Le lendemain matin, Chance arriva à l'agence en portant un plateau avec quatre tasses de café, heureux d'avoir réussi à convaincre Maci de faire la grasse matinée et de ne venir travailler que dans l'après-midi. Elle pouvait clamer haut et fort qu'elle n'était pas une invalide, mais elle avait tout de même subi une violente agression alors que son corps était déjà fatigué par la grossesse.

Un rappel sonna sur son téléphone et il sourit. Maci avait une échographie le lendemain, et il l'accompagnerait.

À l'idée qu'ils pourraient voir le bébé – ou tout du moins entendre les battements de son cœur –, Chance secoua la tête.

Il allait être papa.

— C'est un don du ciel ! s'exclama Brax en s'emparant d'une tasse, et en en descendant la moitié d'une seule gorgée. Walker nous réveille beaucoup en ce moment, et j'ai très peu dormi.

Le fils de Brax, qui avait deux ans maintenant, était en réalité son neveu biologique, mais Brax le considérait comme son propre enfant, et assumait complètement son rôle de père, même lorsqu'il s'agissait de se lever au beau milieu de la nuit.

— Demain, Maci et moi irons à la première échographie, pour vérifier que tout se passe bien, déclara Chance en tendant leurs tasses à Luke et à Weston.

Brax eut un large sourire.

— C'est à la fois excitant et terrifiant, n'est-ce pas ?

— Tu peux le dire !

Weston ne prêtait pas attention à leur conversation. Il était entièrement concentré sur la vidéo qu'il visionnait.

— Cela fait trop longtemps que notre homme n'est pas passé à l'action. Il va bientôt frapper, déclara-t-il.

Chance croisa le regard de Luke, puis de Brax. Weston était le plus perspicace d'entre eux, et ils faisaient confiance à son instinct.

— Je vais téléphoner à LeBlanc et Dorian pour m'assurer que Stella est bien protégée, déclara Luke en sortant de la salle de conférences, son portable à la main.

— Elle est toujours en Europe, n'est-ce pas ? demanda Brax, toute trace de fatigue disparue.

Chance hocha la tête.

— En Suisse, à moins qu'elle en soit déjà partie.

C'était possible. Stella ne tenait pas longtemps en place.

Chance considéra Weston, qui était encore en train d'étudier la vidéo.

— Tu as remarqué quelque chose en particulier ?

Son frère secoua la tête sans quitter l'écran des yeux.

— Non. Mais cet enregistrement me paraît moins intéressant que ce qu'a déclaré le type avant de pousser Maci contre la porte du placard.

— Qu'il savait qu'elle n'était pas Stella ?

— En fait, je pense surtout aux mots qu'il a employés. Rappelle-toi : il a dit à Maci qu'elle était restée pour se battre, et qu'elle avait le sens de l'honneur. Cela nous éclaire sur ses valeurs.

Chance se frotta la nuque en remarquant :

— Tu penses donc qu'il voit cela comme une sorte de bataille, ou même de guerre...

Weston se retourna enfin vers Chance.

— Oui. Pendant tout ce temps, nous avons recherché un homme qui est obsédé par Stella, et honnêtement, il doit l'être. Mais je pense qu'il est encore plus fasciné par l'idée de tisser une toile autour d'une proie, et de l'entraîner dans un combat...

Luke revint dans la pièce.

— Leblanc a demandé à Stella de ne pas sortir. Ses gardes du corps ont ordre de ne pas la quitter des yeux, et d'être prêts à répondre à une possible attaque.

— Tu as parlé à Dorian ?

Le chef de la sécurité de Leblanc avait assez d'expérience pour comprendre que, parfois, une intuition était une information à ne pas négliger.

— Pas directement. Il a d'autres affaires à régler en ce moment. Mais j'ai contacté son plus proche collaborateur, et Dorian devrait bientôt nous appeler pour savoir si nous avons du nouveau.

— Nous pourrons lui dire que nous avons des raisons de penser que l'homme était dans l'armée ou dans la police. Il va falloir passer au peigne fin la liste des personnes invitées aux dernières soirées de Stella en fonction de cet élément, et voir si des noms ressortent.

Pour la première fois depuis le début de l'enquête, ils n'avaient pas l'impression de chercher une aiguille dans une botte de foin.

Ils étaient attelés à la tâche depuis environ une demi-heure lorsque le téléphone de Chance bipa. Il regarda l'écran, s'attendant à voir un message de Maci ou peut-être de Dorian. Mais le numéro du correspondant était masqué.

Vous tenez à la fenêtre de votre agence ?

— Qu'est-ce...

— Je viens d'avoir un message étrange concernant la fenêtre, annonça Brax.

Luke et Weston l'avaient également reçu.

— C'est peut-être une publicité, proposa Luke.

— Venant d'un numéro masqué ? répliqua Brax. Je doute que l'entreprise prospère !

Ce n'était pas normal, ils le savaient tous. Ils se dirigèrent vers la réception, mais ne remarquèrent rien d'étrange.

Soudain, ils entendirent une détonation et la vitre vola en éclats, se brisant en une myriade d'échardes de verre.

Ils se jetèrent tous à terre, Chance sous le bureau de Maci, Luke et Brax derrière le canapé, et Weston dans un coin de la pièce.

Ils s'immobilisèrent, pensant qu'un second coup de feu allait suivre, mais il n'y eut que le tintement du verre qui continuait à tomber.

— J'ai l'impression que la guerre se joue également contre nous maintenant, remarqua Luke.

— Effectivement... Weston, pourquoi faut-il que tu aies tout le temps raison ? s'exclama Brax en se redressant. Je préférerais que ton intuition te souffle que je vais gagner à la loterie !

Chance considérait la chaise sur laquelle Maci aurait été assise en temps normal. Elle était entièrement recouverte d'éclats de verre, et il se sentait bouillir de rage.

— Si Maci avait été ici...

— Il n'y a pas un grand nombre d'endroits d'où ce coup de feu peut avoir été tiré, l'interrompit Weston. Il doit provenir du bâtiment qui est de l'autre côté de la rue.

Chance hocha la tête.

— Le toit. Allons-y ! Si nous sommes rapides, nous avons encore des chances de le pincer.

Luke se précipitait déjà vers la pièce où ils stockaient leur armement. Il y prit des gilets pare-balles, qu'il distribua à ses frères, pendant que tous se munissaient de l'arme qu'ils conservaient dans leur bureau.

Un instant plus tard, ils sortaient par l'issue arrière. Ils avaient bien conscience qu'on leur avait peut-être tendu une embuscade, mais ils ne voulaient pas laisser passer cette occasion de mettre la main sur le type.

Alors qu'ils se dirigeaient vers le bâtiment d'où provenait le tir, Chance annonça rapidement :

— Weston et Brax, vous vous occupez des deux derniers étages, pendant que Luke et moi allons sur le toit. C'est d'accord ?

Ses frères répondirent par l'affirmative, et ils s'élancèrent, gardant leur arme dans leur étui pour ne pas ajouter à la confusion qui régnait déjà dans la rue.

— Vous pensez que les gens ont entendu le coup de feu et sont en train de paniquer ? demanda Luke.

Lorsqu'ils approchèrent du bâtiment, la cause de toute cette agitation leur apparut clairement. L'alarme incendie s'était déclenchée.

Les quatre frères échangèrent des regards.

— Il essaye de faciliter sa fuite...

— Séparons-nous, et regardons si nous remarquons quelqu'un qui agit bizarrement, déclara Weston en sortant son téléphone et en commençant à enregistrer la scène. Nous pourrons ensuite étudier la vidéo pour déterminer si nous reconnaissons des personnes qui ont participé aux mêmes galas que Stella.

Un homme sortit du bâtiment en criant qu'il y avait de la fumée. Peut-être le tireur avait-il réellement provoqué un incendie pour créer une diversion ?

Brax attrapa Chance par le bras.

— Nous devons aller sur ce toit ! s'exclama-t-il.

Chance secoua la tête.

— Ce n'est pas possible... Pas avec tant de personnes qui évacuent le bâtiment. D'ailleurs, l'homme n'est certainement plus là-haut. Je pense que nous devrions suivre l'exemple de Weston et prendre des vidéos de la scène.

Ils se séparèrent, et Chance dévisagea toutes les personnes qu'il croisait. Il passa rapidement sur celles qui étaient particulièrement paniquées ou qui ne correspondaient pas au profil qu'ils avaient établi, filmant surtout celles qui semblaient calmes en dépit du chaos.

Lorsque les pompiers arrivèrent et établirent un périmètre de sécurité autour du bâtiment, Chance sut qu'ils ne pourraient rien faire de plus. Ils allaient signaler l'attaque dont ils venaient d'être victimes à la police et, s'ils savaient se montrer convaincants, ils obtiendraient les enregistrements des caméras de sécurité du quartier. Mais pour l'instant, ils ne pouvaient qu'attendre. Alors, il s'éloigna lorsque les pompiers le demandèrent, exaspéré de se sentir si impuissant.

Son téléphone se mit à vibrer. C'était Weston. Il décrocha en s'exclamant :

— Je t'en prie, annonce-moi une bonne nouvelle !

— Malheureusement, je n'ai vu aucun individu portant un T-shirt sur lequel était écrit *Je viens de tirer sur une vitre*. Et je n'ai rien remarqué d'étrange. Et toi ?

— Quelques personnes qui semblaient un peu trop détendues, mais rien de concret.

— Retournons au bureau. Nous pourrons comparer nos vidéos, et commencer à demander à la police si elle peut nous procurer les enregistrements des caméras du quartier.

— Je vous rejoins. À tout de suite !

Lorsqu'il arriva, il vit ses frères debout autour du bureau de Maci.

— Qu'y a-t-il ?

Luke souleva un morceau de papier d'une main gantée.

— Il nous a laissé ça.

Vous êtes forts, mais je serai le meilleur. Le premier qui décroche le prix a gagné.

Chance n'était pas sûr d'avoir compris le sens du message.

— Le prix, c'est Stella ?

Brax déposa son téléphone sur le comptoir.

— Je viens de parler à Dorian, et Stella est en sécurité. Il n'y a eu aucune tentative contre elle.

Chance se frotta les yeux. La situation devenait de plus en plus inquiétante : l'homme s'était mis à communiquer avec eux, à envahir leur espace personnel, et semblait déterminé à les entraîner dans un jeu aussi malsain que dangereux...

Mais surtout, il ne cessait de songer que si Maci avait été à l'agence aujourd'hui, elle se serait certainement trouvée à son bureau au moment où ce type avait fait voler la vitre en éclats.

— Je dois passer un appel.

Il fallait qu'il entende la voix de Maci.

Il se dirigea vers son bureau, et composa le numéro avant même d'avoir refermé la porte.

— Chance ? Tout va bien ? J'étais sur le point de partir vous rejoindre à l'agence.

Le simple fait d'entendre la voix de Maci – détendue et calme – suffit à le rasséréner. Elle allait bien. C'était la seule chose qui importait.

— Tu ne vas pas le croire, mais je vais te demander de ne pas venir travailler.

— Bon sang, Chance, je ne vais pas te laisser...

— Je te promets que ce n'est pas parce que je veux que tu restes te reposer. La fenêtre de la réception... s'est brisée, et nous allons devoir fermer nos bureaux pour la faire réparer.

— Oh ! mon Dieu ! Tu as lancé quelqu'un à travers ?

Il se mit à rire.

— Tu n'es pas là. Donc, non.

Elle rit en retour.

— J'ai moi-même songé à le faire plus d'une fois ! Que s'est-il passé ?

— Je te raconterai tout lorsque je serai à la maison. Mais en attendant, j'aimerais que tu vérifies que les portes sont fermées à clé.

Elle resta silencieuse une seconde.

— Ce n'est pas bon, n'est-ce pas ?

Il ne lui avait jamais menti, et n'allait pas commencer.

— Non. Mais personne n'a été blessé.

— D'accord, finit-elle par dire.

Il savait qu'elle brûlait d'envie de connaître les détails, et apprécia le fait qu'elle ne lui pose pas de questions pour le moment.

— Soyez prudents. Je veux que tu reviennes à la maison en bon état !

À la maison. Auprès d'elle...

— Ne t'inquiète pas. À tout à l'heure !

Il retourna vers la réception, et vit Luke planté devant le mur, observant l'impact de la balle qui s'était logée dedans. Le coup de feu avait bien été tiré du toit de l'immeuble voisin.

— Je vais appeler mes contacts à la police, déclara Weston. Ils viendront extraire la balle et l'analyseront. Et Brax est en train de téléphoner à un vitrier.

— Nous devrions installer un vitrage blindé !

Chance disait cela sur le ton de la plaisanterie, mais l'expression du visage de Weston lui apprit qu'il y songeait sérieusement.

Luke intervint :

— La bonne nouvelle, c'est que Weston a fait jouer ses relations, et qu'en raison des circonstances particulières de notre affaire, la police a gentiment proposé de mettre à notre disposition les enregistrements vidéo de l'immeuble d'en face pour nous aider dans notre enquête.

Chance jeta un coup d'œil à Weston. Il avait travaillé pendant quelques années pour la police de San Antonio. Son frère hocha la tête et précisa :

— Même si, à vrai dire, la police est plus motivée par l'envie de mettre la main sur celui qui a semé la panique dans l'immeuble d'à côté que par celle de savoir qui a tiré sur notre vitre !

Chance haussa les épaules.

— Dans la mesure où nous sommes pratiquement certains qu'il s'agit de la même personne, cela importe peu.

— Cela veut dire que nous allons encore devoir passer des heures à visionner des vidéos ! s'exclama Luke en se frottant les yeux.

Aucun d'eux n'en avait envie.

Mais ce sale type leur avait déclaré personnellement la guerre, et Chance et ses frères étaient bien déterminés à le mettre hors d'état de nuire.

15

Si Chance avait ressenti la même chose qu'elle en ce moment lorsqu'il l'avait découverte gisant dans l'appartement de Stella, alors Maci comprenait qu'il ait pu se montrer si inquiet et protecteur par la suite.

Elle ne pouvait détacher son regard du trou béant qui avait pris la place de la paroi vitrée. La nuit dernière, Chance lui avait raconté en détail ce qui s'était passé, mais elle n'avait pas saisi l'étendue des dégâts avant de les voir de ses propres yeux ce matin.

Il était difficile de croire qu'une simple balle ait pu provoquer de tels dommages. Chance lui avait expliqué qu'elle avait été tirée par un fusil, et était donc de gros calibre. Mais tout de même… *une seule balle !*

Et si un des frères avait été en train de traverser la réception, comme ils le faisaient des centaines de fois chaque jour, lorsque le coup était parti ? Et si Chance s'était trouvé à cet instant devant son bureau pour lui parler ? Il aurait été lacéré par les éclats de verre.

Maintenant, elle comprenait le besoin de Chance d'être constamment à ses côtés pour la protéger. Car elle ressentait la même chose pour lui.

Elle savait que si elle restait à regarder les artisans remplacer la vitre, elle allait s'attirer une semonce des frères Patterson. Ils avaient installé son bureau dans la salle de conférences, et lui avaient bien recommandé de rester loin de la réception.

Elle se contentait donc de jeter un coup d'œil depuis le couloir, et elle ne discuterait pas. Pas tant que Chance et ses frères n'allaient pas eux non plus dans cette pièce. Ils se protégeaient les uns les autres.

Les quatre frères étaient en train d'étudier de nouvelles vidéos de la scène de la veille. Maci avait du travail, mais elle avait du mal à se concentrer. Entre le choc qu'elle avait ressenti en voyant les dégâts et la perspective de son échographie plus tard dans l'après-midi, elle était à bout de nerfs.

Son téléphone se mit à vibrer, et elle le sortit de sa poche. Evelyn. Certainement pas ce dont elle avait besoin en ce moment ! Maci n'avait pas répondu aux cinq messages qu'elle lui avait envoyés depuis la dernière fois qu'elles s'étaient vues, et avait la ferme intention d'ignorer également celui-ci.

Elle avait appris à ne plus se laisser émouvoir lorsque sa mère lui disait qu'elle lui manquait, ou qu'elle avait envie de la voir.

Rendez-vous à ton appartement.

Maci serra les dents et répondit :

Ce n'est pas un bon jour.

La réaction de sa mère ne se fit pas attendre.

Sinon, je peux venir à l'agence, ou chez ton ami. Au choix.

Maci se frotta les yeux. Elle ne pensait pas qu'Evelyn connaisse l'adresse de Chance, mais ce n'était pas impossible. Et elle n'avait envie de voir sa mère dans aucun de ces deux endroits.

Surtout pas aujourd'hui, alors que Chance et elle allaient ensemble chez le médecin. Maci ne voulait pas qu'il ait sous les yeux la preuve flagrante que les gènes qu'elle apportait n'étaient pas les meilleurs !

Sans mentionner le doute que cela ferait naître en Chance sur la capacité de Maci à être mère... doute légitime, puisqu'elle se posait elle-même la question chaque jour depuis qu'elle avait appris qu'elle était enceinte.

Rendez-vous chez moi dans vingt minutes.

Elle retourna dans la salle de conférences. Les quatre frères étaient si concentrés sur la vidéo qu'ils ne lui prêtèrent pas attention. Elle se dirigea vers Chance.

— Je vais aller me reposer un peu avant le rendez-vous chez le médecin.

Chance se leva immédiatement.

— Tu te sens fatiguée ? Je peux te conduire à la maison.

Ils étaient venus ensemble, et elle n'avait pas sa voiture. Elle avait oublié ce détail.

— Non, non. Tu as beaucoup de travail, et je peux très bien conduire seule.

Elle voyait qu'il était tiraillé, et détestait l'idée de lui mentir. Mais elle n'avait pas le choix.

— Ne me surprotège pas, d'accord ? Tu peux m'accompagner à la voiture, et je t'enverrai un message quand... quand je serai arrivée.

C'était assez vague pour être seulement un demi-mensonge.

Chance n'était toujours pas convaincu, mais accepta.

— D'accord. Je t'accompagne.

Il posa le bras sur ses épaules et la conduisit vers l'allée à l'arrière du bâtiment, là où il avait garé son véhicule.

Il la prit dans ses bras avant d'ouvrir la portière, et elle se laissa aller contre lui. Elle avait besoin de cette proximité.

— Sois prudente, souffla-t-il dans ses cheveux. Et envoie-moi un message pour me dire que tout va bien. Je te retrouverai à la maison.

Maci se sentait rongée par la culpabilité. Mais elle était prête à tout pour éviter que Chance croise à nouveau sa mère. Alors, elle lui dit au revoir, monta dans la voiture, et retourna vers le passé.

Sa mère était en train de faire les cent pas devant la porte lorsqu'elle arriva.

— Tu as mis longtemps !

Maci ignora sa remarque, et envoya un rapide message à Chance pour lui dire qu'elle allait bien, avant de la faire entrer chez elle. Plus vite elle se débarrasserait de cette entrevue, plus tôt elle pourrait retourner à des aspects plus réjouissants de sa vie.

— Que veux-tu, maman ?

Comme si elle ne le savait pas déjà… Et comme si appeler Evelyn *maman* ne relevait pas de la blague.

— Tu pourrais au moins faire semblant d'être heureuse de me voir !

Evelyn se promenait dans l'appartement en le regardant comme si c'était la première fois qu'elle y mettait les pieds, et qu'elle était fascinée par la façon dont Maci l'avait décoré.

— Je n'ai toujours pas compris pourquoi tu étais si pressée de te débarrasser de moi la dernière fois…

Maci serra les dents. Elle connaissait Evelyn sur le bout des doigts, et savait ce qui allait se passer : comme à son habitude, elle ferait systématiquement le contraire de ce que l'on attendait d'elle.

C'était un jeu puéril auquel elle s'était livrée du plus loin que Maci s'en souvienne.

— J'ai besoin d'argent.

Bien entendu.

— Qu'as-tu fait de celui avec lequel tu es repartie l'autre jour ? Tu ne l'as tout de même pas déjà dépensé !

— Tu ne m'as pas donné grand-chose.

— Parce que je n'en ai pas beaucoup… En fait, je n'ai plus rien.

Evelyn pivota sur ses talons, et la dévisagea en croisant les bras.

— Nous savons toutes les deux que c'est faux. J'ai bien vu la voiture que conduisait ton compagnon quand il t'a emmenée ici. J'ai appris qu'il possède sa propre entreprise avec ses soi-disant frères, et je ne crois pas un seul instant qu'ils manquent d'argent.

Maci détestait l'entendre parler de Chance ou de ses frères. Les Patterson étaient des gens bien. Ils ne méritaient pas d'être mêlés à ses drames familiaux.

— Tout d'abord, il n'est pas mon compagnon. Et oui, il se trouve que je travaille pour les Patterson, qui possèdent leur entreprise.

Mais cela ne signifie pas qu'ils soient riches, et encore moins que j'aie de l'argent !

Evelyn se remit à faire les cent pas.

— Mais tu pourrais en obtenir si tu le voulais. Surtout pour aider ta famille.

Maci s'assit à la table de la cuisine. Les choses seraient toujours ainsi avec sa mère. Elle ne pouvait laisser cette situation se reproduire indéfiniment. Il fallait qu'elle y mette un terme.

— Maman, je n'ai pas d'argent à te donner. J'en ai besoin.

Sa mère se tourna vers elle, et la dévisagea.

— Je pensais que tu ne te droguais plus.

— Et c'est le cas.

Elle prit une profonde inspiration, espérant qu'elle n'était pas en train de commettre une énorme bourde.

— J'ai besoin de l'argent, parce que je vais avoir un bébé.

La grossesse de Maci était trop peu avancée pour qu'elle ait réfléchi à la manière dont elle voulait l'annoncer à sa mère. Mais soudain, elle se rendit compte qu'elle espérait que cette nouvelle allait amorcer une ère nouvelle dans leurs relations.

Evelyn n'avait jamais été capable de se sevrer pour Maci. Mais peut-être le ferait-elle pour son petit-enfant... Et peut-être pourraient-elles enfin nouer une véritable relation.

Sa mère s'immobilisa et la considéra.

— Quelle idiote ! Tu l'as laissé te mettre enceinte ? Tu vas gâcher ta vie.

Maci sentit son ventre se nouer. Ce n'était certainement pas la réaction qu'elle avait espérée.

— Merci pour ton soutien. Mais que je sois idiote ou non, je n'ai pas l'argent que tu me réclames. Va le soutirer à quelqu'un d'autre.

Evelyn se tut et se remit à aller et venir dans la pièce, soupesant du regard chacun des objets de Maci. Chaque fois qu'elle s'emparait de l'un d'entre eux, Maci mourait d'envie de le lui arracher des mains. C'était son espace, son sanctuaire, et elle voulait que sa mère s'en aille.

— Tu crois que je suis stupide ? déclara soudain Evelyn en prenant un livre et en le rejetant sur le canapé. Je sais que tu as des économies, et tu vas me les donner. Tu pourras toujours demander au père de ton enfant un peu d'argent pour élever un gamin ingrat.

— Tu devrais partir, Evelyn. J'ai pris ma décision.

Le regard que sa mère lui lança fut d'une dureté de pierre. Elle n'aimait pas que Maci l'appelle par son prénom... même si elle venait implicitement de la traiter de gamine ingrate.

— Tu as pris ta décision ?

Elle s'empara d'un autre livre, qu'elle feuilleta avant de le reposer brusquement.

— Tu penses que tu es mieux que moi ? poursuivit-elle.

— Il ne s'agit pas d'être mieux ou moins bien.

— Ah bon ? déclara-t-elle en posant sa main sur ses hanches. Et comment penses-tu que ton ami réagira quand il saura que ton ancien compagnon était un dealer qui te donnait ce dont tu avais besoin pour te défoncer ? Tu ne crois pas que quelqu'un devrait lui expliquer qui est vraiment la future mère de son enfant ?

Maci sentit l'angoisse monter en elle alors qu'elle se blindait pour faire face au passé. Elle refusait de retourner à cette époque, même en esprit.

— J'ai commis des erreurs. Mais il les acceptera, d'autant plus que je me suis sortie de tout cela.

Peut-être que si elle l'affirmait avec assez de force, elle arriverait à croire que c'était vrai.

Sa mère éclata d'un rire sans joie.

— J'en doute fort. Il a l'air d'être quelqu'un de respectable.

— Il l'est.

Evelyn la considéra avec un sourire narquois.

— Des hommes comme lui pensent que quand on a touché à la drogue, c'est pour toujours.

Non, Maci ne se droguait plus. Elle avait fait tout ce qu'il fallait pour se sortir de cet enfer. Et elle avait réussi.

— Je ne suis pas comme toi. Je ne vais certainement pas

replonger alors que je suis parvenue à reprendre ma vie en main. Je suis sobre, et heureuse.

Ce n'était pas une chose à dire, et cela mit Evelyn en rage. Avec horreur, Maci la vit jeter à terre tous les livres placés sur les étagères, puis renverser la petite bibliothèque. La table basse subit le même sort, et le verre posé dessus se brisa sur le sol. Evelyn arracha ensuite les cadres fixés au mur.

Il était difficile de croire qu'une personne aussi frêle que sa mère puisse faire autant de dégâts, mais la fureur décuplait ses forces. Maci savait qu'elle devait rester à distance car, dans ces cas-là, Evelyn ne s'en prenait pas qu'aux objets.

Mais lorsqu'elle eut terminé son entreprise de destruction, l'appartement pour lequel Maci avait patiemment économisé n'était plus qu'un champ de bataille.

— Sale petite ingrate !

Maci voyait la poitrine de sa mère se soulever à chaque respiration.

— Soit tu me donnes mon argent, soit nous verrons ce que ton ami dira lorsqu'il saura que la mère de son enfant était la compagne d'un dealer, et qu'elle s'est droguée.

Et voilà. C'était l'atout décisif d'Evelyn, sa carte maîtresse. Il n'y avait rien à faire contre cela. Maci le savait, et sa mère aussi. Son sourire narquois le montrait clairement.

— Bien. Allons trouver un distributeur.

Vingt minutes plus tard, le solde du compte en banque de Maci était à zéro, et les cinq cents dollars qu'elle gardait en cas de besoin n'étaient plus qu'un souvenir.

Son cœur lui aussi était vide. Lorsque sa mère partit en ricanant, la laissant seule avec ses pensées, tout espoir d'échapper un jour à son emprise l'avait désertée.

Maintenant qu'Evelyn avait un moyen de pression, Maci ne serait plus jamais libre. Elle allait perdre tout ce qu'elle avait gagné au prix de tant d'efforts, et Chance... Chance finirait par connaître son passé. Au premier refus qu'essuierait sa mère, elle irait le trouver pour lui parler des jeunes années de Maci, et il la haïrait. C'était seulement une question de temps.

Maci ne savait plus que faire. Alors, elle se blottit sur son canapé et se mit à pleurer, pendant que l'avenir qu'elle imaginait pour elle et pour son bébé s'éloignait inexorablement d'elle.

16

Quelque chose n'allait pas.

Chance tenta de se persuader qu'il ne devait pas interpréter ainsi la raideur de Maci et son air absent alors qu'il l'accompagnait à sa voiture, mais il ne put s'en empêcher.

Certes, elle avait bien des raisons d'être stressée : la vitre en miettes, le rendez-vous chez le médecin, sa blessure à la tête, l'homme qu'ils tentaient d'appréhender... Mais ce départ précipité était pour le moins étrange.

Il l'avait cependant laissée partir, et s'était forcé à retourner travailler. Il s'était senti un peu mieux lorsqu'il avait reçu son message – *Bien arrivée* - mais il ne parvenait tout de même pas à faire taire son malaise.

Au bout d'une heure, il n'y tint plus.

— Je pars. Maci et moi avons rendez-vous chez le médecin cet après-midi et... je ne sais pas.

— Tu vas bien ? demanda Weston en quittant un instant son écran des yeux.

— Oui. Je veux seulement être certain qu'elle n'a pas besoin de moi.

Aucun de ses frères ne discuta sa décision. Luke se contenta de lui tendre la clé de sa voiture puisque Maci avait pris la sienne.

Mais lorsque Chance arriva chez lui, il ne vit ni son véhicule ni Maci. Habituellement, il se sentait mieux dès qu'il passait le seuil de sa maison, surtout depuis qu'elle y séjournait. Mais pas cette fois-ci.

Espérant encore qu'elle se trouvait là même si la voiture n'était pas dans le garage, il l'appela.

— Maci ?

Sa voix résonna dans le silence.

Il sortit alors son téléphone et composa son numéro, mais fut immédiatement redirigé vers sa boîte vocale. Il lui envoya alors des messages, mais n'obtint ni réponse ni accusé de réception.

Il parcourut la maison : les chambres étaient vides, tout comme le salon et le jardin. Il n'y avait aucun signe d'intrusion : toutes les fenêtres et toutes les portes étaient fermées.

Il n'y avait rien d'anormal, si ce n'était que Maci n'était pas là.

Chance tenta de se concentrer. Il n'y avait aucun signe de bagarre, rien n'était dérangé, il n'y avait pas de sang... et personne à part sa famille ne savait que Maci habitait chez lui en ce moment.

Alors, il ne s'agissait vraisemblablement pas d'un enlèvement. Avait-elle eu un accident ?

Non, puisqu'elle lui avait envoyé un message pour lui dire qu'elle était bien arrivée.

Il s'immobilisa soudain, alors qu'il était en train de balayer le salon du regard. L'avait-elle quitté ? Comme la nuit où elle s'était glissée hors de son lit et n'était pas revenue ? Peut-être avait-elle décidé qu'elle ne voulait plus vivre avec lui, et qu'il ne devait avoir aucune place dans sa vie et celle du bébé.

Il se précipita vers le placard, et poussa un soupir de soulagement en voyant que ses vêtements s'y trouvaient encore.

Il était sur le point de téléphoner à ses frères pour engager des recherches avec eux lorsqu'il entendit la porte du garage s'ouvrir. Un soulagement immense s'empara de lui, aussitôt teinté d'irritation, et il dut prendre de profondes inspirations pour se calmer.

Il avait bien conscience que la façon dont il allait se comporter maintenant serait cruciale... parce que Maci était adulte, et qu'elle n'avait pas à lui rendre compte de tous ses faits et gestes. Il devait lui montrer qu'il se souciait d'elle, tout en veillant à ne pas l'étouffer.

Elle entra, et il l'observa. Pas de blessures. C'était une bonne chose.

— Où étais-tu ? s'écria-t-il.

Bien, Patterson ! Et dire que tu voulais être calme !

Elle s'immobilisa, et plissa les paupières.

— Je faisais un tour en voiture.

Elle semblait fatiguée, pâle. Pourquoi ?

— Tu m'avais dit que tu serais à la maison. Est-ce que tu imagines à quel point…

— J'avais besoin de réfléchir, Chance.

Il sentait la colère monter en lui.

— Tu m'avais promis d'aller directement à la maison et de m'envoyer un message quand tu arriverais. Quand je l'ai reçu, j'ai pensé que tu t'y trouvais.

Elle cilla.

— J'avais d'abord quelque chose à faire.

— C'est-à-dire ?

Maci serra les poings.

— Rien qui te concerne.

— Tout ce qui te touche me concerne !

— Eh bien, ça ne devrait pas ! Je suis adulte, Chance. Je peux prendre soin de moi pour quelques heures.

La colère de Chance retomba. Il était en train de gâcher les choses… S'il ne faisait pas attention, il risquait de compromettre leur relation.

Il inspira, et se lança à nouveau.

— Je sais bien que tu peux prendre soin de toi toute seule, mais j'étais inquiet. Je suis rentré à la maison, tu n'y étais pas, et je n'arrivais pas à te joindre. Il y a un type qui menace San Antonio Security, et ce n'est pas un bon moment pour disparaître sans donner signe de vie. Et c'est valable pour chacun de nous.

Maci ferma les yeux et poussa un soupir. Chance vit son attitude changer subitement, comme si les défenses qu'elle avait érigées pour se protéger cédaient soudain. Pendant un long moment, ils restèrent immobiles, silencieux. Puis elle s'approcha de lui et le prit dans ses bras.

Le poids qui s'était abattu sur la poitrine de Chance disparut alors qu'il la serrait contre lui. Elle allait bien. Elle n'avait pas été blessée, et elle ne l'avait pas quitté.

Lorsqu'elle se mit à parler, ce fut d'une voix rauque.

— Je suis désolée. Je n'ai pas réfléchi. Je pensais arriver ici avant toi. Je ne voulais pas que tu te fasses du souci.

Il lui caressa les cheveux et les écarta de son visage pour qu'il puisse mieux la voir.

— Je suis désolé de t'avoir parlé sur ce ton. Tu vas bien ? Tu as l'air très stressée. C'est à cause du travail ? De la vitre brisée ?

Il ne pouvait pas lui en vouloir si elle ne se sentait plus en sécurité dans les locaux de l'agence.

— Non. Je ne supporte pas l'idée que vous ayez pu être blessés, mais ce n'est pas cela. Je suis allée retrouver ma mère dans mon appartement.

Il aurait aimé savoir pourquoi voir sa mère l'avait rendue si triste et fatiguée, mais il ne voulait pas la forcer à le lui expliquer. Il souhaitait que cela vienne d'elle-même. Alors, il lui demanda :

— Je peux faire quelque chose pour toi ?

— Me tenir dans tes bras comme tu le fais. J'en avais besoin.

Il la serra un peu plus contre lui, et posa la joue sur ses cheveux.

— Moi aussi.

— C'est presque l'heure de partir chez le médecin, murmura-t-elle. Ils nous diront peut-être si c'est un garçon ou une fille...

— Que préférerais-tu ?

— Un beau garçon comme son papa.

Il sourit.

— Je pense que j'aimerais bien une petite fille aussi pétillante que sa maman.

Maci se raidit contre lui, puis se détendit à nouveau.

— Une autre femme de la lignée des Ford dans ce monde... Cela ferait certainement trop.

Chance ne comprit pas ce qu'elle voulait dire, alors il se tut. À la vérité, peu lui importait que le bébé soit un garçon ou une fille. Il voulait simplement que sa maman et lui aillent bien.

Un peu plus tard, Chance et Maci attendaient en silence dans la salle du médecin. Au fur et à mesure que les minutes s'égrenaient, Maci sentait la nervosité monter en elle.

Lorsqu'on l'appela enfin, Chance se leva et la suivit. Il l'aida à s'installer sur la table d'examen, et s'assit sur une chaise à côté d'elle. Même si elle n'aimait pas être au centre de l'attention, Maci dut bien reconnaître que c'était agréable de ne pas être seule à ce rendez-vous.

Une infirmière entra et fit quelques gestes préparatoires, puis l'échographiste arriva, tout sourire. Sans qu'elle sache pourquoi, cela ne fit qu'accroître la nervosité de Maci.

— Vous avez déjà vu le bébé ? demanda la femme.

Maci et Chance répondirent tous deux par la négative, et elle déclara d'un air radieux :

— Alors, vous allez vous régaler !

Elle mit une noix de gel froid sur le ventre de Maci, et posa la sonde dessus. Un bruit sourd s'éleva alors dans la pièce.

— Ce sont les battements du cœur, expliqua le médecin.

Maci sentit les larmes perler à ses yeux. C'était le cœur de son bébé, du bébé de Chance... Comme si elle l'avait appelé, il lui prit la main et lui serra légèrement les doigts. Elle tourna la tête vers lui, et remarqua qu'il avait lui aussi les yeux humides.

Ils regardèrent le petit haricot sur l'écran jusqu'à ce que l'examen soit terminé, puis l'échographiste leur tendit les clichés qu'elle avait pris. Elle leur expliqua que le médecin allait répondre à toutes leurs questions, y compris concernant le sexe du bébé s'ils désiraient le connaître, et les quitta avec un sourire aussi éclatant que celui qu'elle avait en entrant.

— Bonjour, madame Ford. Apparemment, tout se passe très bien !

Le docteur Harris entra, avec lui aussi un large sourire aux lèvres.

— Le bébé et vous êtes en parfaite santé, poursuivit-il.

— Alors, le fait que Maci ait constamment des nausées est normal ? demanda Chance.

Le docteur Harris éclata de rire tout en continuant à regarder la jeune femme.

— Tout à fait ! Cela ne m'inquiète pas du tout. Elles devraient d'ailleurs bientôt s'arrêter.

— Elles ne me manqueront pas ! s'exclama Maci.

Le docteur Harris continua à commenter les résultats de l'examen du jour, et de ceux qui avaient été menés à l'hôpital. Il assura à Maci et à Chance que le bébé allait bien, et qu'il n'avait pas souffert de l'agression dont Maci avait été victime.

— Vous aviez exprimé le désir de connaître le sexe du bébé. Nous pouvons vous le dire, si vous n'avez pas changé d'avis.

Maci regarda Chance. Il haussa les épaules.

— C'est toi qui décides. Tout m'ira.

Elle se tourna vers le médecin.

— Dites-le-nous.

Le docteur Harris répondit avec un sourire.

— C'est une petite fille.

Une fille. Ils allaient avoir une fille. Maci n'arrivait plus à penser à autre chose.

Elle allait mettre au monde une autre petite Ford.

Maci vit à peine passer le reste du rendez-vous. Le docteur Harris lui donna quelques conseils censés l'aider à éviter les nausées, et répondit à toutes les questions de Chance. Pendant ce temps, Maci les écoutait parler, comme dans un état second. Lorsqu'elle reprit enfin conscience du monde autour d'elle, Chance l'aidait à monter dans la voiture.

Il s'installa au volant et resta assis, la clé à la main, regardant devant lui d'un air béat.

— Nous allons avoir un bébé. Une petite fille. *Notre* petite fille !

Il y avait de l'émerveillement dans la voix de Chance. Lorsqu'elle le regarda, elle eut l'impression de voir ses yeux étinceler de bonheur.

Alors, pourquoi Maci sentait-elle sur elle le poids du désespoir ?

Une petite fille. Elle en revenait toujours à cela. Comment Maci arriverait-elle à élever une fille en ayant Evelyn pour seul modèle ?

Sa mère avait été si prise par son addiction, entrant et sortant constamment de cures de réhabilitation requises par le tribunal, qu'elle n'avait jamais été en mesure de protéger Maci de quoi que ce soit. Puis Maci avait un temps suivi ses pas, trouvant enfin une paix momentanée dans des paradis artificiels.

Cela faisait maintenant des années qu'elle s'en était libérée, mais elle n'avait jamais réussi à se débarrasser de ce sentiment d'être marquée à jamais par son passé.

Elle posa les mains sur son ventre. Personne ne lui avait montré comment élever sa fille, comment la protéger.

Avoir Maci pour mère était déjà un handicap pour sa fille, et cette pensée la rendait malade.

Alors qu'ils s'approchaient de la maison de Chance, elle se sentait de plus en plus oppressée. Dès qu'il fut garé, elle se précipita hors de la voiture.

Elle ne pouvait pas être auprès de Chance, ne pouvait pas lui parler. Elle avait tout gâché...

— Maci ?

Chance lui prit le bras pour l'attirer à lui, mais elle se dégagea.

— Je vais me coucher.

— Mais tu n'as pas encore dîné !

L'idée d'avoir à s'asseoir en face de Chance lui était trop pénible.

— Je n'ai pas faim.

Alors qu'elle se dirigeait vers la maison, elle sentit peser sur elle le regard de Chance, mais ne se retourna pas. Elle en était incapable. Pas alors qu'elle avait gâché sa vie et qu'il l'ignorait encore.

17

Chance ferma à peine l'œil de la nuit. Il ne cessait de penser à Maci, de la revoir après leur rendez-vous : ses épaules voûtées alors qu'elle se dirigeait vers la maison, ses traits figés par l'effort qu'elle faisait pour ne pas éclater en sanglots...

Était-ce le bébé ? Elle ne voulait pas avoir une fille ? Si c'était le cas, il n'imaginait pas que cela ait pu la contrarier à ce point. C'était autre chose, il le savait.

Maci s'était enfermée dans la chambre d'amis et avait refusé d'en sortir pour le dîner, même lorsqu'il le lui avait proposé avec le plus de douceur possible. Il avait presque été tenté de forcer la porte et d'exiger des explications.

Puis il avait entendu qu'elle pleurait.

Bien qu'étouffés par la porte, ses sanglots étaient si violents que Chance n'eut pas le cœur de l'importuner : Maci était manifestement en train de vivre un moment très difficile pour elle.

Et une fois de plus, il songea qu'il ne savait pas grand-chose d'elle. Mais ce n'était pas le moment de lui demander des explications. Alors, il fit ce qu'elle voulait, et s'éloigna.

Lorsqu'il se leva le lendemain matin, il vit que Maci s'était fait du thé et s'était préparé un petit déjeuner. C'était bon signe. Au moins, elle avait pris soin d'elle.

Il était en train de préparer du café lorsque son téléphone sonna.

— Nous avons reçu un autre message du type, annonça Brax.

Chance se sentit soudain mal à l'aise. La façon dont son frère s'exprimait ne lui disait rien de bon : son ton était beaucoup trop prudent pour quelqu'un qui trouvait d'ordinaire toujours matière à plaisanter.

— Et... ?

— Je pense que tu devrais venir voir par toi-même.

Chance n'eut même pas à réfléchir. Immédiatement, il répondit :

— Je ne peux pas. Je dois rester ici avec Maci.

Brax sembla soudain se souvenir du rendez-vous de la veille.

— Oh ! j'avais oublié que vous aviez vu le médecin ! Tout se passe normalement ?

— Le bébé va bien.

Chance veilla à ne pas annoncer qu'il s'agissait d'une fille. Il ne savait pas si Maci voulait le dire tout de suite.

— Mais Maci n'est pas en forme, poursuivit-il.

Brax ne répondit pas, et le malaise de Chance s'accrut.

— Que se passe-t-il, Brax ?

— Le message était une menace.

— Vous en avez parlé à Dorian ? Stella est en sécurité ?

— La menace ne visait pas Stella.

Chance poussa un juron.

— C'était encore contre nous ?

Brax ne répondit pas. Un tel silence ne lui était pas habituel.

— Tu peux me dire ce qui se passe ? s'exclama Chance, de plus en plus inquiet.

Quelques secondes plus tard, il entendit un déclic.

— Bonjour, c'est Weston. Luke est là aussi. Maci et toi allez bien ?

Cela n'annonçait vraiment rien de bon.

— Oui, nous allons bien. Bon sang, vous allez enfin me dire ce qui se passe ?

— La menace concerne Maci, répondit calmement Weston.

Le temps sembla soudain suspendu.

— Quelle menace ?

— Je vais t'envoyer une photo par mail.

Chance ouvrit son ordinateur et tapota rageusement sur le

clavier, jusqu'à ce qu'apparaisse le message de Weston. Il poussa un juron en le lisant, alors que la fureur s'emparait de lui.

C'est bien dommage qu'un innocent soit pris dans le feu de la bataille, n'est-ce pas ?

Mais c'est une guerre, et je suis déterminé à la gagner.

Votre reine en est le prix, et je ferai tout pour l'emporter.

La lettre était accompagnée d'une photo de Maci en train de sortir de l'agence. Il était impossible de déterminer à quel moment elle avait été prise.

Chance sentit tout son corps se raidir.

Il avait des envies de meurtre.

Il fallait qu'il ôte de la face de la terre ce type qui voulait entraîner Maci dans sa folie.

— Une seconde, déclara-t-il avant de déposer son portable sur la table de la cuisine.

Il eut un instant la tentation de lancer son ordinateur contre le mur, mais savait que cela ne servirait à rien.

Pour le moment, il fallait qu'il vérifie de ses propres yeux que Maci allait bien. Surtout après ce qui s'était passé la veille.

Il alla frapper à la porte de la chambre d'amis.

À sa grande surprise, elle vint l'ouvrir. Elle était pâle et semblait fragile, mais allait bien.

Avant qu'il puisse s'en empêcher, il la prit dans ses bras.

— Chance ? murmura-t-elle.

— Nous avons un problème, déclara-t-il sans la lâcher.

Il n'allait pas lui cacher ce qu'il venait d'apprendre. Il la respectait trop pour ne pas lui avouer qu'elle était en danger.

— Nous venons de recevoir une lettre de menace qui te vise directement. Je suis au téléphone avec mes frères.

Elle pâlit, et hocha la tête. Il la conduisit dans la cuisine et reprit son téléphone alors qu'elle s'asseyait sur une des chaises.

Elle semblait si jeune et si vulnérable ! Elle avait tant de personnalité qu'il était facile d'oublier qu'elle n'avait qu'une vingtaine d'années.

Il enclencha le haut-parleur.

— Je suis là. Maci est avec moi.

— Bonjour, Maci, dit Brax. Nous sommes vraiment désolés de ce qui arrive.

— Je vais bien, répliqua-t-elle. Traitons cela comme n'importe quelle autre affaire, en tâchant de ne pas laisser nos émotions nous emporter.

Comme si Chance en était capable ! Mais il se contenta de hocher la tête, et tourna l'ordinateur vers elle pour qu'elle puisse prendre connaissance du message.

— Où la lettre a-t-elle été envoyée ? demanda-t-elle.

— À l'agence, répondit Luke. Elle était peut-être ici depuis un jour ou deux, à vrai dire. Ouvrir le courrier n'était pas une priorité.

— Le type parle de guerre et de bataille, intervint Weston. Je pense que nous étions sur la bonne piste lorsque nous avons décidé de nous intéresser aux personnes qui étaient dans l'armée ou la police.

— Je ne comprends pas pourquoi il s'en prend maintenant à moi au lieu de Stella, déclara Maci d'une petite voix.

Chance lui prit la main, et la caressa du pouce.

— Nous pensons que Stella n'a jamais été importante en elle-même. C'est le fait de poursuivre quelqu'un qui importe à ce type.

— Il doit probablement considérer cela comme un défi, reprit Weston. Il essaye de se mesurer à nous.

— Alors, s'attaquer à l'un des nôtres est pour lui l'assurance de nous entraîner dans la bataille, déclara Luke. Si Stella restait sa cible, nous pourrions décider d'abandonner, ou Leblanc pourrait nous retirer l'affaire.

Elle secoua la tête.

— J'ai fait quelque chose pour qu'il décide de s'en prendre à moi ?

Chance lui serra la main.

— Non, ma chérie. Il a simplement besoin de se lancer un défi. C'est ce que nous représentons pour lui.

Mais Chance regrettait amèrement qu'ils aient fait passer Maci pour Stella. Sans cela, cette ordure ne soupçonnerait même pas son existence.

— Maci et toi devez vous mettre à l'abri jusqu'à ce que nous en sachions plus, déclara Brax. Elle ne peut plus revenir à l'agence ni rester seule chez elle. Même chez toi, je ne pense pas qu'elle soit en sécurité.

— Je vais l'emmener chez papa et maman, et je vous retrouve à l'agence.

Les quatre frères mirent quelques détails au point avant que Chance raccroche. Puis il appela rapidement sa mère, et il put enfin se préparer à partir.

Maci était toujours assise sur la chaise de la cuisine.

Il accrocha une mèche de cheveux derrière son oreille.

— Ça va ? Il faut faire nos bagages maintenant.

— Je ne veux pas mettre tes parents en danger. Je sais que Walker est chez eux en ce moment.

— Nous partirons immédiatement s'il y a le moindre problème, je te le promets.

C'était facile pour lui de prendre cet engagement : il n'avait pas du tout envie qu'il arrive quelque chose à Clinton et à Sheila.

— Est-ce que...

Elle s'interrompit, puis recommença sa phrase.

— Est-ce que tes parents sont au courant pour le bébé ?

— Non. J'attendais de les voir pour le leur annoncer. Je n'avais pas envie de le faire par texto.

— D'accord...

— Nous pouvons ne rien dire pour le moment si tu préfères...

Elle hocha la tête.

— Je crois que ça serait mieux.

Il ne savait pas comment interpréter ses paroles. Il ignorait toujours ce qui l'avait bouleversée à ce point la veille.

Avait-elle changé d'avis, et désirait-elle ne plus garder le bébé ? Cette pensée lui tordit le cœur, mais ce n'était pas le moment de s'attarder dessus.

Ils firent leurs bagages et, vingt minutes plus tard, ils étaient en route. Tous deux demeuraient silencieux, et le silence pesait entre eux. Il aurait voulu pouvoir égayer l'atmosphère, mais ne savait que dire.

Il n'avait pas envie de partager Maci avec quiconque, pas même avec ses parents. Il aurait voulu qu'ils s'asseyent et qu'ils parlent, surtout après ce qui s'était passé la veille. Mais sa sécurité passait avant tout. Ils auraient tout le temps d'aborder ces sujets lorsque le moment semblerait opportun.

Pour le moment, la priorité était de protéger Maci de l'homme qui la menaçait.

18

Maci avait l'impression que tous les aspects de sa vie échappaient à son contrôle.

Elle subissait encore le contrecoup de l'attaque de panique de la veille lorsqu'elle avait découvert qu'elle était la cible d'un détraqué, et voilà qu'elle devait aller séjourner chez les parents de Chance, qui ignoraient qu'elle attendait son bébé.

Elle ne savait pas très bien ce qui, de tout cela, la terrifiait le plus.

Sheila et Clinton Patterson avaient toujours été gentils avec elle. Ils l'avaient souvent conviée aux dîners familiaux qu'ils organisaient, et lui avaient toujours apporté une tasse de café les rares fois où ils étaient venus à l'agence pour voir leurs fils.

Mais être aimable avec une employée de San Antonio Security et l'accepter comme étant la mère de l'enfant de Chance étaient deux choses bien différentes !

— Tu as l'intention de passer la journée dans la voiture ?

Maci sursauta en entendant la voix de Chance. Elle était si absorbée par ses pensées qu'elle n'avait pas remarqué qu'il s'était garé. Il était debout devant sa portière ouverte, et attendait.

— Tu es prête ?

Pas le moins du monde ! Mais elle hocha la tête et sortit de la voiture. Sheila Patterson les attendait sur le seuil, un large sourire aux lèvres. Maci voyait clairement tout l'amour qu'elle avait pour Chance.

Comme pour tous les membres de sa famille.

— Chance, mon chéri, ça me fait plaisir de t'avoir à la maison ! Bienvenue, Maci.

Sheila les serra tous deux dans ses bras et leur sourit.

— Il y a quelqu'un ici qui vous attend avec impatience.

Chance sourit à sa mère. Il se dirigea vers le salon, et prit dans ses bras le jeune enfant qui jouait sur le tapis. Walker, le fils de Brax et de Tessa, se mit à babiller des paroles inintelligibles, mais Chance l'écoutait avec attention et lui répondait du mieux qu'il le pouvait.

Maci se sentit fondre. Il allait être un papa admirable ! Malheureusement, on ne pourrait pas dire la même chose d'elle en tant que mère.

Walker continua à gazouiller lorsque Chance le tendit à Clinton.

— Merci de nous accueillir pour quelques jours. Nous devons nous faire le plus discrets possible, expliqua-t-il.

Sheila sourit.

— Nous commençons à avoir l'habitude. Vous serez toujours bienvenus. Chance, tu peux dormir dans ta chambre. Et j'ai préparé celle d'amis pour Maci.

— Je dois aller à l'agence pour m'occuper d'affaires urgentes, mais je reviendrai vite.

Il embrassa sa mère et fit un signe de la main à son père, qui était en grande conversation avec Walker.

Puis, à la surprise de Maci, il la prit dans ses bras et déposa un baiser sur son front.

— Repose-toi.

Maci se sentit rougir. Il venait de signifier à ses parents qu'elle était bien plus qu'une simple employée pour lui.

Malgré les babillements de Walker, l'atmosphère était lourde de sous-entendus lorsque Chance sortit.

Sheila prit la parole d'un ton enjoué.

— Je vais vous montrer votre chambre !

Maci attrapa son sac de voyage et suivit Sheila jusque dans une pièce petite mais accueillante.

— La salle de bains est au bout du couloir, déclara Sheila en se retournant avec un sourire. Et pour que vous ne pensiez pas que je suis démodée ou que je désapprouve votre relation avec Chance, je vais vous montrer sa chambre.

Maci sourit lorsqu'elle vit le petit lit et le bureau. Il y avait des posters de sportifs sur tous les murs... et visiblement pas assez de place pour qu'une seconde personne dorme ici.

— Je sais que je devrais redécorer cette pièce. Mais je n'ai touché aucune des chambres des garçons. Ils sont venus vivre dans cette maison et ont créé leur espace. C'était la première fois qu'ils avaient vraiment une chambre à eux.

— C'est merveilleux !

Sheila et elle redescendirent l'escalier et se dirigèrent vers la cuisine, envoyant au passage des baisers à Clinton et à Walker qui se trouvaient encore dans le salon.

— Venez prendre une boisson chaude, proposa Sheila. Les garçons m'ont offert une machine expresso avec laquelle on peut faire de délicieux cappuccinos. Il me semble que vous les aimez...

— Euh... Je suis passée au thé récemment.

Sheila se tourna brusquement vers elle.

— Vous êtes enceinte.

Maci ne sut que répondre.

— Euh... Vous dites cela parce que je veux du thé ?

— C'est surtout parce que je sentais bien que les garçons me cachaient quelque chose. Mais la façon dont Chance vous a dit au revoir a clarifié la situation... Et je me souviens que vous adorez les cappuccinos !

— Ils me manquent !

Maci choisit un sachet de thé dans le coffret que lui tendait Sheila.

— Vous êtes déçue ? demanda-t-elle.

— Pourquoi serais-je déçue ?

Maci haussa les épaules.

— Personne ne savait que Chance et moi étions ensemble. Je ne voudrais pas que vous pensiez que je l'ai piégé.

Sheila éclata de rire.

— Vous connaissez Chance ? Personne ne peut le forcer à faire ce dont il n'a pas envie.

Maci se détendit un peu et sourit.

— C'est bien vrai !

— Nous vous considérions déjà comme faisant partie de la famille. Votre bébé et vous êtes maintenant des Patterson, et nous serons toujours là pour vous, quoi qu'il arrive... même si Chance et vous décidez de ne pas vivre ensemble.

— Vous n'imaginez pas à quel point cela me touche.

Elles demeurèrent silencieuses alors que Maci buvait lentement son thé. On entendait Walker gazouiller, et Clinton lui répondre. Maci repensa alors à la façon dont Chance s'était occupé de Walker.

— Chance sera un très bon papa, murmura Maci.

— Vous serez tous les deux de très bons parents !

— En ce qui me concerne, je n'en suis pas certaine.

— Moi, si.

Sheila tendit le bras, et lui tapota la main.

— Il suffit de suivre son instinct. Je vous ai vue avec Walker, et vous vous occupez très bien de lui. Je ne suis pas du tout inquiète.

Sheila pensait la connaître, mais elle se trompait, songea Maci. Elle prit une autre gorgée de thé en fronçant les sourcils, et sentit soudain une main se poser sur son épaule.

— Je connais mon fils. Il vous a aimée dès qu'il vous a vue. Toutes ces querelles entre vous ? Nous savions tous que c'était votre façon de flirter... comme des enfants dans une cour d'école !

Maci eut un petit sourire.

— Oui, je reconnais que nous sommes parfois assez puérils !

— Il y a quelques mois, Chance semblait très heureux. Il riait et souriait presque constamment. Mais ces derniers temps, il a changé.

Parce que Maci avait retrouvé la raison, et était partie de chez lui un soir. Mais elle ne pouvait pas expliquer tout cela à Sheila.

Comme Maci ne disait rien, Sheila finit par hocher la tête et s'appuya contre le dossier de sa chaise.

— Quoi qu'il se soit passé, je pense que vous iriez très bien ensemble.

— Je n'en suis pas sûre, bafouilla Maci.

Elle n'était pas en lice pour devenir la prochaine Mme Patterson. Chance méritait mieux qu'elle.

— Je veux dire : j'aimerais que ce soit vrai, reprit-elle, mais il ne sait presque rien de moi. Je ne suis pas la personne qu'il lui faut.

— Je ne suis pas certaine que ça soit à vous de le décider. Mais s'il y a des choses qu'il doit savoir, dites-les-lui.

— Vous parlez comme si c'était facile !

— Pourtant, je sais très bien que mettre son âme à nu devant quelqu'un que l'on aime est une des choses les plus difficiles qui soient. Mais je suis également convaincue que cela vaut la peine. Mon fils est quelqu'un de fort. Il ne va pas s'enfuir devant la première difficulté.

C'était vrai. Chance avait toujours été aux côtés de Maci.

Comme si elle pouvait lire dans les pensées de Maci, Sheila lui prit la main et sourit.

— Chance est un protecteur né. C'est ainsi qu'il montre son amour. Faites-lui confiance : il prendra soin de vous et du bébé. Il fera toujours tout ce qu'il faut pour la famille que vous pouvez former tous les trois… si seulement vous lui dites ce dont vous avez besoin et ce qui vous fait si peur.

Maci se mordit la lèvre, réfléchissant aux paroles de Sheila.

— Ayez confiance : il vous aime assez pour rester à vos côtés, poursuivit Sheila. Vous allez certainement avoir du mal à vous en convaincre, mais cela en vaut la peine.

Maci n'avait pas de réponse à cela, mais Sheila n'en avait pas besoin. Cette femme semblait mieux la comprendre que sa mère ne l'avait jamais fait.

Maci se sentit soudain submergée par l'émotion, et elle se leva pour serrer Sheila dans ses bras.

— Merci.

— Vous n'avez pas à me remercier.

Sheila passa la main sur les cheveux de Maci et, un instant, celle-ci eut l'impression de savoir enfin ce qu'était l'amour d'une mère. Et c'était beau.

— Et maintenant, donnez-moi votre tasse et allez vous reposer, déclara Sheila avec un sourire. Il faut prendre des forces pour faire grandir mon petit-enfant !

Maci monta l'escalier et se rendit dans sa chambre avec une sensation de légèreté qu'elle n'avait pas connue depuis bien longtemps.

19

Chance se sentait véritablement épuisé lorsqu'il arriva chez ses parents. Il était minuit passé, et toute la maisonnée était déjà endormie. Son père lui avait régulièrement envoyé des messages au cours de la journée pour lui confirmer que tout se passait bien chez eux.

Il était heureux d'avoir de bonnes nouvelles de ce côté-là au moins, car ce n'était pas le cas au bureau.

Weston avait fait jouer toutes ses relations de la police de San Antonio pour que la lettre laissée par l'agresseur soit analysée dans les plus brefs délais, mais les résultats n'avaient rien donné. Il n'y avait absolument rien sur le document – ni empreinte digitale ni fibre – qui puisse leur fournir le moindre indice.

C'était une impasse complète.

Ils avaient visionné d'autres enregistrements vidéo, avaient soumis des photos de personnes et des noms à tous les logiciels et à toutes les bases de données dont ils disposaient. Dorian et son équipe étaient venus leur prêter main-forte. Ce n'était pas parce que l'homme qu'ils recherchaient semblait vouloir maintenant s'en prendre à Maci qu'ils pouvaient considérer que Stella était désormais en sécurité.

Ils voulaient tous pincer ce sale type.

Mais il semblait toujours avoir un temps d'avance sur eux, et jusqu'alors, ils avaient travaillé pour rien.

Chance se passa la main sur le visage tout en s'asseyant sur un tabouret de la cuisine. Il ne savait ni comment aider Maci ni comment mettre la main sur celui qui la menaçait.

Ce sentiment d'impuissance lui était tout à fait inhabituel, et il avait du mal à le supporter.

Il resta assis dans le noir, et repassa mentalement les dernières vingt-quatre heures. Le rendez-vous chez le médecin, le silence de Maci, la lettre... Il ne savait que faire de tout cela. Il aurait voulu entourer Maci et leur fille d'une bulle protectrice, mais il n'en avait pas la capacité.

Leur fille...

Lorsqu'ils avaient entendu battre son cœur pour la première fois, il avait été submergé par l'émotion. Il imaginait déjà qu'elle aurait le nez et les yeux de Maci. Il avait alors ressenti un bonheur intense.

Le bébé et Maci représentaient ce dont il avait toujours rêvé. Il n'avait pas le moindre souvenir de ses parents biologiques. Et s'il aimait Clinton et Sheila de tout son cœur, ce bébé était la seule personne qu'il connaîtrait avec laquelle il partageait des liens de sang.

Mais ce qui l'avait rempli de joie avait visiblement bouleversé Maci au point qu'elle s'était totalement renfermée sur elle-même. À nouveau.

Pourquoi ?

Malgré tout ce qui les poussait l'un vers l'autre de façon presque irrésistible, Maci refusait de lui parler.

Chance ne fut pas surpris lorsqu'il entendit le pas léger de sa mère qui descendait l'escalier. Était-il jamais resté seul à la cuisine à réfléchir sur le sens de la vie sans que sa mère vienne le rejoindre ?

— Bonsoir, maman.

Il se leva et mit de l'eau à chauffer pour faire une tisane. Peut-être cela l'aiderait-il à retrouver un peu de calme.

— Tu reviens seulement ? La journée aura été longue !

— Je suis ici depuis un moment mais oui, elle a été longue.

— Tu as certainement l'esprit bien occupé... et pas seulement par l'affaire sur laquelle vous travaillez. J'ai parlé avec Maci.

Quelque chose dans le ton avec lequel elle prononça ces mots lui donna la réponse à la question qu'il se posait.

— Tu sais, pour le bébé, lui dit-il avec un sourire. Je ne pensais pas qu'elle te le dirait tout de suite...

— Je l'ai plus deviné qu'elle ne me l'a dit. Félicitations !

Elle le prit dans ses bras et il se laissa aller contre elle. Sheila Patterson avait toujours su le réconforter. À partir du moment où il avait accepté de laisser tomber ses défenses, ses parents étaient devenus ses soutiens les plus sûrs, quels que soient ses problèmes.

C'était ce qu'il voulait être pour Maci, si elle acceptait de le laisser faire.

Ils s'éloignèrent l'un de l'autre lorsque la bouilloire se mit à siffler. Sheila plaça des sachets de tisane dans des mugs.

— Hier, on nous a dit que c'était une fille.

— C'est ce que tu voulais ?

— Ça m'était égal, mais oui, je suis heureux en pensant que je vais voir une petite Maci courir autour de moi !

Puis il songea à la réaction de Maci, et sa joie disparut.

— Mais..., déclara Sheila.

— Maci allait bien et, tout d'un coup, elle s'est complètement repliée sur elle-même. Elle est allée directement dans sa chambre quand nous sommes rentrés chez moi, et ne l'a plus quittée jusqu'à ce matin.

Il se leva, et se mit à aller et venir dans la cuisine.

— J'ai l'impression que je ne fais jamais ce qu'il faut avec elle, maman. Elle semble toujours sur le point de s'enfuir, et je ne sais pas comment lui faire comprendre que je suis prêt à tout pour elle et pour le bébé.

Sa mère le regarda en silence, buvant sa tisane à petites gorgées. Finalement, elle reposa sa tasse et croisa les doigts.

— Tu prends soin des autres depuis toujours. C'est ce que tu fais avec les gens qui sont importants pour toi.

Chance l'écoutait, ne sachant trop où elle voulait en venir.

— Je sais que tu prends soin de Maci, parce que tu es ainsi fait.

Mais l'as-tu écoutée, ou lui as-tu demandé ce qu'elle voulait ? Sais-tu si elle a envie d'être mère ?

Chance sentit la panique l'envahir. Il voulait ce bébé de tout son être. L'idée que Maci puisse ne pas ressentir la même chose lui était presque insupportable.

Sa mère lui prit la main.

— Tu veux savoir ce que je pense lorsque je regarde Maci ? Je vois quelqu'un qui a peur.

Chance secoua la tête.

— Maci est la personne la plus forte que je connaisse. Elle n'a peur de rien.

Mais quelque chose lui soufflait que sa mère avait raison.

Sheila haussa les épaules.

— C'est l'image qu'elle veut donner d'elle-même. Mais je pense qu'elle est hantée par le passé, et que c'est la raison pour laquelle le bébé lui fait peur.

Il se frotta les yeux.

— Et pourquoi ne me le dit-elle pas, tout simplement ?

— Je pense que Maci a longtemps été très seule. Elle ne sait peut-être pas comment le faire.

Elle ignorait comment s'ouvrir à lui, alors elle préférait fuir, ériger des murs entre eux.

— Pourtant, rien de ce qu'elle pourrait me dire ne changerait ce que j'éprouve pour elle.

Sa mère sourit doucement.

— Dans cette maison, nous avons toujours cru à une seconde chance. Nous avons toujours été convaincus que le passé ne déterminait pas nécessairement l'avenir. Je pense que tu vas devoir lui expliquer tout cela.

— Oui, je crois que tu as raison.

— Je vais me recoucher. J'espère que tu pourras dormir, toi aussi.

Elle se leva, et ajouta :

— Et, Chance, lorsque tu parleras à Maci, écoute-la vraiment. Ne cherche pas immédiatement à régler tous ses problèmes. Écoute-la. Je pense que c'est ce dont elle a le plus besoin.

Le lendemain matin, Chance descendit dans la cuisine en se frottant les yeux. Il était allé se coucher juste après sa conversation avec sa mère et avait réussi à grappiller quelques heures de sommeil, mais il ne cessait de repenser à ce qu'elle lui avait dit.

Il devait avant tout écouter Maci. La priorité n'était pas d'agir ni d'aider, mais d'écouter.

Il trouva un mot de sa mère sur la table.

Papa et moi sommes partis pour la journée. Nous reviendrons pour le dîner. Prépare un petit déjeuner à Maci et écoute-la. Je t'aime, maman.

Chance se mit en quête des ingrédients dont il avait besoin pour préparer des pancakes – une de ses spécialités, depuis que ses frères et lui avaient été chargés de préparer le brunch du dimanche. Maci entra dans la cuisine juste au moment où il terminait.

— Bonjour ! Tu arrives juste au bon moment ! lui dit-il avec un sourire.

Elle s'arrêta dans l'embrasure de la porte.

— Je pensais trouver Sheila.

— Papa et maman sont partis pour la journée, mais j'ai reçu l'ordre de te préparer un petit déjeuner. J'ai fait des pancakes, et des œufs brouillés, si ton estomac est en mesure de les supporter. Et il y a quelques fruits également.

— Waouh ! Quel festin ! C'est pour quelle occasion ?

Chance haussa les épaules et répondit :

— Il faut que tu manges, et nous devons parler. Autant faire d'une pierre deux coups !

— Parler ?

— Oui, parler, répondit-il fermement. Enfin tu dois me parler, et je dois t'écouter.

Elle s'assit à la table de la cuisine, et il poussa un pancake vers elle. Elle le mangea à petites bouchées, comme si chaque instant la rapprochait du peloton d'exécution.

Il s'assit en face d'elle avec son assiette.

— Avant que tu commences, je voulais te dire que je suis désolé.

Elle leva les yeux vers lui.

— Pourquoi es-tu désolé ?

— Tout ce temps, je me suis concentré sur ce que je ressentais, et pas sur ce que *tu* ressentais. Je ne t'ai même pas posé la question la plus élémentaire.

— C'est-à-dire ?

— Tu as envie d'être maman ?

— Si, tu me l'as posée. Quand nous étions à l'hôpital, tu m'as demandé si je voulais garder le bébé.

Il hocha la tête.

— Je le sais bien, mais ce n'est pas la même chose. Ce que je voudrais savoir, c'est si tu as envie d'être maman.

Elle posa sa fourchette.

— Oui, j'en ai envie. Mais...

Elle laissa sa phrase en suspens.

— Mais quoi ?

— Ma mère est très instable. Elle était dépendante... en fait, elle l'est toujours, à la drogue.

Maci fixait son assiette du regard et, du bout de sa fourchette, promenait un morceau de pancake dans le sirop d'érable.

— Quand j'étais enfant, poursuivit-elle, elle buvait beaucoup, comme mon père, mais lorsque je suis devenue adolescente, elle est passée à des drogues dures...

Il avait mal en pensant à la jeune Maci.

— Ça a dû être une période très difficile pour toi. Je l'ignorais.

— La recherche a mis en évidence le fait que la dépendance à la drogue est parfois génétique...

Elle ne détachait pas son regard de l'assiette. Elle avala sa salive et poursuivit :

— Dans mon cas, c'était vrai.

Chance sentit le cœur lui manquer, mais il se força à ne rien dire. Il fallait qu'il l'écoute.

— J'ai commencé à me droguer quand j'étais au lycée. Tout d'abord, de l'herbe, puis des drogues plus dures. Quand j'avais dix-sept ans, j'ai arrêté les études, j'ai quitté la maison, et je suis allée vivre avec mon petit ami, qui était aussi mon dealer. Si j'avais besoin d'une quelconque substance, je n'avais qu'à la lui demander.

Le poids qui écrasait la poitrine de Chance devenait de plus en plus lourd.

Elle leva les yeux vers lui.

— Tu le vois bien : je ne suis pas le genre de personne capable d'élever un enfant ! Surtout pas le tien.

Il fronça les sourcils.

— Surtout pas le mien ? Que veux-tu dire ?

— Je veux dire, regarde ta vie ! s'exclama-t-elle en faisant un large geste de la main. Tu as cette famille unie, merveilleuse, qui ferait n'importe quoi pour toi. Tu es la meilleure personne que j'aie jamais rencontrée, et tu seras un père extraordinaire. Tu ne mérites pas que je te fasse porter le poids de mes erreurs.

— Arrête.

Il avait promis à sa mère d'écouter, mais il n'allait pas laisser Maci se faire du mal de la sorte.

— C'est à chacun de décider ce qu'il veut garder ou laisser du passé. Il ne nous définit pas.

Elle leva les yeux au ciel.

— Tu devrais faire breveter cette phrase et la faire broder sur des coussins ! Mais dans la vraie vie, nos choix viennent toujours nous hanter.

— Peut-être, mais ce n'est pas ce qui compte. Depuis que je te connais, tu ne touches plus à la drogue, n'est-ce pas ?

Elle n'aurait jamais pu se charger de l'administration de l'agence avec autant d'efficacité si ce n'était pas le cas. Elle n'était jamais en retard, jamais absente, et avait l'esprit beaucoup trop vif pour être sous l'emprise d'une quelconque substance. Ses frères et lui l'auraient remarqué.

— Oui. J'ai tout arrêté lorsque j'avais vingt ans. Mon petit ami a été violent un soir, et j'ai fini à l'hôpital. Une infirmière m'a aidée à entrer dans un programme de sevrage, et je n'ai plus jamais touché à rien. Je n'en ai pas la moindre envie, d'ailleurs !

Elle haussa les épaules.

— J'ai repris ma vie en main. J'ai passé le bac et commencé des études. Voilà.

Chance songea que, pour la première fois de sa vie peut-être, quelqu'un l'avait aidée.

— Tu as accepté une main tendue, et tu as réussi à t'en sortir. Je trouve cela admirable, et tout le monde serait d'accord avec moi !

— Mais tu m'as entendue lorsque je t'ai dit que je me droguais ? C'est bien cette fille qui se défonçait qui va devenir la mère de ton enfant !

Il lui prit la main.

— La mère de mon enfant a réussi à se sortir de cet enfer, d'une situation qui en aurait détruit plus d'un. La mère de mon enfant est forte et courageuse.

Elle secoua la tête, l'air si triste qu'il en eut le cœur brisé.

— Ma mère a dit tant de fois qu'elle allait arrêter, et elle est toujours retombée. Et si j'étais comme elle ? Je viens d'une famille marquée par l'addiction et je vais léguer cela à notre fille. Comment pourrais-tu avoir envie d'être lié à quelqu'un comme moi ?

Il fallait qu'il lui fasse comprendre une chose à laquelle il pensait depuis des années.

— Et ma famille ? Tu as songé à ce qu'elle pouvait m'avoir légué ?

Elle fronça les sourcils.

— Que veux-tu dire ?

— Je ne connais aucun de mes parents biologiques. Je n'ai pas la moindre information les concernant. La seule chose qui est certaine, c'est qu'ils m'ont tous les deux abandonné, donc je suis en droit de me poser des questions. Qui te dit que mes gènes sont meilleurs que les tiens ?

— Je...

Il lui posa doucement le doigt sur les lèvres.

— Aucun de nous ne sait vraiment ce qu'il lègue comme patrimoine génétique à son enfant. Mais tous les deux, nous sommes la preuve qu'il est possible de se sortir de bien des situations qui semblaient très défavorables à l'origine. Et en plus, nous serons tous les deux là pour aider notre enfant.

— J'ai peur d'être une très mauvaise mère, murmura-t-elle.

— Nous avons peut-être tous les deux une lourde hérédité, mais cela n'est pas une fatalité. Regarde ce que tu as réussi à faire lorsque quelqu'un t'a enfin tendu la main... Alors, imagine ce que tu accompliras avec le soutien de tous les Patterson !

Elle eut un faible sourire.

— Effectivement, c'est une aide puissante !

Pour la première fois, il entrevoyait une lueur d'espoir.

— Tu penses que Tessa, Claire ou Kayleigh te laisseraient être une mauvaise maman ? Tu ferais tout pour elles, et elles feraient tout pour toi aussi.

— Je le sais bien. Je les aime beaucoup. J'aime toute ta famille !

— Ils t'aiment aussi. Tu n'es pas obligée de leur raconter tous les détails de ta jeunesse, mais si tu le fais, tu peux être certaine qu'ils vont tous te soutenir. Comme je le ferai.

— Vraiment ?

Il la prit dans ses bras, et posa le front contre le sien.

— Oui. Et pas seulement à cause du bébé. Tu comptes plus que tout pour moi, Maci Ford. Je ne connaissais pas la Maci dont tu m'as parlé. Et même si j'aurais tant aimé pouvoir l'aider, elle est partie.

Il l'embrassa avec douceur.

— Mais je connais la Maci d'à présent, et elle est extraordinaire. Tout ce qui compte, c'est l'avenir. Notre avenir... Tu comprends ?

— Non.

Il éclata de rire, et pressa le visage contre son cou. Là, contre sa peau, il murmura, comme s'il voulait que ses mots soient gravés en elle à jamais :

— Cela veut dire que je veux vivre avec toi, Maci. Toi et notre fille, vous êtes ma famille, et je vous choisis toutes les deux.

Il aurait voulu lui dire aussi qu'il l'aimait, mais cela pouvait attendre. Mieux valait avancer doucement.

Elle poussa un soupir, et se blottit contre lui. Chance aurait aimé passer la journée à la tenir ainsi.

— Je suis heureux que tu m'aies enfin parlé. J'espère que tu ne ressentiras plus le besoin de fuir. Et si jamais tu sens que tu commences à perdre pied, dis-le-moi. Je serai là pour t'aider. D'accord ?

— D'accord.

Maintenant, il n'avait plus qu'à arrêter l'homme qui la menaçait.

20

Maci ne cessait de songer à sa conversation avec Chance, alors que tous deux terminaient leur petit déjeuner et rangeaient la cuisine.

Chance était toujours là. Il ne lui avait pas dit qu'il ne voulait plus jamais entendre parler d'elle ou du bébé... et son attitude n'avait rien d'étrange ni de distant.

Jamais elle n'aurait pu en espérer tant ! En toute sincérité, elle ne comprenait même pas qu'il semble si peu affecté par ce qu'il venait d'apprendre. Mais elle ne l'en aimait que plus. Et il y avait tant de douceur dans son sourire qu'elle avait bien du mal à résister.

Mais... elle n'avait plus à résister ! Il connaissait maintenant tout ce qu'elle n'osait pas lui avouer, et il continuait malgré tout à agir comme si rien n'avait changé, parlant avec elle de prénoms pour le bébé et de marques de poussette.

Pour la première fois, elle envisageait un avenir avec lui, chose qu'elle ne s'était jamais autorisée à faire jusque-là.

Mais leurs problèmes ne tardèrent pas à se rappeler à eux. Le téléphone de Chance émit un petit bip, et il fronça les sourcils lorsqu'il prit connaissance du message.

— Nous allons avoir de la visite.

— Tes parents reviennent plus tôt ? demanda-t-elle.

— Non. Ce sont mes frères. Ils me disent qu'ils sont devant la maison.

Chance alla ouvrir la porte et les fit entrer. Tous avaient l'air sombre.

— Il faut que nous parlions, déclara Weston.

Chance hocha la tête.

Luke s'assit à la table de la salle à manger. Brax prit une tasse de café et l'imita. Weston était debout en face d'eux, dans une posture raide qui trahissait sa tension. Visiblement, il avait de mauvaises nouvelles à leur annoncer.

— Vous voulez que je m'en aille ? proposa Maci.

Luke secoua la tête.

— Non. Ce que nous avons à dire te concerne au premier chef.

Chance lui prit la main et la conduisit à la table. Puis il s'assit à côté d'elle.

— Tout d'abord, commença Weston en se frottant les yeux, lorsque je suis arrivé à l'agence, il y avait un autre message du type. Il était vraisemblablement venu l'apporter lui-même, et l'avait glissé sous la porte.

Il leur tendit un bout de papier dans un sac en plastique scellé. Il était accompagné d'une photo de Chance et d'elle alors qu'ils sortaient du rendez-vous chez l'échographiste.

Il semblerait que les félicitations soient de rigueur, et la mise a été doublée. Je relève le défi, et je le gagnerai malgré vos tentatives pour m'arrêter. Je serai le meilleur.

— Il sait pour le bébé, murmura-t-elle. Il était là. Il nous a vus !

— En fait, ce cliché provient d'une des caméras de sécurité de la clinique, expliqua Luke. Le type se l'est vraisemblablement procuré plus tard.

Cela ne parvint pas à tranquilliser Maci. Elle regarda Chance, et vit briller une lueur de colère dans ses yeux.

Weston tendit la main vers lui en un geste d'apaisement.

— Je sais que tu as envie de tout casser en ce moment, mais tu dois garder la tête froide. La situation devient de plus en plus compliquée et il faut que nous restions concentrés.

Elle vit que Chance faisait de son mieux pour se maîtriser. Il finit par hocher la tête.

— Même avant de recevoir ce mot ce matin, j'avais réfléchi au vocabulaire employé par notre homme, poursuivit Weston. J'avais décidé de ratisser large pour voir si je pouvais trouver une piste et... bingo ! Voici Brianna Puglisi.

Il fit glisser sur la table un journal publié trois ans plus tôt à Dallas. Maci fronça les sourcils en lisant l'article qu'il désignait. On y faisait mention d'une jeune coiffeuse retrouvée étranglée dans son appartement. Elle avait à peine vingt-cinq ans, mais comptait déjà parmi sa clientèle les femmes les plus fortunées de la ville.

— Quel est le rapport avec notre affaire ?

— On a retrouvé un message auprès du corps. Il n'a pas été publié dans le journal, bien entendu. Mais je l'ai obtenu grâce à mes contacts dans la police.

Les batailles nécessitent des sacrifices. C'est la guerre qui l'exige. Il faut que je sois le meilleur.

Chance leva les yeux vers Weston.

— Les batailles... La guerre...

Brax acquiesça, tout en entourant son mug de café fumant de ses deux mains.

— Exactement. Il s'exprime de la même manière que notre type.

Chance poussa un juron.

— Et il l'a tuée ! Il ne se contente pas de harceler !

Weston hocha la tête.

— Le rapport de police indique que Brianna avait dit à ses amis qu'elle avait reçu des messages étranges... Mais elle ne les avait montrés à personne, et la police ne les a jamais retrouvés.

— Cela change complètement la donne ! s'exclama Chance.

— Et tu n'imagines pas à quel point, renchérit Luke en lui faisant passer un dossier sur la table. Lorsque nous avons commencé à chercher, nous avons trouvé trois autres affaires similaires. Il s'agit chaque fois de femmes qui vivaient dans le Texas ou dans un État voisin. Certaines s'étaient plaintes de harcèlement auparavant, d'autres pas. Mais elles sont toutes mortes. Et à côté de leur corps, on a retrouvé des messages qui tous parlaient de guerre, de bataille, d'être le meilleur...

Chance parcourut rapidement le dossier que lui avait tendu Luke.

— Donc, nous savons que quatre femmes ont été assassinées, déclara-t-il.

Brax hocha la tête.

— Au moins. C'est ce que nous avons trouvé en quelques heures ce matin, lorsque nous avons cherché des affaires où le meurtrier avait laissé un message avec un vocabulaire guerrier. Il y en a peut-être d'autres...

Chance resta le regard rivé sur le dossier.

— Nous avons donc affaire à un tueur en série...

Maci ne put retenir le gémissement qui monta dans sa gorge.

Chance repoussa le dossier et lui prit la main. Il entrecroisa leurs doigts et la caressa de son pouce, comme pour faire taire la panique qui s'emparait d'elle.

Il y avait un tueur en série en liberté... et il avait annoncé qu'elle serait sa prochaine victime.

Tout en continuant à lui tenir fermement la main, Chance se laissa aller contre le dossier de sa chaise.

— Essayons de revenir en arrière : cet homme a pris Maci pour cible à cause de notre lien avec Stella. Mais je n'ai pas le souvenir que les messages que Stella avait reçus aient fait mention de guerre ou de bataille.

Weston hocha la tête.

— Tu as raison. Ils n'utilisent pas du tout le même vocabulaire. De ces cinq affaires, c'est Stella qui est l'anomalie, déclara-t-il.

Chance plissa les paupières.

— Ou...

Il laissa sa phrase en suspens, et Maci eut presque l'impression de voir les rouages de son esprit à l'œuvre, alors qu'il échafaudait toutes sortes de scénarios. Chance était passé maître en la matière, et avait toujours fait preuve d'une capacité d'analyse remarquable.

Ses frères le connaissaient assez pour ne pas le déconcentrer lorsqu'il réfléchissait ainsi. Maci lui serra la main, puis la lâcha quand il se leva pour faire les cent pas.

— Quel métier avaient les autres victimes que Brianna Puglisi ? demanda-t-il quelques secondes plus tard.

Luke attrapa le dossier.

— L'une était serveuse à Houston, l'autre photographe à Albuquerque, et il y a une vendeuse d'un magasin d'Austin... Rien n'indique que ces femmes se connaissaient.

Chance continuait à aller et venir.

— Elles n'avaient pas à se connaître pour qu'il y ait un rapport entre elles. Il faudrait seulement savoir si Stella a été en contact avec elles.

Weston fut le premier à comprendre où il voulait en venir.

— Nous avons accès à l'agenda en ligne de Stella. Nous pourrons vérifier les dates.

Chance hocha la tête.

— Nous pouvons commencer par le salon de coiffure où travaillait Brianna. Vous m'avez dit que sa clientèle était particulièrement huppée. Stella a pu avoir envie de se faire coiffer par la jeune fille dont tout le monde parlait à Dallas.

Weston s'assit et alluma son ordinateur.

— D'accord. J'ai besoin d'un peu de temps... La plupart des rendez-vous de Stella qui datent de plus d'un an ont été archivés.

Maci attrapa son téléphone. Il y avait un moyen bien plus simple de se procurer cette information. Elle recueillerait peut-être moins de détails que Weston, mais...

— Ça y est ! s'exclama-t-elle. Stella est allée dans le salon où travaillait Brianna environ huit mois avant qu'elle soit assassinée.

Les quatre hommes se tournèrent vers elle.

— Comment le sais-tu ? demanda Chance.

Elle tourna l'écran de son téléphone vers eux pour qu'ils puissent le voir.

— C'était sur ses réseaux sociaux. Stella a dit qu'elle appréciait le travail de Brianna, mais qu'elle ne jugeait pas pour autant que cela valait la peine d'aller régulièrement à Dallas, et qu'elle demeurerait fidèle à sa coiffeuse de San Antonio.

Maci attrapa le dossier, et tourna les pages jusqu'à la section consacrée à la vendeuse d'Austin. Elle travaillait dans une boutique de luxe. Maci tapota sur son téléphone et en moins d'une minute, trouva la preuve que Stella s'était rendue dans ce magasin également.

— Stella a fait plusieurs achats dans cette boutique d'Austin… même si je ne trouve pour le moment pas de preuve directe qu'elle connaissait la femme qui a été tuée.

— Mais le fait qu'elle a été cliente dans ce magasin établit un lien entre elles, intervint Chance.

Il regarda ses trois frères et déclara :

— Ces femmes ne se connaissaient pas, mais Stella est le point commun entre elles.

— Vous pensez que c'est elle qui les a tuées ? demanda Maci.

Chance secoua la tête.

— Non. Mais c'est certainement un de ses proches.

Weston se mit à pianoter frénétiquement sur son ordinateur.

— Mais que faire des messages qu'a reçus Stella, et qui n'utilisent pas ce vocabulaire guerrier ? demanda Brax. Ce type a pourtant l'air d'aimer la logique.

Chance haussa les épaules.

— Peut-être qu'après le premier message, il a changé ses plans, ou qu'il s'est rendu compte qu'on allait vite le pincer s'il utilisait les mêmes mots que d'habitude. D'ailleurs, rien ne nous dit qu'il ait voulu faire du mal à Stella. Il cherchait peut-être simplement à corser le jeu.

Luke hocha la tête.

— Ce type veut être le meilleur. Mais le meilleur quoi ? Le meilleur tueur ? Quand il parle de gagner, à quoi fait-il allusion ?

Mais c'est une guerre, et je suis déterminé à la gagner.

Votre reine en est le prix, et je ferai tout pour l'emporter.

Maci frissonna alors qu'elle se remémorait les mots que l'homme avait écrits.

Chance se frotta les yeux.

— Je pense que nous étions sur la bonne piste lorsque nous avons émis l'hypothèse que se mesurer à nous était comme un défi pour lui, une source de fierté. Il veut être le meilleur en tout, qu'il s'agisse de tuer, de harceler ou de rester en avance sur la police.

Weston finit par lever les yeux de son ordinateur.

— Je suis entièrement d'accord, et j'aimerais aller plus loin dans ce raisonnement. Je pense que nous avions raison lorsque nous disions que ce type avait certainement été dans l'armée.

Chance hocha la tête.

— Il faut enquêter sur tous les membres de l'équipe de sécurité. Nous allons demander à Dorian de s'en charger. Il est le plus à même de nous dire si un de ses employés correspond au profil, et s'il s'est comporté bizarrement ces derniers temps.

— Mais avant, il y a une autre personne sur laquelle nous devons nous renseigner. Je pense que tu as vu juste dès le début, Chance, déclara Weston en tournant son ordinateur vers eux.

Le portrait de Rich s'étalait sur l'écran.

— Rich ? intervint Maci. Il n'a jamais été dans l'armée !

Weston appuya sur une touche, et une photo de Rich plus jeune apparut. Il était vêtu d'un uniforme.

— Il ne s'est pas engagé dans l'armée, mais il a effectué plusieurs stages de préparation militaire lorsqu'il était plus jeune. Et son père, qui est décédé il y a cinq ans, était officier de marine. Nous n'avons pas assez exploré cette piste.

— Tu penses vraiment que Rich pourrait être un meurtrier ? murmura Maci.

Elle pensait à tout le temps qu'elle avait passé en sa compagnie, et se sentait malade.

Mais Chance semblait avoir du mal à contenir sa colère.

— Ce play-boy joue avec nous depuis le début. Il est temps que cela s'arrête !

21

Maci se retira dans sa chambre peu de temps plus tard, prétextant qu'elle avait besoin de se reposer. Mais Chance savait très bien que, en réalité, c'était parce qu'elle était terrifiée.

Si Rich était l'homme qu'ils recherchaient, alors elle avait été à sa merci plus d'une fois. Il avait eu de multiples occasions de l'assassiner, d'autant plus qu'il connaissait toutes les mesures de sécurité qui avaient été mises en place.

Il avait retardé le passage à l'acte car, sinon, il aurait été trop évident que l'homme qu'ils recherchaient faisait partie du cercle restreint de Stella. Au lieu de cela, il avait attendu son heure, plaçant ses pions sur l'échiquier.

Faire intervenir Maci dans cette affaire avait été une grave erreur. Et maintenant, Chance était déterminé à tout faire pour la protéger.

— Il faut que nous établissions un plan d'action, dit-il à ses frères.

— Nous devons faire très attention aux personnes que nous mettrons au courant, renchérit Luke. Si Rich est l'homme que nous recherchons, nous ignorons comment il procède pour obtenir les informations.

Chance était certain qu'ils tenaient leur coupable.

— Il a pu mettre des téléphones sur écoute, proposa-t-il, ou soudoyer un membre de l'équipe de sécurité.

— Aucun des employés de LeBlanc n'hésiterait à fournir des renseignements à Rich, intervint Brax, d'autant plus que c'est LeBlanc lui-même qui l'a choisi !

— Je pense que nous devrions aller voir Leblanc pour lui faire part de nos craintes, proposa Luke. Il faut qu'il s'assure que Stella est dans un endroit où Rich ne peut rien contre elle.

— D'accord. Ensuite, nous essayerons de déterminer où se trouvait Rich au moment de chacun de ces meurtres, poursuivit Chance. Et je vais demander à papa et maman de revenir s'ils le peuvent. Il vaudrait mieux qu'il y ait quelqu'un ici, au cas où.

Weston désigna son ordinateur du doigt.

— Je vais rester et regarder si je peux découvrir d'autres affaires avec les mêmes caractéristiques. Et il va falloir que nous trouvions des éléments plus déterminants que quelques stages de préparation militaire pour que la police prenne nos soupçons au sérieux, et que Rich soit forcé de reconnaître les faits !

Chance hocha la tête.

— Tu as raison. Bon, pour le moment, mettons Stella et Maci en sécurité, puis nous déterminerons ensemble la conduite à adopter.

— D'accord. Mais pour le moment, allez voir LeBlanc et tenez-moi au courant, conclut Weston.

Chance alla dire au revoir à Maci, mais elle dormait. C'était une bonne chose, car elle avait besoin de repos.

Il se baissa pour déposer un baiser sur ses cheveux.

— Je ne laisserai personne vous faire du mal, murmura-t-il.

Il parlait à la fois à la maman et au bébé, et le faisait du fond du cœur.

Trois quarts d'heure plus tard, ils se trouvaient dans le bureau de LeBlanc.

— Voulez-vous que j'appelle Dorian et son équipe ? demanda LeBlanc. J'espère que vous avez du nouveau cette fois-ci.

Il était visiblement contrarié, et Chance ne pouvait que le comprendre.

— Nous préférerions vous parler seuls à seul, si cela ne vous dérange pas, expliqua-t-il. Nous avons découvert des affaires qui ont eu lieu ces dernières années, dans lesquelles nous pensons que l'homme que nous recherchons est impliqué.

Brax lança à LeBlanc son sourire le plus réconfortant.

— Nous avons des questions à vous poser qui vont nous permettre de restreindre le nombre des suspects. Mais tout d'abord, pouvez-vous nous confirmer que Stella est en sécurité ?

— Oui. Je lui ai parlé peu de temps avant votre arrivée. Elle est en train de faire un shooting photo sur les ruines d'un château en Écosse. Cela va la tenir occupée encore quelques jours.

Chance regarda ses frères.

— Et Rich ? Il n'est pas là-bas, n'est-ce pas ?

— Non. Il est resté ici au cas où nous ayons besoin de lui.

— C'est bien. Que pouvez-vous nous dire sur Rich ?

— Il travaille pour moi depuis cinq ans. Stella s'entend bien avec lui, et ils sont souvent ensemble. Ma seule règle est que leur relation doit rester professionnelle, et Rich ne l'a pas enfreinte. Pourquoi me demandez-vous cela ?

Brax jeta un coup d'œil à Chance, qui comprit ce qu'il tentait de lui signifier : ils devaient rester très prudents.

— Avant d'entrer dans les détails, il faut que nous vérifiions quelques dates, et que nous voyions ce que vous, Stella, Rich, Jason Rogers et votre assistante de direction faisiez ces jours-là.

LeBlanc sembla troublé.

— Marguerite ?

Chance hocha la tête. Il avait mentionné Jason Rogers, un des membres de l'équipe de sécurité, et Marguerite Frot au hasard. Si Rich les écoutait ou avait les moyens d'avoir accès à cette conversation, peut-être cela égarerait-il ses soupçons.

LeBlanc s'assit à son bureau.

— Bon. Quelles sont ces dates ? Notre système informatique va nous permettre d'avoir accès à tous les agendas, et nous dira également quels étaient les membres de l'équipe de sécurité qui étaient de garde.

Chance se félicita de l'existence de ce logiciel, qui allait grandement leur simplifier la vie.

Luke donna les dates, et ils attendirent aussi patiemment qu'ils le purent lorsque LeBlanc commença par son propre agenda, détaillant tout ce qu'il avait fait au cours de ces journées. Puis, ils passèrent à Stella.

Chance rongea son frein lorsque LeBlanc leur donna ensuite l'emploi du temps précis de Marguerite, puis de Jason.

Enfin, il en vint à Rich.

— La première date, il ne travaillait pas. Il est souvent en congé le lundi et le mardi, puisque ce sont des jours où Stella n'est généralement pas occupée.

Chance jeta un coup d'œil à Luke et à Brax. Si Rich ne travaillait pas, il pouvait donc avoir commis ce meurtre...

— Pour la deuxième date, apparemment, il avait rendez-vous chez le médecin. Je m'en souviens vaguement. Quelques semaines plus tard, on lui a enlevé un grain de beauté qui était dangereux. Cela a tellement inquiété Stella qu'elle a ensuite fait un banc d'essai sur les crèmes solaires !

— D'accord, déclara Chance.

Ils allaient devoir vérifier cette information. Rich pouvait ne pas s'être rendu à ce rendez-vous...

— Pour la troisième date, Rich ne travaillait pas non plus.

Chance attrapa son portable, prêt à téléphoner à Weston. Rich n'avait d'alibi valable pour aucun de ces trois meurtres, et Chance était certain qu'il en serait de même pour le quatrième.

Un coup d'œil à Brax et à Luke lui apprit qu'ils partageaient sa fébrilité.

— Bon, quatrième date..., déclara LeBlanc en pianotant sur son clavier. Oh ! j'aurais dû m'en souvenir ! Rich a passé la journée avec moi à Los Angeles.

Chance fronça les sourcils.

— Vous en êtes certain ?

LeBlanc hocha la tête.

— Oui. La moitié de mes employés et Stella avaient attrapé ce satané virus. Rich était un des seuls qui avait été testé négatif, alors il m'a accompagné à l'inauguration d'une succursale là-bas. Il faisait office à la fois d'assistant de direction, d'attaché de presse et de garde du corps.

Chance se tourna vers Luke.

— À quelle heure s'est passée notre dernière affaire ?

— En milieu d'après-midi, heure du Texas.

Il pivota ensuite vers LeBlanc.

— Vous êtes sûr que Rich est resté avec vous toute la journée ? Il a pris les mêmes vols que vous, et ne s'est pas absenté ?

— Oui, j'en suis absolument certain. Je m'en souviens parce que nous avons failli arriver en retard. Voyager en avion au beau milieu de l'épidémie était compliqué, même avec un jet privé.

Brax tendit son téléphone à Chance. Sur l'écran était affiché un article concernant l'inauguration. C'était un fait assez inhabituel à cette période, où presque tout le monde était en télétravail, pour que les médias s'y intéressent.

On voyait une photo de Rich, tout sourire à côté de LeBlanc. La date et l'heure à laquelle l'article était paru en ligne ne laissaient aucun doute : il était impossible que Rich ait pu tuer la quatrième personne. Et lorsqu'ils étudieraient plus en détail son emploi du temps pour les trois autres, ils en arriveraient certainement à la même conclusion.

Chance devait bien se rendre à l'évidence. Rich était peut-être un insupportable play-boy, mais il n'était pas leur homme.

— Alors, les informations que je vous ai données vous ont-elles aidés ? demanda LeBlanc.

Brax et Luke semblaient aussi désappointés que Chance.

— Oui, parvint-il à avouer.

Éliminer des suspects était un pas en avant. Mais Chance ne se sentait pas mieux pour autant.

— Je peux savoir où vous voulez en venir ? déclara LeBlanc. Que sont ces *affaires* auxquelles vous avez fait référence ?

Luke fut le premier à se reprendre.

— Nous avons découvert de nouveaux éléments, mais il faut que nous rassemblions d'autres informations avant de vous les exposer en détail. Pour le moment, nous souhaiterions que vous ne parliez de cette conversation à personne.

Chance était en train d'essayer de se faire à l'idée qu'ils allaient devoir tout reprendre à zéro lorsque Dorian entra dans le bureau de LeBlanc.

— J'ai appris que vous étiez là. Vous avez du nouveau ?

Personne ne répondit. Ni Chance ni ses frères ne voulaient prononcer les mots *tueur en série* devant LeBlanc.

Ce fut finalement LeBlanc qui prit la parole.

— Oui, il y a du nouveau, mais personne ne veut me dire ce dont il s'agit.

Brax tenta de détendre l'atmosphère par un sourire aimable.

— C'est simplement parce que nous désirons nous assurer de certaines choses au préalable.

LeBlanc n'allait pas tarder à leur dire qu'il allait se passer de leurs services, Chance le sentait bien. C'était la dernière chose dont ils avaient besoin : avoir accès aux informations concernant Stella était essentiel pour eux.

Dorian vint à leur aide.

— Nicholas, il arrive parfois que les équipes de sécurité soient obligées de travailler d'une manière que leur client ne comprend pas. Vous l'avez déjà expérimenté avec moi. Laissez-les effectuer le travail pour lequel vous les avez embauchées.

— Bien.

LeBlanc fit un geste évasif de la main.

— Emmenez-les dans la salle de conférences et donnez-leur les renseignements qu'ils veulent. J'ai une entreprise à gérer.

Lorsqu'ils furent installés, ils exposèrent la situation à Dorian. Ils allaient avoir besoin de son aide pour pincer ce type.

Dorian les écoutait, l'air abasourdi.

— Bon sang ! Il s'agit d'un tueur en série, alors que nous pensions que ce type était simplement obsédé par Stella...

Ils lui laissèrent le temps de digérer ces nouvelles informations. Ils avaient tous ressenti le même choc.

Dorian se passa la main sur la mâchoire.

— Il faut que je renforce la sécurité autour de Stella. Même si ce type semble être passé à quelqu'un d'autre...

Maci. Chance n'allait plus la quitter des yeux. Il ne voulait prendre aucun risque. S'il fallait qu'il l'emmène dans un autre pays, il le ferait.

— Et quel serait le motif du tueur ? Qu'est-ce qui vous fait dire que cet homme n'est pas ce que nous pensions au départ ? demanda Dorian.

Ils lui expliquèrent la similitude qui existait entre les messages laissés sur les scènes de crime, et ceux que l'homme avait déposés dans les bureaux de leur agence.

— Il cherche un défi, déclara Dorian après les avoir écoutés. Il éprouve le besoin d'être le meilleur.

Chance hocha la tête.

— C'est également la conclusion à laquelle nous sommes arrivés. Nous recherchons quelqu'un qui corresponde à ce profil : un ancien militaire ou un policier.

— D'accord...

Dorian étudiait les rapports que Luke avait apportés.

— J'élargirais également les recherches aux cercles d'arts martiaux ou de MMA, remarqua-t-il. Ils utilisent aussi ce langage.

— À vrai dire, c'est aussi le cas des passionnés de jeux vidéo, marmonna Brax.

— En fait, nous soupçonnions Rich, expliqua Chance. Il a suivi des stages de préparation militaire, et son père était officier. Mais il s'avère qu'il est impossible qu'il ait commis un de ces quatre meurtres.

Tous poussèrent un grognement.

— Tout nous donne à penser que cet homme était toujours au

courant de ce que nous nous apprêtions à faire, poursuivit Chance. Nous sommes convaincus qu'il fait partie de l'entourage de Stella... ou du moins qu'il obtient ses informations de l'un de ses proches.

— Nous allons procéder à un diagnostic complet. Si des informations fuitent par la négligence d'un de mes employés, nous le saurons.

— Et si ces fuites ne sont pas dues à la négligence ? intervint Luke.

— Nous le saurons également. Cela nous prendra peut-être un peu plus de temps, mais je vous promets que nous le découvrirons.

Chance alla serrer la main de Dorian.

— Nous allons poursuivre nos recherches, et voir s'il y a d'autres meurtres qui peuvent être attribués au même homme. Nous avons des contacts qui nous aideront.

Dorian hocha la tête.

— C'est une des raisons pour lesquelles Nicholas voulait vous confier cette affaire : votre réseau et votre influence. J'avoue que j'étais sceptique la première fois qu'il m'a parlé de vous. Mais vous m'avez prouvé que j'avais tort.

— Je veux simplement que nous attrapions ce type, déclara Chance. Il a rendu les choses beaucoup trop personnelles lorsqu'il a décidé de s'en prendre à Maci.

Dorian eut un sourire crispé.

— Oui, je comprends. Si quelqu'un s'attaquait à la mère de mon futur enfant, j'aurais envie de lui tordre le cou.

— C'est exactement ce que j'ai l'intention de faire.

22

Lorsque Maci se réveilla de sa sieste, elle descendit à la cuisine. Weston s'y trouvait, assis devant son ordinateur. Il avait l'air sombre. Sheila et Clinton étaient revenus, et leurs visages étaient graves eux aussi.

— Chance, Brax et Luke sont allés voir LeBlanc pour tenter d'obtenir des détails sur Rich. J'ai averti la police, et ils sont prêts à agir dès que nous aurons confirmation qu'il s'agit bien de lui.

— D'accord.

Elle avait toujours bien du mal à accepter l'idée qu'elle ait pu connaître une telle proximité avec un tueur en série...

— Vous voulez manger quelque chose, Maci ? demanda Sheila.

— Non.

Sa voix était rauque.

— Chance m'a préparé un petit déjeuner très copieux, poursuivit-elle.

— Vous avez parlé tous les deux ?

Maci hocha la tête. Cette conversation s'était déroulée il y avait à peine deux heures, mais cela lui paraissait si loin maintenant !

— Oui. Et cela nous a fait beaucoup de bien. Vous aviez raison.

Sheila la serra dans ses bras.

— Vous voyez : il suffisait de faire confiance à Chance. Et vous pouvez aussi compter sur lui pour ce qui se passe en ce moment : il va vous tirer d'affaire.

Maci l'espérait, car elle était rongée par l'angoisse.

— Je pense que je vais aller prendre une douche, et me recoucher.

Sheila sourit avec douceur.

— Excellente idée ! Et j'espère que vous aurez faim pour le dîner !

Maci se tourna vers Weston.

— Tu as trouvé quelque chose ?

Il semblait presque hagard.

— Au moins un autre meurtre. Je suis toujours en train de chercher.

Cinq victimes.

Il ne fallait pas qu'elle y pense trop, sinon elle allait paniquer. Elle alla se doucher, et retourna dans son lit, s'enveloppant dans sa couette comme dans un cocon qui la protégerait du monde.

Lorsqu'elle se réveilla la seconde fois, les choses allaient plus mal encore. Son téléphone sonnait, et l'appel provenait de sa mère.

— Que veux-tu ?

La voix de Maci n'était qu'un murmure, car elle ne voulait pas que les Patterson puissent l'entendre.

— J'ai des problèmes.

Maci n'était pas en état de s'occuper d'Evelyn en ce moment.

— Tu as toujours des problèmes.

— Ma chérie...

La voix de sa mère était faible, tremblante.

— Je suis vraiment désolée de t'avoir traitée de la sorte la dernière fois. J'ai eu tort.

Maci leva les yeux au ciel.

— Tu ne peux plus m'extorquer d'argent. J'ai tout raconté à Chance.

— J'ai eu tort de me comporter ainsi, vraiment. Après notre rencontre, je me suis dit que tu étais enceinte, et que tu devais avoir besoin de cet argent pour le bébé.

— Oui, c'est vrai.

— Cela fait un moment que mon dealer, Timothy, me propose de vendre de la drogue pour lui, alors j'ai décidé que j'allais le faire... et qu'ainsi, je n'aurais plus besoin de te demander de l'argent.

185

Maci se frotta les yeux.

— Maman, c'est dangereux !

— Je sais. Je... Je...

Evelyn eut un sanglot.

— J'ai été cambriolée hier soir. On m'a volé toute la marchandise qu'il m'avait confiée !

Maci s'assit dans son lit.

— Tu as été blessée ?

— Non, mais mon dealer m'a donné vingt-quatre heures pour lui donner son argent, sinon, il a juré de s'en prendre physiquement à moi... pour faire un exemple.

Evelyn ajouta le montant qu'il lui réclamait.

— Maman, je n'ai pas cet argent ! Surtout depuis que tu m'as tout pris !

— Je sais, je sais !

Evelyn se mit à pleurer.

— Je ne sais pas quoi faire... Et il y a pire !

Oh non !

— Qu'as-tu fait ?

— Timothy a menacé de me casser le poignet lorsque je lui ai dit que je pensais ne pas pouvoir me procurer cet argent. Alors, je lui ai dit où tu travaillais.

La voix d'Evelyn devint plus faible.

— Je pense qu'il va s'en prendre à ton compagnon ou à ses frères si je ne le paye pas.

Maci fit mentalement l'inventaire de ce qu'elle avait sur ses comptes. Si elle les vidait tous et empruntait le maximum autorisé sur sa carte de crédit, elle pourrait recueillir la somme annoncée.

Au moins assez pour que Timothy et ses sbires restent à distance des Patterson, qui avaient bien mieux à faire en ce moment que de gérer ce drame familial. Maci pouvait s'en occuper seule. Elle ne voulait pas les déranger.

Et elle devait bien reconnaître que, même si Chance était

maintenant au courant de son passé, elle préférait le tenir à l'écart de tout ce cinéma !

— Où es-tu, maman ?

Sa mère lui donna une adresse au sud de la ville, dans une zone industrielle. Ce n'était pas l'endroit le plus sûr, mais certainement pas le genre de quartier où Rich Carlisle pouvait traîner...

Elle raccrocha, et s'habilla. Weston n'accepterait jamais qu'elle sorte seule de la maison, alors, elle ne lui dirait rien. Il avait plus important à faire... et Chance aussi.

Elle laissa un message sur l'oreiller, expliquant qu'elle était allée voir sa mère, au cas où quelqu'un entre dans sa chambre. Elle ne voulait pas que les Patterson puissent croire qu'elle avait été enlevée.

Elle entendit Weston qui parlait à ses parents dans la cuisine alors qu'elle descendait l'escalier et sortait par la porte arrière. Luke était allé chercher sa voiture la veille, et l'avait garée dans la rue, devant la maison.

Elle fit la grimace en démarrant le moteur, espérant que Weston n'allait pas l'entendre. Chance serait fou de rage s'il savait ce qu'elle était en train de faire !

Alors, elle allait s'arranger pour qu'il ne l'apprenne pas.

— Weston a découvert qu'on pouvait attribuer un cinquième meurtre à notre homme, et il est en train de procéder à des vérifications pour un sixième, déclara Luke alors qu'ils étaient en train de retourner à l'agence. Il en a parlé à ses contacts de la police, et ils enquêtent de leur côté.

— Bien. Plus nous serons nombreux sur cette affaire, mieux ce sera.

Chance désirait une seule chose : que Maci soit en sécurité.

— Je vais emmener Maci loin d'ici. La maison de papa et maman n'est pas un lieu assez sûr.

Depuis leur départ, Weston leur avait téléphoné régulièrement pour leur donner des nouvelles, mais Chance ne voulait pas être loin de Maci plus longtemps que nécessaire.

— Entendu, dit Brax. Peut-être que nous demanderons à Stella de jouer le rôle de Maci pour attraper ce type !

Chance esquissa un sourire à la blague de son frère.

— Cherche un endroit où te réfugier avec Maci, déclara Luke. Quant à moi, je vais voir ce que je peux trouver du côté de la clinique. Comment ce type a-t-il su que vous iriez là ?

— Nous en avons parlé ensemble à l'agence avant que Chance parte, remarqua Brax en s'immobilisant.

Luke et Chance se raidirent eux aussi. Si l'homme était au courant de ce rendez-vous médical, cela signifiait qu'il écoutait leurs conversations. Ils commencèrent à chercher des micros dans les locaux de l'agence... et en trouvèrent trois.

Chance désigna la porte arrière d'un coup de menton, et ils allèrent dans l'allée pour pouvoir parler sans être entendus.

— Notre homme est déjà venu à l'agence, déclara Chance. Donc, il ne lui sera pas difficile de savoir que Maci se trouve chez papa et maman. Je pars immédiatement pour l'emmener ailleurs.

— D'accord. Il nous faudra trouver de nouveaux locaux en attendant d'être certains qu'il n'y a plus de micros ici.

— La bonne nouvelle, c'est que ce nouveau développement réduit considérablement la liste de nos suspects, souligna Brad. Il n'y a que cinq ou six membres de l'équipe de Dorian qui sont venus ici au cours des dernières semaines. Ça doit être l'un d'entre eux. Je vais l'appeler.

Chance était sur le point d'acquiescer lorsque les mots que Dorian avait prononcés tout à l'heure lui revinrent à l'esprit.

Si quelqu'un s'attaquait à la mère de mon futur enfant, j'aurais envie de lui tordre le cou.

Le juron qu'il poussa surprit ses frères, qui se retournèrent pour le dévisager.

— L'un d'entre vous a-t-il annoncé à l'équipe de LeBlanc que Maci était enceinte ? demanda-t-il.

— Bien sûr que non ! répliqua Luke. Nous ne l'avons même pas dit à papa et à maman !

— C'est Dorian, murmura Chance. C'est lui, l'assassin. Il savait que Maci était enceinte.

Les trois hommes se précipitèrent à l'intérieur de l'agence pour en ressortir immédiatement par l'entrée principale et sauter dans leurs voitures. Chance avait son téléphone à la main, et avait composé le numéro de Nicholas LeBlanc.

— Patterson, commença LeBlanc, à moins que vous n'ayez des…

— Fermez vos locaux ! l'interrompit Chance. Fermez-les immédiatement !

Ainsi, Dorian serait piégé à l'intérieur.

— Pourquoi ? Que voulez-vous…

— Faites ce que je vous dis ! hurla Chance.

Il entendit LeBlanc déclencher le verrouillage des portes.

— D'accord. C'est fait. Dans quinze secondes, plus personne ne pourra ni entrer ni sortir.

— C'est Dorian Cane ! C'est lui qui a harcelé Stella. Mais il est aussi un tueur en série. C'est ce que nous avons découvert avec les autres affaires.

— C'est impossible…

LeBlanc était manifestement sous le choc.

— Nous vous le prouverons plus tard. Pour le moment, gardez vos locaux fermés jusqu'à ce que la police arrive. Ne laissez Dorian entrer dans votre bureau sous aucun prétexte.

Ils n'avaient pas besoin qu'une prise d'otage vienne s'ajouter à leurs problèmes !

— Je n'ai pas à me soucier de cela. Dorian a quitté les lieux juste quelques minutes après vous.

23

Ce fut un peu déprimant pour Maci de constater à quel point il lui fut facile et rapide de vider tous ses comptes en banque. Vingt minutes après avoir quitté la maison des Patterson, elle était en possession de l'argent liquide qu'elle allait donner à sa mère.

Elle se gara devant l'entrepôt dont celle-ci lui avait communiqué l'adresse, et fut surprise de ne pas l'y trouver devant, prête à lui arracher l'argent des mains.

Maci sortit de sa voiture et se dirigea vers le bâtiment. C'était la dernière fois qu'elle aiderait sa mère de cette façon. Dorénavant, si elle devait contribuer financièrement à quoi que ce soit, ce serait à une cure de désintoxication.

— Evelyn ?

Maci ne savait pas où se trouvait sa mère, mais il fallait qu'elle retourne chez les Patterson avant qu'ils se rendent compte de son absence.

— Maman, je n'ai pas le temps de jouer à ça !

Elle tenta de téléphoner à sa mère, mais l'appel aboutit sur la boîte vocale. En arrivant devant la porte de l'entrepôt, elle décida de rebrousser chemin. Il était hors de question qu'elle pénètre seule dans ce bâtiment abandonné.

Elle se retourna, et poussa un cri lorsqu'elle vit un homme derrière elle. Mais elle se détendit en le reconnaissant.

— Dorian Cane, c'est bien ça ? Oh ! vous m'avez fait peur !

Il sourit.

— Désolé, ce n'était pas mon intention.

— C'est Chance qui vous envoie ?

S'était-il déjà rendu compte qu'elle était partie ? Il allait être furieux !

— Hum, oui, c'est Chance qui m'envoie. Il m'a demandé de veiller sur vous. La situation est devenue encore plus inquiétante.

Elle hocha la tête.

— Rich, n'est-ce pas ? Il aurait tué plusieurs femmes auparavant...

— Oui. Il nous a bien dupés ! Chance ne voulait pas que vous soyez seule, et il se trouve que j'étais dans les parages. Alors, je lui ai proposé de venir vous chercher.

— Je suis censée retrouver ma mère ici. Vous n'auriez pas vu une femme ?

— Non. Mais nous devons partir maintenant.

— Oui. J'imagine que Chance est pressé de me dire ce qu'il pense de mon escapade !

Dorian sourit.

— C'est parce qu'il tient à vous.

Ils se mirent en marche vers leurs véhicules.

— Chance m'a dit que vous collaboriez très efficacement avec San Antonio Security, remarqua-t-elle.

— Oui. Ce métier est une bataille permanente. Rencontrer Chance et ses frères est très stimulant pour moi. J'ai toujours essayé de m'améliorer, d'être le meilleur.

Maci se raidit en entendant ces mots. Ils lui rappelaient désagréablement les messages qu'ils avaient reçus. Elle s'immobilisa.

— Vous savez quoi ? Je vais faire un dernier tour pour être certaine que ma mère n'est pas ici. Vous pouvez m'attendre une seconde ?

Il était hors de question qu'elle monte dans le véhicule de Dorian avant d'avoir parlé à Chance. Elle était peut-être en train de devenir paranoïaque mais, étant donné les circonstances, cela pouvait se comprendre.

Elle se força à sourire à Dorian.

— Attendez-moi là deux minutes. Je reviens tout de suite.

Elle se dirigea à nouveau vers le bâtiment.

— Maman ? Tu es là ?

Elle marchait et appelait Evelyn tout en sortant son portable. Elle s'apprêtait à téléphoner à Chance lorsqu'une voix douce s'éleva derrière elle.

— Vous savez que vous êtes beaucoup plus qu'une pâle imitation, n'est-ce pas ?

Maci tenta de ne pas succomber à la terreur. C'était la même voix que celle de l'homme qui l'avait agressée dans l'appartement de Stella.

Elle se tourna vers lui.

— C'était donc vous. Pourquoi ?

— Il faut bien que quelqu'un soit le meilleur. Apprendre à suivre quelqu'un, à le tuer… tout cela a fait de moi le meilleur expert en sécurité qui soit.

— Comment pouvez-vous être celui qui protège Stella le mieux, alors que c'est vous qui la harcelez ?

— Je n'ai jamais eu l'intention de faire du mal à Stella : elle ne mérite ni le temps ni l'effort que je pourrais consacrer à cela. Je n'étais même pas celui qui lui écrivait ces messages au début. J'ai rapidement mis cet homme hors d'état de nuire, et j'ai pris la suite… surtout lorsque Nicholas a fait intervenir les Patterson. J'ai rapidement compris tout ce que je pourrais apprendre en me battant contre eux. Et j'ai su que je pouvais donner plus d'intérêt à cette compétition en visant quelqu'un qui compte tant pour eux : vous.

Maci fit quelques pas en arrière, tout en se demandant ce qu'elle allait répondre.

— Je ne suis que leur employée.

Il secoua la tête avec un petit sifflement.

— Vous êtes la mère de l'enfant de Chance Patterson. Il remuerait ciel et terre pour vous retrouver… et ses frères avec lui.

— Je ne vais pas vous suivre.

Dorian sourit, et remonta légèrement son pantalon, révélant un étui qui semblait contenir un couteau.

— Je ne pense pas que vous ayez le choix.

Sans un mot de plus, Maci pivota et tenta de s'enfuir. Elle n'alla pas loin avant que Dorian l'attrape par l'arrière, l'arrêtant dans sa course.

Elle se souvint alors de ce que Chance lui avait enseigné lors de son stage de self-défense. Elle se débattit, décochant des coups de pied dans les genoux, l'entrejambe, partout... Dorian laissa échapper un cri lorsqu'elle l'atteignit à un endroit sensible, et la lâcha.

Elle se précipita vers l'entrepôt.

Si Dorian parvenait à la faire entrer dans sa voiture, elle et son bébé seraient ses prochaines victimes.

— Comment, elle n'est pas là ?

Chance avait envie d'écraser son poing sur le mur. Il avait appelé Maci cinq ou six fois de suite, et tous ses appels avaient été redirigés vers la boîte vocale.

— Nous pensions qu'elle se reposait, déclara Weston. Elle a laissé un mot sur l'oreiller disant qu'elle devait voir sa mère, et qu'elle allait vite revenir.

Il avait déjà prévenu ses anciens collègues de la police que Dorian Cane était un tueur, et ils avaient établi un mandat d'arrêt.

Mais cela ne leur servirait à rien si Dorian avait enlevé Maci.

La porte de l'agence s'ouvrit, et Chance se retourna, prêt à crier que les locaux étaient fermés.

— Je te rappelle, dit-il à Weston lorsqu'il vit qui était entré.

Evelyn Ford. Et elle était dans un sale état.

Il se précipita vers elle et la fit s'asseoir. Un filet de sang coulait sur son visage.

— Madame Ford, où est Maci ? Que s'est-il passé ?

Ses frères accoururent, mais demeurèrent silencieux.

— J'avais besoin d'argent. Elle devait venir me rejoindre il y a une demi-heure.

— Elle n'est pas venue ?

— Je ne le sais pas. Un homme m'a vue et m'a dit qu'il travaillait avec vous. Il a proposé de me donner l'argent dont j'avais besoin pour rembourser mon dealer.

Chance attrapa un dossier et lui montra une photo de Dorian.

— C'était cet homme ?

— Oui. J'ai pensé qu'il valait mieux que j'accepte, pour que Maci puisse garder ses économies pour son bébé. Mais ce type m'a frappée à la tête, et m'a traînée dans une allée.

— Evelyn, où est Maci ? Son téléphone ne répond pas, et nous ne pouvons pas la localiser. Il faut que je la trouve !

— Le type m'avait laissée avec l'argent. J'ai payé quelqu'un pour qu'il m'amène ici. Il fallait que je vous avertisse que mon dealer va peut-être venir s'en prendre à vous.

Chance ne comprenait pas ce qu'elle voulait dire, et n'avait pas le temps qu'elle le lui explique.

— Evelyn, écoutez-moi. Mes frères et moi pourrons nous débrouiller avec ce dealer. Nous allons vous mettre à l'abri afin qu'il ne vous fasse pas de mal non plus. Mais si vous savez où se trouve Maci, vous devez nous le dire immédiatement !

Chaque seconde perdue donnait à Dorian l'occasion de faire du mal à Maci.

— Je devais la rencontrer devant un entrepôt, au sud de la ville. J'avais besoin d'argent pour rembourser Timothy, mon dealer. Je vous promets que je ne voulais pas qu'il arrive du mal à Maci !

Evelyn se mit à pleurer.

— Où deviez-vous la retrouver, Evelyn ? Réfléchissez.

Elle bafouilla l'adresse.

— Je reste avec elle et m'assurerai qu'aucun dealer ne s'en prend à elle, déclara Brax. Et je vais dire à la police de venir vous rejoindre.

— Donne-nous cinq minutes. Dorian peut prendre peur en entendant les sirènes, et passer immédiatement à l'action.

Brax hocha la tête, et Chance se précipita vers sa voiture, Luke sur les talons.

La plupart des entrepôts du quartier avaient été abandonnés plusieurs années auparavant, après les dommages irréparables causés par une inondation. Maci pouvait hurler, personne ne l'entendrait.

Et si elle le faisait, elle indiquerait à Dorian où elle se trouvait.

Elle vit une porte ouverte et se précipita dans le bâtiment. Le mieux était de se cacher. L'endroit était plongé dans l'obscurité, et la seule source de lumière était un panneau indiquant une sortie de secours.

Elle courut vers le côté opposé, zigzaguant entre des piles de caisses et des machines abandonnées. La porte derrière elle s'ouvrit et se referma, et il n'y eut plus que le silence.

Maci tendit l'oreille, tentant de distinguer les bruits malgré le sang qui tambourinait sur ses tympans.

Tout d'abord, le plus important est de toujours garder la tête froide.

Elle entendait la voix de Chance en esprit. Il avait raison. Si elle se laissait aller à la panique, cela en était fini d'elle.

La voix de Dorian s'éleva.

— Allons, Maci, je n'ai rien contre un jeu de cache-cache, mais ce n'est pas votre style, n'est-ce pas ? Vous préférez prendre les choses de front.

Elle n'allait certainement pas lui répondre ! Il fallait qu'elle arrive à gagner l'autre porte, et tente de ressortir du bâtiment.

Dorian alluma la lumière de son téléphone, et elle se blottit derrière une caisse.

— Vous comprenez le besoin d'être le meilleur, Maci ? J'étais le meilleur de ma section, jusqu'à ce qu'une balle perdue marque la fin de ma carrière militaire. Vous comprenez ce que l'on ressent, quand on vous arrache ce à quoi vous tenez plus que tout ? J'ai dû ensuite trouver une voie dans laquelle je pourrais encore être le meilleur. Le domaine de la sécurité était une évidence.

Il resta silencieux ensuite, et éteignit la lumière. Elle s'éloigna de l'endroit d'où provenait sa voix, restant dissimulée derrière les caisses.

— J'ai tué neuf femmes.

Maci retint un cri de surprise. Dorian essayait de susciter une réaction chez elle, pour qu'elle révèle malgré elle où elle se trouvait.

— Mais écoutez-moi, Maci, avant de penser du mal de moi. J'ai fait tout cela pour une raison. Vous comprenez ? Chaque fois que je tuais, je devenais un meilleur professionnel de la sécurité. J'apprenais comment réagit un meurtrier, et comment s'en protéger. Ces femmes sont mortes pour une cause.

C'était un psychopathe de la pire espèce, incapable de voir le mal qu'il avait commis.

Il alluma à nouveau sa lampe, et éclaira l'endroit où elle se trouvait quelques instants auparavant. Il dirigeait le faisceau lumineux uniquement sur le sol, s'attendant à la voir tapie derrière des caisses. Jamais il n'avait regardé vers le haut. Il fallait donc qu'elle monte sur une des machines.

Tu es intelligente et tu as l'esprit vif. Tu peux utiliser ces atouts à ton avantage.

Elle trouva sur le sol une pièce en métal qui devait s'être détachée d'une des machines, et s'en saisit. Puis elle la lança de toutes ses forces dans la direction opposée de celle où elle voulait aller.

Elle se hissa alors sur ce qui semblait être une machine d'embouteillage, tout en veillant à ne pas faire de bruit. Cela lui permit ensuite de grimper sur un tapis roulant qui se trouvait un peu plus haut.

Dorian éteignit à nouveau sa lampe. Lorsqu'il la ralluma, n'était pas pointée dans la direction qu'elle espérait, mais là où elle se trouvait cinq secondes plus tôt. S'il levait le faisceau, cela en était fini d'elle.

Elle ravala un gémissement.

— Votre mort aura une signification aussi, Maci. Tout comme celle des frères Patterson. Je ne peux pas les laisser en vie. Si l'on ne tue pas son ennemi, on n'est jamais en sécurité. Il faudra que j'élimine votre mère aussi, d'ailleurs, si elle ne s'en charge pas elle-même. Elle a un sérieux problème d'addiction, vous savez ! Elle était ravie de prendre l'argent que je lui ai donné... un peu moins quand je l'ai assommée. J'ai localisé son téléphone. C'est ainsi que je vous ai trouvée.

Maci ne voulait pas penser à sa mère en ce moment. Elle ne voulait penser à rien.

L'essentiel, c'est la survie.

Elle allait survivre. Elle avait trop de raisons de le faire.

Dorian ralluma sa lampe, dirigeant le faisceau dans des recoins situés vers le bas. Il ne lui faudrait pas longtemps pour comprendre qu'elle s'était cachée en hauteur.

Mais dans le silence, le bruit le plus beau qu'elle puisse imaginer s'éleva : le hurlement de sirènes.

La lumière s'éteignit à nouveau.

— J'ai l'impression que la donne vient de changer, Maci, et que nous n'allons pas pouvoir terminer la partie aujourd'hui. Quel dommage ! Mais ne vous inquiétez pas, je reviendrai. Pour vous tous. Je suis le meilleur, et vous pouvez être certains que je ne vais pas m'arrêter là.

À cet instant, Maci sut qu'elle ne pouvait pas laisser Dorian partir. Il disait vrai : il allait revenir. Et un par un, tous ceux qu'elle aimait seraient victimes de sa folie…

Elle devait mettre un terme à cette spirale destructrice maintenant. Elle n'avait pas le choix.

Elle tendit la main et trouva un petit tuyau en métal. Ce n'était pas grand-chose comparé au couteau que Dorian lui avait montré tout à l'heure, mais il fallait seulement qu'elle l'arrête assez longtemps pour que la police arrive. Le hurlement des sirènes s'amplifiait.

Elle se concentra uniquement sur Dorian. Alors qu'il passait juste en dessous d'elle, elle serra les dents et se laissa tomber sur lui.

Un rayon de lumière apparut lorsque la porte s'ouvrit de l'autre côté de l'entrepôt, mais elle n'y prêta pas attention.

Elle atterrit sur Dorian, et le frappa avec son tuyau en criant aussi fort qu'elle le pouvait pour informer la police de l'endroit où ils se trouvaient. Elle réussit à lui asséner deux coups avant qu'il la projette en arrière.

Elle tenta de se remettre debout, mais Dorian était déjà sur elle, brandissant son couteau. Il lui arracha le tuyau des mains et le jeta au loin, puis la tira par le col de son chemisier.

— Je suis le meilleur, dit-il simplement.

Il pointa le couteau sur sa poitrine, et elle sut que c'était la fin. Elle avait perdu... Elle ferma les yeux, dévastée de n'avoir jamais dit à Chance combien elle l'aimait.

Mais le coup qu'elle attendait ne vint jamais.

Elle entendit plusieurs détonations, mais n'ouvrit pas les yeux.

— Maci, Maci, regarde-moi !

Chance ? Elle l'entendait à peine.

— Arrête de crier, ma chérie. Tu n'as plus rien à craindre.

Elle ne s'était pas rendu compte qu'elle hurlait. Elle referma la bouche, et le silence se fit.

— Tu vas bien ? Il t'a fait du mal ?

Chance pressait frénétiquement les mains sur elle, cherchant à savoir si elle était blessée.

Luke était debout devant Dorian, qui était allongé à terre, immobile.

— Je vais bien, réussit-elle enfin à dire. Il fallait que je l'arrête. Il allait vous tuer. Tuer tout le monde. Je ne pouvais pas le laisser...

Chance pressa ses lèvres sur sa bouche, et la serra contre lui.

— Tu as réussi. Dorian Cane ne fera plus jamais de mal à personne.

24

— Ne me touche pas, Chance Patterson. Si nous sommes en retard à ce dîner de famille, tout le monde saura pourquoi !

Chance sourit en regardant Maci faire de grands gestes pour le tenir à distance.

Comme si elle pouvait y parvenir !

Il l'attrapa par le poignet et l'attira à lui.

— Nous avons tous les deux pris une semaine de congé pour nous enfermer chez moi. Je pense que tout le monde se doute de ce que nous avons fait !

Ils avaient ressenti le besoin de souffler un peu après ce qui s'était passé...

Chance, lui, voulait tenir Maci dans ses bras pour être sûr qu'elle et le bébé allaient bien.

Il avait été si près de les perdre !

Les vingt minutes qu'il avait mises à parcourir le trajet entre l'agence et l'entrepôt avaient été les plus longues de sa vie. Et lorsqu'il s'était enfin rué à l'intérieur, cela avait été pour voir Maci sauter sur un tueur en série.

Le souvenir du moment où Dorian avait brandi son couteau, s'apprêtant à ôter la vie à la femme qu'il aimait, le hantait encore.

Luke et lui n'avaient pas hésité à tirer pour le mettre hors d'état de nuire, mais il savait qu'il en ferait des cauchemars jusqu'à la fin de sa vie.

Nicholas et Stella LeBlanc avaient eux aussi été traumatisés par l'idée qu'ils aient pu faire si longtemps confiance à un être aussi diabolique. Mais Stella avait ensuite eu l'idée d'utiliser cette histoire pour accroître sa popularité sur le web.

Maci pressa ses lèvres sur les siennes.

— Nous ne pouvons pas être en retard. Maman sera là.

C'était un premier pas pour Evelyn, et tous s'en réjouissaient. Elle était encore loin d'être débarrassée de son addiction, mais le fait qu'elle se joigne à eux ce soir était un début. Peut-être accepterait-elle un jour d'entreprendre une cure de désintoxication.

Maci lui avait clairement fait savoir que si elle désirait faire partie de la vie du bébé, elle ne devait plus se droguer. Ils étaient tous prêts à l'aider de leur mieux mais, en fin de compte, ce serait à Evelyn de faire ses propres choix.

Chance embrassa Maci tendrement. Il l'avait tant embrassée au cours de ces dernières semaines qu'ils auraient pu s'en lasser, mais il lui semblait que cela ne pourrait jamais arriver.

— Je t'aime, murmura-t-elle.

Il voulait toujours entendre ces mots.

— Moi aussi, je t'aime.

Et il voulait toujours les lui dire.

Chaque jour, pour le restant de leur vie.

Épilogue

Une année plus tard

La pièce préférée de Sheila Patterson avait toujours été la cuisine. Lorsqu'elle était enfant, c'était le cœur de la maison de ses parents, et elle était déterminée à en faire également le cœur de la sienne.

Même si le traditionnel dîner du dimanche soir ne commencerait que plus tard, toute la famille était déjà réunie.

Weston et Kayleigh étaient arrivés les premiers, les bras chargés de boissons. Cuisiner n'était pas le point fort de Kayleigh, mais elle était restée auprès de Sheila pour lui tenir compagnie. Elle lui avait parlé de la nouvelle série de photographies qu'elle avait entreprise, et lui avait raconté comment Weston avait transformé le jardin d'un de leurs vieux voisins en un petit paradis.

Sheila aimait entendre la fierté avec laquelle Kayleigh parlait de son mari. Quant à lui, il passait de temps en temps la tête dans la cuisine, et échangeait avec sa femme des regards emplis de dévotion. Voir que le plus secret de ses enfants avait trouvé l'amour de sa vie apaisait quelque chose en elle.

Kayleigh était en train de raconter avec animation une histoire impliquant un Weston déchaîné et une taupe qu'il ne parvenait pas à attraper lorsque Brax, Tessa et Walker arrivèrent. Dès que Walker vit sa tante adorée, il monopolisa l'attention de Kayleigh, mais Sheila n'en fut pas contrariée. Elle avait installé Tessa sur une chaise, et lui donnait de quoi grignoter tout en discutant avec elle de prénoms de bébé.

Tessa attendait un garçon et quand Brax la regardait, Sheila avait l'impression que personne d'autre n'existait au monde. C'était comme si elle avait apporté la lumière dont il avait besoin dans sa vie. Et Walker ? Il était ravi à l'idée d'avoir un petit frère avec lequel il pourrait jouer.

Luke et Claire furent accueillis par les cris de joie de Walker lorsqu'il vit qu'ils avaient emmené leur chat, Kahn. Claire, qui était au début de leur relation si discrète, se mit à parler avec animation du second chat qu'ils allaient adopter. Luke la tenait par la taille, les yeux brillant de tout l'amour qu'il avait pour elle.

Sheila était en train d'apporter la touche finale au plat préféré de chacun, lorsque des exclamations joyeuses lui apprirent que le reste de la famille était arrivé. Maci entra la première, éclatante de joie, même si la petite Autumn n'avait pas fait une nuit complète depuis sa naissance, cinq mois plus tôt.

Pourtant, la maternité – et Chance – semblait lui avoir apporté une sérénité qui lui avait permis de s'ouvrir au reste de la famille.

Evelyn était là, elle aussi. Le chemin était semé d'embûches, mais elle essayait de rompre sa dépendance à la drogue. Pour sa fille, pour sa petite-fille.

Mais aussi pour elle.

Sheila regarda autour d'elle et ne put s'empêcher de sourire à l'idée que toute sa famille était rassemblée ce soir.

Clinton passa le bras autour de sa taille et déposa un baiser sur son cou.

— Tu te souviens combien nous étions dévastés lorsqu'ils nous ont appris que nous ne pourrions jamais avoir d'enfants ? Tu aurais cru que nous connaîtrions cela un jour ?

Sheila écouta les rires et les exclamations joyeuses, et regarda autour d'elle.

Elle avait non seulement quatre fils, mais maintenant aussi quatre filles.

Elle avait une famille heureuse, en bonne santé, et unie par un amour que l'on sentait dès que l'on passait le seuil de sa maison.

— Non, répondit-elle à Clinton en se blottissant contre lui. Je n'aurais jamais rêvé d'avoir tout cela. Mais la réalité est tellement plus belle !

Vous avez aimé ce roman ?
Retrouvez en numérique les frères Patterson :
1. Cœur en sursis
2. Un bébé dans la tourmente
3. Un garde du corps amoureux
4. Prisonnière du passé

LESLIE MARSHMAN

Ensemble face au doute

Traduction française de
CHRISTIANE COZZOLINO

BLACK ROSE

HARLEQUIN

Titre original :
RESOLUTE INVESTIGATION

© 2023, Leslie Marshman.
© 2025, HarperCollins France pour la traduction française.

1

Adam Reed, premier adjoint au shérif du comté de Boone, dut jouer des coudes pour se frayer un chemin à travers les piliers de bar massés autour des bagarreurs, horde fatiguée qui empestait l'alcool, la sueur et le désespoir. Il était 2 heures du matin. Adam étant de garde, ce vendredi soir, c'était lui qui avait pris l'appel. La bagarre avait éclaté à l'intérieur du Dead End, le bar le plus mal famé de la ville, et s'était propagée à l'extérieur, jusque sur le parking.

Max, le barman, qui était aussi le propriétaire de l'établissement, accusait Eric Miller d'être à l'origine de la bagarre, et voulait le faire arrêter pour dégradation du bien d'autrui. Le bar était tellement miteux qu'Adam ne voyait pas très bien en quoi Eric Miller l'avait dégradé, mais il garda ses réflexions pour lui et continua de jouer des coudes pour s'approcher des bagarreurs. Lorsque les clients qui le rabrouaient se rendaient compte des personnes à qui ils avaient affaire, ils se confondaient en excuses et s'écartaient. Quand, enfin, il atteignit le bord du cercle au centre duquel avait lieu le pugilat, Adam commença par évaluer la situation. Une averse étant tombée quelques instants plus tôt, le néon du bar se reflétait sur l'asphalte humide. Eric, le visage ensanglanté et déjà enflé, faisait face à un homme plus petit mais très costaud qu'Adam n'avait jamais vu. Ils se tournaient autour, se balançant des coups de poing en pleine figure.

— Arrêtez tout de suite ! Et écartez-vous l'un de l'autre, ordonna Adam d'un ton sans appel.

Il leur laissa le temps d'obtempérer, mais comme il fallait s'y attendre, les deux hommes passèrent outre à son avertissement. Ils lui lancèrent un regard et continuèrent de se battre, pressés d'en finir avant qu'il s'en mêle. Serrant son poing gauche, l'inconnu frappa violemment Eric au menton. La tête de celui-ci partit en arrière et il tituba, presque sonné. Mais il récupéra vite et, les yeux étrécis, se jeta avec rage sur son adversaire, qu'il se mit à bourrer de coups de poing peu efficaces.

Adam attrapa Eric par le col de sa chemise et le tira en arrière, puis il se tourna vers l'inconnu, juste au moment où celui-ci ripostait d'un direct du droit qui l'atteignit en pleine tempe.

Au propre comme au figuré, il ne l'avait pas vu venir, celui-là.

Les oreilles bourdonnantes et la vue brouillée, il chancela et tomba à genoux. Deux hommes dans la foule le prirent chacun par un bras pour l'empêcher de finir couché sur le pavé mouillé.

— Il faut appeler la police ! cria une femme au bord de l'hystérie.

Adam réussit à se remettre debout avec l'aide des deux hommes qui le soutenaient.

— Mais je *suis* de la police, déclara-t-il en secouant la tête pour se remettre les idées en place.

Il cligna des yeux plusieurs fois puis regarda les deux pugilistes... qui étaient quatre. Mais lorsque sa vision se stabilisa, Adam s'aperçut que seul Eric était devant lui.

— Où est l'autre gars ? l'interrogea-t-il en scrutant la foule.

Ivre mort, Eric avait du mal à tenir sur ses jambes.

— Il a décampé juste après t'avoir frappé, bredouilla-t-il.

— Qui était-ce ? demanda Adam en détachant de sa ceinture une paire de menottes. Le gars avec lequel tu te battais ?

— Aucune idée.

Lui lançant un regard sceptique, Adam lui fit signe de tendre les bras.

— Eric Miller, tu es en état d'arrestation pour ivresse sur la voie publique et atteinte à l'ordre public, ainsi que pour destruction de biens. Tu as le droit de garder le silence.

Adam lui récita ses droits tout en lui passant les menottes. Eric en avait fini avec les bagarres pour cette nuit.

— Vous vous battiez pour quoi, au fait ?

Eric haussa les épaules.

— Cela te reviendra peut-être après avoir passé quelques heures en cellule de dégrisement.

— Allez, Adam, sois sympa, gémit Eric. C'est l'autre gars qui a commencé. Je n'ai fait que me défendre. J'ai promis à Rach de garder les gosses, demain. Tu ne voudrais pas que je les déçoive, n'est-ce pas ?

— Arrête un peu ton char. Tu ne te soucies pas plus de tes enfants que tu ne te souciais de Rachel quand vous étiez mariés.

Adam avait surpris plusieurs fois des bribes de conversation entre Rachel, serveuse au Busy B, et Marge, sa patronne, aussi était-il au courant des déboires conjugaux de la jeune femme.

Après avoir escorté Eric jusqu'à sa voiture de patrouille, Adam le fit monter à l'arrière puis jeta un coup d'œil à sa montre. Il était presque 2 h 30. Eric ne passerait pas en jugement avant lundi. Cela laissait donc à Adam deux jours pour l'interroger et lui faire cracher le nom de l'individu qui l'avait frappé en traître.

Il y avait quelque chose chez l'inconnu qui piquait sa curiosité. Il n'aurait su dire pourquoi mais il était à peu près sûr qu'en dépit de ses dénégations, Eric le connaissait.

Au volant de son véhicule, tandis qu'il rentrait au Justice Center, il leva les yeux vers son rétroviseur pour s'assurer qu'Eric allait bien. Celui-ci cuvait déjà, bavant dans son sommeil. Ce pauvre imbécile n'avait pas compris la chance qu'il avait d'avoir épousé une femme comme Rachel. Il n'avait pas su la garder. Il l'avait tellement poussée à bout, à force de soûleries et de tromperies, qu'elle avait fini par le quitter.

Au moins, Rachel avait-elle eu la jugeote de partir dès qu'elle s'était rendu compte de ses infidélités.

Adam avait le béguin pour Rachel Novotny depuis le collège. Il était tombé amoureux d'elle le jour où elle l'avait battu au base-ball, lors d'une compétition. Elle n'avait jamais fait attention à lui et, à l'époque, il était bien trop timide pour lui adresser la parole. Chaque année, à la rentrée, il s'était promis de lui parler, de faire le premier pas, de l'inviter à sortir. Mais chaque année, il s'était dégonflé.

Qu'aurait-il pu lui offrir, en réalité ? Elle était belle, intelligente et sportive. Bien que bon élève, Adam n'était pas aussi brillant qu'elle, qui avait deux ans de moins que lui et était dans la classe juste en dessous. En sport, il se débrouillait pas mal mais l'athlète de la famille, c'était son frère Nate. Physiquement, Adam n'avait pas à se plaindre, certes, mais Rachel était une déesse et lui, un simple mortel.

Les années avaient passé et Rachel n'avait rien perdu de sa beauté. Ses longs cheveux blonds étaient toujours aussi épais et ondulés. Il avait toujours rêvé d'y glisser ses doigts pour sentir leur douceur de soie. Et ses yeux – oh, ses yeux ensorcelants ! Ils variaient entre le vert et le bleu, selon ce qu'elle portait et parfois même, selon l'humeur dans laquelle elle se trouvait. C'était pour Adam comme un jeu car il ne savait jamais, avant de les voir, s'ils seraient verts ou bleus.

Il avait eu une relation sérieuse à l'université. Du moins avait-il cru que c'était une relation sérieuse... jusqu'à ce que sa petite amie commence à parler fiançailles. Adam avait aussitôt pris la fuite. C'était Rachel qu'il voulait. Lorsqu'il était rentré à Resolute avec une licence de droit en poche, Rachel était mariée à Eric et travaillait comme serveuse au Busy B Café.

La pilule avait été dure à avaler, mais ça lui avait servi de leçon. Pour que jamais plus personne ne puisse lui briser le cœur, il s'était retranché derrière de hautes murailles infranchissables. Fictives mais efficaces.

Depuis que Rachel avait divorcé, il fréquentait encore plus assidûment le Busy B, et Rachel et lui ne rataient jamais une occasion de discuter ensemble et de plaisanter.

Mais les murailles tenaient bon.

Secoué par les cahots du véhicule lorsque Adam traversa une

voie ferrée, Eric émergea de son semi-coma éthylique et se mit à marmonner.

— Articule, Miller. Je ne comprends pas ce que tu dis.

Adam vérifia dans le rétroviseur que son passager n'était pas en train de s'étouffer. Sa tête avait basculé en arrière contre le siège mais tout allait bien.

— Tu parles de ton pote au bar ? Du gars avec qui tu t'es castagné ?

Pour toute réponse, il n'obtint que quelques grommellements.

— Qu'est-ce que tu as bien pu faire à ce type pour le mettre en pétard contre toi ?

Adam soliloquait plus qu'il ne s'adressait à Miller.

Alors que sa tête roulait à nouveau sur sa poitrine, Eric Miller prononça un mot intelligible.

— Mort.

C'est quoi, ce délire ? se demanda Adam, son instinct de flic aussitôt en alerte.

— Tu te sens tellement mal que tu voudrais être mort ? Ou tu m'en veux de t'avoir arrêté et tu rêves de me faire la peau ?

Adam avait bien conscience de parler tout seul mais au moins, cela faisait passer le temps.

— Qui est mort, Eric ? Ton copain du bar ?

Il tourna à gauche pour aller se garer dans le parking situé à l'arrière du Justice Center, de manière à accéder directement à la prison. Le virage tira Eric de sa torpeur. Dans son rétroviseur intérieur, Adam le vit se redresser sur son siège, comme possédé. Hagard et terrorisé, il déclara calmement et distinctement :

— Il était mort mais il est revenu pour se venger.

Puis il s'affaissa, se pencha en avant et vomit tripes et boyaux dans la voiture de patrouille d'Adam.

Le lundi midi, le Busy B était encore plus bondé que d'habitude. Et plus bruyant, aussi. Débarrassant un plateau de vaisselle sale abandonné sur la table 8, Rachel s'empressa de le rapporter à la cuisine. Elle regrettait de ne pas avoir pris plus tôt quelque chose contre la migraine. La colère avait déclenché le martèlement implacable dans son crâne, la douleur pulsant derrière ses yeux depuis samedi matin, quand Eric n'était pas venu chercher les enfants.

Comme il fallait s'y attendre...

Un client leva sa tasse vide.

— Mon chou, puis-je avoir encore du café ?

— J'arrive tout de suite, Harold.

Rachel prit une commande et se rua vers le passe-plat pour la transmettre en cuisine. Elle attrapa une verseuse de café ordinaire et une autre de décaféiné et se dépêcha d'aller servir Harold avant qu'il réclame à nouveau. Elle fit le tour de la salle, remplissant chaque tasse et distribuant des sourires malgré la colère qui bouillonnait toujours en elle.

Sa mère étant partie rendre visite à une amie à San Antonio, Rachel avait demandé à Marge de lui accorder son week-end, et à Eric de prendre les enfants, bien que ce ne soit pas *son* week-end, de manière à ce qu'elle puisse terminer un devoir qu'elle devait rendre pour valider l'un de ses cours universitaires en ligne. Juste après le divorce, Eric avait réussi à dessoûler et à se ressaisir suffisamment pour convaincre le juge aux affaires familiales qu'il était capable de s'occuper de ses enfants un week-end sur deux.

Rachel s'était donc organisée pour avoir un emploi du temps flexible afin qu'ils puissent s'arranger entre eux quand c'était nécessaire. Et ce week-end, elle aurait grandement apprécié que son ex-mari prenne les enfants.

Comme elle n'avait jamais pu compter sur lui, elle n'avait pas été très étonnée qu'il lui fasse faux bond. Tout en s'occupant de Brad, qui avait presque cinq ans, et de Daisy, âgée de seulement dix mois, elle avait consacré le plus de temps possible à son devoir. Bien trop peu de temps, évidemment.

Et pour couronner le tout, voilà que ce matin, ce bon à rien d'Eric l'avait appelée de bonne heure pour lui demander de payer la caution qui lui permettrait de sortir de prison.

Il avait même eu le culot de s'en prendre à elle quand elle avait refusé. Pour ce qu'elle en avait à faire, il pouvait bien croupir en prison. Au moins, elle saurait où le trouver quand viendrait le moment de le poursuivre en justice pour non-paiement des pensions alimentaires dues pour les enfants.

— Rachel, appela Marge, la propriétaire du Busy B.

Elle jeta un coup d'œil en direction de sa patronne et soupira. Quand on parle du loup...

La silhouette corpulente de Marge bloquait Eric au niveau du comptoir. Rouge de colère, Rachel traversa la salle au pas de charge, s'arrêtant juste derrière Marge.

Elle observa le visage meurtri et contusionné d'Eric et se réjouit intérieurement de ne pas ressentir la moindre compassion pour lui.

— Qu'est-ce que tu veux ?

— Il faut que je te parle, répondit-il, visiblement aux abois.

— Je travaille.

Elle s'efforçait de garder une expression neutre, le café étant plein à craquer et la plupart des clients ayant les yeux braqués sur eux.

— Va-t'en ! lança-t-elle entre ses dents serrées.

— Juste une minute, supplia-t-il. C'est urgent.

Rachel consulta Marge du regard.

Résignée, celle-ci poussa un gros soupir et s'écarta.

— Si tu veux lui parler, vas-y, mais mieux vaut le faire dehors.

Marge fusilla Eric du regard puis leva les yeux vers Rachel.

— Et si tu ne veux pas lui parler, je peux demander à Adam de le faire sortir.

Mince. Elle avait oublié qu'Adam était là. Savoir qu'il avait été témoin de cette scène l'anéantit intérieurement. Membre de la prestigieuse famille Reed, il désapprouvait très certainement l'étalage au grand jour des querelles domestiques.

Eric inspira bruyamment lorsqu'il regarda le premier adjoint par-dessus l'épaule de Rachel.

Elle espéra qu'Adam, assis dans une banquette toute proche, à portée de voix, impressionnerait ce minable avec ses larges épaules et son dos très droit. Sans parler de son titre de premier adjoint et de son arme.

— Juste une minute, Rach. Promis.

— D'accord. Allons dehors. Et arrête de m'appeler Rach.

Elle sortit derrière lui, sur le trottoir, et regarda sa montre.

— Tu as exactement une minute. Pas une seconde de plus.

— Écoute, je suis désolé de ne pas avoir pu prendre les enfants ce week-end.

Il lui avait fait le coup de la fausse contrition bien trop souvent. Elle ne s'y laissait plus prendre.

— Pour les excuses, tu es le champion, mais quand il s'agit de tenir tes engagements, il n'y a plus personne ! Tu avais promis de prendre Brad et Daisy. Brad était en larmes quand il a compris que tu ne viendrais pas. Et tu savais que j'avais un devoir à rendre et qu'avec les enfants, je n'arriverais pas à le terminer à temps. À cause de toi, je vais le rendre en retard, dit Rachel en se tordant les mains. Et ton excuse est que tu t'es fait arrêter, c'est ça ?

— Ce n'était pas ma faute. Un gars m'a cherché des noises.

Rachel ne put réprimer un ricanement de mépris.

— Ce n'est *jamais* ta faute ! Personne ne t'oblige à te soûler et à traîner au Dead End, que je sache ! Et si tu n'y étais pour rien, pourquoi as-tu été arrêté ?

— L'autre type s'est enfui. Il a frappé Adam et a disparu. Au fait, merci d'avoir payé la caution, ajouta Eric d'un ton sarcastique.

Secouant la tête, Rachel pinça les lèvres de dégoût. Comment avait-elle pu aimer cet homme ?

— Pourquoi l'aurais-je fait ? Tu ne m'as jamais versé le moindre centime de la pension alimentaire due pour les enfants, et tu t'attends à ce que je te tire d'affaire chaque fois que tu te mets dans le pétrin ? Tu aurais peut-être dû appeler ta dernière *petite amie*.

Rachel esquissa des guillemets dans l'air.

Eric leva les mains en signe de reddition.

— Laisse tomber. Où sont le sac à dos de Brad et le sac à langer de Daisy ? demanda-t-il tout à trac.

Était-ce pour lui parler des sacs des enfants qu'il était venu la voir à son travail ? pensa Rachel, interloquée.

— Ce matin, après ton coup de fil matinal, comme j'avais un peu de temps devant moi, je suis passée chez toi pour les récupérer, expliqua-t-elle lorsqu'elle fut revenue de sa surprise.

— Il faut que tu me les rendes. Ainsi que le double de mes clés pendant que tu y es.

La voyant hésiter, il lui agrippa le bras et le serra.

— C'est une question de vie ou de mort.

Rachel s'écarta pour l'obliger à le lâcher.

— Tu en fais peut-être un peu trop, là, dit-elle d'un ton sarcastique avant d'imiter sa voix : Oh là là, je vais mourir si je ne peux pas voir mes enfants.

Rachel leva les yeux au ciel.

— Tu n'as plus besoin de ces sacs puisque tu ne prendras plus les enfants.

— Nous avons un accord concernant le droit de garde. Tu ne peux pas revenir dessus.

Rachel se pencha vers lui.

— Ah bon ? Je te parie que quand le juge saura que tu continues à te soûler et à te battre et que tu ne payes toujours pas la pension alimentaire, il m'accordera la garde exclusive.

— Tu es folle. Tu n'auras jamais gain de cause, s'esclaffa Eric. Qui accorderait la garde exclusive à une serveuse qui n'a jamais fait d'études et habite dans le garage de sa mère ?

— Parce que tu penses que le juge va confier les enfants à un bon à rien, un ivrogne qui dépense tout l'argent qu'il gagne en travaillant au noir – quand il travaille – pour se payer des femmes faciles et de l'alcool ? riposta Rachel.

L'air mauvais, Eric fit un pas vers elle, l'obligeant à reculer.

— Ne t'avise pas de m'enlever mes enfants, Rach, parce que ça risquerait de très mal se passer pour toi.

Cette menace, proférée d'une voix basse, vibrante de colère, fit courir un frisson le long de l'échine de Rachel.

Elle était maintenant au bord des larmes. Des larmes de dépit, de peur, d'amertume et de désespoir car elle avait bien conscience qu'Eric étant le père de ses enfants, elle était condamnée à se le coltiner toute sa vie. À moins qu'elle ne réussisse à se débarrasser de lui.

Faisant un pas vers lui, elle planta un index rageur au centre de son plexus solaire.

— Je t'interdis de t'approcher de *mes* enfants, tu m'entends ? Et ne t'avise pas d'essayer parce que je te jure que ce sera la dernière chose que tu feras dans ta chienne de vie !

Lorsqu'elle fit volte-face pour rentrer dans le snack-bar, elle se rendit compte que tout le monde la regardait. Les passants s'étaient arrêtés pour observer la scène. Voir les autres laver leur linge sale en public était un spectacle apparemment fort divertissant.

Son cœur se serra quand elle s'aperçut que les clients du snack avaient eux aussi les yeux rivés sur elle à travers la vitrine. Y compris Adam Reed.

2

Le vendredi matin, le premier soin d'Adam en arrivant au Justice Center fut de s'arrêter au bureau de la réceptionniste, qui faisait aussi office de secrétaire. Il lui tendit un sachet en papier. Helen Gibson avait un faible pour les chaussons aux pruneaux.

— Merci, mon chou, dit Helen en jetant un coup d'œil dans le sachet. Le shérif Cassie étant partie en lune de miel, je pensais que cette semaine, j'allais devoir me passer de mon chausson.

La mine réjouie, elle sortit la viennoiserie du sachet et la posa délicatement sur une serviette. Dans le monde d'Helen, chaque chose devait être à sa place.

— Tu as toujours été mon préféré, tu sais.

— Je parie que tu dis ça à tous les Reed.

— C'est vrai, admit-elle sans détour avant de mordre dans le chausson. Mais je ne le pense vraiment que quand je te le dis à toi.

— Et ça aussi, tu le dis à tous les Reed, répliqua Adam en riant. Au fait, depuis quand appelles-tu ma sœur shérif Cassie ?

— Ce n'est pas comme ça que je m'adresse à elle quand elle s'avise de me répondre, expliqua Helen. Shérif Reed faisait très bien l'affaire quand il s'agissait de marquer le coup. Mais maintenant qu'elle est mariée, je ne me vois pas l'appeler shérif Cassie Reed-Bishop.

Helen travaillait depuis si longtemps pour le département du shérif qu'elle faisait presque partie des meubles. Elle avait été engagée par Wallace Reed, le père d'Adam, au début de son premier mandat de shérif. Quand la mère d'Adam avait quitté le domicile conjugal, Cassie, qui n'avait que onze ans, avait pris en main l'éducation de ses trois petits frères. Helen l'avait aidée du mieux qu'elle pouvait en lui prodiguant des conseils et en lui offrant une épaule pour pleurer en cas de besoin. Elle avait toujours été là pour les Reed, officiant auprès d'eux en tant que mère de substitution.

Le téléphone sonna et Helen attrapa le combiné.

— Bureau du shérif du comté de Boone.

Son sourire s'évanouit tandis qu'elle tapait sur le clavier de son ordinateur les informations fournies par son interlocuteur. Après avoir raccroché, elle leva les yeux vers Adam.

— Une locataire résidant à Oak View Apartments se plaint de la puanteur qui émane de l'appartement voisin du sien.

— Je m'en occupe. Envoie-moi le numéro de l'appartement et les coordonnées de la personne qui a appelé.

Adam se sentait barbouillé lorsqu'il sortit du Justice Center, comme si son petit déjeuner lui était resté sur l'estomac.

Les résidents d'Oak View, le seul complexe d'appartements à louer de la ville, étaient principalement des travailleurs intérimaires ou des personnes âgées qui y passaient leurs vieux jours avant de finir en maison de retraite ou à la morgue. Les appels de ce genre signifiaient bien souvent qu'Oak View était devenue la dernière demeure d'un des résidents âgés.

Adam détestait commencer la journée avec un cadavre.

Dix minutes plus tard, il se gara sur le parking de la résidence et se mit en quête de Ron, le concierge.

— Le 312, dites-vous ?

Grand et maigre, l'homme fouilla dans son trousseau de clés tandis que l'ascenseur montait au deuxième étage.

— C'est l'appartement d'Eric Miller.

Eric Miller ? Décidément ! songea Adam, sur le qui-vive. D'abord, la bagarre au Dead End, puis la dispute en pleine rue avec Rachel, et maintenant, une odeur nauséabonde provenant de chez lui.

— Bonté divine ! s'exclama Ron en faisant mine de se boucher le nez tandis qu'ils approchaient de l'appartement 312. C'est une infection !

Cette puanteur, Adam l'avait déjà sentie à l'occasion d'autres interventions.

— Passez-moi la clé et reculez.

S'attendant au pire, Adam préférait que le concierge reste à l'écart.

— Combien y a-t-il de pièces, là-dedans ?

— C'est un deux-pièces, répondit Ron, qui avait reculé sans se faire prier.

Après avoir sorti son Glock de son holster, Adam inséra la clé dans la serrure et déverrouilla la porte. Lorsqu'il la poussa, le battant s'ouvrit tout grand et une odeur pestilentielle de putréfaction s'échappa de l'appartement. Le concierge eut un haut-le-cœur et un nouveau mouvement de recul.

— Bureau du shérif, s'annonça Adam, qui attendait sur le seuil que ses yeux s'adaptent à la pénombre régnant à l'intérieur.

À part le désordre, il ne remarqua rien de particulier dans la minuscule cuisine qui se trouvait sur sa droite. Il entra dans la salle de séjour et vit immédiatement la source de la puanteur. Un corps gisait sur le sol dans une mare de sang séché.

Se détournant du corps, Adam alla sécuriser le reste de l'appartement. Il jeta un coup d'œil à la chambre et à la salle de bains, au bout du couloir. Eric n'était pas très à cheval sur le ménage, apparemment, mais son appartement avait de toute évidence été fouillé. Tout était sens dessus dessous. Les tiroirs de la commode avaient été retournés, le placard, vidé de son contenu, le matelas et les oreillers, éventrés.

Rengainant son arme, Adam sortit de sa poche une paire de gants en nitrile qu'il enfila avant de regagner le salon. Il alluma le plafonnier, et la scène s'éclaira dans toute sa macabre splendeur.

Adam sortit son téléphone de sa poche pour prendre des photos. Il s'accroupit à côté du corps, ignorant la myriade de mouches qui bourdonnaient autour et les asticots qui grouillaient dans les globes oculaires et les plaies d'Eric. Il en saurait plus après l'autopsie, mais à en juger par l'assaut des insectes et la décoloration de la peau, le corps gisait là depuis plusieurs jours. Eric avait reçu pas moins de sept coups de couteau dans la poitrine, le meurtrier semblant s'être acharné sur lui.

À première vue, le coup fatal était la longue entaille au niveau de la clavicule, le couteau ayant vraisemblablement tranché l'artère carotide et provoqué une hémorragie. Le sang qui avait jailli de l'artère et qui s'était accumulé sur le sol juste à gauche du haut du corps semblait confirmer cette hypothèse.

En tout cas, il ne pouvait s'agir d'une mort naturelle.

Et la victime était bien Eric Miller.

Adam se releva et inspecta la pièce. Comme la chambre, le séjour avait été mis à sac. Les chaises renversées, les coussins du canapé éventrés, les bibelots et la vaisselle cassés. Son regard se posa sur un objet qui n'avait rien à faire au milieu de ce chaos.

Un ours en peluche, couvert de sang, traînant par terre, juste à côté du corps.

La peur, brûlante et mordante, noua le ventre d'Adam.

Les enfants. Étaient-ils présents quand cela s'était produit ? Avaient-ils été enlevés ?

Et Rachel ? Adam ne l'avait pas revue depuis qu'elle s'était disputée avec Eric quelques jours plus tôt. Était-elle ici ? Témoin impuissant ou... ?

Horrifié par le tour que prenaient ses pensées, Adam lutta contre la sensation d'oppression qu'il ressentait, comme si un étau lui comprimait la poitrine et l'empêchait de respirer.

Il devait retrouver Rachel et les enfants. Sains et saufs. Et innocents.

— J'ai appelé Austin pour qu'on nous envoie les techniciens de scène de crime, et j'ai prévenu le juge de paix.

Adam était dans le couloir, juste devant la porte de l'appartement d'Eric. Il téléphonait à Helen.

— Envoie-moi Noah pour sécuriser la scène de crime.

— D'accord. Et toi, tu seras où ?

Helen voulait toujours savoir où se trouvaient les adjoints. Pour les localiser facilement en cas de besoin et aussi pour leur propre sécurité.

— Il faut que je trouve Rachel. Et que je m'assure qu'elle et les enfants vont bien.

— Qu'est-ce qui te fait penser que ça pourrait ne pas être le cas ?

L'inquiétude qui perçait dans la voix d'Helen était nettement perceptible.

— J'ai essayé de la joindre à plusieurs reprises, mais chaque fois, je suis tombé sur sa boîte vocale.

Il inspira profondément, l'odeur de la mort imprégnant encore ses narines.

— Et puis, je dois lui annoncer la mort d'Eric.

— Je vais mettre tout le monde en branle. Noah est déjà en route. Il devrait arriver dans moins de cinq minutes.

Helen marqua une pause.

— Adam, je sais ce que tu ressens pour Rachel depuis que tu es adolescent. Et je la connais assez pour savoir qu'elle ne ferait pas de mal à une mouche. Mais nous savons l'un comme l'autre que dans un homicide, la famille fait toujours partie des suspects. Et la prise de bec qu'elle a eue avec Eric en pleine rue l'autre jour la rend d'autant plus suspecte. Ne le prends pas mal mais si je te dis ça, c'est juste pour te rappeler de rester objectif.

Réprimant une réplique acerbe, il mit fin à la communication.

Énervé par les insinuations d'Helen, il se mit à faire les cent pas dans le couloir en attendant l'arrivée de Noah. Comment pourrait-il un seul instant soupçonner Rachel d'avoir tué Eric ? C'était ridicule. Risible, même. Il n'avait échangé avec elle que quelques banalités au cours de ces dernières années, mais il savait exactement quelle sorte de personne elle était. À l'intérieur. Là où ça comptait vraiment. Rachel était tout bonnement incapable de commettre un crime. C'est pourquoi la mise en garde d'Helen, qui le soupçonnait de manquer d'impartialité dans cette enquête, le mettait en boule.

Moins d'une minute après avoir raccroché, il se rendit compte cependant qu'elle n'avait pas tout à fait tort. Car dans son esprit – ou plutôt dans son cœur –, Adam avait déjà conclu à la non-culpabilité de Rachel. Mais les statistiques allaient à l'encontre de sa conviction. Idem pour les preuves, bien que circonstancielles. Quelle que soit l'opinion qu'il avait d'elle personnellement, Rachel faisait partie des suspects. Et à ce stade de l'enquête, elle était même le suspect numéro un ; il ne devait pas l'oublier.

Merci, Helen. Il se passa les doigts dans les cheveux, frustré de devoir admettre que s'il voulait rester impartial, il allait lui falloir mettre de côté ses sentiments pour Rachel.

Juste histoire de se rassurer, il appela le Busy B. Si elle travaillait ce matin, il pourrait passer la prendre au snack-bar. Le Justice Center n'étant qu'à quelques pâtés de maisons, il pourrait l'interroger de manière officielle et la ramener moins d'une heure plus tard. Si tout se passait bien...

C'est Lee Hayes, le nouveau cuisinier du Busy B, qui lui répondit.

— Rachel est là ?

— Non. Elle a pris quelques jours de congé. Appelez-la chez elle. Elle y sera sûrement.

Après avoir remercié Lee, Adam mit fin à l'appel.

Quand Noah arriva, il lui montra la scène de crime puis le ramena dans le couloir et referma la porte de l'appartement.

— Je veux que tu attendes ici les gars de la police scientifique et le juge de paix. Je vais aller parler à Rachel.

— Lui parler ou l'interroger ?

— Tu ne vas pas t'y mettre, toi aussi ?

— Ah, Helen t'a déjà fait la leçon, si je comprends bien ?

— En effet, et je n'ai pas besoin que tu en remettes une couche.

— OK, dit Noah en levant les mains en signe d'apaisement. Je dis juste que je comprends que ça peut être difficile pour toi. Si tu la traites comme un suspect, tu risques de te la mettre à dos. Mais si tu ne le fais pas, tu manques à tous tes devoirs de représentant des forces de l'ordre. Je me demande si tu ne devrais pas laisser Pete ou Sean prendre le relais sur cette affaire.

Pete Grant et Sean Cavanaugh étaient tous deux des adjoints chevronnés. Mais Adam n'avait pas envie de les solliciter. Cette enquête était la sienne.

— Voyons, Noah, tu connais le protocole et sais que seuls le shérif et moi sommes habilités à enquêter sur les meurtres. Cassie partie, cette affaire me revient d'office. Et je suis parfaitement capable de mener cette enquête en toute impartialité, assura Adam, soudain imbu de sa supériorité morale.

Sur ces mots, Adam s'éloigna, bien résolu à faire en sorte de ne pas s'être vanté pour rien.

Il alla rendre visite à la mère de Rachel. Les Novotny avaient fait construire au-dessus de leur garage un appartement pour loger la famille de passage. Comme il ne servait que très rarement, Rachel et Eric s'y étaient installés après leur mariage. Rachel et ses enfants y vivaient toujours, sa mère gardant les petits quand Rachel travaillait.

Adam roula jusqu'au bout de l'allée, s'arrêtant juste devant le garage, qui était sur le côté de la maison. Il repéra Rachel avant même de descendre de sa voiture de patrouille.

Vêtue d'un short et d'un T-shirt à col en V, elle était agenouillée devant un parterre de fleurs, et creusait avec une truelle. Elle s'était fait une queue-de-cheval mais quelques mèches de cheveux blonds s'en étaient échappées et lui venaient sur le visage. Elle s'était relevée quand il s'était garé dans l'allée, et elle ne le quittait pas des yeux tandis qu'il s'avançait vers elle. Retirant l'un de ses gants de jardinage, elle repoussa du dos de la main ses mèches folles et lui sourit.

— Salut, Adam. Qu'est-ce qui t'amène ?

Son visage, luisant de transpiration, le laissa pantois. Et ses seins, moulés par son T-shirt humide, lui ôtèrent tout discernement. Lorsqu'elle pencha la tête sur le côté et se mit à le dévisager en ayant l'air de se demander s'il avait perdu sa langue, il fit de son mieux pour se ressaisir.

— Je voulais juste m'assurer que toi et les enfants alliez bien.

Elle fronça les sourcils.

— Tout va bien, merci. Pourquoi en serait-il autrement ?

Clignant des yeux, elle mit une main en visière sur son front pour se protéger du soleil.

— Il ne faut pas que tu t'inquiètes à cause de cette dispute qu'Eric et moi avons eue l'autre jour. J'ai l'habitude, tu sais. Il me pousse à bout et les mots finissent par dépasser ma pensée.

Adam hocha la tête.

— Où sont les enfants ?

— À l'intérieur avec maman. J'avais besoin d'être seule, et le jardinage est un bon moyen de me détendre.

Elle jeta un coup d'œil aux jeunes pousses qu'elle s'apprêtait à planter en pleine terre.

— J'ai toujours préféré les plantes aux fleurs coupées. Les bouquets fanent trop vite, contrairement aux plantes en pot qui peuvent durer très longtemps si on en prend soin.

Elle retira son gant droit et le tapa contre le gauche pour faire tomber la terre.

— Et *toi*, comment vas-tu ?

— Bien, merci, répondit Adam distraitement, car il venait de remarquer le pansement que Rachel avait à la main droite. Qu'est-ce que tu t'es fait à la main ?

Son inquiétude était réelle, mais s'il posait la question, c'était aussi parce que Eric avait été assassiné et qu'il ne pouvait s'empêcher de faire le rapprochement.

Tournant son poignet vers elle, Rachel examina son pansement.

— Ça ? demanda-t-elle en riant. Je me suis coupée en préparant à manger avant-hier soir. Ce coquin de Brad s'est glissé derrière moi en douce et m'a fait peur. Le cri que j'ai poussé l'a effrayé et quand il a vu le sang, il a fondu en larmes. Pauvre petit bonhomme !

Était-ce la vérité ? Ou s'était-elle blessée en poignardant son ex-mari ?

Adam la scruta longuement, cherchant le moindre signe indiquant qu'elle mentait. Sa conscience professionnelle l'obligeait à le faire mais en même temps, il s'en voulait de mettre en doute les allégations de Rachel.

— C'est pour ça que tu ne travailles pas ?

Elle acquiesça d'un hochement de tête.

— L'entaille est assez profonde et a nécessité plusieurs points de suture. Comme je ne peux rien porter avec cette main, Marge m'a suggéré de prendre quelques jours de congé.

— Rachel, euh... je ne sais pas trop comment te l'annoncer.

Adam attendit qu'elle lève vers lui un regard interrogatif.

— Je suis venu t'annoncer qu'Eric est mort.

Elle en resta bouche bée.

— Quoi ?

— On a découvert son corps ce matin.

Adam s'abstint de préciser que c'était lui qui l'avait découvert.

— Comment est-ce possible ? murmura-t-elle, abasourdie. Je l'ai vu pas plus tard que lundi, et ce n'est pas comme s'il avait une maladie incurable. Je n'arrive pas à le croire. Tu es sûr que c'est lui ?

Adam hocha la tête.

— Je voulais te l'annoncer avant que tu l'apprennes d'une autre façon.

— Merci d'être venu me le dire en personne. Ce n'est pas une tâche facile, je suppose.

Il la reconnaissait bien là : toujours à se préoccuper des autres. Cette femme qui avait le cœur sur la main n'avait pas pu poignarder son ex-mari. C'était inconcevable.

— Cela fait partie de notre travail.

— Que s'est-il passé ? Il a eu un accident de voiture ? Il était ivre ? J'espère qu'il n'a pas fait de victimes. Je n'arrêtais pas de lui dire de...

— Il ne s'agit pas d'un accident, dit Adam sans la laisser finir. Je ne peux pas entrer dans les détails mais en l'état actuel des choses, on considère qu'il s'agit d'un homicide.

— Un homicide ? Tu veux dire qu'il a été assassiné ?

Elle devint toute pâle et fit un pas de côté.

Adam l'attrapa par le coude.

— Oui, répondit-il.

— Oh ! mon Dieu ! Comment vais-je bien pouvoir expliquer à un petit garçon de cinq ans que son papa a été... assassiné ? gémit Rachel en secouant la tête.

Elle écarquilla les yeux, soudain terrifiée.

— Quand tu es arrivé, tu m'as demandé comment nous allions, les enfants et moi. C'est parce que tu penses que nous sommes en danger ?

— Non, cette idée ne m'a jamais traversé l'esprit. Je craignais que Brad et Daisy ne se soient trouvés chez leur papa quand c'est arrivé, malgré la dispute que vous avez eue lundi. Mais puisqu'ils n'y étaient pas, tout va bien. Je suis content de vous savoir tous sains et saufs.

En la voyant blêmir à nouveau, il se maudit intérieurement.

— Pardon d'avoir fait allusion à cette dispute. C'est très maladroit de ma part. Tu devrais peut-être attendre un peu avant de dire quoi que ce soit aux enfants, conseilla Adam après s'être éclairci la voix. Attendons d'en savoir plus.

Il souffrait pour elle. Et pour ses enfants. Pour le petit Brad, surtout.

— Tu as toujours mon numéro de portable ?

Il avait veillé à ce qu'elle et Marge l'aient dans leur répertoire en cas de problème avec un des clients du Busy B.

Rachel fit défiler ses contacts téléphoniques et confirma qu'elle avait bien son numéro. Le fait de manipuler son smartphone l'aida à recouvrer son sang-froid.

Il aurait voulu la prendre dans ses bras pour la rassurer, lui dire qu'elle n'avait rien à craindre. Mais d'une part, il n'était pas certain que tout irait si bien que ça pour elle, et de l'autre, Rachel et lui n'étaient pas assez proches pour qu'il puisse se permettre ce genre de familiarité.

— Si tu as besoin d'aide quand il s'agira de parler à Brad,

appelle-moi. Je suis passé par là. Faire comprendre aux jumeaux que notre mère avait disparu n'a pas été facile, crois-moi. Et ils avaient pourtant quelques années de plus que Brad.

— Merci. C'est gentil de me le proposer, dit Rachel, qui avait l'air perdue.

— Il va falloir que... euh, tu viennes au Justice Center et que tu répondes à quelques questions. Une simple routine.

Même si l'innocence de Rachel ne faisait pratiquement aucun doute pour lui, il ne pouvait faire abstraction de la dispute qu'elle avait eue avec Eric en début de semaine, de la blessure qu'elle avait à la main, et du fait que sa vie serait bien plus facile sans Eric.

— C'est la procédure habituelle, assura-t-il. En cas de meurtre, on interroge toujours en premier la famille de la victime.

Elle le scruta avec une telle intensité qu'il finit par se sentir mal à l'aise.

— Ça y est, j'ai compris, dit-elle. Tu n'es pas venu parce que tu t'inquiétais de notre sort mais parce que tu penses que c'est *moi* qui ai tué Eric. Tu me prends pour une meurtrière.

227

3

Rachel s'arrêta au milieu de l'escalier qui menait au Justice Center. Était-ce une bonne idée de venir ici sans avocat ? Eric mort, elle qui allait subir un interrogatoire : tout cela paraissait tellement surréaliste.

Mais elle était innocente. Elle n'avait rien à cacher, alors plus vite elle répondrait à ses questions et plus vite Adam pourrait se consacrer à trouver le meurtrier.

Elle se remit à gravir les marches, se rappelant ce qu'Adam avait dit. Au début d'enquête pour meurtre, on interroge toujours la famille. Surtout le conjoint, ou la conjointe. Surtout quand ils ont divorcé. Surtout quand ils se sont disputés, et quand l'ex-épouse a plus ou moins menacé le défunt.

Beaucoup de gens avaient assisté à la scène. *Ils vont sûrement penser que c'est moi qui l'ai tué...*

À nouveau, Rachel se demanda si elle n'aurait pas dû faire appel à un avocat. Même si elle n'en avait pas vraiment les moyens. Mais forte de son innocence, elle se convainquit que tout allait bien se passer. Ce que les habitants de Resolute pensaient d'elle était sans importance. Elle quitterait la ville avant la fin de l'été.

Presque en haut de l'escalier, elle s'arrêta à nouveau. *Et Adam ? Me soupçonne-t-il ?* Il avait nié lorsqu'elle lui avait posé la question frontalement tout à l'heure, quand il était venu lui annoncer la mort d'Eric. *Et voir ma réaction, parce qu'il se demandait si je n'étais pas coupable.* Une main sur la bouche, elle réprima un sanglot.

Il fallait que ça lui tombe dessus juste au moment où elle commençait à voir le bout du tunnel.

Adam ne faisait rien d'autre que son travail, se raisonna Rachel. Elle avait toujours admiré sa rigueur en tant qu'adjoint, et son remarquable sens du devoir. Que cet homme qu'elle tenait en si haute estime puisse la soupçonner du meurtre de son ex-mari l'affectait bien plus que la mort de ce dernier.

Elle n'avait rien à voir là-dedans ; Adam s'en rendrait vite compte, songea-t-elle en s'avançant résolument vers la porte. Tous ceux qui la connaissaient un tant soit peu la croiraient innocente. Il ne pouvait en être autrement.

Alors autant en finir au plus vite.

Traversant le hall, elle tomba sur Helen, qui l'accueillit avec un sourire compatissant et des yeux tristes.

— Comment ça va ? Cette terrible nouvelle a dû vous faire un sacré choc.

— Je n'en suis toujours pas revenue, admit Rachel. Je n'aurais jamais imaginé qu'Eric se ferait assassiner.

— Personne ne s'attendait à ce qu'il finisse comme ça, dit Helen en redressant un tas de dossiers déjà parfaitement empilés. Que puis-je faire pour vous, ma chère ?

— Adam m'a demandé de venir répondre à quelques questions.

Rachel avait défait sa queue-de-cheval et passait ses doigts dans ses longs cheveux, qui cascadaient sur ses épaules. Ce geste doux et répétitif l'apaisait.

— Il vient juste de partir en intervention, dit Helen en attrapant le combiné de son téléphone. Je vais voir si je peux le joindre pour le prévenir que vous êtes là.

— Ce n'est pas la peine. Je peux l'attendre s'il n'en a pas pour trop longtemps.

Cela valait mieux que de partir et de continuer à se ronger les sangs.

— Je pense qu'il sera vite de retour, dit Helen en se levant et en se dirigeant vers la porte derrière elle, où Rachel devinait que tout le travail d'enquête se faisait. Je vais chercher une bouteille d'eau. Vous en voulez une ?

Se rendant soudain compte qu'elle avait la gorge sèche, Rachel hocha la tête.

— Oui, s'il vous plaît.

Avant qu'Helen revienne avec les bouteilles, l'adjoint Dave Sanders arriva. Pour l'avoir servi quelques fois au Busy B, Rachel savait à quel point il pouvait être désagréable, aussi fit-elle mine de chercher quelque chose dans son sac à main.

— Rachel Miller, c'est bien ça ? demanda-t-il en pointant son index vers elle, comme s'il n'était pas sûr.

Elle leva les yeux et acquiesça.

— Vous êtes ici pour être interrogée au sujet du meurtre de votre ex-mari ?

Sans attendre sa réponse, il lui fit signe de le suivre d'un geste autoritaire et se dirigea vers la porte derrière laquelle Helen avait disparu.

— Venez. Je vais vous installer dans une salle d'interrogatoire.

Une salle d'interrogatoire ? songea Rachel, le cœur battant. À ces mots, le doute et la peur avaient aussitôt refait surface en elle. Ignorant la voix qui lui enjoignait de prendre ses jambes à son cou, elle se leva. Et malgré l'aversion que lui inspirait l'adjoint Sanders, le profond respect qu'elle avait pour les forces de l'ordre l'emporta, et elle le suivit dans une pièce minuscule dans laquelle se trouvaient une petite table et deux chaises qui semblaient très inconfortables.

Elle prit place, persuadée qu'elle allait attendre là le retour d'Adam. Mais en voyant Dave fermer la porte d'un geste décisif et s'asseoir en face d'elle, visiblement prêt à lui faire passer un sale quart d'heure, Rachel comprit son erreur.

— Vous et la victime avez eu une sacrée dispute, lundi. Je sais de quoi je parle ; j'étais là quand vous vous criiez dessus.

— On ne criait pas, répliqua Rachel en posant tranquillement ses avant-bras sur la table et en joignant les mains. Dites-moi, adjoint Sanders, où étiez-vous *exactement* quand mon ex-mari et moi nous sommes disputés ?

Il n'était pas au Busy B. Elle l'aurait remarqué.

— Assez près pour vous entendre le menacer. Et comme par hasard, voilà que quelques jours plus tard, il se fait assassiner.

Il croisa les mains sur sa nuque et étendit ses jambes devant lui, l'air décontracté.

— C'est tout de même une drôle de coïncidence, non ?

Il se prenait tellement au sérieux qu'il en était ridicule : une vraie caricature ! Rachel ne put s'empêcher de sourire.

— J'espère que cette conversation est enregistrée, dit-elle. Je suis sûre qu'Adam et le shérif apprécieront votre petit numéro.

Il se redressa sur sa chaise, soudain guindé et visiblement contrarié.

— Contentez-vous de répondre à ma question, riposta-t-il.

Nullement impressionnée par son ton comminatoire, Rachel le regarda en plissant les yeux.

— Où étiez-vous, adjoint Sanders, quand vous m'avez prétendument entendue menacer mon ex-mari ?

Après sa dispute avec Eric, elle avait regardé autour d'elle, consciente de s'être donnée en spectacle. Dave Sanders ne faisait pas partie des badauds qui avaient assisté à la scène.

— Madame Miller, dit-il d'un ton condescendant qui attisa un peu plus la colère de Rachel. Peu importe où j'étais à ce moment-là. Les nombreux témoins que nous avons interrogés affirment vous avoir entendue menacer votre ex-mari. Ils sont tous prêts à en témoigner devant un tribunal.

D'un coup de menton, il désigna le pansement qu'elle avait à la main.

— Qu'est-ce que vous vous êtes fait à la main ?

— Je me suis coupée en faisant la cuisine.

— Des points de suture ?

— Oui.

— Donc, si je comprends bien, vous vous êtes coupée avec un

couteau de cuisine au moment où votre ex-mari se faisait poignarder à mort, dit l'adjoint d'un ton plein de sous-entendus.

À ces mots, Rachel fut prise d'un léger malaise.

— Eric a été poignardé ? demanda-t-elle dans un souffle. Mais qui pouvait lui en vouloir au point de faire une chose pareille ?

— Cela semble pourtant évident, dit Sanders en tendant les mains vers elle.

— Je serais bien incapable de poignarder qui que ce soit. Même pas mon pire ennemi, déclara Rachel en le regardant droit dans les yeux. Et je ne pense pas que vous ayez le droit de...

— Madame, dans cette salle, j'ai tous les droits. Sachez, ajouta l'adjoint d'une voix grave qui donna à Rachel la chair de poule, que ce sera plus facile pour vous si vous avouez. Et si vous commenciez par me dire où est l'arme du crime ?

— Je ne l'ai pas tué ! s'écria Rachel, à bout de nerfs. Combien de fois faut-il que je vous le dise ?

— Oh là là ! fit l'adjoint avec un sourire carnassier. Vous montez vite dans les tours. Vous perdez souvent votre calme, comme ça ?

— Non, jamais ! cria Rachel, qui comprit aussitôt son erreur.

— Écoutez, je comprends, dit Sanders, faussement compatissant. Eric était un coureur de jupons et un mauvais père. Un vrai bon à rien. Tout le monde le sait, ici. Pour couronner le tout, il s'est retrouvé en taule le week-end dernier alors qu'il était censé garder les enfants. Vous aviez de bonnes raisons de vous mettre en rogne contre lui. Vous êtes allée chez lui pour lui sonner les cloches et là, eh bien, la colère vous a prise. Vous avez attrapé un couteau et l'avez poignardé. Encore et encore. Problème résolu. N'importe qui aurait fait pareil. Surtout avec un sale type du genre de votre ex-mari.

Encore et encore... ? songea Rachel, horrifiée. Pauvre Eric ! Elle l'avait aimé, autrefois. Et malgré ce qu'il était devenu, il ne méritait pas une mort aussi atroce.

Elle se rappela où elle était, et avec qui, et prit soudain conscience d'une chose : l'adjoint Sanders avait voulu faire le malin mais il s'était bien planté.

— Je pense que vous avez fait une erreur, dit-elle en croisant les bras sur sa poitrine.

— Ah oui ? Laquelle ?

— Je suis venue de mon plein gré pour répondre à des questions. Mais vous me traitez comme un suspect et me faites subir un interrogatoire. Tout cela sans me lire mes droits Miranda. Je ne dirai plus un mot sans la présence d'un avocat.

Rachel le fusillait du regard, les lèvres serrées.

Il crispa les mâchoires et agrippa le bord de la table, le serrant de toutes ses forces, jusqu'à s'en faire blanchir les jointures.

Qui était en train de perdre son calme, là ? songea Rachel. Elle n'était pas mesquine, ce n'était pas son genre. Pourtant, après la manière dont il l'avait traitée, elle prit un certain plaisir à le voir perdre son sang-froid.

Il se leva brusquement et repoussa sa chaise contre la table.

— Comme vous voulez. J'espère que vous aimez les combinaisons orange, parce que vous allez en porter une pendant les trente ou quarante prochaines années.

Puis il quitta la pièce en claquant la porte.

Sa menace mit Rachel dans tous ses états.

Que deviendraient mes enfants si leurs deux parents disparaissaient ?

Non, cela n'allait pas arriver. *Je suis innocente.* Inspirant lentement et profondément, elle réussit à se calmer. Certes, elle n'avait pas d'avocat mais elle pourrait en obtenir un, au besoin. Gratuitement. Peut-être pas le meilleur, mais quelle importance puisqu'elle était innocente ? Le meurtrier d'Eric courait toujours. C'était la première fois que cette pensée troublante lui traversait l'esprit.

Croisant ses mains tremblantes sur ses genoux, Rachel leva les yeux. Une tache noire sur le mur d'en face attira son attention. Parfaitement immobile, à l'exception de ses mains tremblantes et de son cœur qui battait la chamade, elle se concentra sur cette tache noire pour essayer d'atténuer en elle la portée des paroles de Dave. Mais elle n'atténua rien du tout.

Incapable de rester en place une minute de plus, elle se mit à faire les cent pas, histoire d'évacuer son stress. Elle se faisait un sang d'encre pour ses enfants. Elle n'avait pas dit à sa mère où elle allait et elle ne savait pas combien de temps on allait la garder dans cette pièce exiguë.

— Oh ! et puis zut ! marmonna-t-elle en s'approchant de la porte.

Elle avait coopéré. Si l'interrogatoire devait se prolonger, elle exigerait un mandat. Elle avait eu son compte pour aujourd'hui de la justice telle qu'on la pratiquait à Resolute.

Lorsque Adam entra dans la salle d'interrogatoire avec deux bouteilles d'eau dans les mains, il percuta Rachel qui, elle, s'apprêtait à en sortir.

Les bouteilles lui échappèrent des mains. Comme dans un numéro de cirque, il jongla pour essayer de les rattraper. L'une des bouteilles tomba par terre, rebondit deux fois et roula sous la table. Il tendit l'autre à Rachel.

— Helen m'a dit que tu avais demandé de l'eau, tout à l'heure. Quand elle est revenue avec les bouteilles et qu'elle ne t'a pas vue, elle a pensé que tu étais partie.

Lorsque Rachel s'écarta, comme sous l'effet d'une brûlure, elle laissa dans son sillage un parfum subtil qui taquina les narines d'Adam et le mit en émoi.

— Alors comment as-tu su que j'étais là ? lança-t-elle, sur la défensive.

Sa brusque animosité le déconcerta. Il lui avait assuré que cet entretien était une simple formalité, et elle avait semblé bien le prendre. Du moins, aussi bien que possible, compte tenu des circonstances.

— Helen me l'a dit. Dave l'avait prévenue qu'il t'avait demandé de m'attendre dans cette salle.

— Et maintenant, c'est l'heure du deuxième round, je suppose, le railla-t-elle d'un air de défi.

L'enquête commençait mal. Adam était déjà dépassé. Helen avait bien fait d'attirer son attention sur la difficulté qu'il aurait à rester objectif. Il ne devait en aucun cas laisser ses émotions et ses sentiments pour Rachel brouiller son jugement.

— Quel deuxième round ? demanda-t-il, de plus en plus perdu, en lui tendant à nouveau la bouteille d'eau.

Cette fois, Rachel la prit. Puis elle le regarda dans les yeux et brusquement, elle éclata en sanglots.

— Tu... tu penses que je l'ai... tué, n'est-ce pas ? Vous essayez tous de trouver des preuves pour m'envoyer en prison. Pour m'enlever mes enfants.

En un instant, la détresse de Rachel étouffa le peu d'objectivité qu'Adam pensait avoir réussi à conserver. Il la fit asseoir sur la chaise, de l'autre côté de la table.

— Rachel, personne n'essaye de t'enlever tes enfants, et personne, moi encore moins que qui que ce soit d'autre, ne pense que tu as tué ton ex-mari. Si je t'ai demandé de venir, ce n'est pas pour t'inculper. Il s'agit d'un simple interrogatoire de routine. Cela fait partie de la procédure.

— Vraiment ?

Même ses yeux rougis et gonflés de larmes ne pouvaient ternir sa beauté.

— Oui, je t'assure. Qu'est-ce qui t'a fait penser le contraire ?

— Dave, lâcha-t-elle d'une voix vibrante de colère. Il a été horrible. Il m'a carrément accusée, et il l'a fait sans même me lire mes droits Miranda.

Adam jura entre ses dents. Quand Cassie reviendrait de sa lune de miel, elle et lui allaient devoir discuter sérieusement de l'avenir de Dave dans le comté de Boone.

Il attrapa une boîte de mouchoirs en papier sur une étagère et la posa devant Rachel. Puis il s'assit en face d'elle.

— Dave n'avait pas à t'interroger. Il va m'entendre, crois-moi. Au nom du service, je m'excuse pour son comportement. Et au risque de me répéter, laisse-moi te dire que je n'ai aucune raison de te soupçonner d'avoir tué Eric.

Il s'abstint d'ajouter *à ce stade de l'enquête* mais s'en voulut d'avoir eu cette pensée. Mais comme Helen le lui avait rappelé, y penser faisait partie de son travail.

Rachel cessa peu à peu de sangloter et ses larmes se firent plus rares.

— Peut-être qu'au fond, je le savais. Mais avec tout ça, ma confiance en moi en a pris un coup et je n'ai pas su l'envoyer balader. Cette journée a été éprouvante. Et elle est loin d'être terminée.

— C'est vrai, admit Adam en souriant. Mais tout va bien se passer, maintenant. Malgré ce qui est arrivé, es-tu prête à répondre à quelques questions ?

Elle hocha la tête, esquissant même un vague sourire.

— Parfait.

Il posa un enregistreur sur la table et s'apprêta à presser le bouton.

— Ça ne te dérange pas ?

Elle fit signe que non.

— Une seconde, dit-elle. J'aimerais te poser une question mais il faut que tu me promettes de me dire la vérité.

Avec ses grands yeux confiants qui le fixaient, il ne pouvait pas refuser.

— Je t'écoute. Je ne pourrai peut-être pas te répondre mais tout ce que je te dirai sera vrai. Je te le promets. Ça te va ?

Elle réfléchit quelques instants.

— Ça me va, finit-elle par répondre.

— Alors, vas-y, pose ta question.

— D'accord. Si tu étais à ma place, ferais-tu appel à un avocat ?

Adam était bien embêté pour répondre. Dans la plupart des cas, faire appel à un avocat était plutôt une bonne chose. Mais dans ce cas particulier, il ne voulait pas qu'elle se retranche derrière un avocat. Il voulait qu'elle s'exprime. Qu'elle lui parle. De tout. Pas seulement de cette affaire.

Ah, Helen, je n'y arrive pas ! Quand il s'agissait de Rachel, se montrer impartial se révélait être mission impossible. Mais il n'allait pas pour autant renoncer à tout professionnalisme.

— Lorsqu'on est interrogé dans une enquête criminelle, se faire assister par un avocat n'est jamais une mauvaise idée.

Elle blêmit, paniquée à la seule pensée de ce que cela risquait de lui coûter. Elle était mère célibataire et avait deux enfants à charge.

— Voilà ce que je te propose : si à un moment donné, tu veux mettre fin à l'interrogatoire, il suffit que tu demandes un avocat. À partir de ce moment-là, nous ne pourrons plus te parler sans la présence de celui-ci.

Adam espérait qu'elle répondrait à toutes ses questions et prouverait son innocence une fois pour toutes.

— Tu penses me faire suffisamment confiance pour au moins commencer l'interrogatoire ?

À nouveau, elle réfléchit à sa question, puis hocha la tête, au grand soulagement d'Adam, très fier d'avoir su gagner sa confiance. Finalement, Rachel le connaissait très peu et après tout ce qu'Eric lui avait fait subir...

— Bien, dit-il en appuyant sur le bouton de l'enregistreur. Peux-tu me détailler ton emploi du temps à partir de lundi dernier ? Les jours et les heures où tu as travaillé. Ce que tu as fait pendant ton temps libre. Comment tu as passé tes soirées.

L'autopsie leur donnerait une idée plus précise du moment où le meurtre avait été commis, mais dans un premier temps, Adam devait l'interroger sur l'ensemble de la semaine. Une fois l'heure du décès déterminée, il vérifierait l'emploi du temps de Rachel et confirmerait son alibi le plus rapidement possible.

Rachel commença à passer en revue son emploi du temps quotidien depuis lundi. Adam l'écoutait en prenant des notes. Chaque fois qu'il levait les yeux vers elle, il était frappé par sa sincérité et sa candeur. Quand elle se rappelait quelque chose qu'elle n'avait pas mentionné, elle revenait sur l'événement en question et veillait à ce qu'il le note.

Certes, le conjoint faisait systématiquement partie des suspects dans une enquête pour homicide, mais dans ce cas précis, Rachel ne pouvait en aucun cas être l'assassin. Et il ferait tout ce qui était en son pouvoir – dans les limites de la loi – pour le prouver, et la mettre définitivement hors de cause.

Tout cela, bien sûr, en se blindant contre ses émotions, de manière à conserver son impartialité.

Ce soir-là, Rachel était chez sa mère et terminait de faire la vaisselle du dîner. Daisy et Brad étaient enfin couchés et tout était calme dans la maison. En dehors du cliquetis des assiettes qui s'entrechoquaient quand sa mère les empilait dans le placard, et du tic-tac de l'horloge de grand-mère, il n'y avait pas un bruit.

Rachel aimait beaucoup sa mère, avec qui elle cohabitait sans souci. Sa mère, à qui elle savait pouvoir se confier, ne manquait jamais de la soutenir. D'habitude, sa seule présence et le simple fait de partager avec elle les tâches du quotidien suffisaient à la réconforter. Mais pas ce soir.

Le meurtre d'Eric avait bouleversé cet équilibre.

Adam l'avait un peu rassurée, mais elle avait terriblement honte d'avoir chialé devant lui comme un bébé. Que devait-il penser d'elle après cette scène pathétique ? Elle préférait encore ne pas le savoir. Elle se sentait tellement minable face à lui, si séduisant et si posé. Peu loquace, il semblait toujours plongé dans ses pensées. Il respirait l'intégrité et il avait un emploi stable, ce qui n'était pas négligeable. Quelle fille ne craquerait pas pour lui ?

Il n'avait pas l'air de s'intéresser beaucoup à elle, hélas. Il se montrait toujours courtois, mais c'était une amabilité de façade. D'ailleurs, il était comme ça avec tout le monde. On ne lui connaissait pas de petite amie. Du moins pas depuis un bail. Non que Rachel fît très attention à sa vie amoureuse mais à Resolute, tout se savait. Les langues allaient bon train. Et celle de Marge était de loin la plus véloce.

Marge lui avait souvent dit qu'Adam avait un faible pour elle. Marge se trompait rarement mais là, en l'occurrence, elle était bel et bien à côté de la plaque.

Chassant Adam de son esprit, Rachel essaya de se concentrer sur le saladier qu'elle était en train de laver mais sa mère plia le torchon qu'elle avait dans les mains et le posa sur le bord de l'évier.

— Laisse le reste. Les casseroles vont tremper toute la nuit. Je m'en occuperai demain matin.

— Comme tu veux.

— Et si nous allions nous asseoir un moment dans le patio ? Prends le baby-phone et je me charge des gin tonics.

— D'accord !

Après toutes ces émotions, un verre ne pouvait pas leur faire de mal. D'autant plus que Rachel sentait qu'elle n'allait pas tarder à se remettre à gamberger.

Sa mère était au courant du meurtre d'Eric, bien sûr. Tout le monde à Resolute l'était, à présent. Mais elle ne connaissait pas tous les détails. Tandis que l'alcool lui réchauffait les entrailles et déliait sa langue, Rachel lui raconta ce qui s'était passé au Justice Center, y compris sa crise de larmes devant Adam.

— Comment a-t-on pu te soupçonner une seule seconde d'avoir commis un meurtre ? C'est insensé. Ce Dave Sanders est un abruti fini. Et un vrai salopard.

Le courroux de sa mère fit rire Rachel.

— Mesure ton langage, maman.

— Tu n'es pas d'accord avec moi ?

— Si, mais le problème n'est pas là. Je n'ai pas envie que le mot *salopard* vienne enrichir prochainement le vocabulaire de Brad.

— Si c'est le cas, je n'y serai pour rien.

Les glaçons dans le verre de sa mère s'entrechoquèrent lorsqu'elle but une gorgée de gin tonic.

— En tout cas, continua celle-ci, tu as drôlement bien fait de remettre ce crétin à sa place.

— C'est que m'a dit Adam. Il a dit aussi qu'il ne fallait pas que je m'inquiète.

— Tu as confiance en lui ? Tu le crois au sujet de l'avocat et tout ça ?

— Oui, bien sûr. Cela t'étonne ?

— Je pense que tu devrais te fier à ton instinct.

Rachel lança un regard oblique à sa mère.

— Tu parles de l'instinct qui n'a pas su voir qu'Eric était un beau salaud ? Ce même instinct qui ne sait vraiment pas quoi penser de son meurtre. Et tu voudrais que je me fie à lui ?

— Je te rappelle que ton instinct t'avait mise en garde pour Eric, mais ton jeune moi, bourré d'hormones, a choisi d'ignorer les avertissements. N'importe qui aurait craqué après ce que tu as vécu aujourd'hui. Ne sous-estime pas ton instinct, ma chérie. Ne *te* sous-estime pas.

— Merci, maman.

Rachel posa sa main sur celle de sa mère, savourant cet instant de douce complicité. Divorcée alors que Rachel n'avait que douze ans, sa mère n'avait elle-même pas eu une vie facile.

— Et donc, as-tu une idée de qui aurait pu faire ça à Eric ?

Rachel garda le silence.

— Si tu ne veux pas en parler, pas de problème, assura sa mère.

— Non, ça va. Éviter le sujet ne le fera pas disparaître. Je me suis creusé la tête toute la journée, mais rien ne me vient à l'esprit. Eric traînait avec des types louches, c'est vrai, mais il l'avait toujours fait. Le meurtre a peut-être un rapport avec ses mauvaises fréquentations, mais si c'est le cas, pourquoi a-t-il été commis seulement maintenant ? demanda Rachel en haussant les épaules.

Elle sirota son gin tonic puis jeta un coup d'œil au baby-phone.

— Est-ce qu'il y a autre chose qui te tracasse, ma chérie ?

Rachel soupira.

— Maman, comment vais-je annoncer aux enfants que leur papa n'est plus là ?

— Daisy est trop petite pour comprendre. À Brad, je dirais simplement qu'il est au ciel.

Rachel réprima un ricanement.

— Ce n'est pas un mensonge, précisa sa mère. Qu'est-ce qui te dit qu'il n'est pas au ciel ?

Le silence retomba. Il faisait maintenant nuit noire et

d'innombrables étoiles scintillaient dans le ciel. Des centaines de grenouilles coassaient, et l'air chaud embaumait le jasmin et la lavande, qui fleurissaient tôt dans le jardin de sa mère.

Elle sursauta lorsque sa mère lui toucha le bras.

— Il se fait tard. Nous ferions mieux de rentrer.

Un instant désorientée, Rachel comprit qu'elle s'était assoupie.

— Oui, rentrons. La journée a été longue et éprouvante. Mais on l'a surmontée. Il est temps de passer à autre chose. Et demain, je reprends le travail, dit Rachel en se levant et en s'étirant. Je ferais bien d'aller dormir.

— Laisse-moi les enfants, puisqu'ils dorment. Et va donc prendre un bon bain chaud ; ça te fera du bien.

Sa mère se leva à son tour et la serra dans ses bras.

— Je t'aime, ma chérie.

— Moi aussi, je t'aime, maman.

Encore à moitié endormie, Rachel traversa la pelouse en direction du garage, enfonçant ses orteils dans l'herbe fraîche et inhalant le parfum des fleurs. Sa mère avait raison, comme d'habitude. Elle allait se plonger dans un bain chaud et dans un bouquin. Il n'y avait pas mieux pour se changer les idées.

En montant chez elle, elle crut entendre un bruit. Un frisson lui parcourut l'échine et fit se dresser les poils de ses bras. Elle s'immobilisa et tendit l'oreille. Rien. Son imagination devait lui jouer des tours.

Elle était à cran et c'était bien normal après la journée qu'elle venait de passer. Pas besoin d'aller chercher plus loin. Eric avait été assassiné et le meurtrier courait toujours, alors pas étonnant qu'elle sursaute au moindre bruit.

Forte des conseils de sa mère, qui l'incitait à se fier à son instinct, Rachel prit son téléphone et chercha Adam dans ses contacts, de manière à pouvoir l'appeler en cas de besoin.

En cas de besoin. Elle n'était pas du genre à dépendre d'un homme, fût-il shérif adjoint. Après l'expérience désastreuse qu'avait été son mariage avec Eric, elle était échaudée et préférait désormais ne compter que sur elle-même. Elle allait juste garder le téléphone en main.

Elle continua de monter l'escalier, atteignit la porte de sa chambre et tourna la poignée. La porte grinça quand elle l'ouvrit. La lumière, qu'elle laissait toujours allumée, était éteinte.

Pas de panique. L'ampoule a grillé, tout simplement.

À tâtons, elle fit un pas à l'intérieur. Une silhouette sombre surgit soudain devant elle, la heurtant de plein fouet. Le souffle coupé, elle fut projetée en arrière sur le palier. Son dos s'écrasa contre la rambarde tandis que l'intrus passait devant elle en courant et dévalait les marches quatre à quatre. Rachel poussa un cri de douleur et se mit à dégringoler l'escalier. Sur le dos.

Elle tenta désespérément de se rattraper à la rampe mais ne parvint pas à freiner sa chute vertigineuse. En hurlant, elle atterrit en bas avec un bruit sourd, sa tête heurtant violemment le sol en béton.

Gisant au pied de l'escalier, elle songea, avant de perdre connaissance, qu'elle se souviendrait longtemps de cette horrible journée.

4

Le vendredi soir, à 22 heures, c'était plutôt calme au bureau du shérif du comté de Boone. Les gens étaient chez eux, en famille, les ivrognes n'étaient pas encore assez soûls pour semer la pagaille, et les petits délinquants attendaient leur heure, tapis dans l'ombre. Encore une nuit où il ne se passerait pas grand-chose à Resolute, dans l'État du Texas.

Mis à part l'enquête sur le meurtre d'Eric Miller, qui allait sans aucun doute l'accaparer dans les prochains jours, Adam n'était pas débordé de travail. Savourant le silence qui régnait autour de lui, il décida d'en profiter pour mettre de l'ordre dans son bureau.

Brianna Delgado, la nouvelle adjointe, était d'astreinte ce week-end, mais elle était actuellement en patrouille. Dernière recrue de l'équipe, elle était arrivée à point nommé pour le département. Et pour Noah.

Adam secoua la tête en repensant au couple improbable que son petit frère formait avec Bree. Elle le stimulait, l'obligeait à se dépasser, mais cela réussissait plutôt bien à Noah qui, en échange, avait appris à la jeune femme à lever le pied.

Il y avait d'abord eu Cassie et Bishop. Puis Noah et Bree. Cela faisait deux Reed de casés et deux qui étaient encore sur le marché. Nate serait le prochain. Parce que, comme tous ses proches le savaient – toute la fichue ville, en fait –, Adam semblait voué aux aventures sans lendemain. Il fit pivoter sa tête, grognant de soulagement lorsque ses cervicales craquèrent. Il était épuisé. Il était temps de rentrer.

Il éteignit son ordinateur et verrouilla les classeurs métalliques dans lesquels il rangeait ses dossiers. Il avait hâte de s'affaler dans son fauteuil avec un bon livre et deux doigts de son whisky préféré. Il ne lui en fallait pas plus pour être heureux.

Alors qu'il verrouillait la porte d'entrée du bâtiment, son téléphone vibra dans sa poche. Adam fut tenté de ne pas répondre. Un appel à cette heure tardive ne présageait jamais rien de bon. Mais lorsqu'il vit le nom de Rachel s'afficher sur l'écran, il changea d'avis. Son cœur se mit à battre la chamade.

— Salut, Rachel.

— Adam ? C'est Martina, la mère de Rachel.

Sa voix se brisa dans un sanglot.

— Il est... arrivé quelque chose. C'est... affreux, bredouilla-t-elle, en pleurs.

Adam sentit sa poitrine se serrer.

— Venez vite. C'est Rachel... Il y a du sang partout.

Malgré les sanglots entre chaque mot, le message était clair.

Adam courut à toute vitesse vers sa voiture de patrouille. Il avait l'impression qu'un étau lui broyait le cœur.

— Martina ? Martina ! Vous m'entendez ?

— Oui... oui...

— Avez-vous appelé le 911 ?

— Oui, bien sûr. Dépêchez-vous, Adam. Je vous en prie. Elle ne bouge plus. J'ai peur, dit-elle avant de se remettre à pleurer.

Un grand froid envahit Adam.

— J'arrive tout de suite, dit-il d'une voix mal assurée.

Il sauta dans sa voiture, alluma le gyrophare et la sirène et fonça vers le nord de la ville.

Tiens bon, Rachel. Tiens bon, Rachel. Pendant tout le trajet, il se répéta ces trois mots comme un mantra.

Les six minutes et demie qu'il lui fallut pour arriver chez les Novotny lui semblèrent des heures. Il se gara à toute vitesse devant la maison et sortit de la voiture en trombe. Les lumières rouges de l'ambulance perçaient la nuit comme des coups de couteau, aiguisant un peu plus sa peur.

Adam courut dans l'allée qui menait au garage. Deux ambulanciers, accroupis de part et d'autre d'une civière, levèrent la tête vers lui lorsque son ombre se projeta sur eux.

Retenant son souffle, il baissa les yeux. Rachel était sanglée sur la civière, pas enfermée dans une housse mortuaire. Inconsciente, mais vivante. Dieu soit loué ! songea-t-il en poussant un énorme soupir de soulagement.

Elle portait une minerve. Une précaution standard pour les blessures au dos et au cou. Mais elle était si pâle et semblait si petite et si démunie sur cette civière...

Les nombreuses coupures qui couvraient ses mains et ses bras tranchaient tragiquement sur sa peau blanche. Ses longs cheveux blonds rougis par la plaie sanglante qu'elle avait à la tête tombaient sur ses épaules en mèches collantes. Le haut de son chemisier était trempé, tout imbibé de sang. De *son* sang.

À la vue de tout ce sang, il passa de la peur à la colère, sa voix devenant anormalement rauque.

— Comment va-t-elle ?

Prizzy, la jeune femme ambulancière, se redressa, déployant une taille dépassant allègrement le mètre quatre-vingts. Ses cheveux noirs descendaient jusqu'à sa taille en une tresse épaisse.

— Les signes vitaux sont bons, dit-elle. Mais la blessure à la tête est profonde. Nous l'emmenons à l'hôpital.

— Elle a sûrement une commotion cérébrale, ajouta son collègue en l'aidant à pousser la civière jusqu'à l'ambulance.

Espérant que Rachel ouvrirait les yeux, Adam marcha à côté d'eux. Il savait que les commotions cérébrales, surtout quand elles s'accompagnaient d'une perte de connaissance, pouvaient être très graves et entraîner des séquelles.

Tiens bon, Rachel !

245

— Adam ! Dieu merci, vous êtes là ! s'exclama Martina en se précipitant vers lui.

Elle le serra dans ses bras puis le regarda. Ses yeux rouges et gonflés étincelaient de colère.

— J'ai vu quelqu'un s'enfuir juste après avoir entendu Rachel crier. Retrouvez-le vite, cet enfoiré. Et jetez-le en prison !

— Vous pouvez compter sur moi.

— Je vous prends au mot, dit Martina avant de se tourner vers les ambulanciers. Puis-je l'accompagner à l'hôpital ?

— Oui, bien sûr. Vous pouvez vous asseoir à l'avant, à côté de moi.

Une fois que Rachel fut installée dans l'ambulance, Jeff sauta à l'intérieur et commença à lui poser une perfusion. Martina et Prizzy montèrent à l'avant.

Avant que Martina referme la portière, Adam lui attrapa le bras et demanda :

— Où sont les enfants ? Qui va s'occuper d'eux ?

Il chercha des yeux, parmi les voisins qui étaient descendus dans la rue, quelqu'un avec un petit garçon et un bébé.

La mère de Rachel posa une main sur sa joue.

— Merci de penser à eux. Je les ai confiés à Missy Jenkins, qui vit dans la maison juste à côté. Ils sont chez elle mais je lui ai laissé un trousseau de clés au cas où elle aurait besoin de quelque chose. Je vais appeler Marge pour la prévenir que Rachel ne pourra pas aller travailler demain.

— J'ai l'impression que vous avez bien tout en main. Je vous rejoins à l'hôpital dès que j'aurai terminé ici.

— Merci, Adam. Je comprends pourquoi Rachel pense le plus grand bien de vous, dit Martina d'une voix chevrotante.

Des larmes roulèrent sur ses joues. Elle se moucha tandis qu'Adam fermait la portière de l'ambulance.

Rachel pensait du bien de lui ? Adam avait du mal à croire qu'elle pensait à lui tout court, mais il adressa à Martina un sourire, histoire de la rassurer tandis que l'ambulance démarrait, gyrophare et sirène en marche. En la voyant s'éloigner, il eut un serrement de cœur.

Il s'approcha des gens qui étaient sortis de chez eux, certains en pyjamas, pour voir ce qui se passait. Il les interrogea brièvement et prit leurs noms, adresses et numéros de téléphone. Mais personne n'avait vu l'intrus s'enfuir de chez Rachel. Un des voisins seulement avait entendu Rachel crier. Ils étaient sortis pour la plupart quand l'ambulance était arrivée. L'un après l'autre, ils retournèrent se coucher.

Adam contourna le garage. Une flaque de sang visqueuse au bas de l'escalier lui arracha une grimace. Il enfila par-dessus ses chaussures une paire de couvre-chaussures jetables. Puis il batailla pour enfiler des gants en nitrile car ses mains étaient moites. Il prit en photo les premières marches, pleines de taches et de gouttes de sang.

S'éclairant avec sa lampe torche, il gravit les marches, repéra et photographia l'endroit où Rachel s'était cogné la tête. Ou plutôt, l'un des endroits. Le coin d'un balustre en bois était fendu et couvert de sang. Une longue mèche de cheveux blonds était enroulée autour d'une écharde saillante et flottait dans la brise nocturne.

Deux autres endroits le long de la rampe étaient tachés de sang. Adam en conclut que quand elle avait dégringolé l'escalier, Rachel avait essayé de se rattraper et s'était blessée au passage.

Au cas très improbable où une partie du sang qui maculait les marches ait été celui de l'intrus, il recueillit des échantillons. Le cas échéant, l'ADN parlerait et leur permettrait peut-être d'identifier le coupable.

Une fois sur le palier, il poussa la porte entrouverte. Elle s'ouvrit toute grande sur l'appartement plongé dans l'obscurité. S'appuyant contre le mur, il utilisa l'extrémité de sa lampe pour presser l'interrupteur. Le plafonnier s'alluma et Adam découvrit que comme chez Eric, tout était sens dessus dessous. Les coussins du canapé et des fauteuils étaient éventrés. Les tiroirs avaient été retournés, leur contenu répandu sur le sol, la table ou les plans de travail.

Adam s'était tout d'abord refusé à faire le lien entre ce qui était arrivé à Rachel et le meurtre d'Eric. Mais en voyant le désordre, il comprit que c'était probablement la même personne qui avait fouillé les deux appartements. Si cette personne était l'assassin d'Eric, Rachel l'avait échappé belle. Elle aurait pu se faire tuer, elle aussi, songea Adam, qui sentit son sang se glacer à cette seule pensée.

Soudain, il y eut des bruits de pas dans l'escalier. Sur le qui-vive, Adam se colla dos au mur et sortit son arme. Les meurtriers revenaient souvent sur les lieux du crime, surtout quand ils avaient été interrompus.

Bree s'annonça avant d'entrer.

— Adam, c'est moi. J'entre.

Intensément soulagé, il rangea son arme.

— Viens voir.

Il était content qu'elle soit de garde. Il n'y avait que quelques mois qu'elle avait rejoint l'équipe mais Bree passait déjà pour être une enquêtrice hors pair. Rien n'échappait à son œil de lynx.

— Désolée d'avoir mis autant de temps à arriver. Il y a encore eu une bagarre au Dead End. J'ai dû appeler Dave pour m'aider à transporter les fauteurs de troubles, qui vont passer le week-end derrière les barreaux.

Elle jeta un coup d'œil à Adam.

— Tu n'as pas l'air dans ton assiette. Ça va ?

Adam haussa les épaules.

— C'est dur quand la personne pour laquelle tu interviens est quelqu'un que tu connais.

— N'est-ce pas presque toujours le cas, à Resolute ?

Il esquissa un sourire.

— Si. Plus ou moins.

— Alors c'est parce qu'il s'agit de Rachel, non ?

— Si. Plus ou moins, répondit-il évasivement, soulagé que Bree ait la délicatesse de ne pas insister.

Déjà équipée de couvre-chaussures, Bree enfila des gants en balayant du regard l'appartement.

— L'appel au 911 disait que Rachel était tombée dans l'escalier.

Sa mère pense avoir vu quelqu'un. En montant, j'ai vu le sang et les balustres cassés. Tu veux que je commence par l'extérieur ?

Peu après son arrivée à Resolute, Bree avait sympathisé avec Rachel. Mais cela n'empêcherait pas la nouvelle recrue d'enquêter de manière très professionnelle sur ce qui était arrivé à son amie, montrant un détachement qu'Adam trouvait admirable et qu'il lui enviait secrètement.

— Non, j'ai déjà jeté un coup d'œil. J'ai aussi pris les noms et les numéros de téléphone des voisins, même s'ils ne seront probablement pas d'une grande utilité. Tu peux commencer à inspecter l'appartement.

— Ça marche.

Croisant le regard d'Adam, elle haussa les sourcils.

— Autre chose à ajouter ?

Adam secoua la tête.

— Non. Je vais finir dehors puis filer à l'hôpital pour interroger Martina. Ainsi que Rachel, si elle est réveillée.

Officiellement, il allait interroger Rachel. Officieusement, il allait avant tout s'assurer qu'elle allait bien avant de devenir fou d'inquiétude.

— Ça me va, dit Bree. Juste une question, chef. Tu me donnes cette enquête ? Ou tu penses que ce qui s'est passé ici est lié au meurtre d'Eric Miller ?

— Ce serait une sacrée coïncidence si l'agression de Rachel n'était pas liée au meurtre de son ex-mari. Donc à moins de trouver une preuve irréfutable du contraire, je considère qu'il s'agit de la même affaire. Celle dont j'ai la charge. Mais tu peux enquêter avec moi.

— *Moi* ? Pas ton frère ? s'étonna Bree, visiblement ravie.

En compétition l'un avec l'autre, Bree et Noah n'arrêtaient pas de se tirer la bourre.

— C'est toi qui as reçu l'appel. Et puis, j'ai autre chose en tête pour Noah.

Ils se séparèrent et firent ce qu'ils avaient à faire chacun de leur côté : Adam, à l'extérieur, et Bree dans l'appartement. Après avoir emballé la dernière pièce à conviction, Adam jeta un coup d'œil à sa montre. Puis il retira ses gants et interpella Bree du bas de l'escalier.

— Hé, la novice ?

— Novice, pas tant que ça, protesta Bree de l'intérieur. Que me veut le vieux briscard ?

— Passe-moi un coup de fil quand tu auras fini d'examiner la scène de crime. Je veux savoir ce que tu as trouvé.

— D'accord. Je t'appelle dès que j'ai fini. Adam ?

Il leva les yeux et vit Bree debout sur le palier, en haut de l'escalier.

— Oui ?

— Si tu vois Rachel, dis-lui que je pense à elle.

Il acquiesça d'un bref hochement de tête et s'éloigna. Tandis qu'il rejoignait au trot sa voiture de patrouille, il se remit à réciter son mantra : *Tiens bon, Rachel. Tiens bon.*

Adam entra en trombe dans le hall des urgences de l'hôpital. Il traversa la zone d'accueil et d'orientation des patients et se dirigea vers le bureau de la réceptionniste.

— Octavia, je cherche Rachel Miller.

Fréquentant assez régulièrement les urgences, où étaient pris en charge aussi bien les Reed quand ils se blessaient, que les adjoints et les détenus, Adam connaissait bien la réceptionniste.

— Elle est dans le box numéro 7 mais... Adam, attendez ! s'écria Octavia lorsqu'il se mit à courir.

Il se figea et se retourna vers elle.

— Elle n'y est pas en ce moment. Ils l'ont emmenée à l'étage pour des examens, expliqua la jeune femme avec un sourire compatissant. Sa mère est encore là et sera sûrement contente d'avoir un peu de compagnie.

Tout en se massant la nuque d'une main, Adam hocha la tête. Affichant un calme olympien, et s'interdisant de courir, il remonta la rangée de box fermés par des rideaux. Le numéro 7 était l'avant-dernier. Il ouvrit le rideau. Effondrée sur une chaise en plastique, Martina avait les coudes sur les genoux et le visage dans les mains. Le bruit des anneaux du rideau glissant sur la tringle en métal lui fit lever la tête. Elle sécha ses larmes du dos de la main.

Il referma le rideau et s'accroupit à côté de sa chaise.

— Comment ça va, Martina ?

La mère de Rachel se redressa un peu. Muette, elle se tordait les mains. Lorsqu'elle leva les yeux vers lui, elle secoua simplement la tête tandis que les larmes coulaient de plus belle sur son visage, blanc comme un linge.

Adam se décomposa, perdant instantanément toute contenance.

— Rachel ? demanda-t-il d'une voix qu'il ne reconnut pas lui-même.

— Je ne sais pas, répondit Martina en haussant les épaules. Ils l'ont emmenée faire un scanner. Pour voir si elle a des dommages au cerveau. Oh ! Adam, et si...

— Pas de « et si ». Attendons de voir ce que le médecin va nous dire, d'accord ?

Elle chassa ses larmes et hocha la tête.

— Vous avez raison. Cette attente est interminable. Je n'arrête pas de gamberger et d'imaginer toutes sortes de scénarios plus terrifiants les uns que les autres.

— Je suis là, maintenant, et je me fais fort de vous changer les idées.

— Merci. Je ne saurais vous dire à quel point votre présence ici me touche.

Le rideau s'ouvrit à nouveau et Octavia entra avec une chaise.

— Je vous apporte de quoi vous asseoir.

— Merci, c'est gentil.

Adam se redressa et prit la chaise.

— Savez-vous si Rachel va revenir ici, après le scanner, ou si on va la garder ? demanda Martina.

— C'est au médecin d'en décider, mais tant que nous n'avons pas besoin du box, vous pouvez attendre ici sans problème. Si l'un de vous a besoin de quoi que ce soit, n'hésitez pas. Café, bouteille d'eau, n'importe quoi.

La mère de Rachel secoua la tête.

Octavia les laissa, refermant soigneusement le rideau derrière elle.

— Vous voyez ? ajouta Adam d'un ton faussement enthousiaste. Il n'y aura peut-être même pas besoin de l'hospitaliser. Quand je vous disais que tout irait bien...

Martina fronça les sourcils.

— J'ai une question à vous poser.

— Je vous écoute, dit-il en rapprochant sa chaise de celle de Martina et en s'asseyant.

— Comment Rachel s'est-elle retrouvée en bas de l'escalier ? Est-elle tombée ? Ou a-t-elle été poussée ?

Les forces de l'ordre étaient souvent sur la corde raide quand il s'agissait de répondre aux questions des familles. Comment les informer sans pour autant compromettre le secret de l'enquête en cours ?

— Rien n'est encore concluant mais je ne pense pas qu'il s'agisse d'un accident. Quelqu'un est entré chez elle par effraction.

— Vous en êtes sûr ?

Il hocha la tête.

— Elle l'a peut-être surpris, puisque vous avez vu quelqu'un s'enfuir. Il est possible qu'il l'ait bousculée ou lui soit rentré dedans en prenant la fuite.

— Vous pensez que c'était un homme ?

Adam sortit son bloc-notes et son stylo de sa poche.

— À vous de me le dire, Martina. Vous êtes la seule, à part Rachel, à avoir vu quelque chose.

— Tout est allé si vite et il faisait nuit. Je ne suis pas bien sûre...

— Je sais que c'est difficile pour vous. Prenez votre temps et racontez-moi votre soirée.

Elle sortit un mouchoir en papier de la manche de son pull et s'essuya le nez. Puis elle détailla leurs faits et gestes, à elle et à Rachel, au cours de la soirée. Le coucher des enfants, le dîner puis le gin tonic qu'elles avaient bu dans le patio après manger.

Martina ramassa une bouteille d'eau posée par terre à côté de sa chaise, et en but une gorgée.

— Quand je me suis aperçue qu'elle avait du mal à garder les yeux ouverts, je lui ai suggéré de me laisser les enfants et de rentrer chez elle prendre un bon bain chaud pour se détendre. Tout est ma faute. À cause de moi, elle s'est jetée dans la gueule du loup, gémit Martina avant de boire une nouvelle gorgée d'eau.

— Mais non, protesta Adam. Ce n'est *absolument* pas votre faute.

Elle le regarda droit dans les yeux.

— Dans ma tête, je le sais, mais dans mon cœur, c'est une autre histoire. Je l'ai vu prendre l'escalier et je n'arrête pas de penser que si j'avais attendu un peu plus longtemps, j'aurais pu...

Elle secoua la tête.

— Au lieu de quoi, j'ai ramassé les verres et le baby-phone et je suis allée voir les enfants. Je venais d'entrer dans leur chambre quand j'ai entendu un grand badaboum, et Rachel crier. Je ne suis pas près d'oublier ce hurlement qui m'a glacé le sang. Et ensuite, plus rien. Le silence qui a suivi était encore plus angoissant. Je me suis précipitée dehors et j'ai traversé le patio comme une folle. C'est à ce moment-là que j'ai vu une silhouette sombre filer au coin de la maison.

— Vous vous souvenez de quelque chose d'autre à propos de cette personne ? Vous pouvez m'en dire plus ?

Martina réfléchit quelques instants.

— Je n'ai pas vu son visage mais je pense que c'était un homme. Sa carrure n'était pas celle d'une femme, en tout cas. Il n'était pas très grand, cependant, mais il courait vite. Du moins, c'est ce qu'il m'a semblé. Il portait des vêtements sombres, peut-être une capuche. Je n'en jurerais pas parce que je regardais surtout Rachel. Elle gisait au pied de l'escalier et saignait beaucoup. Tout ce sang, quand j'y repense...

Elle reprit son souffle et se remit à pleurer.

Adam se racla la gorge.

— Prenez votre temps.

Réprimant ses sanglots, la mère de Rachel reprit son récit.

— J'avais laissé mon téléphone dans la maison mais le sien était par terre. J'ai d'abord appelé le 911, puis je vous ai appelé, vous.

— Pourquoi moi, après le 911 ? demanda Adam, intrigué.

L'appel avait été transmis aux pompiers, à l'hôpital et au bureau du shérif.

— Eh bien, je pensais que le 911 enverrait une ambulance plus rapidement, expliqua Martina en mettant son mouchoir en charpie. Est-ce que j'aurais dû vous appeler en premier ?

— Non, ce n'est pas ce que je voulais dire, répondit Adam, qui regrettait de lui avoir posé la question, car ce n'était vraiment pas le moment. Je me demandais juste pourquoi vous m'aviez appelé.

— En fait, elle avait sélectionné votre numéro dans ses contacts, comme si elle avait eu l'intention de vous téléphoner.

Martina posa sa main sur celle d'Adam et lui sourit.

— Je voulais que vous le sachiez, continua-t-elle.

Avant qu'Adam puisse réagir, les anneaux métalliques du rideau glissèrent à nouveau le long de la tringle.

— Rachel a été transférée dans une chambre, annonça Octavia en tendant un bout de papier avec le numéro de la chambre à Martina, qui le regarda puis le passa à Adam.

— Merci, Octavia, dit Adam en se levant. Vous savez comment elle va ?

— Quand le médecin aura examiné les scanners, il ne manquera pas de vous donner des nouvelles.

Adam se força à marcher moins vite et à calquer son pas sur celui de Martina tandis qu'il l'accompagnait jusqu'à la chambre de Rachel. Pour ne pas la stresser plus qu'elle ne l'était déjà, il essayait de rester positif et de refouler les sombres pensées qui l'assaillaient et parasitaient son esprit.

Tiens bon, Rachel. Tiens bon.

Adam entra dans la chambre derrière Martina et se figea, inca-pable de faire un pas de plus. Allongée dans son lit d'hôpital, inerte,

Rachel avait les yeux fermés. Sa tête était bandée et les ecchymoses qu'elle avait sur le front et près de l'œil gauche disparaissaient sous les pansements. Couverts d'égratignures sanguinolentes qui tranchaient sur sa peau blanche, ses bras reposaient sur la fine couverture. En la voyant, Adam se sentit si oppressé qu'il en eut le souffle coupé.

Martina, qui se précipita au chevet de sa fille et lui prit la main, ne se rendit compte de rien. L'infirmière non plus, occupée qu'elle était à vérifier la poche à perfusion et à mettre à jour le moniteur portable de la patiente.

Adam s'approcha et vit les éraflures sur le menton et les joues de Rachel. N'eussent été le léger mouvement de sa poitrine et le bip de l'électrocardiogramme, il aurait pu croire qu'elle avait cessé de respirer.

Il bouillonnait de rage. Le sang qui rugissait dans ses oreilles étouffait en lui la voix de la raison. *Je vais trouver le salaud qui a fait ça et...*

— Adam ? dit Martina en lui posant une main sur l'épaule. Le médecin est là.

Clignant des yeux pour revenir à la réalité, il s'aperçut que l'infirmière était partie et qu'un homme d'une quarantaine d'années en blouse verte se tenait devant eux.

— Je suis le docteur Mason, dit-il avant de se tourner vers Martina. Puis-je parler librement devant le shérif adjoint ?

— Bien sûr.

— Mme Miller a subi une commotion cérébrale de stade deux mais le scanner n'a révélé ni hémorragie ni caillot, ce qui est une excellente nouvelle.

Il jeta un coup d'œil à la pendule murale. On était déjà samedi.

— On va la garder en observation aujourd'hui, mais si tout va bien, elle pourra sans doute sortir ce soir. Demain, au plus tard.

Martina posa une main sur sa poitrine, visiblement soulagée.

— Et qu'en est-il de ses autres blessures, docteur ?

— Pas de fractures ni de blessures internes. Beaucoup

d'égratignures mais rien de bien méchant. Sa blessure à la tête a été suturée. L'infirmière vous donnera des instructions pour les soins à domicile. Votre fille a eu beaucoup de chance, déclara le docteur Mason en tapotant l'épaule de Martina.

Il fit un pas vers la porte mais Adam l'interpella.

— Si elle n'a rien de grave, pourquoi est-elle toujours inconsciente ?

— Elle n'est pas inconsciente, elle dort. Pendant qu'on la préparait pour le scanner, elle a fait une crise d'angoisse, probablement due à sa blessure à la tête. On lui a administré un léger sédatif, expliqua le médecin. Entre ça et la chute d'adrénaline, elle va probablement dormir toute la nuit, ajouta-t-il en souriant. Avez-vous d'autres questions ?

Adam secoua la tête.

— En ce cas, je vous laisse. Je repasserai voir Rachel dans la matinée, quand elle sera réveillée.

— Merci, docteur, dit Martina, qui avait retrouvé un peu de son entrain.

Après le départ du médecin, elle passa de l'autre côté du lit et fixa Rachel.

— Quand je l'ai découverte, effondrée au pied de l'escalier, j'ai cru qu'elle était morte, confia-t-elle d'une voix chevrotante. Pourquoi pense-t-on toujours au pire ?

Tirant une chaise plus près du lit, Adam s'assit.

— Je ne comprends pas comment elle a pu faire une crise d'angoisse si elle était inconsciente, dit-il.

Martina écarquilla les yeux.

— Oh ! désolée. J'ai oublié de vous dire qu'elle a repris connaissance dans l'ambulance. L'urgentiste qui était avec elle à l'arrière l'a vu ouvrir les yeux et regarder autour d'elle. Il paraît qu'elle n'a rien dit.

Adam hocha la tête. Il aurait apprécié de le savoir avant, mais il n'en voulut pas à la mère de Rachel pour cet oubli. Vu le stress qu'*il* avait ressenti, il se doutait que pour elle, ça avait dû être vraiment très dur.

Il n'avait jamais eu à patienter à l'hôpital pendant qu'un être cher était peut-être entre la vie et la mort. Pour son père, il avait juste dû se faire à l'idée que son corps criblé de balles serait la dernière image qu'il aurait de lui.

Et bien avant cela, alors qu'il n'avait que dix ans, il lui avait fallu se résigner au fait qu'il ne reverrait plus jamais sa mère, et gérer la colère qu'il ressentait contre elle quand elle était partie un beau jour sans crier gare, les abandonnant tous.

Adam regarda Martina, dont les yeux cernés et gonflés, les épaules affaissées et le dos rond trahissaient l'épuisement.

— Pourquoi ne rentrez-vous pas chez vous pour vous reposer un peu ? Je peux rester ici cette nuit.

— Je vous remercie, mais je préfère rester. J'aimerais juste faire un saut chez moi pour prendre quelques affaires et m'assurer que les enfants vont bien. Pouvez-vous veiller Rachel jusqu'à mon retour ?

— Oui, bien sûr. Prenez votre temps.

Tandis qu'elle se dirigeait vers la porte, Martina lui tapota l'épaule au passage.

— Vous êtes un homme bien, Adam Reed.

Quelques minutes plus tard, Adam reçut un texto de Bree :

J'ai trouvé quelque chose. Ça pourrait être intéressant. Détails demain matin.

Il approuva en mettant un petit pouce vers le haut puis il bascula le téléphone en mode silencieux.

Seuls les bips réguliers des appareils rompaient le silence de la pièce. Adam s'absorba dans la contemplation de la poitrine de Rachel se soulevant et s'abaissant, unique signe de vie. Elle dormait paisiblement. Il prit sa main dans la sienne en évitant soigneusement de toucher à ses pansements.

— Je vais attraper celui qui t'a fait ça. Et le lui faire payer.

Du pouce, il caressa le dos de sa main, comme s'il pouvait par ce seul geste lui insuffler sa force et l'assurer de son soutien indéfectible. Il voulait aussi qu'elle sache qu'il était prêt à tout pour la protéger.

Incompatible avec le respect des règles que lui avait inculquées son père, son désir de vengeance allait l'obliger à faire justice lui-même.

Vous êtes un homme bien, Adam Reed, avait dit Martina. Adam ferma les yeux. Pas pour faire une prière mais pour conclure un pacte. *Si elle s'en tire sans séquelles, quand j'attraperai son agresseur, je ne le tuerai pas.* Cela semblait équitable.

En rouvrant les yeux, il eut comme une épiphanie. Penché au-dessus de Rachel, si pâle et vulnérable après avoir frôlé de si près la mort, il prit conscience de la profondeur de ses sentiments pour elle et serra les poings.

Nous verrons si je suis vraiment un homme bien.

5

Le lendemain matin, garé devant la confiserie Sweets and Treats, dont il attendait l'ouverture, Adam était dans le cirage et avait des petits yeux. Il se passa une main sur le visage, comme pour en faire disparaître la fatigue, et trempa les lèvres dans son gobelet de café brûlant. N'ayant dormi que quelques heures d'un sommeil agité, il avait grand besoin de ce breuvage pour rester éveillé ; un café extra-fort que Marge, la patronne du Busy B Café, préparait spécialement pour Noah et qu'Adam refusait d'habitude. Mais pas ce matin.

Pendant ses moments d'insomnie, il n'avait pas arrêté de penser à Rachel et à ce qui lui était arrivé. À cette agression qui était peut-être liée au meurtre d'Eric. Son esprit avait carburé à plein régime une bonne partie de la nuit. Adam s'était surtout demandé comment il allait s'y prendre pour protéger Rachel efficacement.

Le jour à peine levé, il avait appelé l'hôpital pour prendre des nouvelles de la jeune femme. D'après l'infirmière en chef, elle dormait encore la dernière fois qu'une de ses collègues était passée la voir.

L'oppression qu'il ressentait dans la poitrine s'était légèrement relâchée. Il avait bien essayé de tirer un trait sur Rachel lorsque, à la fin de ses études, il était revenu à Resolute et avait découvert qu'entre-temps elle s'était mariée. Mais aujourd'hui, nier qu'il tenait beaucoup à elle aurait été peine perdue. Même s'il ne laissait rien filtrer de ce qu'il éprouvait pour elle, Adam s'était avoué la veille au soir qu'il n'avait jamais cessé de penser à elle.

Bien que soulagé de la savoir tirée d'affaire, il n'était pas totalement rassuré car, à moins que son agresseur n'ait quitté la ville, Rachel était en danger. Sa mère et ses deux enfants l'étaient également. D'autant plus que ce que l'intrus était venu chercher chez elle s'y trouvait probablement toujours, puisqu'elle l'avait interrompu en pleine fouille de l'appartement.

Que pouvait-il bien chercher chez Rachel ? Cette question le turlupinait. Il la ruminait, comme un chien qui aurait déterré un os à moelle.

Il lui semblait impossible que Rachel soit impliquée dans les trafics douteux d'Eric. Mais s'il se trompait sur son compte ? S'il était aveuglé par ses sentiments pour elle ?

Son père lui avait souvent dit qu'en cas de doute, il devait s'affranchir de toute émotion et se concentrer sur les faits. Les faits étaient les suivants : mère célibataire travaillant comme serveuse pour subvenir à ses besoins et à ceux de ses deux jeunes enfants, Rachel était dans la dèche. En plus, elle devait payer ses cours en ligne. Mais pour avoir des fins de mois moins difficiles, irait-elle jusqu'à enfreindre la loi, au risque de tout perdre ?

En aucun cas. Il l'avait observée pendant des années au Busy B. Rachel était gentille, y compris avec les clients les plus grincheux ; elle défendait toujours les plus faibles et avait même proposé à Bree de l'aider à lancer son programme à destination des jeunes issus de milieux défavorisés. Sa patronne l'adorait et ne s'en cachait pas, or Marge se trompait rarement sur les gens.

Il jeta un coup d'œil à la porte de la confiserie. Le panneau « Fermé » semblait le narguer. Sandy, la gérante, n'ouvrait qu'à 10 heures, mais il avait aperçu sa voiture, garée juste derrière, et savait donc qu'elle était là.

Adam consulta sa montre et appela le bureau.

À 8 h 45, Helen était déjà sur le pied de guerre.

— Département du shérif du comté de Boone. Que puis-je faire pour vous ?

— C'est Adam. Comment se fait-il qu'un samedi, ce soit toi qui répondes au téléphone ?

Une employée à temps partiel remplaçait Helen les week-ends où elle ne travaillait pas.

— Sonia ne se sentait pas bien. Je lui ai proposé de venir à sa place ce week-end et, dès qu'elle ira mieux, je prendrai deux jours de congé. Et puis, il y a de l'animation, ces temps-ci, ajouta Helen d'une voix enjouée. Je n'ai pas envie de rater ça.

Adam éclata de rire, amusé par son enthousiasme.

— J'appelais juste pour prévenir Bree et tous ceux qui travaillent aujourd'hui que je serai en retard.

— Il n'y a encore personne, mais je leur dirai quand je les verrai. J'ai lu le journal des appels, en arrivant. Comment va Rachel ? demanda Helen d'un ton préoccupé.

— Elle est tirée d'affaire, apparemment, mais je vais passer à l'hôpital pour voir comment elle va. Si son état le permet, j'aimerais lui poser quelques questions.

— Dis-lui que je pense bien à elle.

— Je n'y manquerai pas. Quand Bree arrivera, demande-lui de rester dans le coin. Il faut absolument que je la voie.

— Ça marche, dit Helen avant de raccrocher pour prendre un autre appel.

Il sortit de sa voiture, se dirigea vers la vitrine et regarda à l'intérieur. Quand il vit Sandy, il frappa à la vitre.

Levant les yeux du présentoir qu'elle était en train de garnir, Sandy fit mine de regarder sa montre, bien qu'elle n'en porte pas, puis elle secoua la tête avant de déverrouiller la porte.

— Bon sang, Adam, je sais que vous êtes friand de sucreries mais évitez de coller votre nez à la vitre ! rouspéta Sandy en tournant le panneau sur la porte de la boutique, officiellement ouverte, à présent. Tant qu'à faire, soupira-t-elle, autant laisser entrer le reste de la file.

Adam jeta un coup d'œil par-dessus son épaule. Il n'y avait personne sur le trottoir.

— C'est vous, la blagueuse de la famille, je parie, dit-il en se retournant vers Sandy.

— Vous auriez pu plus mal tomber, répliqua-t-elle. Dans la famille, on est aussi très moqueurs.

Repassant derrière le comptoir, Sandy continua à remplir de truffes fraîches une petite vitrine réfrigérée.

— Que puis-je faire pour vous, Adam ? J'ai un sucre d'orge géant qui devrait empêcher Noah de parler pendant deux jours.

Adam sourit de cette plaisanterie mais secoua la tête.

— Non ? Que diriez-vous alors de quelques caramels qui vous disloqueront la mâchoire en un rien de temps ? Ou de pastilles au citron pour avoir l'haleine fraîche ?

Se frayant un chemin entre la poignée de tables et de chaises de bistrot qui occupaient le côté droit de la boutique, Adam s'approcha du comptoir.

— Merci, mais non. Je voudrais un sachet de ces bonbons en forme de pépites au beurre de cacahuète et à la noix de coco.

— Tiens donc ! Figurez-vous qu'ils sont fabriqués dans l'est du Texas.

Sandy désigna la rangée de bacs empilés trois par trois, fixés au mur de gauche.

— Vous les trouverez au milieu de la rangée, dans le bac du bas. Je vous aurais bien aidé mais je dois finir ma mise en place, qui a été si grossièrement interrompue, dit-elle en riant. Et servez-vous de la pelle, même si les bonbons sont enveloppés individuellement. Je n'ai toujours pas digéré le coup que m'a fait ce crétin qui a osé fourrer ses sales pattes dans tous les bonbons en vrac, il y a quelques mois.

Adam tira un sachet d'un rouleau semblable à ceux qu'on trouve au rayon fruits et légumes des supermarchés et, pelle en main, commença à le remplir.

— Faites gaffe à vos dents ! lança Sandy en le regardant par-dessus la tour de truffes qu'elle était en train d'édifier. Il n'y a pas pire que ce bonbon pour se choper des caries.

— Ils ne sont pas pour moi.

Sandy haussa les sourcils.

— Ah, vous m'en direz tant ! Ils doivent être pour quelqu'un de spécial, à en juger par la manière dont vous avez forcé l'entrée. Une heure avant l'ouverture, je précise. Alors ? Pour qui sont-ils ?

Il n'avait pas envie d'alimenter les potins plus qu'il ne le faisait déjà, mais il lui devait bien quelques explications pour qu'elle ait accepté d'ouvrir plus tôt.

— C'est pour Brad Miller, le fils de Rachel, dit-il d'un ton désinvolte, comme si c'était tout à fait normal pour le premier adjoint au shérif d'offrir des bonbons au fils d'une concitoyenne.

— OK, je comprends. Le pauvre gosse a sûrement besoin d'une double dose de tout ce qui pourrait lui remonter le moral, avec son père qui s'est fait assassiner.

Se retournant, Sandy souleva les couvercles des bacs à glace.

— Je n'ai jamais compris ce qu'elle lui trouvait, à ce type, dit-elle en secouant sa crinière rousse. Quand on était au lycée, elle aurait pu avoir tous les gars qu'elle voulait.

La clochette de la porte tintinnabula mais Adam ne se retourna pas, occupé qu'il était à remplir son sachet de bonbons à l'orange.

— Je te l'avais dit, Nate. Le frangin mange plus de sucreries que toi et moi réunis. Il doit les planquer dans un des tiroirs de son bureau de premier adjoint. Je parie que c'est pour ça qu'il ferme toujours sa porte.

Adam poussa un grognement. Il ne manquait plus que les jumeaux ! Résigné, il se tourna vers ses frères cadets, qui arboraient de grands sourires jusqu'aux oreilles et ne se ressemblaient pas tant que ça pour des jumeaux.

— Fais gaffe, mec, dit Nate en secouant la tête. Tu ne trouveras jamais de femme si à force de te goinfrer de sucreries, tu te retrouves avec les dents toutes pourries. Ou plus de dents du tout !

— Je ne t'ai pas souvent vu en galante compagnie depuis que tu es rentré de Californie, *Nathaniel*, rétorqua Adam avec un sourire en coin.

Nate détestait qu'on l'appelle par son prénom complet, ce que ne manquaient jamais de faire ses frères et sa sœur quand ils voulaient le taquiner.

— Et ça remonte à quoi ? Pas loin d'un an ?

Adam aurait mieux fait de la fermer. Il se rendit compte de sa bévue presque instantanément. Les trois frères cessèrent aussitôt de plaisanter et un lourd silence se fit. Nate était revenu pour l'enterrement de leur père, lequel leur manquait encore terriblement.

— Avec sa société ultra-branchée dans la sécurité sur la côte Ouest, je parie que Nate fait tourner la tête des starlettes de Hollywood et des filles les plus en vue, lança Sandy pour détendre l'atmosphère. Et d'ailleurs, que faites-vous ici tous les deux ? demanda-t-elle aux jumeaux. Le magasin n'est même pas encore ouvert.

— Tout semble indiquer le contraire. Outre le panneau « Ouvert » sur la porte, on a vu un client à l'intérieur, dit Nate en haussant les épaules.

— Nate et moi allions prendre notre petit déjeuner quand on a aperçu Adam à travers la vitrine. On voulait juste lui faire un petit coucou, ajouta Noah, le rigolo de la famille. On s'est dit que tu achetais peut-être quelque chose à apporter à Rachel, à l'hôpital.

Adam poussa un soupir exaspéré. Apparemment, malgré ses efforts pour cacher l'intérêt qu'il portait à Rachel, ses frères n'étaient pas dupes.

— Quoi ? s'étrangla presque Sandy en lançant un regard noir à Adam. Pourquoi Rachel est-elle à l'hôpital ? Et pourquoi ne l'avez-vous pas dit tout de suite ?

Adam décida de tout lui dire puisque de toute façon, toute la ville serait bientôt au courant. Et autant couper court dès le départ aux versions fantaisistes de l'histoire.

— Un intrus s'est introduit chez elle hier soir. En rentrant, elle est tombée sur le gars, qui s'est enfui en la poussant dans l'escalier au passage. Elle est pas mal amochée et a un léger traumatisme crânien.

— Pauvre Rachel ! gémit Sandy en secouant la tête.

— Pauvre Adam, plutôt, rectifia Noah. Notre grand frère a un faible pour elle depuis des lustres. Il est donc normal qu'il soit venu acheter des bonbons pour sa chérie.

Noah éclata de rire lorsque Adam darda sur lui un regard noir.

— Oh ! allez, frérot, continua-t-il. Tu crois vraiment que personne ne sait que tu as le béguin pour elle depuis le collège ?

— Soyons justes, intervint Nate. Peut-être qu'on l'a compris parce que Adam est notre frangin. Si ça se trouve, personne d'autre ne remarque qu'il perd sa langue chaque fois que Rachel le sert au Busy B.

— Ou qu'il la regarde avec des yeux de merlan frit quand elle s'éloigne de sa table, ajouta Noah.

Sandy s'approcha d'Adam, l'air déconfit, comme si elle allait se mettre à pleurer.

— Oh ! Adam, comment avez-vous pu ? J'ai toujours pensé – elle renifla – qu'un jour, vous et moi… finirions ensemble.

Adam en resta baba.

Elle porta le dos de sa main à son front.

— Quel homme cruel vous êtes ! Vous m'avez brisé le cœur.

Puis elle éclata d'un rire tonitruant, inattendu chez une femme aussi menue.

Les jumeaux se joignirent à elle. Adam, lui, n'avait pas du tout envie de rigoler.

— Très drôle, dit-il.

Il referma le bac à bonbons et noua le haut de son sachet.

— J'ai peut-être eu le béguin pour elle au collège, mais c'était il y a longtemps. Et ce n'est plus le cas aujourd'hui.

— Bien sûr, le railla Noah, qui n'en croyait pas un mot.

— Mmm, mmm ! fit Nate en se mordant les lèvres pour ne pas rire.

— Je vais mourir vieille fille, se lamenta Sandy, goguenarde, en regagnant son comptoir.

Adam la suivit mais avant de régler ses achats, il se tourna vers ses frères.

— Et si vous alliez vous en payer une tranche dehors ? suggéra-t-il. Mais attendez-moi. J'ai une mission spéciale à te confier, Noah.

Les jumeaux sortirent en ricanant.

— Une mission *spéciale* ? s'esclaffa Nate en donnant un coup de coude à Noah.

— Peut-être que je vais devoir garder les enfants de sa future femme, dit celui-ci, hilare.

La porte se referma et Adam sortit son portefeuille.

— Vous ne seriez pas en train d'oublier quelque chose ? demanda Sandy, taquine.

Il posa le sachet de bonbons sur le comptoir.

Sandy croisa les bras et arqua un sourcil.

— Vous allez voir une amie à l'hôpital avec des bonbons pour son fils et rien pour elle ? Peu importe que vous ayez ou non le béguin pour elle, vous devez vous comporter en gentleman. N'écoutez pas les jumeaux et apportez-lui un petit cadeau, histoire de lui souhaiter un bon rétablissement.

Voyant qu'il restait planté là, à se torturer l'esprit pour trouver quoi offrir à Rachel, Sandy leva les yeux au ciel. Elle déplia une petite boîte en carton et déposa une truffe dans chacun des huit compartiments. Puis elle referma soigneusement la boîte. Elle pesa le sachet de bonbons, ajouta au montant le prix des huit chocolats et encaissa le total.

— Bon, et maintenant, gros nigaud, vous allez passer chez la fleuriste, juste à côté. Frannie vous aidera à choisir un joli bouquet.

Elle empaqueta ses achats et les lui tendit en lui décochant un clin d'œil.

— Personnellement, je trouve mignon que vous ayez toujours le béguin pour Rachel, mais si jamais ça ne marchait pas avec elle, revenez donc ici, mon joli. Vous serez toujours accueilli à bras ouverts.

Ce fut au tour d'Adam de lever les yeux au ciel. Puis il sortit en trombe, poursuivi par le rire tonitruant de Sandy.

Noah et Nate étaient appuyés contre son SUV et lui souriaient comme des idiots.

— Tu as vraiment une mission pour moi ? Ou tu as dit ça juste pour qu'on ne te voie pas acheter une boîte de chocolats pour Rachel ? demanda Noah.

Adam l'attrapa par le cou et l'entraîna un peu plus loin, à l'écart de Nate.

— Je vais être pas mal occupé avec ce meurtre, alors je voudrais que tu prennes en charge certains de mes dossiers en cours. Tu as largement fait tes preuves, cette année, et montré que tu étais prêt à assumer plus de responsabilités.

Les yeux de Noah se mirent à briller, comme ceux d'un gosse le matin de Noël. Il hocha la tête.

— Merci, mon vieux. Je ne te décevrai pas.

Il rejoignit son jumeau et fanfaronna.

— Tu entends ça, Nate ? Adam va tout laisser tomber pour se concentrer sur l'affaire de sa *petite amie*, et du coup, il me confie ses autres dossiers.

— Mais tu vas commencer par aller patrouiller dans la moitié nord du comté, ordonna Adam avec un sourire.

Noah détestait patrouiller et distribuer des contraventions.

— Dave est déjà...

— Dès que tu auras pris ton petit déjeuner, va lui donner un coup de main. Vous ne serez pas trop de deux.

Noah soupira ostensiblement, sous l'œil amusé de son jumeau qui, lui, n'appartenait pas aux forces de l'ordre. Passant un bras derrière les épaules de Noah, Nate l'entraîna vers le coin de la rue.

Adam attendit qu'ils ne soient plus en vue pour se précipiter chez Frannie's Flowers. À peine avait-il franchi le seuil de la boutique qu'il se mit à éternuer. De plus en plus fort au fur et à mesure qu'il progressait au milieu de toutes ces odeurs terriblement agressives pour ses muqueuses nasales. C'était comme si quelqu'un avait renversé toute la console des parfums soldés au supermarché. Adam maudit ses allergies.

Une femme aux cheveux grisonnants sortit de l'arrière-boutique et s'avança vers lui en souriant.

— Bonjour, Adam. J'espère que vous n'êtes pas là pour une occasion solennelle.

— Non, madame. Pas exactement.

Miss Frannie avait conçu et offert la gerbe et les arrangements floraux lors des funérailles de son père. Elle avait bien connu Wallace Reed et assuré qu'elle saurait mieux que personne choisir les fleurs les plus adaptées aux circonstances. Dévastée, la famille avait accepté avec gratitude.

— Alors... pour votre chérie, peut-être ? Bien que je n'aie pas entendu dire que vous ayez quelqu'un dans votre vie, dit Frannie en lui décochant un clin d'œil.

Est-ce que tout le monde dans cette ville se passionne pour ma vie amoureuse ?

— J'aimerais acheter des fleurs pour Rachel Miller. Elle a fait une mauvaise chute, hier, et je pensais que ça pourrait lui remonter le moral.

— Oh non ! J'espère que ce n'est pas trop grave.

Adam se frotta le nez, qui le démangeait atrocement.

— Elle est à l'hôpital, mais ça va. Elle s'en remettra.

— Dieu merci. C'est l'occasion pour vous de lui déclarer votre flamme, alors.

Frannie sortit de derrière son comptoir avant de continuer sur sa lancée.

— J'ai bien cru que je passerais de vie à trépas avant que vous et cette fille vous mettiez ensemble.

Adam réprima un juron. *Mais qu'est-ce qu'ils avaient tous, bon sang ?* songea-t-il, exaspéré.

— Vous ne vous attendiez pas à ce que je sois au courant, on dirait, poursuivit Frannie. J'ai la vue qui baisse avec l'âge, mais il n'y a pas grand-chose qui m'échappe, malgré tout. Et à l'époque, déjà, il aurait fallu être aveugle pour ne pas voir que vous en pinciez sérieusement pour Rachel. J'avais presque perdu espoir quand vous êtes parti à l'université et qu'elle a épousé ce bon à rien.

Se raclant la gorge, Adam regarda autour de lui, aussi perdu que dans la boutique de confiserie. Sauf que là, en plus, il avait le nez complètement bouché.

— Je ne sais pas trop quoi lui prendre, admit-il humblement.

Frannie se frotta les mains, puis elle se dirigea vers les vitrines réfrigérées pleines de bouquets et de compositions florales.

— Pour une visite à l'hôpital, il vous faut quelque chose de joyeux qui égayera la chambre et la patiente.

Elle ouvrit une vitrine et en sortit un bouquet lumineux qu'elle tendit à Adam, qui éternua violemment.

— Hum, vous avez raison. Ces lis dégagent un parfum entêtant. Ils ne plaisent pas à tout le monde. Mais celui-ci, continua-t-elle en sortant un autre bouquet, a une fragrance bien plus discrète. Elle devrait apprécier les roses puisque c'est vous qui les lui offrez.

Adam se sentait complètement dépassé. Il avait au moins appris une chose : il devait à tout prix éviter les lis. Mais pourquoi pas des roses ? N'était-ce pas *too much* ? Il repensa à ce qui lui avait dit Rachel, la veille, quand il l'avait trouvée en train de jardiner. *Les bouquets fanent trop vite, contrairement aux plantes en pot qui peuvent durer très longtemps, si on en prend soin.*

— Je pense qu'elle préférerait une plante plutôt que des fleurs coupées.

— Il y en a de très jolies, déclara Frannie en zigzaguant dans la boutique avec Adam sur ses talons, mais pour égayer son humeur, mieux vaudrait opter pour une de ces compositions florales.

Elle s'arrêta devant un grand présentoir de plantes vertes en pot de différentes tailles, allant du petit jardin de succulentes, sur les étagères du haut, au ficus d'un mètre cinquante de haut, posé au sol.

Adam balaya le présentoir du regard.

— En fait, je parlais d'une plante en pot *avec* des fleurs.

Frannie lui tapota le bras.

— Vous semblez avoir recouvré l'usage de la parole. Voilà qui va nous faciliter les choses. J'ai ce qu'il vous faut, venez, dit-elle en lui prenant la main et en le guidant vers un autre coin du magasin.

Après avoir hésité entre plusieurs pots de fleurs, il opta pour des marguerites.

— Vous êtes sûr ? demanda Frannie lorsqu'il lui tendit le pot. Regardez ces adorables rosiers miniatures, ajouta-t-elle en lui lançant un regard malicieux.

— Je ne veux pas lui offrir des roses, quelle que soit leur taille. Et puis, les marguerites sont ses fleurs préférées.

Frannie prit la plante, la posa, reprit sa main et le ramena au comptoir.

— Attendez deux secondes.

Fidèle à sa parole, elle revint presque tout de suite, tenant une plante semblable à celle qu'il avait choisie.

— Vous voyez ? demanda-t-elle en la lui mettant sous le nez. Celle-ci a plein de fleurs, et aussi beaucoup de boutons.

— Vous êtes un ange, Miss Frannie. J'espère qu'elles vont durer longtemps.

Même sur une plante, les fleurs fanées étaient déprimantes.

— Quand elle rentrera chez elle, Rachel pourra les replanter dans son petit bout de jardin. Comme elle a la main verte, je ne me fais aucun souci pour ces marguerites. En pleine terre, elles fleuriront deux fois par an.

Pendant qu'elle scannait le pot de marguerites, Adam prit deux autres articles dans le magasin, qu'il ramena à la caisse.

Il sortit de chez la fleuriste ravi de ses achats. Mais son sourire s'évanouit dès qu'il se retourna vers son véhicule, contre lequel étaient à nouveau appuyés Noah et Nate. Il s'avança vers la portière, côté conducteur, tandis que les jumeaux se donnaient des coups de coude et faisaient des bruits de baisers.

— Vous feriez bien de grandir un peu, tous les deux, dit-il en secouant la tête. Noah, je te colle un avertissement si tu ne pars pas immédiatement patrouiller au nord. Tant pis pour ton petit déjeuner. Il fallait aller le prendre tout à l'heure.

Noah en resta coi. Nate s'éloigna en riant.

— T'inquiète pas, frérot, je m'en occupe, lança-t-il par-dessus son épaule à son jumeau. Dis-moi juste ce que tu aurais commandé et je le mangerai à ta place. Tu me rembourseras plus tard.

Ce fut au tour d'Adam de rire tandis qu'il s'éloignait au volant de sa voiture de patrouille, laissant Noah planté au milieu de la rue, la bouche grande ouverte.

6

Rachel perçut les bips, le ronronnement des machines et l'odeur
des antiseptiques avant même d'ouvrir les yeux. L'hôpital. Elle
avait mal à la tête. Elle avait mal *partout*.

De doux échos des mots prononcés par Adam résonnaient dans
son esprit, lui apportant un peu de réconfort et un sentiment de
sécurité, comme si pelotonnée dans une épaisse couverture, elle
se blottissait contre lui. Les yeux clos, elle l'imaginait la serrant
dans ses bras, sa tête posée sur sa poitrine.

Mais des voix indistinctes la tirèrent de sa rêverie. Lorsque,
enfin, elle ouvrit les yeux, son regard se posa sur sa mère, endormie
dans un fauteuil relax, entre le lit et la fenêtre.

Elle tourna la tête de l'autre côté en serrant les dents pour ne
pas hurler tant le martèlement sous son crâne était douloureux.
Elle s'attendait à voir Adam, mais la chaise visiteur était vide. Une
étrange déception s'empara d'elle. Elle avait dû rêver. Ce ne serait
pas la première fois que l'adjoint Reed s'invitait dans ses rêves.
C'était bien la première fois, cependant, que lesdits rêves étaient
classés tout public.

Sa bouche était si sèche qu'elle pouvait à peine déglutir. Bien
que la tête de son lit ait déjà été relevée, elle prit la télécommande
fixée à la barre à côté d'elle et se redressa en position assise. Des
gouttes de condensation perlaient sur les parois d'un gobelet en
plastique posé sur la table roulante. Lorsqu'elle voulut l'attraper,
une douleur fulgurante lui traversa l'épaule et le bras. Le gobelet

glissa sur sa pellicule d'eau, heurta la barrière du lit et tomba par terre, les glaçons se dispersant dans toutes les directions.

— Quoi ? Qu'est-ce qui se passe ?

Bondissant, Martina se précipita vers le lit, portant une main à sa poitrine lorsqu'elle vit sa fille éveillée.

— Dieu merci, tu es réveillée ! s'exclama-t-elle en se penchant sur le lit pour la prendre dans ses bras.

— Je suis désolée de t'avoir réveillée. J'ai fait tomber le gobelet, et les glaçons ont roulé par terre.

La voix de Rachel craquait comme le sol aride de la Vallée de la Mort.

— Euh, aïe, tu me fais mal, maman, gémit-elle en se tortillant pour obliger sa mère à relâcher un peu son étreinte.

— Je t'en aurais voulu de me laisser dormir. J'ai attendu toute la nuit que tu ouvres enfin les yeux, dit sa mère en écartant une mèche de cheveux du visage de Rachel. Cela fait longtemps que tu es réveillée ?

Rachel secoua la tête et le regretta aussitôt, en proie au vertige et à la nausée.

— Non, je...

Elle s'interrompit, soudain terriblement inquiète. Elle attrapa la main de sa mère.

— Où... où sont les enfants ?

— Ne t'en fais pas pour eux. Ils sont chez Missy Jenkins. Tant que l'intrus n'aura pas été arrêté, je préfère les laisser chez elle. Elle a un double de mes clés et peut aller chercher des couches ou des vêtements de rechange.

Exhalant un grand soupir de soulagement, Rachel gratifia sa mère d'un sourire. Maman d'un nouveau-né, Missy Jenkins était l'une des rares personnes, en dehors de sa mère, à qui elle savait pouvoir confier Brad et Daisy.

— Je meurs de soif, dit Rachel en se tapotant la gorge du bout du doigt.

— Oh ! mon Dieu, mais où ai-je la tête ? se lamenta sa mère en pressant le bouton d'appel.

Elle prévint l'infirmière que Rachel était réveillée, qu'elle avait soif, et qu'il y avait de l'eau et des glaçons par terre parce qu'elle avait renversé son verre.

Encore penchée sur elle quand l'infirmière entra, sa mère se rassit dans son fauteuil. Un agent d'entretien donna un coup de serpillière et repartit.

L'infirmière, qui s'appelait Amanda d'après son badge, tint un thermomètre devant le front de Rachel.

— Comment vous sentez-vous, ce matin ?

— J'ai l'impression d'être passée sous un rouleau compresseur. J'ai une migraine de tous les diables et mon cuir chevelu me fait un mal de chien quand je le touche. Et en plus de ça, j'ai une soif terrible.

— Je vais d'abord prendre votre température.

Lorsque le thermomètre émit un bip, Amanda nota la température qu'elle venait de relever, puis elle aida Rachel à tenir le gobelet et à se désaltérer.

— Le mal de tête est courant après un traumatisme crânien, et vous risquez d'être courbaturée pendant quelques jours. Je vais mettre à jour votre dossier ; le médecin viendra bientôt répondre à vos questions et vous expliquer la suite des opérations. Il vous prescrira sans doute des antalgiques pendant quelques jours.

Elle vérifia les machines et la perfusion de glucose, prenant des notes sur sa tablette électronique.

— Je vais rester jusqu'à ce que le médecin passe, déclara la mère de Rachel d'un ton sans appel. Je veux entendre ce qu'il dira. Puis je rentrerai faire un brin de toilette et je passerai voir les enfants. Y a-t-il quelque chose que tu voudrais que je te rapporte ?

— Non, je ne vois pas ce dont je pourrais avoir besoin. Sauf si je dois passer une seconde nuit à l'hôpital, auquel cas il me faudrait mon chargeur de téléphone et peut-être aussi le livre qui est sur ma table de chevet.

— D'habitude, tu en as toute une pile en attente d'être lus. Lequel veux-tu ?

— Le roman policier. Tu ne peux pas te tromper ; c'est le premier de la pile.

Amanda regarda Rachel.

— Vous aurez besoin de vêtements et de chaussures pour quand vous rentrerez chez vous, dit l'infirmière avant de se tourner vers Martina. Elle est arrivée pieds nus, et les hommes du bureau du shérif ont pris les vêtements qu'elle portait pour les faire analyser, au cas où des indices se trouveraient dessus.

Après le départ de l'infirmière, Martina revint près du lit et prit la main de Rachel dans la sienne.

— Que s'est-il passé hier soir, ma chérie ? Je t'ai entendue crier et j'ai vu quelqu'un s'enfuir en courant.

Avant qu'elle puisse répondre, la porte de la chambre s'ouvrit brusquement et le médecin qui l'avait prise en charge la nuit précédente entra.

— Vous avez déjà bien meilleure mine, déclara le docteur Mason en s'approchant de la tête du lit pour examiner la plaie que Rachel avait sur le cuir chevelu. Comment vous sentez-vous ?

— Courbaturée de partout mais le plus douloureux, c'est le mal de tête.

— Vous avez eu un traumatisme crânien mais les scanners n'ont rien révélé de grave. Les maux de tête devraient disparaître en quelques jours, dit le médecin en examinant ses éraflures et ses hématomes. Il est impératif que vous vous reposiez au moins deux ou trois jours. Plus si vous le pouvez.

Comme Rachel ouvrait la bouche pour protester, il ajouta :

— Physiquement, vous allez vite récupérer. Mais votre cerveau a besoin d'un peu plus de temps.

Se sentant incapable de supporter pendant plusieurs jours une migraine aussi carabinée, Rachel demanda :

— Et contre la douleur, qu'est-ce que je peux prendre ?

Le docteur Mason lui sourit d'un air compatissant.

— L'infirmière va vous administrer un antalgique, et si tout va bien cet après-midi, vous pourrez rentrer chez vous avec une ordonnance pour de l'ibuprofène, que vous pourrez prendre sans risque à partir de demain.

— Elle va rentrer aujourd'hui ? demanda Martina, tout excitée. C'est formidable. Les enfants vont être si contents.

Le médecin tapota le pied de Rachel qui pointait sous la couverture.

— Quel âge ont vos enfants ?

— Son fils a presque cinq ans, répondit Martina. Et le bébé a dix mois.

S'adressant toujours à Rachel, le docteur Mason demanda :

— Y a-t-il dans votre entourage quelqu'un qui puisse s'occuper de vos enfants pendant que vous récupérez ?

— Moi, s'empressa à nouveau de répondre Martina. Nous vivons quasiment ensemble, et je m'occupe des enfants quand elle est au travail.

— C'est bien. Mais il va quand même falloir prendre un certain nombre de précautions, indiqua le médecin en regardant Rachel. Une fois chez vous, je vous interdis de vous pencher, notamment pour soulever vos enfants. Vous risqueriez d'avoir des vertiges et de tomber, ce qui pourrait avoir de graves conséquences pour les petits. Je compte sur vous, madame, ajouta-t-il en s'adressant à Martina, pour veiller à ce qu'elle ne fasse aucun effort.

En voyant sa mère opiner du bonnet avec enthousiasme, Rachel fut surprise qu'elle ne fasse pas au médecin un salut militaire.

— Elle ne doit pas prendre le volant, continua le docteur en écrivant sur sa planchette à pince. Comme je veux la revoir avant de l'autoriser à reprendre le travail, il faudra que vous ou quelqu'un d'autre la conduisiez.

— D'accord. Je la ligoterai au lit, s'il le faut, déclara Martina, qui de toute évidence prenait son rôle très au sérieux.

— Pour soulager vos migraines, je vous conseille de mettre vos yeux au repos. Évitez de regarder la télévision, d'utiliser votre ordinateur ou votre téléphone, et même de lire. Baissez ou éteignez la lumière. Cela devrait aider.

Le docteur Mason se dirigea vers la porte.

— D'autres questions ?

— Non, je ne pense pas, répondit Rachel avant de regarder sa mère, qui secoua la tête. Pas pour l'instant.

— Très bien. Je repasserai vous voir dans le courant de l'après-midi, dit-il en éteignant la lumière.

Martina se mit aussitôt en devoir de baisser les stores, plongeant la chambre dans la pénombre. Rachel allait rouspéter mais elle se ravisa lorsqu'elle se rendit compte que dans le noir, elle avait moins mal à la tête.

— Voilà, dit sa mère en se rasseyant dans son fauteuil. Maintenant, peux-tu me parler de ton agression ? Qui t'a poussée dans l'escalier ?

— Je n'en sais rien, et j'ai trop mal pour me creuser la cervelle maintenant, répondit Rachel en pressant la télécommande de son lit pour se remettre en position allongée.

— D'accord. Repose-toi, ma chérie. Je file à la maison. Je reviens dès que possible.

— Pas la peine de te presser, maman. Je vais essayer de faire un somme, dit Rachel en bâillant. Pour le livre et le chargeur, laisse tomber puisque je sors aujourd'hui. Embrasse les enfants pour moi. Dis-leur que je les aime.

Après le départ de sa mère, Rachel ferma les paupières pour lutter contre la migraine qui pulsait derrière ses yeux. Des images de l'agression se mirent à défiler dans sa tête comme un diaporama d'épouvante. Elle essaya de se focaliser sur son agresseur, de repérer des détails le concernant, mais chaque fois qu'elle faisait la mise au point sur lui, l'image s'évaporait comme une volute de fumée noire.

Un peu plus tard – Rachel n'aurait su dire combien de temps s'était écoulé depuis le départ de sa mère –, la pression de l'air dans la pièce changea. Sans bruit, la porte avait été ouverte puis refermée et quelqu'un s'approchait du lit à pas feutrés. Il y eut une longue pause, si longue qu'elle faillit ouvrir les yeux.

Mais elle n'avait ni la force ni l'envie de faire la conversation avec Marge, Bree ou qui que ce soit venu lui rendre visite.

Puis elle perçut l'odeur si caractéristique et si familière du solvant utilisé pour nettoyer les armes à feu. C'était au lycée qu'elle l'avait sentie pour la première fois, assise à côté d'Adam. Depuis, elle l'aurait reconnue n'importe où. Tandis qu'elle inspirait à fond pour s'en imprégner, ses yeux s'ouvrirent d'eux-mêmes. Adam se tenait à quelques centimètres du lit et la fixait.

— Désolé de t'avoir réveillée, dit-il en posant sur la table roulante un sac de chez Sweets and Treats. Ce sont les bonbons préférés de Brad ; j'ai pensé que ça lui ferait plaisir et l'aiderait à traverser ces moments difficiles.

Rachel remit son lit en position assise et jeta un coup d'œil à l'intérieur du sac.

— Comment savais-tu que ce sont ses bonbons préférés ?

— Je t'ai entendue le dire à quelqu'un, au Busy B, répondit Adam avec un petit sourire gêné. J'aurais pu lui en prendre plus mais je ne savais pas ce qu'il aimait, en dehors de ceux-là.

Rachel souleva le sac.

— Je vais devoir les cacher et les lui distribuer par deux ou trois à la fois. On voit bien que tu n'as jamais eu affaire à un enfant de cinq ans accro au sucre.

Elle se mit à rire mais s'arrêta très vite et se prit la tête dans les mains.

Le sourire d'Adam s'évanouit lorsqu'elle grimaça de douleur.

— Est-ce que ça va ?

— J'ai une migraine de tous les diables, quelques égratignures et des bleus partout, mais cela mis à part, ça ne va pas trop mal.

Elle ferma les yeux un instant, luttant contre un nouveau vertige.

Lorsqu'elle les rouvrit, elle vit qu'Adam s'était encore rapproché et que deux grosses rides barraient son front. Elle essaya de sourire pour le rassurer mais à l'inquiétude qu'elle lut dans ses yeux, elle comprit qu'il n'était pas dupe.

— Tu rends visite à d'autres patients ? demanda-t-elle en lorgnant les autres choses qu'il avait dans les mains.

Il eut l'air surpris, comme pris en faute, et laissa échapper un rire gêné.

— Euh... c'est pour toi, en fait, dit-il en posant la plante sur la table. J'ai cru comprendre que tu préférais les plantes en pot plutôt que les fleurs coupées...

Il s'était souvenu d'une remarque qu'elle avait faite au sujet des fleurs qui fanaient trop vite. Penchant avec précaution la tête sur le côté, elle le gratifia d'un vrai sourire.

— Des marguerites. Tu as le don de deviner ce que les gens préfèrent, on dirait.

— Pas vraiment, mais je savais que c'était ta fleur préférée qui t'avait inspiré le prénom de ta fille. Je n'ai donc pas eu à chercher longtemps.

Les bonbons préférés de Brad, ses fleurs préférées : il savait décidément tout d'elle, songea Rachel, un peu intriguée.

— Merci, Adam. Tu n'étais pas obligé de m'apporter quoi que ce soit.

Il haussa les épaules et posa sur la table une petite boîte provenant de la confiserie.

Elle la prit et l'ouvrit.

— Des chocolats ! Des *truffes* ! Alors là, impossible que tu aies deviné ça tout seul.

La truffe en chocolat était le petit plaisir qu'elle s'accordait les jours où ça n'allait pas ou quand elle avait quelque chose à fêter. Pendant son mariage, elle en avait surtout consommé pour se réconforter les jours où ça n'allait pas. Et comme, quand elle attendait Daisy, Eric n'arrêtait pas de se moquer de son embonpoint, elle avait pris l'habitude d'acheter une seule truffe à la fois et de la déguster en cachette. C'était donc rester pour elle une sorte de secret honteux, même après avoir flanqué Eric dehors. Et bien qu'elle n'ait aucunement l'intention d'être à nouveau enceinte.

Elle avait déjà donné, et ses vergetures pouvaient en attester.

Adam se frotta la nuque et baissa les yeux.

— Pour les truffes, Sandy m'a peut-être un peu aiguillé.

Prévenant *et* honnête, nota mentalement Rachel.

Pourquoi diable n'était-il toujours pas marié ?

— Et ça, c'est aussi pour Brad, dit-il en posant un ours en peluche sur la table, de plus en plus encombrée. Et celui-là, tout rose, est pour Daisy. Il n'a ni boutons ni rien qu'elle puisse avaler ou s'enfoncer dans le nez.

L'ours qui était destiné à Brady portait une tenue de base-ball. Il tenait une balle en peluche dans sa main droite et un gant couvrait sa main gauche.

— Ils sont adorables.

— Je ne sais pas si Brad aime le base-ball mais quand j'ai vu cet ours chez Frannie, je n'ai pas pu résister. Après ce qui est arrivé à son père, et maintenant à toi, ce pauvre gosse a sûrement besoin de se changer les idées.

— Ça tombe vraiment bien. Sa peluche préférée était un ours, mais nous n'arrivons pas à mettre la main dessus. Je pensais avoir récupéré chez Eric toutes les affaires des enfants. Il faut croire que je l'ai oublié là-bas.

— Euh, il y avait effectivement un ours en peluche dans l'appartement, dit Adam, visiblement mal à l'aise. Mais il vaut mieux que tu fasses une croix dessus.

Captant le message cinq sur cinq, elle garda le silence pendant quelques instants, puis elle repoussa les pensées tristes liées à la mort d'Eric et sourit.

— Merci, dit-elle, je suis sûre qu'il va l'adorer. Et celui-ci – elle prit le petit ours qu'Adam avait acheté pour sa fille – va faire une heureuse. Daisy raffole de tout ce qui est rose.

Adam acquiesça. La scrutant comme pour juger de son état, il sortit son bloc-notes et s'assit dans le fauteuil visiteur.

— Si tu te sens prête, j'aimerais te poser quelques questions sur ce qu'il s'est passé hier soir.

— Bien sûr.

Rachel prit son gobelet et suçota quelques glaçons.

— Que veux-tu savoir ? demanda-t-elle.

— Tout ce dont tu te souviens. Commence par le début,

Après lui avoir raconté la soirée passée avec sa mère, elle but une nouvelle gorgée d'eau.

— J'étais exténuée. Entre le meurtre d'Eric et l'interrogatoire que m'a fait subir Dave, la journée avait été très éprouvante. Maman m'a suggéré de lui laisser les enfants et d'aller prendre un bain, alors j'ai regagné mon appartement, où on accède comme tu le sais par un escalier extérieur.

— As-tu remarqué quelque chose d'anormal ? Une lumière qui aurait été éteinte alors que tu l'avais laissée allumée, ou l'inverse ? As-tu eu un mauvais pressentiment ?

— Non, répondit-elle machinalement avant de fermer les yeux et de revoir mentalement le moment où elle était arrivée en haut de l'escalier. J'ai entendu un bruit, dit-elle, si fugace que je me suis demandé si je n'avais pas rêvé. Quand j'ai ouvert la porte, il faisait noir à l'intérieur. Comme j'avais laissé la lumière allumée, j'ai pensé que l'ampoule avait grillé.

Elle rouvrit les yeux.

— Puis j'ai poussé la porte et une silhouette sombre m'a foncé dessus. Elle m'a fait tomber à la renverse et dévaler l'escalier sur le dos. Et après, c'est le black-out total ; je ne me souviens plus de rien.

Cette perte de conscience, même si elle avait été très courte, l'obsédait.

— Tu te rappelles avoir déverrouillé la porte avant de l'ouvrir ?

— Elle n'était pas verrouillée. Je ne ferme jamais à clé quand les enfants et moi sommes juste en bas, chez maman.

Comme Adam lui lançait un regard désapprobateur, elle crut bon d'ajouter :

— Ça n'a jamais été nécessaire.

— Ton agresseur n'a donc pas eu besoin de forcer la serrure ou de s'introduire chez toi par effraction, déclara Adam en tapotant sur son bloc-notes avec son stylo. Concentre-toi maintenant sur le moment où il t'a percutée. Qu'est-ce que tu as vu ? Entendu ? Essaye de te remémorer précisément ce qui s'est passé.

Fermant à nouveau les yeux, Rachel se plongea dans ses souvenirs.

— J'ai tourné la poignée et poussé la porte, mais pas complètement. Il faisait nuit à l'intérieur. J'ai tâtonné le long du mur, à la recherche de l'interrupteur. Je n'ai pas eu le temps d'allumer. Une silhouette sombre s'est ruée sur moi.

Elle fronça les sourcils, incapable de décrire l'apparence de son agresseur.

— Un homme, je dirais. Il avait une grosse tête et... pas de visage. Quand il m'a poussée, je lui ai attrapé le bras, par réflexe, pour éviter de tomber à la renverse.

Le souffle de Rachel s'accéléra et l'électrocardiographe s'emballa, bipant de plus en plus vite.

— Il portait quelque chose de doux, un sweat-shirt en polaire, peut-être. D'un geste brusque du bras, il m'a obligée à le lâcher. Sa main a effleuré la mienne. Elle était gantée, je pense.

Elle rouvrit les yeux comme sous l'effet d'une épiphanie.

— Il portait une cagoule ! Il m'a semblé surprendre l'éclat de ses yeux, à un moment, mais ça a été si bref que je n'en jurerais pas.

— Ta mère a vu quelqu'un courir dans l'allée et passer devant chez elle. D'après elle, l'homme portait un sweat à capuche. Ce qui pourrait expliquer pourquoi tu as trouvé qu'il avait une grosse tête.

— Tu as déjà parlé à maman ?

Se levant, Adam acquiesça.

— Hier soir, nous avons eu tout le temps de discuter pendant que le docteur Mason s'occupait de toi.

— Tu étais vraiment là ? Et moi qui pensais avoir rêvé !

Sentant le rouge lui monter aux joues, Rachel baissa les yeux.

Adam se mit à rire.

— En tout cas, tu dormais profondément. Je t'ai veillée pendant que Martina rentrait chez elle pour récupérer quelques affaires. À son retour, je suis parti.

— Cette agression, elle a un rapport avec le meurtre d'Eric, n'est-ce pas ? demanda Rachel d'une voix tendue. Les deux événements sont trop proches pour qu'il s'agisse d'une simple coïncidence.

Elle agrippa la main d'Adam.

— Et mes enfants ? Ma mère ? Si je suis en danger, ne le sont-ils pas eux aussi ?

— Nous allons partir du principe que ces deux événements sont liés. En ce qui concerne ta mère, je suppose qu'elle va revenir à l'hôpital, non ?

Rachel acquiesça.

— Ici, ni toi ni elle ne risquez quoi que ce soit. Quant aux enfants, je vais demander à un adjoint de passer régulièrement chez la voisine qui les garde. Quand penses-tu pouvoir rentrer chez toi ?

— On va sûrement me laisser sortir en fin d'après-midi ou en début de soirée. Mais il est hors de question que... que nous retournions là-bas. Imagine qu'il revienne, je ne peux pas...

Sa voix partant dans les aigus, Rachel préféra se taire. Elle était en train de perdre son sang-froid, ce qui ne lui ressemblait pas. Elle bafouillait, devenait hystérique, cédait à la panique.

Adam prit ses deux mains dans les siennes.

— Rachel, calme-toi. Je vais trouver un point de chute pour toi et ta famille.

Après avoir pris une grande inspiration, puis expiré lentement, Rachel retrouva une voix à peu près normale.

— Ne me dis pas de me calmer. Tu n'as pas d'enfants et ne peux donc pas comprendre qu'un parent est prêt à *mourir* pour protéger ses petits. Et prêt à tuer, aussi.

7

Vingt minutes après avoir quitté l'hôpital, Adam, assis à son bureau, était penché sur le planning du service. Remarquant que Sean et Pete avaient leur week-end, il réorganisa les affectations et les patrouilles de lundi afin de se libérer car il voulait se concentrer sur les affaires Miller.

Il consulta la liste de numéros abrégés sur son téléphone et en appela un.

— Je ne viens pas aujourd'hui et tu ne peux pas m'y obliger, déclara d'emblée Pete, qui l'avait vu venir.

Adam se mit à rire.

— Je n'ai pas besoin que tu viennes, dit-il. Je voulais juste savoir si tu étais occupé.

— Je profite de mon jour de congé.

La vie privée de Pete était un vrai mystère, sur lequel il n'était visiblement pas prêt à lever le voile.

— Tu habites bien du côté nord de la ville, non ?

— Ça dépend. Qu'est-ce que tu veux ?

— J'ai besoin que quelqu'un aille patrouiller devant le domicile des Novotny, rue Elm au 2249. Un passage par heure devrait suffire.

— Ouais, je ne suis pas très loin. Une fois par heure, tu dis ?

— Ce serait déjà bien, oui. Tu as entendu parler de l'effraction qu'il y a eue là-bas, hier soir ?

— Non. Quand je suis de congé, j'évite autant que possible d'écouter les appels que reçoit la police.

— Je te comprends. L'appartement au-dessus du garage a été cambriolé. Rachel Miller a été blessée. Je veux m'assurer que personne ne va chercher à entrer par effraction dans la maison principale.

— Rachel du Busy B ? demanda Pete, inquiet. Comment va-t-elle ?

En se remémorant les blessures de Rachel, Adam fut soudain parcouru d'un frisson qui fit se redresser les poils de ses bras.

— Elle va s'en sortir. Écoute, Pete, surveille aussi la maison d'à côté. Celle de Missy Jenkins. C'est elle qui garde les enfants de Rachel aujourd'hui.

— Je pense qu'un passage toutes les demi-heures serait plus approprié, vu qu'il y a des enfants. J'y vais tout de suite.

Sur ce, Pete coupa la communication.

Sa motivation avait grimpé en flèche dès qu'Adam avait mentionné les enfants. Intéressant, songea celui-ci, intrigué.

Puis il appela Bree.

— Tu es dans le bâtiment ? demanda-t-il.

— J'y serai dans cinq minutes.

Il l'entendit insulter un conducteur.

— Je passe à ton bureau dès que j'arrive, dit-elle.

En l'attendant, il repensa à sa conversation avec Rachel, à l'hôpital. Sa soudaine crise de panique l'avait surpris. Il lui semblait normal qu'elle s'inquiète pour sa famille mais depuis qu'il la connaissait, c'était bien la première fois qu'il la voyait perdre son sang-froid. Attribuant son affolement aux effets secondaires de sa commotion cérébrale, il balaya les remarques désagréables qu'elle lui avait faites au motif qu'il ne pouvait pas comprendre puisqu'il n'avait pas d'enfants. En fait, même s'il n'avait pas d'enfants – pas encore – il était tout à fait capable de se mettre à sa place.

Après un seul et unique coup frappé à la porte, Bree entra sans attendre d'y avoir été invitée.

— Désolée, Adam, dit-elle en prenant place sur l'une des deux chaises qui faisaient face au bureau.

— Peut-on savoir pourquoi tu n'étais pas là à m'attendre ?

demanda-t-il, son ton sévère cachant l'amusement suscité par l'entrée fracassante de Bree.

Elle repoussa sa natte sur le côté et se racla la gorge.

— Si tu veux savoir *pourquoi* je n'étais pas là, eh bien, je vais te le dire. C'est à cause de toi, figure-toi !

— Moi ? Comment ça ? demanda Adam en se carrant dans son fauteuil, ses jambes étendues devant lui.

— Tu as envoyé Noah patrouiller dans le nord du comté.

— Absolument.

Posant ses avant-bras sur les accoudoirs de son fauteuil, il joignit les mains sous son menton.

— Et quand Dave et lui auront terminé, ils iront patrouiller dans le sud, dit-il.

Bree leva les yeux au ciel puis darda sur Adam un regard noir.

— Nate et lui devaient prendre le petit déjeuner ensemble.

— Je sais.

— Tu as assigné à ton frère une tâche qu'il déteste, tout en sachant qu'il avait le ventre vide et était cruellement en manque de caféine ?

— Il a besoin de s'endurcir. Et puis, je me doute bien que la gentille petite fiancée que tu es lui a apporté de quoi se sustenter.

— Évidemment ! C'est moi qui partage sa vie, je te signale. Quand tu m'as dit que je travaillerais avec toi sur les affaires Miller, je pensais que tu avais une mission en tête pour lui. Et ne t'avise pas de me dire qu'elle consiste juste à patrouiller dans la cambrousse.

Adam ne put s'empêcher de rire.

— Pauvre Noah ! Il a bien des malheurs, on dirait.

— C'est sur moi que ça va retomber, se lamenta Bree. Je ne discute ni du meurtre ni de l'effraction tant que tu ne m'auras pas dit ce qui se passe, décréta-t-elle en fronçant les sourcils.

— Je pense que Noah a une mauvaise influence sur toi. Et je te rappelle que je suis ton chef.

Réprimandée, elle baissa la tête et fixa le bout de ses chaussures.

— Désolée, adjoint en chef Reed.

Lorsqu'elle releva les yeux, juste assez pour le regarder, un sourire malicieux étirait ses lèvres.

— Tu passes décidément trop de temps avec Noah. Son insolence a déteint sur toi, répliqua Adam en riant.

D'un hochement de tête, Bree lui signifia qu'elle avait bien pris note de sa remarque, puis elle sortit la tablette fournie par le service.

— En ce qui concerne l'effraction, je n'ai pas trouvé grand-chose à l'intérieur de l'appartement. Pour ce qui est des empreintes sur l'interrupteur et la poignée de la porte...

— Rachel a dit que l'homme portait des gants, la coupa Adam en tapant sur le clavier de son ordinateur pour le faire sortir de sa veille.

Bree saisit l'information dans sa tablette.

— Je pense qu'il cherchait quelque chose de précis, dit-elle. Les matelas ont été lacérés. Les tiroirs de la commode, retournés sens dessus dessous. Même la chambre des enfants a été fouillée. Un matelas de berceau éventré est une vision particulièrement choquante.

Adam chassa vite de son esprit cette image perturbante.

— Ce qu'il cherchait doit être relativement petit, dit-il.

Il parcourut des yeux le rapport numérique que Bree était en train de rédiger.

— Sais-tu si Rachel possède des bijoux de valeur ? Une bague, peut-être ?

— Je ne l'ai jamais vue porter de bijoux, mais c'est possible.

— Dans ton texto, hier soir, tu disais que tu pensais avoir trouvé quelque chose.

Bree sortit son téléphone et fit apparaître sur l'écran une photo.

— Pas très loin de la porte d'entrée, j'ai trouvé ça sous un coussin, dit-elle en lui tendant l'appareil.

— Un bout de papier vierge ?

Il agrandit l'image le plus possible sans la pixéliser.

— En quoi est-ce intéressant ?

— Je ne suis pas sûre que ça le soit. Mais ça m'a semblé bizarre. Une longue bande de papier, déchirée à un endroit.

Elle tendit la main pour reprendre son téléphone.

— Je n'en ai pas trouvé d'autres dans l'appartement, mais en partant, j'ai remarqué ça, dehors, contre un des murs de la maison de Martina.

Adam reprit le téléphone et examina la photo suivante. Un bout de papier identique au premier, sauf que celui-ci était dans l'herbe, au pied du mur.

— Je les ai ramassés et enregistrés comme pièces à conviction, expliqua Bree. On ne sait jamais.

Un peu dépité de ne pas avoir de pistes plus sérieuses, Adam ouvrit un autre rapport.

— D'accord. Laissons l'effraction de côté et penchons-nous maintenant sur le meurtre d'Eric.

Quand Bree regarda le rapport sur sa tablette, ses yeux s'écarquillèrent.

— Tout ce sang !

— Il a reçu plusieurs coups de couteau dans la poitrine et il a eu la carotide sectionnée, expliqua Adam en faisant défiler les photos. Quand l'équipe médico-légale l'a retourné sur le côté, elle a constaté qu'il avait également été poignardé dans le haut du dos.

Bree se mordit les lèvres, ce qu'elle faisait chaque fois qu'elle hésitait à dire quelque chose.

— Quoi ? demanda Adam.

— C'est une pensée que je préférerais ne pas avoir eue mais autant de coups de couteau évoquent...

— Le crime passionnel, compléta Adam.

— Rachel n'a pas pu faire une chose pareille. C'est impossible !

La natte de Bree se balançait d'un côté et de l'autre chaque fois qu'elle secouait la tête, comme pour donner plus de poids à ses propos.

— Nous ne pouvons écarter aucune possibilité, tu le sais.

— Peut-être qu'il avait une maîtresse et qu'il s'est si mal conduit avec elle qu'elle a fini par le tuer, suggéra Bree en désignant les photos. Ou que cette maîtresse était elle-même mariée et que c'est son mari qui s'est vengé.

— Encore une fois, nous allons enquêter sur tout le monde. Il va falloir vérifier les antécédents d'Eric. Son téléphone était protégé par un mot de passe ; nous devons donc attendre que son opérateur nous fournisse les relevés d'appels. Pendant ce temps, la police scientifique essaye de craquer le mot de passe. Il pourrait y avoir dans ce téléphone des photos qui nous aideraient.

Il marqua une pause pour laisser le temps à Bree de tout noter.

— Fais une recherche sur les réseaux sociaux. Vois s'il avait des comptes. Il traînait pas mal au Dead End. Je vais interroger le barman sur les fréquentations qu'il avait là-bas.

— Demande-lui s'il venait avec une femme, ou en retrouvait une là-bas. Sais-tu où il travaillait ?

— Je sais juste qu'il travaillait dans le bâtiment et faisait des petits boulots au noir. S'il faut en croire Marge, précisa Adam.

Bien que pour certains la patronne du Busy B Café soit une incorrigible pipelette, Adam trouvait souvent très utiles les ragots qu'elle colportait.

— Je retourne sur les deux scènes cet après-midi. Je te laisse vérifier les antécédents d'Eric. Et prévois de travailler demain, d'accord ? Je veux mettre le paquet sur cette double enquête.

— Pas de problème, dit Bree.

Posant un coude sur le bureau, elle mit son menton dans sa paume et fit à nouveau défiler les photos des deux scènes de crime.

— Le cambrioleur cherchait quelque chose ; c'est évident. Mais pourquoi Rachel aurait-elle eu chez elle ce quelque chose ? Et comment a-t-il abouti chez elle ?

— Eric lui a peut-être dit que c'était Rachel qui avait ce qu'il cherchait, quoi que ça puisse être.

Adam sentit la colère bouillonner en lui à cette pensée. Il fallait être un vrai fumier pour mettre en danger son ex-femme.

— Il faut qu'on retrouve l'inconnu avec qui Eric s'est battu vendredi soir, au Dead End. Quelque chose me dit qu'il est impliqué là-dedans d'une manière ou d'une autre. Comme j'ai vu son visage, je pense que je serais capable de le reconnaître.

Bree se mit à relire à haute voix les notes qu'elle avait prises sur sa tablette.

— Si on récapitule, Eric et un inconnu se sont battus au Dead End vendredi soir. Eric a passé le week-end en prison. Lui et Rachel se sont disputés lundi en début d'après-midi. Eric a été tué entre lundi après-midi et vendredi matin, et vendredi soir, Rachel a été cambriolée et poussée dans l'escalier par l'homme qui s'est introduit chez elle.

Adam se leva, indiquant que la réunion touchait à sa fin.

— Il me semble normal de considérer Rachel comme suspecte dans la mort d'Eric, déclara Bree en fermant sa tablette et en se levant à son tour. Mais le fait qu'elle ait été attaquée ne suffit-il pas à prouver son innocence ?

— Espérons que cela suffise. Mais lors de leur dispute, elle lui a dit que s'il s'approchait encore des enfants, ce serait la dernière chose qu'il ferait de sa chienne de vie.

Bree laissa échapper un juron.

— Appelle-moi si tu trouves quelque chose dans ses antécédents ou sur les réseaux sociaux. Je file au Dead End.

Adam la suivit hors de son bureau, refermant la porte derrière lui. Il rajusta son Stetson sur sa tête et se dirigea vers son SUV tandis que d'autres paroles de Rachel résonnaient dans son esprit.

Un parent est prêt à mourir pour protéger ses enfants. Et prêt à tuer, aussi.

— Parce que c'est la meilleure solution, maman, dit Rachel en remontant son lit en position assise. Chez tante Sylvie, à San Antonio, toi et les enfants serez en sécurité et je n'aurai pas à m'inquiéter pour vous.

— C'est une très mauvaise idée. Tu sais bien que Sylvie n'aime pas les enfants. Jamais elle n'acceptera de nous héberger.

Martina se laissa tomber dans le fauteuil visiteur.

— Même si vos vies sont en danger ?

Rachel n'avait ni frère ni sœur mais il lui semblait inconcevable que sa tante refuse d'aider sa propre sœur.

Martina se tapota les lèvres du bout de l'index. Puis elle extirpa son téléphone d'un fourre-tout en toile si grand qu'il aurait pu servir de valise.

— Quoi qu'il en soit, je ne te laisserai pas te débrouiller toute seule.

— Maman, tout ce que je te demande, c'est de prendre soin de mes enfants. Tes petits-enfants.

— Je le ferai, mais à une condition. Que tu viennes avec nous, dit Martina en attrapant la main de Rachel. Tu pourras te reposer à San Antonio. Rien ne t'oblige à rester ici.

Plutôt que de discuter, Rachel répondit :

— Appelle tante Sylvie. Vois ce qu'elle dit.

Pendant que sa mère parlait à sa sœur, Rachel consulta ses messages sur son téléphone. Marge lui souhaitait un prompt rétablissement et Adam lui avait envoyé un texto.

Adam : Juste pour prendre de tes nouvelles. Comment te sens-tu ?

Rachel : Mieux. Je sors bientôt.

Adam : Pour aller où ?

Rachel : J'ai demandé à maman d'emmener les enfants à S. A.

Adam : Et toi ?

Rachel répondit avec l'émoji symbolisant un haussement d'épaules et rempocha son téléphone juste au moment où sa mère terminait son appel.

— Nous pouvons aller chez Sylvie ! annonça Martina d'un ton triomphant. Elle n'est pas ravie de cohabiter avec les enfants, mais je suis sûre qu'elle va les adorer. Ce soir, elle a prévu de sortir mais elle cache une clé de secours dans une fausse pierre près de la porte de derrière.

Pas très prudent, mais bon, songea Rachel.

— Merci, maman. Je te suis très reconnaissante de ton aide.

— Je ferais mieux de rentrer faire les valises, dit Martina en se levant. Je passerai prendre les enfants et je reviendrai te chercher.

— D'accord. Dès que j'ai le feu vert, on pourra y aller.

Elle détestait mentir, même par omission. Mais la priorité absolue était de mettre sa famille en sécurité.

— Le problème, c'est que mon appartement est une scène de crime. Tu ne vas pas pouvoir aller prendre mes affaires.

— Oh ! mince. Heureusement que j'ai lavé le linge que tu as apporté hier matin. Je vais le prendre et s'il te manque quelque chose, on l'achètera à San Antonio.

Après le départ de sa mère, Rachel appela le snack-bar.

— Busy B Café, j'écoute, dit Marge avant de couvrir le micro pour houspiller le cuisinier, qui ne traitait pas les commandes assez vite. Désolée. Je suis à court de personnel, aujourd'hui. C'est pour une commande à emporter ?

— C'est Rachel.

— Comment vas-tu, ma jolie ? Je t'ai laissé un message, tout à l'heure. Tu devais dormir. Tout va bien ? Je passerai te voir demain, avant l'ouverture.

— Ça va, merci. J'ai bien reçu ton message. Je suis un peu embêtée parce que je sors aujourd'hui, mais je ne sais pas où aller dormir. Je ne peux pas rentrer chez moi ni chez maman, je ne me sentirai pas en sécurité tant que mon agresseur n'aura pas été arrêté.

— N'en dis pas plus, ma chérie. Je vais appeler Doc et lui demander de te donner sa meilleure chambre. Il t'en faut deux, peut-être ? Et tu as besoin d'un berceau et d'un lit pliant, non ?

— Marge, tu es un ange. Une chambre suffira. Maman emmène les enfants chez sa sœur, à San Antonio, expliqua Rachel, les larmes aux yeux. Je ne te remercierai jamais assez.

— Il n'y a pas de quoi. C'est un plaisir, et Doc sera lui aussi ravi de t'aider.

Marge couvrit à nouveau le combiné pour crier quelque chose.

— Il faut que j'y aille, dit-elle. On a un monde fou, ce midi.

Rachel contempla son téléphone pendant quelques instants, et se décida à envoyer un texto à Adam.

J'ai besoin d'un transport cet après-midi.

Adam retira ses lunettes de soleil et laissa ses yeux s'habituer à la pénombre dans laquelle était plongée la salle du Dead End. Il fut surpris de voir aussi peu de monde, même pour un samedi après-midi. Le niveau sonore était étonnamment bas. Seuls quelques piliers de bar et deux motards qui jouaient au billard faisaient peu de chahut. Et le bruit de fond était assuré par le match de préparation des Astros qui passait sur les trois écrans plats suspendus à différents endroits de la salle.

— Salut, Adam. Pression ou bouteille ?

Derrière le bar, Max tranchait des citrons verts en prévision de la soirée qui promettait d'être animée.

— Je ne bois pas. Je suis en service, répondit Adam en désignant d'un coup de menton l'extrémité du comptoir, où personne n'était assis.

Il s'assit sur le tabouret du fond et attendit que Max le rejoigne.

Passant un torchon sur le dessus du bar, Max demanda :

— Qu'est-ce qui se passe ?

— Cette bagarre entre Eric Miller et cet inconnu, il y a une semaine, vous savez ce qui l'a déclenchée ?

Adam prit un bâtonnet au distributeur et se le mit entre les dents.

— D'abord, je ne suis pas sûr que l'autre type soit vraiment un inconnu. Du moins pour Eric, confia Max à voix basse en posant les coudes sur le comptoir. Il est arrivé le premier et s'est assis le dos contre le mur tout au fond de la salle, là-bas, expliqua-t-il en désignant d'un signe de tête une table de quatre. Eric est arrivé cinq minutes plus tard, ou peut-être dix. Il l'a rejoint directement et s'est assis en face de lui.

— Et ils se sont disputés tout de suite ?

Max haussa les épaules.

— J'étais occupé alors je n'ai pas vraiment fait attention. Mais à aucun moment je n'ai vu l'autre type sourire. Et Eric avait l'air nerveux.

— Eric venait ici avec des femmes ? Une en particulier ?

— Je ne l'ai jamais vu arriver avec une femme. Après quelques verres, il commençait à draguer les clientes non accompagnées, dit Max avant de se retourner, quelqu'un l'ayant appelé. Attendez une seconde. Je reviens tout de suite.

Pendant que Max allait remplir un autre pichet pour les motards, Adam fit pivoter son tabouret et balaya la salle du regard. Il était venu deux ou trois fois, plus jeune, le Dead End étant l'un des rares endroits ouverts le soir à Resolute. Mais les cow-boys ivres venus se défouler et les femmes solitaires en quête d'admirateurs le rendaient triste. Il avait vite compris qu'il ne trouverait jamais au Dead End ce qu'il cherchait dans la vie.

Quand Max revint, il le questionna :

— Vous avez entendu ce qu'ils disaient ? De quoi ils parlaient ? Vous savez ce qui a déclenché la bagarre ?

— Non, pas vraiment. Eric parlait à voix basse. À un moment, l'autre gars lui a demandé où se trouvait un truc. Mais avec le monde qu'il y avait, je n'avais pas le temps de m'occuper de leurs affaires. Un peu plus tard, sans crier gare, ils se sont mis à tout casser dans le bar.

Max fit un signe à quelqu'un qui entrait.

— Merci, dit Adam en se levant avant de poser une question qui le taraudait. Depuis combien de temps Eric venait-il draguer ici ? Vous vous en souvenez ?

— Depuis des années. Je dirais même depuis toujours.

8

La porte de la chambre de Rachel était ouverte. Lorsqu'il arriva devant, Adam s'arrêta pour observer la scène.

— Mais enfin, maman, tu vois bien que je ne peux pas partir avec vous, dit Rachel, qui tenait Daisy sur ses genoux, tandis que Brad était assis sur le lit, à côté d'elle, et jouait avec son nouvel ours en peluche. Je n'ai pas encore reçu l'autorisation de sortir. Il est hors de question que tu m'attendes car je ne veux pas que tu fasses le trajet jusque chez tante Sylvie après la tombée de la nuit. En plus, le docteur Mason veut me revoir dans quelques jours pour un contrôle.

— Des médecins, il y en a à San Antonio, répliqua Martina en croisant les bras sur sa poitrine.

— Je préfère être suivie par le docteur Mason puisque c'est lui qui m'a prise en charge à mon arrivée à l'hôpital. Dès qu'il me donnera le feu vert, je vous rejoindrai.

Sous le coup de l'émotion, les deux femmes avaient haussé le ton.

Adam entra dans la chambre, un sourire hésitant sur les lèvres.

— J'espère que je ne risque rien ?

— Adam, dit Martina en ouvrant les mains pour lui souhaiter la bienvenue. Ma fille est têtue comme une mule et ne veut rien entendre. En restant ici, elle se met en danger. Elle doit quitter la ville avec les enfants et moi. Dites-lui, vous.

— Adam, s'il te plaît, peux-tu faire comprendre à ma mère que je ne risque rien ?

Rachel lui fit signe derrière le dos de sa mère d'abonder dans son sens.

— Après ce qui s'est passé hier, je comprends que vous vous fassiez du souci pour votre fille, Martina, commença Adam, mal à l'aise de devoir jouer les arbitres. Cela m'embête beaucoup d'aborder le sujet maintenant mais, euh, pour les besoins de l'enquête, Rachel doit rester à Resolute.

Adam choisissait ses mots avec soin, ne voulant surtout pas dire quoi que ce soit de susceptible de perturber les enfants.

Martina le regarda avec stupeur.

— Quoi ? Vous êtes sérieux, là ? Vous la considérez encore comme suspecte ? s'indigna-t-elle. Quoi qu'il en soit, elle ne peut pas rentrer chez elle. Où ma fille va-t-elle dormir ?

Les enfants levèrent des yeux alarmés en entendant le cri du cœur de leur grand-mère.

Adam s'empressa de les rassurer, déclarant très calmement :

— Je vais lui trouver un point de chute.

Se retournant vers le lit, Martina foudroya sa fille du regard.

— Tu m'as menti. Tu m'as fait croire que tu viendrais avec nous.

— Je ne t'ai pas menti, maman, répliqua Rachel en tendant à Daisy le petit ours rose, évitant soigneusement le regard de sa mère. J'avais complètement oublié que le docteur Mason souhaitait me revoir. Et Adam ne m'a jamais dit que je devais rester en ville.

Lorsqu'elle croisa le regard d'Adam, elle devint rouge comme un coquelicot avant de vite détourner les yeux. Elle rougit quand elle ment ; c'est bon à savoir, songea-t-il.

— Bon, eh bien, on va y aller, dit Martina, contrariée.

Elle attrapa son fourre-tout et contourna le lit pour prendre Daisy.

— Fais un bisou à ta maman, Brad.

Rachel serra son fils dans ses bras.

— Chéri, c'est le shérif adjoint Reed qui t'a apporté les bonbons et l'ours en peluche. Qu'est-ce que tu lui dis ?

Le petit garçon regarda Adam puis enfouit son visage dans le giron de sa mère.

— Qu'attends-tu pour le remercier, Brad ? insista Rachel en tendant Daisy à sa mère.

Tendant l'ours vers Adam, Brad murmura un vague merci en le regardant à peine. Puis il se glissa sur les genoux de sa mère, dès que Daisy eut libéré la place tant convoitée.

— Maman, veille à ce qu'il ne se bourre pas de bonbons, recommanda Rachel. Et toi, dit-elle à son fils, sois sage et obéis à Mamie, d'accord ?

Brad hocha la tête puis donna un coup de pied à la barrière qui l'empêchait de descendre du lit. Adam le souleva dans ses bras et le tint quelques secondes avant de le poser par terre.

Il espérait avoir un jour une maison remplie de petits Brad et de petites Daisy.

— Maman, appelle-moi quand vous serez arrivés. Tu veux bien ?

— On verra, répondit Martina, revêche. Je devrais peut-être te faire languir, histoire que tu voies ce que ça fait de s'inquiéter pour sa famille.

Au moment de franchir le seuil, Martina revint sur ses pas pour embrasser Rachel sur le front.

— Une vraie gosse ! la railla Rachel.

Après avoir jeté à Adam un regard dépité, Martina sortit dans le couloir, poussant la poussette de Daisy d'une main tandis que de l'autre, elle tenait fermement Brad.

Adam se tourna vers Rachel en haussant les sourcils.

— Quelque chose me dit que tu n'avais pas du tout oublié ton rendez-vous avec le docteur Mason.

— Il fallait que j'arrive à la convaincre de partir sans moi, se défendit Rachel. D'ailleurs, merci pour ta présence d'esprit. Le coup de « l'interdiction de quitter la ville » était bien trouvé.

Voyant qu'il ne répondait pas, elle lui lança un regard noir.

— Ne me dis pas que je ne peux pas quitter la ville. Pour de vrai, je veux dire. Que je suis *vraiment* suspecte.

— Je ne fais que suivre les procédures.

— Tu aurais pu le préciser quand tu m'as interrogée.

— J'ai jugé que c'était inutile. Je n'ai pas pensé que tu étais susceptible de quitter la ville.

— Je n'ai pas l'intention de m'en aller, déclara Rachel en tendant le cou vers le couloir. Ils sont partis ?

Adam jeta un coup d'œil.

— Ils attendent l'ascenseur.

Repoussant drap et couverture sur le côté, Rachel sortit ses jambes du lit, gainées dans un jean slim. Après avoir défait les cordons de sa chemise d'hôpital, elle s'en débarrassa. Elle portait un T-shirt bleu ciel, invisible sous la chemise.

— Peux-tu m'aider à abaisser cette fichue barrière de lit ? demanda-t-elle en secouant la barrière, qui ne bougea pas d'un pouce. L'infirmière l'avait baissée mais la première chose que maman a faite en arrivant tout à l'heure, ça a été de la remonter des deux côtés.

Adam ne bougea pas le petit doigt.

— Pourquoi es-tu déjà habillée si tu n'as pas encore reçu l'auto-risation de sortir ?

Elle leva les yeux au ciel puis secoua la tête.

— Comme je te l'ai dit, il fallait à tout prix que maman prenne les enfants et file.

Ils se défièrent un instant du regard puis Rachel secoua la barrière.

— Qu'est-ce que tu attends ?

Adam déverrouilla la barrière et l'aida à descendre du lit.

— Tu as de la suite dans les idées, je le reconnais, dit-il. Mais tu mens comme un arracheur de dents et ça, ça m'inquiète.

Rachel pressa le bouton d'appel.

— Je suis sur le départ, annonça-t-elle à l'infirmière qui prit l'appel.

— Je vous envoie une aide-soignante, répondit la voix désincarnée.

Tout en enfilant ses baskets, Rachel leva les yeux vers Adam.

— Je ne suis pas spécialement douée pour mentir, et je déteste ça. Mais pour le bien de ma mère et de mes enfants, j'ai dû broder un peu.

— Pourquoi tenais-tu tant à rester à Resolute avant même de savoir que tu n'avais pas vraiment le choix ?

— Marge compte sur moi. Entre la coupure que je me suis faite à la main et cette chute dans l'escalier hier, cela fait déjà trois jours que je ne suis pas allée travailler. Marge a autant besoin de moi que moi, j'ai besoin de ce boulot. Si je le perds, la mutuelle à laquelle il me permet de cotiser sera automatiquement résiliée. Sans compter que je n'ai pas fini de payer mes études.

— Je pensais que tu prenais des cours en ligne.

— C'est une université en ligne. Cela coûte moins cher qu'en présentiel mais les frais restent malgré tout assez élevés.

Elle mit sa boîte de chocolats dans un sac en toile ressemblant à celui de sa mère et prit sa plante. Juste à ce moment-là, un aide-soignant entra dans la chambre avec un fauteuil roulant.

— Je serai diplômée dans quelques mois, continua Rachel. Et j'ai déjà reçu des offres d'emploi comme assistante administrative dans des entreprises de Houston et de Dallas.

Ne sachant quoi dire, Adam s'empara de sa petite valise et suivit le convoi. Rachel bavardait avec l'aide-soignant qui la conduisait à l'ascenseur, sans se douter le moins du monde qu'elle venait de briser le petit espoir qu'Adam nourrissait secrètement.

Le coude appuyé sur la console centrale du pick-up d'Adam, Rachel massa son front, derrière lequel la migraine faisait à nouveau rage. Ils venaient d'arriver au motel et Adam s'était garé tout au bout de la rangée de chambres séparées. Au lieu de descendre du véhicule, elle ferma les yeux et prit une profonde inspiration.

— Tu as présumé de tes forces, on dirait, fit remarquer Adam d'un ton bienveillant. Je vois que tu as à nouveau mal à la tête. Reste là. Je vais chercher la clé chez Doc.

Il lui en voulait d'avoir menti à sa mère, et depuis qu'ils avaient quitté le parking de l'hôpital, il n'avait pas desserré les dents. Épuisée par sa migraine, Rachel appréciait le silence mais elle sentait bien qu'il était mécontent.

Adam revint avec la clé et ouvrit la porte de la chambre. Puis il aida Rachel à descendre du pick-up.

— Je pensais que mon véhicule personnel attirerait moins l'attention, mais je n'avais pas réfléchi à la marche.

— Avec le marchepied, ce n'est pas si difficile que ça.

À peine avait-elle prononcé ces mots qu'elle trébucha et tomba dans les bras d'Adam.

— J'ai toujours été un peu maladroite, dit-elle, confuse.

— Pas du tout. Cette prétendue maladresse est à mettre sur le compte de ton traumatisme crânien et de cette longue journée. Il ne s'est même pas écoulé vingt-quatre heures depuis que tu as dégringolé dans l'escalier.

— Je me suis pris une sacrée gamelle ! gloussa Rachel.

— Je te porte à l'intérieur, décréta Adam en la soulevant dans ses bras.

Il lui fit passer le seuil de la chambre et la déposa sur le lit.

— Je vais chercher tes affaires.

Rachel le laissa faire.

Il réussit à tout rapporter en un seul voyage. Après avoir fermé la porte, il posa les marguerites sur la table de chevet.

— Où sont tes médicaments ? Dans ta valise ou dans ton sac ?

Rachel se frappa le front et s'effondra contre ses oreillers.

— Zut ! J'ai complètement oublié de passer à la pharmacie.

— Ce n'est pas grave ; je vais aller te les chercher. Il va te falloir aussi quelques provisions, ajouta Adam en furetant dans la kitchenette.

— Je verrai ça plus tard, répondit Rachel qui n'avait vraiment pas la tête à faire des courses.

— Dis-moi ce que tu veux.

Adam s'assit dans un fauteuil, près du lit, et sortit un bloc-notes et un stylo. Elle leva les yeux au ciel.

— Je t'écoute, insista-t-il. Il vaut mieux que tu me dises ce qui te ferait plaisir si tu ne veux pas que je te rapporte des entrecôtes et du whisky.

— Je ne suis pas encore d'attaque pour ce genre de choses.

En fixant le plafond, elle lui dicta une liste de courses dans laquelle figuraient ses biscuits préférés. Ses enfants lui manquaient déjà. Et sa mère, qui avait toujours été là pour elle, étant partie aussi, elle allait vraiment avoir besoin de biscuits.

— Il te faut autre chose ? demanda Adam, qui la regardait, le stylo en l'air.

— Non, ça ira comme ça. Merci. Merci pour tout, dit-elle en le gratifiant d'un sourire.

Il lui décocha un clin d'œil.

— Ne bouge pas de là. Je n'en ai pas pour longtemps.

Et sur ce, il fila.

Rachel tourna la tête et contempla son pot de fleurs. Pendant tout le trajet depuis l'hôpital, elle l'avait gardé contre elle. Adam soufflait tantôt le chaud tantôt le froid. Il avait eu l'air en colère contre elle, tout à l'heure, et voilà que maintenant il était prêt à se mettre en quatre pour lui faire plaisir. Elle tendit le bras et toucha une fleur du bout du doigt.

Les marguerites ne mentent jamais, n'est-ce pas ?

Ses yeux se fermèrent et dans son rêve, elle se retrouva dans un champ de marguerites géantes qui toutes lui murmuraient inlassablement : il t'aime. Un peu. Beaucoup. Pas du tout...

Lundi en fin de matinée, Adam leva les yeux lorsque Bree frappa à la porte ouverte de son bureau. Il lui fit signe d'entrer.

— J'en sais plus sur Eric Miller.

Elle s'assit dans un fauteuil et posa un dossier sur son bureau.

— J'ai demandé certaines de ces infos samedi, mais comme il fallait s'y attendre, la plupart des bureaucrates ne travaillent pas le dimanche.

— Heureusement qu'ici, on s'est affranchi de toute cette paperasserie.

Elle ouvrit le dossier.

— Bref, tu veux savoir ce que j'ai découvert ?

Adam hocha la tête.

— Le casier judiciaire d'Eric. Arrêté à dix-sept ans et jugé un an plus tard, à sa majorité. Condamné à cinq ans de prison pour cambriolage et agression à main armée. Libéré au bout de deux ans pour bonne conduite, plus le temps passé en détention provisoire.

Adam émit un long sifflement.

— Je me demande si Rachel était au courant quand elle l'a épousé.

— Je ne sais pas. Mais certaines femmes sont prêtes à fermer les yeux sur beaucoup de choses quand elles sont amoureuses.

Fouillant dans son dossier, Bree en extirpa un papier qu'elle posa au-dessus.

— En ce qui concerne les réseaux sociaux, Eric n'avait pas de compte sur les plus courants. En revanche...

Elle le fixa, faisant durer le suspense.

— Quoi ?

— Il avait un compte sur Finder.

— Une application de rencontres ?

Adam haussa les épaules.

— Après tout, il était divorcé.

— Finder sert plus pour les plans d'un soir que pour trouver l'amour éternel, fit remarquer Bree. Mais peu importe. Les experts de la police scientifique ont réussi à accéder à son téléphone. Figure-toi qu'Eric a téléchargé l'application dès sa sortie de prison. Et qu'il a continué de l'utiliser pendant tout le temps où il a été marié avec Rachel.

— On savait déjà qu'il la trompait. Mais franchement, combien de rencontres a-t-il pu faire à Resolute ?

— Son terrain de chasse était peut-être plus étendu. Des villes comme Victoria ou même San Antonio ne sont pas à exclure. Il est possible que l'une de ses conquêtes l'ait tué.

Bree marmonna assez fort pour qu'il l'entende :

— Moi, je l'aurais probablement fait.

— On pourra se rapprocher de Finder, au besoin, dit Adam en pianotant sur son bureau. Mais ça ressemblait vraiment à un crime passionnel.

— Il est peut-être tombé sur une tigresse.

Il croisa le regard de Bree et tous deux détournèrent les yeux. Ni l'un ni l'autre ne mentionna Rachel.

— C'est du bon travail, dit Adam. Malgré les nombreuses hypothèses qu'il nous faut envisager, je reviens constamment à ce gars avec qui Eric s'est battu, au Dead End. Le meurtre d'Eric et le cambriolage chez Rachel sont probablement liés.

Bree acquiesça puis sembla soudain s'illuminer.

— J'ai oublié de te dire. L'avocate avec laquelle Cassie est amie nous a donné un sacré coup de pouce pour le programme en faveur des jeunes issus de milieux défavorisés. Tu te souviens de ce magasin discount sur Henderson qui a fait faillite il y a cinq ans ?

— Oui. Le bâtiment est resté vide depuis.

— Eh bien, cette procureure adjointe, Sara Bennett, a contacté le propriétaire, qui a décidé de nous en faire don. Du coup, on n'aura pas de loyer à payer, et à lui, ça lui permet d'obtenir une réduction d'impôts, expliqua Bree dont le sourire s'élargit encore. En plus, comme le conseil du comté traîne toujours un peu des pieds pour allouer une partie de son budget au programme, Sara finance la rénovation des locaux. Les travaux sont en cours. Nous espérons couper le ruban sous peu.

— C'est super ! Et dire qu'il n'y a que quelques mois que tu es dans le service ! Je suis impressionné par la rapidité avec laquelle tu as fait bouger les choses.

À l'adolescence, Bree était tombée dans la délinquance. Le commissariat de son quartier, à San Antonio, avait mis sur pied un programme encadré par des policiers et destiné à aider les jeunes en difficulté. C'était grâce à ce programme qu'elle s'en était sortie. Lorsqu'elle était entrée dans la police, elle avait à son tour lancé un programme du même type. Et quand elle était devenue shérif adjointe du comté de Boone, elle n'avait eu de cesse de trouver là aussi un moyen d'aider les jeunes à éviter les centres de détention et les maisons de correction. L'affaire de drogue qu'elle et Noah avaient résolue en janvier n'avait fait que renforcer son désir de créer une telle structure. Elle avait fait part de son projet à Cassie, qui avait immédiatement sollicité son amie magistrate. Grâce à elles trois, et au soutien d'Adam, qui avait lui aussi fait pression sur le conseil du comté, le programme était sur le point de voir le jour.

Son téléphone sonna. Il répondit dès qu'il vit le nom de Rachel sur l'écran.

— Salut. Il y a un problème ?

— Non, non. Ça m'embête de te déranger mais j'ai rendez-vous avec le médecin. On m'a prévenue à la dernière minute, sinon j'aurais pu m'organiser.

— J'arrive tout de suite.

Bree fronça les sourcils.

— Que se passe-t-il ? C'était Rachel ? Tout va bien ?

— Oui, ça va. Elle a juste besoin d'un chauffeur pour aller chez le médecin.

— Je peux l'emmener, si tu es occupé, proposa-t-elle en se levant et en le suivant dans le hall. Adam, je serais ravie de...

— Continue de bosser sur l'affaire, dit Adam.

Lorsqu'il passa devant le bureau d'Helen, il lança :

— Je m'absente un petit moment. À tout à l'heure !

— Où vas-tu ? demanda Helen.

Adam ne prit pas la peine de répondre. Bree se chargerait de mettre Helen au courant. Elles commenteraient à n'en plus finir le fait qu'il ait insisté pour conduire Rachel à son rendez-vous, et elles s'empresseraient d'en tirer des conclusions hâtives.

En temps normal, ça l'aurait contrarié. Mais présentement, tout ce qui lui importait, c'était que Rachel aille bien. Ce rendez-vous de contrôle, trois jours seulement après sa chute dans l'escalier, semblait prématuré. Elle n'avait pas pu récupérer en aussi peu de temps. Craignant une aggravation, Adam tenait à entendre l'avis du médecin lui-même.

Il était à peu près sûr que Rachel refuserait mais il allait essayer de la convaincre. Et il avait une petite idée sur la manière dont il allait s'y prendre.

— Ce n'est pas un peu tôt pour ta visite de contrôle ? demanda Adam, qui avait attendu d'être garé devant le centre médical pour poser la question, histoire d'éviter qu'elle se braque et lui fasse la tête pendant tout le trajet.

Haussant les épaules, elle détacha sa ceinture.

— Je me sens en pleine forme. Et le docteur Mason est prêt à me recevoir aujourd'hui. Merci d'avoir fait le taxi, dit-elle en lui décochant un sourire.

Et cela suffit à transformer sa journée, même s'il restait persuadé qu'elle avait tort de précipiter les choses. Il sortit de sa voiture de patrouille et la rejoignit.

Rachel croisa les bras sur sa poitrine.

— Qu'est-ce que tu fais ?

— Je t'accompagne à l'intérieur.

— Merci, mais ce n'est pas la peine.

Son refus était poli mais définitif à en juger par son ton sec.

— Je préfère patienter dans la salle d'attente plutôt que dans la voiture.

Adam savait qu'elle ne trouverait rien à répondre.

Elle entra dans le centre médical et se dirigea vers l'ascenseur, Adam sur ses talons. Lorsqu'ils eurent trouvé le cabinet du docteur Mason, Rachel s'enregistra à l'accueil pendant qu'Adam allait s'asseoir dans la salle d'attente. Puis elle le rejoignit et s'assit à côté de lui. Sans lui décocher un mot.

— J'aimerais entrer avec toi et entendre ce que dit le médecin.

Rachel monta aussitôt sur ses grands chevaux.

— Certainement pas ! C'est une atteinte à ma vie privée.

— Pas si tu m'y autorises, argua Adam du tac au tac.

— Qu'est-ce qui te fait croire que je le ferais ? Ça ne te regarde pas.

— Laisse-moi t'expliquer, d'accord ?

Comme elle se tournait vers lui pour protester, il leva une main devant lui pour lui clouer le bec. Elle le fusilla du regard mais garda le silence.

— Je sais que tu es impatiente de reprendre le travail, dit Adam. Mais si tu n'es pas tout à fait rétablie, tu risques d'une part de compromettre ta santé, et de l'autre d'être une proie plus facile si quelqu'un cherche à te faire du mal.

— Si je comprends bien, tu penses que je ne te dirai pas la vérité si le médecin estime que je ne suis pas prête. En gros, tu ne me fais pas confiance.

La voix de Rachel tremblait de colère.

— Je t'ai vue à l'œuvre avec ta mère. Tu lui as menti sans vergogne pour qu'elle parte avec les enfants. Je veux juste m'assurer que tu ne présumes pas de tes forces.

— C'est pour son bien et celui des enfants que j'ai menti à maman. Mais à toi, je n'ai jamais menti. Jamais, tu m'entends !

— Écoute, Rachel, c'est juste que...

— Tu te rappelles quand je suis passée à ton bureau pour être interrogée ?

Adam hocha la tête.

— Ce jour-là, continua Rachel, tu m'as demandé de te faire confiance. Rien ne m'y obligeait et je n'avais pas grand-chose à y gagner. Mais je l'ai fait quand même. C'est *moi*, aujourd'hui, qui *te* le demande. Fais-moi confiance pour te dire la vérité sur le verdict du médecin, qu'il me soit ou non favorable.

Adam avait du mal à déglutir à cause de la boule qui s'était formée dans sa gorge. Son attitude vis-à-vis de Rachel était inadmissible. Il regrettait de lui avoir fait des reproches. Elle avait eu raison de le remettre à sa place. Qui était-il pour lui faire la leçon ? Pour exiger qu'elle lui fasse confiance, et douter ensuite de sa parole ? Avoir à cœur sa santé était une chose, mais de là à l'obliger à lui fournir un certificat médical signé de son médecin... Adam y était allé un peu fort.

Il avait terriblement honte, d'autant plus que son plan initial consistait à lui proposer un marché. Si elle l'autorisait à l'accompagner, et que le médecin estimait qu'elle était rétablie, il la ramènerait chez elle pour qu'elle récupère sa voiture. Comme c'était généreux de sa part !

Il se passa une main dans les cheveux.

— Je suis désolé. *Vraiment* désolé. Je te fais confiance, Rachel.

Elle lui jeta un regard méfiant, s'attendant visiblement à une nouvelle entourloupe.

— Je n'avais pas à te demander, et encore moins à exiger, de t'accompagner pour entendre de mes propres oreilles le verdict du médecin. Je suis tellement inquiet pour toi que je ne me suis pas rendu compte que j'outrepassais mes droits. J'ai toujours été protecteur avec mes frères, et aussi ma sœur bien qu'elle soit l'aînée. Mais eux, je les connais par cœur. Je m'aperçois que quand j'essaye de protéger quelqu'un qui ne fait pas partie de la famille, j'ai tendance à être un peu trop autoritaire.

— *Un peu ?* le railla Rachel. Et *autoritaire* est un doux euphémisme. Tu as tendance à être un dictateur dominateur et présomptueux, qui veut que tout soit fait comme il l'entend et pas autrement.

Elle posa une main sur son avant-bras.

— Écoute, j'apprécie tout ce que tu as fait et fais encore. Cela me touche beaucoup que tu te soucies autant de ma santé, mais je n'ai pas besoin que tu me dictes ma conduite. J'ai moi aussi une famille ; je ne vais donc pas prendre de risques inutiles avec ma santé. D'accord ?

— Message reçu, dit Adam en hochant la tête.

Elle sourit et lui tapota le bras.

— Rachel Miller ? appela la femme à l'accueil, comme si la salle était remplie de patients. Le docteur va vous recevoir.

Tandis qu'il la regardait suivre la réceptionniste dans le couloir, Adam avait l'impression de sentir encore sa main sur son bras. Et il se jura de ne plus jamais la blesser. Ou du moins de tout faire pour éviter de la blesser, quoi qu'il lui en coûte.

— Alors, tu es un cas d'école de guérison express après un traumatisme crânien ? dit Adam en raccompagnant Rachel chez elle. C'est un sacré compliment de la bouche d'un neurochirurgien.

— C'est ce que le docteur a dit. J'ai récupéré bien plus vite que prévu. Plus vite que la plupart de ses patients, se vanta Rachel avec un sourire suffisant. J'ai hâte de me faire un shampoing. Je suis censée retourner au centre médical vendredi pour me faire enlever les agrafes.

Depuis sa discussion avec Rachel dans la salle d'attente, Adam se sentait plus serein. Il se réjouissait de la voir si enthousiaste. Elle semblait avoir retrouvé son entrain habituel et n'arrêtait pas de jacasser.

— Je te remercie de me ramener chez moi. Ça me fait bizarre de ne pas conduire et d'être dépendante pour le moindre déplacement. Je suis contente de récupérer ma voiture. Et je vais en profiter pour voir dans quel état est mon appartement, et pour me faire une idée de tout ce qu'il faudra nettoyer avant de retourner y habiter.

Voilà aussi pourquoi Adam avait tenu à l'accompagner. Il voulait être avec elle quand elle retournerait pour la première fois dans son appartement. Elle s'attendait à trouver du désordre, mais elle n'était pas préparée à encaisser le choc émotionnel que le saccage de son appartement ne manquerait pas de provoquer en elle. Ce n'était pas quelque chose qu'elle devait affronter seule.

— Quand penses-tu reprendre le travail ?

— J'ai le feu vert du médecin, aussi vais-je passer au Busy B pour voir si Marge a besoin de moi aujourd'hui.

Adam ne partageait pas l'avis du médecin. Pour lui, Rachel avait tort de reprendre déjà le travail. Surtout à temps complet.

— Tu devrais te ménager un peu, suggéra-t-il. Reprendre doucement.

— Adam, je me sens bien, assura-t-elle. Si je suis fatiguée, je ferai une pause. Ou je rentrerai plus tôt au motel. Je suis sûre que Marge se montrera conciliante sur mes horaires si je reprends aujourd'hui.

— Oui, très certainement.

Il se mordit la lèvre pour s'empêcher de chercher à la convaincre.

— C'est toi qui juges, admit-il finalement.

Un grand sourire illumina son visage.

— Je suis contente que tu le voies comme ça.

Même si ce n'était pas le cas, il n'allait pas la contredire et risquer de la contrarier à nouveau. Compte tenu de ce qui l'attendait quand elle découvrirait l'état dans lequel était son appartement, il préférait se taire. Il était là pour l'aider à affronter cette situation stressante, pas pour lui causer plus de tracas.

Il s'engagea dans l'allée, qu'il remonta jusqu'au garage, devant lequel il se gara.

— Merci encore pour le trajet. Je... euh, suppose que tu me tiendras au courant des progrès de l'enquête.

— Je monte avec toi.

Adam coupa le moteur et ouvrit la portière.

— J'ai déjà pris assez de ton temps, protesta Rachel en s'empressant de sortir du véhicule. Je vais juste jeter un coup d'œil à l'intérieur et prendre quelques affaires. Puis je repars aussi sec.

— Je viens quand même.

Adam la suivit tandis qu'elle se dirigeait vers l'escalier, au pied duquel elle se figea.

— C'est là que je suis tombée ?

Baissant les yeux, elle vit la tache encore rougeâtre sur le béton et blêmit.

Acquiesçant d'un hochement de tête, Adam la prit par le bras et l'encouragea à gravir les premières marches.

— Je t'accompagne. Je veux m'assurer que l'agresseur n'est pas revenu. Qu'il ne t'attend pas à l'intérieur.

Ce n'était qu'une partie de la raison qui le poussait à aller avec elle, mais elle semblait plus disposée à accepter de sa part une protection physique qu'un soutien moral.

Rachel s'arrêta au milieu de l'escalier.

— Tu penses qu'il a pu revenir ?

— C'est peu probable, mais je préfère ne pas prendre de risque. Toi si ?

Elle secoua la tête et continua jusqu'à la porte.

Adam lui prit les clés des mains et déverrouilla la porte.

— Laisse-moi juste vérifier que le champ est libre. Attends-moi ici.

Elle recula et s'agrippa à la rambarde du palier.

Il fallut moins de deux minutes à Adam pour faire le tour de l'appartement et revenir. Il tint la porte ouverte à Rachel, l'invitant à entrer. Elle fit un pas à l'intérieur et se figea.

— Il est clair que l'intrus cherchait quelque chose, dit-elle en retenant ses larmes. Je ne m'attendais pas à un tel niveau de vandalisme.

Les meubles qu'elle avait achetés au prix de gros sacrifices étaient détruits, les étagères renversées, les bibelots brisés.

— Je sais. C'est difficile à encaisser, dit Adam en passant un bras autour de ses épaules. Mais tu n'auras pas à tout nettoyer seule. On va t'aider.

Elle restait plantée là, comme statufiée, une main plaquée sur la bouche. Et contemplait le désastre, n'en revenant pas d'avoir autant d'affaires. Ses yeux parcouraient la décharge qu'était devenue sa salle de séjour, s'attardant ici et là, sur divers objets : les photos de Brad et de Daisy qui avaient valdingué à l'autre bout de la pièce, le verre des cadres brisé ; les livres qu'elle lisait quand elle était petite, qu'elle avait gardés pour ses enfants et qui étaient maintenant éparpillés par terre, les pages arrachées et leurs reliures abîmées.

Le spectacle qu'offrait sa cuisine était encore plus désolant. La farine, le sucre, les épices, et tout ce que contenaient ses placards formaient une sorte de monticule sur le sol. Des cartons de lait vides gisaient dans l'évier.

Elle se tourna vers Adam.

— Je préfère être seule pour aller voir les chambres.

— Tu es sûre ? Je...

— J'en suis sûre.

— D'accord. Je vais t'attendre dehors. Mais appelle-moi si tu as besoin de quoi que ce soit. Ou si ça ne va pas.

— Je suis contente que tu sois resté, dit Rachel en grimaçant. J'ai juste besoin d'être seule pour assimiler tout ça.

Elle referma la porte derrière Adam et balaya à nouveau la pièce du regard.

Ce ne sont que des objets. Ça aurait pu être bien pire.

Les enfants et moi pourrions avoir perdu la vie.

Malgré cette petite voix intérieure qui essayait de la raisonner, elle étouffa un cri lorsqu'elle découvrit la chambre de ses enfants. Le lit de Brad était en morceaux sur le sol. Le matelas du berceau de Daisy avait été éventré, la mousse à l'intérieur arrachée. Il y avait partout des livres d'images déchirés, des jouets cassés, de petits vêtements éparpillés. Même les tirelires que sa mère avait offertes aux petits à leur naissance étaient brisées. Des éclats de porcelaine rose et bleu jonchaient le sol. Des pièces de monnaie avaient roulé dans tous les coins. Scandalisée par la violation du sanctuaire de ses enfants, Rachel sentit la colère, en elle, prendre le pas sur l'effroi.

Elle passa devant la salle de bains sans y jeter un regard et s'arrêta sur le seuil de sa chambre. Le désordre n'était pas pire que dans le reste de l'appartement : matelas éventré, oreillers déchirés, livres éparpillés par terre, lampes cassées. Le contenu des tiroirs de sa commode avait été répandu sur le sol. Il ne s'agissait pas de lingerie à proprement parler mais de sous-vêtements basiques, achetés par lot au grand magasin le plus proche.

Il y avait belle lurette que Rachel avait renoncé aux jolies parures affriolantes. Elle se moquait que ses culottes soient en coton plutôt qu'en soie, confortables plutôt que sexy. Mais l'idée qu'un inconnu ait pu les toucher, même avec des gants, lui donnait la nausée. Elle était passée chez elle pour prendre quelques vêtements. En définitive, elle repartit sans rien, avec juste un goût amer de bile au fond de la gorge.

Rachel sortit et ferma la porte à clé. En voyant Adam froncer les sourcils, elle devina que son visage reflétait sa colère et son dégoût.

— Ça va ? demanda-t-il.

Elle descendit la première ; il se tenait juste derrière elle.

— Ça va, répondit-elle d'une voix tremblante.

Au milieu de l'escalier, elle flancha et voulut se rattraper à la rampe. Mais juste avant de la saisir, elle se ravisa. Le bois massif, patiné par les intempéries et par l'usage, présentait plusieurs larges éclats sous lesquels apparaissait sa couleur d'origine. Sa main se posa machinalement sur l'un des pansements de son autre bras. Baissant les yeux, elle remarqua une tache rougeâtre sur le bord d'une des marches. Encore du sang. *Son* sang.

Elle avait pris le contrôle de sa vie le jour où elle avait mis Eric à la porte, et depuis, elle n'avait jamais reculé devant une difficulté. Elle n'allait pas commencer aujourd'hui, surtout quand la sécurité de ses enfants était en jeu. Lorsqu'elle posa le pied sur la dernière marche, elle redressa le dos et rejeta les épaules en arrière.

Personne ne touche à mes enfants.

Le téléphone d'Adam sonna. Elle le laissa répondre.

— Salut, Helen. Que se passe-t-il ?

Il écouta quelques instants et dit :

— Non, je peux y aller. Envoie-moi l'adresse par SMS et dis à Noah de me retrouver là-bas.

Il rempocha son téléphone et la rattrapa.

Alertée par la tension qu'elle avait perçue dans sa voix, Rachel demanda :

— Il y a un problème ?

Il ne répondit pas tout de suite, comme s'il hésitait à la mettre au courant.

— Un autre corps a été découvert.

Comme elle ne réagit pas, il ajouta :

— Si tu es trop perturbée pour conduire, je peux te déposer au motel.

— Mais non, voyons ! Je *suis* perturbée, mais ce type m'a tout pris, alors je ne vais pas le laisser saccager *aussi* ma tranquillité d'esprit. Une fois que je serai occupée au travail, je n'y penserai même plus.

— D'accord. Dis-moi, je ne suis pas allé voir dans le garage. La porte est manuelle ou électrique ?

— Manuelle, répondit Rachel en la déverrouillant.

Il lui fit signe de s'écarter. Puis il ouvrit la porte et entra, une main sur son arme. Il jeta un coup d'œil à sa voiture et souleva une bâche. Puis il ressortit.

— RAS, dit-il. Tu peux y aller.

— Merci.

Elle parvint cette fois à lui sourire. Il lui sourit en retour.

— Je t'appellerai en fin de journée, dit-il. Si tu n'y vois pas d'inconvénients.

— Non, au contraire. Tu me diras si on a affaire à un tueur en série ou à une bande de voyous désœuvrés.

— Marché conclu !

Il partit sans plus attendre, gyrophare allumé, mais sans la sirène.

Rachel se mit au volant et recula sa voiture dans l'allée. Elle referma la porte du garage et avait déjà un pied dans la voiture quand Miss Frannie l'interpella.

— Ouf ! Il est grand temps que je me remette au sport, dit celle-ci, tout essoufflée, en tapotant son ventre post-grossesse. Comment ça va ? Ta mère m'a dit que vous partiez à San Antonio.

— Ça va, merci. Je dois y aller doucement mais le médecin m'a donné le feu vert pour reprendre le boulot.

Rachel sourit puis tiqua quand elle vit que Frannie fixait ses ecchymoses, sa tête partiellement rasée et ses points de suture.

— C'est moins grave que ça n'en a l'air, assura-t-elle.

— Pardon. Je ne voulais pas te dévisager, mais je suis étonnée de te voir déjà sur pied.

Frannie baissa les yeux puis sembla se rappeler qu'elle avait quelque chose dans la main.

— Regarde ce que j'ai trouvé dans la boîte de lait maternisé déjà entamée que ta mère m'a donnée pour Daisy.

Elle tendit une clé à Rachel.

— Je n'ai jamais vu cette clé, dit Rachel après l'avoir examinée.

— J'ai pensé que c'était peut-être quelque chose d'important, déclara Frannie en haussant les épaules.

Rachel se fichait pas mal de savoir ce qu'ouvrait cette clé. Ce qui était sûr, c'était que cette clé n'avait rien à faire dans une boîte de lait pour bébé. Mentalement, elle fit un rapide inventaire du contenu des sacs à langer de Daisy, et cela fit tilt dans son esprit.

— Peut-être que ma mère t'a donné le sac que j'avais rapporté de chez Eric. Il y avait une boîte à moitié pleine dans les affaires que j'ai récupérées. C'est sûrement à lui.

— J'ai jeté ce qui restait. À cause des microbes et tout ça, expliqua Frannie en faisant une petite grimace. J'espère que ça ne t'embête pas.

— Non, tu as très bien fait. Et je te remercie d'avoir gardé les enfants. Je ne sais pas ce que j'aurais fait sans toi.

— Je t'en prie. N'hésite pas en cas de besoin.

Frannie lui fit un petit signe de la main et repartit chez elle.

Rachel fourra la clé dans son sac et monta dans sa voiture, secrètement amusée par le perfectionnisme de jeune maman de Frannie. À la naissance du deuxième, elle lâcherait du lest et ne s'inquiéterait pas de voir ses enfants manger de la terre ou se balader avec des insectes vivants dans leurs poches.

Rachel se gara derrière le snack-bar, dans lequel elle entra par la porte de la cuisine.

Marge se précipita vers elle et prit sa main dans la sienne.

— Mais qu'est-ce que tu fiches ici ? Tu es censée être en convalescence.

La patronne du Busy B l'entraîna vers la première banquette vide et l'obligea à s'asseoir.

— Repose-toi. Je vais aller te chercher quelque chose à manger.

— Je vais bien. Le médecin m'a donné le feu vert. Je suis venue travailler.

— Tu es sûre qu'il est compétent, ce médecin ? demanda Marge en la scrutant d'un air inquiet. Tu plisses les yeux comme si tu avais mal à la tête.

— J'ai encore un peu la migraine. Mais ce n'est rien à côté de celle que j'avais samedi, dit Rachel en se levant. Ma tenue est au motel. Maman a eu la bonne idée de la mettre dans ma valise. Je vais m'en passer aujourd'hui. J'enfile mon tablier et je suis prête pour le coup de feu de midi.

— Tu es sûre ? Je ne veux pas que tu travailles si tu n'es pas totalement rétablie.

— Merci, dit Rachel avec un hochement de tête décidé. Pour tout. Mais je vais devenir folle si je reste assise à ne rien faire dans cette chambre de motel. J'ai hâte de reprendre le boulot.

— C'est une excellente nouvelle, déclara Marge en la suivant dans le vestiaire. Seule, j'ai vraiment du mal à m'en sortir. Mais comment diable as-tu fait ton compte pour dégringoler en bas de cet escalier ? Je ne te savais pas aussi maladroite, continua-t-elle avec des trémolos dans la voix.

Rachel se retourna et serra Marge dans ses bras.

— Je suis désolée de t'avoir inquiétée.

Marge renifla puis repoussa Rachel.

— Penses-tu ! Je n'étais pas inquiète du tout. Tout le monde sait que tu as la tête dure.

Elle se détourna pour sécher discrètement les larmes qui lui étaient montées aux yeux.

— Tant mieux, alors. Je ne voudrais pas tournebouler quelqu'un d'aussi émotif que toi. S'il m'était arrivé malheur, tu pleurerais toutes les larmes de ton corps, effondrée de chagrin.

— Ma jolie, si un jour je m'effondre, il faudra appeler les pompiers pour me relever, répliqua Marge en souriant. Maintenant, enfile ton tablier et va bosser. L'heure tourne.

Quelques habitués, parmi les clients, se réjouirent de la voir de retour et se montrèrent compatissants. Mais au fil de l'après-midi, elle surprit des commentaires beaucoup moins bienveillants.

Une femme se pencha au-dessus de la table pour confier à son mari :

— J'ai toujours pensé qu'elle avait quelque chose qui clochait.

Le gérant de la supérette déclara à ses trois compagnons de table :

— J'ai été témoin de leur dispute, et je l'ai entendue de mes propres oreilles le menacer. Et voilà que comme par hasard, quelques jours plus tard, on le retrouve assassiné !

— Peut-être qu'on devrait trouver un autre endroit pour nos déjeuners hebdomadaires, suggéra une femme à ses amies, qui s'empressèrent d'approuver.

À la fin de son service, Rachel, épuisée, avait l'impression que sa tête allait éclater. Dégoûtée par toute cette médisance, elle luttait contre les larmes. Des clients qu'elle avait servis pendant des années avec courtoisie et respect, avec qui elle avait si souvent plaisanté et bavardé, pensaient maintenant qu'elle avait tué Eric. Elle se rendait compte que le shérif adjoint Dave Sanders était malheureusement loin d'être le seul à la croire coupable. Il n'était pas, comme elle l'avait pensé, juste un flic irascible qui espérait monter en grade en la forçant à avouer. Elle avait compris, après une journée à se faire regarder de travers et à ne pas recevoir de pourboires, que la moitié de la ville pensait comme lui.

Lorsqu'elle la vit se traîner jusqu'au comptoir, Marge déclara :

— À ce rythme-là, tu ne tiendras pas le coup. Il faut que tu fasses des services plus courts.

La patronne du snack-bar enleva son tablier.

— Tu as l'air complètement fourbue. Je vais te conduire au motel avec ta voiture. Doc me ramènera.

— C'est très gentil de ta part mais ce n'est pas la peine.

— Si, ça l'est si tu veux garder ce boulot. Mets ton tablier dans le bac à linge sale et viens !

Rachel obéit puis traversa la cuisine derrière sa patronne et sortit par la porte de derrière.

— Lee, je raccompagne Rachel chez elle. Je serai de retour dans quelques minutes, dit Marge.

Assis sur la chaise pliante qu'il laissait dans l'allée pour ses pauses cigarette, le cuisinier hocha la tête.

— Je te demande donc d'écraser ta saleté de cigarette et de me remplacer au bar jusqu'à ce que Cindy arrive.

Lee bondit et écrasa sa cigarette sous sa chaussure.

— Je ne savais pas qu'elle bossait ce soir.

Cindy, la serveuse à temps partiel du Busy B, avait tapé dans l'œil de Lee dès le tout premier jour. Malheureusement pour lui, l'intérêt qu'il lui portait n'était pas réciproque.

— Il ferait mieux de fantasmer sur quelqu'un d'autre. Et le plus tôt serait le mieux ! grommela Marge en se dirigeant vers la voiture de Rachel. Je n'ai pas envie que Cindy s'en aille ; ça m'obligerait à lui chercher une remplaçante. Mais je pense qu'elle en a vraiment marre qu'il lui coure après.

Rachel tendit les clés à Marge et fit le tour de la voiture pour monter du côté passager.

— Ils sont jeunes et les élans du cœur ne se commandent pas, dit-elle.

Marge fulminait par-dessus le toit de la voiture.

— Il ferait bien de lui dire deux mots, à son cœur !

Rachel éclata de rire et monta dans la voiture après que Marge eut déverrouillé les portières.

Pendant le trajet jusque chez Doc, Marge évoqua l'attitude des clients vis-à-vis de Rachel.

— Vu ton humeur à la fin du service, dit-elle, j'imagine que tu as entendu les commérages.

Rachel tourna la tête vers sa patronne.

— Tu les as entendus, toi aussi ?

— Ça dure depuis que la nouvelle de la mort d'Eric s'est répandue. Mais tu sais comment sont les gens ; ils adorent les ragots.

Rachel se retint de rire. Marge était la reine des ragots, à Resolute.

— Il n'y a pas de quoi s'inquiéter, assura Marge. J'essaye de couper court quand j'entends quelque chose, mais tout ça va cesser dès qu'Adam aura arrêté le coupable. Et en attendant, tu dois faire comme si de rien n'était.

— Ce serait plus facile à faire s'ils cancanaient dans mon dos, mais ils se débrouillent au contraire pour que j'entende toutes les horreurs qu'ils sortent.

— Rachel Miller, tu sais que tu ne l'as pas tué, alors tu restes droite dans tes bottes et tu attends que ça passe.

Le fait que Marge soit convaincue de son innocence mit un peu de baume au cœur de Rachel, mais cela n'allait pas suffire.

Elle allait devoir prouver qu'elle n'avait pas tué Eric.

Tout hasard était définitivement écarté.

Adam contempla le corps de l'inconnu qui l'avait frappé par surprise au Dead End, et qu'il soupçonnait d'avoir assassiné Eric et agressé Rachel. Il avait été abandonné au bord d'un chemin de terre au sud-est de Resolute.

Enfilant une paire de gants en nitrile afin d'éviter de contaminer la scène de crime, Adam se pencha sur le défunt pour examiner les blessures qu'on lui avait infligées. Outre un visage meurtri et tuméfié, il avait eu sept doigts coupés. Un des doigts restants avait été amputé sous la deuxième phalange, un autre sous la première, et l'ongle du dixième avait été arraché.

L'homme avait de toute évidence été torturé. Son tortionnaire s'était arrêté lorsqu'il avait craché le morceau.

Adam, chaussé de surchaussures de scène de crime, contourna

le corps puis s'accroupit pour l'observer de plus près. Les plantes de pied de l'homme montraient des signes de brûlures. Dues non pas à une cigarette ou à un briquet, mais plutôt à des décharges électriques. Adam remarqua en outre qu'il lui manquait une oreille, qu'on lui avait tranché le nez, et que ses lèvres semblaient avoir subi une chirurgie plastique ratée.

À cela s'ajoutait la blessure qui avait probablement causé la mort : une entaille en dents de scie à la gorge, s'arrêtant juste avant l'artère. Le meurtrier voulait que l'homme souffre jusqu'à la fin, non pas en se vidant de son sang, ce qui aurait entraîné une mort rapide, mais en s'étouffant. Les marques distinctives le long de cette coupure attirèrent l'attention d'Adam, tout comme la forme étrange des nombreuses plaies superficielles que l'homme présentait sur le corps.

Lorsque Noah arriva, Adam lui fit tendre le ruban autour de la scène, en un large cercle englobant les arbres. Tous deux avaient pris soin de se garer de l'autre côté de la route, bien avant d'arriver à la scène, de manière à protéger les éventuelles traces de pneus du meurtrier.

— Bon sang ! s'exclama Noah en s'approchant d'Adam après avoir enfilé lui aussi des gants et des surchaussures. Le mec a dû passer un sale quart d'heure !

Bien qu'il se soit un peu amendé, Noah ne pouvait s'empêcher de faire de l'humour noir en toutes circonstances.

— C'est le type avec lequel Eric Miller s'est battu le vendredi qui a précédé sa mort.

— Celui qui t'a frappé ? Est-ce qu'on doit te considérer comme suspect ? demanda Noah en ricanant.

— Tu ferais bien de la fermer avant que la police scientifique débarque, répliqua Adam en consultant sa montre. Helen a intercepté une équipe qui se rendait sur une autre scène de crime. Elle va passer ici d'abord et ne devrait donc pas tarder.

— Tu penses que ce type est le meurtrier d'Eric ?

Noah, qui avait recouvré son sérieux, examina à son tour les blessures infligées à la victime, veillant à poser ses pieds dans les traces de ceux de son frère.

— Je n'en sais trop rien pour l'instant.

— Au moins, Rachel n'est plus suspecte. Le fait que quelqu'un s'en soit pris à elle en est la preuve, non ?

Continuant son inspection, Noah fit la grimace.

— Tu as vu les traces de brûlures sur sa braguette ?

Adam les avait vues mais pour sa tranquillité d'esprit, il avait préféré ne pas trop s'appesantir là-dessus.

— En ce qui concerne Rachel, son agression suffit-elle vraiment à la disculper ? Elle s'est disputée avec Eric, qui a été retrouvé mort peu de temps après, rappela Adam en énumérant les points sur ses doigts au fur et à mesure de sa démonstration. L'appartement de Rachel a été vandalisé et elle est tombée dans l'escalier. Qu'est-ce qui prouve qu'une tierce personne soit impliquée ? Qu'est-ce qui prouve que ce n'est pas elle qui a tout saccagé chez elle, et qu'elle n'est pas tombée dans l'escalier par accident, ou exprès pour se disculper du meurtre d'Eric ?

Noah éclata de rire mais son hilarité fit long feu lorsqu'il se rendit compte que son frère tirait une tête de six pieds de long.

— Ne me dis pas que c'est vraiment ce que tu crois ?

Adam refusait de le croire. Mais il devait se concentrer sur les faits.

— L'inconnu avec lequel Eric s'est battu a été torturé et assassiné. Et si Rachel, Eric et ce type étaient impliqués dans une sale affaire ? Peut-être que Rachel a tué Eric, que ce type l'a ensuite agressée et qu'une autre personne a réglé son compte à ce type. Ou peut-être que cette autre personne faisait partie de leur bande.

— Mec, tu parles de Rachel, là. La fille que tu rêves d'épouser depuis que tu as quinze ans.

— Je dois envisager toutes les possibilités. Je ne peux pas l'exclure en tant que suspecte juste parce que, à l'époque, j'avais le béguin pour elle, dit Adam en se massant la nuque.

— Tu veux connaître le fond de ma pensée ? demanda Noah, qui avait fini d'inspecter le corps et était revenu à côté de son frère.

Je pense que tu manques d'objectivité en ce qui la concerne. Tu as tellement peur de faire preuve de favoritisme à son égard que tu cherches par tous les moyens à l'inclure dans ta liste de suspects.

Bluffé par la perspicacité de Noah, Adam serra les dents.

— Rachel n'a pas tué ce type, déclara Noah. À moins qu'elle ne se soit procuré *La Torture pour les nuls*.

Il ricana de sa mauvaise blague.

Soudain, un moteur de voiture se fit entendre. Ils se tournèrent tous les deux vers la route et virent arriver le fourgon de la police scientifique.

— Salut, Adam. Noah.

Bret Miller et son équipe de techniciens au grand complet s'approchèrent, tous équipés de surchaussures et de gants en nitrile.

— Quand j'ai entendu que vous aviez un cadavre, j'ai sauté sur l'occasion. Les meurtres dans le comté de Boone sont toujours excitants.

Adam hocha la tête en guise de salut. Les petits comtés comme celui de Boone dépendaient du laboratoire criminel d'Austin pour les autopsies et le traitement des preuves. Il y avait moins d'un an que Brett travaillait dans ce labo, mais il était déjà considéré comme l'un de leurs meilleurs enquêteurs en criminalistique. La semaine précédente, l'équipe était intervenue sur la scène de crime d'Eric Miller.

Ils se mirent au travail, Adam observant attentivement le moindre de leurs gestes. Ils commencèrent par poser des marqueurs à côté de chaque trace et indice, puis ils prirent des centaines de photos et collectèrent des éléments de preuve. Un technicien s'intéressa ensuite au portefeuille de la victime. Il contenait un permis de conduire délivré dans le Texas dont la validité avait expiré. Adam prit le document en photo.

Puis il vérifia que la photo qui figurait sur le permis était bien celle de leur victime. L'homme s'appelait Richard Smith.

— Qu'est-ce qu'il y a d'autre, dans ce portefeuille ? demanda Adam.

— Pas de cartes de crédit, mais une photo toute décolorée sur laquelle on distingue vaguement une femme brune.

Le technicien regarda au dos de la photo.

— Il n'y a pas de nom.

Il déposa le portefeuille dans un sac à mise sous scellés, puis fouilla les poches de l'homme. Il en extirpa plusieurs objets qu'il répertoria et mit dans un autre sac.

— Cinq pièces de vingt-cinq cents, deux de dix cents, un jeton de poker, un bout de papier déchiré, un coupe-ongles et un porte-clés bleu avec une patte de lapin, sans clés.

Laissant les techniciens charger le corps dans le fourgon, Brett rejoignit Adam.

— Ce gars a mis en rogne un vrai salopard qui semble s'être acharné sur lui. Tu as vu comme il a été torturé ?

Adam hocha la tête.

— Il a vraiment morflé.

— Tu penses que ce meurtre est lié à celui du type qu'on a récupéré vendredi dernier ? demanda Brett en retirant ses gants tandis qu'ils se dirigeaient vers les véhicules. Ou qu'il s'agit de deux affaires distinctes ?

— Dans un premier temps, on va considérer qu'elles sont liées. Si vous trouvez un lien entre les deux, faites-le-moi savoir immédiatement.

Adam se débarrassa de ses gants et de ses surchaussures et ouvrit la portière de sa voiture de patrouille, côté conducteur.

— En attendant, ajouta-t-il, croisons les doigts pour qu'on ne découvre pas un nouveau cadavre.

— Sans les cadavres, le boulot perd beaucoup de son intérêt, répliqua Brett en lui donnant une tape dans le dos. Je te tiens au courant.

Pressé de retourner au bureau pour lancer des recherches sur Richard Smith, Adam rentra pied au plancher, les petites routes étant désertes. Il n'était plus qu'à un pâté de maisons du Justice Center lorsque son téléphone sonna. C'était Marge.

— Salut, Marge. Que se passe-t-il ?

— Il faut que tu viennes au motel. C'est au sujet de Rachel.

Adam passa sous l'arche en stuc du motel et se gara devant la réception. Marge l'attendait devant la porte vitrée, lui faisant de grands signes de la main. Il ne l'avait jamais vue aussi agitée.

— Qu'est-ce qu'il y a ? Rachel va bien ?

Il attrapa la poignée de la porte mais Marge l'arrêta.

— Elle est à l'intérieur avec Doc. Elle est sous le choc mais elle n'a rien.

À bout de souffle, Marge reprit sa respiration.

— Après son service, je l'ai ramenée parce qu'elle était fatiguée. Quand elle a ouvert la porte de sa chambre, elle a découvert que tout était sens dessus dessous. Le matelas, jeté en travers de la pièce, ses vêtements, déchirés et retournés, le contenu du petit réfrigérateur répandu par terre. La fenêtre de la salle de bains a été fracturée.

Une colère noire envahit Adam.

— Doc a-t-il des caméras de vidéosurveillance ?

— Seulement à l'entrée et devant la réception. Il a vérifié. En dehors des clients, personne n'est entré.

Adam ouvrit brusquement la porte, qu'il tint pour Marge, avant de rejoindre Doc, assis au fond avec Rachel. Il avait passé un bras autour de ses épaules et lui avait pris la main. Un peu plus âgé que son épouse, il faisait penser à un gentil papy.

Adam s'accroupit devant Rachel.

— Ça va ?

— Oui.

La peur qu'il lut dans ses yeux semblait indiquer le contraire.

— Tu veux bien venir avec moi dans ta chambre ? Je veux être sûr de ne rien rater.

Elle acquiesça et se leva lentement.

— Doc, j'ai besoin des enregistrements vidéo des caméras de surveillance. Combien de temps les gardez-vous avant de les effacer ?

— Une semaine. Mais j'ai déjà passé en revue ceux d'aujourd'hui...

— Je ne mets pas votre parole en doute mais pourriez-vous me faire une copie des enregistrements de la semaine, ceux d'aujourd'hui inclus ?

— Vous voulez ceux des deux caméras ?

— Oui, s'il vous plaît.

Doc acquiesça.

Lorsqu'ils sortirent pour aller constater l'effraction, Adam empêcha Marge de les suivre.

— C'est une scène de crime. Il vaut mieux que vous restiez ici.

— Mais j'y suis déjà allée. J'ai même...

— Je vous en prie, Marge, attendez-nous ici, insista Adam avant de sortir derrière Rachel.

Ils traversèrent le parking et se dirigèrent vers l'arrière du motel.

— J'étais à cent lieues de me douter qu'il recommencerait, dit Rachel. Ici, au motel. Comment diable m'a-t-il retrouvée ?

— Je ne sais pas. Mais s'il a recommencé, c'est sûrement parce que tu as en ta possession quelque chose qui attise sa convoitise. À toi de me dire de quoi il s'agit.

Rachel se figea, visiblement abasourdie.

— Tu es sérieux ? demanda-t-elle, en se tournant vers lui, les poings sur les hanches. Tu penses que je détiens quelque chose ? Une chose qui justifierait qu'on tue des gens ? Et que je risque ma vie ?

Sa voix était montée dans les aigus et ses yeux lançaient des éclairs.

— Je suis obligé de l'envisager, répondit Adam d'un ton lénifiant. Qui qu'il soit, cet homme ne s'arrêtera pas tant qu'il n'aura pas ce qu'il veut. Ou tant qu'on ne l'aura pas arrêté.

Elle le fusilla du regard.

— Arrête de prendre ce ton raisonnable, comme si tu parlais à une forcenée qu'il faut calmer. Je ne sais pas ce qu'on me veut. Je ne sais pas qui a tué Eric. Je ne sais pas qui m'a poussée dans l'escalier. Et si tu penses que je le sais, c'est toi qui as un problème !

Alertés par ses cris, des clients du motel étaient sortis de leurs chambres pour voir ce qui se passait.

Adam lui prit le bras.

— Allons en discuter dans ta chambre, dit-il.

Rachel se dégagea d'un geste brusque.

— Non ! Si tu penses vraiment que j'ai quelque chose à voir avec tout ça, je n'ai pas besoin de ton aide. Je n'en veux pas.

Adam tenta de la rassurer.

— Ce n'est pas du tout ce que je pense, Rachel. Il y a des choses que tu ignores mais je préférerais que nous allions dans ta chambre pour en parler. À l'abri des oreilles indiscrètes.

Après avoir respiré à fond deux ou trois fois, Rachel se remit en route. Sans un mot, il lui emboîta le pas. Le loquet de sécurité de la porte avait été tiré pour empêcher que le battant se referme. Adam ouvrit la porte et s'effaça pour laisser passer Rachel. Puis il entra à son tour.

Le seuil franchi, il s'immobilisa pour avoir une vue d'ensemble de la pièce saccagée. L'intrus semblait avoir cette fois mieux ciblé ses recherches. Il avait fait moins de dégâts mais s'était montré plus impatient.

— Je n'accuse personne, dit-il. C'est juste une hypothèse. Est-ce qu'Eric t'a donné quelque chose qu'il t'a demandé de garder ? Probablement un petit objet, vu les cachettes potentielles que l'intrus a explorées. Cela pourrait remonter à une semaine, un mois, ou même plus longtemps.

Elle secoua la tête.

— Et les enfants ? Peut-être un nouveau jouet que Brad aurait rapporté ?

Rachel ricana.

— Eric n'achetait même pas de couches pour la petite !

— Tu connaissais bien Eric avant de l'épouser ? demanda Adam.

— Il faut croire que je ne le connaissais pas si bien que ça puisque je me suis méprise sur son compte et que j'ai fini par divorcer. Il mentait et me trompait.

Adam prit une grande inspiration. *C'est le moment ou jamais.*

— Tu savais qu'il avait fait de la prison ?

Rachel en resta bouche bée.

— Qu'est-ce que tu racontes ? Eric n'était pas un modèle de vertu, je te l'accorde, mais il n'est jamais allé en prison.

Adam se contenta de soutenir son regard.

— Je n'arrive pas à le croire, dit Rachel en s'effondrant sur le lit.

— Je suis désolé que tu l'apprennes comme ça, dit Adam en s'asseyant à côté d'elle, après avoir hésité à la faire se relever pour ne pas risquer de contaminer la scène.

Mais quelque chose lui disait que l'intrus avait veillé à ne laisser aucune empreinte.

— Pourquoi est-il allé en prison ? demanda Rachel d'une voix blanche.

— Pour cambriolage et voies de faits graves. Il a purgé deux ans. Il venait de sortir quand il t'a rencontrée.

— Tu penses bien que si je l'avais su, jamais je ne serais sortie avec lui. Et il me serait encore moins venu à l'idée de l'épouser.

— C'est bien pour ça qu'il ne te l'a pas dit.

Elle se mit à tripoter ses longs cheveux blonds.

— Quelle idiote, quand j'y pense...

— Ne sois pas si dure avec toi-même. Comment pouvais-tu deviner ? Tu lui faisais confiance et il t'a menti par omission. C'est entièrement sa faute.

Adam ne voulait pas la soumettre à un nouvel interrogatoire au Justice Center, mais elle détenait peut-être à son insu une information capitale pour l'enquête. Il allait devoir lui révéler quelques détails de celle-ci dans l'espoir de découvrir des indices.

— Eric t'avait-il parlé d'un certain Richard Smith ? Qui pourrait être une de ses connaissances ou un collègue de travail.

Rachel fronça les sourcils, fouillant visiblement dans ses souvenirs.

— Non, je ne pense pas. Il ne m'a jamais présenté de Richard Smith et je n'ai jamais entendu ce nom-là dans sa bouche. Pourquoi ?

— Ce Smith est probablement le meurtrier d'Eric, répondit Adam tout à trac. Et sans doute aussi le cambrioleur qui s'est introduit chez toi.

— Et c'est lui qui a tout saccagé ici aussi ?

— Non, ça, répondit Adam en désignant le désordre, c'est l'œuvre de quelqu'un d'autre.

— Comment peux-tu en être aussi sûr ? Ce sont deux cambriolages similaires, non ?

— Il y a quelques différences subtiles. Richard Smith est l'homme qui s'est battu avec Eric au Dead End. Il est mort. Son corps a été découvert cet après-midi.

Rachel ferma les yeux, comme anéantie par toute cette violence.

— Je n'y comprends plus rien. Eric m'a dit qu'il s'était battu avec un inconnu.

— C'est aussi ce qu'il m'a dit.

Rachel tourna brusquement la tête vers lui.

— Est-ce qu'il a été tué de la même manière qu'Eric ?

— Je ne suis pas autorisé à en parler avec toi, répondit Adam en prenant sa main dans la sienne. Mais je pense qu'Eric s'est trouvé impliqué dans une sale affaire qui le dépassait complètement. Et que c'est comme ça qu'il s'est fait tuer.

— Tu as commencé par me soupçonner de l'avoir tué. Maintenant, c'est un homme invisible qui a fait le coup, dit Rachel d'une voix si froide et si détachée qu'il en eut des frissons. Tu me pardonneras si je ne suis pas convaincue par tes suppositions.

Ses sarcasmes le blessèrent. Elle ne se rendait pas compte qu'entre ses devoirs de shérif adjoint et sa conviction qu'elle était innocente, il marchait sur un fil.

— J'aurais pu être taxé de négligence si je ne t'avais pas considérée comme une suspecte, se défendit-il. Mais les preuves ne pointent pas vers toi.

— À aucun moment, elles n'ont pointé vers moi.

Elle baissa les yeux sur ses genoux.

— Je sais, dit Adam.

Il attendit qu'elle le regarde à nouveau pour ajouter :

— Tu ne peux pas rester ici. Je vais demander à Bree de venir faire un état des lieux et de t'aider à rassembler tes affaires.

Il se leva et la fit se lever aussi.

— Où vais-je dormir si je quitte le motel ?

— Je connais un endroit où tu n'auras strictement rien à craindre, répondit Adam en l'entraînant hors de la chambre.

Il laissa la porte se refermer derrière eux et retourna à l'accueil, tenant toujours la main de Bree. Cette fois, elle ne chercha pas à la lui reprendre.

— Et quel est cet endroit ?

— Le ranch des Reed. Que veux-tu que ce soit d'autre ?

10

Appuyant sa tête contre le dossier du siège passager, dans le pick-up d'Adam, Rachel ferma les yeux. Cette journée l'avait épuisée. Et la laissait plus désemparée que jamais. Au point qu'elle en était réduite maintenant à accepter l'offre d'Adam, qui prévoyait de la garder sous clé dans le ranch de sa famille. Elle y serait en sécurité, certes, et elle lui savait gré de vouloir la protéger, mais elle n'était pas une demoiselle en détresse retranchée dans son donjon, attendant qu'un prince vienne terrasser ses dragons.

Il faudrait qu'elle en discute avec lui. Plus tard. Parce que dans l'état de nerfs où elle se trouvait, le silence semblait être présentement la meilleure option.

Lorsque le véhicule passa sur une grille à bétail, elle rouvrit les yeux et vit qu'ils roulaient maintenant sur un chemin de terre interminable. Après un virage, la vue se dégagea et une grande maison de campagne apparut, entourée de terres non clôturées s'étendant à perte de vue.

Elle s'efforça de ne rien laisser paraître de sa stupéfaction.

— Je savais que vous aviez un ranch, mais je ne l'imaginais pas aussi grand. Tout cela vous appartient ?

Adam tourna la tête vers elle et sourit.

— En fait, ce n'est pas un ranch en activité. L'ancien propriétaire avait dans l'idée d'y élever du bétail et des chevaux mais en fin de compte, il a vendu. Il ne s'agit donc pas d'un ranch à proprement parler, mais d'une grande propriété avec une maison et quelques

329

dépendances, expliqua-t-il en esquissant un haussement d'épaules. Ça te plaît ?

Quelle question ! En vraie Texane, Rachel avait toujours rêvé de vivre dans un ranch à la campagne.

— Je te répondrai quand je l'aurai visité, répondit-elle.

À la tête qu'il fit, elle comprit qu'il s'était attendu à plus d'enthousiasme de sa part. Mais il se ressaisit et répondit aussi sec :

— Je vais donc devoir te faire faire le tour du propriétaire. Nous avons un ruisseau de taille respectable qui passe un peu plus bas. Il est plein de poissons.

— C'est super !

Pas question de lui montrer qu'elle adorait cet endroit. Il risquerait de mal interpréter son engouement et de penser que c'était de lui qu'elle était folle. Or elle était bien décidée à tenir la bride serrée à ses sentiments, au moins jusqu'à ce qu'elle ait quitté Resolute. Et renoncé définitivement à lui.

— Je vais loger dans une des dépendances, je suppose ?

Adam se gara devant la maison, coupa le moteur et la regarda.

— Certainement pas. Tu serais trop isolée. Tu vas habiter dans la maison principale, avec nous tous.

— Nous tous ?

— Toi, Nate et moi. Sans compter Noah et Bree, qui seront là probablement plus souvent que d'habitude.

Une fossette se creusa dans sa joue gauche lorsqu'il sourit.

— Le nombre fait la force ; c'est bien connu, dit-il.

Fille unique, Rachel avait vécu avec sa mère jusqu'à ce qu'elle épouse Eric et se retrouve en couple. Elle n'était pas habituée à cohabiter avec plusieurs adultes et craignait de ne pas supporter cette promiscuité. Même quand tout se passait bien au Busy B, à la fin de son service, elle en avait souvent ras le bol des gens.

Elle pointa du doigt, à travers le pare-brise, une petite cabane, un peu à l'écart de la maison.

— Et là ? Ce n'est pas vraiment isolé.

— Pas possible, dit-il. C'est interdit.

Son sourire s'évanouit et sa fossette disparut tandis que son regard se perdait dans le vague, à des kilomètres de là, ou peut-être des années en arrière.

— En ce cas, fais-moi visiter le ranch. J'ai vraiment hâte de voir l'intérieur.

Elle descendit du pick-up et monta les marches du perron.

Quand il la rejoignit sur la véranda, son sourire était revenu. La bonne humeur qu'elle affichait en permanence au travail était sa botte secrète pour se mettre les clients dans la poche. Cette gaieté factice semblait avoir chassé le souvenir douloureux qui avait hanté Adam un court instant.

Le voyant à nouveau enjoué, Rachel se sentit gagnée par sa bonne humeur, si bien que très vite, elle n'eut plus besoin de se forcer à sourire. En dépit de ses résolutions les plus farouches, elle était en train de s'enticher de lui.

Eh merde !

Consciente de la chance qu'elle avait d'être installée dans une grande chambre avec salle de bains attenante, Rachel rêvassait sur le lit en contemplant le plafond. Après avoir passé la chambre du motel au peigne fin, Bree lui avait apporté ses affaires au ranch. Pour l'instant, elle les laissait dans la valise, ne sachant pas encore si elle allait désinfecter ou carrément brûler tout ce que le cambrioleur avait touché. Comme elle n'avait pas vraiment les moyens de renouveler sa garde-robe, mieux valait sans doute opter pour la désinfection.

Quand Adam avait parlé de rassembler ses troupes, il ne plaisantait pas. Nate était déjà à la maison lorsqu'ils étaient arrivés. Noah avait laissé sa voiture au Justice Center et s'était fait déposer au motel pour récupérer celle de Rachel et la ramener au ranch. Non qu'elle ait eu l'intention de l'utiliser. Par mesure de sécurité, Adam tenait absolument à la conduire au travail et partout où elle aurait besoin d'aller.

De sa chambre, elle entendait des rires et des éclats de voix.

En bas, la famille au grand complet – mis à part Cassie et Bishop, qui étaient toujours en lune de miel – était en train de discuter, plaisanter et se chamailler.

Il allait bien falloir qu'elle se décide à descendre. Elle devrait se montrer sociable, les remercier de l'avoir si gentiment accueillie chez eux, de faire bloc autour d'elle pour la protéger, et même de jouer à la chaise musicale avec les voitures des uns et des autres. Après s'être levée non sans mal, Rachel se rendit à la salle de bains et s'aspergea le visage d'eau froide sans jeter le moindre regard à son reflet dans le miroir. Ses traits tirés et sa tête bandée n'auraient fait que la déprimer.

Ouvrant la porte de la chambre, elle respira un grand coup et s'avança courageusement vers l'escalier tandis qu'en elle se livrait un combat sans merci entre son cœur et sa raison au sujet d'Adam.

Lorsqu'elle posa le pied sur la dernière marche, elle décréta une trêve intérieure, plaqua un sourire sur ses lèvres et entra dans la cuisine.

Les conversations cessèrent et tous les regards se tournèrent vers elle.

— Ne vous interrompez pas pour moi, dit-elle en jetant un coup d'œil aux petits verres posés sur le plan de travail, à côté d'un bol rempli de quartiers de citron vert et d'une salière. Où est la tequila ?

Sa question déclencha un tourbillon de mouvements et de paroles. Bree la serra avec effusion dans ses bras. Noah remplit à ras bord un des verres de tequila et le posa devant elle. Nate poussa vers elle le citron vert et le sel. Rachel lécha sa main entre le pouce et l'index puis y saupoudra un peu de sel. Pendant ce temps, Noah remplissait les autres verres, tout le monde s'apprêtant à porter un toast. Lorsqu'ils eurent tous un verre dans une main et un quartier de citron dans l'autre, les Reed déclamèrent en chœur un petit couplet en espagnol, puis ils léchèrent le sel et avalèrent cul sec la tequila avant de sucer le citron vert.

La porte qui donnait sur le patio s'ouvrit, et Adam entra en portant un plateau de grillades de bœuf. Le fumet de la viande cuite au barbecue chatouilla les narines de Rachel, qui sentit son estomac gargouiller.

Posant le plateau sur le plan de travail, Adam lui sourit.

— Je parie qu'ils t'ont déjà fait siffler de la tequila ?

— On n'a même pas eu besoin de lui tordre le bras, déclara Noah en jouant à nouveau les barmans, remplissant les verres et veillant à ce qu'Adam en ait un aussi, cette fois.

Rachel reposa son verre et demanda :

— C'est juste l'heure de l'apéritif ou bien c'est une occasion spéciale ?

— L'heure de l'apéro ! répondirent-ils d'une même voix.

— Il ne t'a pas fallu longtemps pour t'intégrer, fit remarquer Nate en lui donnant un petit coup dans l'épaule.

Rachel aida Nate à dresser la longue table dans la salle à manger, pendant que les autres mettaient la dernière touche aux accompagnements, transvasant dans un plat la salade de pommes de terre achetée toute prête et réchauffant les haricots verts en conserve.

Noah apporta une barquette de petits pains prêts à cuire.

— Normalement, tout est fait maison, mais là, on a été un peu pris de court.

— D'habitude, tout est fait maison, sauf le dessert, précisa Adam en posant le plateau de grillades sur un dessous-de-plat.

— C'est Cassie qui est chargée du dessert, dit Nate en rapportant de la cuisine des bières pour tout le monde. Et comme elle ne sait pas faire les gâteaux, elle les achète.

— S'il n'y avait que les gâteaux qu'elle ne sait pas faire ! dit Noah, sarcastique. Notre chère sœur est une piètre cuisinière.

Il tira une chaise au bout de la table et invita Rachel à s'asseoir.

— Aucun de nous n'aurait survécu si Adam ne s'était pas mis aux fourneaux quand nous étions enfants, déclara-t-il.

— Du coup, la seule chose qu'on lui demande quand elle vient manger, c'est de rapporter une tarte du Busy B, dit Bree, hilare, en s'asseyant à côté de Noah. Pauvre Cassie !

Le dîner se déroula dans la joie et la bonne humeur. La conversation était restée légère car ils avaient soigneusement évité de parler de l'enquête et de la situation dans laquelle Rachel se trouvait. Celle-ci avait fini par se détendre et avait profité pleinement aussi bien du repas délicieux et de la tequila que de l'agréable compagnie qui lui avait presque fait oublier les événements perturbants de la journée.

Lorsqu'elle repoussa sa chaise pour se lever et aider à débarrasser la table, Adam posa une main sur son bras.

— Reste assise et laisse faire les jumeaux. Moi, je fais la cuisine, et eux s'occupent de débarrasser et de ranger. C'est une répartition des tâches qu'il ne faut pas perturber, sinon je devrai tout leur réapprendre.

Se carrant sur sa chaise, Bree croisa les mains sur son ventre.

— Et pendant ce temps, nous, les femmes, on passe au salon pour boire du whisky et fumer le cigare.

Elle et Adam éclatèrent de rire en voyant Rachel faire des yeux comme des soucoupes.

— C'est très tentant, mais je crois que j'ai eu mon compte pour aujourd'hui, dit Rachel en se levant. Si ça ne vous dérange pas, je vais aller me coucher.

Bree lui souhaita une bonne nuit et gagna la cuisine.

Adam se leva à son tour.

— As-tu tout ce qu'il te faut pour la nuit ? demanda-t-il en plongeant son regard dans le sien.

— Oui, merci. Et merci encore de m'avoir proposé de dormir ici, dit Rachel, dont le cœur se mit à cabrioler dans sa poitrine.

— Je suis content que tu n'aies pas opposé plus de résistance.

Lorsqu'il sourit, elle ne put s'empêcher de fixer sa bouche. Prise d'une soudaine envie de l'embrasser, elle se lécha lentement les lèvres.

— Pour ceux qui en veulent, il y a une tarte au chocolat dans le congélateur, cria Noah depuis la cuisine.

Le charme était rompu. Rachel se détourna.

— Bonne nuit, dit-elle par-dessus son épaule.

La réponse d'Adam arriva alors qu'elle atteignait le haut de l'escalier.

— Dors bien.

La tête levée vers elle, il la regardait.

Elle hocha brièvement la tête avant de se précipiter dans sa chambre. S'adossant à la porte fermée, elle posa une main sur sa poitrine. Les battements frénétiques de son cœur ne lui laissaient guère de doute sur l'issue du combat que venaient de se livrer en elle la passion et la raison :

Cœur - 1, Cerveau - 0.

Adam sentit son pouls s'accélérer au fur et à mesure qu'il prenait connaissance des antécédents de Richard Smith. Son adrénaline montait en flèche chaque fois que dans une enquête les indices s'alignaient. Il appela Bree pour qu'elle le rejoigne dans son bureau.

D'habitude, il n'avait aucun mal à se concentrer sur une affaire, mais aujourd'hui, il avait la tête ailleurs. La veille au soir, Rachel lui avait semblé à l'aise. En la voyant bavarder avec ses frères et plaisanter avec Bree, il avait été ébloui par sa personnalité et, comme bien des années plus tôt, il s'était senti très attiré par la jeune femme. Mais ce n'était qu'après le dîner, après s'être perdu dans ses yeux, qu'il avait senti se fissurer la muraille qu'il avait construite autour de son cœur.

— Qu'est-ce que tu as trouvé, chef ? demanda Bree en s'asseyant sur la chaise en face de lui.

S'arrachant à ses pensées, Adam fit rouler ses épaules pour soulager la tension dans sa nuque.

— Je pense être à deux doigts de relier Eric à Smith.

Bree alluma sa tablette et sortit son bloc-notes et son stylo.

— Je t'écoute.

— Figure-toi que notre Richard Smith est sorti de prison il y a trois semaines.

— Oh ! oh ! laisse-moi deviner, dit Bree en tapant sur sa tablette. Il était incarcéré à McConnell ?

— Bingo ! la félicita Adam. Là où Eric a purgé sa peine.

— Ils se sont connus là-bas, c'est sûr, dit Bree en prenant des notes dans son calepin. Sinon, ça ferait trop de coïncidences.

— Cela ne fait aucun doute. Ils ont même partagé la même cellule l'année précédant la libération d'Eric.

Bree en lâcha son stylo.

— Ça, alors !

— Quand j'ai appelé la prison, j'ai découvert aussi que Smith avait apparemment sauvé la vie d'Eric, qui s'était fait tabasser plusieurs fois. Quand un détenu a attaqué Eric dans les douches avec un couteau de sa fabrication, Smith et des membres du gang qu'il s'était mis à fréquenter en prison sont intervenus et ont zigouillé le mec.

— Ce n'est pas l'arroseur arrosé mais le planteur planté, dit Bree tout sourire, visiblement très fière de sa blague pourrie.

Adam ne releva pas. Noah déteignait décidément sur elle.

— Ce que je ne comprends pas, c'est pourquoi Smith est venu ici après avoir été libéré.

Il fit défiler le texte sur l'écran de son ordinateur pour relire les infos qu'il avait sur Richard Smith.

Pensive, Bree tapotait son stylo contre son menton.

— Peut-être qu'il cherchait où crécher et qu'il s'est souvenu qu'Eric lui était redevable.

— Il était originaire d'El Paso. S'il rentrait chez lui, il a dû revenir en arrière pour arriver à Resolute.

Quelque chose ne collait pas dans ce scénario.

— Note la chronologie dans ton calepin, dit Adam.

Bree tourna la page et garda le stylo en l'air, prête à écrire.

— Quand je l'ai trouvé en train de se battre avec Eric au Dead End, Smith était sorti de prison depuis une semaine. Eric a été vu vivant pour la dernière fois trois jours après la bagarre. Et c'est le jour où il a été retrouvé assassiné que l'appartement de Rachel a été cambriolé. Trois jours plus tard, on a découvert le corps de Smith au fond d'un fossé.

S'interrompant, Adam fixa un point dans le vide.

— Examinons maintenant les possibilités.

Bree se lança :

— Smith était peut-être déjà en ville quand tu l'as vu au Dead End. Il logeait chez Eric et faisait profil bas. Tu as pu ne pas le remarquer, dit-elle avant de noter ses réflexions dans son carnet.

— Eric a pu se faire tuer à n'importe quel moment entre lundi dernier, après sa nuit en cellule de dégrisement, et le jour où on a trouvé son corps.

Bree leva les yeux.

— Donc cinq jours, c'est ça ?

Adam hocha la tête et continua.

— Soit Smith a tué Eric, cambriolé Rachel, puis s'est fait tuer par un inconnu, soit l'inconnu a tout fait.

— Ou bien Smith a tué Eric, et notre individu non identifié a fait le reste, dit Bree en s'adossant à sa chaise. Je pense que la première option est plus logique. Mais je ne vois pas comment on va résoudre ça tant qu'on ne saura pas ce que cherchaient tous ces gens.

— Je vais appeler le labo pour demander si le rapport d'autopsie et la liste d'indices découverts sur Smith sont prêts.

Adam claqua des doigts.

— Et les images des caméras de surveillance du motel ? Doc les a envoyées ?

— Je suis passée les chercher ce matin, avant de venir au boulot.

— Visionne-les dès que possible, d'accord ? Essaye de voir s'il y a un véhicule qui passe plusieurs fois devant l'entrée. Moi, à la place du gars, j'aurais fait plusieurs passages avant de me faufiler dans les broussailles derrière les chambres isolées.

Bree se leva pour partir. Sur le pas de la porte, elle se retourna.

— Tu veux déjeuner au Busy B ? J'adore me plonger dans un rapport d'autopsie en mangeant un hamburger dégoulinant de gras et des frites couvertes de ketchup.

Adam fit la grimace à cette évocation mais accepta.

— Ça me donnera l'occasion d'aller voir Rachel. De voir comment elle s'en sort.

— Mmm, mmm, fit Bree d'un ton plein de sous-entendus.

— C'est normal pour un adjoint de se préoccuper du bien-être d'une victime.

— Oui, chef. Si tu le dis...

Elle lui décocha un sourire narquois.

— Et moi qui espérais que tu serais un exemple pour Noah. Je m'aperçois qu'en fait, c'est lui qui déteint sur toi.

— Eh oui, chef. Dans la vie, on n'a pas toujours ce qu'on veut, dit-elle en riant avant de refermer la porte derrière elle.

Sans blague ! Il en savait quelque chose, hélas.

11

Adam choisit la dernière banquette, au fond de la salle, là où personne ne risquait de jeter un coup d'œil aux horribles photos d'autopsie. Il avait reçu le rapport juste avant midi, grâce à Brett qui l'avait rédigé en urgence et l'avait imprimé de manière qu'Adam puisse le parcourir pendant qu'il déjeunait avec Bree.

Bree, qui s'était arrêtée pour bavarder avec Marge, le rejoignit et s'assit en face de lui.

— Marge dit que Rachel va bien, mais... Aïe !

Elle se pencha sur le côté pour masser le tibia dans lequel Adam venait de balancer un coup de pied.

— Salut, Adam, Bree.

Rachel était à côté d'eux, un sourire avenant sur les lèvres.

— Je vous sers du café ou vous préférez des boissons fraîches ? leur proposa-t-elle en soulevant la verseuse qu'elle avait à la main.

Les deux adjoints poussèrent leurs tasses vers elle.

— Comment se passe ta journée ? demanda Adam.

Intrigué par ce que Bree avait commencé à lui dire, il scruta le visage de Rachel.

— Oh ! tu sais, toujours pareil, répondit-elle en posant la verseuse sur la table et en sortant son carnet de commandes de la poche de son tablier. Pour toi, ce sera comme d'habitude ou tu veux le plat du jour ?

Adam haussa les sourcils.

— Marge propose des plats du jour, maintenant ?

— Oui, depuis la semaine dernière, quand elle manquait de personnel. Elle s'est dit que si elle mettait un des plats en promo, les clients le choisiraient en priorité, ce qui faciliterait les choses en cuisine. Le problème, dit-elle en esquissant une petite grimace, c'est que quand le plat du jour, victime de son succès, est venu à manquer, les gens ont exigé d'avoir une remise sur le plat de leur choix.

— Alors pourquoi continue-t-elle de le proposer ?

Bree intervint avant que Rachel puisse répondre.

— C'est quoi, le plat du jour ?

— Une salade de thon servie sur du pain blanc avec des chips à l'ancienne.

Se mordant les lèvres pour ne pas éclater de rire, Rachel ajouta en regardant Adam :

— Tu connais Marge. Elle a profité d'une promotion sur des boîtes de thon de taille industrielle et sur des chips en vrac dans un magasin qui approvisionne les restaurants. Le pain, elle l'a aussi acheté en gros dans une boulangerie qui écoulait son stock. Elle a fait le plein des trois.

— Cela fait beaucoup de sandwichs au thon, répliqua Adam, pince-sans-rire.

— Les gens en auront vite marre et Marge n'a pas fini de râler, prédit Rachel en soupirant. Mais si jamais une catastrophe naturelle frappait la ville, nous pourrions nourrir les secouristes et les bénévoles.

— À ta place, je garderais cette info pour moi. On a déjà bien assez de mal comme ça à trouver des bénévoles, dit Adam en riant. Pour moi, ce sera un club-sandwich avec des frites.

Bree n'avait même pas ouvert le menu.

— Et pour moi, un cheeseburger, avec un supplément de bacon et de fromage. Avec des frites.

— Comme d'habitude, quoi ! fit Rachel en haussant un sourcil en direction de Bree, qui se contenta de sourire.

Tandis qu'elle se dirigeait vers le passe-plat pour transmettre la commande, Rachel s'arrêta devant une des banquettes et redressa l'échine. Puis avec un grand sourire, elle dit quelque chose aux deux femmes qui étaient assises là. Celles-ci secouèrent la tête et, dès que Rachel eut tourné les talons, se penchèrent l'une vers l'autre si promptement qu'elles faillirent se cogner.

— Qu'est-ce qu'elles lui voulaient ? marmonna Adam.

Bree, qui s'était retournée pour voir ce qu'il regardait, s'empressa de répondre à sa question.

— C'est ce que j'allais te dire quand tu m'as donné un coup de pied. D'après Marge, certains clients dénigrent Rachel et font des réflexions désagréables à son sujet. Comme quoi elle aurait tué Eric. Que Marge devrait la virer et ne pas la laisser toucher aux couteaux de cuisine. Et blablabla...

Bree passa sa colère sur un paquet de sucre, qu'elle déchiqueta.

Furieux, Adam faillit se lever et jeter tout le monde dehors avec perte et fracas. Puis il se ressaisit mais continua d'observer Rachel. La tête haute, elle allait et venait, adressant à certains son plus beau sourire tandis que d'autres n'avaient droit qu'à un sourire crispé. Elle n'avait visiblement pas besoin de son aide pour gérer les clients grossiers, même quand ils l'agressaient verbalement.

— ... peuvent se mettre à dire pis que pendre d'une personne qu'ils adulaient la semaine précédente.

Se rendant compte que Bree parlait toujours et avait l'air en colère, il fronça les sourcils comme s'il désapprouvait aussi, puis il prit le dossier posé à côté de lui et le lui tendit.

— Vas-y, lis-le pour te faire une idée de ce que Smith a subi. Moi, j'ai vu le corps sur la scène de crime, alors je sais de quoi il retourne.

Laissant Bree prendre connaissance du rapport d'autopsie, Adam se rencogna sur sa banquette et sirota son café, attendant sa réaction.

Il n'eut pas à attendre longtemps. Elle leva vers lui des yeux horrifiés.

— Noah m'a dit que le gars avait été torturé mais il n'est pas entré dans les détails.

Adam hocha la tête.

— D'après le rapport, Smith s'était pris une balle, récemment. Qui n'a fait que l'égratigner. Les techniciens sont capables d'identifier précisément l'origine de la moindre éraflure. Pour la blessure au cou, j'ai pensé à un couteau de chasse dentelé, mais je n'avais même pas remarqué la blessure par perforation. C'est la première fois que j'entends parler d'un couteau Push Dagger design Cyclone.

Bree jeta un coup d'œil à la photo du couteau à trois lames torsadées et poignée en T.

— À San Antonio, on appelait ça « Tridagger ».

— Tu en as vu quand tu étais dans la police là-bas ? demanda Adam, qui entendait bien mettre à profit l'expérience de l'ex-flic.

— J'en ai vu comme pièces à conviction après des arrestations de gang. Mais un agent infiltré avec qui je suis sortie m'a dit que la plupart des membres de cartels en avaient sur eux.

Adam fit signe à Bree de fermer le dossier car Rachel arrivait avec leurs plats.

— Voulez-vous un peu plus de café ? demanda Rachel en écartant d'un revers de main une mèche de cheveux qui lui tombait sur le front.

— S'il te plaît, dit Adam en tendant sa tasse. On dirait que certains de tes clients te font la tête. Je me trompe ?

Rachel haussa les épaules.

— Ça pourrait être pire. Depuis la découverte du second corps, ils pourraient me traiter de tueuse en série. Tu en sais plus sur la victime ?

— J'y travaille, répondit Adam en mordant à belles dents dans une des moitiés de son sandwich.

La bouche pleine, il n'aurait pas à éluder les questions de Rachel sur l'affaire.

Elle le regarda mâcher pendant quelques instants.

— Bon, je ferais mieux de m'y remettre. J'ai de la salade de thon à refourguer.

Adam eut droit à un de ses plus beaux sourires. Puis elle repartit vaquer à ses occupations.

— Les jumeaux avaient raison, déclara Bree. Tu as bel et bien le béguin pour elle.

Bree trempa une frite dans un monticule de ketchup avant de se la fourrer dans la bouche.

Adam reposa son sandwich dans son assiette.

— Qu'est-ce que tu racontes ?

Bree lui agita une frite sous le nez.

— Tu n'arrêtais pas de sourire, même quand tu mâchais.

Une sensation de chaleur envahit sa poitrine. Et puis...

Crac. Une nouvelle fissure se creusa dans sa muraille.

S'appuyant contre le plan de travail de la cuisine, Rachel but une gorgée de son Moscato en regardant Adam fouiller dans un ancien meuble-lavabo que les Reed avaient transformé en bar. Elle appréciait de temps en temps un verre de ce vin doux et pétillant, surtout après une dure journée.

— La voilà ! dit-il en se redressant de sa position accroupie, brandissant victorieusement une bouteille de tequila. Tu es sûre de ne pas vouloir de la tequila, plutôt ? Ce vin est tellement doux qu'il pourrait faire office de dessert.

— Non, merci. Le Moscato me convient tout à fait, assura-t-elle avec un sourire.

Adam était passé la récupérer au Busy B après sa journée de travail. Plutôt que de l'attendre assise dans un coin pendant plusieurs heures, elle avait préféré enchaîner un deuxième service. Ayant besoin d'argent, elle avait choisi de travailler toute la journée et avait maintenant mal au dos et dans le bras gauche. Du coup, avec elle qui était fatiguée et Adam qui n'avait jamais été un grand bavard, le trajet de retour avait été plutôt silencieux.

— Ta journée s'est-elle mieux passée après le coup de feu de midi ? demanda-t-il en faisant tournoyer son verre dans sa main.

Elle laissa échapper un petit rire amusé.

— Les clients du matin sont généralement des gens pressés qui travaillent dans le coin et se moquent pas mal de qui les sert, ou de vieux messieurs qui viennent boire leur café et passer un moment à bavarder. Parmi ces derniers, il y en a bien quelques-uns qui m'ont jeté des regards torves mais ils me taquinent et plaisantent avec moi depuis si longtemps qu'ils hésitent à admettre qu'ils se sont trompés sur mon compte.

Adam gloussa.

— Ce en quoi ils n'ont pas tort.

Rachel sourit.

— Dans l'ensemble, les clients du soir ne m'ont pas cherché noise. À midi, en revanche, c'est une autre histoire. C'est là qu'interviennent les colporteurs de ragots. Les dames bien-pensantes, et celles qui sont en couple et qui *chuchotent* – elle esquissa des guillemets dans l'air – quelque chose à leur mari chaque fois que je passe près d'eux.

— C'est à peine croyable que des gens que tu connais depuis toujours puissent te tourner le dos en un claquement de doigts, dit Adam en joignant le geste à la parole.

Rachel s'abstint de faire remarquer que la famille Reed, notamment le père et la sœur d'Adam, avait elle aussi été victime de commérages récemment.

— Le plus drôle, c'est que ces gens partagent généralement leurs ragots avec Marge. C'est comme ça qu'elle récupère ses meilleures infos. Mais depuis qu'elle a fusillé du regard le premier client qui s'est mis à me dénigrer, plus personne n'ose lui raconter quoi que ce soit.

— Ta capacité à garder ton calme m'a vraiment épaté. Pas sûr qu'à ta place j'aurais pu en faire autant.

— Tu parles ! protesta Rachel. Durant toutes ces années, je ne t'ai jamais vu t'énerver. Pas même une seule fois. Tu as toujours été le plus posé de la fratrie, non ?

— Que veux-tu dire ? demanda Adam, perplexe.

— Cassie est l'autorité, Noah, le farceur, Nate, le rebelle.

Elle but une gorgée de vin, la fit tourner dans sa bouche pour en apprécier la saveur.

— Et toi, tu es le roc. Le plus stable, le plus fiable. Celui sur qui on peut compter.

Il pencha la tête sur le côté, comme s'il réfléchissait à ce qu'elle venait de dire.

— Je ne sais pas... Je ne me voyais pas comme ça mais...

— Normal. C'est juste ta nature profonde.

Sa franchise la surprit elle-même. Elle porta à nouveau son verre à ses lèvres pour masquer sa gêne. Mais elle fit un faux mouvement et renversa un peu de vin sur son menton et sur sa tenue de serveuse.

Elle n'eut pas le temps de poser son verre et d'évaluer les dégâts qu'Adam s'empressait de tamponner la tache avec une serviette humide.

— Heureusement que c'est du vin blanc, dit-elle avec un petit rire embarrassé. On dirait que je fais tout pour ne plus rien avoir à me mettre sur le dos.

Levant la tête en même temps, leurs regards se croisèrent.

— Ce serait vraiment terrible, répliqua-t-il d'un ton taquin.

De près, ses yeux noisette la fascinèrent. Avec un fond vert et une explosion dorée autour de la pupille, ils lui faisaient penser à des tournesols. Des tournesols avec un trou noir au milieu qui l'attirait et l'incitait à plonger dans leur profondeur abyssale.

Elle ne s'était jamais sentie aussi prête à prendre un risque qu'en cet instant. De sauter le pas sans hésitation et sans crainte. D'offrir à son cœur une nouvelle chance de vivre ce qu'elle avait manqué avec Eric. Si elle le faisait, peut-être qu'Adam serait celui avec qui...

— Quand est-ce que Bree arrive avec le dî... ?

Noah s'interrompit sur le seuil de la cuisine.

— Euh, désolé, dit-il en levant les mains en signe d'excuse avant d'esquisser un sourire. Je ne voulais pas vous déranger.

Mais au lieu de s'en aller, il s'appuya contre le chambranle et les observa.

— Je ferais bien d'aller me changer et de mettre ça à tremper, dit Rachel en décollant de sa poitrine le polyester humide de son petit tablier blanc.

Elle passa devant Noah en évitant soigneusement son regard. Derrière elle, Adam grommelait :

— Tu vas me le payer, Noah…

— Bon, ça va. Je n'ai fait qu'entrer dans la cuisine à l'heure de manger. Je n'y suis pour rien si vous êtes incapables de vous tenir.

Rachel s'arrêta net et retint son souffle. Elle n'aurait pas dû écouter, elle le savait bien sûr, mais sa curiosité l'emporta.

Adam ne répondant pas, Noah continua :

— N'empêche que je suis bien aise que tu admettes enfin que tu es amoureux d'elle. On dirait qu'elle commence à t'apprécier aussi. Mais tu ne peux pas te marier avant Bree et moi, sinon ça perturberait l'alignement des planètes ou un truc de ce genre.

Rachel monta l'escalier comme en transe, inconsciente de tout ce qui l'entourait. Après avoir refermé la porte de la chambre derrière elle, elle retira son uniforme, l'étendit sur le bord de la baignoire puis s'affala dans un fauteuil près de la fenêtre.

Noah devait se tromper. Adam… amoureux… *finalement* ?

C'était *lui*, il y a dix ans, qui ne lui adressait pratiquement jamais la parole. Et depuis son retour de Houston avec son diplôme, il était distant bien qu'amical.

Noah s'avançait un peu quand il affirmait qu'Adam l'aimait, ou qu'elle commençait à s'intéresser à Adam. Certes, ils étaient plus proches qu'il y a un mois, mais c'était dû aux circonstances. Ce n'était pas évident de vivre sous le même toit que quelqu'un comme Adam et de ne pas commencer à se faire des films. Pourtant… Noah pouvait-il la connaître mieux que Rachel ne se connaissait elle-même ?

Elle avait qualifié Noah de farceur, alors peut-être qu'il plaisantait. Mais si ce n'était pas le cas ?

Son cœur s'était mis à tambouriner si fort dans sa poitrine qu'elle dut prendre une grande inspiration pour l'obliger à reprendre un rythme normal. Puis elle chassa cette idée de son esprit. Quoi qu'il en soit, peu lui importait, car son avenir était déjà tout tracé. Et Adam Reed n'y avait pas sa place.

Son invitée aurait sans doute du mal à le croire, mais Adam était bel et bien sur le point de perdre son sang-froid et de frapper son frère cadet. Après avoir passé la majeure partie de leur vie dans cette maison, les Reed reconnaissaient chacun des bruits qu'elle faisait, des planchers qui craquaient aux cloisons qui se dilataient avec de grands *clac* Quand Noah s'était enfin décidé à la fermer, un silence se fit. Et c'est alors qu'Adam l'entendit. Qu'ils l'entendirent tous les deux. Un discret bruit de pas dans l'escalier. Noah écarquilla les yeux et posa une main sur sa bouche, comme quelqu'un qui vient de faire une gaffe. Adam serra les dents, comme quelqu'un qui s'apprête à commettre un fratricide.

Rachel avait tout entendu.

Adam s'empara de la bouteille de tequila et s'en servit une rasade.

— Désolé. Je pensais qu'elle était montée, dit Noah en prenant un verre dans le placard et en le posant à côté de celui d'Adam.

Au lieu de le servir, Adam prit son verre et se dirigea vers le salon. Il s'installa dans le vieux relax en cuir de son père, étendit les jambes et soupira.

La tequila aidant, sa colère se dissipa peu à peu. Noah aurait certes pu être plus discret, mais ce qu'il avait dit était la stricte vérité. Adam avait eu beau nier qu'il avait toujours des sentiments pour elle, il n'y avait eu que lui pour le croire, apparemment. Enfin, lui et Rachel.

Mais il n'avait pas prévu de la mettre au courant. Ou du moins pas tout de suite. Et certainement pas comme ça. Le fait qu'elle ait surpris cette conversation risquait de nuire à la relation de confiance qu'il avait récemment nouée avec elle. N'allait-elle pas mal interpréter son invitation à venir dormir au ranch ?

Il ne savait pas trop comment gérer le problème. Valait-il mieux qu'il fasse semblant de ne pas savoir qu'elle avait tout entendu, ou qu'il l'admette mais nie tout en bloc ? Ou tout du moins ce qui concernait ses sentiments pour elle. Il ne croyait pas une seconde qu'elle avait un faible pour lui. Pas après tout ce temps.

Comme si le fait de penser à elle l'avait fait descendre, Rachel apparut et se dirigea vers la cuisine.

— Rachel, l'interpella Adam, désireux de dissiper au plus vite la gêne qui s'était installée entre eux.

Elle se retourna et, après une courte hésitation, le rejoignit dans la salle de séjour. Son regard était fuyant.

— J'ai appelé maman pour avoir des nouvelles et j'en ai profité pour parler aux enfants, dit-elle toujours sans le regarder.

Adam se leva.

— Tu veux boire quelque chose ?

— Non, merci. Rien pour le moment.

Elle s'assit du bout des fesses sur le canapé tandis qu'il reprenait sa place.

— Comment ça se passe, à San Antonio ? Ils s'y plaisent ?

Il but une gorgée de tequila.

— Ils s'éclatent, apparemment. Maman les a emmenés au zoo, aujourd'hui. Elle a prévu de les sortir tous les jours, histoire de les occuper et d'éviter autant que possible qu'ils dérangent tante Sylvie.

Levant enfin les yeux vers lui, elle gloussa.

— Il semblerait que Sylvie n'ait pas été conquise aussi vite que maman l'escomptait.

— Il faudrait avoir un cœur de pierre pour ne pas craquer pour ces deux bouts de chou. Tu as de la chance de les avoir, déclara Adam en soutenant son regard. Et eux ont de la chance de t'avoir.

Touchée par le compliment, elle rougit.

— Merci. Tu as l'air d'aimer les enfants.

— Je suis impatient d'en avoir toute une ribambelle.

— Toute une ribambelle ? répéta-t-elle en haussant les sourcils.

— Plus on est de fous, plus on rit.

— C'est facile à dire quand on n'en a pas encore, dit Rachel avec un petit sourire mélancolique. Non que je regrette quoi que ce soit. J'adore mes enfants mais deux, c'est déjà pas mal.

Il faudrait qu'à l'occasion, il lui démontre tous les avantages qu'il y avait à avoir une famille nombreuse.

— Je dois reconnaître que j'ai été étonné d'apprendre qu'Eric voulait la garde partagée, confia Adam.

Il posa son verre sur la table basse en chêne.

— Il ne la voulait pas vraiment. Il pensait qu'en prenant les enfants une partie du temps, il serait exonéré de pension alimentaire, expliqua Rachel en levant les yeux au ciel. Eric n'était pas un bon père, mais Brad était toujours très impatient d'aller passer le week-end chez son papa. Qu'ils soient chez moi ou chez leur père, je voulais qu'il y ait dans leur éducation un minimum de cohérence, mais il n'y a jamais eu moyen. Adieu la discipline et bonjour la malbouffe ! Pour Eric, c'était plus facile de laisser Brad se bourrer de sucreries.

— Et Daisy ? Elle aussi était contente d'aller chez son père ?

— Elle ne hurlait pas quand il l'emmenait. Mais la plupart du temps, elle revenait avec des problèmes d'érythème fessier.

Elle s'interrompit, comme perdue dans ses pensées.

— En fait, Eric n'a jamais été très emballé par les bébés. Quand Brad est né, il a déclaré qu'il ne voulait rien avoir à faire avec lui. Non seulement il n'était pas question qu'il donne un coup de main, change une couche ou se lève au milieu de la nuit, mais il ne voulait carrément pas en entendre parler. Alors je doute qu'il ait interagi beaucoup plus avec sa fille qu'il ne l'a fait avec son fils au même âge.

— N'empêche qu'il a réussi à te traîner jusqu'à l'autel, donc il devait avoir quelques qualités.

Adam se demandait bien lesquelles.

Le regard de Rachel se perdit dans le vague, comme si elle se rappelait un passé lointain.

— Il était gentil, à l'époque. Attentionné.

Elle éclata de rire en voyant l'air sceptique d'Adam.

— Quand je l'ai rencontré, il me traitait comme une reine. Et il n'arrêtait pas de dire qu'il voulait des enfants. C'est ce qui m'a vraiment plu chez lui. Je pensais que nous voulions les mêmes choses.

Elle s'enfonça sur le canapé pour s'appuyer contre les coussins.

— Mais il a menti sur tout. Dès que nous avons emménagé dans l'appartement au-dessus du garage, il a perdu son emploi. Nous étions censés payer un loyer à maman, mais il savait qu'elle ne me mettrait jamais dehors. Ensuite, du jour où je suis tombée enceinte de Brad, il s'est désintéressé de moi, continua Rachel avec un petit sourire triste. Je suis la reine des pommes d'avoir cru qu'un prince charmant voudrait de quelqu'un comme moi. Et une vraie andouille d'avoir confondu Eric avec le prince charmant.

— Au moins, tu as essayé d'être heureuse avec quelqu'un que tu pensais être la bonne personne.

Contrairement à moi, qui n'ai même pas essayé.

Peut-être était-il temps de remédier à cette situation.

Après avoir mangé les burgers et les accompagnements que Bree avait rapportés du Busy B pour le dîner, Rachel prit son verre de vin et alla s'asseoir sur la terrasse de derrière. L'air du soir s'était bien rafraîchi mais elle avait enfilé un haut à manches longues et un jean après s'être renversé du vin sur elle, en début de soirée.

La grande terrasse, idéale pour se retrouver à plusieurs, disposait d'un immense barbecue et de tables et de bancs en bois. Des pots en terre cuite dans lesquels poussaient des fraisiers étaient posés au pied d'un mur de briques où ils pouvaient profiter d'une bonne exposition. Lorsqu'elle se pencha pour voir s'il y avait des fraises, Rachel se rendit compte qu'il s'agissait en fait de plantes aromatiques. Adam devait être un vrai cordon-bleu s'il cultivait ses propres herbes.

Elle posa son verre de vin et s'achemina vers une pelouse entourée de parterres de fleurs et d'arbustes. Elle fit le tour du jardin, humant le doux parfum du chèvrefeuille, du jasmin à floraison nocturne et de l'osmanthus. Levant la tête, elle contempla le ciel et vit une multitude d'étoiles scintiller.

Sentant une présence, Rachel se retourna brusquement et vit Adam avancer vers elle.

— J'espère que ça ne te dérange pas que je me sois permis une petite visite de ton jardin.

— Bien sûr que non. Je viens rarement ici depuis que j'ai emménagé dans ma cabane, dit-il avant de humer à son tour l'air embaumé. Sauf pour faire des grillades.

— Tu as un assortiment d'herbes aromatiques impressionnant.

Elle s'approcha d'un arbre, renifla, leva les yeux et s'exclama :

— Un oranger !

— Ouais. Et là-bas, dit Adam en pointant du doigt d'autres arbres, il y a des poiriers et des pommiers. Et nous avons aussi plein de pacaniers.

— Si tu cultives un potager et élèves quelques vaches, tu pourras quasiment vivre en autarcie.

Rachel allait de surprise en surprise. Cet homme était décidément imprévisible. Levant les yeux vers lui, elle fut happée par son regard insistant. Une brise légère souleva ses cheveux de ses épaules et elle frissonna, plus à cause de la proximité d'Adam que de l'air frais.

Adam s'empressa d'enlever son blouson. Passant derrière elle, il le posa sur ses épaules. Puis il l'attira à lui.

Elle se blottit contre sa poitrine. Dans sa chaleur. Une petite voix perfide lui rappela qu'il n'y avait aucun avenir pour eux, puisqu'elle allait quitter Resolute pour partir s'installer dans une ville où elle trouverait un emploi bien rémunéré qui lui permettrait d'offrir une vie meilleure à ses enfants.

Mais elle mourait d'envie de l'embrasser. Elle en rêvait depuis plus de dix ans. Elle avait si souvent imaginé ce qu'aurait pu être leur relation s'il l'avait invitée à sortir avec lui quand ils étaient adolescents. Et qu'une multitude de possibilités s'offraient à eux. Mais il ne l'avait pas fait. Elle avait fini par se lasser d'attendre, et ses rêves étaient devenus fantasmes.

Perdue dans ses yeux noisette pailletés d'or jusqu'au moment où leurs lèvres se rejoignirent, Rachel murmura son nom, puis noua les bras autour de son cou tandis que la bouche douce et chaude d'Adam effleurait la sienne. Taquine, sensuelle. Mais elle avait besoin de plus. Elle le voulait tout contre elle. Elle voulait que son baiser se fasse plus audacieux, qu'il allume des milliers d'étincelles au creux de son ventre.

Leurs langues se cherchèrent, se défièrent, jusqu'à ce que celle d'Adam prenne le dessus et envahisse sa bouche. Puis leurs lèvres se retrouvèrent, douces et tendres, mais le désir qui la consumait se propagea en elle comme un incendie. Un léger gémissement lui échappa et elle comprit qu'en aucun cas, elle ne pourrait se contenter d'un simple baiser.

— Vous êtes là ? Noah a trouvé une autre tarte dans le congélateur. Vous en voulez ?

C'était Nate, cette fois.

Rouvrant les yeux, Rachel s'aperçut qu'Adam la regardait.

Il appuya son front contre le sien et grommela :

— Je pense sérieusement que mes parents auraient dû se satisfaire de deux enfants.

Elle fut prise d'un fou rire. Adam aussi. Chaque fois qu'ils se redressaient et que leurs regards se croisaient, ils éclataient de rire. Rachel finit par avoir un point de côté. S'appuyant l'un sur l'autre, ils regagnèrent la maison.

— Ce n'était pas le baiser que ça aurait dû être, dit Adam en s'arrêtant à la porte de la cuisine pour reprendre son souffle.

— Ah bon ? Un peu d'humour ne peut pas nuire au romantisme.

Elle essayait de dédramatiser la situation mais ses paroles sonnaient juste à ses oreilles. C'était un baiser *parfait*.

Il fallait juste qu'elle veille à ce qu'il n'y en ait plus jamais d'autres.

Avant qu'Adam revienne en fanfare dans sa vie, sa tête et son cœur tendaient tous deux vers le même but : un avenir radieux, telle une nouvelle page blanche, vierge de soucis financiers et de problèmes sentimentaux. Sauf que maintenant, chaque fois qu'il posait sur elle un regard bienveillant, chaque fois qu'il lui disait un mot gentil ou avait pour elle un geste tendre, Adam déchirait cette page en deux. Au grand désarroi de Rachel. Car si sa tête aspirait toujours à un nouveau départ, son cœur commençait à dessiner une image très colorée et débordante de gaieté. Mais elle n'arrivait pas à en distinguer les contours. Elle ne savait pas quelle forme ces couleurs prenaient.

Et elle ne supportait plus cette incertitude.

12

Le lendemain matin, au réveil, Adam était de bonne humeur. Mais cela ne dura que le temps de prendre une douche, de s'habiller et de descendre.

L'esprit accaparé par Rachel, il avait eu du mal à trouver le sommeil, la veille au soir. Du coup, il était sorti prendre l'air, histoire de voir ce que Rachel fabriquait. Conscient que la famille Reed pouvait parfois être envahissante, et que la remarque de Noah au sujet de ce qu'Adam éprouvait pour elle l'avait peut-être choquée, il s'était plus ou moins attendu à ce qu'elle s'en aille.

Au lieu de quoi, ils s'étaient promenés dans le jardin et avaient fini par s'embrasser.

Et ce baiser, à la fois doux, passionné et langoureux, il n'était pas près de l'oublier. Il avait souvent imaginé ce que cela ferait d'embrasser Rachel, mais la réalité surpassait de beaucoup le fantasme.

Sauf que ce matin, il avait suffi que Rachel entre dans la cuisine pour qu'il redescende brutalement de son petit nuage.

Il était en train de remplir de café sa tasse isotherme lorsqu'elle arriva. Elle répondit à son sourire par un sourire crispé.

— Bonjour. Bien dormi ?

— Oui, pas trop mal, dit-elle en enfilant un pull par-dessus sa tenue de serveuse. On y va ?

Refermant le couvercle de sa tasse, il l'observa. Ce n'était pas la même Rachel que la veille, celle avec qui il avait partagé un fougueux baiser et un fou rire mémorable.

— Quelque chose ne va pas ? demanda-t-il.

— Non. C'est juste que... je pense que nous ferions mieux, toi et moi, de...

— Rester de simples amis ?

Ayant lu sur son visage ce qu'elle avait en tête, il lui avait enlevé les mots de la bouche.

— Oui, exactement, répondit-elle, rayonnante, visiblement soulagée qu'il comprenne, même s'il ne comprenait pas vraiment. Ce sera plus simple. Il se passe tant de choses, en ce moment, entre le boulot, mes cours, les meurtres...

— Bien sûr. Je comprends, mentit Adam en plaquant un sourire sur son visage.

— Bon, eh bien, on y va, alors.

Elle se dirigea vers la porte, prit son sac sur le guéridon de l'entrée au passage, et sortit.

Adam la suivit, une petite voix dans sa tête se moquant de lui. C'était sa voix, mais les paroles étaient celles que Bree avait prononcées la veille.

Dans la vie, on n'a pas toujours ce qu'on veut.

Étant plutôt du genre taiseux, Adam n'avait jamais trouvé gênants les moments de silence. Mais aujourd'hui, même pour lui, le trajet en voiture jusqu'au centre-ville avec celle qui se proclamait son *amie* parut interminable.

Après avoir déposé Rachel au Busy B, Adam passa au Justice Center pour assister au débriefing du matin et pour récupérer les clés de l'appartement d'Eric. Il voulait y jeter un dernier coup d'œil avant de rapporter les clés au gestionnaire de la résidence.

Lors de la réunion, qui eut lieu dans l'une de leurs salles de conférences, Adam informa ses collègues des résultats du rapport d'autopsie de Richard Smith.

— Normalement, nous recevrons les derniers résultats dans le courant de la journée.

Fixant les photos qui passaient de main en main, Sean déclara :

— Ce type de poignard fait de vilaines blessures.

— Tu aurais dû voir les brûlures, répliqua Noah, qui était le seul adjoint, en dehors d'Adam, à avoir vu le corps *in situ*. Et ses mains. Le meurtrier lui a coupé tous les...

— Noah. Ils ont les photos sous les yeux et je viens de leur lire le rapport d'autopsie, dit Adam en secouant la tête.

Pete, Sean et Noah furent ensuite priés de faire leurs comptes rendus sur leurs affaires respectives. Bree, qui travaillait avec lui sur les meurtres, n'avait pas de compte rendu à faire mais, par politesse, Adam lui donna la parole.

— Dave ? appela-t-il enfin.

Assis au fond de la salle, les bras croisés sur sa poitrine maigre, Dave était le seul adjoint à n'avoir encore rien dit. Un grand silence se fit et tous les regards convergèrent vers lui. Faisant comme si de rien n'était, Dave fixait Adam.

— As-tu quelque chose à partager avec nous au sujet de tes dossiers, Dave ?

Adam, à bout de patience, avait du mal à garder son calme.

— Quels dossiers ? Tu me consignes tous les jours au bureau pour prendre les appels, répliqua Dave, rouge de colère.

Refusant d'entrer dans son jeu, Adam lança :

— Très bien, les gars, cette réunion est terminée. Au travail !

Mais Dave n'avait pas dit son dernier mot. Couvrant le bruit des conversations à mi-voix et des raclements de chaises, la voix tonitruante de Dave résonna dans la pièce.

— Combien de temps vas-tu me punir pour avoir fait mon travail ? Pour avoir interrogé un suspect que tu n'as pas eu le cran d'interroger toi-même ?

Comme des enfants jouant au loup glacé, tous les adjoints se figèrent.

— Reconnais-le, Adam. Tu abuses de tes privilèges en montrant du favoritisme envers Rachel Miller. Tu as perdu toute objectivité parce que tu as le béguin pour elle.

S'efforçant de maîtriser sa colère, Adam s'astreignit à un petit exercice de relaxation qui consistait à inspirer à fond et à expirer lentement. *Merci, Bishop, pour les techniques respiratoires utilisées au yoga.*

— Adjoint Sanders, si tu permets, je vais mettre les choses au clair une bonne fois pour toutes, dit-il calmement.

Il attendit que tout le monde se soit rassis.

— J'avais demandé à Mme Miller de venir répondre à quelques questions. Elle avait accepté sans faire d'histoires. Mais quand elle est arrivée ici, au lieu de rester à ta place et de te mêler de tes affaires, tu l'as emmenée dans une salle d'interrogatoire et tu l'as accusée de meurtre.

Tous les regards se braquèrent à nouveau sur Dave.

— *Sans* lui lire ses droits Miranda, tu as essayé de la forcer à avouer un crime qu'elle n'a pas commis, continua Adam, dont la colère revenait en force.

Il frappa du poing sur le pupitre, devant lui.

— Comme elle est intelligente et qu'elle connaît les procédures légales, ce qui ne semble pas être ton cas, elle t'a tenu tête, t'a envoyé paître et a demandé l'assistance d'un avocat.

Noah s'apprêtait à applaudir mais Bree, qui affichait pourtant un sourire satisfait, lui flanqua un coup de coude pour l'en empêcher.

— Adjoint Sanders, puisque tu as préféré exposer tes griefs devant l'ensemble du service plutôt que de m'en faire part en privé, je vais faire de même, dit Adam avant de marquer une pause. Tu as enfreint les procédures en accusant quelqu'un de meurtre sans lui lire ses droits. Tu as interféré dans une affaire en cours dont tu n'avais pas la charge. Tu traites les autres adjoints avec mépris, et le shérif Reed et moi-même avons pu constater de nombreuses négligences dans l'exercice de tes fonctions. Et tu as fait preuve vis-à-vis de moi, qui suis ton supérieur hiérarchique, d'un total manque de respect. À partir de maintenant, tu n'es plus adjoint au shérif du comté de Boone. Je vais prendre ton insigne et ton arme, puis Pete et Sean t'escorteront hors du bâtiment.

Noah et Bree s'éclipsèrent avant que Dave se mette à proférer des menaces et à vociférer des obscénités, refusant farouchement de rendre son insigne et son arme. Pete et Sean furent contraints de le soulever et de le maintenir pendant qu'Adam les récupérait.

Il accompagna les trois hommes à la porte, qu'il tint ouverte pour les laisser passer. Pete et Sean traînèrent Dave en bas des marches et l'escortèrent jusqu'au parking. Adam prévint le vigile du Justice Center que Dave ne faisait plus partie du service.

En regagnant son bureau, il s'arrêta à l'accueil en massant sa nuque douloureuse.

— Nous voilà donc à nouveau en manque d'adjoint, fit remarquer Helen en le scrutant par-dessus ses lunettes.

— Est-ce qu'il va *vraiment* nous manquer ? Tu sais ce que mon père avait l'habitude de dire ?

Ils déclamèrent en chœur :

— Il était à peu près aussi utile qu'un plâtre sur une jambe de bois.

Leurs rires s'évanouirent et Helen prit un air mélancolique. Elle et le père d'Adam étaient devenus de bons amis au fil des nombreuses années où ils avaient travaillé ensemble. Adam pensait même qu'après la disparition de sa mère, Helen avait espéré se faire une place dans la famille Reed. Mais le destin en avait décidé autrement. En ce qui les concernait, lui et Rachel, peut-être était-il temps de prendre en main leur destin.

Allez, viens avec nous ! supplia Bree. On ne va pas fêter le départ de Dave sans toi, Adam.

— Je préfère vous laisser fêter ça entre vous. Je vais rester ici pour prendre les appels.

Bien qu'il soit lui aussi content d'être débarrassé de Dave, Adam ne se voyait pas fêter ce genre d'événement. Les malheurs des autres n'avaient rien de réjouissant. Là-dessus, il rejoignait Bishop, qui parlait tout le temps du karma.

— Revenez dans une heure, recommanda-t-il. Et pas d'alcool !

— Tu vas le regretter, dit Noah. L'Enclos propose des côtes de porc en plat du jour. Tu veux que je te rapporte quelque chose ?

— Non, c'est bon. Mais soyez de retour dans une heure. Je veux inspecter une dernière fois les appartements d'Eric et de Rachel pour m'assurer que nous n'avons négligé aucun indice.

— Vu le bazar que le cambrioleur a laissé chez Rachel, d'après ce que m'a dit Bree, tu vas y retourner pour rien.

Noah demanda aux autres de l'attendre puis revint à la charge.

— Tu es sûr que tu ne veux pas venir ? Helen a dit qu'elle assurait la permanence.

— File avant que les autres partent sans toi.

En allant se resservir un café, Adam passa à côté du bureau d'Helen.

— Je suis là. Je m'occupe des appels.

Helen hocha la tête d'un air approbateur.

— Fidèle au poste. Ta sœur serait fière de toi.

— Elle va probablement me passer un savon pour avoir viré Dave sans l'avoir consultée.

— Tu te trompes. Contrairement à ce que tu sembles penser, Cassie ne veut pas que tu marches dans son ombre. Si elle t'a nommé premier adjoint, c'est parce qu'elle savait que tu étais capable d'assumer ce poste et donc de prendre des décisions. Bon sang, Adam, secoue-toi ! À dix ans, tu faisais les choses spontanément, sans qu'on ait jamais besoin de te le demander. Aie confiance en toi. Arrête de douter en permanence et d'avoir peur de ta sœur. Tout ce qu'elle a de plus que toi, c'est un an.

— Merci, Helen. Tu as toujours été ma préférée, tu sais.

Il lui décocha un clin d'œil.

— Oh ! arrête un peu, dit-elle en rougissant, avant de le chasser d'un geste de la main.

Le sourire aux lèvres, Adam s'installa à son bureau et alluma son ordinateur. N'ayant toujours pas reçu le rapport d'autopsie complet de Richard Smith, Adam rédigea un compte rendu détaillé de ce qui s'était passé lors du débriefing du matin. Après avoir ajouté ce compte rendu au dossier de Dave, il jeta un coup d'œil à sa montre. Encore une demi-heure avant le retour de l'équipe.

Adam était abonné à plusieurs quotidiens numériques du Texas. Quand il avait un moment, il les parcourait, ainsi que les flashs d'infos en ligne, afin de se tenir au courant des crimes et délits dans les grandes villes comme dans les petites. Ayant pris du retard, ces derniers temps, il ouvrit le *Victoria Advocate*.

Les gangs faisaient beaucoup parler d'eux. Il n'était question que de cartels, de trafics de drogue et de meurtres. Il s'arrêta sur un article qui sortait un peu du lot.

Selon la police et d'après les détails fournis par un témoin anonyme, le cartel mexicain Marea, en partenariat avec le célèbre gang texan Los Malolos, s'était fait voler par deux malfrats un van rempli d'argent. Le gang transportait apparemment une cargaison d'argent blanchi destiné à être utilisé dans leur trafic de drogue et d'armes vers le Mexique.

Le témoin, un membre du gang blessé dans l'attaque, avait affirmé que deux hommes avaient ouvert le feu sur le convoi alors qu'il abordait un virage sur une route isolée. Tous les membres du gang, à l'exception du témoin, avaient été tués, ainsi que le neveu du chef du cartel, qui supervisait le transport.

L'un des assaillants, un homme blanc de taille et de corpulence moyennes, s'était enfui avec le van, qui contenait une somme d'argent non divulguée. Le témoin avait déclaré que l'autre homme, décrit comme un Blanc trapu de petite taille, avait été blessé par balle. Mais la police n'avait retrouvé qu'une liasse de billets entourée de son bracelet en papier de fabrication artisanale près de l'endroit où était garé un second véhicule.

Jusqu'à présent, le comté de Boone avait réussi à empêcher les gangs de s'implanter, et à maîtriser leurs échauffourées avec les cartels. Mais Adam se souvint d'avoir entendu Bree mentionner le couteau à trois lames comme faisant partie de la panoplie des membres des cartels, et un frisson lui parcourut l'échine.

Toute cette racaille ferait mieux de ne pas s'approcher de Resolute.

Il ouvrit ensuite le *San Antonio Express-News* et constata que dans cette ville, la délinquance était omniprésente.

Percluse de douleurs à la suite de sa chute dans l'escalier, et épuisée mentalement par tous les événements survenus récemment dans sa vie, Rachel avait été à deux doigts de rendre son tablier en milieu d'après-midi. Non sans scrupule car Marge, sa patronne, qui avait deux fois son âge, tenait toute la journée sans problème, la plupart du temps debout. Heureusement, Adam était arrivé tôt et lui avait sauvé la mise.

De retour au ranch, Rachel troqua sa tenue de serveuse contre un jean et un pull léger à encolure ras-du-cou. Lorsqu'elle redescendit, Adam était assis au salon, un livre dans les mains.

— Tu permets que je me serve un verre de vin ?

Il la regarda par-dessus son livre.

— Bien sûr. Fais comme chez toi, dit-il avant de se replonger dans sa lecture.

Frustrée de ne pas avoir réussi à engager la moindre conversation avec lui, ni pendant le trajet en voiture ni maintenant, elle se dirigea vers la cuisine. Et fit comme chez elle.

Si Adam avait pris ses distances, c'était parce qu'elle avait souhaité que leurs relations se cantonnent au terrain de l'amitié. Elle ne pouvait donc rien lui reprocher.

Elle revint au salon, son verre à la main, et s'assit sur le canapé, juste en face de lui.

— Comment s'est passée ta journée ? Les amis se parlent, il me semble. Non ?

Le nez toujours dans son livre, il lui fit signe d'attendre un instant. Tournant la page, il poursuivit sa lecture. Rachel but une gorgée de vin, effarée par la désinvolture d'Adam. Il glissa enfin un marque-page dans son livre, qu'il ferma et posa à côté de lui. Et seulement alors, il la regarda.

— Désolé, je voulais finir mon chapitre. Ma journée a été... édifiante, déclara-t-il avec un sourire. Et la tienne ?

— La mienne n'avait rien de spécial. Il est bien, ce livre ?

— Oui, très. Tu lis beaucoup ?

— Par manque de temps, beaucoup moins qu'avant. J'imagine que tu as oublié que plus jeune, j'ai été une grande lectrice.

Au lycée, elle avait *toujours* un livre sous le bras, qu'elle ouvrait entre les cours.

— Ça remonte à loin, fit-il remarquer.

Il s'absorba dans la contemplation d'un minuscule grain de poussière sur sa manche. Repliant le repose-pied de son fauteuil, il se pencha en avant, les coudes posés sur les genoux.

— J'ai à nouveau inspecté l'appartement d'Eric, aujourd'hui. Et aussi le tien.

— Est-ce pour cela que tu disais que ta journée avait été édifiante ? demanda Rachel, intriguée.

— Pour cela mais aussi pour d'autres choses dont je te parlerai plus tard.

Il la regarda dans les yeux, prenant soudain un air sérieux.

— Les deux appartements ont encore été fouillés.

Rachel ouvrit de grands yeux.

— Est-ce que ce type, Smith, a fouillé les lieux une seconde fois avant de se faire tuer ?

Adam secoua la tête.

— Comme dans ta chambre de motel, le cambrioleur s'est montré organisé et méthodique. Il a fait des tas au fur et à mesure qu'il fouillait, écartant soigneusement tout ce qui ne présentait aucun intérêt à ses yeux. Chez Eric, il a été particulièrement méticuleux, allant jusqu'à retirer les grilles de ventilation et à rouler la moquette le long des murs.

— As-tu trouvé quelque chose chez moi ? Un indice susceptible de nous éclairer sur l'identité du cambrioleur ? J'espère qu'il n'a pas aussi fouillé la maison de ma mère.

— Si, malheureusement.

Rachel ferma les yeux. Comment allait-elle annoncer cela à sa mère ?

— Il est entré par une des fenêtres de derrière, expliqua Adam qui s'empressa d'ajouter : j'ai fait venir un vitrier et j'ai attendu sur place pendant qu'il intervenait.

Bien que sous le choc, Rachel n'oublia pas ses bonnes manières.

— Merci.

— Cette fois, le cambrioleur, qui qu'il soit, n'a pas tout saccagé, poursuivit Adam comme s'il n'avait pas entendu. Mais il a fouillé partout. Je n'ai rien trouvé ni chez toi ni chez ta mère qui puisse nous mettre sur une piste. Chez Eric, il y avait un tas de papiers éparpillés sur la table de la cuisine.

— Quel genre de papiers ?

— Ton jugement de divorce. L'ordonnance concernant la garde des enfants. Les relevés bancaires d'un compte ouvert à vos deux noms.

— Rien d'anormal. Mis à part le fait qu'Eric ait conservé ces papiers.

— Le problème, c'est que ni moi, ni Noah ou les techniciens de la police scientifique ne les avons vus, quand nous avons inspecté l'appartement. Le cambrioleur a dû les trouver lors de sa seconde visite.

Adam se massa la nuque.

— Ce qui m'ennuie le plus, c'est que ton nom et ton adresse figurent sur ces documents. Ainsi que les noms de tes enfants. C'est sans doute grâce à ces informations que le cambrioleur est ensuite allé fouiller chez toi. Et Dieu sait ce qu'il a pu apprendre d'autre à ton sujet...

— Mais comment a-t-il su que je me planquais au motel ? Je n'ai pas mis le nez dehors jusqu'à ce que tu viennes me chercher pour ma visite médicale de contrôle.

— J'ai parlé à Missy Jenkins pendant que j'attendais le vitrier. Elle m'a dit qu'elle avait vu un homme traîner vers chez toi, lundi après-midi. Elle l'a croisé sur le trottoir et lui a demandé ce qu'il faisait là.

Rachel se tortilla sur le canapé, à nouveau très anxieuse.

— Il a prétendu être l'expert envoyé par ta compagnie d'assurances. Il lui a dit qu'il avait rendez-vous avec toi pour évaluer le montant du préjudice subi à la suite du cambriolage. Il lui a même donné une carte de visite, histoire de la mettre en confiance. Il lui a dit que s'il ne te voyait pas ce jour-là, il ne pourrait pas revenir à Resolute avant plusieurs semaines.

— Les déclarations de sinistre sont généralement traitées en ligne.

Rachel préféra ne pas insister car elle ne tenait pas à ce qu'il sache qu'elle n'avait pas d'assurance.

— Il faut croire que Missy ne le savait pas. Elle lui a dit que tu venais de partir mais qu'il te trouverait sûrement au Busy B. Quand il lui a demandé à quelle heure tu rentrais du travail, au cas où tu ne serais pas au restaurant, elle lui a parlé du motel.

Un frisson parcourut Rachel, la glaçant jusqu'aux os.

— Comment Missy savait-elle que j'avais pris une chambre chez Doc ?

— Je suppose qu'elle l'a appris par le bouche-à-oreille. Dans les petites villes, les langues vont bon train. Quoi qu'il en soit, je vais tout faire pour retrouver ce type. Et jusque-là, je te promets de te protéger.

Elle esquissa un vague sourire.

— Je te fais confiance. Ne faillis pas à ta promesse.

— Bien, dit Adam en se levant. Je vais me servir quelque chose à boire. Tu veux encore du vin ?

Des images terrifiantes d'un malfaiteur prêt à tout pour arriver à ses fins envahirent l'esprit de Rachel. Regardant son verre de vin à peine entamé, elle le porta à ses lèvres, renversa la tête en arrière et le vida d'un trait.

— Rapporte carrément la bouteille.

13

Le lendemain, l'affaire Miller ne progressa guère. Adam réceptionna enfin l'ensemble des rapports concernant le meurtre de Smith. Passant rapidement sur les pièces à conviction qu'il avait déjà vues, il s'attarda sur le paragraphe consacré au bout de papier trouvé dans la poche du défunt. Une photo agrandie montrait que ledit papier était en fait composé de deux morceaux, maintenus ensemble par ce qui ressemblait à une étiquette adhésive et était décrit comme un bracelet de papier blanc, de fabrication artisanale. Une note en marge expliquait que les institutions bancaires utilisaient des bracelets de couleurs en fonction de la valeur des billets.

Adam appuya ses paumes sur ses yeux. *Mais où diable ai-je vu ça ?* Il ouvrit plusieurs fichiers sur son ordinateur et en parcourut un avant que ça lui revienne. Il récupéra l'exemplaire en ligne du *Victoria Advocate* qu'il avait lu, et trouva l'article au sujet d'un vol d'argent en lien avec le fameux cartel mexicain et avec un gang texan. *Mais la police n'avait retrouvé qu'une liasse de billets entourée de son bracelet en papier de fabrication artisanale près de l'endroit où était garé un second véhicule.*

Et Bree avait trouvé deux de ces bracelets chez Rachel.

L'excitation de cette découverte le disputait en lui à l'inquiétude que généraient les implications de celle-ci. Adam appela la police de Victoria, s'identifia et demanda à parler à quelqu'un ayant des informations sur le vol du van appartenant au cartel. Après avoir patienté plusieurs minutes, son interlocuteur prit la communication.

— Inspecteur Solis, j'écoute.

L'homme avait une voix grave, empreinte d'impatience.

— Ici, Adam Reed, premier adjoint du comté de Boone. J'ai lu récemment un article au sujet d'un van rempli d'argent blanchi qui a été volé à un cartel mexicain.

— Ouais, c'est mon affaire. Ou plutôt l'une des nombreuses affaires dont je m'occupe. Que puis-je pour vous ?

En proie à une excitation grandissante, Adam sentit ses genoux tressauter sous son bureau.

— J'ai eu deux meurtres à Resolute en l'espace d'une semaine. J'ai trouvé dans la poche de l'une des victimes un de ces bracelets de papier blanc de fabrication artisanale.

— Sans blague. Vous avez une description du gars ?

À en juger par le ton de sa voix, l'intérêt de Solis venait de monter d'un cran.

Adam lui lut la description qu'il avait de Richard Smith.

— Ça pourrait bien être l'un des deux types qui ont attaqué le van. Sacrés enfoirés. Je n'arrive pas à croire qu'ils ont éliminé à eux deux plusieurs membres de Los Malolos. Ce gang porte bien son nom. Ce sont de vraies teignes.

— Il se passe aussi d'autres choses étranges, ici. Quelqu'un a fouillé de fond en comble l'appartement de l'homme qui a probablement été tué par Smith, ainsi que la maison de l'ex-femme de cet homme.

— Donnez-moi votre adresse mail.

Adam la lui communiqua.

— C'est bon. Je vous envoie un portrait-robot du type décrit par notre témoin. Dites-moi s'il ressemble à votre Richard Smith. De mon côté, je regarde ce que j'ai sur Smith dans nos archives.

Tout en parlant, Solis tapait sur un clavier, apparemment avec deux doigts.

Adam réceptionna le mail et ouvrit la pièce jointe en retenant son souffle. Il s'agissait bien de Smith. Le portrait-robot était très ressemblant.

— Je pense que c'est lui.

Un long sifflement retentit dans le téléphone. Adam éloigna le combiné de son oreille.

— Vous avez fait des recherches sur Smith ? demanda Solis.

— Bien sûr. C'est comme ça que j'ai pu relier nos deux victimes. Richard Smith et Eric Miller partageaient une cellule à McConnell. Smith avait été incarcéré pour possession de drogue avec intention de la distribuer.

— Ouais, mais vous ne savez pas tout. Je viens d'ouvrir un dossier spécial sur lui. Il semble qu'il ait travaillé comme indic pour un de nos collègues des stups. Il faisait partie des Malolos, qui préparaient un gros coup avec le cartel Marea. L'affaire a mal tourné et le gang a fait porter le chapeau à Smith. Il est allé en prison en jurant que Los Malolos le lui payeraient. Apparemment, il a tenu parole.

— Sauf que maintenant, il est mort.

— Ouais, et c'est justement ce dont j'allais vous parler. Il y a quelques jours, on a entendu dire que le chef du cartel Marea a pété les plombs en apprenant que son neveu était mort dans la fusillade. Il paraît qu'il a chargé un tueur à gages de retrouver l'argent et de faire souffrir ceux qui l'avaient volé. On dirait que Smith a liquidé son complice, parti sans lui avec l'argent, et que le tueur à gages s'est chargé de Smith. Vous confirmez que Smith a été torturé ?

Adam fronça le nez en repensant aux traces de brûlures et aux doigts manquants.

— Oh ! que oui ! Cela ne fait pas l'ombre d'un doute.

— Eh bien, voilà. On ne pourra pas être certains tant qu'on n'aura pas tout vérifié plus en détail, mais il y a fort à parier que c'est comme ça que cela s'est passé. Mais le tueur doit maintenant s'acquitter de la deuxième partie de sa mission.

— Retrouver l'argent, murmura Adam.

— Exactement. Et il ne s'arrêtera pas de tuer tant qu'il n'aura pas mis la main dessus.

Sachant que ce soir-là, Adam et elle dîneraient en tête à tête, Rachel avait demandé à Lee, le cuisinier du Busy B, de lui préparer deux repas à emporter qu'elle prendrait à la fin de son service.

Lorsqu'elle sortit du snack-bar avec ses plats à emporter, une tarte aux pêches et une boîte de brownies, en plus de son sac à main qu'elle avait glissé dans le pli de son coude, Adam se précipita pour l'aider.

— Je pensais qu'on s'arrêterait sur le chemin pour prendre des sandwichs cajuns aux crevettes, dit-il en la débarrassant de la tarte et des brownies pendant qu'elle posait les plats à emporter sur la banquette arrière. Mais tu as eu une meilleure idée ; je sens qu'on va se régaler.

— Eh oui, qu'est-ce que tu crois ? J'ai *toujours* de bonnes idées.

Elle voulut récupérer les brownies mais la boîte lui échappa et tomba sur le trottoir. Elle lâcha aussi son sac.

Elle ramassa la boîte et la mit dans la voiture. Puis elle s'accroupit pour rassembler le contenu de son sac, qui s'était renversé sur la chaussée.

Adam se pencha pour lui donner un coup de main.

— C'est quoi, cette petite clé ? demanda-t-il en la lui brandissant sous le nez.

Il fallut quelques secondes à Rachel pour se souvenir d'où sortait cette clé.

— C'est la clé que Missy a trouvée dans la boîte de lait en poudre que ma mère lui avait donnée.

— Quoi ?

Ayant ramassé toutes ces affaires, Rachel se redressa.

— Quand Missy a pris les enfants, la semaine dernière, maman lui a donné un des sacs à langer de Daisy avec une boîte de lait en poudre entamée dedans. Le jour où j'ai récupéré ma voiture, Missy m'a dit qu'elle avait trouvé cette clé dans la boîte. Elle a pensé qu'elle ouvrait peut-être quelque chose d'important. Mais comme je ne voyais pas quoi, je l'ai fourrée dans mon sac et n'y ai plus pensé.

Adam se redressa à son tour et examina la clé au creux de sa main.

— Comment cette clé a-t-elle pu se retrouver dans une boîte de lait infantile ?

Distraite par la façon dont son uniforme de shérif adjoint mettait en valeur sa large carrure, Rachel haussa les épaules.

— Ce n'est pas moi qui l'ai mise là, et je suis sûre que ma mère n'aurait jamais fait une chose pareille.

Elle ouvrit la portière avant du véhicule, côté passager, et s'apprêta à s'asseoir, bien décidée à cesser de fantasmer sur Adam.

— La seule explication que je vois, c'est que cette boîte de lait entamée était dans le sac à langer qu'Eric gardait chez lui. Brad a dû jouer avec la clé et la cacher dans la boîte. C'est probablement une clé de secours de l'appartement d'Eric.

— Ce n'est pas une clé de porte d'entrée, déclara Adam en la lui montrant. Le nom du fabricant est gravé dessus. Il ne vend que des cadenas. On en utilise, au ranch.

Intriguée par l'intérêt qu'Adam semblait porter à cette clé, elle fronça les sourcils.

— Oui, et alors ?

— Alors il faut que je te raconte ce que j'ai découvert aujourd'hui, dit-il en se glissant derrière le volant. Mais je préfère attendre qu'on soit rentrés parce qu'il y a beaucoup à raconter. À propos de *beaucoup*, pourquoi une tarte *et* des brownies ?

— J'avais déjà emballé les brownies de la veille quand Marge m'a dit qu'il lui restait aussi des tartes aux pêches et que je n'avais qu'à en prendre une. Je me suis dit que je la mettrais au congélateur pour plus tard.

— Bonne idée. Chez les Reed, il n'y a jamais assez de tartes.

Adam rayonnait d'une énergie inhabituelle, qui formait presque autour de lui un halo incandescent. Il semblait à la fois surexcité et tendu. Il pensait de toute évidence que la clé était ce que tout le monde cherchait si fébrilement, aussi Rachel eut-elle le plus grand mal à garder le silence pendant le trajet de retour.

Repensant à la tarte qu'elle avait décidé de congeler, elle s'étonna de faire comme « chez elle, » alors qu'il n'y avait que quelques jours qu'elle vivait au ranch. Elle avait craint de s'y sentir mal à l'aise mais à aucun moment cela n'avait été le cas. Les trois frères Reed, et Bree bien entendu, semblaient considérer qu'elle faisait partie de la famille. Et bien malgré elle, elle aimait ça.

— Où allons-nous ? demanda-t-elle, lorsqu'ils passèrent devant la maison sans s'arrêter.

— Chez moi, histoire de changer un peu, répondit Adam en lui décochant un clin d'œil. De la terrasse de ma cabane, j'ai une meilleure vue pour admirer le coucher de soleil.

Curieuse de voir où il vivait quand il n'était pas occupé à la protéger, elle observa le paysage pendant le court trajet. Lorsqu'ils se furent garés, Adam prit les plats à emporter et se dirigea vers l'arrière de la cabane en rondins. La boîte de brownies à la main, elle le suivit docilement. Montant les quelques marches qui permettaient d'accéder à la terrasse, elle ne put s'empêcher d'admirer la vue dégagée.

— Assieds-toi, dit Adam en désignant les deux chaises, de part et d'autre d'une table sur laquelle il posa la nourriture.

Pendant que Rachel déballait leur repas, Adam alla chercher à la cuisine un pichet de thé glacé et deux verres.

Ils passèrent à table et tout en mangeant, Adam lui parla du bracelet en papier servant à tenir ensemble des billets de banque trouvés dans la poche de Smith, et des bracelets que celui-ci avait dû faire tomber en s'introduisant chez elle. Il lui parla ensuite du braquage du van appartenant au cartel.

Il lui fit également part de sa conversation avec l'inspecteur de police de Victoria. Ce qu'il lui raconta la consterna. Les deux hommes avaient réussi à assembler les pièces du puzzle et elle devait se rendre à l'évidence : Eric avait trempé dans une sale affaire, dans laquelle il avait fini par trouver la mort.

— Qu'est-ce qu'il lui a pris de s'acoquiner avec un cartel et un gang ? J'avoue que je ne comprends pas, dit Rachel en posant sa fourchette, toutes ces histoires ayant fini par lui couper l'appétit.

— Je pense savoir ce qui s'est passé, là aussi. Le gars de la prison à qui j'ai parlé m'a dit que Smith avait sauvé la vie d'Eric. Un gang de détenus avait prévu de lui faire la peau. Smith s'est fait aider de certains de ses *associés* pour l'en empêcher. Eric s'est donc retrouvé redevable envers Smith. Quand celui-ci a décidé de se venger de Los Malolos, il a tout naturellement fait appel à Eric.

— Mais Eric aurait pu refuser. Il aurait même pu le dénoncer à la police, fit remarquer Rachel en glissant derrière son oreille une mèche de cheveux que la brise malmenait.

Pourquoi les avait-il mis en danger, elle et ses enfants ?

— D'après Solis, l'inspecteur de San Antonio, Smith avait été membre de Los Malolos. Comme il était en froid avec eux lorsqu'il a été arrêté, il a conclu un accord avec la police pour obtenir la protection d'un autre gang en prison. Quand je l'ai vu sur le parking du Dead End, j'ai tout de suite compris à qui j'avais affaire. Smith était un vrai dur. Je doute qu'Eric ait eu le choix.

— Et s'il ne s'était pas enfui avec l'argent, en laissant Smith se débrouiller, tout se serait bien terminé ? Ils auraient partagé l'argent et se seraient quittés en bons termes ?

— Je ne suis pas sûr que cela se serait passé comme ça, répondit Adam en lui lançant un regard compatissant. Smith n'aurait probablement pas été très enthousiaste à l'idée de partager le magot avec un gars qu'il n'avait pas vu depuis des années. Il aurait peut-être tué Eric de toute façon.

— Donc, pour résumer, Smith a tué Eric, un tueur à gages payé par le cartel a torturé et assassiné Smith et maintenant, ce tueur cherche à récupérer l'argent volé au cartel.

— C'est presque ça. Le tueur ne sait pas où est l'argent donc, en pratique, c'est toi qu'il recherche.

— Mais je ne sais pas non plus où est l'argent.

Frissonnant, Rachel resserra les pans de sa veste sur sa poitrine.

— Ce qui nous amène à...

Adam étendit sa jambe droite pour fouiller dans la poche de son jean, dont il extirpa la clé.

— Ça.

— Tu penses que cette clé ouvre le coffre, ou quoi que ce soit d'autre, dans lequel Eric a caché l'argent ?

— Absolument.

— Même si c'est le cas, nous ne sommes pas plus avancés. Il y a un million d'endroits où il aurait pu le cacher rien que dans le comté de Boone. Et il pourrait tout aussi bien être à Victoria, San Antonio, ou n'importe où ailleurs.

— Ô toi de peu de foi !

Il leva la clé à hauteur de ses yeux et l'examina dans la lumière déclinante.

— Je suis prêt à parier que cette clé ouvre le cadenas d'un box de stockage. Et puisque le van n'a toujours pas été retrouvé, il y a une forte probabilité que le box soit assez grand pour abriter un véhicule.

Son sourire creusa dans sa joue cette satanée fossette qu'elle trouvait irrésistible.

— Il ne nous reste plus qu'à appeler toutes les entreprises de stockage qui louent ce genre de box, déclara-t-il.

Rachel se sentait de plus en plus abattue.

— Il faut donc que j'évite les tueurs à gages tortionnaires jusqu'à ce que tu tombes sur le box avec le bon cadenas, caché dans quelque chose comme mille mètres carrés. C'est ça ?

Autant chercher une aiguille dans une botte de foin. Maintenant qu'elle savait à quoi s'en tenir, elle avait de plus en plus de mal à cacher sa peur. Adam dut le voir sur son visage car il se pencha vers elle et lui prit la main.

— Une fois, je t'ai demandé si tu me faisais confiance et tu m'as répondu oui.

Il la regarda dans les yeux et entrelaça ses doigts avec les siens.

— Je te demande à nouveau de me faire confiance.

Rachel plongea son regard dans le sien et fut rassurée par le calme et l'assurance qu'elle lut au fond de ses yeux. Bien qu'habituée à se débrouiller seule, elle ne rechignait pas à accepter de l'aide dans une situation comme celle-ci.

— Je te fais confiance, déclara-t-elle en serrant la main d'Adam, qui épousait parfaitement la sienne.

14

— À moins que vous ne soyez au milieu d'une tâche urgente, je veux que vous vous mettiez tous à appeler les entreprises louant des box de stockage.

Après avoir longuement parlé de la clé découverte dans la boîte de lait infantile au cours du débriefing de début de journée, Adam redistribua les tâches.

— Je me charge du comté de Boone. Noah et Pete, rayonnez à partir de Victoria en élargissant jusqu'aux limites du comté. Sean et Bree, prenez le comté de DeWitt et remontez vers le nord en direction du comté de Bexar et San Antonio. Dressez une liste des entreprises qui ne répondent pas et transmettez-la à Helen, qui les rappellera.

Le bruit des chaises raclant le sol et le martèlement des bottes tandis que tout le monde quittait la salle de réunion ne fit que décupler l'énergie d'Adam. Il sentait qu'ils étaient sur le point de retrouver le van volé et l'argent. Le seul problème serait ensuite de faire en sorte que le tueur à gages l'apprenne *avant* qu'il s'en prenne à Rachel.

Attendant que son ordinateur s'allume, Adam ne put s'empêcher de penser à elle. Il avait longuement hésité avant de lui confier tout ce qu'il avait appris la veille. Au sujet de l'implication d'Eric dans le braquage du van, et du tueur à gages lancé à ses trousses. Mais contre toute attente, elle avait bien réagi. Elle avait peur, bien sûr, mais elle n'était pas traumatisée. Et loin de vouloir se cacher, elle s'était montrée plus déterminée que jamais à continuer. Il admirait son courage et son opiniâtreté.

Et bien d'autres choses encore. Il regrettait juste que le baiser qu'ils avaient échangé l'ait poussée à se réfugier dans cette fichue « friend zone » mais il comprenait sa réticence à franchir encore un peu plus cette ligne.

Elle avait prévu de partir, de quitter son boulot sans avenir, ses déceptions et ses regrets, pour commencer une nouvelle vie ailleurs, plus épanouissante pour elle et ses enfants.

Et lui resterait ici. Il n'avait aucunement l'intention de quitter un jour Resolute.

Dans ces conditions, ils n'avaient rien à attendre l'un de l'autre, et ils le savaient. Ni lui ni elle ne pouvaient exiger davantage de l'autre.

Adam avait néanmoins envie de plus que ce qu'elle lui donnait déjà. Plus de temps, plus de conversations, plus de Rachel dans sa vie.

L'écran de son ordinateur s'alluma et il put commencer ses recherches. Le comté de Boone n'était pas grand mais il comptait un nombre surprenant d'entreprises spécialisées dans le stockage. Parmi celles-ci, beaucoup avaient un répondeur automatique qui invitait à laisser un message. Il appela toute la liste dans l'ordre alphabétique et envoya à Helen les numéros de celles qu'il n'avait pas pu joindre.

À midi, Noah passa la tête dans le bureau d'Adam.

— On a faim. On va commander des pizzas. Tu en veux ?

Adam, qui était au téléphone, entendit son appel basculer sur une boîte vocale. Il laissa un message et raccrocha.

— Va pour des pizzas ! C'est le département qui régale puisque tout le monde reste au bureau pour bosser au lieu d'aller déjeuner dehors. Vois avec Helen. Elle se joindra peut-être à nous.

— Ça marche.

Adam consulta sa liste et appela le numéro suivant. Pendant que ça sonnait, il songea qu'il avait bien de la chance de travailler au sein d'une équipe aussi soudée.

Quatre heures plus tard, à la limite du découragement, Adam

composa le numéro d'une entreprise de Hudsonville, bourgade située à une trentaine de kilomètres au nord-ouest de Resolute. Il ne sentait plus le bout de son index et se demandait si son empreinte digitale ne risquait pas de disparaître.

— Vic's Self Storage. Que puis-je faire pour vous ?

— Vous êtes Vic ?

— Non. Vic est mort, répondit son interlocuteur en soupirant, excédé qu'on lui pose sans doute tout le temps la même question. Qu'est-ce que vous voulez ?

Adam soupira à son tour.

— J'aimerais parler au propriétaire ou au gérant.

— Je suis les deux à la fois. Je m'appelle Hank.

— Très bien, Hank. Ici, le shérif adjoint Adam Reed, du comté de Boone. Je voudrais savoir si vous avez récemment loué un box à un certain Eric Miller.

— On ne donne pas ce genre d'informations sans mandat, alors...

— Miller est décédé et son ex-femme a la clé du box.

— Ça ne change rien. Si elle n'est pas inscrite comme ayant un accès autorisé, et si elle n'a pas le code d'entrée, elle devra se présenter avec un testament homologué prouvant qu'elle a hérité du contenu du box.

— D'accord, je viendrai avec un mandat. Mais si je ne peux pas en obtenir un spécifiquement pour le box d'Eric Miller parce que vous refusez de me dire s'il en a loué un, vous serez obligé de tous les ouvrir.

Le ton impatient d'Adam, qui n'avait pas envie d'avoir passé des heures au téléphone pour rien, fut accueilli par un silence hostile.

— Hank, insista-t-il, vous pouvez contrarier un client décédé ou bien une foule de clients bien vivants. À vous de choisir.

— Attendez une seconde.

L'homme le mit en attente. Adam pianotait impatiemment sur son bureau au rythme de la musique country dans le téléphone. Il essayait de prendre sur lui, mais après tous ces coups de fil, il commençait à perdre espoir. Hank revint en ligne avec une bonne nouvelle.

— Ouais, il a loué un box il y a quelques semaines.

Enfin ! songea Adam, soudain fébrile.

— Il ne voulait pas le mettre à son vrai nom, mais on a des règles, vous savez, continua Hank. Pour louer, il faut présenter son permis de conduire.

Attrapant un stylo, Adam s'apprêta à noter toutes les informations que Hank serait prêt à lui fournir avant d'exiger le mandat.

— Miller a loué un box intérieur ou extérieur ?

— Extérieur. On n'en a pas d'intérieurs. Le box numéro 86.

— Vous avez des caméras de surveillance ?

Adam croisa les doigts pour que ce soit oui. Mais même s'il y en avait, personne ne gardait les enregistrements trois semaines.

— Ouais, mais juste pour le portail et le bureau. Elles se déclenchent quand elles détectent un mouvement. Et on stocke ça sur un fichier. Vous pourrez le consulter quand vous viendrez.

L'homme éloigna le téléphone de sa bouche et cracha ce qu'Adam supposa être du tabac à chiquer.

— Et n'oubliez pas votre foutu mandat, ajouta-t-il avant de raccrocher.

Adam se dirigea vers l'open space.

— Je l'ai trouvé, lança-t-il à la cantonade.

Les quatre adjoints, tous au téléphone, raccrochèrent.

— Où se trouve-t-il ? demanda Sean en s'emparant d'une part de pizza entamée dans laquelle il mordit.

— À Hudsonville, répondit Adam. Il faut que je demande un mandat au juge Harmon.

Quatre paires d'yeux se tournèrent vers la pendule murale.

Sean avala sa bouchée.

— Tu ferais bien d'enfiler tes baskets. Tu sais comment est le juge le vendredi après-midi.

Le juge Harmon prenant généralement son temps pour les

mandats, une requête faite aussi tard dans la journée, en fin de semaine, risquait de ne pas être traitée avant lundi.

Adam regagna son bureau pour préparer le mandat et l'affidavit, exposant tous les faits de manière très détaillée. Au lieu d'envoyer ces documents par mail, comme d'habitude, il les imprima et se rendit au trot au bureau du juge Harmon, de l'autre côté du Justice Center.

Le juge était déjà parti. Son bureau était fermé à clé et sa secrétaire avait elle aussi quitté les lieux. Dépité, Adam retourna à son bureau. Il tenta de les joindre par téléphone, mais ni lui ni sa secrétaire ne répondirent. Il avait appris au tout début de sa carrière qu'il valait mieux ne pas déranger le juge chez lui, le week-end. Mais il savait où le trouver le lendemain matin, et n'avait rien à craindre car le juge ne ferait pas de scène en public.

— Mais pourquoi n'y allons-nous pas maintenant ? questionna Rachel, qui ne tenait plus en place depuis qu'Adam lui avait annoncé qu'il avait trouvé le box de stockage d'Eric.

Ils étaient retournés à sa cabane après le travail, dans l'intention de profiter une nouvelle fois du coucher de soleil, mais tendue comme elle l'était, elle ne profitait de rien du tout.

— On a besoin d'un mandat, répondit Adam en la regardant comme si elle lui avait demandé de quelle couleur était le ciel.

Et d'une certaine manière, c'était ce qu'elle avait fait. Adam était un agent des forces de l'ordre, un homme qui respectait les règles à la lettre et suivait les procédures. Elle savait donc, avant même de la poser, quelle serait la réponse à sa question.

Mais elle, elle n'était pas policière. Elle était juste une femme avec tout un tas de mauvais choix derrière elle et deux enfants à élever.

Quand Adam avait relié la clé à l'argent et au vol du van, et lui avait soumis son hypothèse, elle avait acquiescé tout du long. Après tout, cela semblait plausible. Malgré tout, elle n'y avait pas vraiment cru. Eric Miller avait été un mari déplorable et un père peu investi – mais un voleur ? un malfaiteur qui dévaliserait un cartel ?

Peut-être cherchait-elle inconsciemment à se protéger en refusant d'admettre qu'elle s'était à ce point trompée sur son compte et qu'elle avait fait une erreur monumentale en l'épousant. Et pourtant, Adam, qui incarnait l'homme qu'elle aurait dû choisir, était là, devant elle, en train de lui démontrer que le danger était bien réel.

— On ne pourrait pas appeler le juge et...

Elle s'interrompit en voyant l'expression d'Adam. Même *elle* savait que le juge Harmon n'aimait pas être bousculé, ni dans sa vie ni dans son travail. Il mettait probablement autant de temps à signer les mandats qu'à avaler les club-sandwichs qu'elle lui servait au Busy B. Accaparant l'attention de Rachel, et monopolisant une table pendant des heures, tout cela pour un pourboire minable.

— Hé, je suis là, Rachel, dit Adam en s'approchant, comme s'il venait de comprendre la raison de son brusque désarroi. Je te protège. Tu es en sécurité.

— Vraiment ?

La question lui avait échappé. Elle déglutit pour chasser la boule qui s'était formée dans sa gorge. Elle était sur le point de craquer.

Oh ! allez, elle en avait vu d'autres ! songea-t-elle en essayant tant bien que mal de se ressaisir. Elle avait juste eu une longue journée et elle était fatiguée, d'autant plus qu'entre les deux services, Marge l'avait emmenée chez le médecin pour qu'on lui retire les agrafes de sa blessure à la tête.

N'empêche que ses mains tremblaient et qu'Adam s'en aperçut et les prit dans les siennes.

— Tu es gelée, dit-il.

Ils savaient aussi bien l'un que l'autre que ce n'était pas vrai. Rachel n'avait pas les mains froides. Mais elle lui sut gré de ce mensonge. Elle avait l'impression de maîtriser la situation alors que, en réalité, elle lui échappait complètement.

— Viens à l'intérieur.

Il lui fit gravir les marches de la véranda en bois.

Lorsqu'elle entra dans la cabane, une partie de la peur qu'elle ressentait reflua, comme si inconsciemment Rachel savait qu'elle y serait en sécurité.

Les grosses poutres foncées, les planchers polis et le mobilier confortable semblaient lui souhaiter la bienvenue.

Un large fauteuil en cuir avec un repose-pied trônait dans un coin de la pièce, à côté d'une pile de livres branlante posée sur une petite table à tréteaux. L'image d'Adam, assis dans ce fauteuil, les jambes relevées après une journée harassante à assurer la sécurité de Resolute, lisant un de ces livres, surgit dans son esprit. Elle se vit tout aussi clairement installée sur le canapé deux places près de la cheminée, en train de réviser ses cours sur son ordinateur posé sur l'accoudoir.

En bruit de fond, elle imaginait les voix et les rires de Brad et Daisy jouant dehors.

Son cœur se mit à battre la chamade mais pour une autre raison que la peur.

Derrière elle, Adam ferma la porte. Le bruit que fit le lourd battant en bois en retombant hermétiquement sur le chambranle agit comme une soupape de décompression, libérant toute la tension accumulée.

Ici, elle se sentait en sécurité parce que Adam était quelqu'un sur qui elle pouvait compter. Du moins était-ce ce que son cœur, qui battait à coups redoublés contre ses côtes, semblait lui crier à chaque pulsation.

Mais dans quelle mesure pouvait-elle compter sur lui ?

Elle avait en tête toute une liste de raisons pour lesquelles il pourrait ne pas être aussi fiable qu'elle le pensait. Une liste qui ne cessait de s'allonger quand elle repensait au désastre qu'Eric avait fait de sa vie. Une liste qui risquait de faire dérailler son avenir tout tracé.

— Viens là, dit-il dans son dos en passant un bras autour d'elle et en ramenant contre lui son corps las. Ça va aller.

Renversant la tête en arrière, elle la posa sur son épaule et leva le menton pour observer son profil.

— Tu crois ?

— Oui, assura-t-il en déposant un baiser sur sa tempe qui acheva de dissiper les craintes de Rachel. Demain à la première heure, j'irai trouver Harmon dans la salle paroissiale, où il sera en train de prendre le petit déjeuner. Je lui mettrai le mandat sous le nez et comme il n'osera pas faire un scandale devant ses camarades, il se dépêchera de le signer.

À la seule idée du juge se dépêchant, Rachel s'esclaffa.

— Ensuite, je filerai à Hudsonville inspecter le box de stockage d'Eric.

Rachel sentit contre son oreille les poils durs de sa barbe de fin de journée.

— Avec un peu de chance, continua Adam, demain à cette heure-ci, nous aurons retrouvé l'argent, tu n'auras plus rien à craindre et Martina et les enfants seront de retour à Resolute.

Rachel frémit. Un nouveau baiser sur sa tempe et le contact de la barbe naissante d'Adam suscitèrent en elle un autre type de tension.

— Tu crois ?

— Mmm, mmm, grommela-t-il en resserrant son étreinte de manière à sentir ses fesses tout contre son bas-ventre.

Dans les bras d'Adam, elle se sentait merveilleusement bien. Elle avait l'impression que ses soucis fondaient comme neige au soleil. Elle savait que c'était dangereux mais elle était incapable de s'écarter. Elle lutta contre l'envie qu'elle avait de fermer les yeux pour mieux savourer les sensations que le contact et la chaleur d'Adam faisaient naître en elle.

— J'aime beaucoup ta maison, déclara-t-elle tout à trac.

— Et moi, j'aime te voir dedans, lui susurra-t-il au creux de l'oreille.

La caresse de son souffle la fit à nouveau frissonner.

— Ah bon ?

Sans le vouloir, elle se cambra pour mieux se plaquer contre lui.

— Et j'aimerais encore plus te voir dans ma chambre, confia Adam d'une voix rauque qui fit voler en éclats toutes les raisons pour lesquelles Rachel aurait dû refuser tout net.

— Je me doutais bien que tu avais une idée derrière la tête en m'invitant chez toi, répliqua-t-elle en lui souriant par-dessus son épaule. Et si tu la développais, cette idée ?

— Je ne peux pas.

Rachel se figea, très déçue. Le dépit la fit brutalement redescendre de son petit nuage.

— Comment ça ? demanda-t-elle.

— Si nous sommes *juste* des amis, il ne vaut mieux pas, dit-il en lui mordillant le lobe de l'oreille.

Tiens, tiens ! songea Rachel, de plus en plus excitée. Il n'avait pas pris si bien que ça sa demande de rester amis, en fin de compte. Avec ses bras noués autour d'elle, et son sexe turgescent contre ses fesses, Rachel sentit se contracter au creux de son ventre des muscles dont elle avait oublié l'existence.

Elle se retourna doucement de manière à ne pas rompre le contact et lui fit face. Ses mains remontèrent le long de son torse.

— Ah oui ?

Nouant ses bras autour de son cou, elle exerça une pression sur sa nuque pour l'obliger à pencher la tête vers elle.

Il l'embrassa sur le bout du nez.

Se haussant sur la pointe des pieds, Rachel déposa en retour un baiser au coin de sa bouche. Plongeant son regard dans les yeux d'Adam, brûlants de désir, elle frissonna à nouveau.

— Qui a dit que nous étions amis ? demanda-t-elle d'une voix qu'elle ne reconnut pas elle-même.

— Toi.

Ils s'apprêtaient à franchir le point de non-retour et Rachel contenait difficilement son impatience. Une petite voix essayait de la raisonner, de la dissuader d'aller plus loin, mais son cœur battait si fort qu'elle ne l'entendait pas. Son cœur lui ayant déjà joué de sales tours, Rachel savait qu'elle devait se méfier de ses emballements, mais elle était si bien dans les bras d'Adam que rien ni personne n'aurait pu la faire reculer. Il y avait trop longtemps qu'elle ne s'était pas sentie aussi vivante.

— Ça, c'était avant, murmura-t-elle en traçant du bout de l'index une ligne longeant son front puis descendant vers sa tempe et traversant sa pommette pour s'arrêter au coin de sa bouche, là où elle l'avait embrassé. Ce soir, je ne suis pas *juste* ton amie.

Et comme pour mieux l'en convaincre, elle pressa sa bouche contre la sienne.

Dès que leurs lèvres se touchèrent, ils s'enflammèrent comme des torches, brûlant de désir. Leurs vestes tombèrent à leurs pieds et leurs hauts prirent le même chemin tandis qu'Adam guidait Rachel jusqu'à sa chambre, au bout du couloir.

Lorsque le dos de la jeune femme toucha les couvertures, il était nu. Debout entre ses jambes, Adam la dévorait des yeux, insatiable, son regard s'attardant avec gourmandise sur sa chevelure étalée sur le lit et sur sa poitrine qui montait et descendait au rythme de sa respiration haletante. Se penchant sur elle, il glissa ses mains sous ses hanches et lui empoigna les fesses. Puis il la débarrassa avidement de son jean et de sa culotte et tomba à genoux pour se repaître de ce corps qu'il vénérait.

Tandis qu'il donnait libre cours à l'envie qu'il avait d'elle, que sa bouche et sa langue lui prodiguaient mille caresses voluptueuses, Rachel se demanda s'il ne l'aimait pas depuis le lycée. Lorsque, au bord de l'orgasme, elle verrouilla ses jambes autour du cou d'Adam, ce questionnement se mua en certitude.

En proie à un désir torride qui fit bouillonner son sang dans ses veines et qui alluma en elle des feux d'artifice, elle tomba en chute libre dans un abîme de plaisir.

— Adam, murmura-t-elle, éperdue de reconnaissance, comblée comme elle ne l'avait jamais été.

Le froissement d'un emballage plastique qu'on déchire et qu'elle identifia comme étant celui d'un préservatif la tira de sa douce torpeur. Elle battit des cils, ouvrit les yeux et se hissa plus haut sur le lit, là où se tenait Adam, le préservatif qu'il venait de sortir du tiroir de sa table de chevet à la main.

— Laisse-moi faire.

D'un geste sûr, elle tendit la main vers le préservatif ouvert. Elle n'en avait encore jamais manipulé, ayant toujours douté d'elle-même et du fait que son partenaire puisse la désirer.

Même quand elle était mariée, Rachel n'avait jamais éprouvé la confiance en soi qu'elle avait à ce moment-là avec Adam.

Les narines de celui-ci frémirent lorsqu'il lui tendit le préservatif, maîtrisant à grand-peine son désir. Le lui prenant des mains, elle le posa sur le lit, au bord duquel elle s'assit. Puis elle leva les yeux vers Adam et, consciente de l'effet qu'elle lui faisait, elle se lécha les lèvres. Très lentement. Avec application.

Adam écarquilla les yeux et serra les mâchoires. Elle lui décocha un petit sourire coquin avant de s'emparer de son membre viril et d'ouvrir la bouche.

Essaye de ne pas te couvrir de ridicule, songea Adam tandis que la femme qu'il aimait depuis qu'il était adolescent passait sa langue le long de son sexe en érection. Il dut faire appel à toute sa force mentale pour que ses genoux ne fléchissent pas lorsque la bouche chaude et humide de Rachel commença à l'aspirer.

— Rachel, dit-il dans un souffle.

Ses doigts se mirent à fourrager dans son épaisse chevelure.

Rachel gémit tout en le caressant de plus belle, sa main droite prenant parfois le relais de sa bouche, tandis que la gauche agrippait ses fesses et le maintenait contre elle.

Elle n'avait aucun souci à se faire : il n'avait pas l'intention de s'en aller. C'était là qu'il voulait être. Là qu'il avait toujours voulu être. Avec elle. Rachel. La femme qui avait le pouvoir de l'apaiser et de le déstabiliser d'un seul regard. Qui rendait sa vie plus lumineuse et plus épanouissante. Qui pouvait le mettre à genoux juste en le prenant dans sa bouche.

Dans un coin de son esprit, il savait qu'entre eux, ça ne durerait pas. Que Rachel, cette merveilleuse étoile, que son ex-mari avait trop longtemps empêchée de briller, était destinée à filer loin de Resolute, là où elle pourrait pleinement s'épanouir.

Mais ici et maintenant, elle était à lui. Toute à lui. Et il comptait bien en profiter.

Il sentit ses orteils s'enfoncer dans le tapis et sa colonne vertébrale se raidir.

— Rachel, attends.

Il recula, incapable de résister plus longtemps.

Éperdue, elle le regarda en fronçant les sourcils.

— Qu'est-ce que...

Il la repoussa doucement, la faisant s'allonger en travers du lit sans se soucier des oreillers et des couvertures. Il lui resta juste assez de lucidité pour attraper le préservatif et l'enfiler à une vitesse record avant de s'enfoncer en elle.

Au plus profond. Là où il se sentait à sa place.

Chez lui.

À chaque nouveau coup de reins, à chaque gémissement de plaisir qui sortait de la bouche de Rachel, chaque fois que les ongles de la jeune femme lui labouraient le dos, il en fut un peu plus convaincu.

Peu lui importait demain. Peu lui importait le reste de sa vie. Il prendrait ce qu'elle lui donnerait et veillerait à ce qu'elle n'ait pas de regrets.

Ils jouirent en criant leurs noms respectifs, blottis l'un contre l'autre comme s'ils voulaient ne plus faire qu'un.

Plusieurs minutes s'écoulèrent avant que leurs souffles s'apaisent et que leur peau halitueuse sèche. Adam trouva la force de tirer les couvertures sur lesquelles ils étaient couchés et de les ramener sur eux.

Tendrement enlacés, leurs deux corps fourbus purent alors s'abandonner au sommeil. Adam eut une dernière pensée avant de s'endormir.

Aucun regret.

Le lendemain matin, tandis qu'il se rendait en ville pour aller voir le juge, Adam fredonnait au volant. Rachel ne lui avait pas battu froid au réveil, comme il s'y était plus ou moins attendu.

Il l'avait déposée au ranch, lui promettant de revenir avec le mandat signé. Et il comptait bien tenir parole.

Garant sa voiture devant l'église, Adam entra par une porte latérale et scruta la pièce qui sentait bon le sirop d'érable et le bacon. Le juge et plusieurs autres hommes étaient assis à une table contre le mur du fond, près d'une autre porte. Parfait.

Se faufilant entre les tables, il salua brièvement les gens qu'il croisait au fur et à mesure de sa progression. Il s'arrêta à côté du juge et s'adressa à ses compagnons de table.

— Bonjour, monsieur le maire et messieurs les conseillers municipaux. Monsieur le juge, puis-je vous parler d'une affaire urgente ? Cela ne prendra que quelques minutes.

Harmon échangea un regard avec le maire et posa ses couverts sur son assiette en soupirant.

— Adjoint Reed, vous voyez bien que je suis en train de prendre mon petit déjeuner. Cela peut sûrement attendre lundi matin.

— Désolé, Votre Honneur, mais ce n'est pas possible. C'est une question de vie ou de mort.

Contrarié, le juge fit claquer sa serviette sur la table. Puis il se leva et sortit par la porte latérale derrière Adam.

— Quel est ce problème si urgent dont vous souhaitez me parler ?

Adam lui tendit les papiers.

— J'ai besoin d'un mandat de perquisition dans le cadre de l'enquête sur les meurtres commis récemment dans le comté de Boone, en lien avec les activités d'un cartel et d'un gang. Nous risquons de faire chou blanc si nous ne fouillons pas ce box sans délai.

— Ah oui ?

Harmon sortit ses lunettes de sa poche et les posa sur son nez, puis il saisit l'affidavit d'une main percluse d'arthrite et couverte de taches de vieillesse.

— Je vais vous dire, mon garçon, je suis consterné par l'augmentation de la criminalité dans notre comté. On n'a jamais vu ça quand votre père était shérif.

— Oui, monsieur, s'empressa de répondre Adam.

Cette rengaine, le juge Harmon la leur servait plusieurs fois par mois, à lui ou à Cassie. Approuver ses propos s'était révélé être le moyen le plus rapide d'obtenir tout ce qu'ils voulaient.

Adam attendit patiemment que le juge lise intégralement l'affidavit. Après lui avoir fait jurer que les informations étaient exactes, le juge signa le mandat et le lui rendit.

— Ne faites pas tout foirer.

— Non, monsieur.

Adam regagna rapidement son véhicule. Il n'était pas question de faire foirer quoi que ce soit dans cette affaire.

15

— Il l'a signé ? demanda Rachel à la seconde où Adam entra.

— Oui, c'est fait. Il n'était pas ravi d'interrompre son petit déjeuner pour signer ce fichu mandat, mais il veut que cette affaire soit résolue, et vite. Je fonce à Hudsonville.

Noah et Bree se levèrent du canapé.

— On vient avec toi, dit Noah, son bras autour des épaules de Bree.

— Moi aussi.

Les trois adjoints regardèrent Rachel.

— Je pense qu'il vaudrait mieux que tu..., commença Adam.

— Pas question que je reste, le coupa Rachel d'un ton péremptoire. C'est après moi que ce type en a, alors je préfère venir avec toi. En plus, avec trois adjoints, je ne risque rien. Alors qu'ici, toute seule, je suis en danger.

— Nate est en haut, fit remarquer Noah.

Rachel le foudroya du regard.

Adam finit par céder.

— D'accord, tu peux venir.

Ils prirent le 4x4 d'Adam. Rachel s'installa à l'avant, tandis que Noah et Bree s'asseyaient sur la banquette arrière.

Alors qu'ils roulaient vers le nord-ouest sur l'autoroute 111, Rachel se tourna légèrement pour pouvoir observer le profil d'Adam en catimini.

— C'est bien à Hudsonville que Cassie et Bishop sont allés l'été dernier pour démanteler ce réseau de trafiquants d'êtres humains, non ? demanda-t-elle.

Particulièrement sordide, l'affaire avait fait grand bruit. Tous les médias en avaient parlé, y compris les grandes chaînes d'information en continu.

— Oui, je suis bien content que cette affaire soit derrière nous, dit Adam en lui jetant un regard. Qu'est-ce qu'il y a ?

— Rien, j'admire juste le paysage, mentit Rachel en faisant mine de regarder par la vitre latérale.

À son sourire narquois, elle comprit cependant qu'Adam n'était pas dupe. Il avait bien compris que c'était lui qu'elle regardait.

Il quitta l'autoroute bien avant Hudsonville et prit une route secondaire vers le nord-est.

— On y est déjà ? demanda Noah.

Adam jeta un coup d'œil dans son rétroviseur.

— Non, mais je m'assure qu'on n'est pas suivis.

Rachel se retourna brusquement sur son siège pour regarder par la vitre arrière, surprise de voir Noah et Bree ne prêter apparemment aucune attention au danger.

— Relax ! dit Adam. Personne ne nous suit. Mais pour plus de sécurité, on va prendre le chemin le plus long.

Adam tourna à gauche et continua à zigzaguer vers le nord. À deux reprises, il se gara sur le bas-côté et attendit quelques minutes avant de continuer.

Soulagée lorsque Adam s'arrêta enfin devant l'entrepôt de Vic's Self Storage, Rachel détacha sa ceinture de sécurité et sauta hors du véhicule. Adam et les autres la rejoignirent et ils se dirigèrent tous les quatre vers la maison voisine où résidait le propriétaire. C'était du moins ce que disait le panneau.

— Sans vouloir m'imposer, j'aimerais que vous me laissiez parler. D'accord ? demanda Adam en jetant un regard à Noah et à Bree, avant de se tourner vers Rachel. Tu ne fais pas partie des forces de l'ordre. Et même s'il est susceptible de penser le contraire, ne te fais pas passer pour ce que tu n'es pas.

— J'ai l'impression que *tu* veux qu'il me prenne pour un flic.

— En général, on n'emmène pas de civils quand on exécute des mandats de perquisition.

— Compris, monsieur l'adjoint en chef Reed.

Rachel lui adressa un sourire espiègle et il éclata de rire.

Adam frappa à la porte d'entrée, qui s'ouvrit presque aussitôt sur un homme d'âge moyen à l'air renfrogné.

— Ouais ?

— C'est vous, Hank ?

L'homme acquiesçant, Adam lui tendit le mandat de perquisition. Hank y jeta un coup d'œil.

— Je vais vous ouvrir la grille. Tournez à droite, puis prenez la troisième à gauche. Le box 86 est au bout de l'allée.

Il posa sur Rachel un regard concupiscent qui déplut profondément à la jeune femme. Celle-ci s'abstint cependant de le rembarrer.

— La grille s'ouvrira automatiquement quand vous sortirez.

Adam descendit lentement l'allée tandis qu'ils se penchaient tous pour essayer de lire les numéros des box.

— Le 86 est là, dit Rachel en montrant du doigt un box qui se trouvait devant eux, du côté gauche.

Au cas où il n'y aurait pas de lumière à l'intérieur, Adam se gara de façon que les phares du véhicule éclairent en direction du box. Les trois adjoints enfilèrent des gants et Adam en tendit une paire à Rachel.

— Ne touche à rien sans ces gants. On serait dans la merde s'il fallait qu'on explique comment tes empreintes ou ton ADN se sont retrouvés là.

S'accroupissant, il examina le cadenas.

— Il est de la même marque que la clé. Ce n'est pas de la camelote. Eric voulait du solide, apparemment.

— C'est un peu comme une chasse au trésor, dit Rachel, tout excitée. Grouille-toi.

Adam déverrouilla le cadenas et le posa par terre.

Noah souleva la porte du box, dans lequel se trouvait un van blanc. Rachel suivit Adam à l'intérieur, intriguée par les petits trous qu'elle voyait dans la carrosserie du véhicule. Il y en avait de plus en plus à mesure qu'ils s'approchaient de la porte du conducteur.

Après les avoir regardés de près, Adam contourna l'avant du van et émit un sifflement.

— Regarde.

Il désigna le pare-brise, criblé d'impacts circulaires semblables à de petites cibles.

— C'est un véhicule blindé, expliqua-t-il. Les balles ont champignonné, c'est-à-dire qu'elles n'ont pas traversé toutes les couches de verre feuilleté.

— Je n'avais encore jamais vu ça, déclara Noah en se penchant sur le pare-brise.

— Il y a plein d'impacts sur le côté, dit Rachel en reculant pour les examiner à nouveau. Et pourquoi les portières sont-elles noires, comme si elles avaient été brûlées ?

— Je parie que c'est en brûlant les portières au lance-flamme qu'Eric et Smith ont forcé les membres du gang à sortir du van. Pour ne pas finir carbonisés, les gars ont bien été obligés de sortir.

Ouvrant la portière, côté conducteur, Adam montra à Rachel qu'il n'y avait aucun trou à l'intérieur. Comme tu peux le constater, le blindage est efficace. Chaque couche dissipe l'énergie de la balle.

Après avoir trouvé la clé de contact sous le tapis de sol avant, et déverrouillé les portières arrière, Adam rejoignit Rachel à l'arrière du van. Ils firent coulisser les portes et Rachel ouvrit grand les bras.

— Alléluia !

Des cartons de taille moyenne, fermés avec du ruban adhésif, étaient entassés n'importe comment entre les banquettes. Il y en avait plein. Deux d'entre eux, près de la porte, avaient été ouverts. Adam écarta les rabats supérieurs pour pouvoir voir ce qu'il y avait dedans. De l'argent. Des liasses de billets de banque.

Bree en prit une et tapota la bande blanche qui entourait les billets.

— C'est ce que j'ai trouvé chez toi, dit-elle.

— Si Eric avait le van et l'argent, comment se fait-il que son complice ait eu ces bandes ?

Rachel n'avait jamais vu autant de billets que ceux que contenait une seule de ces liasses.

— D'après l'inspecteur de police de Victoria que j'ai eu au téléphone, dit Adam, il y avait sur la scène de crime des bandes comme celle-ci tachées de sang. Il y en a peut-être qui sont tombées au moment de l'attaque du van, et Smith les a ramassées.

Il scruta l'intérieur du véhicule.

— Il y a de la place pour deux ou trois membres de gang sur chaque banquette.

Rachel sortit du box et abaissa le hayon du pick-up d'Adam. Puis elle s'assit dessus.

— On fait quoi, maintenant ?

— On attend, répondit Adam en prenant place à côté d'elle. Il faut que je voie avec la police de Victoria, et peut-être aussi avec le shérif du comté si l'attaque du van a eu lieu hors des limites de la ville. L'autorité compétente devra le faire remorquer jusqu'à la fourrière ou le centre de médecine légale.

— Tu vas les faire venir aujourd'hui ?

— Oui. J'ai besoin d'un reçu signé pour le van et pour l'argent. Je suis bien content de ne pas avoir à convoyer tout cet argent moi-même.

— Comment le tueur à gages saura-t-il que son argent a été saisi ? l'interrogea Rachel, qui se réjouissait d'avance de sa déconvenue, et se sentait déjà plus légère après les tracas de ces dernières semaines. Je suppose qu'il retournera au Mexique quand il l'apprendra.

— Je vais demander à Solis de veiller à ce que son département, et peut-être aussi le bureau du shérif, relaie largement l'information auprès des médias. Ce serait bien que cette saisie fasse l'objet d'une couverture nationale et pas seulement locale. Je lui demanderai aussi de ne mentionner ni nos noms ni le comté de Boone.

Comme elle le regardait d'un air interrogateur, Adam la questionna :

— Qu'est-ce qu'il y a ?

— Le tueur va bien quitter le pays, n'est-ce pas ?

En le voyant se frotter la nuque, Rachel comprit que sa réponse n'allait pas lui plaire.

— À vrai dire, il faut que je le poursuive pour le meurtre de Smith qui, *lui*, a eu lieu dans *mon* comté.

Rachel croisa les bras sur sa poitrine, d'humeur soudain beaucoup moins joyeuse. Adam faisait tout ce qu'il pouvait pour la protéger. En traquant le tueur, il se mettait en danger et elle en était malade rien que d'y penser.

Assis sur le hayon du SUV, Adam prenait des notes. Il voulait que tout soit clair avant d'appeler la police de Victoria. Noah et Bree traînaient à l'arrière du van, essayant de se faire une idée de la somme qu'il pouvait bien y avoir dans les cartons.

Lorsque le téléphone de Rachel sonna, elle jeta un coup d'œil à l'écran.

— C'est ma mère. Je ne l'ai pas appelée hier. Elle doit être morte d'inquiétude.

Elle s'empressa de répondre.

— Salut, maman, je n'ai pas pu...

Sa main agrippa le bras d'Adam et le serra, ses ongles s'enfonçant dans sa chair. Elle coupa le son du téléphone.

— Ne fais aucun bruit, ordonna-t-elle.

Dès qu'il eut acquiescé, elle mit le haut-parleur.

— Vous avez compris ? demanda une voix grave dans l'appareil.

Rachel sortit du mode silencieux.

— Désolée, je suis en route pour le travail et j'ai dû m'arrêter. Je n'ai pas entendu ce que vous disiez.

Elle se mit à trembler comme une feuille et remarqua à peine que Noah et Bree s'étaient approchés.

L'homme au bout du fil jura puis répéta les paroles qu'il avait prononcées un instant plus tôt.

— J'ai pris votre famille en otage. Votre mère, vos enfants et votre tante. Vous m'entendez, maintenant ?

— Oui, répondit Rachel dans un souffle.

— Ce n'est pas trop mon genre de faire du mal aux gosses et aux petites mémés, mais...

— Vous allez voir ce qu'elles vous font, les petites mémés, espèce de sale voyou ! s'écria tante Sylvie, au bord de l'hystérie.

Des coups sourds retentirent.

— Madame, si vous ne vous asseyez pas et ne la fermez pas tout de suite, j'aurai bientôt un otage de moins.

Cette menace fut suivie d'un nouveau coup.

— Arrêtez de me frapper avec ce coussin ! ordonna l'homme, furibard.

Il y eut un grognement, un petit cri aigu puis plus rien.

— Qu'avez-vous fait à ma tante ? demanda Rachel, qui imaginait déjà le pire.

— Rien. Je lui ai pris ce satané coussin. Comme je vous l'ai dit, *habituellement*, je ne touche pas aux femmes et aux enfants. Mais si vous ne me rendez pas l'argent que votre mari a volé, je n'aurai pas le choix. Ils y passeront tous les quatre, l'un après l'autre, et rien ne leur sera épargné, croyez-moi.

— Je ne sais pas où est l'argent. Eric et moi avons divorcé et...

— N'empêche que Smith m'a conduit jusqu'à vous. J'en déduis donc qu'Eric lui a dit que vous aviez cet argent. Écoutez-moi bien. Je sais que vous habitez chez les Reed. Ne parlez pas de cet appel à votre petit ami ni à aucun autre adjoint. Ne dites rien à personne. Venez seule avec l'argent chez votre tante. Et tout finira bien pour tout le monde.

— Qu'est-ce qui me prouve que vous les laisserez partir ? demanda Rachel en évitant le regard d'Adam tant elle craignait de craquer s'il lui témoignait la moindre compassion. Je veux parler à ma mère. M'assurer qu'elle est en vie.

La voix de Martina semblait lointaine, comme si elle venait de l'autre bout de la pièce.

— Je vais bien, ma chérie. Nous allons tous bien. Je suis désolée, ça...

— Vous êtes contente ? aboya le ravisseur.

— Relâchez mes enfants. Je vous en prie. Ils ne peuvent pas...

— Je ne relâche personne. Assez parlé, maintenant. Ramenez-vous avec l'oseille. Vous avez jusqu'à minuit.

En arrière-plan, les pleurs de Daisy se firent entendre.

— Et pas d'entourloupe ! Si quelqu'un d'autre se pointe, personne ne sortira d'ici vivant.

Sur ces mots glaçants, l'homme mit fin à l'appel.

Alors seulement, elle s'autorisa à regarder Adam. Elle était au bord des larmes.

— Ne pleure pas, Rach, dit-il en la prenant dans ses bras. Je m'en occupe.

Elle détestait quand Eric l'appelait Rach, mais dans la bouche d'Adam, ce diminutif sonnait comme un mot doux.

— Comment ? demanda-t-elle d'une voix pleine de trémolos.

— Je vais appeler la police de San Antonio. Ils vont mettre en branle une équipe du SWAT, et Noah et moi allons foncer là-bas, toutes sirènes hurlantes.

Rachel posa ses mains à plat sur la poitrine d'Adam et le repoussa sans ménagement.

— Certainement pas ! Tu l'as entendu comme moi. S'il voit des flics, des adjoints, ou qui que ce soit d'autre que moi, il tuera mes petits.

— C'est la seule solution. Il est absolument exclu que tu ailles là-bas seule.

Il la regardait comme si elle n'avait plus toute sa raison.

— Que tu le veuilles ou non, j'y vais ! Donne-moi les clés du van, dit-elle en tendant la main.

Adam en resta comme deux ronds de flan. Il avait vu Rachel blêmir moins de cinq minutes plus tôt, et elle le fixait maintenant d'un air si farouche et si déterminé qu'elle en avait le visage tout enflammé. Le fait qu'elle soit prête à se mettre hors la loi ne lui échappa pas. Mais il savait qu'elle n'agissait pas par cupidité, et à vrai dire, sa volonté de tout faire pour sauver les siens l'impressionnait. Mais quand même...

— Cet argent n'est pas à nous, rappela-t-il. Il faut que je le rende.

Il se tourna vers Noah et Bree, espérant un soutien de leur part mais ceux-ci détournèrent les yeux.

— Pourquoi ? Ce fric provient d'activités illégales. Il appartenait à un gang qui comptait le donner à un cartel. Il n'appartient ni à la police de Victoria, ni au shérif, ni à qui que ce soit, répliqua Rachel d'une voix plus dure. C'est nous qui l'avons trouvé. Sans toi, personne ne saurait où il est. Personne ne *sait* où il est. Tu n'as qu'à dire que le van n'était pas dans le box, finalement.

Adam se frotta un point au-dessus de l'œil gauche, là où une migraine commençait à poindre.

— Rachel, écoute-moi. Il peut t'arriver n'importe quoi, si tu convoies cet argent jusqu'à San Antonio. Le van peut tomber en panne. Ce gars peut avoir des complices qui t'attendent au tournant, te tuent et partent avec l'argent.

— C'est un fourgon blindé, Adam. Il suffit que je verrouille les portières.

— Ton ex-mari a réussi à le voler en chauffant les portières à blanc. Si ces malfrats t'interceptent sur la route, ils tenteront peut-être de faire la même chose.

— Ce ne sont pas des *si* et des *peut-être* qui vont m'arrêter. Ce qui est sûr, c'est que ma famille mourra si je ne rapporte pas cet argent à son propriétaire. Je dois y aller ; c'est la seule façon de les sauver.

— Et qu'est-ce qui l'empêchera de tous vous tuer dès que tu lui auras donné les clés du van ?

— Alors, viens avec moi. Aide-moi.

Adam poussa un soupir de frustration. Il s'efforça cependant de ne pas hausser le ton.

— Est-ce que tu te rends compte de ce que tu me demandes ? Je suis mandaté pour retrouver le van et l'argent. Le propriétaire du box sait que je suis passé. Il y a des caméras. Si je sors d'ici au volant du van, il le verra forcément. En m'emparant d'une pièce à conviction, j'enfreins gravement la loi. C'est ça que tu veux ? Que je fasse un pied de nez à mon métier ? Que je perde mon boulot et que j'aille en taule ?

— Je te demande de m'aider à sauver ma famille. Qu'est-ce que tu ferais si c'était la tienne ? Si un tueur à gages pointait une arme sur la tête de Cassie, de Noah ou de Nate ? Ferais-tu passer ta carrière avant leur vie ?

Elle l'incitait à faire quelque chose qui allait à l'encontre de tout ce qu'on lui avait inculqué, de ses valeurs et de ses convictions les plus profondes. Mais ce que Rachel venait de dire avait touché une corde sensible. Pour sauver l'un de ses frères ou sa sœur, il ferait *n'importe quoi*.

Il imagina le sourire de Brad, son ours en peluche joueur de base-ball dans les bras. Et Daisy lâchant sa tétine sur les genoux de Rachel. Et Martina lui témoignant plus d'affection que sa propre mère ne l'avait jamais fait au cours de ses dix premières années. Il ne pouvait pas, il ne voulait pas les abandonner aux mains du tueur.

— D'accord, je vais t'aider, concéda-t-il. Pas de flics, pas de SWAT.

Rachel se jeta à son cou et le serra dans ses bras.

— Merci. Merci infiniment.

— Comment vas-tu procéder ? demanda Noah. Bree et moi pouvons...

— Non, le coupa tout de suite Adam. Vous deux, vous restez en dehors de tout ça. Il est hors de question que vous risquiez votre carrière et vous attiriez des ennuis.

— Adam, dit Bree. Tu ne peux pas faire ça tout seul. Tu as besoin de renforts.

— Ce n'est pas négociable. Si Noah et toi ne retournez pas à Resolute, cette opération tombe à l'eau.

Adam adorait travailler avec eux mais en aucun cas il ne voulait les mouiller. Sur ce coup-là, il agirait solo, quitte à ne pas la jouer réglo.

— Si vous n'êtes pas d'accord, vous n'avez plus qu'à dire à Rachel que vous êtes désolés pour...

— D'accord, d'accord. Nous rentrons. Mais à une condition.

Voyant qu'Adam ne lui demandait pas laquelle, Noah continua :

— Emmène Nate.

Tout réticent qu'il était à mettre l'un ou l'autre de ses frères en danger, Adam devait admettre que c'était une bonne idée. Nate ne faisant pas partie des forces de l'ordre, il ne risquait pas de perdre son emploi, et Adam pourrait sans doute lui éviter la prison. En outre, Nate avait des compétences de garde du corps qui pourraient être mises à profit.

Si Bishop avait été là, il aurait complété l'équipe, car en tant que détective privé, lui aussi aurait eu son utilité dans cette opération.

— Très bien. Vous ramenez ma voiture au ranch et pendant ce temps, j'appelle Nate. Mais je le laisse libre de venir ou non. Pas question que je lui force la main.

— Marché conclu.

Bree serra Rachel dans ses bras.

— Fais attention à toi.

Rachel hocha la tête.

— Merci d'avoir proposé de venir, dit-elle à l'adjointe. Ça me touche beaucoup, mais je préfère vous savoir en dehors de tout ça, Noah et toi.

Son pick-up n'avait pas encore disparu de sa vue qu'Adam était en ligne avec Nate.

— J'ai besoin d'aide. Mais je dois d'abord te dire ce qui se passe car je ne veux pas que tu te sentes obligé d'accepter.

Après qu'Adam lui eut tout raconté, Nate parut atterré.

— T'es pas dans la merde, ironisa-t-il.

— Je sais.

Adam soupira, attendant que son frère lui donne sa réponse.

Nate ne le fit pas languir bien longtemps.

— Putain, ouais, je viens ! Laisse-moi me changer et prendre des armes.

16

Dix minutes après l'arrivée de Nate au box de stockage, ils se mirent en route pour San Antonio, Nate au volant de son pick-up et Adam et Rachel dans le van. Ils auraient pu partir encore plus vite si Nate n'avait pas insisté pour voir l'argent pendant qu'ils étaient à l'abri.

Durant les deux heures que dura le trajet, ils parlèrent assez peu, Adam réfléchissant à la manière dont ils allaient s'y prendre.

Occupée à contempler le paysage, Rachel semblait elle aussi dans son monde. Jusqu'à ce que, sans crier gare, elle se tourne vers lui et dise :

— Est-ce que je peux te demander quelque chose ?

— Bien sûr.

Adam s'attendait à une question au sujet de leur mission, qu'il s'agisse de la peine de prison qu'ils encouraient s'ils se faisaient prendre ou bien de ce qu'ils feraient si le tueur avait effectivement l'intention de tous les éliminer.

— Quand je suis arrivée au ranch pour la première fois, pourquoi t'es-tu soudain fermé comme une huître quand j'ai demandé ce qu'était cette cabane à côté de la maison ? Pourquoi est-il interdit d'y aller ?

Pris de court, Adam ne répondit pas tout de suite. Autour de lui, personne ne parlait jamais de cette cabane.

— C'était l'atelier de ma mère. Le lendemain de son départ, mon père a posé un cadenas sur la porte et depuis, plus personne n'y a mis les pieds, expliqua-t-il. Du moins jusqu'à ce que je découvre, l'an dernier, que Cassie y était entrée, juste après son déménagement. Elle a pris le tour de potier de maman, entre autres choses. Elle est la seule artiste de la famille. À part maman, bien sûr.

— Je suis désolée de t'avoir fait de la peine avec mes questions. J'étais loin de me douter que cette cabane raviverait de douloureux souvenirs.

— Tu ne pouvais pas savoir, en effet. C'est dans cette cabane que maman passait le plus clair de son temps. À créer. D'où les disputes incessantes qu'elle avait avec papa, qui lui reprochait de négliger sa famille, sa maison, et tout le reste. Papa ne supportait pas qu'elle fasse passer ses activités artistiques avant lui.

— Ça a dû être horrible.

— Quand je me suis rendu compte que Cassie était entrée dans l'atelier en cachette de mon père, j'étais très en colère. J'ignorais qu'elle avait essayé de brider sa fibre artistique parce qu'elle avait peur de finir comme notre mère.

Croisant le regard bienveillant de Rachel, il sourit.

— Cassie est bourrée de talent.

— Merci de m'avoir raconté tout ça. Cela m'embêtait d'avoir jeté un froid dès mon arrivée.

— Il n'y a pas de mal. C'est déjà oublié.

Comme ils approchaient du quartier où vivait Sylvie, la tante de Rachel, Nate appela Adam.

— Il y a une épicerie trois pâtés de maisons plus loin, sur la gauche.

Avant de quitter l'entrepôt, Nate avait saisi l'adresse de Sylvie dans une application de géolocalisation et avait affiché des vues de la rue et des images satellites de la maison.

— Arrête-toi là pendant que je passe devant la maison et que je fais un tour dans la rue derrière. Je t'appellerai quand j'aurai trouvé une place pour me garer et tu viendras me récupérer.

Quelques minutes plus tard, le portable d'Adam sonna à nouveau.

— Je suis à deux rues au nord de la cible. Viens me chercher à l'intersection ouest.

— Compris.

Dès qu'il eut récupéré son frère, Adam retourna à l'épicerie. Il craignait de se faire remarquer s'il s'approchait plus de la maison. Il se méfiait des gens qui signalaient les véhicules inconnus garés devant chez eux.

Nate leur fit un petit topo.

— La clôture latérale de la maison d'à côté se trouve à environ cinq mètres de celle de la tante.

— Elle s'appelle Sylvie, l'interrompit Rachel.

— D'accord, dit Nate sans prendre ombrage de la remarque. On peut donc sauter par-dessus la clôture de Sylvie puis faire le tour pour arriver par-derrière. Mais une fois que nous serons là, je ne sais pas trop comment nous ferons pour entrer.

— J'imagine que toutes les portes seront fermées à clé, dit Adam. Par le garage, peut-être ?

— Rachel, il y a combien de portes dans cette maison ? demanda Nate en affichant à nouveau une vue satellite sur son iPad.

— En plus de la porte d'entrée et de la porte de derrière qui se trouve dans la cuisine, il y a dans le séjour une porte coulissante en verre qui donne aussi sur le jardin. Il y a également la porte intérieure d'accès au garage.

— Cette porte ne sera peut-être pas verrouillée, dit Nate.

— Tante Sylvie ferme toujours à clé, même quand elle est chez elle.

— Super, dit Adam en soupirant. Il n'y a pas de système d'alarme, au moins ?

Rachel secoua la tête.

— Pourquoi ne pas utiliser la clé et entrer par la porte de la cuisine ? S'ils sont tous assis au salon, le tueur n'entendra rien.

— Quelle clé ? demandèrent en chœur Adam et Nate.

— La clé de secours cachée derrière la rocaille artificielle dans le jardin. Elle ouvre toutes les portes sauf la vitre coulissante du séjour.

Comme ils la dévisageaient sans rien dire, elle ajouta :

— Désolée, je suis un peu distraite.

— Pas de souci. Voilà qui résout le problème, dit Nate en souriant. Rachel va aller frapper à la porte d'entrée, comme si de rien n'était. Le gars ne peut pas savoir que toi et moi sommes ici aussi.

Adam ne voulait pas que Rachel s'approche du tueur. S'il lui arrivait malheur, il ne se le pardonnerait jamais.

— J'ai apporté une arme en plus, dit Nate en regardant Rachel. Si tu sais t'en servir, elle est pour toi.

— Certainement pas ! objecta Adam, furieux. Imagine qu'il la fouille.

— N'aie crainte, il ne la trouvera pas, assura Nate.

Assis sur le strapontin, derrière Rachel, il se pencha en avant.

— Tu portes des bottes, j'espère ?

Elle hocha la tête en levant un pied pour qu'il puisse voir sa botte Western.

Nate passa à Adam un Derringer à canon court dans un petit holster de cheville. Adam sortit le pistolet de son étui et le tint entre ses doigts.

— Que veux-tu qu'elle fasse avec ce jouet ? se moqua-t-il.

— C'est mieux que rien, fit remarquer Nate.

Adam leva les yeux au ciel.

— Tourne-toi sur le côté, dit-il à Rachel, et pose ton pied sur mon genou.

Il lui retira sa botte et fixa le holster juste au-dessus de sa cheville.

— Quand il t'ouvrira la porte, dit Nate à Rachel, il aura son arme à la main, braquée sur toi. Fais comme si tu avais peur et n'hésite pas à lui dire que tu as horreur des armes. Il te croira peut-être et avec un peu de chance, il ne se donnera même pas la peine de te fouiller.

Adam lui montra comment utiliser le pistolet.

— Sa portée est d'environ cinq mètres pour un bon tireur. Si tu dois t'en servir, rapproche-toi le plus possible de ta cible.

Il remit l'arme dans son étui et aida Rachel à renfiler sa botte.

— Parée à l'attaque ! lança-t-elle avec entrain. Allons régler son compte à cet enfoiré qui a pris ma famille en otage !

Rachel déposa Adam et Nate au bout de la rue, puis continua à rouler. Elle était censée traîner jusqu'à ce qu'ils aient récupéré la clé de la porte de derrière.

Moins de cinq minutes plus tard, Adam l'appela pour lui dire qu'il l'avait. Il murmurait dans l'appareil.

— Les rideaux de la porte-fenêtre du séjour sont ouverts. J'ai jeté un coup d'œil à l'intérieur. Le tueur a réuni ses otages sur le canapé et il s'est assis en face d'eux. Mais il tourne le dos au jardin. Peut-il voir la porte d'entrée d'où il est ?

— Non. Le mur du couloir lui bouche la vue. Pour aller ouvrir, il doit longer le couloir puis tourner à droite dans le vestibule.

— OK, parfait. Quand tu seras garée devant la maison, envoie-moi un texto avant de descendre du van. Au lieu de frapper à la porte, sonne. Comme ça, on entendra. Quand il ira ouvrir, on entrera par la cuisine.

— D'accord.

— Rachel ? Sois prudente.

— Oui, je vais essayer. Toi aussi.

— Je t'aime.

Elle en eut le souffle coupé. Son cœur se mit à caracoler dans sa poitrine comme s'il voulait s'en échapper. Mais celle-ci était si serrée qu'il ne risquait pas d'aller bien loin. Les paroles d'Adam étaient-elles une promesse de bonheur ? Ou allaient-elles au contraire leur porter la poisse et compromettre la réussite de leur opération de sauvetage ?

Elle fit demi-tour et s'arrêta devant chez tante Sylvie. Son téléphone sur les genoux, elle prévint Adam qu'elle était arrivée, coupa le contact et descendit du van en vitesse avant de se dégonfler. Puis elle remonta l'allée et se dirigea vaillamment vers la porte de la maison. Après avoir pris une grande inspiration, elle sonna.

Quand la porte s'ouvrit, elle se retrouva face au tueur, qui tenait sa mère contre lui et lui braquait un pistolet sur la tempe.

— Maman !

Rachel voulut se précipiter à son secours mais l'homme secoua la tête.

— Entrez et fermez la porte ! ordonna-t-il en se reculant pour la laisser passer.

Elle obéit, s'efforçant de garder son sang-froid. De rester concentrée.

— Est-ce que ça va, maman ?

Martina hocha brièvement la tête.

— Au salon, dit l'homme en pointant le couloir avec son arme.

Rachel laissa échapper un petit couinement, serra ses bras sur sa poitrine et eut un mouvement de recul.

— Je vous en prie, baissez votre arme. J'ai déjà bien assez peur comme ça.

— Avancez ! aboya le tueur.

Lorsque Rachel entra dans le salon, Brad bondit et se jeta dans ses bras.

— Maman ! Maman ! s'écria-t-il en s'accrochant à ses jambes.

Elle s'accroupit devant lui.

— Est-ce que ça va, mon chéri ?

Il acquiesça.

— On va manger une pizza. C'est Joe qui l'a dit.

Rachel se tourna vers Sylvie, qui tenait la petite Daisy devant elle, trente centimètres au-dessus de ses genoux.

— Tout va bien, tante Sylvie ?

— Ce bébé a besoin d'être changé, répondit Sylvie en fronçant le nez.

Rachel se redressa et fit face à l'homme armé.

— Joe, c'est ça ?

C'était un prénom très ordinaire pour un tueur.

Hochant la tête, il lâcha Martina, qui récupéra Daisy.

— Il faut que je la change.

Martina jeta un regard méfiant à l'homme avant de coucher

le bébé sur une couverture posée par terre, d'attraper une couche sur la table basse et de se mettre au travail.

— Brad, mon chéri, va donc donner un coup de main à ta mamie, dit Rachel, qui craignait qu'il n'arrive quelque chose à son fils s'il restait près d'elle.

Elle le prit par la main et le confia à sa grand-mère.

Faisant signe à Rachel de venir, Joe déclara en passant un bras autour d'elle :

— Nous allons sortir tous les deux. Je vous conseille de vous tenir tranquilles parce que si vous tentez quoi que ce soit – il colla le canon de son arme contre l'oreille de Rachel –, je ne donne pas cher de sa peau.

La porte d'entrée à peine refermée, Adam courut au salon, Nate sur ses talons. La tante de Rachel se recroquevilla sur le canapé, s'apprêtant à crier. Nate eut juste le temps de lui plaquer une main sur la bouche.

Le bébé dans les bras, Martina se précipita vers Adam.

— Dieu merci, vous êtes là ! Sylvie, calme-toi. Ils sont venus nous sauver.

Nate aida Sylvie à se lever puis il déverrouilla et ouvrit la porte-fenêtre.

— Allons-y, dit Adam en prenant Brad dans ses bras et en poussant Martina vers la sortie.

Une fois dehors, Nate prit le bras de Sylvie et la guida vers le côté de la maison. Martina suivait avec Daisy, tandis qu'Adam refermait la porte-fenêtre derrière eux avant de les rattraper.

— Pas un bruit, chuchota Nate en ouvrant le portail. On reste groupés.

Ils se plaquèrent contre le mur de la maison voisine et avancèrent prudemment jusqu'à ce que Nate lève la main. Il fit signe au groupe de ne pas bouger. Adam posa Brad par terre et repartit aussi sec vers la maison de Sylvie qu'il longea au pas de course. Lorsqu'il arriva au coin, il vit que le tueur se tenait juste derrière Rachel, son arme braquée dans le dos de la jeune femme. Ils faisaient face à la maison.

Soudain, elle se figea, refusant obstinément d'avancer.

— Vous avez eu ce que vous vouliez, dit-elle d'une voix dure. Pourquoi ne filez-vous pas avec l'argent ?

Rachel avait compris que si le tueur retournait dans la maison, c'était pour se débarrasser des témoins. Un flot d'adrénaline envahit Adam, qui s'apprêta à bondir.

Quand l'homme se rendrait compte qu'il n'y avait plus personne dans la maison, il liquiderait Rachel sans la moindre hésitation.

— Avance ! ordonna le tueur. Ou je vais devoir te traîner.

Adam fonça retrouver le groupe.

— Ils sont rentrés. Allons-y.

Pendant que Nate mettrait les femmes et les enfants à l'abri chez le voisin, Adam se faufilerait dans la maison de Sylvie par la porte d'entrée. Puis Nate entrerait à son tour par la porte-fenêtre de manière à encercler le tueur.

Tandis qu'il traversait la pelouse de Sylvie en courant, Adam se figea, alerté par un cri étouffé. Il se retourna. Sylvie avait trébuché et était tombée la tête la première dans le jardin du voisin. Nate s'empressa de l'aider à se relever mais Daisy se mit à pleurer. Lorsque Martina lâcha la main de Brad pour la calmer, le petit garçon se précipita vers Adam en appelant sa mère.

Nate ne fit ni une ni deux : il lâcha Sylvie, qui était maintenant à genoux, pour courir après Brad. Sylvie piqua à nouveau du nez dans le gazon.

Dès que Nate eut attrapé Brad, il fit signe à son frère de continuer. Adam gagna la porte d'entrée en quelques enjambées et tourna la poignée en priant pour que le tueur n'ait pas fermé à clé.

Au bout du couloir, Joe s'immobilisa lorsqu'il découvrit que le salon était vide. Le bras qu'il avait passé autour de Rachel se resserra, tel un boa constrictor, tandis que de son autre main, il enfonçait plus profondément le canon de son arme dans son oreille.

— Revenez ici tout de suite ou elle est morte ! beugla-t-il, furieux, sa voix résonnant dans toute la maison.

Il sortit de sa poche des liens en plastique autobloquants et menotta Rachel.

— Lâchez-la immédiatement ! ordonna Adam d'un ton calme.

Joe fit volte-face, tenant Rachel devant lui, comme un bouclier, et pressant si fort son pistolet contre son oreille que sa tête partait sur le côté. Il émit un claquement de langue désapprobateur.

— Je t'avais dit de venir seule, dit le tueur, plus menaçant que jamais.

Adam lui bloqua le passage.

— Vous ne sortirez pas d'ici.

Brusquement débarrassée du canon du pistolet enfoncé dans son oreille, Rachel releva la tête et ouvrit les yeux. L'arme était maintenant pointée sur Adam. Les deux hommes étaient face à face, comme s'ils s'affrontaient en duel. Un duel où ils allaient tirer à bout portant et duquel ni l'un ni l'autre ne ressortirait vivant.

— Non ! Adam, arrête. Laisse-le partir avec l'argent. Ta vie vaut plus que quelques liasses de billets.

— Il va t'emmener. Il est hors de question que je le laisse faire.

Rachel n'eut pas le temps de dire ouf qu'elle se retrouva à nouveau avec le canon du pistolet enfoncé dans l'oreille. De douleur, les larmes lui montèrent aux yeux.

Se rendant probablement compte que s'il tirait, il risquait de la toucher, Adam commença à reculer vers la porte. Joe poussait Rachel devant lui, veillant à ce qu'elle reste bien dans la ligne de mire d'Adam. Une fois dans le vestibule, il braqua son arme sur Adam et ordonna à Rachel d'ouvrir la porte.

Elle obéit et dans la même seconde, Adam se jeta sur Joe, qui fit feu. Rachel poussa un cri lorsqu'elle vit Adam tomber à la renverse. La serrant contre lui, le tueur la souleva de terre et courut vers le van, garé juste devant.

Nate se précipita à son secours, son arme levée. Mais Joe

contourna le véhicule et la jeta sur le siège passager avant de se glisser au volant.

Rachel se tourna vers la console centrale et essaya d'actionner la commande d'ouverture des portières. En vain. De ses poings, elle martela la vitre de sa fenêtre.

— Il a tué Adam ! cria-t-elle, en larmes tandis que le van démarrait.

Nate la regarda, horrifié. Puis il tourna les talons et fonça vers la maison.

Il a tué Adam.

17

Étendu sur le sol du hall d'entrée, Adam, immobile, faisait le point sur la situation. Son gilet pare-balles lui avait sauvé la vie. Mais s'il avait empêché que la balle lui perfore le thorax, le Kevlar n'avait pas absorbé totalement l'impact du tir et ne lui avait pas épargné le traumatisme costal. Il s'en soucierait plus tard. Pour l'instant, sa seule préoccupation était Rachel.

La porte s'ouvrit brusquement. Nate entra en trombe et se précipita vers lui, en larmes. Il tomba à genoux.

— Eh bien, tu en as mis du temps ! Question renfort, tu repasseras ! dit Adam, la respiration sifflante. Au lieu de pleurer, tu ferais mieux de m'aider à me relever. On va essayer de les rattraper.

Nate releva la tête et sécha ses larmes d'un revers de main.

— Rachel t'a cru mort. Tu n'as rien, tu es sûr ?

Incrédule, Nate tira sur les bandes velcro et souleva le gilet pour vérifier qu'il n'était pas blessé.

— Ça va, je te dis. Va chercher le pick-up.

— Je vais les rattraper, dit Nate en aidant Adam à se relever. Tu ne ferais que me ralentir.

Il fila avant que son frère ait le temps de protester.

Accablé par un cuisant sentiment d'échec, Adam fit un pas vers la porte. Il avait promis à Rachel de la protéger. *Il* était censé la protéger. Mais il était incapable de mettre un pied devant l'autre. Poussant un gémissement de douleur, il se retint au mur, pris de vertige. La sueur lui coulait sur le front. Quand il s'était relevé, il avait failli s'évanouir. Il avait probablement des côtes fêlées, mais il ne s'attendait pas à ce que le choc infligé à tout son corps par l'énergie cinétique de la balle ne l'ébranle autant.

Serrant les dents, il se traîna jusqu'à la porte. Le silence qui régnait dans la maison le perturbait. Il se réjouissait cependant que la famille de Rachel ait pu être sauvée. Si Nate n'avait pas été retardé, leur plan aurait fonctionné jusqu'au bout.

Au lieu de quoi, Rachel avait été kidnappée et lui était là, à se lamenter, totalement impuissant.

Rachel me croit mort. À cette pensée, son cœur se mit à tambouriner dans sa poitrine. *Et si elle cherchait à me venger ?* Non, il ne comptait pas pour elle à ce point-là. Contrairement à ses enfants, qui avaient plus que jamais besoin d'elle. Pour eux, Adam savait qu'elle ferait tout ce qu'elle pourrait pour rester en vie.

Recroquevillée sur le siège passager, Rachel fixait avec des envies de meurtre le monstre qui avait tué Adam, l'homme de sa vie.

Il lui jeta un rapide coup d'œil.

— Redressez-vous et bouclez votre ceinture, ordonna-t-il. Je n'ai pas envie qu'on m'arrête et me colle une contravention.

— On va où ? demanda-t-elle après avoir rectifié sa posture et mis sa ceinture, non sans mal car elle avait toujours les mains attachées.

Joe s'esclaffa.

— Qu'est-ce que ça peut vous faire ?

— Pourquoi ne me laissez-vous pas partir ? Vous avez le fric. Je ne vous sers à rien.

Elle n'avait pas l'intention de le supplier. Du moins, pas pour l'instant.

L'homme rit de plus belle, ce qui agaça encore plus Rachel.

— Vous n'êtes pas un tueur à gages ordinaire, n'est-ce pas ?

Inclinant la tête, elle se mit à le scruter comme un entomologiste l'aurait fait avec un papillon.

— Vous avez dit que vous n'aviez pas pour habitude de tuer les gosses et les petites mémés. Je parie que vous n'auriez pas fait de mal à mes proches. Je me trompe ?

Il s'arrêta à un feu rouge et regarda les voitures passer devant eux à toute allure.

— Je fais mon boulot.

— Vous auriez assassiné un bébé ? Un petit garçon de cinq ans ?

Le feu passa au vert ; il redémarra et traversa l'intersection sans un mot.

Son silence sonna aux oreilles de Rachel comme un aveu. Il n'y avait probablement aucune pitié à attendre de cette brute.

— Je ne sais toujours pas ce que je fais là. Pourquoi ne me laissez-vous pas partir ? demanda à nouveau Rachel.

Peu après s'être engagé dans une rue résidentielle, son ravisseur s'arrêta à un stop pour laisser passer une femme et une petite fille.

— Vous n'aviez qu'à suivre mes instructions et venir seule, comme je vous l'avais expressément demandé. Vous n'en avez fait qu'à votre tête, alors, vous n'avez plus maintenant qu'à en subir les conséquences.

Le moment était venu de supplier.

Rachel se mit à renifler, puis à sangloter en pensant à ce qui aurait pu arriver à Brad et à Daisy. Et à sa mère, aussi.

Pliée en deux, elle pleurait toutes les larmes de son corps. Adam était mort. Par sa faute à elle. Si elle ne lui avait pas demandé de l'aider, il ne se serait pas fait tuer.

Comme ils approchaient d'une intersection presque déserte, le feu passa au rouge. Le tueur ralentit puis s'arrêta. Rachel se pencha un peu plus en avant et d'un geste vif sortit le Derringer de son étui de cheville. Avant que son ravisseur tourne la tête vers elle, elle lui enfonça le canon du pistolet dans l'oreille droite et pressa la détente.

Le vacarme que firent les sirènes des voitures de police et de l'ambulance tira Adam de ses réflexions. Ne croyant pas aux coïncidences, il fit aussitôt le lien avec le tueur en fuite. S'était-il débarrassé de son otage ? Avait-il jeté le corps de Rachel en dehors du van ? En l'espace de quelques secondes, il imagina toutes sortes de scénarios plus terribles les uns que les autres. Une douleur atroce à la poitrine, qui n'avait rien à voir avec son traumatisme costal, lui coupa presque les jambes. Vivre sans Rachel Miller était au-dessus de ses forces.

Quand le pick-up de Nate heurta le bord du trottoir, juste devant la maison, et que Rachel bondit hors du véhicule, Adam, fou de joie, se porta à sa rencontre.

Elle courut vers lui et voulut se jeter dans ses bras mais levant les mains devant lui, il l'arrêta net dans son élan. Elle se figea, visiblement blessée par son geste. Ses joues étaient baignées de larmes.

Adam sentit les larmes lui monter aux yeux. Il écarta légèrement les bras en signe de bienvenue.

— Viens ici mais ne me serre pas dans tes bras, dit-il.

Elle s'approcha doucement.

— Je peux t'embrasser ? À moins que tes lèvres ne te fassent mal aussi ?

— Les lèvres, ça va, assura-t-il en penchant la tête vers elle pour l'embrasser.

Lorsqu'ils s'écartèrent l'un de l'autre, ils se rendirent compte qu'ils n'étaient pas seuls. La famille de Rachel, que Nate était allé récupérer chez le voisin, les entourait.

Martina fonça sur Adam pour le serrer dans ses bras mais Rachel s'interposa.

Sautillant sur place comme s'il était monté sur ressort, Brad se mit à réclamer de la pizza avec insistance, tandis que Daisy commençait à pleurnicher dans les bras de Sylvie, qui s'empressa de la refiler à Nate et d'aller se réfugier à l'intérieur, au calme.

Adam capta le regard de Nate par-dessus la tête de Rachel et haussa les sourcils. D'un geste éloquent, Nate lui fit comprendre que Rachel avait abattu son ravisseur. Il accueillit cette nouvelle avec un certain soulagement, même s'il savait que pour Rachel, ce ne serait pas facile. Tuer quelqu'un n'était jamais un acte anodin, même si ce quelqu'un était une crapule de la pire espèce.

Elle l'avait tué.

Rachel attendait, persuadée que la culpabilité allait finir par l'accabler, la ronger, la détruire.

Ils avaient laissé sa mère et ses enfants chez tante Sylvie, et pendant tout le trajet de San Antonio à Resolute dans le pick-up de Nate, elle avait attendu.

Mais en arrivant au ranch, elle dut se rendre à l'évidence : le meurtre de ce salopard ne lui poserait jamais le moindre problème de conscience. Surtout après qu'il eut menacé ses enfants et pointé un pistolet sur la tête de sa mère.

Noah les bombarda de questions, bien que Nate l'ait appelé pendant le trajet du retour pour l'informer dans les grandes lignes.

En voyant Adam s'asseoir sur le canapé avec moult précautions, Noah demanda :

— Ça fait quoi, de se prendre une balle dans le gilet pare-balles ?

Bree lui donna un coup de poing dans le bras.

— Franchement, Noah, tu as de ces questions !

— J'ai eu l'impression de recevoir un coup de masse dans le plexus solaire, répondit Adam.

Depuis que les urgentistes avaient bandé sa cage thoracique, il avait moins de mal à respirer. Mais ils lui avaient fait promettre de passer une radio.

Comme Bree n'arrêtait pas de jeter des regards à Rachel, celle-ci finit par assurer que tout allait bien et qu'il ne fallait surtout pas qu'elle s'inquiète pour elle.

— D'accord. Mais si jamais tu avais besoin de parler...

Traumatisée par une fusillade quand elle était policière à San Antonio, Bree éprouvait de l'empathie pour toutes les victimes de stress post-traumatique.

— Merci, dit Rachel en la gratifiant d'un sourire. C'est très gentil de ta part.

Mais elle savait qu'elle n'aurait pas besoin de l'oreille compatissante de son amie. Joe lui était déjà presque sorti de l'esprit, et le fait d'avoir tiré sur lui ne la turlupinait pas plus que ça.

Adam Reed, en revanche, occupait toutes ses pensées.

Comme s'il avait lu en elle, Adam lui chuchota :

— Et si on sortait ? J'ai besoin de prendre l'air.

Nate dut l'aider à s'extirper du sofa.

— Abstiens-toi de t'asseoir sur le canapé, mec. Dans ton état, une chaise est plus appropriée.

Rachel suivit Adam dans le patio. Ils se promenèrent le long des allées plantées d'arbustes et de massifs fleuris, comme le soir où ils avaient échangé leur premier baiser.

Lorsque Adam prit sa main dans la sienne et entremêla ses doigts aux siens, Rachel frémit, et son cœur se mit à battre la chamade.

Adam s'arrêta sous l'oranger et s'empara également de son autre main. Une douce chaleur envahit la jeune femme qui, touchée par un tel romantisme, se prépara à recevoir un nouveau baiser. Elle trouvait terriblement attendrissant le fait qu'Adam choisisse pour l'embrasser le même cadre que la première fois.

— Après une journée aussi épouvantable, ce n'est sans doute pas le meilleur moment pour te faire ce genre de déclaration. Mais j'ai peur de me dégonfler si je ne te le dis pas maintenant.

Il serra plus fort les mains de Rachel dans les siennes.

— Il faut que tu saches que j'ai des sentiments pour toi depuis que nous sommes adolescents. Mais, ça, je crois que tu l'as compris au cours de ces dernières semaines. Et aussi que je pensais ce que je t'ai dit à San Antonio. Je t'aime, Rachel.

Ces trois mots, elle les avait elle aussi sur le bout de la langue. Elle attendait le bon moment pour dire à Adam qu'il avait conquis non seulement son cœur mais aussi son esprit, et qu'il n'y aurait donc plus jamais de conflit entre passion et raison.

— Je sais que tu as travaillé comme une dingue pour obtenir ton diplôme et que tu as déjà reçu des offres d'emploi dans d'autres villes, où les enfants et toi aurez une vie plus épanouissante.

Lâchant une des mains de Rachel, il se frotta la nuque.

Et ce simple geste fit comprendre à la jeune femme qu'Adam Reed s'apprêtait à faire voler en éclats ses rêves.

— Jamais je n'aurais imaginé qu'un jour je te tiendrais un tel discours, mais je ne veux pas que tu renonces pour moi à la vie dont tu as toujours rêvé. Je t'aime trop pour te demander de rester à Resolute. Tu t'es déjà sacrifiée une fois quand tu as épousé Eric, et même si deux enfants merveilleux sont nés de cette union, je ne peux pas te demander de renoncer à nouveau à tes rêves. Ce serait trop injuste.

Sa voix était chargée d'émotion et à la faveur du clair de lune, Rachel vit qu'il avait les larmes aux yeux.

Le cœur battant à tout rompre, elle prit une grande inspiration tremblante et lança, comme on se jette à l'eau :

— Moi aussi, je t'aime. J'aime ta douceur, ta gentillesse, ta générosité. Ta bienveillance avec mes enfants et avec ma mère. En restant à Resolute pour être avec toi, pour t'aimer, je ne renoncerais pas à mes rêves, Adam. Je les réaliserais.

Se haussant sur la pointe des pieds, elle l'embrassa tendrement sur les lèvres. Adam posa ses mains à l'arrière de sa tête et lui rendit son baiser avec fougue.

Quand ils se séparèrent enfin pour reprendre leur souffle, Adam esquissa un sourire un peu gêné.

— Je ne voulais pas que ça nous porte malheur, alors je n'ai pas de bague à t'offrir.

— Tu as tout le temps de faire les boutiques. Je n'accepterai pas de bague tant que tu ne pourras pas mettre un genou à terre et me faire ta demande en bonne et due forme. *Et* te relever tout seul. Mais tout d'abord, j'ai une question de la plus haute importance à te poser.

Cessant de sourire, Adam haussa un sourcil.

— Quand tu dis que tu souhaiterais avoir une ribambelle d'enfants, de combien s'agit-il exactement ? demanda Rachel.

— Je pensais que tu n'en voulais plus.

L'excitation qu'elle perçut dans sa voix la conforta dans sa décision.

— Ça, c'était avant de découvrir que tu avais la fibre paternelle.

Il la prit dans ses bras et l'embrassa à nouveau.

Juste à ce moment-là, la porte du patio s'ouvrit.

— Oh non! Je n'y crois pas! murmura-t-il tout contre ses lèvres.

Ils se retournèrent et virent les autres, tout sourire, debout dans l'encadrement de la porte.

— Félicitations! cria Noah. Venez, maintenant. J'ai trouvé une tarte aux pêches dans le congélateur.

Épilogue

Portant Daisy sur une hanche et tenant Brad par la main, Rachel se fraya un chemin à travers la foule rassemblée devant le nouveau Centre pour la jeunesse du comté de Boone, dont c'était l'inauguration. L'ambiance était à la fête et une bonne odeur de viande grillée flottait dans l'air.

— Tu n'aurais pas vu Adam ? demanda-t-elle à Noah, qui bataillait pour ne pas faire couler sur sa chemise la sauce du hamburger qu'il était en train de manger.

— Si. Il discutait avec Cassie, répondit-il en regardant autour de lui pour essayer de repérer son frère. Les voilà ! s'exclama-t-il en désignant le parking.

— Merci.

— Maman, je veux un hamburger ! brailla Brad en refusant d'avancer. J'ai faim !

— Je m'en occupe, dit Noah en attrapant la main de Brad. Ce petit gars et moi, on va aller chercher à manger. Pas vrai ?

— Oui ! Je veux un hamburger !

— Mais... je..., bredouilla Rachel.

— Ne t'en fais pas, je ne vais pas le perdre, assura Noah.

Il fit tourner Brad devant lui.

— Attends, où est sa laisse ?

Rachel leva les yeux au ciel.

417

— Sois sage avec ton oncle Noah, recommanda-t-elle à son fils.

— Oui, maman. On va juste manger des hamburgers.

— Merci, Noah. S'il te plaît, pas de ketchup ni de moutarde, je veux qu'il soit présentable quand on va rencontrer Sara Bennett.

— Je ne promets rien mais je vais essayer.

Rachel se dirigea vers Adam et Cassie, qui semblaient avoir une conversation animée. Tandis qu'elle s'approchait, elle entendit clairement leurs paroles, portées par la brise.

— C'est ridicule, dit Adam en se frottant la nuque. Je ne vais pas rester consigné au bureau maintenant qu'ils m'ont blanchi de toute accusation.

Il agita le papier qu'il avait à la main.

Cassie passa les pouces dans sa ceinture.

— C'est la règle, Adam. Tu dois t'y soumettre comme n'importe quel autre adjoint. Tu ne couperas pas aux six mois de travail administratif que je t'ai collés quand j'ai découvert à mon retour toutes tes frasques.

— Je te rappelle que mes frasques, comme tu dis, ont sauvé deux enfants, leur grand-mère et leur grand-tante.

— Écoute, je suis contente que tu aies été lavé de tout soupçon. Tu n'as même pas perdu ton insigne. Mais que tu le veuilles ou non, tu es consigné au bureau pendant encore trois mois.

Furieux, il tourna les talons et s'éloigna dans la direction opposée. Rachel s'apprêtait à le suivre mais Cassie lui fit signe.

— Salut, Rachel, dit Cassie en lui prenant Daisy des bras. Tu es trop mignonne, toi ! minauda-t-elle en chatouillant le ventre du bébé.

— J'ai cru comprendre que tu avais eu des nouvelles, pour Adam ?

— Oui, mais il m'énerve, parfois. Il ne perd pas son emploi et aucune charge n'est retenue contre lui. Tous les services concernés ont admis qu'il ne méritait pas d'être puni pour avoir traqué ce tueur à gages et récupéré l'argent du cartel, quelle que soit la manière dont il l'a fait. Mais il trouve quand même le moyen de contester ma sanction disciplinaire. Une vraie tête de mule !

Rachel feignit d'avoir oublié.

— Pourquoi, déjà, a-t-il été consigné au bureau ?

— Il ne pouvait pas retourner sur le terrain tant que les autorités compétentes n'avaient pas statué sur son cas.

— Elles ont statué en sa faveur, si j'ai bien compris, dit Rachel. Alors pourquoi ne pas lever la sanction ?

— Parce que j'avais dit six mois et qu'il n'en a fait que trois.

Secouant la tête, Rachel reprit Daisy et la cala sur sa hanche.

— J'ai l'impression que l'entêtement chez les Reed, c'est de famille ! dit-elle avec un sourire. Il faut que je trouve Bree. La cérémonie va bientôt commencer.

Laissant Cassie plongée dans ses réflexions, Rachel affronta à nouveau la foule de plus en plus dense.

— Rachel ! entendit-elle soudain.

Elle se laissa guider par la voix et finit par rejoindre Bree, qui se tenait à côté d'une jolie brune très élégante.

— Rachel, je te présente la procureure adjointe Sara Bennett.

— Enchantée, dit Rachel en serrant la main de la bienfaitrice du programme.

— Tout le plaisir est pour moi.

Sara chatouilla le menton de Daisy qui par chance lui fit une risette et ne se mit pas à hurler.

— Rachel est responsable des services administratifs du centre. Elle vient juste d'obtenir son diplôme de gestion et je l'ai recrutée avant que quelqu'un d'autre nous la souffle.

— Ça ne doit pas être facile de suivre des cours quand on a un bébé à s'occuper.

Rachel sourit mais ne répondit pas.

— Surtout qu'en plus, elle a un fils de cinq ans et qu'elle travaillait à plein temps, ajouta Bree.

— Impressionnant. Moi, j'ai déjà eu assez de mal avec la fac, dit Sara en riant. Je suis contente que Bree vous ait embauchée. Je suis sûre que vous serez un véritable atout pour le centre. J'ai hâte de mieux vous connaître.

Un bruit strident provenant d'un micro sur l'estrade fit converger tous les regards.

— Tiens-toi prête à monter sur l'estrade, Rach. Et arrête de stresser. Tu connais pratiquement tout le monde. Tout va bien se passer, assura Bree en poussant Sara vers le micro.

— Prête pour ton quart d'heure de gloire ?

Rachel se retourna en reconnaissant la voix de son fiancé.

Adam prit Daisy dans ses bras et embrassa la jeune femme.

— Tu es superbe, la complimenta-t-il.

— Tu dis ça juste pour que je ne revende pas ma bague et n'aille pas mener la grande vie à Houston ou à Dallas.

Elle leva la main gauche pour admirer sa bague qui brillait de mille feux.

— Pas de regrets ? Tu as encore le temps de changer d'avis, dit Adam en lissant une mèche de cheveux rebelle sur sa joue.

Un doigt sur la bouche, elle fit mine de réfléchir.

— Non, désolée. Tu vas devoir me supporter, déclara-t-elle, avec un sourire espiègle.

Il la couva d'un regard qui se passait de mots et valait toutes les déclarations d'amour du monde.

— Salut, vous deux ! lança Noah en donnant à chacun une claque sur l'épaule, brisant net la magie de l'instant. Vous avez une poussière dans l'œil, ou quoi ? demanda-t-il en remarquant les larmes qu'ils avaient dans les yeux.

Rachel lui balança un coup de coude dans les côtes.

— Il faut que j'y aille. Bree ne sera pas contente si je ne prends pas le micro juste après le discours de notre bienfaitrice.

Nate poussa Noah pour mieux voir l'estrade.

— Hé ! Rachel, qui est cette ravissante créature à côté de Bree ? J'ai l'impression de la connaître.

— C'est l'amie de Cassie, l'avocate d'Austin qui nous a aidées à monter le projet. Elle s'appelle Sara Bennett.

— Non ? dit Nate, interloqué.

Noah le regarda.

— Ce n'était pas elle, la coloc de Cassie à la fac ? Celle qu'elle a invitée à la maison pour les vacances de printemps, une année ? Celle que tu as...

Nate attrapa Noah par le bras et s'empressa de l'entraîner plus loin.

— Qu'est-ce que c'est que cette histoire ? demanda Rachel à Adam.

— Ne t'occupe pas. Monte plutôt sur l'estrade et fais savoir à cette ville à quel point elle a de la chance d'avoir trois femmes extraordinaires qui font bouger les choses.

Rachel le prit par le cou, l'attira à elle et l'embrassa sur les lèvres.

— Ne le dis à personne, mais c'est *moi* qui ai de la chance.

Vous avez aimé ce roman ?
Retrouvez en numérique Resolute et ses mystères :
1. Un allié inattendu
2. Irrésistibles partenaires
3. Ensemble face au doute

JULIE ANNE LINDSEY

Maggie est en danger

Traduction française de
CHRISTINE BOYER

BLACK ROSE

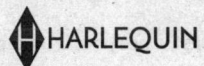

Titre original :
DEADLY COVER-UP

Ce roman a déjà été publié en 2020.

© 2019, Julie Anne Lindsey.
© 2020, 2025, HarperCollins France pour la traduction française.

1

Tout en roulant sur les routes du Kentucky, plongées dans la nuit, Violet Ames sanglotait. Voilà des années qu'elle n'était pas revenue à River Gorge, la petite ville rurale où sa grand-mère l'avait élevée, et elle aurait préféré y retourner dans d'autres circonstances. Dans ses rêves, elle avait imaginé des embrassades à n'en plus finir, des heures à échanger des souvenirs heureux et une avalanche de brownies au chocolat, la spécialité de son aïeule.

Il n'y aurait rien de tout cela, ce soir.

Violet s'efforçait de se concentrer sur sa conduite mais elle jetait de temps en temps un œil sur Maggie, sa fille de huit mois, installée dans son siège-auto à l'arrière. Épuisée, l'enfant s'était endormie dès que la voiture avait quitté le parking de l'hôpital.

Les paupières de Violet se fermaient. Elle aussi était exténuée. La journée avait été dure. Pour ne pas risquer de s'assoupir au volant, elle descendit sa vitre et laissa l'air estival s'engouffrer dans l'habitacle.

Dans la matinée, un coup de fil de l'hôpital de River Gorge lui avait appris que sa grand-mère, âgée de soixante-dix-huit ans, avait été victime d'une mauvaise chute et était dans le coma. D'après son interlocutrice, son aïeule était tombée d'une échelle dans sa grange.

Pour Violet, cet accident était incompréhensible. Depuis des années, depuis la mort de son grand-père, il n'y avait plus aucun animal à la ferme et le vieux hangar en bois avait été vidé. Alors pourquoi sa grand-mère avait-elle soudain eu envie de s'y rendre ?

425

Et plus surprenant encore, pourquoi avait-elle eu l'idée saugrenue de grimper sur une échelle ? Il n'y avait rien en hauteur, à l'exception d'un ancien grenier à foin qui n'abritait plus que dix ans de poussière.

D'une main, Violet massa sa nuque ankylosée, l'autre tenant fermement le volant. Elle avait beau faire, elle n'arrivait pas à trouver un sens aux événements de cette horrible journée.

Quelle mouche avait donc piqué sa grand-mère ?

C'était la question à mille dollars. En tout cas, personne à l'hôpital n'en avait la moindre idée.

Sa grand-mère était la seule à pouvoir expliquer ce qu'elle avait voulu faire avec cette échelle et elle gisait, inconsciente, dans une chambre qui sentait les désinfectants. Il avait fallu l'opérer pour réduire une fracture au bassin et une autre à l'avant-bras. Sur le haut de son crâne, une profonde plaie avait nécessité dix points de suture. Elle souffrait aussi d'une cheville foulée.

La voir bardée de pansements et dans le coma avait anéanti Violet mais le médecin s'était montré confiant. Il lui avait assuré que sa grand-mère se rétablissait « lentement mais sûrement » et se réveillerait quand elle y serait prête. Il l'avait exhortée à la patience.

Malheureusement, la patience n'avait jamais été son fort. En fait, elle avait envie de hurler.

Jusqu'à la naissance de Maggie, la grand-mère de Violet avait été le centre de son existence. L'année où elle avait quitté River Gorge pour emménager à Winchester, à près de deux heures de route, Violet lui avait fait promettre d'être prudente, de faire attention à elle.

— Et voilà où nous en sommes, marmonna-t-elle.

Elle frappa le volant tandis qu'un nouveau flot de larmes jaillissait de ses yeux.

Ce bruit soudain tira Maggie de son sommeil, derrière elle. Dans l'obscurité, Violet ne voyait pas le visage de la petite mais elle l'entendit s'agiter. Heureusement, très vite, l'enfant se rendormit.

Violet essuya ses joues d'un revers de main. La maison de

sa grand-mère n'était plus très loin et elles pourraient y passer confortablement la nuit. Et, quand elles retourneraient à l'hôpital le lendemain matin, son aïeule aurait peut-être repris connaissance.

Sur les derniers kilomètres, la route de campagne devint de plus en plus cahoteuse. Elle était peu fréquentée, l'ancienne ferme familiale se trouvant au fond d'un cul-de-sac, et voilà sans doute pourquoi elle était si mal entretenue.

Violet s'engagea enfin dans l'allée qui menait à la maison à travers le bois. Le chemin de terre était jonché de cailloux et de petites branches qui craquaient sous ses roues. Lorsque la vieille bâtisse apparut, un faible sourire passa sur ses lèvres. Malgré son profond désarroi et son infinie tristesse, elle se revit, enfant, fonçant sur cette allée à bicyclette ou à cheval. Elle se rappela les aboiements des chiens et les caquètements des poules qui l'accueillaient quand elle arrivait dans la cour. Une autre image remonta à sa mémoire : celle de sa mère agitant la main pour lui dire au revoir depuis le siège passager d'une voiture conduite par un inconnu. Violet avait alors trois ou quatre ans.

Le ventre noué, elle s'arrêta enfin devant la maison. De nouveau, des larmes brouillaient sa vue. Elle coupa le moteur et sortit pour inspirer l'air de la nuit. Les étés à River Gorge étaient caniculaires et orageux. Un mélange détonant qu'elle avait toujours aimé.

Elle regarda sa fille endormie.

— Ça va aller, murmura-t-elle. Grandma va s'en tirer.

Pour ne pas avoir à réveiller Maggie, Violet souleva le siège-auto avec le bébé dedans.

Avec un peu de chance, sa grand-mère avait laissé, comme elle le faisait autrefois, un double de sa clé sous la jarre rouge posée sous la fenêtre de la salle à manger.

Violet s'approcha, repéra le grand pot rempli de fleurs. Malheureusement, il n'y avait dessous que des vers de terre...

Elle se tourna vers le porche. Tout espoir n'était peut-être pas perdu. Son grand-père avait longtemps eu, lui, l'habitude de dissimuler une clé au-dessus de la porte d'entrée. Des années durant, sa femme le lui avait reproché parce qu'elle était trop petite pour l'atteindre. En revanche, Violet, qui avait grandi comme une asperge au lycée, n'avait pas ce problème.

Comme elle s'avançait vers la porte, elle s'aperçut que celle-ci était entrouverte.

Les ambulanciers qui étaient venus chercher sa grand-mère avaient-ils oublié de fermer la vieille demeure en partant ? Y étaient-ils seulement entrés ?

Sans doute pas, pensa-t-elle. La vieille dame étant tombée dans la grange, ils n'avaient aucune raison de pénétrer dans la maison.

Elle chercha à tâtons l'interrupteur et alluma la lumière. Avant de se rendre dans le hangar, sa grand-mère n'avait peut-être pas jugé utile de verrouiller la porte et les ambulanciers n'avaient sans doute pas remarqué qu'elle était restée ouverte.

Un silence étrange accueillit Violet alors qu'elle avançait sur la pointe des pieds pour ne pas réveiller sa fille. Elle posa Maggie contre le mur.

— Hello ? Il y a quelqu'un ? lança-t-elle, plus par habitude qu'autre chose.

À la vue des coussins du canapé, tous légèrement de travers, et d'un tiroir de la commode entrouvert, elle sentit un frisson de peur la parcourir. Mais quand elle constata que la télévision et le lecteur DVD étaient toujours là, elle poussa un soupir de soulagement.

La maison n'avait pas été cambriolée.

Elle se frotta les bras pour en chasser la chair de poule. Bien sûr qu'elle n'avait pas été cambriolée. Personne ne se fatiguerait à venir voler sa grand-mère. D'abord, parce qu'elle n'était pas riche et tout le monde le savait. Sa pension de réversion était très modeste. Et surtout, il suffisait de lui demander quelque chose pour qu'elle vous l'offre.

Pourtant, un petit craquement, qui provenait manifestement de la cuisine, ébranla soudain les certitudes de Violet. Un autre suivit et son rythme cardiaque s'affola dans sa poitrine. À la hâte, elle retourna vers le hall d'entrée et vers Maggie.

Le cœur battant à tout rompre, elle tira son smartphone de sa poche et composa le numéro du bureau du shérif.

— Allô, murmura-t-elle à la personne qui prit son appel. Je pense que quelqu'un s'est introduit chez ma grand-mère... et s'y trouve encore.

À peine eut-elle prononcé ces mots qu'une haute silhouette jaillit des profondeurs de la maison et remonta à grands pas le couloir. Quand l'intrus l'empoigna par les épaules pour la pousser sur le côté afin de gagner la sortie, elle hurla de peur.

La porte heurta le mur avec violence. Réveillée en sursaut, Maggie fondit en larmes.

Violet, qui avait été projetée au sol, se releva d'un bond et se précipita vers l'enfant pour la protéger. Sans perdre de temps, elle sortit de la maison en courant, le siège-auto avec sa fille à la main, et alla s'enfermer avec elle dans sa voiture. Une fois en sécurité dans l'habitacle, elle attendit l'arrivée des autorités locales.

Lorsque la route de campagne devint un chemin de terre, Wyatt Stone consulta une nouvelle fois son GPS pour s'assurer qu'il roulait dans la bonne direction. Gladys Ames lui avait expliqué qu'elle vivait sur une ancienne propriété agricole mais elle ne lui avait pas dit que celle-ci se trouvait loin de tout. Isolée de la sorte, il n'était pas étonnant que la vieille dame ait fini par avoir peur.

Sans lâcher le volant, il fouilla dans sa boîte à gants pour en tirer une carte de visite à peu près présentable qu'il lui présenterait en arrivant. En principe, Wyatt était mieux organisé mais l'entreprise de sécurité privée qu'il venait de fonder avec des amis se développait plus vite que prévu. Il leur faudrait bientôt recruter pour réussir à gérer tout le travail. Et en attendant, il n'arrêtait pas. Il tenait le rythme grâce à une volonté de fer et à la caféine, mais il aurait préféré dormir davantage et avoir plus de temps pour préparer ses dossiers.

Deux phares crevèrent la nuit, face à lui. Le conducteur roulait au milieu de l'allée et Wyatt fut contraint de se rabattre sur le bas-côté. Comme la voiture de patrouille du shérif passait en trombe, il dut s'arrêter sur l'herbe en bordure du fossé. Il attendit que le véhicule s'éloigne pour continuer.

Au cours des derniers jours, Gladys Ames avait envoyé plusieurs messages à Fortress Security, expliquant qu'elle avait besoin d'une protection pendant qu'elle « gérait certaines affaires ».

Que s'était-il passé depuis leurs échanges qui ait obligé la vieille dame à faire appel au shérif ?

Wyatt gara son camion à côté d'une petite berline jaune et sauta sur le sol.

Une jolie brune se tenait à côté de la voiture. D'une main, elle serrait un bébé contre elle et de l'autre, elle portait plusieurs sacs de voyage. En le voyant, elle se figea soudain.

Ce n'était pas la première fois qu'une femme se pétrifiait à sa vue. Surtout si elle était seule, et surtout la nuit. Et ce ne serait sans doute pas la dernière. La haute stature de Wyatt impressionnait beaucoup la gent féminine.

Il retira son vieux stetson.

— Bonsoir, madame. Je suis Wyatt Stone de Fortress Security, une agence de sécurité privée située à Lexington. Je suis venu voir Gladys Ames. Est-elle là ?

La belle brune continuait à le dévisager en silence. Manifestement, ses bras commençaient à ployer sous leur charge. Elle était mince et très grande pour une femme. Cela dit, Wyatt la dépassait d'une bonne tête.

Comme la plupart des gens qu'il avait rencontrés dans le cadre de ses activités, elle avait l'air vulnérable, fragile et terrifiée. Et pour ne rien arranger Wyatt savait que son gabarit hors normes lui donnait un aspect dangereux.

Il se demanda comment passer devant elle sans l'effrayer davantage. Il était venu pour assurer la protection de Gladys Ames et une petite recherche sur le web lui avait appris qu'elle avait près de quatre-vingts ans.

Cette ravissante jeune femme n'était donc pas sa cliente.

Comme elle restait silencieuse, il poursuivit :

— Voici ma carte de visite et j'ai le contrat signé dans mon attaché-case. Officiellement, je ne devais commencer que demain matin. Mais j'avais prévenu Mme Ames que j'arriverais sans doute un peu plus tôt. Sans frais supplémentaires, bien entendu.

Se rendre ici directement après sa dernière mission lui avait épargné sept heures de route inutile. Comme il passait, de toute façon, par River Gorge, il lui avait paru logique de commencer plus tôt chez Mme Ames, quitte à rester une nuit supplémentaire sur place.

La jolie brune recala son bébé sur sa hanche.

— Ma grand-mère avait donc fait appel aux services d'un garde du corps ?

— Oui, madame.

Wyatt lui tendit de nouveau le carton de bristol.

— Je vous propose un marché, continua-t-il. Je vous débarrasse de ces sacs et vous jetez un œil à ma carte de visite. Mme Ames est-elle à l'intérieur ?

Il n'avait pas réfléchi aux habitudes d'une vieille dame. Mais il était plus de 22 heures. Peut-être dormait-elle déjà.

— Je ne veux pas la réveiller, ajouta-t-il.

Des larmes jaillirent des yeux de son interlocutrice.

— Elle est à l'hôpital, dit-elle avec un sanglot.

Immédiatement en alerte, Wyatt demanda :

— Pourquoi ?

Le visage de la jolie brune se crispa de douleur. Comme il le lui avait proposé, elle lui laissa ses sacs, prit le carton de bristol et serra plus étroitement son bébé contre elle.

Wyatt balaya des yeux les alentours. Il attendait avec impatience la réponse à sa question. Se pouvait-il que quelqu'un ait attaqué sa cliente avant même qu'il ne commence sa mission ?

Il se remémora soudain la voiture de patrouille croisée sur le chemin.

— Pourquoi le shérif était-il ici ?

— Ma grand-mère est à l'hôpital parce qu'elle est tombée. Quant au shérif Masterson, il était ici parce qu'à mon arrivée, j'ai découvert la porte de la maison ouverte. Quelqu'un était à l'intérieur. Une tentative de cambriolage, sans doute. Le shérif a relevé des empreintes et pris quelques photos mais apparemment, rien ne manquait. Il va rédiger un rapport et m'a promis de me tenir au courant de la suite.

Wyatt étouffa un juron et se dirigea vers la maison. Huit années au sein de l'armée et un puissant instinct protecteur le poussaient à passer sans tarder à l'action.

— Mme Ames a-t-elle été gravement blessée ? Lui a-t-on dérobé quelque chose ? Qui l'a trouvée après sa chute ? Racontez-moi tout ce que vous savez. J'ai besoin des détails.

Il entra et posa les sacs dans le vestibule. Puis il revint vers la porte d'entrée. Il promena les doigts le long du chambranle, examina les gonds et la serrure pour voir si elle avait été forcée avant de s'intéresser aux fenêtres.

Il fit le tour de la maison, inspecta chaque pièce avec attention. Dans le salon, un poste de télévision et un lecteur DVD trônaient en face du canapé. Il remarqua aussi une petite coupelle contenant deux alliances sur l'évier de la cuisine.

— Il ne s'agissait pas d'un cambriolage, conclut-il.

Comme il se tournait vers la petite-fille de la propriétaire pour lui faire part de ses premières réflexions, il s'aperçut qu'elle ne l'avait pas suivi à l'intérieur.

Il revint sur ses pas.

— Vous n'entrez pas ?

— Je ne sais pas.

Il s'immobilisa, les mains sur les hanches.

— Je ne suis pas venu pour vous faire du mal mais pour protéger Mme Ames. Elle m'avait assuré que demain matin serait un bon moment pour commencer ma mission.

— Eh bien, manifestement, elle avait tort...

Elle relut la carte qu'elle tenait toujours à la main

Wyatt s'assit sur la plus haute marche du porche.

— Racontez-moi ce qui s'est passé, répéta-t-il. Pour vous aider, je dois savoir où je mets les pieds. Mais je vous assure que je *peux* vous aider.

De nouveau, les yeux de la brune se remplirent de larmes.

— Je ne sais pas.

— Vous disiez qu'elle était tombée, non ?

Il doutait que la malheureuse vieille dame ait été victime d'un accident. Elle avait fait appel aux services d'une entreprise chargée de la sécurité et de la protection des personnes parce qu'elle se sentait menacée.

— Comment va-t-elle ? ajouta-t-il.

— Elle est dans le coma. Et elle s'est également fracturé le bassin et l'avant-bras.

Visiblement déterminée à se montrer forte, elle redressa les épaules, essuya les larmes de ses joues et étreignit son bébé.

Wyatt sortit un mouchoir de sa poche.

— Tenez.

— Merci, dit-elle avant de se moucher. Je suis sa petite-fille, Violet, et voici ma fille, Maggie. J'ai reçu un coup de fil de l'hôpital, ce matin, m'annonçant que ma grand-mère avait fait une mauvaise chute. Nous vivons à Winchester et nous sommes donc tout de suite parties. Nous avons passé la journée à son chevet. Mais elle n'a pas repris connaissance. Je pensais dormir ici cette nuit, mais quand je suis arrivée...

Elle lança un regard inquiet vers la maison.

Wyatt posa une botte sur une marche et tendit son autre jambe. Il se sentait ankylosé. Il était resté trop longtemps assis dans son camion.

— Je suis désolé pour votre grand-mère.

Il réfléchit au déroulement des événements et reprit :

— Que savez-vous de cet accident ?

— Pas grand-chose, et ce qu'on m'a raconté n'a aucun sens.

Violet avait manifestement passé une horrible journée et l'arrivée inattendue d'un inconnu ne contribuait pas à améliorer la situation.

— Dites-moi ce qui vous a été rapporté à ce sujet.

Elle leva ses grands yeux bleus vers lui.

— Le personnel de l'hôpital m'a expliqué qu'elle était tombée d'une échelle dans la grange. Mais je ne comprends pas ce qu'elle faisait là. Voilà des années que ce vieux hangar est vide. Ma grand-mère n'avait aucune raison de s'y rendre.

Violet se détourna pour scruter l'obscurité. Elle redressa les épaules et son expression devint suspicieuse, dure. Son chagrin manifeste avait disparu, remplacé par quelque chose que Wyatt connaissait bien.

Elle avait envie de comprendre.

— Peut-être est-il temps d'aller voir cette grange, proposa-t-elle.

Wyatt déplia son grand corps et se leva.

— Je vous suis.

Violet et lui allaient bien s'entendre.

2

Accompagné de Violet, Wyatt se dirigea vers la vieille grange peinte en rouge qui se dressait derrière la maison. Il s'efforçait de se concentrer sur les choses importantes, de se demander par exemple de quoi Mme Ames avait peur quand elle l'avait embauché. Et de cesser de tenter de deviner si le parfum qu'il avait senti dans la cuisine appartenait ou non à la belle et mystérieuse brune.

Violet s'arrêta à quelques pas du hangar en bois. D'un geste de la main, elle invita Wyatt à continuer sans elle. Manifestement, la petite fille endormie sur sa hanche était sa priorité.

— Il y a un interrupteur à l'intérieur, à droite de la porte, dit-elle à voix basse. La lumière est faible mais ce sera toujours mieux que rien.

Wyatt les regarda toutes les deux avant de les abandonner à contrecœur. Bien sûr, il avait rapidement inspecté les alentours pour s'assurer qu'il n'y avait plus personne dans les parages. De toute façon, il ne serait pas long.

Il entra dans le bâtiment, pressa l'interrupteur et plissa les yeux, ébloui par cette soudaine luminosité. Pourtant, comme Violet l'avait annoncé, l'ampoule qui se balançait au-dessus de sa tête n'éclairait la grange qu'en partie. Mais il voyait bien les éléments du drame, l'échelle posée contre le mur et des traînées de sang sur le sol. C'était l'essentiel.

Wyatt activa la lampe de son smartphone pour examiner de plus près ces traces sanglantes. Il les suivit jusqu'à une petite flaque rouge à quelques pas de l'échelle. Il comprit vite qu'il s'agissait d'une mise en scène. Quelqu'un avait voulu faire croire que Mme Ames était tombée de l'échelle mais en réalité, les événements s'étaient déroulés autrement. La vieille dame avait été projetée sur le sol avec violence, là où démarraient les traînées de sang. Elle avait ensuite été tirée jusqu'au pied de l'échelle. Il remarqua aussi que le sol en terre battue avait été abondamment foulé aux pieds, sans doute par la personne qui avait découvert la malheureuse et par l'équipe de secours qui l'avait emportée.

— Voyez-vous ce que je vois ? demanda-t-il avec douceur.

Sans se retourner, il avait senti la présence de Violet derrière lui.

Avec un petit cri de surprise, elle sortit du coin sombre où elle s'était réfugiée, au fond du hangar.

— Comment saviez-vous que j'étais ici ?

— C'est mon travail.

Et il avait l'intuition qu'il reconnaîtrait son parfum n'importe où, maintenant. Et tant pis si ses fragrances l'enivraient et le troublaient plus qu'il ne l'aurait fallu.

Sa formation militaire avait sûrement joué un rôle important dans sa capacité à deviner l'arrivée de Violet. Sur les zones de guerre, il avait appris à développer son sixième sens. Mais jamais encore il n'avait été aussi profondément conscient de la présence d'une femme. Il ne pouvait s'empêcher de se demander où elle avait placé son parfum. En avait-elle glissé quelques gouttes au creux de ses poignets ? Derrière ses oreilles ? Entre ses seins ?

— Impressionnant, dit-elle, manifestement sincère.

Wyatt avait toujours été intuitif et perspicace, mais l'armée avait affiné ces qualités innées pour en faire des atouts d'une redoutable efficacité. Ses dons lui avaient été très utiles au cours de sa carrière militaire et lui avaient permis plus d'une fois d'échapper à la mort. Mais dans la vie civile, ils se révélaient un fardeau. Au quotidien, entendre et identifier chaque bruit alentour ou savoir immédiatement que quelqu'un vous mentait, n'était pas toujours un avantage. Voilà pourquoi depuis son retour aux États-Unis et son départ de l'armée, il avait vite compris qu'il lui serait difficile de se reconvertir, d'exercer n'importe quel métier. Le sentiment d'être différent, en décalage, par rapport au reste de la population l'avait poussé à ouvrir cette société de sécurité privée. De plus, il se savait bon dans son domaine, peut-être même le meilleur. Wyatt décryptait facilement les gens et les protégeait avec efficacité.

En ce moment, par exemple, il devinait que Violet se demandait si elle pouvait lui faire confiance. La réponse était « oui » et il le lui prouverait avec le temps. Quant à sa manière de regarder en permanence la porte ouverte de la grange, elle lui indiquait que Violet se demandait si elle parviendrait à le distancer, en cas de fuite. La réponse était clairement « non ». Elle n'avait aucune chance de le battre à la course.

Wyatt orienta le faisceau lumineux vers le sol en terre battue.

— Qui l'a trouvée ?

— Ruth, répondit Violet. L'une de ses vieilles amies. Je l'ai croisée à l'hôpital, tout à l'heure. Ma grand-mère l'avait invitée à déjeuner mais n'a pas répondu quand elle a frappé à la porte. Ruth a fait le tour de la maison et s'est rendu compte que la grange était ouverte.

Wyatt réfléchit à ces nouvelles informations.

— Mme Ames s'est cassé la hanche et le poignet, m'avez-vous dit. Mais a-t-elle subi d'autres blessures qui pourraient expliquer ces pertes de sang ?

Violet pâlit.

— Elle est tombée sur la tête, répondit-elle. Ils ont dû lui poser une dizaine de points de suture.

Sans y penser, elle promena la main sur le haut de son crâne, là où une profonde entaille ornait celui de sa grand-mère.

Wyatt éteignit la lumière de la grange et remit son smartphone dans sa poche.

— Si votre grand-mère se trouvait sur l'échelle lorsqu'elle est tombée, elle ne se serait pas ouvert le haut du crâne. Logiquement, elle aurait plutôt dû se faire une plaie sur le côté, sur la tempe, non ?

Violet fronça les sourcils et réfléchit.

— Vous avez raison. Ce n'est pas cohérent.

— Sauf si elle avait basculé, tête la première, dans le vide, et en ce cas, elle n'aurait sans doute pas survécu.

Il retira le vieux stetson de son père et passa les doigts dans ses cheveux coupés court.

— Je suis persuadé qu'en réalité, Mme Ames s'est écroulée là-bas, poursuivit-il en montrant du doigt le point de départ d'un filet de sang. Quelqu'un l'a ensuite traînée jusqu'à l'échelle, espérant dans doute que celui ou celle qui la trouverait tirerait les mauvaises conclusions... ce qui s'est d'ailleurs passé.

— D'après vous, ma grand-mère n'est donc pas tombée de l'échelle ?

— Je ne le pense pas, non.

Le regard de Violet s'assombrit tandis qu'elle mesurait pleinement la portée de ses paroles.

— Elle vous avait embauché parce qu'elle estimait avoir besoin de protection.

— Oui, madame.

— Qui la menaçait ?

Il remit son chapeau bien-aimé sur sa tête.

— Je n'en ai aucune idée. Elle ne me l'avait pas dit.

— Croyez-vous que, quelle qu'elle soit, la personne qui la menaçait aurait pu faire ça ?

— C'est ce que j'ai l'intention de découvrir.

Violet regarda Wyatt saisir la vieille échelle de la grange, la secouer pour vérifier sa solidité avant d'y grimper jusqu'à l'ancien grenier. Elle n'avait jamais rencontré quelqu'un d'aussi grand et robuste que Wyatt. Le voir gravir les échelons lui rappelait une gravure tirée du conte *Jack et le Haricot magique*. Sa grand-mère avait fait preuve de sagesse en choisissant un homme de cette stature pour assurer sa protection. Indéniablement, il avait le physique de l'emploi. Sans doute avait-il été dans l'armée. Sa façon de se tenir bien droit, son regard scrutateur sans parler de sa coupe de cheveux très réglementaire prouvaient qu'il avait été militaire.

Elle avait remarqué des traits similaires chez le père de sa fille. Cela dit, ce dernier n'avait jamais montré la compassion qui teintait la voix de Wyatt lorsqu'il évoquait sa grand-mère. Le cœur de Violet se serra tandis que de douloureux souvenirs remontaient à sa mémoire. Elle avait été bien naïve d'accorder si facilement sa confiance à un homme qu'elle connaissait à peine, de lui ouvrir les bras et de lui offrir son cœur sans réfléchir. Et maintenant, elle savait où sa bêtise et son impulsivité l'avaient menée.

Comme Maggie se tortillait dans ses bras, Violet embrassa tendrement les boucles brunes de l'enfant. Avec douceur, elle posa la main sur son petit visage endormi pour la protéger des projections de poussières de paille qui tombaient du grenier. Si les relations qu'elle avait nouées avec le père de Maggie s'étaient soldées par un désastre, elle ne regrettait rien. Sa fille adorée était née de cette brève union. Voilà pourquoi, si tout était à refaire, elle repasserait sans hésiter par les mêmes épreuves pour avoir le bonheur d'élever Maggie.

Des odeurs de foin chatouillaient ses narines, déclenchant en elle un flot de nostalgie.

— Autrefois, je passais des heures dans ce grenier, dit-elle à Wyatt. Mon grand-père est mort quand j'étais au collège et ma grand-mère avait alors vendu les animaux de la ferme et vidé la grange. Pourtant, je continuais à y venir. Pour avoir l'impression d'être près de lui.

Au-dessus de sa tête, le plancher cessa de grincer. Wyatt s'était arrêté pour écouter.

— Qu'y avait-il ici, à cette époque ?

— Des bottes de foin et moi.

— Et que faisiez-vous ?

Elle sourit à l'ombre de la silhouette massive de Wyatt qui se reflétait sur le mur. Il avait dû rallumer la lampe torche de son smartphone.

— Je lisais. Je dévorais toutes sortes de livres et en particulier, des biographies. Elles me faisaient rêver. Je m'imaginais remporter un prix Nobel comme Marie Curie ou devenir pilote d'avion comme Amelia Earhart. Ou encore informaticienne de génie comme Margaret Hamilton, la créatrice du logiciel qui a permis à Apollo 11 de se rendre sur la lune.

— Et l'êtes-vous devenue ? demanda Wyatt.

Avec un petit rire, Violet recala Maggie contre sa hanche.

— Si je suis devenue pilote d'avion ou lauréate du prix Nobel ? Non. Je suis professeur d'anglais dans un collège.

Avec l'âge, Violet s'était rendu compte qu'elle aimait enseigner, transmettre ce qu'elle savait. Elle regrettait seulement que son grand-père n'ait pas vécu assez longtemps pour la voir avec sa classe, partager avec ses élèves les histoires qu'il lui racontait autrefois. Il aurait été si fier. Et il aurait adoré Maggie.

Wyatt revint vers l'échelle.

— On dirait que quelque chose d'assez grand a été stocké là-haut ou que quelqu'un y a fait de la place pour une raison quelconque.

— Comment ce quelque chose aurait-il pu arriver là-haut ? Ma grand-mère aurait été incapable de porter quoi que ce soit sur une échelle, surtout quelque chose de grand.

Et de toute façon, ils avaient établi qu'elle n'était pas tombée de l'échelle. Elle ne s'en était sans doute même jamais approchée.

Wyatt redescendit et lui tendit son smartphone.

— J'aimerais que vous jetiez un œil à ce qu'il y a là-haut.

Elle vit des bottes de foin éparpillées en tous sens.

— J'ai l'impression que quelqu'un a donné un coup de pied dans les bottes, dit Violet. Tout le sol est poussiéreux. L'espace serait plus propre si quelque chose y était resté longtemps.

Wyatt se gratta la nuque.

— Vous avez raison. J'aurais dû le remarquer.

Il se frotta les yeux.

— Je sais que vous avez eu une terrible journée et que vous n'êtes pas encore sûre de pouvoir me faire confiance mais m'autorisez-vous à me préparer un café ? J'ai encore pas mal de travail à faire avant d'aller me coucher et je suis fatigué. J'ai roulé toute la journée.

Pendant qu'elle attendait à l'extérieur, Violet avait eu le temps de consulter via son propre smartphone le site web de l'entreprise de Wyatt. L'adresse était écrite sur la carte de visite qu'il lui avait donnée. En plus des détails sur les différentes prestations proposées par l'agence, elle avait vu des photos de Wyatt et de ses associés. Sur certaines, il posait en uniforme de ranger, sur d'autres, en treillis. En tout cas, il semblait être ce qu'il prétendait être. Le cofondateur d'une entreprise de protection des personnes privée installée à Lexington.

— Quel genre de travail comptiez-vous effectuer, ce soir ?

Il enfonça les mains dans les poches de son jean.

— Je n'ai vu aucun signe d'effraction dans la maison et voilà pourquoi je voudrais remplacer sans attendre les serrures et les verrous, installer des détecteurs de mouvement et ajouter des chaînes sur les portes.

— Avez-vous vraiment besoin de faire tout ça, *maintenant* ? s'exclama Violet.

Pensait-il que l'intrus qu'elle avait croisé pourrait revenir ? Comme cette éventualité la traversait, un frisson la parcourut et elle étreignit Maggie plus fort.

— Précaution élémentaire, répondit-il. J'ai tout le matériel nécessaire dans mon camion et une copie du contrat de votre grand-mère si vous souhaitez y jeter un œil. Compte tenu des circonstances, je crois qu'elle m'autoriserait à vous le montrer.

Soudain, Violet eut la certitude qu'elle se sentirait mieux avec de nouvelles serrures et un ancien militaire sous son toit. De plus, il était près de 23 heures et Maggie se couchait d'habitude à 19 heures… pour se réveiller à l'aube. Si Violet ne regagnait pas très vite sa chambre, elle ne dormirait pas beaucoup.

Wyatt baissa la tête.

— Ça ne me dérange pas de passer la nuit dans mon véhicule et de commencer ma mission demain, si cela vous met plus à l'aise.

Vous avez traversé beaucoup d'épreuves, aujourd'hui. Quant à moi, ce mois-ci, j'ai dormi dans ce camion plus souvent que dans mon lit.

Violet esquissa un demi-sourire.

— Je vais commencer par poser les nouvelles serrures, ajouta Wyatt. Comme ça, vous serez tranquille.

Violet se mordilla les lèvres avec indécision.

— Pourquoi ma grand-mère vous a-t-elle choisi, vous ?

— Parce que je suis le meilleur.

Violet leva les yeux au ciel, heureuse de ses efforts manifestes pour alléger l'atmosphère. Après la journée qu'elle venait de passer, un trait d'humour ne faisait pas de mal.

— Le plus modeste aussi, dit-elle.

Wyatt coupa la lumière, les replongeant dans l'obscurité alors qu'ils retournaient à l'extérieur.

— Lorsque nous avons démarré notre activité, mes associés et moi avons fait de la publicité ciblée. Nous nous étions adressés aux groupes de femmes, via les cours de yoga, les églises et paroisses, et aux personnes âgées, via des associations... Le bouche-à-oreille a fait le reste. Notre réputation s'est répandue dans la région comme une traînée de poudre. Voilà comment Mme Ames m'a trouvé.

Violet plissa les yeux.

— Si je comprends bien, les femmes et les personnes âgées forment l'essentiel de votre clientèle.

Il hocha la tête.

— Statistiquement, elles sont les principales proies des criminels. Je ne voulais pas me contenter de jouer les gardes du corps pour les stars et les plus riches.

— Et aviez-vous l'intention de demeurer chez ma grand-mère pendant que vous seriez à River Gorge ?

— C'était prévu dans l'accord, en effet, répondit-il.

Ils repartirent vers la maison.

— Au départ, j'avais bloqué une semaine pour cette mission mais je peux rester plus longtemps, si nécessaire. Mme Ames m'avait dit qu'elle avait quelque chose à faire et voulait pouvoir agir sans avoir à regarder en permanence par-dessus son épaule. Elle m'avait chargé de surveiller ses arrières.

Il sourit à Violet avec une petite grimace.

— En principe, je devais me faire passer pour son neveu, venu de Lexington.

Violet se frotta les tempes. Cette couverture faisait de Wyatt un proche parent, quelqu'un de sa famille, ce qui ne collait pas avec les images qu'il faisait déjà naître dans son esprit. Des images totalement inappropriées, au demeurant.

Le rouge aux joues, elle détourna la tête.

En tout cas, faire appel aux services d'un garde du corps ne ressemblait pas à sa grand-mère. Mais comme elle ignorait tout des inquiétudes de cette dernière, elle ne pouvait que supputer. Seule certitude, il s'agissait certainement de quelque chose d'énorme pour que son aïeule, qui n'avait jamais été peureuse, ait eu une telle idée.

Comme ils arrivaient devant le porche, elle ralentit le pas et se tourna vers Wyatt.

— Serez-vous capable de prouver que sa chute n'était pas accidentelle ?

— J'ai l'intention de tout mettre en œuvre pour le démontrer.

— Et parviendrez-vous alors à identifier son agresseur ?

Il plongea les yeux dans les siens.

— Je ne quitterai pas la ville avant de l'avoir démasqué.

Violet toisa le géant qui lui faisait face. Il semblait honnête, sérieux, et sa grand-mère ne l'avait pas choisi par hasard. D'ailleurs, il inspirait tellement confiance qu'elle était allée jusqu'à lui proposer de séjourner chez elle pendant sa mission.

— D'accord, dit-elle, la joue contre les boucles soyeuses de Maggie. Vous pouvez rester dans la maison et vous n'aurez pas à dormir dans votre camion.

Elle gravit les marches du perron avant de se retourner.

— Je vais ouvrir le canapé-lit et préparer du café, ajouta-t-elle.

Wyatt se dirigea vers son camion pour y chercher ses affaires tandis que Violet montait installer un lit parapluie dans son ancienne chambre. Quelques instants plus tard, elle revint, un babyphone à la main. Elle sortit des draps et des couvertures d'un placard.

Wyatt s'activait déjà à changer les serrures des portes de la cuisine.

— Si vous m'aviez demandé de dormir dans mon camion, je ne vous l'aurais pas reproché, dit-il, sans interrompre son travail.

— Si j'avais préféré que vous passiez la nuit hors de la maison, je ne me serais pas souciée de votre réaction, répliqua-t-elle avec un sourire.

Si elle avait eu peur que Wyatt représente un danger quelconque pour Maggie, elle se serait moquée d'être mal jugée par lui.

Il lâcha un petit rire.

— Cela me semble normal.

Elle brancha la cafetière, la remplit d'eau et la démarra.

— Crème ou sucre ?

Il secoua la tête.

— Je le prends toujours noir, merci.

— Bien.

Après avoir apporté un café à son séduisant bricoleur, elle pivota sur elle-même. Les poings sur les hanches, elle se demanda par où commencer pour remédier au désordre laissé par l'intrus.

Elle décida de ranger et de nettoyer d'abord la cuisine.

— Avez-vous une idée de ce qui effrayait à ce point ma grand-mère lorsqu'elle vous a appelé ? demanda-t-elle.

— Eh bien...

Wyatt ferma la porte arrière et testa la serrure avant de poser un jeu de clés identiques sur le comptoir.

— Eh bien, non, malheureusement, répondit-il. Ça pourrait être n'importe quoi. Vous avait-elle semblé soucieuse, ces derniers temps ?

Violet rougit alors qu'elle tentait de se rappeler la dernière fois qu'elle avait parlé à sa grand-mère.

— Depuis la naissance de Maggie, nous ne nous téléphonons plus aussi souvent qu'avant. Il faut dire que je n'arrête jamais, je ne vois plus passer mes journées.

— Quel âge a votre fille ?

Violet se mordilla les lèvres, débattant sur la meilleure façon de lui parler de sa vie.

— Huit mois. Elle n'a pas dormi pendant les quatre premiers mois mais elle semble se rattraper, maintenant. Je ne vais pas m'en plaindre. Les mères célibataires ont le droit, elles aussi, de souffler de temps en temps, non ?

Les yeux bruns pénétrants de Wyatt se tournèrent dans sa direction, se posèrent sur sa main gauche.

— Vous n'êtes pas mariée ?

— Non. Je ne l'ai jamais été. Et vous ? lança-t-elle. Y a-t-il une Mme Stone qui vous attend quelque part ? Avec vos enfants ?

— Non, madame.

— Pourquoi non ?

Les mots s'échappèrent de ses lèvres avant qu'elle ne puisse les retenir. Là encore, cela valait sans doute mieux. S'il avouait ouvertement de gros défauts, peut-être cesserait-elle de rêver comme une collégienne, d'imaginer une alchimie, entre eux, les ingrédients d'un conte de fées.

Wyatt Stone était un total inconnu alors pourquoi se demandait-elle ce qu'elle éprouverait s'il mettait les mains sur ses hanches ou les glissait dans ses cheveux ? Elle était ridicule. Apprendre qu'il était coureur de jupons, joueur compulsif ou obsédé par son travail, par exemple, lui remettrait peut-être les idées en place

— Je crois que je ne suis pas un cadeau, répondit-il sans cesser d'activer son tournevis. Il paraît que je suis cynique, méfiant et opiniâtre.

Violet se mit à rire.

— Votre métier explique ces traits de caractère, je suppose.

— C'est sûr, dit-il en glissant la chaîne dans la fente. Ma personnalité exaspérait mes proches et pourtant, au combat, je me serais fait tuer pour eux. S'ils n'ont jamais réussi à me gérer, je ne vois pas qui d'autre s'y risquerait.

Violet ramassa un petit tas de verre brisé et le mit dans la poubelle.

— Combien de frères et sœurs avez-vous ?

— Ni frères ni sœurs. Je suis fils unique.

Wyatt fronça les sourcils par-dessus son épaule.

— Pardon. Je parlais de mes frères *d'armes*. Parfois j'oublie qu'ils ne sont pas de mon sang. En tout cas, nous formons indéniablement une famille. Sawyer, Jack, Cade et moi avons fondé Fortress Security environ deux ans après mon départ de l'armée. Nous avions tous essayé de nous réinsérer dans la vie civile mais cela n'a pas fonctionné. La vie militaire nous avait trop changés et nos compétences particulières ne semblaient utiles à personne.

Les mâchoires serrées, il rangea ses outils.

— Finalement, j'ai décidé d'ouvrir une entreprise qui nous permettrait de faire ce pour quoi nous avons été formés et entraînés. Protéger nos semblables.

— Dans quelle branche avez-vous servi ? demanda Violet.

— J'ai appartenu des années au corps des rangers.

Il sourit, incapable de dissimuler sa fierté.

— Sawyer et Jack l'étaient aussi. Nous nous sommes rencontrés à Fort Benning.

Violet se rapprocha, curieuse d'en apprendre davantage.

— Une entreprise dédiée à la sécurité des personnes et dirigée par d'anciens militaires ? Impressionnant.

— Cela en jette, non ? répondit-il en riant. Mais le frère de Sawyer, Cade, n'a jamais été à la hauteur, il faut bien le dire.

La gorge de Violet se serra. Il n'était pas question de généraliser, de mal juger tous les militaires sous prétexte que son ex-petit ami l'avait salement plaquée lorsqu'il avait appris sa grossesse. Mais une telle colère l'habitait encore qu'elle avait du mal à résister à la tentation.

— Tous les soldats ont des valeurs chevillées au corps, comme le courage et l'amour de la patrie, poursuivit Wyatt. Mais nous avons voulu que l'« honneur » soit également au centre de Fortress Security, de notre entreprise. Peu importe la façon dont il se décline.

Exactement.

Violet posa son balai pour ranger la salle à manger.

Wyatt Stone était peut-être très gentil, sexy en diable et indéniablement charmant, mais ses derniers mots l'avaient ramenée sur terre.

Les hommes comme Wyatt mettraient toujours la famille en dernier dans l'ordre de leurs priorités. Violet en avait fait l'amère expérience.

Et Maggie méritait mieux.

3

Violet se réveilla en sursaut. Le cœur serré, elle s'efforça d'oublier le monstre sans visage qui avait hanté ses cauchemars. Les rayons du soleil filtraient par la fenêtre de la chambre. Elle s'étira en bâillant. Les parfums de son enfance étaient partout. Ils imprégnaient les oreillers, les draps, flottaient entre les rideaux. Elle inspira avec délice ces fragrances florales avant de se tourner vers le lit de sa fille.

À sa vue, Maggie lâcha son petit pied qu'elle tétait avec application pour lui décocher un grand sourire édenté et lui tendre ses mains potelées.

Violet la prit dans ses bras et se recoucha avec elle pour un long câlin.

— Aujourd'hui, je suis sûre que tout ira mieux, lui promit-elle. Quand nous irons voir Grandma, les médecins nous diront qu'elle se rétablit, qu'elle va bientôt sortir du coma. Et bientôt, nous prendrons nos petits déjeuners avec elle et pas avec le cow-boy qui a passé la nuit sur le canapé.

Violet changea puis habilla le bébé avant d'enfiler un short en jean et un débardeur, cette journée de juillet s'annonçant caniculaire. Elle laissa tomber ses cheveux en voile jusqu'à sa taille au lieu de les nouer en queue-de-cheval. Elle tenta de se convaincre que si elle choisissait cette coiffure malgré la chaleur déjà très présente, le regard de Wyatt sur elle n'y était pour rien.

La façon dont il avait posé ses yeux bruns sur elle, la veille au soir, l'avait troublée, touchée. Il l'avait observée et écoutée comme s'il lisait dans ses pensées.

Vu les images inconvenantes avec lesquelles elle s'était endormie, avec lui dans le rôle principal, elle espérait se tromper sur les dons en matière de télépathie de Wyatt.

Violet tira le lit en bois pour l'éloigner de la porte. À la lumière du jour, avoir voulu se barricader semblait un peu excessif, voire ridicule. Cela dit, elle se savait capable de se tromper lourdement sur les hommes. Et lorsqu'elle était entrée dans cette chambre, la veille au soir, elle s'était demandé si elle n'avait pas commis une erreur en laissant Wyatt passer la nuit dans la maison.

Elle glissa Maggie dans une écharpe porte-bébé et descendit l'escalier à pas de loup. Elle ne voulait pas réveiller Wyatt. Il était un peu plus de 6 heures et c'était tôt pour quelqu'un qui avait besoin de caféine pour parvenir à garder les yeux ouverts après 22 heures.

Avant même d'avoir atteint les dernières marches, elle huma les délicieuses fragrances d'un café fraîchement moulu. Elle se hâta vers la cuisine. Wyatt était-il donc déjà debout ? Et avait-il eu le temps de préparer un café ?

Lorsqu'elle le découvrit, torse nu et lui tournant le dos, elle s'immobilisa un instant pour admirer ses épaules incroyablement larges et ses biceps tout aussi impressionnants.

— Avez-vous faim ? demanda-t-il sans se retourner.

Pour la deuxième fois, il semblait savoir comme par magie qu'elle était là.

Violet entra dans la cuisine.

— Je pensais que vous dormiez encore.

Wyatt secoua des œufs brouillés dans l'une des poêles en fonte de sa grand-mère et sourit par-dessus son épaule.

— J'aime courir avant l'aube. Regarder le lever de soleil. Me vider la tête avant de commencer une nouvelle journée.

Violet eut un petit rire.

— Vous êtes déjà sorti courir ?

Pour sa part, avant l'aube, elle n'aimait que dormir.

— Bien sûr. Un peu d'exercice, une bonne douche, un solide petit déjeuner et me voilà d'attaque. J'avais apporté des photos aériennes du coin qui pourraient m'être utiles, cette semaine. Elles m'ont aidé à faire le tour du domaine de votre grand-mère. Je ne voulais pas m'éloigner sans vous avoir prévenue que je sortais. Je ne savais pas trop quand Maggie se réveillerait.

Violet fut surprise qu'il se soit souvenu du prénom de sa fille. Elle ne le lui avait donné qu'une seule fois.

— Mme Ames a une belle propriété, poursuivit-il. Plus de cinquante hectares de champs. Une grande parcelle est cultivée à l'arrière. Visiblement, elle est louée à un fermier du coin. J'ai hésité à plonger dans le lac. En tout cas, l'endroit est magnifique, paisible. Et j'avoue avoir été impressionné par la roseraie.

Violet hocha la tête. La roseraie était la fierté de sa grand-mère. Chaque année ou presque, ses rosiers étaient primés par des experts jardiniers du Kentucky. Quant au lac, il avait longtemps été un lieu de prédilection de Violet, surtout en été. Il y avait toujours une petite brise sous les saules et si cela ne suffisait pas, les eaux ombragées se chargeaient de la rafraîchir.

Wyatt coupa le feu sous la poêle et glissa des œufs brouillés parfumés aux fines herbes dans une assiette. Il la posa sur la table de la cuisine, déjà dressée pour deux.

— Je me suis servi dans le frigo, dit-il avec une grimace d'excuse. J'espère que ça ne vous ennuie pas. Bien entendu, je remplacerai tout ce que j'ai pris lorsque je descendrai en ville. Mais je m'étais dit que vous auriez faim au réveil.

— Merci.

Il retourna près de ses fourneaux pour y prendre le bacon grillé.

— J'ai grandi dans un ranch, poursuivit-il. Et cette ferme me rappelle beaucoup la maison de mon enfance.

— Y avez-vous vécu des moments heureux ? demanda-t-elle.

— Chaque jour était un pur bonheur, répondit-il avec conviction.

Une serviette à carreaux rouges jetée sur une épaule, il apporta le bacon.

Incapable de s'en empêcher, Violet promena les yeux sur son torse musclé.

Il suivit son regard et grimaça, un peu gêné.

— Pardonnez-moi. À force de vivre seul, j'ai pris de mauvaises habitudes. Je vais mettre un T-shirt, ajouta-t-il avant de disparaître dans la pièce voisine. Commencez, ne m'attendez pas. C'est bon quand c'est chaud.

Quand il revint, Violet s'efforça de cacher sa déception. Elle le préférait torse nu.

— Qu'avez-vous prévu pour aujourd'hui ? demanda-t-elle, tout en installant sa fille sur la chaise haute.

Wyatt prit place en face de Maggie.

— Je vais descendre en ville, répondit-il.

Violet se dirigea vers le comptoir pour préparer un biberon. Elle fouilla l'un des sacs pour y retrouver la boîte de Cheerios, les céréales préférées de Maggie.

— Le petit déjeuner est servi, ma puce, dit-elle en attachant une serviette au cou de l'enfant. Que comptez-vous y faire ? reprit-elle.

— J'ai l'intention de parler aux gens, d'essayer de leur tirer les vers du nez, répondit-il. D'écouter ce qu'ils ont à dire sur votre grand-mère. Prêter une oreille aux rumeurs qui courent me mettra peut-être sur une piste.

Tout en sirotant son café, il sourit à Maggie.

La petite lui lança une céréale et le manqua. De beaucoup.

Violet alla se remplir un bol de café.

Maggie pourrait faire un effort, se dit-elle, contrariée.

Le cri de joie que poussa soudain la fillette la fit se retourner.

Alors que Maggie applaudissait en riant aux éclats, Wyatt découpait, l'air de rien, une tranche de bacon.

— Qu'avez-vous fait ? s'enquit Violet, heureuse de voir l'expression ravie de la petite.

Wyatt s'essuya les lèvres.

— Rien du tout. De quoi parlez-vous ?

— Pourquoi a-t-elle crié de joie ?

Wyatt jeta un coup d'œil innocent à l'enfant.

— Elle a crié de joie ?

Violet pencha la tête et plissa les yeux.

— Vous l'avez vue, forcément. Vous êtes assis en face d'elle.

Comme elle reportait son attention sur la cafetière, Maggie s'esclaffa de nouveau. Cette fois, Violet se retourna plus vite et surprit Wyatt en train de tirer la langue.

— Vous faites des grimaces à mon bébé ?

— Pas du tout.

— Je viens de vous voir lui tirer la langue, insista Violet, en faisant un effort pour ne pas sourire. Vous m'avez menti.

Wyatt se tourna vers Maggie.

— Rapporteuse. D'accord, Violet, j'avoue tout. Depuis que vous nous tournez le dos, j'ai montré à votre fille tout mon répertoire de grimaces.

Les yeux rivés sur lui, la fillette se balançait sur son siège. Elle souffla soudain sur ses céréales et les répandit partout.

— Oh ! non ! s'exclama Violet. Maggie !

Elle lui essuya le menton en riant.

— Je ne l'avais encore jamais vue faire ça.

Wyatt envoya un clin d'œil au bébé avant de reporter son attention sur Violet.

— Et vous, qu'avez-vous prévu, aujourd'hui ? demanda-t-il. Voulez-vous m'accompagner en ville avant que nous rendions visite à Mme Ames ou préférez-vous aller la voir de votre côté, d'abord ?

Les mots de Wyatt perturbèrent Violet. Elle le connaissait depuis moins de vingt-quatre heures et pourtant, elle avait soudain l'impression qu'ils formaient déjà un vieux couple.

Elle prit un moment pour analyser la situation.

Un homme aussi attentionné que séduisant lui avait préparé son petit déjeuner. Il avait fait rire sa fille... Pas de quoi fouetter un chat, en somme. Et pourtant, ces petits gestes sans conséquence lui avaient suffi pour broder une jolie romance, et imaginer des lendemains qui chantent, dignes des contes de fées de son enfance.

Il ne lui en avait pas fallu davantage pour se mettre à croire qu'ils formaient tous les trois une charmante petite famille.

Elle se sentit soudain d'une stupidité sans nom. Parce que Wyatt était le premier homme à faire preuve de gentillesse à son égard depuis la naissance de Maggie, elle commençait à délirer... Elle était vraiment pathétique. Wyatt se montrait simplement professionnel. Il était là pour effectuer une mission à la demande de sa grand-mère. Pas pour concrétiser les fantasmes de Violet.

Elle avait besoin de se ressaisir et très vite.

Discrètement, elle pressa une main sur son ventre, pour écraser les papillons qui y dansaient.

Elle répondit à la question :

— Non. Merci.

Elle ne pouvait pas se permettre de rêver. Ce ne serait juste ni pour Maggie ni pour elle. Qu'est-ce qui ne tournait pas rond dans sa tête ? Et depuis quand avait-elle envie à ce point d'un homme dans sa vie ? Elle n'avait besoin de personne. Elle s'en sortait très bien toute seule.

— Maggie et moi allons rendre visite à ma grand-mère de notre côté, dit-elle. Pendant ce temps-là, faites ce que vous avez à faire et nous nous retrouverons plus tard.

Violet se leva pour porter sa tasse et son assiette dans l'évier. Elle ferma un instant les paupières et s'ordonna de se calmer. Beaucoup de gens aimaient faire rire les bébés. Wyatt n'était pas le premier et ne serait pas le dernier à le faire. Elle ne devait pas commencer à interpréter un fait, somme toute anodin, y voir un sens qu'il n'avait pas.

De toute façon, elle rêvait d'une famille traditionnelle pour Maggie, avec une maman et un papa qui s'embrassaient pour un oui ou pour un non et se tenaient la main devant la télévision.

Wyatt n'avait pas le profil.

Elle rouvrit les yeux et se redressa avant de se retourner vers le duo qui continuait à faire des grimaces à table.

— Nous devons nous préparer à partir, dit-elle.

Wyatt inclina la tête de cette manière troublante, celle qui lui donnait l'impression qu'il voyait à travers elle.

— Êtes-vous sûre que vous ne préférez pas que je vienne avec vous ?

Elle enfonça les mains dans les poches arrière de son short.

— Sûre et certaine. Je suis tout à fait capable de me débrouiller et je ne veux pas vous empêcher de travailler. Plus tôt nous saurons ce qui est arrivé à ma grand-mère, mieux cela vaudra. Si elle est réveillée à mon arrivée à l'hôpital, je vous appellerai pour vous permettre de venir l'interroger en personne.

— D'accord.

Violet prit Maggie dans ses bras et la cala sur une hanche.

— À plus tard.

Au volant de sa petite berline jaune, Violet écoutait d'une oreille distraite le CD de comptines qu'elle avait glissé dans le lecteur pour bercer Maggie. Tout en conduisant, elle pensait à sa grand-mère et un regain d'inquiétude la tourmentait.

Le ciel était d'un bleu sans nuage, le soleil brillait au-dessus des collines alentour. La journée promettait d'être belle, le temps était idéal pour une balade en voiture.

Prendre ses distances avec le séduisant militaire qui gardait la maison de sa grand-mère lui ferait du bien. Elle se rappela l'arrivée de Wyatt à bord de son gros camion noir. Au premier regard, il l'avait impressionnée et pas uniquement parce qu'il était très grand et bien bâti. Mais quand il s'était tourné vers elle, qu'elle l'avait vu avec son chapeau de cow-boy et ses bottes, elle avait senti son cœur s'affoler dans sa poitrine.

— Idiote, marmonna-t-elle avant de jeter un coup d'œil au siège-auto sur la banquette arrière.

Maggie n'avait pas plus besoin d'un père que Violet d'un petit ami ou d'un mari.

Toutes deux se débrouillaient très bien toutes seules.

Un sourire aux lèvres, elle reporta son attention sur la route. Des affiches publicitaires s'agitaient sur les poteaux électriques qui défilaient. Elles invitaient les automobilistes à se rendre à la prochaine foire du comté.

Très vite, Violet se remit à penser à l'homme qui lui avait préparé son petit déjeuner. Ce genre d'attentions ne faisait sûrement pas partie de son contrat. Grimacer pour faire rire Maggie non plus.

Le ronronnement bruyant d'un moteur derrière elle la ramena au présent. Elle promena les yeux autour d'elle pour chercher l'origine de ce grondement intempestif.

Comme elle parvenait en haut d'une colline, elle contempla un instant la vue sur la vallée mais très vite, son regard se posa sur son rétroviseur.

Un véhicule bleu et blanc tout cabossé rugissait derrière elle. On aurait dit une de ces épaves, bonnes pour la casse, réservées aux derbys durant lesquels les concurrents heurtaient volontairement leurs vieilles bagnoles pour les détruire. Violet n'avait jamais compris l'engouement de certains pour ce prétendu sport.

En tout cas, vu l'état de cette voiture et l'agressivité de son conducteur, elle se demanda non sans inquiétude s'il se croyait sur un circuit de derby.

Elle leva le pied de l'accélérateur pour le laisser passer. Elle roulait déjà à cinquante kilomètres-heure, au-delà des limites autorisées, et la pente était raide.

Mais au lieu de la doubler, le fou au volant de son bolide se rapprocha encore au point de coller son pare-chocs. Et il se mit à klaxonner.

Il avait manifestement le doigt collé sur son avertisseur. Le bruit était insupportable et, exaspérée, Violet descendit sa vitre pour sortir sa main et lui faire signe de passer.

Il ne le fit pas.

Au contraire, il fit rugir son moteur de plus belle et se rapprocha encore. Elle voyait ses phares avant dans son rétroviseur.

Perturbée par le bruit, Maggie commença à pleurer.

Violet changea de tactique et accéléra, déterminée à prendre le large.

Peut-être parviendrait-elle à le décourager. Ou mieux, à le décider à la dépasser une bonne fois pour toutes. En tout cas, elle l'espérait.

Avec une profonde inspiration, elle se concentra sur l'étroite route qui serpentait devant elle.

La vieille guimbarde se laissa distancer un moment avant d'accélérer de nouveau et de la rattraper pour heurter son pare-chocs arrière.

Terrifiée, Violet serrait si fort son volant que ses jointures en blanchirent. Elle se demandait avec une angoisse croissante ce que comptait faire ce psychopathe.

Une série de virages s'annonçait, certains en épingle à cheveux, et Violet comprit qu'elle devait ralentir pour les négocier en sécurité. Ou mieux, s'arrêter. Mais le fou furieux derrière elle ne le permettait pas.

Elle prit soudain conscience qu'à la vitesse à laquelle elle roulait, elle allait peut-être mourir. Le type à ses trousses attendait sans doute la première occasion pour l'envoyer dans le décor. Elle ferait alors plusieurs tonneaux avec Maggie attachée sur le siège arrière.

Les cris désespérés de l'enfant derrière elle lui déchiraient le cœur. La peur le disputait au regret dans son esprit. Elles étaient piégées.

Elle regarda avec horreur la guimbarde reculer une dernière fois avant d'accélérer pour l'emboutir avec force.

Sa petite berline s'écarta du bord de la route quelques instants et dérapa sur le bas-côté.

Elle comprit, affolée, qu'elle allait basculer dans le ravin.

Par miracle, elle aperçut alors sur sa droite l'entrée d'un petit parking désert, celui d'une chapelle perdue au milieu des collines. Elle s'y engouffra.

Son poursuivant passa en trombe et continua sa course folle.

Violet s'arrêta, coupa le moteur et sortit de l'habitacle. Elle tremblait de tous ses membres. Elle libéra Maggie de son siège-auto et s'avança, l'enfant dans les bras, vers les marches de l'église. Elle s'y laissa tomber et, le visage dans ses mains, explosa en sanglots tout en embrassant sa fille.

Si quelqu'un la voyait, il penserait qu'elle avait perdu la raison.

Peut-être était-ce le cas, d'ailleurs.

Mais toutes deux avaient surtout failli perdre la vie.

4

sy les as de vie et le visage dans les mains, sanglote en silenci
au en caressant la fille.

orque quelqu'un voyait le garçon, que celui-ci avait perdu l'usage
jeux et qu'il « voyait » avec ses doigts.

Mlle Jones demeura silencieuse un instant tandis que Wyatt

Wyatt sortit du bar. Ébloui par la lumière du soleil, il plissa les yeux et rabattit son stetson sur son visage. Son passage au café local s'était avéré inutile. Après avoir commandé un thé glacé, il avait posé quelques questions sur Mme Ames au patron et aux clients accoudés au comptoir. Personne ne lui avait répondu. Ils l'avaient tous ignoré de façon ostensible. Par expérience, Wyatt savait que les habitants des petites villes ne se livraient pas facilement aux inconnus mais en général, il parvenait à amadouer au moins les hommes lorsque ceux-ci se retrouvaient pour boire un verre. Les bars étaient l'équivalent masculin des salons de coiffure pour colporter ragots et rumeurs.

Sauf ici. Les types qui sirotaient leur bière n'avaient pas desserré les dents.

Il s'était heurté au même silence dans tous les autres endroits de la ville où il s'était arrêté, du restaurant du coin à la quincaillerie, en passant par le garagiste. Personne ne savait rien, personne n'avait rien à dire sur Mme Ames.

Devant leur manque de coopération manifeste, il comprit qu'il ne servait à rien d'insister et il sortit du bar. Une fois dans la rue, il joua un moment avec son porte-clés, se demandant où se rendre ensuite.

Avant qu'il n'ait eu le temps d'en décider, une voiture de patrouille se gara non loin de lui. Les gyrophares étaient allumés mais pas la sirène. Le type qui en sortit avait la cinquantaine, de larges épaules et une étoile sur la poitrine.

Wyatt effleura son chapeau et s'écarta pour lui permettre de passer sur l'étroit trottoir. Il se demanda ce qui l'avait poussé à activer ses gyrophares.

Il attendit un instant pour voir où irait le shérif. Se pouvait-il qu'un habitant du quartier ait été victime d'un accident, comme Mme Ames ? Les clients du bar s'étaient-ils brusquement lancés dans une bagarre générale après son départ ?

À sa grande surprise, l'homme s'arrêta devant lui, une main posée sur la crosse de son arme.

— C'est vous le gars qui dérange les gens en les bombardant de questions ?

D'abord surpris qu'il s'adresse à lui, Wyatt se retourna mais il n'y avait personne derrière lui. C'était bien à lui que parlait le shérif.

— Je ne pense pas, monsieur, répondit-il. J'ai fait un tour dans la ville, j'y ai croisé plusieurs personnes avec qui j'ai échangé aimablement. Voilà tout.

Son interlocuteur le considéra d'un long regard.

— D'où venez-vous ?

— De Lexington.

Agacé, Wyatt lança à son tour :

— Êtes-vous représentant des forces de l'ordre depuis longtemps ?

— Depuis un certain temps, oui.

Wyatt sourit.

— Quelqu'un s'est plaint de mon comportement ?

Dans ce cas, il aurait aimé savoir de qui il s'agissait mais le shérif ne le lui dirait certainement pas. Dommage, parce que celui qui avait porté plainte avait peut-être quelque chose à cacher. Un récent cambriolage par exemple, ou l'agression d'une vieille dame.

— Est-ce que se montrer amical est considéré comme un crime par ici ?

Certes, Wyatt avait abordé une dizaine d'habitants de River Gorge mais il avait veillé à ne pas évoquer des sujets trop sensibles et à

459

ne pas insister quand il n'obtenait pas de réponses. Il s'était borné à demander si quelqu'un connaissait Mme Ames, avait entendu parler de sa chute ou était susceptible de lui indiquer un bon serrurier pour changer les serrures après un cambriolage. Certes, il s'en était déjà chargé lui-même mais il espérait ainsi tâter le terrain, décrypter les réactions, voir qui était choqué d'apprendre qu'un délit avait eu lieu dans le coin, et qui le savait déjà. Mais personne ne lui avait prêté la moindre attention.

Le shérif grimaça. Son expression était fermée, agressive et tout sauf accueillante.

— Qu'est-ce qui vous amène à River Gorge ?

— Je suis en visite, je suis venu voir quelqu'un, répondit Wyatt.

— Et qui ?

— Gladys Ames. La connaissez-vous ?

— Je connais tout le monde dans mon comté, mais vous, je ne vous avais jamais vu. Êtes-vous de la famille de Gladys Ames ?

— Pas exactement. Mme Ames est la grand-mère de ma petite amie, improvisa-t-il. Je suis venu à sa demande. Il semble que la maison de son aïeule ait été cambriolée, hier soir. Violet vous avait appelé pour le signaler, non ?

Une pointe de culpabilité tortura Wyatt. Il avait sans doute eu tort de raconter que Violet était sa petite amie. Cela dit, il n'avait pas l'intention de dire au shérif qui il était et encore moins ce qu'il était venu faire à River Gorge. D'autant plus que Mme Ames avait fait appel à lui pour enquêter... sur le shérif. Si ce dernier n'avait rien à se reprocher, pourquoi Gladys Ames ne s'était-elle pas adressée directement à lui au lieu de solliciter les services de Fortress Security ? Se faire passer pour le petit ami de Violet n'était pas une mauvaise idée et paraissait plus crédible que de prétendre être le neveu de la vieille dame.

Le shérif le dévisagea d'un air suspicieux.

— C'est marrant. Quand j'ai discuté avec Violet, hier soir, elle ne m'a rien dit à propos de votre venue. Elle n'avait pas l'air au courant.

— Elle ne l'étais pas, ce n'était pas prévu. Mais lorsqu'elle m'a appris qu'elle avait été agressée chez sa grand-mère, je suis venu immédiatement. Me reprochez-vous de vouloir la protéger ?

Il se redressa de toute sa hauteur et serra les mâchoires pour rappeler au shérif Masterson que, s'il arborait l'étoile, Wyatt était là, lui, pour protéger Violet et Maggie. Quiconque leur chercherait des ennuis devrait passer par lui et jusqu'ici, personne ne s'y était encore risqué.

— Avez-vous des pistes à propos du cambriolage ? reprit-il. Cette histoire semble bien étrange, non ? Pourquoi pénétrer par effraction dans la maison d'une vieille dame pour ne rien emporter ? De plus, sa petite pension de veuve est modeste. Qu'y avait-il à dérober chez elle ? Et comme par hasard, ce soi-disant cambriolage a eu lieu le jour même où la pauvre est tombée d'une échelle. En tant que shérif, vous devez vous interroger, non ?

— Les crimes se produisent partout, vous savez. J'enquête évidemment sur ce cambriolage mais les chutes de vieilles dames sont malheureusement fréquentes.

Du regard, il examina Wyatt de la tête aux pieds, s'attarda sur sa veste, ses hanches et ses chevilles.

Ce dernier décida d'être direct :

— Vous vous demandez si je porte une arme ?

S'il pensait le gêner, il se trompait lourdement. Wyatt était titulaire d'une autorisation de port d'armes en règle et s'entraînait certainement plus souvent au tir que lui.

— Avez-vous été militaire ? s'enquit Masterson.

— Chez les rangers.

Le shérif opina avec un rictus ironique.

— Violet est au courant ? lança-t-il, se moquant ouvertement de Wyatt.

De quoi devait-elle être au courant ? Du fait qu'il avait été dans l'armée ? Ou qu'il était soi-disant son copain ? s'interrogea Wyatt.

Sur ces entrefaites, deux femmes en jogging apparurent. Elles sortaient visiblement du parc voisin. L'une d'elles – une grande blonde – riva les yeux sur Wyatt, un sourire timide sur les lèvres.

Wyatt lui rendit son sourire.

Le shérif Masterson effleura le bord de son chapeau et lança aux nouvelles venues :

— Bonjour Maisey, Jenna.

Les deux amies s'arrêtèrent, souriant toujours à Wyatt. La blonde le reluquait carrément.

Elle lui tendit la main.

— Jenna Jones, dit-elle. Je ne crois pas que nous ayons été présentés.

— Ravi de faire votre connaissance, répondit Wyatt. Je demandais au shérif s'il avait du nouveau à propos de Mme Ames. Comme vous le savez peut-être, elle est tombée hier d'une échelle et alors qu'elle était à l'hôpital, sa maison a été cambriolée. Ce n'était vraiment pas son jour de chance.

— Nous l'ignorions, répondirent les deux femmes, visiblement abasourdies.

Jenna, qui n'avait pas lâché la main de Wyatt, resserra son étreinte.

— Mme Ames est la femme la plus gentille que je connaisse. Comment va-t-elle ? Personne ne m'avait parlé de sa chute.

La rousse se tourna vers le shérif.

— Quelqu'un est donc entré par effraction chez elle ? Pourquoi faire une chose pareille ? Avez-vous un suspect ?

Wyatt comprit qu'il avait mal ciblé ses visites dans la ville. En général, les hommes lui parlaient facilement. Il brisait la glace avec des sujets classiques comme le sport, les voitures ou les combats militaires avant de les pousser à se confier sur ce qu'il avait vraiment envie de savoir. Mais ici, tout était manifestement différent. Sans doute aurait-il dû faire un peu de jogging.

Comme Masterson restait silencieux, la dénommée Jenna insista.

— Qu'attends-tu pour répondre ? Et surtout pour trouver le coupable ?

Le ton était dur et familier. Sans doute étaient-ils d'anciens amants ou, en tout cas, avaient-ils partagé une relation qui s'était mal terminée. Jenna avait l'air de vouloir frapper le shérif au visage et Wyatt se demanda si elle allait le faire.

Masterson renifla.

— Je mène l'enquête...

— Eh bien, quand tu en auras fini avec ces investigations, dit-elle, peut-être serait-il utile de passer un peu de temps sur les routes, de contrôler les automobilistes. Nous venons de voir une véritable épave heurter sciemment une berline près de Devil's Curve. Quand vas-tu te décider à agir pour empêcher les crétins de prendre les routes du comté pour un circuit de derby ?

Le cœur de Wyatt cessa de battre.

— Quel genre de berline ? s'enquit-il.

— Petite, répondit la rousse. Et jaune, si ma mémoire est bonne.

Wyatt les salua rapidement et s'éloigna en vitesse vers son camion garé plus bas dans la rue. Il se ravisa soudain et revint sur ses pas pour demander aux joggeuses :

— Savez-vous si quelqu'un a été blessé ?

Il avait déjà tiré son téléphone de sa poche pour composer le numéro de Violet.

— Je ne pense pas, répondit Jenna. La voiture jaune s'est réfugiée sur le parking de l'église à temps. Une femme en est sortie. Elle avait l'air d'avoir survécu. Le chauffard au volant de la vieille guimbarde a continué sa route. Nous étions sur la colline, sur un sentier de randonnée, et il n'était pas facile de voir la scène de là-haut mais les coups de klaxon incessants et les rugissements de moteur nous avaient alertées.

Wyatt serra les poings.

— Quand était-ce ?

— Il y a peut-être une heure.

— Merci, dit-il, avant de partir en courant.

Son téléphone collé à l'oreille, il appela Violet.

Décrochez. Décrochez.

Quand il tomba sur sa messagerie vocale, il lui demanda de le rappeler. Il priait pour que Violet et sa petite fille aillent bien. Il se reprochait de les avoir laissées partir seules alors que tous ses instincts lui soufflaient qu'elles étaient en danger. L'histoire dans laquelle Mme Ames était embarquée n'était pas terminée, loin de là. Il aurait dû les accompagner, les protéger.

Cela ne se reproduira plus, se promit-il.

Il ouvrit sa portière et s'installa au volant. Tout en démarrant, il rappela Violet mais une fois de plus, il atterrit directement sur sa boîte vocale.

Encore tétanisée par la peur, Violet tenait à peine sur ses jambes quand elle sortit de l'ascenseur de l'hôpital et remonta le long couloir vers le poste d'infirmières. Maggie dormait dans ses bras, épuisée à force de pleurer, après l'incident avec le chauffard. Lorsqu'elle parvint finalement au bureau, les membres du personnel soignant étaient tous occupés. Personne n'avait de temps à lui consacrer. La veille, quand Violet était arrivée, sa cousine Tanya était de service. Violet attendit un long moment, scrutant l'étage à la recherche d'une personne disponible mais elle renonça vite à attendre. Elle voulait voir sa grand-mère sans tarder. Elle repasserait au bureau des infirmières lorsqu'il y aurait moins de monde.

Avant même d'atteindre la chambre, elle entendit du bruit à l'intérieur et son cœur s'accéléra.

— Grandma ?

Comme elle poussait la porte, elle se pétrifia en reconnaissant la femme âgée qui était assise au chevet de la blessée.

— Bonjour, Violet, dit Ruth. Entre.

Ruth, l'amie de sa grand-mère, avait étalé des cartes sur le lit. Apparemment, elle avait commencé une réussite sur les couvertures.

— Il n'y a aucun changement, dit Ruth. L'état de Gladys est stationnaire.

Trop d'années au soleil avaient tanné ses joues. Ses cheveux tirés en un chignon sévère mettaient en valeur ses petits yeux verts. Elle esquissa une grimace dépitée à la vue de ses cartes et en tira trois autres.

Violet prit une chaise et s'installa près de sa grand-mère. Elle posa la main sur la sienne. Des machines bipaient autour d'elles, enregistrant le rythme cardiaque, la tension et les niveaux d'oxygénation de la malheureuse. Une perfusion était plantée dans son bras, distillant quelque chose dans ses veines.

Soulevée par une vague de désespoir, Violet s'efforça de reprendre pied. Certes sa grand-mère semblait très mal en point, mais elle était en vie. Et elle avait toujours été une battante. Elle allait s'en sortir.

— Qu'a dit le médecin ?

— Je n'ai vu que Tanya, répondit Ruth. Elle vient toutes les heures environ pour constater que son état est stable.

Ruth cessa de s'intéresser à ses cartes et croisa les jambes. Une vie de dur labeur à River Gorge avait donné à sa peau l'aspect du cuir.

— Pas de nouvelles, bonnes nouvelles, conclut-elle.

Violet ne partageait pas cet optimisme. Ne pas savoir était angoissant. Maggie dans les bras, elle mêla ses doigts à ceux de sa grand-mère.

— Tanya était ici hier quand nous sommes arrivées de Winchester.

— C'est une bonne fille.

Une pointe de culpabilité tortura Violet. Tanya et elle avaient le même âge, vingt-six ans. Mais contrairement à sa cousine, Violet n'était pas restée dans la région pour soutenir sa grand-mère. Un beau jour, elle était partie pour l'université mais elle n'était pas retournée à River Gorge après avoir décroché son diplôme. Pour tout dire, elle n'était pas souvent venue la voir au cours des deux dernières années. Elle aurait au moins dû passer la nuit dernière avec elle à l'hôpital…

Elle posa la joue contre la tête de Maggie. Non, elle n'aurait pas pu rester à son chevet. La nuit dernière, elle n'avait cessé de se ronger les sangs, de craindre un deuxième cambriolage et d'imaginer ce que le cow-boy embauché par sa grand-mère ferait subir à un éventuel intrus.

465

Sa gorge se serra au souvenir du cambrioleur qui avait pris la fuite à son arrivée. Il s'était jeté sur elle, l'avait prise par les épaules et envoyée au tapis. Quand elle avait fait sa toilette, elle s'était aperçue qu'elle était couverte d'ecchymoses. Une dizaine d'heures plus tard, une voiture avait voulu l'envoyer dans le décor. Il ne s'agissait certainement pas d'une coïncidence, d'un hasard.

Comme elle reportait son attention sur la tête bandée de sa grand-mère, elle se remémora les événements récents la concernant. Une chute qui avait failli être fatale, un cambriolage, une course-poursuite menée par un psychopathe, l'embauche d'un agent de sécurité privé... Et la liste ne cessait de s'allonger. D'ailleurs, Violet devait contacter au plus vite le bureau du shérif local pour signaler l'agressivité incompréhensible de ce type au volant de sa vieille voiture. Il ne serait sans doute jamais identifié mais elle devait néanmoins porter plainte. Elle avait envisagé d'appeler la police depuis le parking de l'église, mais elle était trop secouée pour le faire et, de toute façon, le véhicule en question avait disparu depuis longtemps.

Le chauffard était-il l'homme qui s'était introduit chez sa grand-mère ?

— Ruth, commença Violet. Quand vous avez trouvé ma grand-mère hier, la porte de la maison était-elle ouverte ? Entrouverte, peut-être ?

— Non, répondit Ruth en secouant la tête pour donner plus de poids au mot. J'ai frappé, sonné. La porte était bien fermée. Pourquoi ?

— Êtes-vous entrée ?

— Bien sûr, répondit-elle. La maison n'était pas verrouillée. Elle l'est rarement. Je suis entrée, je l'ai appelée, mais Gladys n'était pas là. J'ai pensé qu'elle était descendue au jardin pour couper quelques roses. J'ai alors remarqué que la grange était ouverte.

— Et vous l'avez trouvée...

Les yeux de Ruth se remplirent de larmes au souvenir de son amie étendue par terre dans une mare de sang.

— Oui, exactement.

— Savez-vous ce qu'elle faisait dans la grange ? Y gardait-elle quelque chose ?

— Pas que je sache. Pourquoi ? ajouta Ruth. Pourquoi toutes ces questions ? Il s'est passé quelque chose d'autre ?

Violet se demanda ce qu'elle pouvait lui raconter. Tant qu'elle ignorait la raison pour laquelle sa grand-mère avait embauché un garde du corps, il était sans doute dangereux de trop en dire. D'un autre côté, elle était certaine que Ruth était une amie. Elle et sa grand-mère se connaissaient depuis plus d'un demi-siècle.

— Sa maison a été cambriolée, hier soir.

— Quoi ? s'exclama Ruth, horrifiée. Décidément ! Qu'ont pris les voleurs ?

Violet haussa les épaules.

— Je ne sais pas. Rien, apparemment, mais je n'étais pas revenue ici depuis un certain temps.

En vérité, elle n'était passée qu'une fois depuis la naissance de Maggie. Depuis huit mois, sa vie se résumait à s'occuper de son bébé et à essayer de grappiller quelques heures de sommeil. Entre les biberons et les poussées dentaires, ses nuits étaient trop courtes. Elle était épuisée.

— Un cambriolage, répéta Ruth, abasourdie.

— Comment allait ma grand-mère, ces derniers temps ? reprit Violet. Elle avait l'air d'aller bien ou elle paraissait préoccupée ?

Ruth fronça les sourcils et considéra le visage livide de sa vieille amie.

— Elle me semblait soucieuse et distraite. Je pensais qu'elle s'inquiétait pour Mary Alice.

— Pourquoi ? Quel est le problème avec Mary Alice ? s'enquit Violet.

Comme Ruth, Mary Alice était une amie de longue date de sa grand-mère. Toutes deux l'avaient soutenue quand sa fille, la mère de Violet, était partie et lorsque son mari était mort et qu'elle avait dû élever seule sa petite-fille...

— Est-elle…, commença Violet. Mary Alice est-elle…

Y avait-il une bonne façon de poser cette question ?

Ruth secoua la tête.

— Mary Alice n'est pas morte, si c'est ce que tu allais demander, dit-elle. Mais elle souffre depuis quelques années de la maladie d'Alzheimer. Et les symptômes ont empiré, dernièrement. Elle perd de plus en plus la tête, son état se dégrade et la situation est de plus en plus difficile à gérer pour la famille Masterson. Voir les ravages de cette maladie est très douloureux pour ses proches, y compris pour ta grand-mère. Ils sont tous terrassés.

Violet ne connaissait pas bien la famille de Mary Alice. Son mari avait été shérif quand Violet était jeune et son fils avait pris la relève, à présent.

— Et vous ? demanda Violet.

Ruth eut un sourire triste.

— Quelqu'un doit tenir le coup.

Tanya, un grand sourire aux lèvres, passa la tête par la porte ouverte de la chambre et frappa le mur.

Violet se leva.

— Tanya !

Elle embrassa sa cousine avec chaleur, en faisant attention à ne pas réveiller Maggie qui dormait dans ses bras.

— As-tu des nouvelles à nous communiquer ?

— D'après le Dr Shay, tout va bien et il faut seulement nous armer de patience. Notre grand-mère se réveillera quand elle sera prête à le faire. Il faut attendre. Elle aura peut-être besoin de temps pour se remettre d'un accident comme celui-ci. Et toi, comment vas-tu ? Et ta petite princesse ?

Violet caressa le dos de Maggie endormie qui sourit dans son sommeil.

— Très bien.

— Tant mieux. Je passerai la voir aussi souvent que possible et je vous tiendrai au courant de l'évolution de son état. Notre grand-mère est coriace, Violet, dit-elle. Elle va s'en tirer, je lui fais confiance.

Violet hocha la tête. Elle serait là pour aider sa grand-mère à chaque étape de sa convalescence. En attendant, elle cohabiterait avec l'ancien ranger reconverti en garde du corps. Avec Wyatt, elle serait en sécurité, elle en était certaine.

Bien sûr, passer trop de temps avec un homme aussi attentionné et sexy que Wyatt Stone risquait de lui poser quelques problèmes. Il lui fallait surtout apprendre très vite à cesser de prendre ses désirs pour des réalités.

5

Lorsqu'elle entendit rugir un moteur dans la cour, Violet se pétrifia. Depuis sa rencontre avec le chauffard, ce matin, elle se sentait nerveuse. Dès qu'elle était rentrée, elle avait appelé le bureau du shérif. La femme qui lui avait répondu avait promis d'envoyer un adjoint pour prendre sa déposition. Mais aux yeux du shérif, il ne s'agissait sans doute pas d'une urgence.

Le cœur battant, elle s'approcha de la fenêtre pour regarder qui arrivait. Maggie dormait dans son petit lit mais Violet se sentait capable de s'enfuir avec elle sur-le-champ, si la situation l'exigeait. Elle écarta le rideau d'une main tremblante, se reprochant une fois de plus de ne pas avoir accepté la proposition de Wyatt, de passer la journée avec lui.

À la vue de son camion garé devant le porche, elle poussa un soupir de soulagement. Il gravit les marches du perron à la hâte.

L'inquiétude peinte sur ses traits raviva sa nervosité. Si Wyatt Stone était anxieux, il y avait tout lieu de s'angoisser.

— Que se passe-t-il ? demanda-t-elle, la gorge serrée, quand il ouvrit la porte.

Il riva les yeux aux siens.

— Vous allez bien, Dieu merci. Quelqu'un m'a dit qu'une voiture dont la description correspondait à la vôtre avait été poussée hors de la route par un chauffard, ce matin. J'étais sûr qu'il s'agissait de vous. J'ai essayé dix fois de vous appeler mais vous ne répondiez pas.

Il promena les yeux sur son visage.

— Vous avez eu peur. Je le vois à vos joues rouges, à votre essoufflement. C'était bien vous au volant de cette voiture, non ?

Une vague d'émotion balaya soudain Violet.

— J'ai appelé la police en rentrant. Et quand j'ai entendu un véhicule entrer dans la cour, j'ai paniqué tout à coup. J'ai imaginé que le fou furieux, non content d'avoir tenté de m'envoyer dans le décor, revenait finir le travail. C'est ridicule. Et je suis désolée de ne pas avoir pris vos appels.

— Vous devez enregistrer mon numéro sur votre portable. Si j'ai besoin de vous joindre, il est indispensable que vous répondiez.

Violet hocha la tête.

— Bien sûr. À l'avenir, j'y veillerai. Comptez sur moi.

— Avez-vous reconnu le conducteur ou noté les numéros de la plaque d'immatriculation ?

— Sa voiture n'avait pas de plaque et il m'était impossible de voir le type à travers les vitres teintées. Il m'a terrifiée, j'avoue. Il a surgi derrière moi, venant de nulle part, poursuivit-elle. Il ne cessait de klaxonner en cognant mon pare-chocs. Le bruit était assourdissant. Maggie hurlait. J'ai cru que nous allions mourir, toutes les deux.

Wyatt s'approcha et lui ouvrit les bras. Il lui proposait un moment de réconfort tout en lui laissant la liberté de l'accepter ou de le refuser. Violet hésita. D'un côté, elle n'avait pas envie de sangloter sur l'épaule d'un inconnu. Mais d'un autre, elle avait vraiment besoin d'un peu de chaleur humaine. De toute façon, une fois que cette histoire serait terminée, elle ne le reverrait jamais. Alors...

Elle se blottit contre son torse musclé et enroula les bras autour de sa taille. Sous son oreille, elle entendait son cœur battre à grands coups. Wyatt sentait le savon, une odeur qu'elle trouva rassurante.

Il l'étreignit plus fort.

— Ça va aller, dit-il. Tout ira bien.

— Je vous remercie. D'être ici. D'être venu aider ma grand-mère et d'être resté. Je ne sais pas ce que je ferais sans vous, toute seule dans cette maison. Je me demande s'il vaut mieux demeurer ici ou partir. Si je retourne chez moi, que va-t-il arriver à ma grand-mère ? Si je reste, que risque Maggie ?

— Je vous protégerai toutes les trois, Mme Ames, votre fille et vous, répondit-il. Faites-moi confiance. Et quand j'aurai découvert qui est derrière toute cette violence, je lui ferai regretter de s'en être pris à vous, croyez-moi.

Violet frissonna. Les mots étaient prononcés avec calme, sans aucune colère. Pourtant, elle sentit qu'il ne s'agissait pas de paroles en l'air.

— Merci, dit-elle avec sincérité.

Le hurlement d'une sirène de police la fit se redresser.

Mais comme elle tentait de s'écarter pour courir de nouveau à la fenêtre, Wyatt la retint.

— Attendez, dit-il. Je dois vous avouer quelque chose… J'ai raconté au shérif que vous étiez ma petite amie. Et maintenant, si cela ne vous ennuie pas, j'aimerais que vous fassiez semblant de l'être…

Violet l'observa avec curiosité.

— Pourquoi lui avoir dit ça ?

Avait-il réellement envisagé cette éventualité ?

— Je suis tombé sur lui en ville et il m'a fait subir un interrogatoire en règle, répondit-il. Il voulait savoir ce que j'étais venu faire ici. Je n'avais pas l'intention de lui parler de mes activités réelles et encore moins, de ma mission actuelle.

Il ne s'agissait pas d'elle, comprit Violet. Il avait eu besoin d'une couverture et avait saisi la première idée qui lui était venue à l'esprit. En réalité, il n'avait aucune envie d'être son petit ami. Évidemment pas. Il fallait vraiment qu'elle sorte de ce fantasme ridicule. De surcroît, elle était bien placée pour savoir que lorsqu'un homme débarquait quelque part pour jouer les sauveurs, il était toujours parti le lendemain au petit jour.

Elle vit par la fenêtre l'adjoint sortir de sa voiture de patrouille et elle se tourna vers Wyatt.

— D'accord, dit-elle. Et pour être crédibles, mieux vaut nous tutoyer.

— Bien sûr, vous avez raison. *Tu* as raison ! Je pensais te le proposer, de toute façon.

Lorsqu'ils lui ouvrirent, l'adjoint effleura d'une main son chapeau.

— Mademoiselle Ames ?

— Merci d'être venu si vite, répondit-elle en lui tendant la main. Laissez-moi vous présenter Wyatt Stone, mon copain, ajouta-t-elle en s'efforçant de ne pas rougir.

Wyatt serra la main de l'adjoint avec assurance.

— Bonjour !

— Je suis l'adjoint Santos. J'ai appris que vous aviez été victime d'un incident sur la route et je suis venu faire un rapport à ce sujet. Étiez-vous tous les deux dans la voiture quand ce chauffard s'est attaqué à vous ?

— Non, répondit Violet. J'étais seule avec mon bébé.

L'adjoint Santos sortit un petit calepin de sa poche.

— Dites-moi tout ce dont vous vous souvenez.

— Bien sûr.

Santos prit des notes tandis qu'elle lui racontait avec le plus de détails possible la course-poursuite. Mais quand elle lui décrivit la vieille voiture, il leva le nez.

Sa réaction n'échappa pas à Wyatt.

— Connaissez-vous cette voiture ? s'enquit-il.

L'adjoint reporta son attention sur son papier.

— Je ne peux pas l'affirmer mais je vais vérifier. Rien d'autre ? ajouta-t-il en tapotant son stylo contre le bloc-notes.

Violet secoua la tête.

— Non. Je crois que c'est tout.

Comme il se tournait vers Wyatt, ses yeux tombèrent sur le tatouage qui ornait son avant-bras.

— Avez-vous fait l'armée ?

Wyatt leva brusquement le menton.

— Dans les rangers. Et vous ?

L'adjoint Santos se redressa à son tour.

— J'ai longtemps fait partie des forces spéciales.

Wyatt sourit et lui tendit la main.

— Ravi de vous rencontrer.

Une étrange complicité parut naître instantanément entre les deux hommes.

— Puis-je vous demander quelque chose ? lança Wyatt.

— Je vous écoute, dit Santos redevenu méfiant.

— Le bureau du shérif a-t-il reçu un appel cet après-midi au sujet d'un individu qui parlait aux gens en ville ?

— D'un individu qui parlait aux gens ? répéta l'adjoint, perplexe. Que voulez-vous dire ?

— Rien. Permettez-moi de vous poser une autre question. Connaissez-vous bien le shérif ?

— Non, pas très bien, répondit-il. En quittant l'armée, il y a quelques années, j'ai décidé de devenir adjoint et je suis venu à River Gorge parce qu'il y avait un poste à pourvoir. Il ne m'a pas fallu longtemps pour comprendre que Masterson faisait la pluie et le beau temps dans cette ville. Et ça me va. Je veux effectuer du mieux possible le travail pour lequel je suis payé. Et rien d'autre.

— Bien sûr.

L'adjoint reporta son attention sur Violet.

— Mon rapport sera disponible en ligne demain.

— D'accord, un grand merci.

Elle le regarda se diriger vers sa voiture et s'en aller.

Les pleurs de Maggie se firent entendre à travers le babyphone posé dans le salon.

— Elle a faim, dit Violet, en consultant sa montre.

Wyatt ouvrit la porte-moustiquaire et la lui tint pour lui permettre de passer.

— Pourquoi ne monterais-je pas chercher Maggie pendant que tu lui prépares son repas ? Une sorte de travail en équipe. Qu'en dis-tu ?

De travail en équipe ? Le concept était nouveau pour Violet, surtout en matière de garde d'enfant, mais bien sûr, elle n'y était pas opposée.

— D'accord. Merci.

Alors qu'elle s'activait dans la cuisine, le babyphone lui transmettait toujours les cris de Maggie. Mais bientôt la voix apaisante de Wyatt les interrompit.

— Que se passe-t-il, ma puce ? Tu as faim, peut-être ? Viens avec moi… Dis donc, tu es drôlement lourde ! J'arrive à peine à te soulever.

Violet sourit tout en préparant le biberon. Elle sortit un petit pot d'un placard et le versa dans une casserole.

Via le babyphone, Maggie babilla un instant avant de se remettre à pleurer.

— D'accord, d'accord, dit Wyatt. Je vais réessayer de te porter mais tu dois m'aider.

— Non ! cria Maggie, lui lançant le seul mot de son vocabulaire.

— Quoi ? s'exclama-t-il surpris. Tu ne veux pas ?

Wyatt se mit à rire.

— J'ignorais que tu parlais. Que sais-tu dire d'autre ?

— Non ! répéta Maggie.

Les pas rapides de Wyatt qui descendait l'escalier se firent entendre et un instant plus tard, il apparut, Maggie dans les bras.

— Je ne voudrais pas avoir l'air de critiquer mais cette petite fille me semble un peu négative.

— Non ! déclara Maggie avec à-propos.

Violet rit.

— C'est le seul mot qu'elle connaisse. Sois indulgent.

Wyatt l'installa sur la chaise haute.

— Tu devrais lui apprendre à dire « oui ». Imagine que quelqu'un débarque pour lui proposer un million de dollars ? Et que dirait-elle ?

— Non, répondit Maggie, fière d'elle-même.

Violet versa le contenu du petit pot qu'elle avait réchauffé dans un bol, le posa près de l'enfant avec un sourire et prit place à côté d'elle.

Wyatt remplit deux verres de thé glacé et lui en tendit un.

— J'ai rencontré le shérif en ville, dit-il.

Violet leva les yeux vers lui.

— Tout à l'heure, tu as interrogé l'adjoint à propos d'un appel que le bureau du shérif aurait reçu. C'était vrai ? Quelqu'un l'a contacté pour se plaindre de toi ?

— Non, bien sûr que non. Mais c'est ce que le shérif Masterson a prétendu quand il m'a abordé.

Violet fronça les sourcils en remuant la purée.

— J'ai un peu parlé avec lui hier soir, après le cambriolage.

— Tu dois bien le connaître, poursuivit Wyatt. Tu as grandi à River Gorge, non ?

— Oui mais je ne le connais pas bien, dit-elle, en plaçant une cuillerée dans la bouche ouverte de Maggie. Ma grand-mère et moi n'avons jamais eu de raison de faire appel au shérif. Je voyais parfois sa mère mais lui, jamais.

Wyatt digéra un instant ses paroles.

— Il semblait pourtant te connaître.

— Comment ça ? s'enquit-elle avec curiosité. T'a-t-il dit quelque chose sur moi ?

Violet se demandait ce que le shérif savait sur elle. Peut-être avait-il appris la naissance de Maggie, l'année dernière. Les mères célibataires n'avaient pas bonne presse dans le coin.

Wyatt avala une gorgée de thé.

— Il insinuait que tu n'aimais pas les militaires. Le père de Maggie en est-il un ?

— Oui, répondit-il avec raideur.

— Masterson avait-il raison ? poursuivit Wyatt. As-tu quelque chose contre les soldats ?

Violet pinça les lèvres, furieuse et humiliée que quelqu'un ait fait allusion à son ex.

— Le shérif Masterson ignore tout de moi.

Elle n'avait aucune envie de parler du père de Maggie, mais éviter le sujet, tenter de botter en touche, ne ferait que la rendre plus pathétique. Autant crever l'abcès. De toute façon, il n'y avait pas grand-chose à en dire. Leur histoire avait été brève.

— Le père de Maggie fait partie des marines, dit-elle. Je pensais qu'il était amoureux et il m'avait promis que nous finirions notre vie ensemble.

Elle lança un regard penaud à Wyatt. En général, elle n'était pas du genre à se jeter au cou du premier venu. Elle s'était toujours efforcée de garder la tête sur les épaules. Mais son ex avait été si persuasif, si charmant...

— Nous avons échangé des mails pendant un certain temps mais quand je lui ai annoncé ma grossesse, il a cessé toute correspondance, interrompu brusquement nos échanges. Totalement. Il a changé de numéro de téléphone, disparu de la circulation. Je lui avais proposé de faire la connaissance de sa fille, de faire partie de sa vie, même s'il m'avait brisé le cœur et que j'avais surtout envie de l'étrangler. Mais il n'a pas donné suite, il n'était pas intéressé.

Wyatt la dévisagea un long moment en silence.

— Je suis désolé, dit-il enfin.

— J'ai fait preuve d'une stupidité sans nom dans cette affaire.

Elle esquissa un sourire d'excuse. Elle se sentait toujours coupable de dire du mal du père de Maggie qui s'était pourtant comporté comme un pauvre type.

— Mais je ne regrette rien. J'ai Maggie. Elle enchante ma vie.

Wyatt envoya un clin d'œil au bébé.

— En même temps, elle est quand même un peu négative...

Maggie lui décocha un large sourire édenté.

— Non.

Violet essuya les joues collantes de purée de l'enfant et poursuivit :

— Je suis contente que tu sois là, Wyatt. Et je n'ai rien contre les militaires. Au contraire, j'éprouve une profonde gratitude à leur égard. Ils défendent notre pays, ses valeurs et notre liberté au péril de leurs vies.

Il la regarda attentivement, comme s'il attendait quelque chose de plus.

Violet lui tendit la main.

— Je suis très heureuse de te connaître, Wyatt Stone.

— J'en suis flatté.

Il lui serra la main un peu trop longtemps et elle le laissa faire. Ce geste voulait-il dire quelque chose ? Et pour lui, que signifiait-il ?

Violet le lâcha et se mit en devoir de nettoyer le plateau de la chaise haute.

Elle n'avait rien à reprocher à Wyatt mais elle devait rester sur ses gardes. Certes, ils pourraient être amis, faire équipe, pour reprendre son expression, et unir leurs efforts pour aider sa grand-mère. Mais rien de plus. Et tôt ou tard, leurs routes se sépareraient. Voilà pourquoi elle devait s'interdire de fondre quand elle le voyait parler à Maggie avec sérieux ou qu'elle surprenait la petite lui envoyant des baisers. Cela ne durerait pas. Il ne s'agissait que d'un moment, un épisode éphémère de sa vie.

Wyatt suivit Violet sur la terrasse, au soleil. Elle avait prétendu qu'elle avait besoin de s'aérer et il ne pouvait pas se résoudre à la laisser sortir seule. Vu tout ce qui se passait dans cette ville, il était inquiet. Elle avait mis son bébé dans une écharpe, un mode de portage qui lui semblait étrange mais Maggie avait l'air contente. Grâce à ce système, Violet l'emportait partout avec elle mais gardait les mains libres.

Violet s'arrêta pour admirer les roses de sa grand-mère. De petites plaques identifiaient certains pieds, les lauréats du concours du comté. Wyatt ne connaissait pas grand-chose aux fleurs mais il comprenait pourquoi d'aussi magnifiques parterres avaient été primés.

— J'ai l'impression que cette vieille voiture disait quelque chose à l'adjoint Santos, déclara Violet, la main en visière pour protéger ses yeux de l'éclat du soleil. Et d'ailleurs, il ne doit pas y en avoir beaucoup dans une petite ville, non ?

— Sans doute pas, dit Wyatt.

Il avait lui aussi remarqué la réaction de Santos quand elle lui avait décrit le véhicule mais il ne voulait pas en tirer de conclusions hâtives.

— Il s'agissait peut-être seulement d'un mouvement de surprise, poursuivit-il. Santos me semble être un honnête homme et nous en ferons peut-être un allié. Ce serait bien. Après ma rencontre avec le shérif aujourd'hui, je suis sûr que ce type a une dent contre moi et manifestement, il décide de tout dans le comté. S'il veut m'arrêter pour ingérence dans son enquête, j'irai en prison. Et si je me retrouve derrière les barreaux, je n'aurai pas la possibilité de t'aider.

Violet se retourna pour lui faire face.

— Masterson n'a donc de comptes à rendre à personne ? Il me semble avoir beaucoup de pouvoir. Comme le disait l'adjoint, il fait la pluie et le beau temps à River Gorge.

— Les shérifs ont beaucoup trop de pouvoir partout, répondit Wyatt en secouant la tête. Mes frères d'armes me trouvent souvent cynique. Ils n'ont pas tort.

— Un peu de cynisme me paraît justifié dans la situation présente. Quelque chose ne va pas. Quelqu'un a agressé ma grand-mère, est entré par effraction chez elle et m'a envoyée dans le décor. Comme si cela ne suffisait pas, le shérif prétend que des gens se sont plaints de toi en ville mais l'adjoint n'en a pas entendu parler, ce qui est plus que curieux. Le comportement de Masterson me semble louche. Ce n'est sans doute pas un hasard si ma grand-mère a fait appel à toi et non aux autorités locales.

Wyatt s'efforçait de s'en tenir aux faits.

— Plusieurs raisons pourraient l'expliquer. Peut-être ne savait-elle plus très bien à qui faire confiance. Dans les petites villes, la plupart des habitants sont liés les uns aux autres, d'une manière ou d'une autre. Les rumeurs se propagent vite. Peut-être préférait-elle s'adresser à quelqu'un de neutre pour assurer ses arrières. Si elle se sentait vraiment en danger, à qui d'autre aurait-elle pu demander de s'installer quelque temps chez elle pour veiller sur elle ? De plus, j'ai eu l'impression, en lisant ses mails, qu'elle aurait peut-être voulu un peu d'aide pour mener à bien ses investigations. En tout cas, elle posait des questions sur les capacités de l'agence dans ce domaine.

Tandis qu'ils marchaient, Violet jouait avec les petites mains de Maggie. Elle fronça les sourcils.

— Ma grand-mère t'a envoyé des mails ? Les as-tu gardés ? Pourrais-je les voir ?

— Bien sûr.

Comme elle retournait à la maison, il la suivit.

— As-tu faim ? demanda-t-il soudain. Tu n'as rien mangé depuis ce matin. Et il y a plein de légumes dans le jardin.

Violet lança un regard sceptique vers le potager.

— Ce n'est pas à toi de les cueillir.

— Ça ne me dérange pas.

Wyatt s'aperçut qu'il était sincère. L'idée de cuisiner pour Violet lui plaisait.

Ils s'arrêtèrent dans la cuisine et il consulta sa boîte mail sur son smartphone avant de lui tendre l'appareil.

— Voilà les messages que j'ai reçus de ta grand-mère.

— Merci.

Elle posa Maggie sur le sol et lui tendit une girafe en caoutchouc que l'enfant se mit aussitôt à mordre avec énergie. Elle lut alors les mails qui défilaient sur le petit écran.

— Je m'en veux que ma grand-mère ait eu peur de quelque chose et n'ait pas eu le réflexe de m'appeler, de m'en parler, dit-elle. Je ne sais pas ce que j'aurais pu faire, mais j'aurais aimé être au moins au courant.

Wyatt lui frotta le dos pour tenter de la réconforter avant d'enfoncer les mains dans ses poches. Il n'avait pas à avoir ce geste avec elle. Violet n'était pas sa copine, mais la petite-fille d'une cliente. Dans quelques jours, le mystère serait résolu et elle retournerait à Winchester. De son côté, il repartirait à Lexington où il essaierait d'oublier la jolie brune si intelligente et si charmante qui le troublait depuis l'instant où il l'avait saluée.

Violet se tourna vers lui, une expression étrange sur le visage.

— Je pense à quelque chose... Ma grand-mère n'a pas d'ordinateur. Alors, comment t'a-t-elle envoyé ces messages ?

480

Avant qu'il ne puisse répondre, un rugissement de moteur fendit l'air de l'après-midi, suivi immédiatement d'un bruit de verre brisé et du hurlement d'une alarme.

Wyatt traversa le salon en courant et ouvrit la porte d'entrée. Les warnings de son camion clignotaient pour protester contre une agression.

Au bout de l'allée, il vit une vieille voiture bleue et blanche qui s'éloignait...

6

Il va falloir rappeler le bureau du shérif, songea Violet.

Elle regrettait de ne pouvoir choisir l'adjoint qui viendrait enregistrer sa nouvelle plainte. Cela dit, si Wyatt semblait faire confiance au dénommé Santos, pour sa part, elle se méfiait désormais de tout le monde. Elle n'avait pas du tout apprécié la visite du shérif Masterson, le soir où la maison de sa grand-mère avait été cambriolée. Il l'avait traitée avec une hostilité totalement incompréhensible.

Maintenant, elle regardait Wyatt courir derrière la voiture qui prenait de la vitesse.

Accrochée à ses jambes, Maggie essayait en vain de se lever. Violet la prit dans ses bras et la couvrit de baisers.

Wyatt l'appela alors du dehors.

— Viens voir.

Elle s'approcha de la fenêtre.

Les mains sur les hanches, il se tenait dans l'allée. Il avait éteint l'alarme de son camion et il considérait d'un air navré la petite berline jaune garée devant.

Violet ouvrit la porte avec précaution et descendit lentement les marches du porche pour le rejoindre. Elle avait l'impression d'être passée en mode « pilotage automatique ». Maggie, qui avait envie d'être posée par terre, gigotait dans ses bras.

Son smartphone à l'oreille, Wyatt demandait à quelqu'un de renvoyer un adjoint chez eux.

Il lui faudrait dresser deux rapports de police en une seule journée. Dans la ville la plus calme du monde.

Le soleil caressait la peau de Violet et le parfum des roses embaumait l'air, déclenchant un flot de souvenirs. Mais le comté ne ressemblait plus beaucoup à celui qu'elle avait connu autrefois.

La vitre côté passager du camion de Wyatt avait été brisée. Des éclats de verre scintillaient sur le sol.

— J'espère que Santos va revenir, dit-il en glissant son téléphone dans sa poche. La liste des agressions dont nous sommes victimes s'allonge d'heure en heure.

Il reporta son attention sur les véhicules vandalisés.

— Je suis désolé que ta voiture ait été endommagée.

Violet suivit son regard. Son ventre se noua à la vue de l'état de sa petite berline. Sur sa portière était peint en grosses lettres noires le mot :

PARTEZ

— Seigneur !

Son cœur s'affola dans sa poitrine, sa gorge se serra. Le message était limpide, sans équivoque.

PARTEZ.

C'était un ordre. Une menace.

Qui a fait ça ? Et pourquoi ?

Wyatt prit Violet par les épaules et l'attira contre lui. Il lui frotta le dos pour la réconforter, la réchauffer. En effet, malgré les températures caniculaires, elle frissonnait.

— Tu la feras repeindre.

Sidérée, elle continuait à regarder fixement ce message glaçant quand un coup de klaxon la fit sursauter. Elle se détendit en voyant apparaître la voiture de l'adjoint.

Wyatt l'étreignit un peu plus fort.

— Il ne manquait plus que lui, marmonna-t-il.

Violet se tourna vers le nouvel arrivant. Son sourire s'envola quand il descendit de son véhicule et qu'elle le reconnut. Il ne s'agissait pas de Santos.

Mais du shérif.

Wyatt se hérissa lorsque Masterson s'avança vers eux d'un pas décontracté. En passant, il ne jeta qu'un bref coup d'œil indifférent aux dommages subis par leurs véhicules.

— Quel est le problème ? demanda-t-il.

Les mains sur la bouche, Violet émit un son étranglé.

Wyatt la serra contre lui d'un geste rassurant avant de lancer à Masterson :

— Vous êtes arrivé ici très vite, shérif. C'est incroyable. Je m'entretenais avec quelqu'un de votre bureau, il y a quelques instants à peine. Je viens de raccrocher.

Le regard de l'élu considéra tour à tour Wyatt, Violet et Maggie.

— J'étais dans les parages...

Wyatt le dévisagea aussitôt d'un air suspicieux.

— Ah, oui ? Et pour quelle raison ? La propriété de Mme Ames n'est pas située sur une route fréquentée mais au fond d'un cul-de-sac.

— Vous semblez attirer les ennuis comme les arbres la foudre, rétorqua le shérif. Voilà pourquoi j'ai eu envie de venir jeter un œil. Et manifestement, j'ai bien fait, ajouta-t-il en se tournant vers les véhicules vandalisés.

— En tout cas, vous avez raté le coupable de peu, poursuivit Wyatt. En fait, puisque vous étiez dans le coin, vous avez forcément croisé sa voiture. Un vieux tacot bleu et blanc, bon pour la casse ou pour un derby de démolition. Vous l'avez vu, non ? Le type a filé, il y a moins de dix minutes.

Le shérif enfonça les mains dans ses poches.

— Non. Je n'ai vu personne sur la route.

Violet bougea et Wyatt la lâcha. Il ne voulait pas la retenir si elle préférait rentrer. Mais au lieu de se diriger vers la maison, elle se blottit plus étroitement contre lui et enfouit son visage dans son cou, Maggie dans les bras.

D'instinct, Wyatt les serra plus fort, se promettant en son for intérieur de les protéger quoi qu'il advienne.

Le shérif se rapprocha des véhicules.

— Vous paraissez confrontés à beaucoup de problèmes. Je ferai, bien sûr, un rapport à ce sujet mais vous admettrez que la situation soulève quelques questions...

Wyatt prit une profonde inspiration, expira lentement et s'ordonna de se maîtriser.

— Lesquelles, par exemple ?

Le shérif donna un coup de pied dans le pneu avant de la voiture de Violet.

— Pour commencer, répondit-il, je serais curieux de savoir ce que vous avez fait pour énerver quelqu'un à ce point. Et pourquoi.

Il s'accroupit devant les lettres peintes sur la carrosserie et y passa un doigt

— Je me demande d'ailleurs si vous n'auriez pas intérêt à suivre ce conseil, à partir, à rentrer chez vous. Vous avez un bébé. La meilleure façon de protéger votre enfant est de l'éloigner.

Violet se tendit. Elle se retourna brusquement pour faire face au shérif.

— Êtes-vous en train d'insinuer que ma fille est en danger à River Gorge ? lança-t-elle avec feu. Que l'individu qui m'a envoyée dans le décor et qui a vandalisé ma voiture pourrait maintenant s'en prendre à elle ? C'est bien ça ?

Elle se dégagea de l'étreinte de Wyatt comme si, à présent, elle n'avait plus peur ni besoin de protection. Elle ressemblait soudain à une guerrière décidée à défendre bec et ongles les siens.

Wyatt sourit au shérif.

Ce dernier, visiblement déconcerté, leva les mains dans un geste de reddition.

— Je n'ai jamais dit ça.

— Vous l'avez laissé entendre, répliqua-t-elle sèchement. Et cela ne me plaît pas. J'ai l'intention de rester ici jusqu'à ce que ma grand-mère soit rétablie. Et pendant mon séjour à River Gorge, il n'est pas question que quiconque se permette de me menacer, de m'agresser ou de s'attaquer à Maggie. Et c'est à vous, shérif, d'y veiller. Si vous ne vous estimez pas responsable de ma sécurité, de celle de ma fille et de la protection de nos biens, pourriez-vous m'expliquer en quoi consiste exactement votre travail ?

Le shérif perdit son expression narquoise.

Wyatt toussota pour masquer son éclat de rire. Contrairement à Violet, il n'avait pas, lui, la possibilité de lancer les quatre vérités au shérif qui aurait été trop content de l'arrêter ou de lui créer des ennuis. Mais Violet n'avait pas hésité à remettre ce prétentieux à sa place et à lui montrer le peu de cas qu'elle faisait de ses menaces à peine voilées.

Et Wyatt la trouva magnifique.

Masterson ouvrit un calepin et prit quelques notes pour son rapport puis partit sans les saluer. Ses lunettes de soleil réfléchissantes dissimulaient ses yeux mais la façon dont il serrait les mâchoires prouvait qu'ils l'avaient mis hors de lui. Pourtant, ils lui avaient seulement demandé de faire son travail.

— C'est un pauvre type, conclut Wyatt.

Il fit entrer Violet dans la maison et leur remplit deux verres de thé glacé.

— Et maintenant ? lança Violet, en tapotant des doigts la table de la cuisine. Le shérif n'a évidemment pas l'intention de nous aider.

— C'est certain.

Il essaya de se recentrer sur quelque chose qu'il pouvait contrôler. Son enquête.

— Tu disais que ta grand-mère n'avait pas d'ordinateur ? Tu es sûre qu'on ne le lui a pas volé ?

Il récupéra son smartphone pour lister les options wifi disponibles.

— Je ne capte aucun réseau, ajouta-t-il.

Il se déplaça dans les pièces, cherchant la présence d'une box, d'un câble Internet. En vain.

Violet se dirigea vers l'ancien bureau de son grand-père et ouvrit le tiroir-classeur.

— Ma grand-mère n'a jamais souscrit d'abonnement Internet. Quand je vivais ici, j'avais un ordinateur portable au lycée mais je devais me rendre à la bibliothèque ou dans un café pour obtenir une connexion wifi.

Elle parcourut le contenu d'une chemise cartonnée avant d'agiter des feuillets en l'air.

— Ce sont les factures de téléphone des derniers mois. Aucun abonnement Internet n'y figure.

— D'accord. Inutile donc de chercher un modem ou un routeur.

Il appela un garagiste local à l'aide de son smartphone. Quand il raccrocha, il annonça à Violet :

— J'ai pris des dispositions pour faire remplacer la vitre de ma portière. J'ai également demandé des devis pour faire repeindre ta voiture. Cela dit, je ne te conseille pas de dépenser de l'argent tant que nous ne saurons pas exactement ce qui se passe dans cette ville.

Violet rangea les papiers dans le bureau, puis s'adossa au mur. Le front soucieux, elle caressait les boucles de Maggie.

— Ruth a peut-être une connexion Internet. Ma grand-mère aurait pu te contacter de chez elle. Et à ce sujet, j'ai revu Ruth à l'hôpital et elle a dit qu'en effet, ma grand-mère était préoccupée ces derniers temps. Peut-être parce qu'une de leurs amies souffre de démence et que son état a empiré.

— J'en suis désolé, dit Wyatt. Comment s'appelle-t-elle ?

— Mary Alice. Elle a toujours été très proche de ma grand-mère mais elle vit un peu en recluse.

Comme ses yeux tombaient sur des romans empilés sur le bureau, un grand sourire se dessina sur ses lèvres.

— Je sais où ma grand-mère a utilisé un ordinateur.

Une heure plus tard, Wyatt pénétra avec son camion dans l'atelier de carrosserie de la petite ville et confia le véhicule à un employé. Vu le prix demandé à Violet pour faire repeindre sa voiture, elle avait sans doute intérêt à en acheter une neuve.

Maggie avait grignoté des céréales en route et semblait prête pour une nouvelle aventure. Comme ils avaient du temps à tuer pendant que la vitre serait remplacée, ils décidèrent de se rendre à la bibliothèque qui n'était pas loin.

Violet retrouva Wyatt devant l'atelier de carrosserie. Elle portait Maggie en écharpe et les romans empruntés par sa grand-mère sous le bras.

— Prêt ?

— Allons-y, je te suis.

Tout en marchant sur le trottoir, Wyatt surveillait attentivement les alentours. Ils se trouvaient dans une zone pavillonnaire et beaucoup de gens profitaient de leur jardin. Certains entretenaient leurs plates-bandes, d'autres se prélassaient sur une balancelle. Des enfants couraient devant un arroseur automatique en criant, d'autres se poursuivaient sur leurs vélos ou envoyaient des ballons dans des paniers boulonnés sur des portes de garage.

— C'est étrange, dit Violet. Tout semble normal, je me rappelle avoir vu cet endroit exactement comme ça autrefois, mais un danger plane au-dessus de nous et personne ne semble en être conscient.

Ils s'engagèrent dans la rue au bout de laquelle se trouvait la bibliothèque. Wyatt promenait les yeux autour de lui, s'apprêtant à voir surgir à tout moment une vieille voiture bleue et blanche.

— Il est logique que personne ne se sente menacé, dit-il. Ton agresseur t'attaque par surprise et toujours quand tu es seule. Il veut t'effrayer. Pas mettre toute la ville en état d'alerte.

— Sans doute, répondit-elle comme ils arrivaient à destination. Je déteste l'idée que le shérif nous ait pratiquement rendus responsables de ces attaques. Quand des gens comme lui cesseront-ils de s'en prendre aux victimes ?

— Des gens comme lui ? répéta Wyatt. Jamais.

Il suivit Violet sur les marches d'un bel édifice datant de la fin du XIXe siècle. Près d'une grande porte d'entrée rouge vif, un panneau indiquait que l'endroit avait abrité autrefois le fondateur de la ville, construite en 1864.

Violet entra et se dirigea vers un bureau en bois. Tout en y posant les romans empruntés par sa grand-mère, elle sourit à la sexagénaire qui s'avançait vers eux.

— Bonjour, madame Foster.

La bibliothécaire ajusta ses lorgnons sur son nez avant de dévisager Violet un moment. Quand elle la reconnut enfin, elle poussa un cri et pressa les mains contre sa poitrine.

— Violet Ames ! Doux Jésus ! Voilà une éternité que tu n'étais pas venue. Comment vas-tu ? Approche-toi que je te voie.

Mme Foster la serra dans ses bras. Elle se pencha pour caresser les joues de Maggie en roucoulant puis se redressa pour considérer Wyatt avec gravité.

— Vous devez être l'homme dont je ne cesse d'entendre parler. Vous affolez toutes les femmes du coin, vous savez.

Wyatt se sentit bêtement rougir. Il lui tendit la main.

— Wyatt Stone. Je suis ravi de faire votre connaissance, madame.

Violet sourit, un peu gênée et alla droit au but :

— Madame Foster, je me demandais si ma grand-mère était venue ici ces jours-ci pour utiliser l'un des ordinateurs mis à la disposition du public.

— Oh ! oui. Elle vient régulièrement depuis plusieurs semaines. Comment va-t-elle, d'ailleurs ? J'ai entendu dire qu'elle avait fait une terrible chute. Nous vieillissons mais nous refusons de le reconnaître. Nous faisons des choses que nous ne devrions probablement pas faire.

— Comme quoi ? s'enquit Wyatt.

Mme Foster haussa les épaules.

— Comme monter sur une échelle dans sa grange. C'était de la folie. L'année dernière, je me suis fait un lumbago en soulevant une boîte de décorations de Noël du grenier. J'ai été arrêtée pendant deux mois. Deux mois ! La vieillesse est un naufrage. Heureusement pour Gladys, Ruth devait déjeuner chez elle et l'a trouvée. Vivre seule à notre âge est dangereux.

Violet se mordilla les lèvres.

— Savez-vous pourquoi elle avait besoin d'un ordinateur ?

— Non, répondit la bibliothécaire en secouant la tête. Elle cherchait sans doute des recettes de cuisine sur Internet. Pour ma part, je me connecte pour cette seule raison.

— Puis-je en utiliser un ? demanda Violet.

— Bien sûr. Venez avec moi.

Tous trois traversèrent la salle, leurs pas claquant sur le parquet ciré. Plusieurs personnes lisaient sur des canapés et des fauteuils disposés entre les étagères. Assis autour d'une femme coiffée d'une couronne en carton, des enfants l'écoutaient leur raconter une histoire.

— Nous y sommes, dit Mme Foster avec un geste de la main.

Une dizaine de moniteurs d'ordinateur étaient installés sur des tables. Mme Foster offrit un tabouret à Violet, puis rapprocha une chaise pour Wyatt.

— Les voici. Prenez votre temps.

— Savez-vous lequel Mme Ames préférait utiliser ? demanda Wyatt.

Les gens étaient souvent prisonniers de leurs habitudes, et il espérait que la grand-mère de Violet ne dérogeait pas à cette règle.

— Bien sûr. Elle aimait s'asseoir devant celui-ci. De là, elle pouvait profiter d'une belle vue sur le parc. Un bon choix, non ?

— Certainement.

— Très peu de personnes se servent de ces appareils, en réalité, poursuivit Mme Foster. Désormais, tout le monde a un ordinateur ou une tablette à la maison et un smartphone dans la poche. Mon arrière-neveu a les trois et il n'a pas onze ans. Comment voulez-vous qu'il trouve le temps de lire un livre ? ajouta-t-elle en levant les yeux au ciel.

— Nous pensons que ma grand-mère recherchait quelque chose de particulier sur Internet, dit Violet. J'espère découvrir de quoi il s'agissait. Pour terminer ses investigations pour elle et lui faire gagner du temps.

Wyatt se rapprocha de l'écran et afficha l'historique des recherches.

— Gardez-vous un journal des utilisateurs ? demanda-t-il. Le registre des dates et heures de connexion ?

Dans l'affirmative, il pourrait utiliser ces informations pour déterminer les sites que Mme Ames avait consultés en ligne. Apparemment, personne n'avait effacé la mémoire de cet appareil depuis longtemps.

— Bien sûr. Je reviens tout de suite.

Dès que Mme Foster se fut éloignée, Violet se rapprocha de Wyatt.

— Je n'aurais pas dû lui dire que ma grand-mère effectuait des recherches sur quoi que ce soit. J'ai gaffé.

Wyatt se força à sourire.

— Ce n'est pas grave. Mme Foster a l'air sympa et ton histoire était crédible.

La bibliothécaire revint avec un grand cahier.

— Je vous le confie mais je dois vous laisser, désolée. L'heure du conte est terminée et Clary a besoin d'aide avec les enfants.

Ils attendirent qu'elle soit partie pour parcourir la liste.

— Regarde, dit Violet. Ma grand-mère était pratiquement la seule à utiliser cet ordinateur et elle est venue presque tous les jours au cours des trois dernières semaines.

Wyatt fit défiler l'historique, passant en revue les liens et les pages visités chaque fois que Mme Ames s'était connectée.

— L'historique est surprenant. Ton grand-père était-il un vétéran ?

— Oui. William Ames, répondit Violet. Pourquoi ?

— Ta grand-mère consultait des sites web de l'armée, celui des anciens combattants, celui des cimetières militaires et celui des dates d'enterrement de différents soldats...

Wyatt sentit soudain les poils se hérisser sur sa nuque tandis qu'un long frisson lui parcourait l'échine. Comme chaque fois qu'il se sentait surveillé. Il jeta un coup d'œil autour de lui puis reporta son attention sur l'écran.

— Elle effectuait en particulier des recherches sur un ancien GI dénommé Henry Davis. Ce nom te dit-il quelque chose ? Un parent peut-être ?

Violet, qui jouait avec les doigts de Maggie, lui caressa les joues.

— Non. Je n'avais jamais entendu ce nom. Peut-être s'agit-il de quelqu'un qu'elle connaissait quand elle était jeune ? Un voisin ?

— Il habitait Twin Forks. Twin Forks n'est pas loin d'ici. Peut-être sortaient-ils ensemble, à une époque ?

— Je ne sais pas. J'aimerais qu'elle se réveille et nous dise ce qui se passe. Nous ne sommes même pas sûrs que sa chute soit liée à ses recherches Internet. Les deux événements n'ont peut-être rien à voir.

— C'est vrai, dit Wyatt, ravi de l'entendre envisager toutes les possibilités. Mais la concomitance de ses investigations sur Internet et de son besoin d'un garde du corps pour assurer ses arrières n'est certainement pas une coïncidence.

De nouveau, il promena les yeux autour de lui, se demandant pourquoi il avait soudain la chair de poule. Il était temps de partir.

— Je ne sais pas pourquoi elle consultait ces sites mais je trouve son intérêt curieux. Ce Henry Davis a disparu il y a près de cinquante ans. Pourquoi se mettre à le chercher maintenant ? C'est étrange.

La bouche de Violet s'ouvrit mais elle la referma sans dire ce qui lui venait à l'esprit. Peut-être pensait-elle la même chose que Wyatt.

— Tu as raison, c'est bizarre. On y va ?

— Attends, un instant.

Il venait de tomber sur une nouvelle série de pages consultées. Cette fois, Mme Ames s'était intéressée au passé d'une femme, une certaine Mary Alice Grigsby.

Violet s'approcha de lui pour regarder la liste des sites web et des recherches effectuées par sa grand-mère.

— Mary Alice ? C'est une des connaissances de ma grand-mère. Que cherchait-elle donc à son sujet ?

— Je ne sais pas. Il n'y a pas beaucoup d'éléments pour nous mettre sur une piste. Uniquement son nom, parfois associé à une date. 1968.

Il s'assura à nouveau que personne ne les épiait ou ne les écoutait.

— Par prudence, j'efface l'historique de cet ordinateur au cas où quelqu'un viendrait ici pour chercher la même chose que nous, dit-il. Henry Davis est peut-être une piste ou peut-être pas mais compte tenu des événements des derniers jours, je préfère ne pas laisser d'indices.

— Tu as raison.

Violet se rendit dans la zone pour enfants et choisit quelques livres pour Maggie.

Mme Foster les salua.

— Avez-vous trouvé ce que vous cherchiez ?

Wyatt chercha frénétiquement un mensonge quelconque, mais avant qu'il ne réussisse à en trouver un, Violet le devança.

— Apparemment, ma grand-mère avait envie d'adopter un chaton. Peut-être se sentait-elle seule dans cette grande maison. En tout cas, elle avait listé les refuges de la région qui recueillent les animaux abandonnés. Je vais peut-être lui en dénicher un pour la surprendre quand elle se réveillera.

Un sourire rayonnant éclaira le visage de la bibliothécaire.

— C'est tellement gentil à toi. J'aimerais que mes petits-neveux soient aussi attentionnés. Je mets les albums pour ta fille sur la carte de bibliothèque de ta grand-mère. Tu me les rapportes dans deux semaines ?

— Promis.

Violet tendit les livres à Wyatt, puis se dirigea vers la sortie.

— Bravo pour ton sens de la répartie, chuchota-t-il à son oreille.

— Merci. Maintenant, nous avons besoin de comprendre qui est Henry Davis et pourquoi ma grand-mère effectuait des recherches sur lui depuis près d'un mois.

Wyatt pressa son smartphone contre l'oreille.

— Je m'en occupe.

Ils allèrent feuilleter les albums de Maggie sur un banc du parc et s'offrirent ensuite une glace. Bien plus tard, Wyatt reçut des nouvelles du carrossier. Sa vitre était réparée. Violet attendit avec Maggie devant l'atelier pendant qu'il payait et récupérait ses clés.

Elle eut soudain l'impression étrange et désagréable d'être épiée et un frisson la parcourut. Elle se sentait de plus en plus nerveuse.

— Prête à partir ? demanda Wyatt en se dirigeant vers le camion.

— Oui.

Il s'installa au volant et vérifia ses rétroviseurs puis jeta un regard curieux dans sa direction.

— Tout va bien ?

Elle se frotta les bras. Elle avait la chair de poule.

— Je deviens un peu parano, je crois.

Tandis qu'ils traversaient le centre-ville, elle regarda les automobilistes qui passaient, les ruelles sombres. Une sourde angoisse l'envahissait.

Bientôt, ils regagnèrent la route du comté qui menait vers la maison de sa grand-mère. La vue était magnifique. Des montagnes se découpaient à l'horizon, des collines couvertes de champs ou de forêts de déclinaient à l'infini sous un ciel sans nuage. Des oiseaux volaient, des écureuils sautaient de branche en branche. Ils eurent même la chance d'apercevoir un chevreuil en bordure du bois.

Violet suivit des yeux la rivière qui, après avoir dégringolé de la montagne, serpentait vers la vallée en contrebas de la route. Son cœur se serra lorsqu'un virage en épingle à cheveu apparut. Elle roulait alors dans l'autre sens, ce jour-là, mais elle reconnut l'endroit où la voiture bleue et blanche l'avait poursuivie. À ce souvenir glaçant, elle serra les lèvres.

Wyatt ralentit et demanda soudain :

— Cela fait longtemps que cette balustrade est dans cet état ?

Violet se pencha en avant pour voir ce qu'il lui montrait.

— Non. Je ne pense pas.

Wyatt se gara non loin du parapet défoncé.

Violet blêmit à la vue d'un pick-up rouge planté sous le petit pont, à quelques pas du cours d'eau.

Wyatt mit ses warnings en marche.

— Attends-moi. Je reviens tout de suite.

La gorge serrée, Violet le regarda se précipiter en bas du petit ravin.

Il sortit son smartphone de sa poche et le coinça entre son épaule et son oreille pour pouvoir parler à quelqu'un tout en ouvrant le véhicule accidenté.

Quelqu'un se trouve à l'intérieur, comprit-elle.

La peur s'empara d'elle. Elle baissa sa vitre.

— Que se passe-t-il ? Que puis-je faire pour aider ? cria-t-elle.

Wyatt secoua la tête et leva la main dans sa direction pour lui demander de rester sur place. Elle l'entendit donner leur emplacement à son correspondant, la description du pick-up.

Mais le pire était à venir.

— Une seule personne, la conductrice, disait-il. Une femme âgée de soixante-dix ou quatre-vingts ans. Décédée.

Violet sortit du camion. Elle prit Maggie dans ses bras et se rapprocha du parapet, soudain terrifiée à l'idée d'être seule. Des souvenirs de la voiture qui l'avait percutée lui revinrent en mémoire.

Elle fit quelques pas sur la chaussée, descendit vers les lieux du drame, vers Wyatt. Comme elle parvenait à ses côtés, le visage de la conductrice du petit véhicule accidenté lui apparut.

Le cœur en miettes, Violet reconnut les yeux verts de Ruth, l'amie de sa grand-mère.

Ils étaient grands ouverts...

7

Assis sur la balancelle de la terrasse, Wyatt s'efforçait d'effacer de sa mémoire les images de la vieille dame qu'il avait trouvée morte, quelques heures plus tôt. Il attendait que Sawyer, son ami et cofondateur de Fortress Security, le rappelle.

Si les proches de Mme Ames commençaient à se faire tuer, il devenait impératif d'accélérer l'enquête afin de découvrir au plus vite ce qui se tramait. Et Sawyer était très doué en matière de recherches. En fait, il avait un talent particulier pour déterrer les secrets enfouis. Il avait quitté l'armée depuis peu et il avait beaucoup de mal à s'adapter à la vie civile. Voilà, entre autres, pourquoi il s'était spécialisé dans le domaine des investigations. Lorsqu'il se plongeait dans un dossier, il finissait par en savoir plus que les intéressés eux-mêmes. Sawyer était également capable de se rendre invisible, de se transformer en fantôme, une qualité dont Wyatt avait besoin dans cette affaire. Avec Sawyer à la manœuvre, Wyatt aurait la possibilité de se concentrer sur la protection de Violet et de Maggie.

La nuit était tombée. Il entendait des chouettes hululer dans les arbres, des crapauds croasser près du lac tout proche, des grillons striduler dans l'herbe. Wyatt était aux aguets. Aucun bruit alentour ne lui échappait et il reconnut celui des pas de Violet dans la maison. Elle descendait l'escalier après avoir mis Maggie au lit. Quand elle apparut, la voix de la petite fille était perceptible via le babyphone qu'elle tenait à la main.

Elle ouvrit la porte-moustiquaire de la terrasse, les yeux rivés sur le petit appareil.

Wyatt l'invita à venir s'asseoir à côté de lui.

Elle accepta avec un sourire et plaça le babyphone sur l'accoudoir.

— Maggie traverse les événements avec sérénité, dit-elle. Je devrais prendre exemple sur elle.

— Avoir une mère forte sur qui elle sait pouvoir s'appuyer dans les tempêtes doit l'aider à bien dormir.

Wyatt étendit le bras sur le haut des coussins de la balancelle, laissant sa main pendre près de Violet. Il mourait d'envie de la poser sur son épaule mais il se l'interdit. Faire semblant d'être son petit ami devant des tiers était une chose, mais la toucher chaque fois qu'il en rêvait et qu'elle était près de lui ne serait pas professionnel.

Violet regardait dans le vide.

— Je n'arrive pas à croire que Ruth soit morte.

Wyatt aurait aimé lui offrir quelques mots de réconfort mais n'en trouva pas. La tragédie dont l'amie de sa grand-mère avait été victime était horrible et très inquiétante.

— Elle roulait vers l'hôpital quand le drame s'est produit, poursuivit Violet. Elle allait sans doute rendre visite à ma grand-mère. Et je ne peux pas m'empêcher de me demander si c'est la raison pour laquelle cet accident a eu lieu. Et si elle n'a pas été sciemment poussée en dehors de la route...

— Le shérif examine la question, répondit Wyatt. Nous en saurons davantage bientôt.

Violet tourna vers lui ses yeux bleus, teintés d'angoisse.

— Maggie et moi aurions pu connaître le même sort, hier.

Via le babyphone, ils entendaient les babillements de Maggie qui s'endormait. Malgré son inquiétude, Wyatt sourit. Il aurait aimé comprendre ce que racontait cette petite fille.

— Elle doit être épuisée, dit-il. La journée a été caniculaire et elle a passé beaucoup de temps au soleil.

Violet ramena ses cheveux au-dessus de sa tête en un chignon improvisé et soupira.

— Il est près de 22 heures et il fait encore très chaud.

Elle relâcha ses mèches brunes qui tombèrent sur ses épaules, libérant un parfum de vanille enivrant.

— As-tu reçu des nouvelles de ton associé ? reprit-elle.

— Pas encore.

À la vue de son expression résignée, vaincue, il ajouta en lui tapotant l'épaule :

— Nous allons progresser, mener cette enquête à bien et mettre un terme à ces crimes, je te le promets.

— D'accord, dit-elle en repliant les jambes sous ses fesses.

Sa réponse alla droit au cœur de Wyatt. Ce « d'accord » ne laissait pas de place au doute, au moindre questionnement. Elle lui faisait confiance. Et elle avait raison. Il tiendrait parole.

Comme elle se rapprochait de lui pour poser la tête sur son épaule, il se rendit compte qu'il ne voulait pas seulement la protéger. Il avait surtout envie de la toucher, de la réconforter, de la voir sourire, de faire rire Maggie, d'être près d'elle, d'être avec elles deux... Wyatt les considérait l'une et l'autre comme des personnes précieuses. Bien sûr, leur sécurité faisait partie de son travail mais il avait l'impression de veiller sur elles comme si elles étaient sa femme et sa fille, sa famille.

— J'ai préparé du café, poursuivit-elle. Je doute de pouvoir dormir. Pas après qu'un fou furieux est entré sur la propriété de ma grand-mère pour peindre des menaces sur ma voiture. Et je me disais que rester en bas cette nuit avec toi, pour monter la garde, ne serait peut-être pas une mauvaise idée.

Lui proposait-elle vraiment de passer la nuit avec lui ? Troublé, Wyatt ne savait plus quoi penser.

— Tu devrais plutôt dormir. Tu es épuisée et Maggie a besoin d'une maman en pleine forme.

Il devinait que Violet ne suivrait ses conseils que s'il mettait en avant le bien-être de l'enfant. Elle ferait n'importe quoi pour sa fille, il en était certain.

— Je surveillerai les alentours, cette nuit, ajouta-t-il. Compte sur moi.

— À ton avis, que se passera-t-il si je ne pars pas ? Si je n'obéis pas à l'ordre peint sur ma voiture ?

— Sens-toi libre de retourner chez toi, si tu le souhaites, répondit-il. Je suis capable de gérer la situation ici, si tu estimes que vous serez plus en sécurité ailleurs.

Il s'en voulait de le dire, mais c'était la vérité.

— J'hésite, je l'avoue, dit-elle. Je me suis demandé ce qui valait mieux pour Maggie. Rester à River Gorge est dangereux, c'est évident. Mais qu'arrivera-t-il si l'auteur de ces crimes pense que je sais quelque chose ? S'il croit que j'ai découvert sur quoi ma grand-mère enquêtait ? Ou qu'elle m'en avait parlé avant l'accident ? Comment puis-je être certaine que son agresseur me laissera rentrer chez moi tranquillement ? Et si son objectif était justement de me séparer de toi ? Ne serais-je pas mille fois plus en danger loin de toi, sans ta protection ?

Ses yeux bleus suppliaient Wyatt de la rassurer.

— Je ne veux pas m'enfuir comme une idiote en pensant éviter le danger pour me rendre compte trop tard que je me suis jetée dans la gueule du loup.

Le cœur de Wyatt se serra. La peur qu'il voyait dans le regard de violet, comme les questions auxquelles il ne pouvait pas répondre, était insupportable. Il éprouvait une aversion viscérale pour les criminels et plus généralement, pour le mal. C'était la raison même pour laquelle ses amis et lui avaient fondé Fortress Security.

Ils entendirent Maggie pleurer un peu.

Violet se redressa légèrement, s'écartant de Wyatt.

— Elle cherche son sommeil.

— Elle fait des vocalises, c'est ça ? Peut-être devrais-tu envisager de lui donner des cours de chant.

Violet lui donna un coup de coude dans les côtes en riant.

— D'abord, elle te paraît trop négative et maintenant, elle ne sait pas chanter ? Tu es trop exigeant, Wyatt !

— J'ai déjà entendu ce genre de reproches, admit-il.

Il reporta son attention sur le babyphone. Comment un homme avait-il pu quitter cette femme merveilleuse et cette adorable petite fille ? Abandonner une jeune mère et son enfant n'était pas bien. Pourtant, s'il ne les aimait pas, sans doute valait-il mieux que ce type se soit éloigné. Elles méritaient mieux. L'une et l'autre.

Violet fronça les sourcils.

— À quoi penses-tu ?

Wyatt détourna la tête. L'ex-petit ami de Violet n'était pas son affaire.

— À rien.

— Quelque chose te tourmente, répliqua-t-elle. Je le vois bien. Dis-moi quoi, sois honnête avec moi. J'ai besoin de savoir ce qui t'ennuie – et pas en version édulcorée. Si tu sais quelque chose à propos de ce qui se passe, quelque chose que tu ne m'as pas dit... S'il te plaît, parle-m'en.

Après un moment d'hésitation, il finit par lâcher :

— Je suis désolé que le père de Maggie soit parti. Voilà ce à quoi je pensais. Je sais que ça ne me regarde pas et je suis désolé d'y faire allusion mais tu me l'as demandé.

Violet s'écarta de nouveau de lui.

— Merci de t'en soucier mais ne t'inquiète pas. Tout va bien.

— Il a eu tort de partir, de vous abandonner toutes les deux. Je ne comprends pas une telle attitude. Surtout de la part d'un militaire.

— Non, non. Tout est ma faute. Je m'étais emballée trop vite.

Wyatt s'interdit de répondre. Violet n'était pas responsable de sa mésaventure mais il ne réussirait pas à l'en convaincre. Elle était forte. Déterminée. Maggie avait de la chance. Et l'ex de Violet était un crétin.

Comme elle se frottait les yeux, il sentit son ventre se nouer.

Pleurait-elle ? se demanda-t-il. À cause de lui ?

Il se leva, arrêtant la balancelle.

— Je ne voulais pas te blesser. Je pense seulement que vous méritez toutes les deux beaucoup mieux.

— Mes larmes n'ont rien à voir avec toi, ne t'en fais pas. C'est la fatigue et l'accumulation des événements dramatiques des derniers jours qui me minent, voilà tout.

Elle poussa un soupir.

— J'irai à l'hôpital demain. En tout cas, je regrette de ne pas avoir interrogé Ruth à propos de Henry Davis. Peut-être ma grand-mère lui avait-elle dit quelque chose à ce sujet. C'est sans doute à cause de ses confidences que Ruth est morte.

Wyatt lui décocha un sourire teinté de remords.

— Je t'accompagnerai, cette fois.

— D'accord.

— À propos de ce que tu disais tout à l'heure, reprit Wyatt, je ne sais pas si Maggie et toi serez plus en sécurité en restant ou en partant, mais si tu décides de rester, je te promets de ne pas vous quitter des yeux.

— Veiller sur nous ne risque pas de t'empêcher de mener ton enquête ? Démasquer le coupable devrait être ta priorité. Pas nous. Nous ne sommes pas dans le contrat que tu avais négocié avec ma grand-mère.

Il brandit son smartphone qu'il avait posé à côté de lui.

— Voilà tout ce dont j'ai besoin pour effectuer mes investigations. Et... Violet ?

— Oui ?

— Je me fous de ce contrat.

Elle sourit.

— D'accord.

Le smartphone de Wyatt bourdonna, annonçant l'arrivée d'un texto.

Il sourit.

— Tu vois ? dit-il. Je travaille.

Il tapota l'écran et lut le message de Sawyer.

— Que se passe-t-il ? s'enquit Violet en voyant son visage s'assombrir.

— Lorsque j'ai discuté avec Sawyer tout à l'heure, il se demandait si ta grand-mère n'avait pas entrepris des recherches pour le compte de son amie atteinte de démence. Le grand-père de Sawyer a la maladie d'Alzheimer et il paraît que ces malades se souviennent mieux d'événements lointains que d'autres, plus récents. D'après Sawyer, Mary Alice avait sans doute parlé de quelque chose à ta grand-mère qui a effectué ces investigations pour elle.

Violet fronça les sourcils.

— C'est possible.

— Par ailleurs, j'avais prié Sawyer de mener une petite enquête sur Mary Alice Grigsby et il m'apprend qu'elle s'est mariée l'année où Henry Davis a disparu.

— Et alors ?

— Mary Alice a épousé un certain Masterson...

Violet se frappa le front. Bien sûr, elle connaissait le nom de famille de Mary Alice, elle l'avait toujours su, mais pas Wyatt. Comment aurait-il pu le deviner ? Pourquoi ne le lui avait-elle pas dit ? *Quelle idiote !* Et surtout, pourquoi n'avait-elle pas fait le rapprochement plus tôt ?

— Mary Alice est la mère du shérif. Ma grand-mère était son amie. Est-il possible qu'elle lui ait confié un secret ?

— Peut-être, dit Wyatt.

Violet réfléchissait à plein régime. Les liens qui unissaient Mary Alice et le shérif expliquaient-ils l'accident de sa grand-mère ou l'épisode avec la voiture qui l'avait emboutie ? Ou la mort de Ruth ?

De nouveau, le téléphone de Wyatt vibra.

— J'ai reçu un mail, dit-il, lui faisant signe de se rapprocher. Concernant Henry Davis.

Wyatt cliqua sur le lien contenu dans le message et découvrit un article du journal du comté voisin, datant de 1968. Un GI de vingt-trois ans, Henry Davis, n'avait pas rejoint son régiment après une permission. Il était donc considéré comme déserteur.

La dernière fois qu'il avait été vu, il assistait à un concert dans le comté de Grove.

— River Gorge se trouve dans le comté de Grove, murmura Violet.

Son cœur se mit à battre à grands coups dans sa poitrine alors qu'elle s'interrogeait sur le contenu de cet article.

À ses yeux, plus rien n'avait de sens. Pas même l'homme assis à côté d'elle, qui semblait plus soucieux de sa sécurité que du mystère qui planait au-dessus de cette histoire. Elle l'avait entendu dire à son associé qu'il lui laissait le soin de s'occuper de l'enquête, des recherches, parce que lui-même ne pouvait pas tout gérer. Il avait expliqué au dénommé Sawyer qu'elles deux étaient sa priorité. Détail touchant, quand il parlait de Maggie et contrairement à la plupart des gens, il ne la désignait pas comme « le bébé » ou « la fille de Violet ». Il l'appelait « Maggie ». Il la considérait comme une personne à part entière. Violet y était très sensible. Elle avait remarqué qu'il s'inquiétait toujours de la petite. Il la portait facilement et n'hésitait pas à faire des grimaces idiotes pour l'amuser. Il se montrait gentil et aimant.

Violet prit soudain conscience de la tournure de ses pensées et s'efforça de se ressaisir. Elle devait cesser de songer à la gentillesse de Wyatt. Wyatt était un homme adorable qui effectuait son travail avec sérieux. Violet, elle, était une mère célibataire qui avait une fâcheuse tendance à prendre ses désirs pour des réalités. Fonder une famille avec un papa et une maman qui s'aimaient et qui aimaient leur petite Maggie relevait du rêve, du fantasme.

Elle décida de monter se coucher. Avant de se laisser emporter par la douceur de la soirée. Dans le passé, s'emballer trop vite ne lui avait pas réussi.

— Tu as raison, je suis fatiguée et j'ai besoin de dormir. Bonne nuit.

Plusieurs heures plus tard, les rayons du soleil qui filtraient à travers les rideaux entrouverts, réveillèrent Violet en sursaut. Des grains de poussière dansaient dans l'air, suspendus comme des confettis irisés. Un sourire effleura ses lèvres. Son regard se dirigea vers le réveil posé sur la table de nuit. Il était plus de 8 heures. D'habitude, Maggie ne dormait jamais si tard. La pauvre devait être épuisée.

Violet roula sur le côté et jeta un coup d'œil dans le petit lit pliant. Il était vide.

Maggie avait disparu.

Violet se leva d'un bond.

— Wyatt !

Elle se rua dans l'escalier et dégringola les marches à toute vitesse avant de ralentir en entendant Maggie crier avec force :

— Non !

Comme elle entrait dans la cuisine, elle découvrit sa fille qui riait aux éclats.

Wyatt agita une spatule depuis les fourneaux où il s'activait.

— Tu auras encore droit à des œufs et des toasts, ce matin. Je dois t'avouer que je ne sais rien confectionner d'autre.

Violet embrassa la tête de l'enfant, s'efforçant de recouvrer son souffle.

— Elle n'était pas dans son lit, j'ai paniqué.

Elle posa la main sur sa poitrine où son cœur battait encore la chamade. Pendant un moment, elle avait imaginé le pire. En oubliant qu'il y avait quelqu'un d'autre dans la maison. Quelqu'un de bien.

— Elle a longtemps babillé toute seule, dit-il. Comme tu ne réagissais pas tout de suite, comme hier, j'ai pensé que tu avais besoin de dormir... Et je suis monté la chercher. Je ne voulais pas te faire peur, ajouta-t-il, visiblement ennuyé. Je pensais que tu nous entendrais en te réveillant, que tu l'entendrais rire. Que tu commencerais la journée avec deux heures de sommeil de plus et un sourire.

Violet se frotta les yeux.

— Tu as raison. J'ai eu tort de m'inquiéter.

Elle se sentait un peu idiote. D'un autre côté, personne ne l'avait jamais aidée avec Maggie. Et Wyatt était pratiquement un inconnu.

Elle se dirigea vers la cafetière et se versa une grande tasse.

— As-tu du nouveau concernant Henry Davis ? demanda-t-elle en sirotant son café.

— Pas encore. J'ai demandé à Sawyer de consulter les dossiers militaires du GI Davis. Il semble qu'il ne soit jamais revenu d'une permission. Il est possible qu'il ait déserté, oui. En 1968, beaucoup de jeunes gens n'avaient pas envie de continuer à se battre au Vietnam. Ils ne voyaient plus le sens de cette guerre. Henry Davis a peut-être eu l'idée de disparaître, de se forger une nouvelle identité. D'après Sawyer, après dix ans de recherches infructueuses, ses parents avaient demandé à ce qu'il soit déclaré officiellement « disparu » afin d'organiser une cérémonie commémorative. Sawyer va essayer de contacter ses proches pour voir si quelqu'un aurait entendu parler de son sort. Ses parents sont morts depuis longtemps mais il avait des neveux, des frères et sœurs. Ils savent peut-être quelque chose.

Le téléphone de la maison sonna et Violet sursauta.

— C'est peut-être l'hôpital, dit-elle en se précipitant pour répondre. Allô ?

— Violet ? demanda une voix féminine.

— C'est moi, oui.

— Ici, Mme Foster. De la bibliothèque. J'ai reçu les livres que vous avez demandés.

— Je n'ai pas demandé...

— Oui, c'est vrai, l'interrompit Mme Foster. Mais ils sont là, ils vous attendent alors vous devriez venir les chercher sans tarder.

Le regard de Violet balaya la pièce et s'arrêta sur le visage de Wyatt.

— Maintenant ?

— Oui. Maintenant, ce serait idéal, ma chère.

Violet sentit la peur l'envahir. Elle était levée depuis moins de dix minutes et déjà quelque chose d'autre n'allait pas.

— J'arrive.

— Et surtout, ajouta Mme Foster à la hâte. Venez avec votre ami.

Violet raccrocha et se tourna vers Wyatt.

— C'était Mme Foster. Nous devons nous rendre à la bibliothèque. Tout de suite.

Tout en serrant Maggie contre elle, Violet monta les marches jusqu'à la bibliothèque. Wyatt la talonnait. Il était à peine 9 heures du matin et la bibliothèque n'ouvrirait officiellement qu'à 10 heures mais à l'intérieur, les lumières étaient déjà toutes allumées. Le cœur serré, elle se demandait ce qui les attendait.

Mme Foster les guettait et leur fit signe d'entrer.

— Merci d'être venus.

Elle referma la porte derrière eux et tira le verrou.

— Je suis désolée de m'être comportée si étrangement au téléphone, j'étais inquiète et je ne savais pas quoi faire d'autre. Mais maintenant que j'ai eu le temps de reprendre mes esprits, j'ai surtout peur de vous avoir dérangés pour rien. Vous allez sans doute me trouver ridicule.

— Qu'est-ce qui vous inquiétait ? s'enquit Wyatt. Et pour mémoire, sentez-vous libre de nous appeler à tout moment.

— Bien sûr, renchérit Violet. Ce n'est jamais un problème pour nous de venir. Que s'est-il passé ?

Mme Foster s'humecta les lèvres.

— Lorsque je suis arrivée, ce matin à 8 heures, le shérif Masterson m'attendait devant la bibliothèque. J'étais venue tôt pour ranger les étagères. Il est compliqué de le faire après l'ouverture, quand il y a du monde. Surtout le matin parce que je suis toute seule. Une assistante vient m'aider certains après-midi.

Violet se rapprocha.

— Vous n'avez pas l'air bien, remarqua-t-elle, en lui prenant le bras. Puis-je aller vous chercher un verre d'eau ? Voulez-vous vous asseoir ?

Mme Foster hocha la tête et la laissa l'entraîner vers un fauteuil.

— Merci. Comme je le disais, j'ai sûrement réagi de manière excessive. Après ce qui est arrivé à ta grand-mère et à Ruth, je ne peux pas m'empêcher d'angoisser. Je me sens en sursis. J'ai peur d'être la prochaine.

Violet s'assit en face d'elle et posa Maggie par terre. Aussitôt, la petite rampa vers la chaise la plus proche pour s'y accrocher et tenter de se relever. Violet l'avait habillée d'une robe d'été à carreaux rouges et blancs, avec une petite culotte blanche en dessous. Pour compléter sa tenue de cow-girl, il ne lui manquait qu'une paire de bottes mais Violet les avait oubliées, dans sa hâte pour se rendre à la bibliothèque.

De toute façon, pensa-t-elle pour se déculpabiliser, le pédiatre lui avait dit qu'il était préférable de laisser les bébés marcher pieds nus. Bien sûr, Maggie ne marchait pas encore, mais elle essayait de se mettre debout en s'agrippant aux meubles.

Wyatt fronça les sourcils et demanda à Mme Foster :

— Pourquoi le shérif Masterson était-il ici ? Vous dites qu'il vous attendait ?

— Oui, répondit-elle. En fait, je ne parle pas du shérif Masterson actuel mais de son père, l'ancien shérif. Le vieux Tom. Il a été si longtemps shérif que parfois, je me comporte avec lui comme s'il l'était encore.

Violet se tourna vers Wyatt, devinant qu'il avait besoin d'éclaircissements.

— Le mari de Mary Alice était shérif avant que son fils ne prenne la relève. Mais je ne connais pas Tom Masterson. Je ne l'ai jamais rencontré.

— Tu n'as rien manqué, déclara Mme Foster. Il ressemble beaucoup à son fils, en plus odieux. Les chiens ne font pas les chats. Le vieux Tom m'a toujours fait peur et pour ne rien arranger, il a un problème avec l'alcool. D'ailleurs, il était ivre à 8 heures du matin. Cela dit, je ne lui jette pas la pierre. J'imagine qu'il a une vie difficile depuis que sa femme sombre dans la démence.

Elle parut soudain infiniment triste.

— Quand l'état de Mary Alice s'est dégradé, tout le monde en a été bouleversé. Nous nous y attendions bien sûr. C'est le genre de maladie qui ne s'arrange jamais. Mais comment se préparer à une telle épreuve ?

Le cœur de Violet se serra en songeant aux souffrances de Mary Alice et de tous ceux qui l'aimaient.

— Que voulait M. Masterson ?

— Jeter un œil aux ordinateurs. Je l'ai laissé faire, évidemment. Je ne sais même pas si j'aurais pu refuser. Il a quand même été shérif pendant des années. Pendant des décennies. Lorsque j'ai senti son haleine chargée de gin, je me suis inquiétée. Mais surtout, j'ai trouvé étrange qu'il débarque ce matin pour me demander la même chose que vous hier. D'autant plus que Mary Alice et ta grand-mère ont toujours été très proches et que l'une est malade, l'autre à l'hôpital. J'ai peut-être trop lu Agatha Christie mais le voir se présenter pour la première fois de sa vie à la bibliothèque, ivre, et deux heures avant l'heure d'ouverture officielle, a déclenché une alarme interne. C'est idiot, non ? ajouta-t-elle en fronçant les sourcils.

— Pas du tout, répondit Wyatt. C'est la preuve d'un esprit perspicace et intelligent.

— Quand vous dites qu'il vous a demandé la même chose que nous, reprit Violet, voulez-vous dire l'ordinateur sur lequel se connectait ma grand-mère ?

— Oui, répondit-elle en se tordant les mains.

— A-t-il dit ce qu'il cherchait, en particulier ? s'enquit Wyatt.

— Non. Il souhaitait seulement savoir si Gladys avait utilisé les ordinateurs dernièrement et si quelqu'un d'autre était venu m'interroger à ce sujet. J'ai répondu « non » aux deux questions.

Elle rougit.

— En principe, je ne mens pas.

Violet lui sourit.

— Personne ne vous reproche rien. Vous étiez seule avec un homme qui avait bu, vous aviez peur. À votre place, n'importe qui aurait menti.

Mme Foster baissa les yeux.

— Merci de dire ça.

— Je suis sincère, assura Violet. Que pouvez-vous nous dire d'autre ?

— Quand il a parlé de ta grand-mère, je lui ai dit qu'elle était à l'hôpital après être tombée d'une échelle. Il n'a pas fait de commentaire. Il est passé devant moi et s'est assis devant l'un des ordinateurs. C'est à ce moment-là que je t'ai appelée.

Wyatt regardait Maggie qui, en s'accrochant aux chaises, s'efforçait de faire le tour de la table.

— Connaissiez-vous Mary Alice et Tom avant leur mariage ? demanda-t-il.

— Vaguement, répondit-elle. J'ai rencontré Mary Alice à un feu de joie au Potter's Field. C'était un grand lieu de rencontres, autrefois. Nous sommes restées très proches jusqu'à son mariage. Aussi longtemps que nous l'avons pu.

— Pour quelle raison votre amitié n'a-t-elle pas perduré ? s'enquit Wyatt.

Mal à l'aise, Mme Foster tira sur sa jupe, visiblement ennuyée de parler des histoires personnelles des autres. Après un moment, elle se décida pourtant à tout déballer. Elle reporta son attention sur Wyatt.

— Une fois la bague au doigt, tout a changé pour Mary Alice. Depuis des années, elle avait très envie de se marier pour quitter ses parents et être enfin libre de faire ce qu'elle voulait. Mais elle a vite déchanté. Ses parents étaient pénibles mais Tom s'est révélé mille fois pire. Quand ils sont revenus de leur lune de miel, il l'a coupée de tout le monde. Et après la naissance de ses enfants, elle ne sortait presque plus jamais de la maison. Par la suite, la plupart de ses amies ont quitté la région, ce qui n'a rien arrangé.

Nous bavardions encore lorsqu'elle venait chercher des livres à la bibliothèque, chaque semaine. Mais son mari était toujours dehors à l'attendre dans la voiture. En réalité, seule ta grand-mère a toujours refusé de laisser Mary Alice dans cet isolement. Quand sa maladie mentale a été diagnostiquée, ta grand-mère était pratiquement la seule personne que Tom laissait entrer chez lui.

Parvenue près de sa mère, Maggie essaya maladroitement de se redresser. Violet la prit sur ses genoux et l'embrassa.

Wyatt reporta son attention sur Mme Foster.

— Puis-je jeter de nouveau un œil sur les ordinateurs ? Je suis curieux de voir ce que M. Masterson y a cherché pendant qu'il était ici.

— Faites comme chez vous, dit-elle en lui désignant les appareils d'un geste. Pour ma part, je suis surtout contente qu'il soit parti. Son fils a débarqué ici quelques instants avant votre arrivée. Je ne sais pas comment il savait où il était mais il l'a entraîné d'autorité dehors en passant par la porte de service. Il aurait sans doute été embarrassant pour lui d'être surpris en train de sortir son père ivre de la bibliothèque.

Maggie s'agita et Violet la reposa sur le sol. La petite se mit immédiatement à ramper dans la direction où Wyatt était parti.

— Madame Foster ? reprit Violet, une nouvelle question lui venant à l'esprit. Le nom de Henry Davis vous dit-il quelque chose ?

Mme fronça les sourcils.

— Ce nom me semble vaguement familier. Je ne sais pas pourquoi.

— C'était un GI, originaire du comté de Grove, qui a disparu en 1968. Il avait vingt-trois ans, à l'époque.

— Ce nom ne m'est pas inconnu mais je suis incapable de le resituer. Désolée. Je ne sortais pas souvent de River Gorge quand j'étais jeune. Est-il toujours porté disparu ?

— Je l'ignore.

Wyatt revenait, visiblement perdu dans ses pensées. Il était vêtu d'un jean et d'un T-shirt gris qui mettaient en valeur son corps musclé. Violet eut soudain envie de le toucher.

— Il n'y a eu aucune recherche récente sur aucun des ordinateurs, dit-il. Je me demande s'il n'était pas venu uniquement pour consulter l'historique des recherches, comme nous l'avions fait.

Mme Foster eut un geste d'ignorance.

— Je n'ai pas regardé. J'avais peur de m'approcher de lui, alors je suis retournée au bureau et je t'ai appelée, Violet. Sa présence, surtout à cette heure-ci, m'inquiétait.

Violet se pencha pour lui prendre la main. Elle comprenait les sentiments de Mme Foster, ses craintes, sans savoir si elles étaient fondées, s'il y avait un réel danger, ou si elle se faisait des idées.

— Que voulait-il, à votre avis ? poursuivit Mme Foster. De quoi s'agit-il ? D'abord vous, puis Tom... Pourquoi vous intéressez-vous aux recherches Internet de ta grand-mère ? Elle n'a jamais eu l'intention d'adopter un chat, n'est-ce pas ?

— Non.

Violet lui sourit tristement. Elle préférait ne pas en dire davantage pour ne pas l'exposer. Elle reporta son attention sur Wyatt. Son expression sombre l'inquiéta. Que se passait-il ?

— Où est Maggie ? demanda-t-il soudain.

Il se retourna, balayant la salle des yeux.

— Tu la vois ?

— Non.

Violet bondit de sa chaise, la renversant presque dans sa précipitation. Son cœur se serra douloureusement.

— Elle rampait vers toi, il y a un instant.

Wyatt retourna au pas de course vers les ordinateurs.

— Elle n'est pas là, cria-t-il. Maggie !

Sa voix résonna entre les rangées d'étagères remplies de livres. Mme Foster se dirigea vers la porte d'entrée.

— Je vais vérifier si elle ne se serait pas cachée derrière le bureau.

En proie à une angoisse croissante, Violet traversa la bibliothèque, se pencha pour regarder sous les tables, parcourut les allées désertes.

— Maggie ! Maggie ?

Wyatt la rejoignit.

— Elle n'est pas dans la salle de lecture, ni près des ordinateurs, ni dans les lavabos ni dans l'espace réservé aux enfants.

— Maggie ! cria Violet d'un ton désespéré.

Elle passa une main tremblante dans ses cheveux, essayant de réfléchir.

— C'est un bébé. Elle ne peut pas être loin.

— Elle n'est pas assez grande pour atteindre les poignées de portes et elles sont toutes fermées, dit Wyatt. La bibliothèque n'est pas encore ouverte, donc personne n'a pu l'enlever. Alors séparons-nous et recommençons.

— Elle n'est pas ici, c'est évident, répliqua Violet au bord des larmes. Nous avons déjà regardé partout. Quelque chose lui est arrivé. Je le sens. Je le sais ! Maggie !

Elle se tourna sur elle-même et pointa une porte du doigt.

— Mme Foster a dit que le shérif avait emmené son père par la porte de service.

— Maggie serait incapable de l'ouvrir, objecta Wyatt.

— Et si quelqu'un était entré par là et l'avait enlevée ?

Elle s'élança vers la porte et la poussa. Sans difficulté. Elle n'était pas verrouillée.

Maggie n'aurait pas pu l'ouvrir, pensa Violet en regardant la rue à la recherche du shérif ou peut-être de la voiture de derby bleue et blanche. Mais un adulte, oui.

Elle aperçut soudain au loin sur le trottoir une petite robe à carreaux et se rua dans cette direction, affolée.

— Non ! Maggie ! Non !

En rampant, son bébé se rapprochait dangereusement de la chaussée alors que de nombreuses voitures y passaient à toute allure.

9

— Maggie ! Arrête-toi !

Traversée par une décharge d'adrénaline, Violet s'élança vers l'enfant mais dans sa précipitation, elle se tordit la cheville et s'étala de tout son long sur le trottoir, les mains en avant.

Des larmes jaillirent de ses yeux tandis qu'elle se relevait pour reprendre sa course, de plus en plus angoissée.

Inconsciente du danger, la petite fille se tourna vers elle et sourit, croyant à un nouveau jeu. Et très vite, elle se recoucha sur le ventre pour avancer en s'aidant de ses bras, en mode « commando ». Une brise légère soulevait la jupe de sa robe rouge et blanche.

Violet courait de toutes ses forces.

— Bébé, attends ! Attends maman !

Mais Maggie ne l'entendait plus. Attirée par un sac en plastique accroché à une plaque d'égout qui se gonflait sous le vent comme un ballon, elle se hâtait vers la chaussée. Le sac disparaissait et réapparaissait, écrasé par les voitures qui roulaient dessus pour se regonfler immédiatement.

— Maggie !

Wyatt passa devant Violet. En trois enjambées, il rattrapa la petite, la souleva dans ses bras et la tendit à Violet.

Intensément soulagée, Violet la prit contre elle, la serra avec force avant d'exploser en sanglots.

— Pardonne-moi, ma chérie. J'ai eu tort, je n'aurais pas dû te quitter des yeux. Je t'aime tellement.

Perturbée par ses larmes, Maggie se tortilla en pleurant.

Violet essuya ses joues.

— Maintenant, je lui fais peur. Calme-toi, ma puce. Ça va.

Elle fit sauter Maggie dans ses bras, luttant contre la vague d'émotion qui l'étreignait encore.

Wyatt la prit par les épaules, lui offrant de la force et du réconfort, et les entraîna vers la bibliothèque.

— Ce n'était pas ta faute, dit-il. Tu n'avais aucune raison de t'inquiéter. Tu ne pouvais pas savoir.

Il la fit entrer dans le bâtiment.

— Prends un moment pour te ressaisir, bois un peu d'eau. Ensuite, nous irons rendre visite à Mary Alice et son mari, l'ancien shérif.

Violet n'était pas sûre d'être prête à rencontrer Tom Masterson. Si, comme elle le pensait, il n'était pas étranger à la mésaventure de Maggie, il pourrait être le prochain à l'hôpital.

Wyatt expliqua à Mme Foster ce qui s'était passé et lui recommanda de veiller sur elle, de se méfier de tout le monde. Elle lui indiqua comment aller chez les Masterson.

Violet éprouvait une gratitude sans bornes pour Wyatt. Non seulement il avait sauvé sa fille, mais il restait fort quand elle n'y parvenait plus. Et surtout, il gardait la tête froide. Il était déterminé à avancer, à découvrir la vérité et à démasquer le coupable, alors qu'elle était tentée de courir se cacher dans un coin.

Lorsqu'ils regagnèrent le camion, elle attacha Maggie dans son siège-auto avant de rejoindre Wyatt à l'avant du pick-up.

— Je n'arrive toujours pas à croire à la réalité de ce qui vient de se produire, dit-elle, en proie à une peur résiduelle. Quel monstre est-il capable de ce genre de choses ? Tenter de m'envoyer dans le décor ou peindre des menaces sur ma voiture est une chose. Mais enlever une petite fille à sa mère pour la laisser seule et sans protection dans la rue, là où elle pourrait se faire écraser ou kidnapper par n'importe qui, en est une autre.

Le souvenir de son bébé rampant vers la chaussée et les voitures remonta à sa mémoire. Une larme roula sur sa joue.

Sans un mot, Wyatt prit sa main et mêla leurs doigts. De l'autre main, il tenait fermement le volant.

Violet posa la tête sur son épaule.

Wyatt se gara devant une maison bien entretenue sur Ridge Road. Un drapeau américain flottait sur le pignon du toit.

Wyatt se tourna vers Violet.

— Prête ? demanda-t-il.

— Pas du tout, répondit-elle. Rien ne prouve que Tom Masterson a pris Maggie et l'a sciemment laissée sur le trottoir devant la bibliothèque. Mais j'en suis persuadée. Et j'ai très envie de le frapper. De le massacrer.

— Moi aussi. Mais tu as raison. Nous n'avons aucune certitude, alors évitons les conclusions hâtives. Nous devons avancer avec prudence. Chercher des réponses, pas une vengeance. Pas encore, ajouta-t-il même si l'idée de corriger celui qui avait pris le bébé ne lui déplaisait pas.

Violet se tourna vers lui.

— D'accord. Mais si j'ai un jour la preuve qu'il est responsable, qu'il a mis volontairement ma fille en danger, je l'étranglerai.

— Et je t'y aiderai, répondit-il en lui frappant la main pour sceller leur pacte et alléger l'ambiance.

Avec un petit rire, elle ouvrit sa portière.

— Allons-y.

Le sourire de Wyatt s'élargit. Il se rendit compte soudain à quel point il l'admirait. Il était fier de la façon dont elle se battait et défendait Maggie. Elle restait debout dans les épreuves quand tant d'autres s'écroulaient.

Violet libéra l'enfant de son siège-auto.

Maggie enfouit aussitôt la tête dans le cou de Violet. Après avoir tant pleuré, elle était épuisée.

Le grincement de la porte-moustiquaire de la belle maison attira soudain leur attention. Ils virent une vieille femme frêle en robe de chambre et bigoudis sortir sur la terrasse. Elle se laissa choir sur la balancelle, posant un sac de toile à ses pieds. Elle en tira une paire d'aiguilles et une grosse pelote de laine bleue.

— S'agit-il de Mary Alice ? chuchota Wyatt.

Violet la regarda avec attention.

— Oui mais elle était si ronde et si élégante autrefois que j'ai du mal à la reconnaître, murmura-t-elle.

Mary Alice se mit à tricoter. Tout en travaillant, elle fredonnait.

Violet glissa son bras sous celui de Wyatt et l'entraîna vers la terrasse. Elle s'approcha de la vieille dame.

— Mary Alice ?

La pauvre femme interrompit son ouvrage et leva la tête, l'air hagard. Ses yeux bleu laiteux se posèrent sur Violet.

Son regard était vide, distant. Wyatt regretta de ne pouvoir voir à l'intérieur de la maison malgré une porte ouverte. Le vieux Tom s'y trouvait-il ? L'idée de pénétrer un territoire potentiellement hostile, de poser des questions, sans savoir où il mettait les pieds l'ennuyait. De plus, il était conscient qu'il serait très difficile d'interroger une femme dans l'état de Mary Alice.

Celle-ci lança :

— Bonjour. Il fait beau, aujourd'hui.

— Oui, répondit Violet. Comment allez-vous ?

— Très bien, merci. Je tricote une couverture pour Tom. Il fait souvent froid, la nuit.

Violet glissa un œil vers Wyatt.

Il n'eut aucun mal à lire dans ses pensées. Les nuits étaient caniculaires. Pour réussir à dormir, il fallait ouvrir les fenêtres, créer des courants d'air. Mary Alice n'avait décidément plus toute sa tête, ce qui ne l'aiderait pas à répondre à des questions. Pourtant, il laissa Violet continuer. Confuse ou non, Mary Alice était leur seule chance d'avancer.

Violet décocha un sourire éclatant à la vieille femme.

— J'espère que nous ne vous dérangeons pas. Tom est-il là ?

Wyatt regarda Mary Alice avec attention. Sa réponse était capitale.

Elle se remit à son ouvrage.

— Non. Il est au travail. Il fait partie de l'équipe du soir pour pouvoir être avec moi et le bébé, pendant la journée.

Wyatt s'essuya le front d'un revers de main. Les propos de Mary Alice lui permettaient de mesurer la gravité du problème. Ils avaient peu de chances d'obtenir quoi que ce soit d'utile. Elle pensait qu'elle avait un bébé, que son mari était au travail et non en retraite... Et apparemment, elle n'avait plus la notion du temps non plus. Il était à peine 10 heures du matin.

Mary Alice reporta soudain son attention sur Violet.

— C'est ta petite-fille, Gladys ? demanda-t-elle. Il est honteux que sa mère se soit enfuie avec cet homme en te laissant sa gamine sur les bras. Cela vaut mieux pour Violet, c'est sûr. Mais pour toi, c'est dur, ajouta-t-elle en secouant la tête.

Violet serra le bras de Wyatt.

Mary Alice pensait donc que Violet était sa grand-mère ? Et que Maggie était Violet ?

Wyatt couvrit sa main de la sienne pour la rassurer. Il se reprochait d'avoir entendu des secrets qu'il n'était pas censé connaître, mais Violet savait certainement qu'il ne portait jamais de jugement. Il se moquait de savoir qui l'avait élevée ou pourquoi. Il était là pour elle et pour Maggie. Le reste ne lui importait pas.

Violet mit sa main en visière pour protéger ses yeux du soleil.

— Je suis Violet, dit-elle. Voici ma fille, Maggie, et mon petit ami, Wyatt.

Ce dernier se redressa et lui tendit la main pour la saluer mais Mary Alice ne la vit pas. Elle se remit à fredonner.

Il laissa alors tomber sa main, stupéfait de comprendre soudain à quel point et sans aucun professionnalisme, il s'était attaché à Violet et à son bébé.

Elle caressa l'enfant endormie dans ses bras.

— Mary Alice, vous souvenez-vous de Henry Davis ? demanda-t-elle, visiblement froissée par la remarque de Mary Alice à propos de sa mère.

La vieille dame la fusilla du regard.

— Je t'avais interdit de prononcer ce nom. Il s'agit d'un secret. De *mon* secret. Pas du tien. Tu ne dois jamais parler de lui.

— Je suis désolée, bégaya Violet.

Wyatt fronça les sourcils, ne sachant pas quoi répondre ni même ce que signifiait cette brusque colère.

— Je ne voulais pas en parler, poursuivit Violet. J'avais oublié. Je suis désolée.

Mary Alice secoua la tête.

— Je t'ai dit mille fois de n'en souffler mot à personne. Tu lui as dit à lui ? ajouta-t-elle en désignant Wyatt d'un mouvement de menton d'un air peu amène.

— Non, promit Violet. Pas un mot, je le jure. Je suis passée te voir parce que j'avais du mal à me souvenir de certaines choses, ces temps-ci et que j'espérais que tu pourrais m'aider.

Wyatt promenait les yeux autour de lui, s'efforçant de scruter l'intérieur de la maison, d'écouter les bruits pour tenter de deviner si le vieux Masterson était là, sur le point de surgir, de les interrompre, de les jeter dehors.

L'expression de Mary Alice s'adoucit.

— Moi aussi, j'oublie tout, dit-elle.

— C'est dur, renchérit Violet avec un gros soupir. Je déteste ça. Si seulement j'arrivais à me souvenir de Henry Davis, je...

— Je t'ai dit d'arrêter !

Violet sursauta et se rapprocha de Wyatt comme si la vieille dame pouvait devenir une menace.

Il se pencha vers elle, la rassurant du regard.

— Continue, murmura-t-il. Prends ton temps, ne la bouscule pas.

Violet hocha la tête.

— Désolée, je ne le fais pas exprès, dit-elle. J'oublie tout.

Mary Alice écarquilla les yeux. Elle se pencha en avant, posant ses coudes osseux sur ses genoux.

— Tu n'as pas oublié où tu l'as mise, n'est-ce pas ?

— De quoi parles-tu ? demanda Violet. Je crois que j'ai oublié. Et toi, tu sais où je l'ai mise ?

— Non ! cria Mary Alice.

Elle se leva brusquement et se mit à arpenter la terrasse.

— Tu m'avais dit que tu la cacherais dans un endroit sûr. Tu avais promis ! Et maintenant, tu l'as perdue ?

— Je ne sais pas, balbutia Violet. J'ai oublié de quoi il s'agit. Si tu me le dis, je me souviendrai où je l'ai mise. C'était quoi ? Dis-le-moi.

Mary Alice s'arrêta pour regarder de plus près Violet. Puis elle examina Maggie et Wyatt.

Il se demanda ce qu'elle voyait. Cette pauvre femme était pour lui un mystère complet, un être totalement imprévisible.

Elle se rassit, considéra ses ongles, la terrasse, le ciel. Puis soudain, elle plongea son visage entre ses mains et explosa en sanglots.

— Mary ? lança soudain une voix de ténor. Mary ? Je suis rentré. J'arrive.

Quand la porte-moustiquaire se rouvrit, Mary Alice se précipita contre la balustrade de la terrasse avec un cri.

Un vieillard aux cheveux gris, grand et maigre mais aux larges épaules s'approcha d'elle et la prit dans ses bras. Il la berça maladroitement.

Il n'est probablement pas encore remis de sa cuite, pensa Wyatt.

— Qu'y a-t-il, chérie ? gronda-t-il.

— Je ne sais pas, répondit-elle d'une voix étouffée. Je ne me souviens pas.

Tom Masterson remarqua alors Wyatt, Violet et Maggie.

— Qui êtes-vous ? Et que faites-vous chez moi ?

Son T-shirt rouge était déchiré à la manche et son jean bleu délavé pendait sur ses hanches.

— C'est vous qui l'avez fait pleurer ? reprit-il, les poings serrés.

Il était ivre et avait du mal à articuler les mots. Il loucha sur Maggie. Sa bouche s'ouvrit à nouveau comme s'il s'apprêtait à ajouter quelque chose mais il ne parla pas.

Il vient de comprendre, pensa Wyatt. *Il reconnaît Maggie.*

Wyatt lutta contre l'envie de demander à Violet d'aller l'attendre avec le bébé dans le camion. Il rêvait de prendre le vieil homme par le col, de le bombarder de questions et d'obtenir des réponses par la force si nécessaire.

Il lui fallut un instant pour recouvrer la maîtrise de lui-même.

— Je suis Wyatt Stone, répondit-il avec calme. Voici ma petite amie, Violet Ames, et sa fille, Maggie. Nous sommes venus parce que la grand-mère de Violet, qui est une amie de Mary Alice, a eu un accident. Elle est à l'hôpital.

Mary Alice s'accrocha au bras de son mari.

— Quoi ?

— Ma grand-mère est tombée, déclara Violet. Je ne sais pas comment elle est tombée mais elle est dans le coma. Elle ne se réveille pas.

Une lueur passa dans les yeux de la vieille femme. Elle leva le menton, regarda son mari. Mary Alice était de retour.

Tom Masterson perçut également le changement qui s'opéra chez son épouse. Il la saisit par les épaules et planta les yeux dans les siens.

— Que t'ont-ils demandé ? Qu'as-tu dit ?

— Rien, balbutia-t-elle, essayant en vain de se libérer de son emprise. Je ne sais pas.

— Pourquoi pleures-tu ?

Mary Alice parvint à s'écarter de lui. Elle passa les doigts sur ses joues humides.

— Je pleure ? dit-elle, étonnée.

Tom ouvrit la porte et la força à entrer.

— Bon sang ! Je t'ai dit mille fois de ne pas parler à des étrangers. Et s'ils étaient venus pour te faire du mal ?

— Pourquoi quelqu'un voudrait-il lui faire du mal ? lança Violet.

— Ne vous mêlez pas de ça, dit-il, les yeux brillants de rage. Ce n'est pas à vous de me dire comment je dois m'occuper de ma femme. Et maintenant, partez. Vous n'avez rien à faire chez moi.

Violet recula, sonnée par la réflexion du vieux Masterson sur sa femme.

— Nous sommes venus voir Mary Alice.

— Pourquoi ? demanda-t-il. Elle ne va pas bien et vous la harcelez. Je vais porter plainte.

Violet prit une expression moqueuse.

— Et pour quoi ? Que me reprochez-vous exactement ?

— Pour harcèlement ! Pour l'avoir fait pleurer. Vous lui faites peur.

— C'est *vous* qui la terrifiez, répliqua Violet.

Wyatt s'avança pour protéger Violet et Maggie, au cas où la situation dégénérerait et où l'ancien shérif en viendrait aux mains.

— Nous ne voulions pas contrarier votre femme, monsieur Masterson. Nous ne sommes venus que parce qu'elle est très proche de la grand-mère de Violet.

Mary Alice les regardait à travers la porte-moustiquaire, les mains pressées contre le fin grillage de chaque côté de son visage.

— Je veux voir Gladys, dit-elle. Je ne savais pas qu'elle était tombée. Je ne comprends pas ce qui lui est arrivé. Je veux la voir.

— Tais-toi, Mary, dit Tom d'un ton las.

— Nous ne savons pas non plus ce qui s'est passé, déclara Violet. Elle ne va pas bien.

Avec un cri de frustration, Tom frappa le mur. Apeurée, Mary Alice recula d'un pas.

— Va t'allonger, lui ordonna-t-il. Gladys est une vieille dame qui est tombée d'une échelle. C'est tout.

— C'est tout, vraiment ? insista Violet.

Les yeux remplis de larmes, Mary Alice dévisageait son mari.

— Oui, grogna-t-il, c'est tout.

Mary Alice se détourna et entra enfin dans la maison, laissant la porte se refermer en grinçant derrière elle.

Tom posa les mains sur ses hanches et haussa les épaules à nouveau.

— Si vous osez revenir tourmenter ma malheureuse femme,

je porterai plainte et vous le paierez cher. Maintenant et pour la dernière fois, sortez de chez moi.

Violet se détourna et se hâta vers le camion de Wyatt.

Un long moment, Wyatt regarda fixement Tom, l'évaluant. Il espérait que le vieillard laisserait échapper quelque chose d'utile, vu son état d'énervement.

Il ne le fit pas.

— Au revoir, monsieur Masterson, dit Wyatt. Et à bientôt.

Wyatt ne savait pas comment ni pourquoi, mais il était sûr que l'ancien shérif cachait quelque chose.

Il devina que Tom Masterson ferait n'importe quoi, irait jusqu'à tuer, pour dissimuler ses crimes passés. Il n'avait pas hésité à s'attaquer à la grand-mère de Violet, à Ruth, à Violet, à un bébé. Il s'en prendrait à sa propre femme si nécessaire.

Tout en s'éloignant, Wyatt espérait que Mary Alice ne serait victime d'aucune chute douteuse dans un avenir proche.

10

Violet sirotait un verre de thé glacé sur la terrasse, à l'arrière de la maison. Elle était reconnaissante à Wyatt d'avoir insisté pour retourner chez sa grand-mère et y faire une petite halte au lieu de se précipiter à l'hôpital. Elle n'avait pas mesuré tout de suite à quel point les événements de la matinée l'avaient fatiguée, mais à un moment, pendant que Maggie faisait sa sieste, elle s'était endormie sur une chaise de la cuisine.

Elle sourit à la vue de sa petite fille qui, assise à ses pieds, mâchouillait consciencieusement sa girafe en caoutchouc.

La porte-moustiquaire s'ouvrit et Wyatt apparut.

— Vous allez bien, mesdames ?

Maggie se tourna vers lui pour lui décocher un grand sourire avant de recommencer à mordre son jouet.

Violet fit de son mieux pour paraître détendue, tout en sachant que Wyatt n'était sans doute pas dupe de son expression. Il semblait doté du don de double vue, capable de sonder les reins et les cœurs au-delà des apparences et des faux-semblants. De son œil pénétrant, il regardait les gens quand ils parlaient, bougeaient et il décryptait leurs comportements sans même y penser. Elle regrettait de ne pas avoir ce don. Il lui aurait été bien utile en amour. Si elle avait eu la faculté de voir les hommes tels qu'ils étaient, elle n'aurait pas eu le cœur brisé parce que le père de Maggie l'avait plaquée, elle n'aurait peut-être pas passé la première moitié de sa grossesse à pleurer toutes les larmes de son corps. Et elle n'aurait pas passé la seconde à ruminer sa colère contre sa propre stupidité. Elle aurait alors peut-être même su que ce pauvre type n'aurait plus eu la moindre importance dès qu'elle poserait les yeux sur le petit visage de Maggie dans la salle d'accouchement. À partir de ce moment-là, sa fille était devenue le centre de tout.

Violet ne pouvait s'empêcher de se demander si Wyatt devinait également les remous et les tourments qui agitaient son cœur. Savait-il à quel point il la troublait ? Lui plaisait ? Se doutait-il du rôle central qu'il jouait dans ses fantasmes ? Si au départ, ceux-ci avaient été très érotiques, maintenant, elle s'imaginait fonder une famille avec lui...

La tête penchée sur le côté, Wyatt la dévisageait de son œil de lynx, et un long frisson la parcourut.

— Viens t'asseoir, lui lança Violet. Il y a une belle vue de la terrasse.

Il s'avança vers elles. En passant devant Maggie, il lui fit une grimace. Puis il s'installa à côté de Violet qui ne put s'empêcher de rougir, une réaction stupide, au demeurant.

— As-tu progressé dans tes recherches ? demanda-t-elle pour dissimuler sa gêne.

— Pas vraiment. Cela dit, j'ai mis Sawyer sur le coup et il est très doué pour découvrir ce que d'autres ont voulu enterrer.

Les mâchoires serrées, il détourna la tête. Était-il frustré ? s'interrogea-t-elle. Elle avait beau faire, elle ne parvenait pas à lire en lui comme lui lisait en elle.

— Nous pourrions poser quelques questions à l'hôpital, dit-elle, regrettant de ne rien avoir de mieux à proposer. J'aimerais bien savoir sur quoi ma grand-mère avait envie d'enquêter. Je reprendrais volontiers le flambeau pour trouver ce qu'elle cherchait.

Wyatt étendit ses longues jambes devant lui.

— Moi aussi.

Wyatt avait passé la journée sur son ordinateur portable, utilisant son smartphone lorsqu'il avait besoin de se connecter sur Internet. Il avait effectué de nombreuses investigations sur Henry

Davis, sur la famille Masterson et sur les grands-parents de Violet. Jusqu'à présent, il n'avait pas établi de liens clairs entre eux tous.

— Je me demande ce que Mary Alice avait confié à ta grand-mère, dit-il. Elle a perdu la mémoire mais elle n'a pas tout oublié puisqu'elle se souvient l'avoir chargée de cacher quelque chose pour elle.

— Et la maison a sans doute été visitée pour cette raison. L'intrus cherchait ce quelque chose et manifestement, il ne l'a pas trouvé.

Seule sa grand-mère pourrait les mettre sur une piste, leur dire de quoi il retournait.

— Que dirais-tu d'un petit tour en voiture ? suggéra Violet.

— Pour aller à l'hôpital ?

— Exactement. Quelqu'un nous aurait appelés si ma grand-mère était sortie du coma ou si son état avait empiré, je sais. Mais...

— Mais tu aimerais la voir. Je ne te le reproche pas.

Maggie s'accrocha aux jambes de Wyatt et lui tendit son jouet.

Wyatt haussa un sourcil surpris.

— Tu me donnes ta girafe ? Cela me touche beaucoup, ma puce. Un grand merci !

— Non !

Wyatt éclata de rire. Il prit la petite fille dans ses bras et se leva avec souplesse avant de tendre sa main libre à Violet.

— Autant y aller maintenant et profiter au maximum des heures de visite.

Violet s'efforça d'ignorer le frisson qui la parcourut comme chaque fois qu'il la touchait.

L'hôpital était plus calme le soir. À cette heure-ci, la plupart des gens étaient rentrés chez eux pour dîner. D'ailleurs, quelqu'un leur demanderait de quitter les lieux à 20 heures.

Comme ils passaient devant le poste d'infirmières, Violet aperçut Tanya devant un écran d'ordinateur.

— Hello, lança-t-elle doucement.

Sa cousine lui sourit.

— J'espérais bien te voir, ce soir, dit-elle en se levant pour l'embrasser. Où est Maggie ? ajouta-t-elle soudain.

Violet regarda derrière elle.

— Là-bas.

Elle lui montra du doigt le couloir au bout duquel se tenait Wyatt. Penché en avant, il tenait les petites mains de Maggie dans les siennes pour l'aider à marcher. Les bras levés au-dessus de sa tête, l'enfant balançait les jambes maladroitement devant elle.

Violet sourit, heureuse et fière de sa fille. Voir Wyatt avec la petite la faisait fondre.

Tanya applaudit.

— Bravo, petite princesse. Elle n'est plus très loin d'y arriver, dit-elle.

— Je crois qu'elle aura encore besoin d'aide pendant quelque temps, répondit Violet, plus réaliste. Wyatt, laisse-moi te présenter ma cousine, Tanya. Tanya, voici Wyatt.

— Vous êtes le petit ami dont tout le monde parle.

— Ravi de faire votre connaissance, dit Wyatt.

— Y a-t-il du nouveau avec Grandma ? demanda Violet dans l'espoir de détourner l'attention de Tanya de Wyatt.

— Son état est stationnaire mais le médecin pense que le pire est derrière elle. Il s'attend à ce qu'elle se réveille bientôt.

Violet soupira de soulagement.

— Vraiment ?

— D'après lui, elle devrait sortir du coma dans les heures prochaines, maintenant. Elle a bien supporté les différentes opérations qu'elle a subies et elle se rétablit. Notre grand-mère est forte, Violet. Elle sera bientôt sur pied.

Le sourire de Violet s'élargit.

— Sans aucun doute.

Le téléphone de bureau se mit à sonner et Tanya fronça les sourcils.

— Je dois prendre cet appel mais je suis de service jusqu'à 23 heures, alors ne vous inquiétez pas des heures de visite officielles. Je n'ai pas l'intention de vous expulser.

Avant de s'éloigner, elle décocha un grand sourire à Wyatt.

Violet sentit la morsure de la jalousie blesser son cœur. Faux petit ami ou pas, elle commençait à se sentir très attachée à Wyatt.

— Tanya ? dit soudain Wyatt.

— Oui ? dit-elle en se retournant

— Connaissez-vous Mary Alice Masterson ?

— Bien sûr. C'est une grande amie de notre grand-mère.

— Comment va-t-elle ? poursuivit-il. Nous avons entendu dire que son état avait empiré dernièrement. Savez-vous pourquoi ?

Tanya appuya sur une touche pour mettre sa conversation téléphonique en attente.

— Mary Alice est malade depuis longtemps, expliqua-t-elle à Wyatt. Elle est arrivée aux urgences, il y a quelques semaines, après une mauvaise chute dans sa cuisine. Les médecins ont alors effectué une batterie de tests qui ont montré que sa maladie mentale s'était fortement aggravée. Ils ont d'ailleurs conseillé à M. Masterson de la placer dans un établissement spécialisé, dans un centre de vie assistée, à proximité de chez lui. Mais il a refusé. Il semble déterminé à la garder à la maison et personne n'a insisté.

Wyatt fronça les sourcils.

— N'était-il pas obligé de suivre les recommandations médicales ? De faire ce qui est le mieux pour Mary Alice ?

— Il est en bonne santé et à la retraite. Il a donc la possibilité de s'occuper d'elle, répondit Tanya. S'il le faut, il pourra embaucher une infirmière à domicile pour l'aider. Pour les patients dans la situation de Mary Alice, il vaut toujours mieux rester à la maison quand c'est possible. Chez elle, elle a ses repères. Mais bien sûr, chaque famille en décide en fonction de ses propres capacités.

Wyatt hocha la tête.

Tanya sourit.

— Pardon. Je dois répondre à cet appel.

— Bien sûr.

Violet entraîna Wyatt vers la chambre de sa grand-mère et s'assit à côté de son lit. Elle lui prit la main et lui raconta d'une voix douce tout ce qu'elle et Wyatt avaient fait depuis qu'ils avaient appris sa chute dans la grange. Elle avait lu quelque part que les personnes plongées dans le coma percevaient ce qui se passait autour d'elles.

— Si tu m'entends, Grandma, j'ai besoin que tu te réveilles et que tu me dises le sens de toute cette histoire, chuchota-t-elle en caressant tendrement ses cheveux gris. Un danger plane au-dessus de nous, de toi, de Maggie et de moi. Et j'ai peur.

Wyatt posa une main protectrice sur son épaule pour la tranquilliser et lui redonner confiance.

Violet appuya ses joues ruisselantes de larmes contre lui. Sa gratitude à l'égard de cet homme hors du commun ne cessait de croître.

Wyatt ouvrit la portière passager de son camion et attendit que Violet attache Maggie dans son siège-auto. Dès que Violet fut installée à l'avant, il s'assit au volant. La journée avait été éprouvante, sans doute l'une des pires depuis son arrivée, songea-t-il en démarrant. La disparition de Maggie, ce matin, leur angoisse croissante tandis qu'ils la cherchaient partout avant de la voir, rampant vers une route très fréquentée... L'estomac noué, Wyatt se remémora la scène. Il se demandait comment Violet n'avait pas sombré dans la folie après cet épisode. Elle avait eu très peur, elle en avait été profondément affectée mais elle restait debout.

Et maintenant, manifestement, elle réfléchissait aux événements et s'inquiétait de la suite. Il aurait aimé qu'elle lui en parle mais elle semblait perdue dans ses pensées, à des années-lumière de lui.

Le silence qui était tombé dans le camion devenait pesant, la nuit qui les enveloppait suffocante. L'expression préoccupée de Violet se reflétait dans la vitre de sa portière.

N'y tenant plus, il finit par se tourner vers elle.

— As-tu envie d'en parler ? demanda-t-il.

— Je voudrais tellement qu'elle sorte du coma, répondit-elle. Elle seule peut nous expliquer toute l'affaire. Il faut qu'elle se réveille. J'ai une théorie à propos de cette histoire ou du moins, une hypothèse. Aimerais-tu l'entendre ?

— Bien sûr.

Il lui jeta un bref coup d'œil avant de reporter son attention sur la route.

Violet se pencha vers lui dans l'ombre.

— Je pense que Mary Alice a confié à ma grand-mère quelque chose qui l'a bouleversée. Et voilà pourquoi elle a commencé à se poser des questions et à enquêter. Quel que soit ce secret, il était si grave qu'elle ne pouvait pas s'en désintéresser, laisser tomber ou le mettre sur le compte de la maladie mentale de Mary Alice. Et je suis persuadée que tout est lié au dénommé Henry Davis.

Wyatt était d'accord. Il partageait globalement la même théorie sur le sujet mais celle de Violet était plus inquiétante. En effet, si elle avait raison, il serait dangereux pour sa grand-mère de sortir du coma. Si elle reprenait conscience, celui qui l'avait assommée dans la grange serait alors enclin à venir terminer le travail...

— Et à mon avis, le vieux Masterson connaît le secret de Mary Alice, poursuivit Violet. L'état mental de sa femme lui fait peur parce qu'il ignore si elle a définitivement tout oublié ou si elle va tout déballer au premier venu. Il s'efforce de la garder sous cloche pour qu'elle ne parle pas mais la situation est stressante pour lui. Voilà pourquoi il boit du matin au soir et pourquoi il préférerait que je parte.

— D'après toi, c'est lui qui conduisait la voiture bleue et blanche ?

Sawyer était tout à fait capable de se renseigner sur la question. Même si la vieille voiture n'était pas immatriculée sous le nom du shérif ou de son père, Sawyer saurait trouver le lien avec eux s'il y en avait un.

— Oui, et si ma théorie est juste, il ne va plus tarder à avoir des ennuis et il s'en doute. Soit ma grand-mère va se réveiller et le dénoncer, soit je vais finir par découvrir le secret de Mary Alice.

— Ton raisonnement se tient, dit Wyatt. Peut-être est-il temps de nous concentrer sur cette vieille voiture. Si nous découvrons qui était au volant, qui t'a poussée hors de la route, nous aurons le nom de celui qui veut que tu partes. Et nous aurons alors la possibilité de comprendre pourquoi.

Le véhicule n'avait pas de plaque d'immatriculation mais Wyatt l'avait bien vu quand il l'avait poursuivi dans l'allée, alors qu'il s'éloignait de la maison. Il y avait forcément un registre, une photographie, quelque chose qui reliait cette épave roulante à son propriétaire.

— Merci, dit Violet.

Elle se tourna vers lui et ajouta :

— Je suis heureuse que tu sois là.

Wyatt reporta son attention sur la route. Se remémorer sa mission, l'objet de sa présence, lui était de plus en plus difficile. Il devenait trop attaché à Violet, trop attiré par elle. Il avait été embauché par Gladys Ames pour effectuer un travail précis et jusqu'à présent, il avait échoué. Au lieu de se concentrer sur l'enquête, il ne cessait de se faire des idées à propos de Violet, des idées qu'il n'avait pas eues depuis très longtemps. Il n'était pas de l'étoffe dont on faisait les maris ou les pères. L'armée l'avait sculpté, avait fait de lui l'homme qu'il était. Pourtant, son cœur avait fondu quand Maggie lui avait offert sa girafe adorée. Ou lorsque Violet lui faisait confiance pour la soutenir et la réconforter. Être aimé d'elles deux le comblerait. Pourtant, il ne devait pas y penser, s'illusionner. Violet ne voulait pas d'un autre militaire dans sa vie. Et jusqu'à son dernier souffle, et même s'il vivait cent ans, Wyatt était et serait toujours un ranger.

Des gyrophares illuminèrent soudain l'obscurité derrière lui, le ramenant au présent.

Violet se retourna pour regarder derrière.

— Que se passe-t-il ? C'est pour toi ?

Wyatt leva le pied et se rabattit sur le bas-côté pour permettre au conducteur de le dépasser.

— Je ne crois pas. Je respecte les limites autorisées. Je vais le laisser me doubler.

Mais la voiture de patrouille resta derrière lui et ajouta bientôt une sirène aux gyrophares.

Avec un soupir, Wyatt finit par s'arrêter. Il sortit son permis de conduire et les papiers du camion ainsi que son autorisation de port d'armes. Puis il baissa sa vitre et attendit. Les mains en évidence sur le volant, il tenait les documents entre les doigts.

Près de lui, Violet secoua la tête.

— C'est ridicule, gronda-t-elle. Ils n'ont donc rien de mieux à faire que nous faire peur, nous menacer ou nous harceler ?

Le faisceau d'une lampe torche éblouit bientôt Wyatt qui grimaça.

— Tout va bien, officier ?

L'adjoint Santos éclaira les mains de Wyatt.

— Vos papiers, je vous prie.

— Quel est le problème ? s'enquit Wyatt. Je suis sûr que je ne roulais pas trop vite.

L'adjoint Santos examina les papiers du véhicule.

— S'agit-il de votre camion ?

— Absolument. Je l'ai acheté quelques jours après avoir quitté l'armée.

— Pouvez-vous m'expliquer pour quelle raison ce véhicule a été signalé comme volé ?

Wyatt en resta un instant bouche bée.

— Non, monsieur. Je ne comprends pas.

Wyatt avait travaillé dur pour gagner de quoi acquérir son camion qui était devenu pratiquement sa deuxième maison depuis qu'il avait fondé Fortress Security. Et pourtant, quelqu'un prétendait qu'il l'avait volé ? Il serra plus fort le volant.

Santos le dévisagea un moment.

— Avez-vous une arme avec vous ? demanda-t-il enfin.

— Et même deux, une à la cheville et une autre dans la boîte à gants.

— Pour quelle raison ? Deux armes semblent un peu exagérées pour une sortie en semaine.

— Je ne pense pas, marmonna Wyatt.

Il riva les yeux sur ceux de l'adjoint, pesant une décision majeure. Pouvait-il lui faire confiance ? Était-il de mèche avec le shérif ?

Violet prit soudain les devants.

— Wyatt nous protège, Maggie et moi, dit-elle, se penchant de côté pour mieux voir l'adjoint.

Santos rendit ses papiers à Wyatt.

— Je suis heureux que vous ayez quelqu'un pour veiller sur vous, mademoiselle Ames. Mais les habitants de River Gorge n'ont pas l'habitude de sortir leur artillerie pour un oui ou pour un non, vous savez. Ce n'est pas la jungle ici, ajouta-t-il en souriant, peut-être pour alléger l'atmosphère.

— Ce n'est pas ce que je voulais dire, répondit-elle.

Wyatt décida finalement de prendre le risque de se confier à l'adjoint, à quelqu'un qui pourrait les aider, en espérant qu'il ne commettait pas ainsi une grave erreur.

— D'accord, je vais tout vous expliquer. Pour commencer, je ne suis pas son petit ami. Mais le cofondateur d'une entreprise, basée à Lexington, chargée de la sécurité des personnes. La grand-mère de Violet m'avait embauché quelques jours avant cette chute qui l'a plongée dans le coma. J'enquête donc pour découvrir pourquoi. Pour comprendre ce qui l'avait effrayée au point de faire appel à une protection extérieure au lieu de s'adresser au shérif local comme n'importe qui l'aurait fait.

Santos regarda un instant la route avant de reporter son attention sur Wyatt.

— Continuez...

— Depuis la tragédie qui a envoyé Mme Ames à l'hôpital, Violet et moi avons été la cible de nombreuses attaques, vous ne l'ignorez pas. Quelqu'un au volant d'une vieille voiture a tenté de l'envoyer dans le décor, la maison a été cambriolée, quelqu'un a pris sa fille à la bibliothèque et l'a laissée sciemment seule sur le trottoir d'une rue animée, le mot « PARTEZ » a été peint en grosses lettres sur sa voiture. Quant à moi, j'ai été accusé de harceler les habitants du coin, quelqu'un a brisé une vitre de mon camion. Et maintenant, mon véhicule a été signalé à tort comme volé. J'ai donc de bonnes raisons d'être très prudent. Pour moi, excusez-moi de le dire, River Gorge, *c'est* la jungle.

L'adjoint poussa un juron.

— Je vais contacter le dispatcheur, lui faire savoir que votre véhicule n'a jamais été volé. Et consulter les rapports concernant la chute de Mme Ames pour voir si quelque chose semble louche.

— Je vous en remercie.

Wyatt leva son chapeau en signe de gratitude et l'adjoint partit. Violet le regarda remonter dans sa voiture.

— Penses-tu qu'il va répéter à quelqu'un ce que tu lui as confié ?

— Non. Et il fallait qu'on lui dise la vérité. Si le shérif est corrompu, comme je le crains, un adjoint intègre et susceptible de nous défendre est notre seule chance d'aboutir.

Il se remit en route et sourit à Violet, espérant avoir l'air plus confiant qu'il ne l'était.

— Essaye de ne pas t'inquiéter.

Elle jeta un coup d'œil par-dessus son épaule à Maggie qui dormait à l'arrière.

— Plus facile à dire qu'à faire, répondit-elle en soupirant.

Wyatt appuya sur la pédale d'accélérateur avec un peu plus d'énergie que nécessaire. Plus tôt ils seraient à la maison, mieux cela vaudrait.

— À ton avis, qui a signalé le prétendu vol de ton camion ? reprit Violet. Qui aurait intérêt à faire quelque chose comme ça ?

— Je ne sais pas.

Il reporta son attention sur son rétroviseur. Une voiture les suivait depuis le dernier carrefour. Les lumières bleues et blanches des gyrophares s'allumèrent et commencèrent à tourner avant qu'il n'ait eu la possibilité de dire à Violet de se préparer.

Elle se retourna.

— C'est une blague ! s'exclama-t-elle.

Wyatt s'arrêta, rassembla ses papiers et une fois de plus, posa les mains sur le volant, là où elles étaient bien visibles.

— Ça va, détends-toi, dit-il. Nous sommes à moins d'un kilomètre de chez ta grand-mère. Finissons-en et rentrons nous coucher.

Les bras croisés, elle fronça les sourcils.

— Cette histoire tourne au ridicule.

— Ils ne font que leur travail.

— Quelqu'un a menti au shérif dans le seul but de te causer des ennuis.

Le shérif Masterson s'approcha de la vitre de Wyatt.

— Permis et papiers du véhicule.

Wyatt lui tendit les documents qu'il n'avait pas eu le temps de ranger.

Le shérif Masterson y jeta un coup d'œil indifférent.

— Sortez du camion.

— Monsieur, je vous ai remis mon permis de conduire, les papiers du véhicule, mon autorisation de port d'armes. Que me voulez-vous ?

Le shérif leva le menton et posa la main sur la crosse de son pistolet.

— Envisagez-vous d'utiliser votre arme, ce soir ?

— Non, monsieur.

— Alors sortez.

Wyatt jeta un regard dans la direction de Violet.

— Je reviens tout de suite. Ne bouge pas.

— Allez, lança le shérif d'un ton impatient.

Wyatt obéit tout en veillant à demeurer à une distance respectable de Masterson. Autour d'eux, l'air de la nuit était lourd et moite.

Il n'y avait personne, pas de témoins éventuels.

Le shérif le regarda fixement.

— J'ai reçu un avis signalant le vol de ce véhicule. Qu'avez-vous à dire à ce sujet ?

Il pointa le faisceau de sa lampe dans les yeux de Wyatt qui, ébloui, porta la main à son visage.

— Votre adjoint vient de m'arrêter, il y a moins de cinq minutes, répondit-il. C'est bien mon camion. Je l'ai acheté neuf, je ne l'ai pas volé.

La lumière s'éloigna.

— Avez-vous une critique à formuler sur la façon dont vous être traité ?

— Non, monsieur. Je vous expose simplement la situation.

— J'ai surtout l'impression que vous avez envie de créer des ennuis, le coupa le shérif.

Wyatt mordit l'intérieur de ses joues pour s'interdire de répondre. Il ne pouvait pas laisser ce type l'énerver. Sa priorité était de mettre Maggie et Violet en sécurité.

— J'ai entendu dire que vous étiez allés voir ma mère, aujourd'hui, poursuivit le shérif. Comment cette visite s'est-elle passée ?

Wyatt étouffa un gémissement. La conversation prenait mauvaise tournure.

— Pas très bien...

Masterson opina du chef.

— Mon père m'a tout raconté. Pouvez-vous m'expliquer ce que vous faisiez là-bas ? De quel droit avez-vous dérangé une femme âgée et malade ?

— Violet et moi rendions une visite de courtoisie à la meilleure amie de sa grand-mère. Rien de plus. Nous pensions qu'elle serait contente d'avoir des nouvelles de Mme Ames.

Le shérif croisa les bras.

— À ce que j'ai appris, vous l'avez fait pleurer. Il me semble que vous provoquez des problèmes partout où vous passez. Avez-vous envisagé de quitter la ville comme on vous l'a demandé ?

Violet passa la tête par la vitre ouverte côté conducteur.

— Nous ne partirons pas avant le rétablissement de ma grand-mère. Je me fiche du reste. Vous savez, ajouta-t-elle, je trouve que vous n'êtes pas à la hauteur de vos devoirs de shérif. Vous ne faites pas bien votre travail.

La colère brilla dans les yeux de Masterson et il fit un pas vers le camion de Wyatt.

— Personne ne vous a sonnée, mademoiselle Ames. Et je vous conseille de...

Wyatt s'interposa entre le shérif et Violet.

— Et moi, je vous conseille de bien réfléchir avant de terminer votre phrase, dit-il en serrant les poings. Et de vous adresser à elle avec respect.

Le shérif recula d'un pas. Il regarda le visage rouge de colère de Wyatt, ses poings serrés.

— Des menaces ? dit-il en attrapant les menottes à sa ceinture. Vous me donnez une bonne raison de vous arrêter.

— C'est un abus de pouvoir ! protesta Violet.

Wyatt se tourna vers elle, l'intimant du regard à la prudence.

— Les clés sont sur le contact. Appelle Fortress, contacte Sawyer. Il peut être là dans moins d'une heure. Enferme-toi bien dans la maison en l'attendant. Et quand il arrivera, fais ce qu'il te dira. Fais-lui confiance. Aveuglément.

Le shérif Masterson passa les menottes aux poignets de Wyatt avant de le pousser contre sa voiture de patrouille. Il pressa son visage contre le capot tandis qu'il le palpait. Il lui confisqua ses armes.

Il ricana.

— J'espère que Mlle Ames et son bébé n'auront pas d'ennuis maintenant que vous ne serez plus là pour veiller sur elles.

Wyatt se redressa et le fusilla du regard.

— Je vous déconseille de les approcher.

— Une autre menace ? Vous êtes en forme, ce soir, hein ?

— Si quelque chose arrive à l'une ou l'autre en mon absence, je vous en tiendrai personnellement responsable, et quand j'en aurai fini avec vous, vous regretterez d'avoir un jour croisé ma route.

Le visage du shérif était livide alors qu'il le repoussait.

— Entrez là-dedans.

En proie à une folle colère, Wyatt se laissa tomber sur la banquette arrière de la voiture de patrouille. Il fit un signe de tête à Violet.

Au volant du camion, elle redémarra aussitôt pour se diriger vers la maison de sa grand-mère.

Furieux contre lui-même, Wyatt priait pour que Sawyer arrive à River Gorge avant la prochaine attaque.

11

Au volant du camion de Wyatt, Violet roula sans encombre jusqu'à la ferme de sa grand-mère. Elle s'approcha le plus possible de la maison avant de couper le moteur.

Dès que le shérif Masterson avait collé le visage de Wyatt contre sa voiture de patrouille, elle avait appelé Fortress Security. Elle avait longuement expliqué à Sawyer les événements de la nuit et lui avait demandé de venir en urgence.

Il était parti sur-le-champ.

Assise dans l'habitacle du camion, Violet découvrit soudain la roseraie, éclairée par les phares. À la vue de son état, son cœur se serra. Les parterres dont sa grand-mère s'occupait avec tant d'amour avaient été massacrés. Tous les rosiers avaient été décapités, les fleurs écrasées. Le sol était jonché de pétales. Ne restaient que des tiges couvertes d'épines dressées pathétiquement sous le clair de lune.

Anéantie, Violet sentit un frisson glacé lui parcourir l'échine. Certes, il ne s'agissait que de fleurs, de plantes, et non d'êtres humains. Mais ce carnage était une nouvelle menace. Celui qui avait vandalisé ce jardin ne s'y était pas attaqué par hasard. Dans le comté, tout le monde savait à quel point les roses étaient importantes pour sa grand-mère. Une violence aussi ciblée, ne fit que renforcer la certitude de Violet : le vieux Masterson était le coupable. Ce qui n'était pas une bonne nouvelle. L'actuel shérif étant le fils du vieillard, il n'arrêterait jamais son père, à moins de le surprendre en train de l'étrangler de ses propres mains. Et encore, cela ne suffirait peut-être pas.

Dès le lendemain matin, elle demanderait aux médecins de l'hôpital de transférer sa grand-mère ailleurs, se promit-elle. Dans un établissement situé à l'extérieur du comté de Grove.

N'importe où mais loin d'ici, quelque part où les Masterson ne pourraient pas l'atteindre.

Violet scruta de nouveau la nuit, se félicitant d'avoir laissé la lumière du porche allumée en partant. Avant d'ouvrir sa portière, elle promena les yeux alentour pour s'assurer qu'il n'y avait personne. Enfin, elle sauta sur l'herbe, saisit la poignée du siège-auto dans lequel dormait Maggie et se hâta vers la maison.

Elle longea le porche à grands pas et essaya de mettre la clé dans la nouvelle serrure. Mais d'une main, l'opération n'était pas facile et pour ne rien arranger, elle tremblait comme une feuille.

— Allez, s'ordonna-t-elle, luttant contre la peur qui l'envahissait.

Les bruits nocturnes devenaient angoissants, le vent lui-même semblait murmurer un message menaçant à son oreille et elle frissonna.

Elle parvint enfin à ouvrir, se précipita à l'intérieur. Elle claqua la porte derrière elle, tira le verrou et mit la chaîne. Avec un soupir de soulagement, elle posa le siège-auto dans un coin et fit le tour des pièces pour s'assurer que toutes les portes et fenêtres étaient bien fermées.

— Tout va bien, murmura-t-elle. Il n'y a personne dans la maison, à part Maggie et moi.

Elle monta coucher le bébé dans son berceau, puis redescendit préparer du café. Pendant qu'il infusait, elle alla chercher le vieux fusil de son grand-père accroché au-dessus de la cheminée et le chargea. Elle ne l'avait pas utilisé depuis des années mais si quelqu'un entrait et la menaçait ou s'en prenait à Maggie, elle ne le raterait pas.

La gorge serrée, elle se remémora les terribles événements de la journée, l'horrible moment où Maggie avait disparu à la bibliothèque ou celui où le shérif avait passé les menottes à Wyatt. Quant au souvenir de la roseraie saccagée, il lui donnait la nausée. Sa grand-mère avait toujours soigné ses fleurs avec tant d'amour. Violet se rappelait encore le jour où elle l'avait appelée à l'université pour lui annoncer qu'elle avait été récompensée pour ses rosiers à la foire du comté. Et maintenant, ils gisaient écrabouillés sur le sol, réduits en charpie.

Deux cafés plus tard, quand des phares déchirèrent la nuit, Violet s'empara du fusil. Elle se dirigea lentement vers le salon et écarta le rideau. Une jeep était garée derrière sa voiture.

Plaquée contre le mur, elle compta silencieusement jusqu'à dix pour tenter de se calmer puis elle regarda de nouveau au-dehors.

Un grand blond vêtu de noir se tenait devant la porte.

— Mademoiselle Ames ? cria-t-il. Je suis Sawyer Lance. Vous pouvez poser votre arme. C'est vous qui m'avez demandé de venir.

Violet ne baissa pas son fusil.

— Montrez-moi une pièce d'identité.

L'homme s'empara d'une carte de bristol, la carte de visite de Fortress Security, et la colla contre la vitre.

— Je suis Sawyer Lance, répéta-t-il. De Fortress Security.

Il avait les cheveux ébouriffés, une barbe épaisse mal taillée, un T-shirt ajusté et un jean étroit. Il n'était pas aussi baraqué que Wyatt mais semblait deux fois plus effrayant. Son nom était écrit en lettres noires sur la carte de visite de Fortress Security.

— Présentez-moi une pièce d'identité avec photo.

Il se pencha pour regarder à travers la fenêtre, les mains collées de part et d'autre de son visage pour mieux voir à l'intérieur.

— Vous plaisantez, j'espère ?

— Pas du tout, répliqua-t-elle en agitant le canon du fusil. Montrez-m'en une ou quittez tout de suite la propriété de ma grand-mère.

Avec un juron, il tira un portefeuille de sa poche arrière et lui tendit une carte d'identité militaire. Elle portait un numéro de matricule mais pas de photo...

— Vous ne me connaissez pas encore, je m'en rends compte,

mais croyez-moi, avec ou sans ma petite bouille collée dessus, ces papiers sont les miens. Le gars qui parviendrait à me les voler n'est pas né.

Wyatt lui avait dit de faire confiance à Sawyer mais dans ce contexte, ouvrir la porte à un inconnu s'avérait plus difficile que prévu.

— N'avez-vous donc pas de permis de conduire ?

— Je l'ai perdu alors que j'étais à l'étranger.

Violet prit une profonde inspiration et finit par ouvrir la porte.

Sawyer entra. Il laissa tomber un gros sac noir sur le canapé et parcourut la pièce des yeux.

— Combien de personnes se trouvent dans la maison ?

— Deux, répondit Violet. Maggie, mon bébé, et moi. Et vous aussi, maintenant.

— Quel âge a le bébé ?

— Huit mois.

— Vous avez raison de ne pas me faire confiance. J'aurais pu être dangereux mais je ne le suis pas.

Il portait une cicatrice sur la joue, une brûlure près de l'œil gauche, remarqua-t-elle.

Il l'observa pendant qu'elle l'étudiait et grimaça un sourire.

— Je veux dire : je ne suis pas dangereux *pour vous* mais je le suis, de façon générale.

Il se dirigea vers la cuisine.

— Où est le bébé ? Combien de chambres y a-t-il à l'étage ? Et combien d'issues ?

Violet s'efforça de répondre à la myriade de questions qu'il lui lançait. Tout en l'interrogeant, il vérifia les serrures des portes et des fenêtres avant d'explorer la maison de fond en comble.

Elle lui emboîta le pas.

— Pourquoi n'avez-vous pas demandé un nouveau permis de conduire ? s'enquit-elle.

— Je viens de rentrer. J'ai été libéré il y a deux semaines. Où aimeriez-vous que je m'installe pour la nuit ?

— Wyatt dormait sur le canapé.

— Ça me paraît bien.

Violet se balança d'un pied sur l'autre, déchirée entre le désir de se montrer hospitalière et celui de courir à l'étage et de se barricader dans sa chambre.

— Je vais vous chercher un café.

Sans attendre sa réponse, elle repartit vers la cuisine.

Sawyer la suivit.

La gorge de Violet se serra tandis qu'elle remplissait deux tasses, se remémorant la façon dont Wyatt avait fait la même chose, quelques heures auparavant.

Où était-il maintenant ? Pourquoi n'avait-il pas appelé ? Que lui faisait subir le shérif Masterson ? Wyatt serait-il lui aussi victime d'un nouvel « accident » ?

Au bord des larmes, elle se frotta les yeux.

Sawyer le remarqua.

— Vous n'avez pas l'air d'aimer le café, dit-il.

— Ce que je n'aime pas est le fait que Wyatt ait été arrêté alors qu'il n'avait rien fait de mal et que j'ignore tout du sort qui lui est réservé.

Sawyer commença à sortir un ordinateur portable de son sac à bandoulière.

— Ne vous inquiétez pas, il va bien, dit-il.

— Comment le savez-vous ? Lui avez-vous parlé ?

Sawyer s'arrêta pour la regarder.

— Vous l'avez vu, non ? Il n'a pas le physique d'une victime. Il sait se défendre, se battre. Croyez-moi. Il va bien.

Elle se laissa tomber sur une chaise de la cuisine de sa grand-mère et se pinça le haut du nez.

— Puissiez-vous dire vrai.

— Êtes-vous proches, tous les deux ? demanda Sawyer.

— Il est la seule personne en qui j'ai confiance, déclara-t-elle sur la défensive, espérant que, contrairement à Wyatt, Sawyer n'avait pas la capacité de lire dans ses pensées.

— Eh bien, je vais essayer de ne pas le prendre personnellement, de ne pas me vexer, dit-il en allumant son ordinateur. Quel
est votre code wifi ?

— Il n'y a pas de wifi. Wyatt utilise son smartphone quand il
a besoin de se connecter.

— Génial.

Avec un gros soupir, il étendit ses longues jambes sous la table
et étira son cou, inclinant sa tête vers chaque épaule avant de la
tourner sur elle-même pour détendre sa nuque ankylosée.

La sonnerie du téléphone de la maison retentit soudain et Violet
se hâta vers le combiné.

— Allô ?

— Violet Ames ?

— Oui, je suis bien Violet.

— Ici Roger de l'hôpital de River Gorge.

— Que se passe-t-il ? demanda-t-elle, le souffle court. Ma
grand-mère va bien ?

Sawyer s'immobilisa et la dévisagea avec intensité.

Le dénommé Roger poursuivit :

— Je suis désolé de vous annoncer que son état s'est brutalement
dégradé depuis deux heures. Il faut vous préparer au pire. Et voilà
pourquoi le médecin m'a demandé de vous appeler, de vous prévenir

Le cœur de Violet se brisa.

— Quoi ?

— Elle risque de ne pas passer la nuit. Vous devriez revenir à
son chevet sans tarder, ajouta-t-il. Je suis navré.

Le cœur au bord des lèvres, Violet le remercia et raccrocha.

— Ma grand-mère est en train de mourir, dit-elle, incrédule.
Je ne comprends pas. Nous l'avons vue tout à l'heure et elle allait
bien. Il lui est arrivé quelque chose.

— Je suis désolé de l'apprendre.

Sawyer lui tendit ses clés.

— Prenez ma jeep. Personne ne saura que vous êtes au volant
et c'est plus prudent. Je vais rester pour veiller sur Mandy.

— Sur qui ?

— Sur le bébé, dit-il en montrant l'escalier. Votre fille.

— Maggie.

— À moins que vous ne préfériez la réveiller et l'emmener avec vous.

Violet ne voulait évidemment pas tirer Maggie du sommeil, mais elle hésitait à la confier à un homme qu'elle venait de rencontrer et qui était incapable de se souvenir de son prénom. Elle n'avait pas envie non plus de jeter Maggie sur les routes en pleine nuit. Nul ne pouvait prédire où et quand se produirait la prochaine catastrophe.

Les mots de Wyatt résonnèrent dans son esprit. « Enferme-toi en l'attendant. Et quand il arrivera, fais-lui confiance. Aveuglément. »

De nouveau, elle se tourna vers Sawyer. Avec son visage brûlé, ses cheveux en bataille et sa barbe de trois jours, il ressemblait plus au problème qu'à la solution, mais Wyatt lui faisait confiance, et elle faisait confiance à Wyatt.

Elle prit les clés sur la table.

— Maggie ne devrait pas se réveiller avant l'aube. Si cela arrive malgré tout, ne la touchez pas. Appelez-moi. Quand je vous ai contacté tout à l'heure, mon numéro s'est affiché sur votre smartphone. Je serai revenue dans une heure. Si j'ai un empêchement, je vous préviendrai.

— Ça marche.

— Je vous la confie. Veillez bien sur elle, je vous en prie.

— Comptez sur moi.

Violet courut le long du couloir désert du deuxième étage jusqu'au poste d'infirmières. Appuyée contre le mur, Tanya bavardait avec une collègue. Elle écarquilla les yeux à la vue de Violet.

— Désolée d'avoir mis si longtemps à arriver, dit Violet. Ils l'ont déplacée ? Je ne sais même pas si je suis au bon étage.

Sa grand-mère avait-elle été transportée en soins intensifs ? Ou, pire, là où les patients étaient conduits quand...

La gorge serrée, elle avait du mal à déglutir. Elle s'efforça de se calmer, de respirer à fond.

— Que dois-je faire ?

Tanya regarda Violet comme si elle avait perdu la tête.

— De quoi parles-tu ?

— Grandma, répondit Violet, soudain mal à l'aise. Quelqu'un m'a appelée pour me dire de venir de toute urgence.

— Pourquoi ?

— On m'a dit que son état avait empiré, qu'elle ne passerait pas la nuit, que je devais me préparer au pire.

— Qui t'a dit ça ? demanda Tanya, effarée. Grandma est dans le même état que tout à l'heure. Qui t'a appelée ? ajouta-t-elle, les sourcils froncés.

— Un certain Roger. De l'hôpital de River Gorge.

Tanya secoua lentement la tête.

— Je ne connais personne du nom de Roger et je suis restée ici toute la nuit.

Violet la dévisagea un instant avant de se précipiter vers la chambre de sa grand-mère. Elle priait pour que l'appel téléphonique soit une mauvaise plaisanterie et non une menace visant son aïeule.

La gorge serrée, elle ouvrit la porte de sa chambre.

— Grandma ?

Le rideau avait été tiré autour du lit, rendant sa grand-mère invisible dans la pièce faiblement éclairée.

— Grandma ?

Terrifiée, Violet appuya sur l'interrupteur et s'approcha. Elle écarta le rideau d'une main tremblante.

Le visage de son aïeule était serein comme il l'avait été pendant les heures de visite, mais le plateau roulant utilisé pour les repas avait été placé au-dessus d'elle.

Il était recouvert de pétales de roses écrasés.

Une feuille gisait sur les fleurs détruites.

Votre fille ou votre grand-mère, Violet ? Vous ne pouvez pas les protéger toutes les deux. L'une d'elles va mourir dans les quarante-huit heures et le compte à rebours a déjà commencé...

12

Tanya se précipita aux côtés de Violet.

— Qui a fait cela ? s'écria-t-elle, horrifiée.

— À toi de le dire, répondit Violet en sortant son téléphone.

Elle voulait contacter au plus vite Sawyer et lui demander de monter à l'étage pour s'assurer que Maggie allait bien.

— Qui est venu ici en dernier ? ajouta-t-elle.

— Personne, déclara Tanya. Après votre départ, je suis passée la voir puis j'ai éteint la lumière avant de faire ma tournée auprès des autres malades.

Elle reporta son attention sur les roses sans chercher à dissimuler son effroi. Comme elle s'apprêtait à saisir la lettre, Violet lui prit le bras pour l'en empêcher.

— Non, n'y touche pas. Il y a peut-être des empreintes qui nous aideront à identifier l'auteur de ces menaces.

Tanya enfonça les mains dans ses poches et se balança d'un pied sur l'autre, tout en dévisageant Violet d'un air suspicieux.

— Pourquoi n'as-tu pas l'air plus étonnée que ça ? Que se passe-t-il ? Que ne me dis-tu pas ?

Violet leva un doigt pour la faire patienter un instant. Sawyer venait de prendre son appel et elle lui résuma l'incident. Elle le supplia d'aller tout de suite voir Maggie. Une fois certaine que sa fille était en sécurité, elle contacta la police. Le dispatcheur lui promit d'envoyer un adjoint mais Violet n'était pas certaine de vouloir l'attendre.

Le cœur déchiré, elle se demandait auprès de qui elle devait rester. D'instinct, elle avait envie de courir rejoindre Maggie, pourtant sa fille avait Sawyer pour la protéger, un garde du corps formé et armé, un ancien ranger. Sa grand-mère n'avait que Tanya qui avait laissé quelqu'un s'introduire dans sa chambre. Cela dit, pour être juste, Violet n'avait pas été totalement honnête avec sa cousine. Comme elle ne lui avait rien dit des dangers qui menaçaient leur aïeule, Tanya n'avait pas pris de précautions particulières. Sans doute était-il temps de tout lui dire. Au départ, Violet avait eu peur d'exposer sa cousine mais la laisser dans l'ignorance se révélait plus risqué que tout.

La mettre au courant de la situation serait sans doute un atout.

Elle se tourna vers elle.

— Nous devons sortir Grandma d'ici, la transférer au plus vite dans un autre établissement, hors de ce comté. Je comptais en faire la demande dès demain matin.

Les sourcils froncés, Tanya croisa les bras.

— Et pourquoi ?

Violet hésita. D'un côté, lui révéler les derniers événements la mettrait peut-être en danger. D'un autre côté, Tanya n'était ni un bébé ni une vieille dame dans le coma. Non seulement elle avait le droit de savoir ce qui arrivait à leur grand-mère, mais l'informer lui permettrait d'être utile, d'agir à bon escient.

— Manifestement, quelqu'un, lié au bureau du shérif, peut-être même le shérif lui-même ou son père, cherche à me nuire. Depuis mon arrivée, je suis la cible d'attaques et de manœuvres d'intimidation. Et je suis certaine que celui qui me menace est également l'agresseur de notre grand-mère.

Tanya écarquilla les yeux.

— Que racontes-tu ? Elle est tombée.

— Bien sûr. Mais certainement pas toute seule. Quelqu'un l'a aidée.

— Elle est tombée d'une échelle, lui rappela Tanya.

Violet secoua lentement la tête.

— Non, elle n'est jamais montée sur cette échelle. Et puisque nous en sommes aux révélations, l'homme qui m'accompagne n'est pas mon petit ami. Mais un garde du corps. Il avait été engagé par Grandma. Elle l'avait chargé de la protéger mais elle ne lui avait malheureusement pas précisé de quel danger. Et elle était déjà dans le coma quand il a débarqué chez elle. En tout cas, elle se sentait menacée.

Tanya la dévisagea un long moment sans rien dire avant de se laisser tomber dans un fauteuil, visiblement sonnée. Elle reporta son attention sur la lettre abandonnée sur la table roulante. Elle contenait une menace et un compte à rebours.

— D'accord, dit-elle. Je parlerai au médecin dès demain matin pour demander son transfert. Je raconterai que tu souhaites l'avoir plus près de toi. Ensuite, j'appellerai tous les établissements hospitaliers des comtés voisins pour voir s'ils ont un lit disponible.

Violet l'embrassa rapidement.

— Merci. Je ne peux pas attendre l'adjoint, ajouta-t-elle avec une grimace d'excuse. Je dois rentrer m'occuper de Maggie. En passant, je m'arrêterai au bureau du shérif. Je n'ai pas encore la preuve que Masterson soit compromis mais même s'il l'est, tous les adjoints ne le sont pas. L'un d'eux acceptera peut-être de m'écouter et de s'intéresser à l'affaire.

À l'aide de son smartphone, elle prit des photos de la scène.

— Je te laisse. À plus tard.

— Que dois-je faire ? s'enquit Tanya. Je n'ai pas envie de m'éloigner d'elle mais je suis la seule infirmière de garde à l'étage pendant les prochaines heures. Je dois rejoindre le bureau.

— Appelle la sécurité, répondit Violet. Demande à l'un des vigiles de l'hôpital de rester près d'elle jusqu'à l'arrivée de l'adjoint. Mais je t'en prie, ne laisse pas l'adjoint seul avec elle. Il y a un lien entre sa chute et le bureau du shérif. Encore une fois, à ce stade, je n'ai aucune preuve mais les coïncidences troublantes se multiplient et intuitivement, je sens un danger.

Visiblement bouleversée par la tournure des événements de la nuit et par les propos de Violet, Tanya hocha la tête.

— Je crois en l'intuition féminine, dit-elle. Mes petites antennes me trompent rarement.

Violet décrocha le téléphone à côté du lit de sa grand-mère et le tendit à Tanya.

— Appelle la sécurité, répéta-t-elle. Mais attends que quelqu'un arrive pour quitter la chambre et n'oublie pas ce que je t'ai dit à propos du bureau du shérif.

Tanya prit le récepteur et composa un numéro.

— Fais attention à toi, Violet.

— Ne répète à personne ce que je viens de te dire et comporte-toi comme si je ne t'avais rien dit.

— D'accord.

Incapable d'attendre l'ascenseur, Violet s'engouffra dans la cage d'escalier et dégringola les marches. Puis elle se rua vers le parking. Elle avait hâte de se rendre au bureau du shérif et de s'expliquer avec ce dernier. Combien de menaces, d'intimidations et d'agressions, ses proches et elle devraient-ils encore subir avant qu'il ne se décide à faire quelque chose ? Comment croire qu'il n'était pas impliqué alors qu'il semblait se moquer de ce qui lui arrivait ? Son travail ne consistait-il pas à agir, à la protéger ?

Elle sauta dans la jeep de Sawyer et fonça sur la route. Elle arriva devant le bureau du shérif, assoiffée de justice.

D'un pas décidé, elle se dirigea vers l'accueil.

— Je veux parler au shérif Masterson, dit-elle à la femme aux cheveux gris qui lui souriait. Je m'appelle Violet Ames et je ne partirai pas avant de l'avoir vu.

— De quoi s'agit-il ? s'enquit son interlocutrice.

Une porte s'ouvrit derrière elle et le shérif apparut, arborant son éternel air suffisant, suivi de près par un Wyatt qui, lui, semblait furieux. À la vue de Violet, les deux hommes s'immobilisèrent.

Wyatt reprit ses esprits le premier. Il s'approcha d'elle et l'attira à lui.

— Merci d'être venue si vite, dit-il. Allons-y.

— Non, attends. Quelqu'un vient de menacer Maggie et ma grand-mère. Une fois de plus. Ma fille a huit mois et ma grand-mère est dans le coma, dit-elle à la cantonade. Je tiens à en parler au shérif.

À chaque mot, sa voix devenait plus forte et plusieurs visages se tournèrent dans sa direction.

Le shérif Masterson s'approcha d'elle.

— Y a-t-il un problème, mademoiselle Ames ?

— Oui, il y a un problème, cria-t-elle, attirant encore plus l'attention. À plusieurs reprises, quelqu'un de votre ville a menacé et mis en danger mon bébé, ma grand-mère et moi-même.

Quand elle lui montra sur l'écran de son smartphone les photos prises à l'hôpital, il serra les mâchoires sans répondre. Mais Violet n'avait pas l'intention de se calmer.

— Je vous ai signalé tous ces incidents mais vous n'avez rien fait, asséna-t-elle. À part me suggérer de m'en aller, de quitter la région. Qu'attendez-vous pour faire votre travail ?

En proie à une violente émotion, Violet luttait contre les larmes. Il n'était pas question de montrer la moindre faiblesse. Il fallait que le shérif la voie comme une femme forte. Inébranlable. Qui ne cédait pas sous la menace.

— Est-ce ainsi que vous protégez les habitants de cette ville ? poursuivit-elle. Quand ils sont menacés, vous leur conseillez de partir ? Pour pouvoir ensuite prétendre qu'aucun crime et délit n'est à déplorer dans votre juridiction, je suppose. C'est trop facile.

Wyatt l'attira à lui et enfouit son visage dans ses cheveux.

— Nous devons y aller, lui chuchota-t-il à l'oreille. Maintenant.

Son souffle chaud sur sa peau fit vaciller la détermination de Violet.

Elle réussit pourtant à lancer au shérif d'une voix forte :

— Vous devez m'aider. Et protéger ma grand-mère.

Elle jeta un coup d'œil aux autres hommes et femmes en uniforme, les prenant à témoin.

— Celui qui nous menace m'a prévenue que nous avions quarante-huit heures avant la prochaine attaque.

Sur ces mots, elle partit avec Wyatt.

Wyatt démarra la jeep de Sawyer pendant que Violet attachait sa ceinture.

— Tu as bien fait d'emprunter ce véhicule. Personne ne pouvait deviner que tu étais au volant, d'autant qu'il y a des verres teintés et qu'il fait nuit.

Violet se frotta les bras. Après sa sortie, elle frissonnait.

— Que t'a fait le shérif ? demanda-t-elle.

— Rien. Ils m'ont laissé seul dans une pièce tout le temps. J'ai fini par demander à un adjoint l'autorisation de passer un coup de fil. J'ai appelé Sawyer mais j'ai fait semblant de parler à un avocat. Et ils m'ont relâché.

Elle fronça les sourcils.

— Tu as appelé Sawyer ? répéta-t-elle. Et pas moi ?

— Tu étais censée être avec Sawyer. Quand il m'a expliqué que tu étais à l'hôpital, je me suis dit que j'allais devoir rentrer à pied.

Violet leva les yeux au ciel.

— La maison est à près de dix kilomètres d'ici.

— Et alors ? Sawyer ne pouvait pas venir me chercher. Il devait veiller sur Maggie et de toute façon, il n'avait pas les clés de mon camion.

Elle se tourna vers lui.

— Je ne comprends pas. Le shérif t'a donc conduit au poste pour te laisser dans une pièce sans rien faire ? Il ne t'a ni menacé ni interrogé ? Rien ? Quel était l'intérêt de la manœuvre ?

— Me montrer qu'il a tous les pouvoirs.

Sans doute Masterson avait-il voulu l'intimider. Lui prouver qu'il avait les pleins pouvoirs dans le comté et que Wyatt devait se soumettre parce qu'il n'aurait jamais le dessus. À moins qu'il ne s'agisse d'un autre avertissement.

— As-tu vu les photos que j'ai montrées au shérif ? poursuivit Violet.

— Oui. Ce n'est pas lui le coupable. Il n'a pas quitté son bureau pendant tout le temps où j'étais là-bas. Je l'ai entendu pérorer pendant des heures, donner des ordres, raconter des blagues stupides, commenter un match à la télévision. Matériellement, il n'aurait pas pu se rendre à l'hôpital.

Violet ferma les paupières et poussa un gros soupir.

— Alors qui ?

— Nous démasquerons l'auteur de cette lettre, de ces menaces, lui promit Wyatt. Je l'ai déjà dit, mais c'est vrai, et j'ai besoin que tu me fasses confiance.

Violet ne réussit pas à lui sourire.

— Le monstre a ravagé la roseraie.

— Je suis désolé. C'est ces roses saccagées qu'il a laissées à l'hôpital ?

Elle hocha la tête, les yeux brillants de larmes.

Wyatt prit sa main et mêla leurs doigts. Avec ce geste, il lui promettait d'agir. Il la lâcha quand il s'engagea dans l'allée menant chez sa grand-mère. Les phares de la jeep balayèrent les rosiers détruits et la minuscule voiture de Violet. Ils s'aperçurent alors que ses deux pneus avant avaient été tailladés.

— Tu ne m'avais pas parlé de ça, dit Wyatt.

— Je ne l'avais pas vu. J'ai à peine regardé ma voiture en arrivant. La remettre en état va me coûter une fortune.

Il se força à sourire.

— Si tu la laisses ici assez longtemps, quelqu'un la volera peut-être et la somme que te versera ton assurance te permettra d'en acheter une neuve.

Au volant de la jeep, il traversa la cour.

— Dis-moi, Violet, étais-tu ivre quand tu es rentrée ?

— Bien sûr que non.

— Eh bien, peut-être devrais-tu songer à reprendre quelques cours de conduite. Tu as garé mon camion n'importe comment.

En constatant qu'il avait raison, elle se mit à rire. Elle lui prit le bras alors qu'ils se dirigeaient vers la maison.

Conscient qu'ils n'auraient plus l'occasion d'être seuls avant un bon moment, Wyatt s'arrêta alors qu'ils étaient encore loin du porche. Une fois à l'intérieur, ils retrouveraient Sawyer. Une longue nuit de recherches les attendait.

— Viens ici, dit-il.

Il attira Violet contre lui et la prit dans ses bras. À sa grande joie, elle l'étreignit avec force.

Mieux, elle se blottit contre lui.

Le cœur de Wyatt s'accéléra dans sa poitrine tandis qu'il promenait les mains sur son dos. Cette femme l'affolait. Il savait que le moment était mal choisi mais il rêvait de l'embrasser avec passion et de lui faire l'amour.

— Je suis désolé de ne pas avoir été là pour t'accompagner quand tu es allée à l'hôpital, ce soir, dit-il d'une voix rauque.

La culpabilité l'avait ravagé alors qu'assis dans une pièce déserte, il se demandait si Violet et Maggie avaient réussi à rentrer chez elles en toute sécurité.

— Je t'avais promis de te protéger. Au lieu de quoi, je me suis emporté et...

— Tu cherchais à me défendre, murmura-t-elle, tournant son beau visage vers le sien. Cela m'a touchée.

— J'ai été stupide. Impulsif. J'aurais dû trouver un autre moyen de faire reculer Masterson. S'il t'était arrivé malheur ou à Maggie, je...

Submergé par une brusque émotion, il fut incapable de terminer sa phrase.

Wyatt caressa tendrement la joue de Violet. Ce geste n'était ni professionnel ni déontologique, il le savait, mais la façon dont elle le dévorait des yeux lui donnait toutes les audaces. Il mourait d'envie de l'embrasser. Il s'efforça de se raisonner, de se sermonner. Il n'avait pas été payé pour la séduire. Et il n'était pas du genre à profiter de la faiblesse d'une femme qui voulait seulement protéger sa fille.

Lorsque Violet se hissa sur la pointe des pieds et posa ses petites mains sur ses épaules, il vit briller dans ses yeux un désir aussi puissant que le sien.

Il poussa un gémissement. La chaleur de son corps de femme pressé contre le sien l'affolait.

Sa bouche était là, tout près de la sienne, attendant d'être capturée. Il comprit qu'il allait céder à la tentation.

Derrière lui, la porte de la maison s'ouvrit brusquement, faisant sursauter Violet.

Sawyer les regarda un moment avant de lancer :

— Qu'est-ce que vous fabriquez ? Voilà dix minutes que je vous ai entendus arriver. Que signifient ces messes basses ? Vous en avez encore pour longtemps ou vous êtes prêts à entrer et à vous mettre au travail ?

Violet baissa la tête et se précipita à l'intérieur, cachant ses joues rouges de confusion derrière ses longs cheveux bruns.

Wyatt prit un instant pour rassembler ses pensées et se rappeler que Sawyer était un ami, même s'il avait très envie de l'étrangler.

— Merci d'être venu.

— Quand tu veux.

Sawyer referma la porte derrière Wyatt et le suivit dans la cuisine.

Violet s'y trouvait déjà. Elle avait l'air de culpabiliser et Wyatt s'interdit de chercher pourquoi.

— Maggie s'est-elle réveillée pendant mon absence ? demanda-t-elle.

— Non, répondit Sawyer se laissant tomber sur une chaise au bout de la table. Mais à un moment, elle a crié « Non ! » si fort que j'ai cru que quelqu'un était entré par sa fenêtre. J'ai foncé à l'étage mais quand je suis arrivé dans sa chambre, elle s'était déjà rendormie. Je l'entendais ronfler.

Wyatt sourit. Il imaginait Sawyer grimpant les marches quatre à quatre, pour défendre le bébé, tout ça pour se rendre compte qu'elle parlait dans ses rêves.

Sans doute à moi, pensa-t-il.

— C'est à peu près tout, conclut Sawyer. Et toi, Stone ? demanda-t-il à Wyatt. Ce petit séjour en prison ?

— Super.

Pendant qu'ils parlaient, Violet tapota l'écran de son smartphone. Un instant plus tard, les leurs bourdonnèrent.

— Je viens de vous envoyer les photos que j'ai prises à l'hôpital, dit-elle. Que faut-il faire maintenant ?

Sawyer fit défiler les clichés.

— Ces roses viennent-elles de la roseraie d'ici ?

— Je le crois, oui, répondit Violet.

Wyatt avait envie de la prendre dans ses bras pour la réconforter. Tout à l'heure, dans la cour, l'aurait-elle laissé l'embrasser ? Avait-elle voulu qu'il le fasse ? Et pourquoi n'avait-il pas profité de l'occasion ? Il fronça les sourcils. Il avait eu raison de se l'interdire, non ? Il n'aurait pas été juste de la laisser confondre sa mission et la vraie vie. Non ?

Sawyer posa son téléphone sur la table et jeta un coup d'œil à Wyatt.

— Si je comprends bien, vous soupçonnez qu'un crime a été commis il y a des années à l'insu de tous dans cette petite ville. Et votre principal suspect est l'ancien shérif. Cela ne va pas être simple.

— Non, en effet, reconnut Wyatt.

— Et pour ne rien arranger, le shérif actuel est le fils de votre suspect numéro un ?

— Exactement.

Sawyer émit un long sifflement.

— Ça devient de plus en plus compliqué.

— Il ne s'agit que d'hypothèses, dit Wyatt. En réalité, nous ignorons qui a dissimulé quoi et pourquoi, comme qui protège qui et pourquoi. Nous n'en avons pas la moindre idée.

— Seules certitudes, dit Sawyer, la grand-mère de Violet avait besoin de protection. Et maintenant, sa petite-fille et son arrière-petite-fille sont, à leur tour, menacées. Le crime en cause, le secret à préserver à tout prix, doit donc être énorme…

Wyatt hocha la tête.

— En effet. Je n'imagine personne se donner autant de mal pour un vol de poules sans importance.

Violet se tourna vers Sawyer.

— Par hasard, avez-vous appris quelque chose sur Henry Davis ?

— J'y travaille.

— Et sur la vieille voiture bleue et blanche ? ajouta Wyatt.

— J'y travaille aussi.

Wyatt alla chercher une bouteille d'eau dans le réfrigérateur.

— J'essaie d'imaginer ce qui pousserait quelqu'un à s'attaquer à une vieille femme ou à un bébé. Un vol ? Un détournement de fonds ? Une dette de jeu ?

— Pourquoi faudrait-il que ce soit nécessairement lié à l'argent ? répliqua Violet. Peut-être s'agit-il d'une fraude. Le shérif Masterson avait peut-être aidé Henry Davis à disparaître. Ce dernier ne voulait pas retourner se battre au Vietnam et maintenant, le vieux Masterson a peur que Mary Alice oublie de tenir sa langue et déballe toute l'histoire.

Sawyer se caressa la barbe.

— J'ai une autre hypothèse. En réalité, le shérif n'est pas le fils du vieux Masterson mais le fils du GI déserteur. Et les Masterson ne veulent pas éventer ce secret qui ternirait la réputation de la famille.

— Tu crois ? demanda Wyatt.

— Va savoir, répliqua Sawyer.

Wyatt sourit.

Violet regardait les photos sur son smartphone.

— En tout cas, la lettre m'annonce qu'un drame va se produire dans les quarante-huit heures. Voilà pourquoi j'ai demandé à Tanya de faire transférer ma grand-mère dans un autre établissement, hors du comté.

Les deux hommes se tournèrent vers elle et elle poursuivit :

— Tanya m'a promis d'en parler aux médecins, demain matin. L'auteur du message a raison. Je n'ai pas le don d'ubiquité, je ne peux pas être partout et les protéger toutes les deux. À moins que Maggie et moi n'emménagions dans la chambre de ma grand-mère à l'hôpital. La déplacer dans un autre comté et confier sa sécurité à un autre shérif contribuera peut-être à limiter le danger.

— C'est certain, dit Sawyer. Sage décision.

Wyatt était d'accord. Mme Ames serait plus en sécurité en dehors de la juridiction du shérif Masterson, en revanche à propos de Violet et Maggie, il n'était pas certain qu'un départ précipité soit la bonne solution.

— À mon avis, tu devrais rester avec nous jusqu'à ce que nous sachions qui est derrière tout ça. Partir seule pourrait être dangereux, nous en avons déjà parlé.

Épuisée par une lourde journée, Violet réprima un bâillement.

— D'accord. Nous ferons le point avec Tanya après le petit déjeuner. Je retournerai peut-être parler avec Mary Alice demain.

Wyatt se gratta la tête.

— Je ne sais pas si c'est une bonne idée. Le vieux Masterson nous a interdit d'approcher sa femme. Ne pas en tenir compte risque de le pousser à bout.

Il jeta un long regard à son coéquipier.

— Peut-être pourrais-tu, toi, rendre une petite visite impromptue à Mary Alice. Personne ne te connaît encore dans le coin. Tu pourrais aller te balader dans son quartier, passer devant chez elle. Avec un peu de chance, tu verras une vieille dame tricoter sur la terrasse de sa belle maison qui a un beau drapeau américain sur son toit.

Sawyer sourit.

— Et je m'arrêterai pour la saluer et lui poser des questions sur un homme disparu depuis cinq décennies.

Violet bâilla de nouveau.

Wyatt lui tendit la main.

— Pourquoi n'irions-nous pas dans le salon ? Nous y serons plus confortablement installés que dans la cuisine. Tu t'es déjà endormie sur une chaise, tout à l'heure. Pourquoi ne pas essayer le canapé, pour changer ?

Sawyer sourit.

— Tu as toujours le mot pour rire à ce que je vois.

Violet mêla ses doigts aux siens tandis qu'ils retournaient dans la grande salle. Elle s'assit sur le sofa, Wyatt prit place à côté d'elle.

Sawyer se laissa tomber par terre, le dos appuyé contre le canapé afin de voir les baies vitrées, la porte d'entrée, le couloir, la cuisine et la porte arrière.

Wyatt avait passé ses dernières nuits au même endroit pour la même raison et à tenter en vain de mettre en place les pièces du puzzle.

Mary Alice, Tom Masterson, un GI disparu en 1968 et la grand-mère de Violet.

En d'autres termes, une femme atteinte de la maladie d'Alzheimer, un alcoolique, un déserteur que personne n'avait jamais revu et une vieille dame dans le coma.

En bref, ils n'avaient rien et moins de quarante-huit heures pour démasquer l'auteur de ce message et l'empêcher de mettre ses menaces à exécution...

13

Réveillé en sursaut, Wyatt se frotta les yeux. Il s'était endormi en discutant avec Sawyer. Tous deux avaient échangé des hypothèses et évoqué les difficultés à enquêter dans une petite ville où le shérif avait tous les pouvoirs.

Il se rendit compte qu'un bruit sourd l'avait tiré du sommeil. Comme il tendait l'oreille, il repéra de légers craquements au-dehors.

Affalé sur le canapé en face de lui, Sawyer se leva et gagna à grands pas l'arrière de la maison. Lui aussi avait entendu.

Il sortit dans la nuit.

Wyatt s'écarta doucement de Violet. Elle s'était assoupie contre lui, la tête au creux de son épaule, une main sur son torse.

— Dors, dit-il d'un ton apaisant en démêlant leurs corps enlacés.

Elle ouvrit des yeux embués de sommeil.

— Qu'y a-t-il ? Maggie pleure ?

Il se mit debout et prit son arme sur la table.

— Non, ne t'inquiète pas. Reste ici.

Le bruit revint, suivi cette fois d'un long sifflement.

Elle se redressa.

— Qu'est-ce qu'on entend ?

— Sawyer est allé voir dehors ce qui se passe. C'est lui qui siffle.

— Pour t'avertir d'un danger ?

— Non. Les sifflements sont une sorte de code entre nous. Celui-ci signifie plutôt : « Viens voir. »

— Je monte chercher Maggie.

Ils se séparèrent. Violet se dirigea vers l'escalier pour gagner l'étage et Wyatt sortit par la porte arrière.

Les mains sur les hanches, Sawyer se tenait dans la grange, là où Mme Ames était tombée. Il hocha la tête quand Wyatt y entra à son tour et pointa le doigt vers le grenier.

— Je me demande depuis combien de temps elle est là-haut.

Wyatt s'avança à pas lents. Il entendait quelqu'un qui marchait dans l'ancien grenier et qui grommelait.

— Qui ça « elle » ? demanda-t-il.

— La vieille dame.

Mary Alice apparut, en chemise de nuit et robe de chambre. Elle s'approcha tout près du bord.

— Où est-elle ? leur lança-t-elle. Je ne la trouve pas. Où l'avez-vous mise ?

— Madame Masterson ? lança Wyatt. Que fabriquez-vous là-haut ? Faites attention, vous pourriez tomber. Vous êtes très près du vide. Reculez, je vous en prie.

Les premiers rayons de soleil filtraient à travers les lucarnes. Des débris de foin tombaient du grenier tandis que Mary Alice arpentait le grenier.

Wyatt tendit le cou pour mieux voir leur visiteuse.

— Pourquoi ne pas descendre et nous expliquer comment nous pourrions vous aider ? proposa-t-il.

— Pas avant que je ne l'aie retrouvée ! cria-t-elle.

Ses traits se durcirent et elle le fusilla du regard.

— Où est-elle ? Dites-le-moi ! Cette boîte est à moi !

Comme elle se détournait du bord pour repartir sous les combles, elle glissa sur du foin en vrac et trébucha. Ses bras battirent l'air.

— Oh !

Wyatt bondit, les bras en avant, pour la rattraper si elle basculait dans le vide.

— Faites attention !

Mary Alice recouvra son équilibre et le regarda à travers les planches du grenier.

— Qui êtes-vous ? demanda-t-elle. Et que faites-vous ici ?

— Je suis Wyatt Stone, un ami de Mme Ames. Je suis là pour vous aider.

Mary Alice se figea. Le sang se retira de son visage et elle se pencha en avant.

— Elle vous a parlé de lui ?

— Oui, mentit Wyatt. Elle m'a tout raconté. Vous aussi, vous pouvez me faire confiance.

La vieille femme s'écarta brusquement du bord. Elle plongea le visage entre ses mains et explosa en sanglots.

— Pourquoi a-t-elle fait ça ? Elle m'avait promis !

— Je suis vraiment désolé.

Wyatt entendit les babillages de Maggie avant de voir Violet surgir dans la grange, sa fille calée sur sa hanche.

— Que se passe-t-il ? demanda-t-elle en s'approchant de Wyatt et Sawyer.

— Il y a une vieille dame qui pleure dans ton grenier, expliqua Sawyer.

La veille au soir, ils avaient décidé de se tutoyer.

— Quoi ?

— C'est Mary Alice, dit Wyatt. Elle cherche ce qu'elle avait confié à ta grand-mère. Une boîte, apparemment.

Violet recula, cherchant des yeux la malheureuse.

— Mary Alice ? Tout va bien ?

La malheureuse se rapprocha, les yeux gonflés de larmes.

— Gladys, c'est toi ?

Violet fronça les sourcils.

— Tom sait que vous êtes ici ?

— Non, bien sûr que non. Tu sais bien qu'il m'interdit de sortir de la maison.

Wyatt passa la main dans ses cheveux.

— Je dois appeler le bureau du shérif, dit-il. La pauvre femme est visiblement désorientée et son mari doit être mort d'inquiétude.

Dans un sens, il était tenté de profiter du fait que Mary Alice soit seule pour l'interroger mais il ne voulait pas abuser de sa faiblesse. Elle n'était manifestement pas capable de comprendre les tenants et les aboutissants des questions qu'il lui poserait.

Violet fit la grimace.

— À mon avis, il cuve son vin quelque part et ne s'est même pas rendu compte de sa disparition, grogna-t-elle. Pourquoi ne contacterais-tu pas le bureau du shérif pendant que je parle avec elle ? Cette visite inattendue est peut-être l'occasion d'en savoir plus. J'espérais pouvoir lui parler à nouveau et elle vient d'elle-même ici.

Wyatt se détourna pour composer le numéro du bureau du shérif.

— Fais vite, dit-il. Dès qu'il aura été prévenu, il débarquera dans les cinq minutes.

— Que dis-tu, Gladys ? cria Mary Alice. Que lui as-tu dit ? As-tu parlé de Henry à cet homme ?

— Bien sûr que non, répondit Violet.

Wyatt se précipita vers elle, espérant rattraper le coup.

— Je lui ai déjà dit que Gladys m'avait tout raconté parce qu'elle me faisait confiance et qu'elle aussi pouvait se fier à moi.

Violet fronça les sourcils.

— Oh.

— Vous n'êtes qu'une bande de menteurs, lança Mary Alice avec colère. Tout le monde ment. Moi aussi. J'ai menti toute ma vie. Je ne veux plus le faire.

— Ça va, Mary Alice, dit Violet. Personne ne te reproche d'avoir menti, tu n'avais pas le choix. Et tu sais que tu as toujours la possibilité de me parler.

Maggie se tortillait dans les bras de Violet. Elle voulait être posée sur le sol.

Wyatt termina son appel au bureau du shérif. Il prit Maggie et désigna Mary Alice d'un mouvement de tête.

— Continue avec elle, dit-il à Violet. Je m'occupe de la princesse.

Violet s'humecta les lèvres et se dirigea vers l'échelle.

— Je suis désolée que tu sois fâchée, Mary Alice. Je n'ai jamais voulu te contrarier.

— Tu n'aurais pas dû lui dire, protesta la vieille dame. Ce n'était pas ton secret et tu m'avais juré de n'en souffler mot à personne. En tout cas, je tiens à récupérer cette boîte, maintenant. Où est-elle ? Où l'as-tu cachée ?

Wyatt l'encouragea d'un geste de la main à creuser le sujet.

— Fais-la parler de cette boîte, chuchota-t-il.

Violet saisit l'échelle.

— Puis-je monter, Mary Alice ? Nous serons plus à l'aise pour parler si nous sommes à la même hauteur.

Wyatt grimaça. Ce n'était pas ce qu'il avait voulu dire.

Il leva le bras pour l'arrêter mais elle ne le vit pas.

Violet se mit à gravir les barreaux jusqu'au moment où le cri de Mary Alice la pétrifia.

— Non ! Ne t'approche pas de moi !

Violet redescendit en vitesse et rejoignit Wyatt au centre de la grange. Ils regardèrent avec inquiétude Mary Alice qui continuait de crier.

— Pardon ! dit Violet. Je t'avais mal comprise. D'accord, je reste en bas.

La pauvre femme jeta à Wyatt un regard interrogateur.

— Êtes-vous venu pour m'arrêter ? demanda-t-elle.

— Pas du tout, madame. D'ailleurs, pourquoi aurais-je envie de vous arrêter ? ajouta-t-il, penchant la tête de côté.

— Parce que j'ai gardé ses affaires au lieu de les remettre aux autorités, dit-elle. Je les ai cachées. Ensuite, je les ai confiées à Gladys mais j'ai eu tort et maintenant elles ont disparu.

— Ses affaires sont-elles dans la boîte que vous cherchez ? demanda-t-il.

De nouveau, Mary Alice apparut au bord du grenier.

— Oui.

Elle se laissa tomber sur une botte de foin et s'essuya le nez avec sa robe de chambre.

Violet demanda :

— À qui appartient ce qu'il y a dans cette boîte ?

— Mary Alice ! cria une voix masculine derrière eux.

Le vieux Tom Masterson surgit dans la grange.

Se pouvait-il que quelqu'un du bureau du shérif ait dit au mari de Mary Alice où elle était ? Ou avait-il deviné tout seul qu'elle viendrait là ? Dans ce dernier cas, comment l'avait-il compris ? Savait-il que sa femme avait confié à Mme Ames une boîte qu'elle était censée garder pour elle ?

Le hurlement lointain d'une sirène se fit entendre. Les forces de l'ordre arrivaient et Wyatt était prêt à parier que la première voiture à s'arrêter devant la porte serait conduite par le shérif actuel, le fils de Mary Alice.

Le vieux Masterson se tourna vers Wyatt et Sawyer.

— Où est-elle ? lança-t-il d'un ton accusateur. Que lui avez-vous fait ?

Mary Alice s'approcha du bord du grenier.

— Je suis là, Tom, répondit-elle d'un ton las. Ramène-moi à la maison.

Tom Masterson s'avança. Son T-shirt était chiffonné et son jean aurait eu besoin d'une ceinture. Il n'avait pas bouclé ses bottes ni peigné ses cheveux et son haleine était chargée de bière.

— Descends tout de suite, Mary Alice. Que fabriques-tu là-haut ? Tu sais très bien que tu ne dois pas sortir de la maison.

Elle balança les jambes dans le vide, cherchant les barreaux de l'échelle.

— Pardon. J'ai eu tort, je ne voulais pas.

— Tu ne voulais pas profiter du moment où je dormais pour filer en douce ? grogna-t-il. Tu ne voulais pas monter dans ce grenier ? Tu ne voulais pas me faire mourir de peur ? Tu ne voulais pas me désobéir ? Me défier ? Cesse de me prendre pour un imbécile !

Mary Alice se mit à pleurer.

— Du calme, intervint Wyatt. Mary Alice, s'il vous plaît, prenez votre temps et faites très attention. Et vous, monsieur Masterson, baissez d'un ton, je vous prie. Votre femme s'apprête à descendre, il n'est pas question de lui faire peur.

— Vous me menacez ?

Wyatt se mordit l'intérieur des joues. Le goût du sang emplit sa bouche, l'empêchant de dire quelque chose qui pourrait le renvoyer en prison. Il ne pouvait pas se permettre de donner au shérif une raison de lui passer de nouveau les menottes. Et remettre à sa place le vieux Masterson lui coûterait certainement très cher.

Les sirènes stopèrent quand les voitures de patrouille arrivèrent dans la cour et se garèrent devant la grange. Quelques instants plus tard, le shérif entra. Il évalua la scène d'un coup d'œil circulaire avant de se précipiter au secours de sa mère sur l'échelle. Il lui chuchota des mots apaisants pour la rassurer et l'aida à regagner lentement la terre ferme.

Une fois en bas, il fusilla son père du regard.

— Peux-tu m'expliquer ce qui s'est passé ?

Sans répondre, le vieux Masterson dévisagea Wyatt.

— Je suis désolée, déclara Mary Alice. Je voulais seulement chercher ses affaires.

— Les affaires de qui ? répéta Wyatt.

— De Henry.

D'un air fautif, Mary Alice porta les mains à ses lèvres et se tourna vers son mari.

— Je crois que je ferais mieux de rentrer m'allonger.

— Je crois que tu ferais mieux de la fermer, marmonna-t-il, l'arrachant brutalement à l'étreinte de leur fils. Allons-y.

Le shérif suivit ses parents. Il ressemblait soudain plus à un petit garçon qu'à un homme chargé de la sécurité de tout un comté.

Wyatt leur emboîta le pas, à la fois écœuré et consterné par la dynamique familiale des Masterson.

— Je n'aurais pas dû garder ses affaires, dit Mary Alice. J'aurais mieux fait de les rendre à sa famille. C'est ce qu'il faut faire.

— Ferme-la ! cria Tom Masterson.

Il s'arrêta pour la tirer brutalement par le bras. Ses yeux étincelaient de rage.

— Papa, intervint le shérif.

Avec un gémissement, Mary Alice se détourna.

Le vieux Masterson ouvrit la voiture et jeta presque sa malheureuse épouse à l'intérieur.

— Où allons-nous ? demanda-t-elle d'une voix chevrotante. Au puits ?

Sans répondre, son mari claqua la portière. Il ferma les paupières un long moment, s'efforçant de recouvrer son calme.

Le puits signifiait manifestement quelque chose pour lui. Mais quoi ?

Son fils se rapprocha de lui.

— Rentre à la maison. Je te suis au volant de ma voiture de patrouille.

Tom Masterson hocha la tête et s'en alla.

Violet se glissa à côté de Wyatt.

— Cet épisode était pour le moins perturbant, dit-elle doucement.

Le shérif Masterson se tourna vers elle, comme s'il l'avait entendue.

— Prenez bien soin de votre grand-mère, mademoiselle Ames. Quand les femmes prennent de l'âge, les ennuis se multiplient.

Le cœur de Violet se mit à battre à tout rompre dans sa poitrine. Le shérif du comté venait-il de menacer sa grand-mère ? Devant témoins ? Était-il complètement fou ? Elle posa Maggie dans l'herbe pour composer le numéro du portable de Tanya, en espérant que sa cousine était toujours à l'hôpital.

— Allô ? répondit Tanya.

— Comment va Grandma ? lança Violet. Est-ce qu'un agent de sécurité de l'hôpital veille toujours sur elle ? As-tu pu parler aux médecins au sujet de son transfert ?

— Violet ? demanda Tanya. Que se passe-t-il ? Qu'est-ce qui ne va pas ?

— Tout va bien. Je suis juste un peu secouée, ce n'est rien. Mais comment va notre grand-mère ?

— Bien. Son état est stationnaire.

— Et que dit le chirurgien ? insista Violet.

— Il n'est pas encore passé mais c'est normal. Il est trop tôt et il a d'autres patients à voir aux étages un et cinq. Je t'appellerai dès que j'en saurai plus. D'accord ? Je n'ai pas le temps de te parler, là. Je dois faire le tour des chambres pour m'occuper de mes malades.

— Et qui assure la sécurité de Grandma ?

— Un vigile monte la garde devant sa porte. Un de ses collègues va bientôt venir le relever.

Violet se détendit un peu.

— D'accord. À plus tard.

Elle raccrocha et se tourna vers Wyatt. Maggie rampait vers lui.

— Te souviens-tu du nom du garagiste chez qui tu as fait réparer ton camion ?

— R.G. Carrosserie.

Violet essaya de se concentrer sur les problèmes graves et non sur le fait que son bébé s'attachait de plus en plus à un homme qui serait bientôt parti.

— Je dois faire remplacer mes pneus. Je veux avoir la possibilité de partir avec Maggie à tout moment si le besoin s'en fait sentir.

Wyatt lui donna le numéro, puis il joua avec Maggie pendant que Violet prenait des dispositions pour que sa voiture soit remorquée jusqu'à l'atelier de réparation.

Elle n'était plus très sûre d'être en sécurité à River Gorge. Peut-être vaudrait-il mieux pour elle rentrer à Winchester, chez elle, comme le lui avait si aimablement conseillé le shérif. En tout cas, elle était certaine d'une chose : elle devait avoir la possibilité de quitter la ville sur-le-champ avec Maggie, en cas d'urgence. Et un véhicule avec deux pneus crevés ne lui serait d'aucune utilité.

Violet paya le chauffeur de la dépanneuse quand il vint chercher sa voiture puis rentra dans la maison pour voir ce que faisaient Maggie et les deux hommes.

Wyatt étudiait avec Sawyer une série de cartes topographiques étalées sur la table de la cuisine. Maggie s'était endormie dans ses bras.

Violet se rapprocha et lui prit la petite.

— Je monte la mettre au lit et je reviens.

— Prends ton temps, dit-il.

Sawyer grogna, un stylo entre les dents.

Violet se rendit à l'étage et posa doucement Maggie dans son berceau. Quand elle redescendit, elle regarda avec curiosité ce qu'ils avaient noté sur ces cartes.

— Ce sont des cartes de la région, non ? dit-elle en reconnaissant le tracé de la rivière et les villes du comté de Grove. À quoi correspondent ces croix rouges ?

— Aux puits, répondit Sawyer.

Violet se tourna vers Wyatt.

— Je ne comprends pas.

— Mary Alice a demandé à son mari s'ils allaient « au puits » et à ce moment-là, le vieux Masterson l'a presque frappée.

— Tout le monde a un puits dans son jardin, par ici, dit Violet.

— Tout le monde possède peut-être un puits, répliqua Wyatt, mais la plupart sont désaffectés ou abandonnés depuis longtemps. Les gens ont l'eau courante, maintenant.

Sawyer tourna une carte dans sa direction.

— Les croix représentent les puits du comté. Certains ont probablement été désaffectés par l'État, d'autres ont été abandonnés et sont sans doute recouverts de planches ou de grillage mais toujours accessibles. Dès que j'aurai fini de les répertorier, j'irai les inspecter.

Violet se tourna vers lui, effarée.

— Tous ? Mais il doit y en avoir des dizaines et des dizaines. Comment vas-tu faire ?

Sawyer sourit.

— Je vais me servir de mes petites jambes musclées.

Violet leva les yeux au ciel.

— Il te faudra une éternité pour y arriver. Et il ne reste que trente-six heures avant que ceux qui nous veulent du mal ne mettent leurs menaces à exécution.

— J'irai d'un point à l'autre en camion quand ce sera possible, mais je serai certainement obligé de parcourir à pied une partie du circuit.

Violet lutta contre la frustration qui l'envahissait. Certes, Sawyer était prêt à battre la campagne pour visiter tous les puits. Mais cela suffirait-il ? Elle en doutait.

Elle se leva soudain et les regarda tous deux avec un sourire d'excuse.

— Pardonnez-moi mais je vais vous laisser un instant. J'ai besoin d'un peu d'air frais.

— As-tu envie d'aller faire un tour ? proposa Wyatt.

— Oui, mais je ne peux pas m'éloigner. Je viens de coucher Maggie.

— Je m'en occupe, dit Sawyer. Les bébés m'adorent. Surtout Mandy.

— Maggie ! corrigèrent Wyatt et Violet à l'unisson.

Sawyer éclata de rire.

— Je sais. J'adore vous faire enrager et ça marche à tous les coups. Partez et laissez-moi travailler.

Violet sortit sur la terrasse. En passant, elle attrapa le plaid étendu sur la balancelle.

Wyatt la rejoignit, deux bouteilles d'eau à la main. Il en offrit une à Violet, puis lui prit la couverture qu'il jeta sur son épaule.

Elle lui tint le bras tandis qu'ils marchaient.

Wyatt lui sourit.

— La journée n'a pas très bien commencé mais nous avons avancé. Mary Alice a dit que la boîte qu'elle cherchait – et son contenu –, appartenait à Henry.

— Et elle parlait certainement de Henry Davis, renchérit Violet.

— Les pièces du puzzle se mettent en place. Après les recherches sur Internet de ta grand-mère, les révélations de Mary Alice à propos des affaires de Henry, nous savons maintenant qu'un puits est lié à cette histoire pour une raison encore inconnue mais sûrement déterminante. Si nous avons de la chance, Sawyer trouvera le puits auquel elle faisait allusion, peut-être même aussi la boîte et tout sera réglé avant la tombée de la nuit. La lettre de menace n'aura alors plus d'importance. Nous aurons identifié son auteur avant que les quarante-huit heures soient écoulées.

— Le problème est qu'il y a beaucoup de puits à voir.

— Il n'est pas nécessaire de les fouiller tous. Sawyer va mener ces investigations avec méthode et efficacité, fais-lui confiance.

Violet avait peur pour elle et sa famille, elle était triste pour Mary Alice et elle espérait que la découverte du puits permettrait enfin de résoudre cette affaire.

Au fond de son cœur – et elle ne l'aurait jamais avoué à quiconque –, elle espérait aussi quelque chose d'autre.

Quelque chose de doux, de chaud, d'étrange et de nouveau, quelque chose qu'elle ressentait quand elle pensait à Wyatt, quand elle se remémorait la façon dont il l'avait serrée dans ses bras, la veille au soir.

Pendant un moment, elle s'était demandé s'il allait l'embrasser.

Elle s'était juré de ne plus jamais tomber amoureuse d'un militaire. Son ex-petit ami avait courageusement servi son pays mais quand il avait appris sa grossesse, il l'avait lâchement abandonnée.

Le cœur serré, elle songeait à Maggie. Violet non plus n'avait pas connu son père et savait donc à quel point une telle blessure était douloureuse. Mais sa peur de souffrir à nouveau, de voir Maggie perdre une autre figure masculine, l'empêchait peut-être de vivre quelque chose d'incroyable.

Pour ne pas passer à côté, devait-elle prendre un risque, se donner une chance ?

Ou recouvrer ses esprits et comprendre qu'elle n'était qu'une incorrigible rêveuse. Une rêveuse qui aspirait à l'impossible, à un amour fou et authentique, par exemple.

Comme elle lui jetait un coup d'œil de biais, elle surprit Wyatt en train de la dévisager.

Il désigna le lac dont ils approchaient.

— Est-ce là que nous allons ?

— Oui.

En sortant de la maison, elle n'avait pas vraiment de but de promenade précis mais le lac était parfait pour rester un moment tranquille et réfléchir.

Lorsqu'ils parvinrent près de l'eau, Wyatt étendit le plaid sur l'herbe.

Violet s'y allongea, heureuse d'être à l'ombre tout en voyant le soleil jouer à travers les branches d'un grand chêne.

Wyatt s'installa à côté d'elle.

— Je suis content que Sawyer soit ici, déclara-t-il finalement.

Elle sourit.

— Ah oui ?

Il lui prit la main et mêla leurs doigts, l'air coupable.

— Je suis content qu'il soit ici parce que je ne suis pas assez concentré sur mon travail. Depuis mon arrivée, je me suis laissé distraire, emporter par mes émotions.

Violet essaya de ne pas trop penser au sens de ses mots.

— Vraiment ?

— Hier soir, je mourais d'envie de t'embrasser.

— Et ?

Wyatt s'humecta les lèvres sans répondre.

Violet attendit, le regard rivé au sien. La peur du rejet la tétanisait.

— Wyatt, murmura-t-elle enfin. Pourquoi ne l'as-tu pas fait ? Pourquoi ne m'as-tu pas embrassée ? Dis-le-moi.

— J'ai résisté à la tentation. Je voulais me comporter en gentleman

— Et maintenant ?

Wyatt caressa sa joue avec tendresse.

— Maintenant j'ai juste envie de me comporter comme un homme.

Il baissa lentement la bouche vers la sienne, délibérément, sans lâcher ses yeux.

Lorsqu'il captura ses lèvres, un long frisson la parcourut. Leurs langues entamèrent une danse sensuelle et elle sentit un plaisir intense l'envahir et un désir impérieux la soulever.

Ce baiser était le genre de baiser dont Violet avait toujours, rêvé, mais qu'elle n'avait encore jamais connu. Le genre de baiser qui rendait les femmes folles de désir et leur faisait croire que tout était possible.

Y compris un amour fou et authentique.

14

Violet n'avait pas envie de quitter le lac, de rentrer à la maison. Près de l'eau, tout semblait différent, plus léger, plus positif et en tout cas, moins tragique. Comme, par exemple, ce baiser qui avait fait battre leurs cœurs plus vite. Le lac avait ce pouvoir, cet effet. Malheureusement, le moment de grâce qu'ils avaient partagé ne pouvait durer, elle le savait. Un compte à rebours avait été déclenché, une tragédie annoncée. Cette réalité désagréable s'imposait à eux et maintenant, trouver ce que Mary Alice était venue chercher dans le grenier à foin était une priorité absolue.

L'air sombre, Wyatt la suivait sur le chemin. Elle s'efforçait de ne pas regarder son visage tourmenté, de ne pas l'interroger sur la teneur de ses pensées. Par expérience, elle savait que lorsqu'une femme pose des questions directes à un homme, les réponses qu'elle obtient ne lui plaisent pas, en général. En tout cas, Wyatt n'avait pas prononcé un mot depuis qu'ils avaient cessé de s'embrasser. Il l'avait dévisagée un long moment avec intensité avant de lui proposer de rentrer. Ce n'était pas exactement la déclaration à laquelle elle avait aspiré mais elle n'avait pas émis de commentaire.

Lorsqu'ils arrivèrent sur la terrasse, il lui tendit le plaid. Puis il lui ouvrit la porte-moustiquaire et l'invita à pénétrer dans la maison.

Elle salua Sawyer d'un sourire puis monta directement à l'étage prendre une douche. Bien froide.

Après ses ablutions, elle réussit à se faire un brushing et à se maquiller avant que Maggie ne se réveille de sa sieste. Un trait de liner, une touche de mascara, un peu de blush. Elle termina par quelques gouttes de parfum derrière les oreilles. Comme elle contemplait son reflet dans le miroir, elle tenta de se convaincre que cette mise en beauté n'avait rien à voir avec Wyatt. Elle s'ordonna d'effacer de sa mémoire le souvenir de ses lèvres chaudes sur les siennes.

Maggie fit un petit bruit dans son sommeil et Violet se pencha sur son berceau, mais la petite dormait paisiblement.

Elle laissa la porte de la chambre ouverte et descendit les marches de l'escalier vers la cuisine, tout en tirant sur son débardeur.

Lorsqu'elle entra, les deux hommes levèrent les yeux vers elle.

Wyatt resta un moment bouche bée.

Sawyer fit un signe de tête approbateur.

Satisfaite de leurs réactions, en particulier celle de Wyatt, Violet s'approcha.

— Tout avance comme vous voulez ?

Wyatt répondit :

— Nous avons scindé la liste des puits en deux en fonction de leurs emplacements. Sawyer va aller inspecter les plus éloignés de la ville et nous trois, Maggie, toi et moi, les plus proches. J'ai le sentiment que les plus accessibles sont tous désaffectés mais cela vaut le coup de vérifier. Nous en verrons quelques-uns avant de nous rendre à l'hôpital.

— De nous rendre à l'hôpital ? répéta Violet. Certes, je tiens à aller embrasser ma grand-mère mais il est important que tu puisses aider Sawyer pour effectuer le plus de fouilles de puits possible. Je ne veux pas te ralentir.

Combien de temps lui restait-il, maintenant ? Comment être sûre que l'auteur de la lettre laissée dans la chambre de sa grand-mère attendrait pour mettre ses menaces à exécution ?

— Nous pouvons faire les deux, assura Wyatt.

Sawyer se leva et s'étira, dévoilant un physique indéniablement avantageux. Alors qu'il se redressait, Violet ne put s'empêcher de penser que, sans sa barbe hirsute et ses cheveux en bataille, il serait sans doute très séduisant. Son sourire arrogant était une façade, une façon de cacher une faille, une fragilité, elle en était certaine. Plus d'une fois, elle avait pensé demander à Wyatt de lui raconter l'histoire de Sawyer, mais elle y avait finalement renoncé. En réalité, elle devinait qu'il ne lui dirait rien et emporterait les secrets de son ami dans la tombe, quels qu'ils soient.

— Je prends le camion, aujourd'hui, annonça Sawyer. Si quelqu'un est arrêté et envoyé en prison, ce sera moi, cette fois.

Wyatt sourit.

— Parfait.

Une demi-heure plus tard, ils sortaient tous de la maison.

Sawyer se mit en route pour faire la tournée des puits éloignés. De leur côté, Wyatt, Maggie et Violet partirent pour effectuer en voiture une petite reconnaissance des puits du coin avant de prendre le chemin de l'hôpital.

Tandis qu'ils roulaient, Violet regardait le feuillage des arbres, le ciel bleu traversé par de petits nuages blancs...

— Et si le shérif surprend Sawyer sur une propriété privée et lui tire dessus ? demanda-t-elle. Masterson est capable de tout...

Wyatt lui jeta un bref coup d'œil avant de reporter son attention sur la route.

— Ne t'inquiète pas pour Sawyer. Il sait se rendre invisible. Le shérif ne le verra pas, je te le garantis.

— Mais s'il tombe quand même sur lui ? Et s'il essaye de le tuer ? Il n'y aura personne pour l'en empêcher.

Wyatt sourit.

— Dans ce scénario très improbable, je serais plus inquiet pour le shérif que pour Sawyer.

Violet leva un sourcil surpris.

— Insinues-tu que Sawyer est dangereux ?

Un souvenir lui revint soudain en mémoire. Le soir où ils s'étaient rencontrés, lorsque Sawyer avait débarqué à la ferme alors que Wyatt était retenu au bureau du shérif, il lui avait dit qu'il n'était « pas dangereux pour elle » mais pouvait l'être « en général ».

Il secoua la tête.

— Je dis simplement qu'il a traversé beaucoup d'épreuves, combattu beaucoup de dangers, et qu'un shérif arrogant ne lui fait pas peur.

Elle réfléchit à ces paroles. Ce soir-là, Sawyer lui avait également raconté qu'il venait de quitter l'armée. Elle ne savait pas combien de temps il avait passé sous les drapeaux mais il n'était pas difficile de deviner qu'il était un baroudeur. Il avait dû rouler sa bosse et connaître beaucoup d'aventures.

— Sawyer est très entraîné, très qualifié, reprit Wyatt, mais il a été profondément traumatisé par certains combats. Voilà pourquoi j'espère que personne ne lui cherchera des noises.

Un frisson parcourut l'échine de Violet.

Comme ils parvenaient à un carrefour, ils découvrirent un immense panneau en bois qui se dressait devant eux. Il n'était pas en bon état, la peinture s'écaillait par endroits mais les mots écrits étaient bien visibles :

POTTER'S FIELD

Wyatt s'arrêta sur le bas-côté.

— Mme Foster, la bibliothécaire, ne nous avait-elle pas dit qu'elle avait fait la connaissance de Mary Alice à Potter's Field ?

— Oui, et d'après mon grand-père, c'était un lieu de rencontres autrefois, dit-elle avec un petit rire. Des jeunes, des vagabonds et des hippies, venus des quatre coins du comté, y venaient pour y camper et clamer leur désir de faire l'amour, pas la guerre.

Wyatt la regarda avec un grand sourire.

— Je me demande bien ce que Mme Foster fabriquait là-bas.

Violet se mit à rire.

— Qui sait ? Après tout, elle était jeune à l'époque, elle aussi.

Il considéra les bocages alentour.

— Il y a cinquante ans, l'endroit était peut-être un immense terrain vague sur lequel se retrouvait toute une jeunesse révoltée, mais aujourd'hui, il n'en reste que des champs de soja.

— Les temps changent, je suppose, dit Violet. Espérons que nous aurons plus de chance avec les puits.

Comme son smartphone se mettait à sonner, elle s'en empara et un regain de panique la traversa à la vue du nom qui s'affichait sur l'écran.

— C'est Tanya, dit-elle. Allô ?

— Salut, Violet.

Le ton n'était ni catastrophé ni affolé.

Violet poussa un soupir de soulagement. Apparemment, sa cousine n'avait pas de mauvaises nouvelles à lui annoncer.

— Quoi de neuf, Tanya ?

— Eh bien, le médecin nous donne le feu vert pour transférer Grandma dans un autre établissement. D'après lui, son état est stable, ses signes vitaux encourageants. Il n'y a donc aucune raison de la garder ici si tu préfères l'installer ailleurs. J'ai répertorié quatre établissements à moins d'une heure de route. Jusqu'à son rétablissement, tu pourras rester chez elle et par la suite, faire la navette. De cette façon, il nous sera facile pour toutes les deux de venir la voir. Je suis sûre qu'elle va bientôt sortir de son coma.

Violet se figea. Elle ne voulait pas perturber sa cousine ni trop lui demander mais Tanya semblait négliger un point essentiel. Leur grand-mère était en danger. La transférer à proximité serait de la folie.

— Que Grandma soit en bonne voie de rétablissement est une excellente nouvelle mais nous devons l'éloigner à plus d'une heure de route. Par ailleurs, je ne vais pas pouvoir rester plus longtemps dans sa ferme. Non seulement l'endroit n'est pas très sûr, mais je serai bientôt obligée de retourner à Winchester. La fin des vacances scolaires est proche.

Un grand silence lui répondit au téléphone.

Violet se tourna vers Wyatt, qui lui adressa un geste fataliste tout en continuant à rouler vers l'hôpital.

Elle avait souvent l'impression que Wyatt avait la capacité de lire dans ses pensées. Dans l'immédiat, cette faculté lui était utile mais à d'autres moments, elle était humiliante. Par exemple, quand il la surprenait en train de rêver. De s'imaginer avec lui.

— Nous sommes en route pour l'hôpital, Tanya, annonça Violet. Nous pourrons en discuter quand nous arriverons. Je ne veux pas t'éloigner d'elle mais sa sécurité est une priorité.

L'échéance du compte à rebours se rapprochait à grands pas, maintenant, songea-t-elle, le cœur serré.

— Je sais, répondit enfin Tanya. Je souhaite seulement qu'elle se réveille.

— Moi aussi.

La radio CB sur le tableau de bord de Sawyer se mit soudain à grésiller. Au milieu des parasites, une voix masculine demanda à ce qu'une ambulance et une voiture de patrouille se rendent immédiatement à une adresse trop familière.

— C'est chez Grandma ! s'exclama Violet, abasourdie.

L'ancienne ferme était à nouveau le théâtre d'un drame, comprit-elle.

Violet blêmit tandis qu'une myriade de possibilités plus horribles les unes que les autres affluaient à son esprit.

— Tanya, dit-elle. Je dois te laisser.

Au volant de la jeep de Sawyer, Wyatt remonta à toute vitesse l'allée qui menait à la maison. Il se gara devant, coupa le moteur et bondit sur le sol. Sans perdre de temps, il libéra Maggie de son siège-auto et la prit dans ses bras.

Violet les rejoignit.

— Ma grand-mère est à l'hôpital, Sawyer fait la tournée des puits des environs et nous, nous sommes ici et en pleine forme. Alors qui a besoin d'une ambulance ?

En route, elle avait envoyé plusieurs SMS à Sawyer qui lui avait confirmé qu'il enquêtait dans la campagne. Pour lui prouver qu'il allait bien, il lui avait envoyé un selfie sur lequel il apparaissait au bout d'une corde, en rappel au fond d'un puits.

Un ambulancier sortait de la grange et Wyatt se hâta vers lui.

— Excusez-moi, dit-il. Cette maison est celle de Mme Ames, la grand-mère de ma copine. Nous y séjournons pendant qu'elle est à l'hôpital. Pourriez-vous m'expliquer ce qui se passe ?

Pressentant un drame, Violet prit le bras de Wyatt et s'appuya sur lui.

Le jeune homme ouvrit le hayon de l'ambulance.

— Nous avons reçu un appel à propos d'une femme âgée qui...

Une sirène assourdissante l'interrompit. Une voiture de patrouille surgit et dérapa sur le gravier.

— Que s'est-il passé ? cria le shérif Masterson en sautant de son véhicule.

L'ambulancier pâlit.

— Je suis désolé, monsieur, mais apparemment elle est tombée du grenier à foin.

— Qui ? demanda Violet. Vous n'avez pas dit de qui il s'agissait.

Wyatt n'avait pas besoin d'entendre la réponse. Lorsqu'il l'avait entendu parler d'une « femme âgée », il avait compris.

Deux hommes en blouse blanche sortirent de la grange, portant un brancard.

Mary Alice Masterson y était étendue.

Tête basse, le vieux Masterson les suivait, les mains dans les poches.

Le shérif se fraya un chemin jusqu'à la malheureuse.

— Maman ?

Il se pencha pour caresser les cheveux gris de sa mère. Des larmes brillaient dans ses yeux.

Il se redressa et fusilla les ambulanciers d'un regard glacial.

Le plus âgé eut un sourire contraint.

— Mieux vaut la conduire sans plus tarder à l'hôpital.

Le shérif Masterson hocha la tête.

— D'accord, dit-il avant de reculer pour leur permettre de passer.

— Aimeriez-vous monter avec elle ? proposa l'un d'eux.

Personne ne savait s'il s'adressait au mari ou au fils de Mary Alice. Tous deux se tenaient l'un en face de l'autre maintenant et se regardaient en chiens de faïence.

— Non, merci, dit le shérif. Je vais y aller à bord de la voiture de patrouille. Mon père vient avec moi.

Violet se tourna vers le vieux Masterson.

— Que faisait votre femme dans la grange ? C'est vous qui l'avez conduite ici, n'est-ce pas ? Pourquoi ?

Le vieil homme serra les mâchoires et ne répondit pas.

Elle reporta son attention sur le shérif.

— Personne n'était revenu dans cette grange depuis des années, et maintenant, votre mère est la deuxième vieille dame à tomber du grenier à foin en moins d'une semaine. C'est bizarre, non ?

Comme le shérif Masterson la dévisageait en silence, Wyatt attira Violet contre lui.

— Je pense que nous ferions mieux de rentrer.

Il devinait qu'une violente explication allait éclater entre les deux Masterson et il ne voulait pas se mêler de leur querelle familiale. Pas en présence de Violet et de Maggie.

Elle le laissa l'entraîner.

Ils regardèrent par la fenêtre le père et le fils monter dans la voiture de patrouille du shérif et s'éloigner.

Violet prit son bébé dans les bras.

— Je suis convaincue que le vieux Masterson a poussé volontairement sa femme du haut du grenier à foin avant d'appeler les secours pour faire croire à un accident.

La même pensée avait traversé Wyatt.

— Et elle n'y était sans doute pas venue par hasard, ce matin, non plus. Son mari voulait faire croire qu'il s'agissait d'une fugue mais je n'en mettrais pas ma main au feu.

— Tu crois qu'il l'avait encouragée à se rendre ici dans l'espoir qu'elle tomberait et se casserait le cou ?

— Peut-être, dit-il. En tout cas, je n'en serais pas étonné.

L'ancien shérif était sournois. Wyatt avait déjà été confronté à ce genre de personnes fourbes et criminelles. Le problème était que son fils, l'actuel shérif, n'allait certainement pas enquêter sur le sujet. Si sa mère mourait, il ne ferait pas arrêter son père pour meurtre...

— Tu sais à quoi je pense ? lança soudain Violet.

Elle lui tendit Maggie et passa devant lui pour se diriger vers l'arrière de la maison.

— Des trois Masterson, Mary Alice est la plus honnête, poursuivit-elle. Et si elle croit qu'une boîte remplie des affaires de Henry Davis se trouve dans cette grange, il est fort probable qu'elle y soit. Retournons-y. Peut-être n'avons-nous pas encore regardé au bon endroit.

15

Poussé par la curiosité, Wyatt suivit Violet vers la grange. Avait-elle raison ? Étaient-ils passés à côté de quelque chose ? N'avaient-ils pas encore retrouvé cette boîte parce qu'ils ne l'avaient pas cherchée au bon endroit ?

Violet lui prit Maggie des mains et la cala sur sa hanche. L'enfant se blottit contre elle, enfouissant son petit visage dans son cou.

Lorsqu'ils pénétrèrent dans le hangar en bois, les rayons du soleil filtraient à travers une lucarne.

— Si j'avais quelque chose d'important à cacher, dit Violet, je le mettrais dans un lieu où personne n'a de raison d'aller. Cette grange réunit toutes les conditions et Mary Alice partageait mon avis puisqu'elle est venue ici à deux reprises dans l'espoir de découvrir cette boîte.

Wyatt la regarda s'avancer, protégeant la tête de Maggie d'une main. De minuscules grains de poussière dansaient dans la lumière.

— En tout cas, nous n'avons rien à perdre à la fouiller une nouvelle fois, dit-il.

— Séparons-nous, décida-t-elle. Je vais inspecter le côté droit. Et toi le gauche.

Un sourire sur les lèvres, il s'écarta d'elle pour examiner la zone qu'elle venait de lui attribuer. Des années durant, il avait commandé à des troupes d'hommes mais ces derniers temps, le mouvement semblait s'être renversé. Maintenant, il recevait des ordres au lieu d'en donner. La plupart émanaient d'une belle brune et de son bébé.

Tout en étudiant le sol, il se rappela soudain les paroles que Mary Alice avait laissé échapper l'autre jour alors qu'elle tricotait sur sa terrasse. La mère de Violet s'était enfuie avec un homme, confiant sa fille à sa propre mère, la grand-mère de Violet. Comment un parent pouvait-il abandonner ainsi son enfant ? Et vivre loin de lui sans en être affecté ? Aux yeux de Wyatt, un tel comportement était odieux, insupportable. Et voilà sans doute pourquoi il valait mieux qu'il ne connaisse pas le père de Maggie. En tout cas, cette dernière ne se demanderait pas si elle avait été aimée. L'amour que lui vouait Violet était inscrit sur son visage et imprégnait tous ses actes.

Violet se déplaçait lentement le long du mur en bois, promenant les doigts sur les vieilles planches. La lumière du soleil éclairait sa fine silhouette. Son débardeur mettait en valeur ses formes sexy et, dans ce short, ses jambes bronzées et fuselées semblaient immensément longues. Wyatt s'imagina les caresser, se glisser entre ses cuisses, lui faire l'amour...

Détournant la tête, il s'ordonna de reprendre ses esprits. Jamais une femme ne l'avait affolé à ce point. S'il était confiant sur ses chances de survie face aux attaques des Masterson, il avait de plus en plus de mal à résister au charme de Violet Ames.

Il longea le côté de la grange dont il était chargé. Il prit son temps, inspecta l'endroit avec soin mais ne remarqua rien de particulier.

Dans son dos, il entendait Violet chantonner à mi-voix une berceuse à son bébé.

Le cœur de Wyatt fondit. L'amour et le dévouement dont Violet faisait preuve envers sa fille et sa grand-mère le touchaient. Manifestement, l'une et l'autre signifiaient beaucoup pour elle. Lui aussi avait le sens de la famille. Le désir de partager la vie de Violet et de Maggie le submergea soudain. Pourquoi ne cessait-il de songer à cette éventualité, ces temps-ci ? s'interrogea-t-il. Et Violet, qu'en penserait-elle ? En avait-elle envie, elle aussi ? Le baiser qu'ils avaient échangé près du lac lui donnait de l'espoir. Plus il passait du temps avec elle, plus il rêvait de l'épouser. Il était certain que ses parents, ses frères d'armes et ses amis adopteraient facilement Violet et Maggie et qu'elles deux seraient heureuses avec lui.

Mais dans l'immédiat, il devait s'interdire d'y penser. Mener à bien sa mission devait être son unique priorité. Ce n'était pas le moment de fantasmer, de s'imaginer passer la bague au doigt de Violet et élever Maggie avec elle. Toutes deux avaient besoin d'être protégées. Le reste était secondaire.

— Wyatt ? lança soudain Violet. Viens voir.

Elle s'accroupit sur le sol, posant Maggie à côté d'elle. Aussitôt, la petite se mit à ramper vers lui.

Wyatt la ramassa et se rapprocha de l'endroit que Violet lui montrait.

— Qu'as-tu trouvé ?

Les sourcils froncés, Violet creusait la terre battue de ses doigts.

— Je ne sais pas très bien mais je sens quelque chose, un truc en fer. Quand j'étais jeune, mes grands-parents stockaient des bûches dans ce coin de la grange. Ce n'est peut-être qu'un morceau de ferraille accroché à un bout de bois. Mais je préfère m'en assurer...

Wyatt tira son smartphone de sa poche et alluma la lampe de poche. Il dirigea le faisceau lumineux vers la pièce métallique que lui désignait Violet.

Comme il se penchait pour l'examiner de plus près, il poussa un cri incrédule.

— Il s'agit d'un gond. Qui permet l'ouverture d'une trappe.

Violet le dévisagea d'un air sidéré.

— C'est incroyable. À quoi donne-t-elle accès, à ton avis ? À une cave ? À un abri ? Ou à un garde-manger ?

— Aucune idée. Voyons voir.

Il assit Maggie derrière lui avec un petit baiser, puis tendit son téléphone à Violet.

— Tiens-le pour m'éclairer.

Unissant leurs efforts, ils creusèrent la terre battue, et finirent par découvrir deux charnières métalliques et une trappe en bois. Elle s'ouvrit avec un long grincement.

Une bouffée de fierté emplit la poitrine de Wyatt.

— Bravo, Violet ! Tu as l'œil. Je ne suis pas sûr que j'aurais remarqué ce gond, même si j'avais marché dessus plusieurs fois.

Elle reprit Maggie sur ses genoux.

— Merci, dit-elle en rougissant.

Les mains posées de part et d'autre de l'ouverture, il examina l'intérieur du réduit.

— Continue de m'éclairer.

— Attends ! Tu ne vas pas descendre là-dedans !

Wyatt sauta dans le trou.

— Pourquoi ? Il n'est pas très profond. Et semble vide. Il y a surtout de la poussière. Passe-moi mon appareil, que je regarde de plus près.

Wyatt lui prit le smartphone des mains. Il balaya le faisceau lumineux dans l'étroite cavité et finit par repérer dans un coin une boîte à cigares jaunie.

Il s'en empara et la posa près de Violet et Maggie. D'une traction sur les avant-bras, il se hissa alors hors de la cavité et referma la trappe avec soin.

— À toi l'honneur, dit-il. Ouvre-la.

Violet secoua la tête.

— Non, je te laisse faire.

Wyatt sourit. Il souleva le couvercle de la boîte et y découvrit une montre, des plaques d'identité militaires et un portefeuille en cuir usé.

— Celui de Henry Davis ? demanda Violet.

Wyatt lut le nom gravé sur les plaques en laiton.

— Apparemment.

Il tira un mouchoir de sa poche. Il ne voulait pas laisser ses empreintes sur les affaires du disparu, au cas où elles seraient analysées par la suite, mais il tenait à savoir à qui elles avaient appartenu. Avec précaution, il tira du portefeuille un vieux permis de conduire, délivré dans le Kentucky. Le document lui confirma ses soupçons.

— Il est bien au nom de Henry Davis...

Violet lâcha un petit cri.

— J'espérais que cette boîte contenait de vieilles lettres d'amour, dit-elle. Ou en tout cas, quelque chose de personnel que Mary Alice cachait à son mari. La réalité est beaucoup plus troublante.

Elle avait raison. Pourquoi un GI aurait-il laissé son portefeuille et ses plaques d'identité militaires dans un trou creusé au fond d'une grange ?

— Qu'est-ce que cela signifie ? demanda-t-elle.

— Rien de bon, à mon avis.

Wyatt les entraîna vers la maison.

— Je dois informer Sawyer de notre découverte. Il voudra peut-être orienter différemment ses recherches, à présent.

Violet installa Maggie dans sa chaise haute et lui offrit un bol de céréales.

— Comment cela ?

Wyatt composait déjà le numéro de Sawyer.

— Eh bien... Quand il est parti, Sawyer ne savait pas très bien ce qu'il cherchait. Peut-être une boîte.

— Et maintenant ?

Wyatt pressa le téléphone contre son oreille. Son instinct comme son ventre noué lui soufflaient qu'ils étaient sur le point de découvrir un drame.

— Maintenant, nous cherchons les ossements de Henry Davis.

Violet s'efforça de ne pas paniquer quand, au volant de la jeep, Wyatt quitta la route pour longer une parcelle de terre en friche près de Potter's Field. Lorsque Wyatt lui avait parlé de la boîte à cigares, Sawyer avait insisté pour qu'ils viennent le retrouver. Il n'avait pas précisé pourquoi mais elle avait l'intuition que cette obstination n'était pas de bon augure.

Wyatt gara la jeep à côté du camion, bondit sur le sol et salua d'un geste Sawyer qui leur faisait signe de loin.

Le cœur battant, Violet descendit à son tour du véhicule.

Elle libéra Maggie de son siège-auto et l'installa dans l'écharpe porte-bébé. Pour que la petite ne soit pas gênée par le soleil, elle lui mit un chapeau sur la tête.

Violet avait hésité à venir voir ce qui semblait tant bouleverser Sawyer, mais rester seule avec sa fille à la maison lui paraissait plus dangereux que tout.

— Il vous en a fallu du temps ! cria Sawyer en s'approchant d'eux. J'espère que vous avez apporté de l'eau.

Wyatt lui jeta la bouteille qu'il avait prise dans le réfrigérateur avant de quitter la ferme puis attendit que Violet les rejoigne.

— Maintenant que nous sommes au complet, raconte, dit-il. Qu'as-tu trouvé ?

Violet se blinda intérieurement.

Pourvu que ce ne soient pas les restes de Henry Davis. Pourvu que ce ne soient pas les restes de Henry Davis, se répétait-elle.

— Venez voir par vous-mêmes.

Sawyer les entraîna vers une rangée de grands pins.

— D'après moi, ces arbres ont une cinquantaine d'années, expliqua-t-il.

Violet faillit éclater de rire.

— Et alors ?

— Et je pense qu'ils ont été plantés pour cacher quelque chose.

Il se baissa pour passer sous des barbelés et se dirigea vers un cercle de briques recouvert de lourdes planches en bois.

— Tous les puits que j'ai visités aujourd'hui ont été, soit désaffectés par l'État et comblés, soit recouverts de panneaux de contreplaqué de mauvaise qualité.

Wyatt souleva les fils de fer pour permettre à Violet de se glisser en dessous.

— Celui-ci aussi a été condamné... mais par d'épaisses planches en bois, constata-t-elle.

— Exactement. Elles sont en excellent état. Et comme par hasard, il s'agit aussi du seul puits abandonné du comté qui se trouve sur une propriété appartenant… à Tom Masterson, le père du shérif actuel.

Il ajouta, un petit sourire en coin :

— Maintenant, demandez-moi quand il a fait l'acquisition de cette parcelle.

— Il y a cinquante ans ? lança Violet.

— Presque, répondit Sawyer. Ce terrain n'est pas constructible et n'a aucun intérêt pour la chasse. Alors pourquoi l'acheter ? Pourquoi planter ces arbres devant ce puits ? Et pourquoi le recouvrir de planches en bois massif ?

Wyatt promena les yeux sur le sol recouvert d'aiguilles de pin. Manifestement, il cherchait quelque chose.

Sawyer frappa les planches du pied pour attirer leur attention et désigna d'un geste les alentours pour qu'ils aient une vue d'ensemble.

— Détail étrange : au-delà de la clôture que nous venons de franchir et qui empêche les promeneurs d'entrer sur cette parcelle, il y a une autre rangée de barbelés. Elle entoure le puits dans un rayon d'une trentaine de mètres. Des panneaux interdisant l'accès à ce périmètre ont été accrochés aux poteaux d'angle. C'est bizarre, non ?

Violet jeta un long regard à Potter's Field, la propriété voisine.

— L'ancien shérif avait peut-être acheté ces terres pour mettre un terme aux fêtes qui se tenaient par ici, autrefois. Mon grand-père racontait que les gens faisaient preuve d'un certain sans-gêne. Ils venaient danser et s'amuser à Potter's Field sans se soucier des détritus qu'ils laissaient derrière eux.

— Le shérif aurait pu interdire ces réunions sans se sentir obligé de faire l'acquisition de la parcelle d'à côté. D'ailleurs, personne n'a jamais vécu par ici. Aucune route carrossable n'y mène et les terres ne sont ni constructibles ni cultivables…

Wyatt s'accroupit à une dizaine de mètres du puits et émit un sifflement.

— Sawyer ?

Ce dernier se tourna vers Wyatt, les sourcils froncés.

— Oui ?

Visiblement inquiet, il courut à côté de son ami.

Le ton de voix de Wyatt eut le même effet sur Violet. Elle se pétrifia tandis qu'un frisson glacé lui parcourait l'échine. Wyatt avait découvert quelque chose qui lui posait un problème.

— Qu'y a-t-il ? s'enquit-elle, son cœur s'affolant dans sa poitrine.

Wyatt leva la main.

— Attends, n'approche pas.

Il montra quelque chose du doigt à Sawyer.

— Que penses-tu de ça ? Cela ressemble à une mine antipersonnel. Cela n'est pas possible, n'est-ce pas ? Personne ne mettrait ce genre de…

Avant même qu'il ait terminé sa phrase, Violet heurta quelque chose du pied et retint son souffle. Il ne s'agissait pas d'une pierre ou d'un morceau de bois.

C'était un objet métallique.

Elle se pétrifia.

— Ne bouge pas, cria Wyatt.

Il se redressa lentement, comme s'il retenait son souffle.

Aux tensions dont il était la proie, à son regard infiniment triste, elle comprit qu'elle venait de poser le pied sur une charge explosive.

Inconsciente du danger, Maggie tendit les bras vers Wyatt qui se dirigeait vers elle.

— Non ! lança-t-elle en riant aux éclats.

Des larmes jaillirent des yeux de Violet, inondant ses joues.

— Wyatt, sanglota-t-elle.

Comment avait-elle pu être aussi imprudente ?

— Ne bouge pas, ordonna-t-il. Laisse-nous réfléchir.

Les deux hommes s'approchèrent avec prudence. Légèrement penchés en avant, les sourcils froncés, ils se déplaçaient autour d'elle comme s'ils encerclaient un animal sauvage.

Maggie voulait que Wyatt la prenne et elle se tortillait dans les bras de Violet.

— Non ! répétait-elle en agitant ses petites mains vers lui.

Le désespoir emplit Violet.

Elle n'avait aucune chance de s'en tirer, elle l'avait compris à la vue de l'expression de Wyatt. Mais il n'était pas question que sa fille chérie subisse le même sort.

Ce n'était pas possible. Pas maintenant.

Maggie n'avait que huit mois. Elle avait encore tant de belles choses à vivre.

— Wyatt, cria Violet. Prends-la et va la mettre à l'abri avant que tout n'explose. Je t'en prie, sauve-la. Sauve mon bébé.

16

Wyatt ne répondit pas. Les neurones de son cerveau fonctionnaient à plein régime. Il examinait la situation, étudiait la mine antipersonnel de loin, se remémorait d'autres charges explosives qu'il avait vues dans le passé pour les comparer à celle-ci. Il tentait d'évaluer son ancienneté, son degré de dangerosité. Et le risque qu'elle explose simplement parce que Violet avait marché dessus.

Sawyer s'approcha. Il tendit les mains pour prendre Maggie dans ses bras. Une fois l'enfant en sécurité contre lui, il se tourna vers Wyatt.

— Je vais éloigner la petite, dit-il. Essaye de ne pas faire n'importe quoi, ajouta-t-il en désignant Violet d'un mouvement de menton.

Wyatt répliqua, l'air sombre :

— Tout est une question de point de vue.

— Wyatt, lança Violet d'un ton désespéré. Va avec eux, pars avec Maggie. Reste avec elle.

— Attends, répondit-il. Laisse-moi réfléchir.

Son esprit listait les probabilités, calculait ses chances. Maintenant que Sawyer et Maggie étaient hors de danger, il cherchait une solution pour sauver Violet sans les tuer tous les deux. L'idée qui germait dans son esprit n'était pas géniale mais il n'avait plus le temps d'en concevoir une meilleure.

— Je t'en prie, Wyatt, reprit Violet d'un ton insistant. Occupe-toi de Maggie, veille sur elle. Le reste est secondaire. J'attendrai que tu sois éloigné pour bouger. Elle ne verra rien et ne gardera aucun souvenir de moi. L'important, la seule chose qui compte à mes yeux, est que tu puisses la protéger quand je ne serai plus là.

Son sens du sacrifice bouleversa Wyatt.

— Reste calme et surtout ne bouge pas, dit-il. Je reviens.

— Elle deviendra orpheline mais elle y survivra parce qu'elle sera aimée. Autrefois, l'amour de ma grand-mère m'a permis d'être heureuse malgré l'absence de ma mère. Tanya l'élèvera et l'aimera, je le sais.

Wyatt s'éloigna, le cœur en miettes.

— Surtout ne déplace pas ton poids sur cette plaque.

— D'accord, promit Violet. Quand elle sera grande, tu lui diras que je l'aimais plus que tout.

Des larmes ruisselaient sur ses joues, à présent.

Le moteur de la jeep vrombit.

— Stone ! cria Sawyer par la vitre ouverte. Qu'as-tu en tête ? Quel est le plan ?

— Prends soin de mon bébé, je t'en supplie, Sawyer ! lança Violet. Partez vite avant que tout ne saute !

Wyatt recula de plusieurs mètres.

— As-tu confiance en moi, Violet ?

— Quoi ?

Elle essuya ses larmes et le dévisagea avec perplexité.

— Que fais-tu encore ici ?

Il recula encore de trois pas.

— As-tu confiance en moi ? répéta-t-il.

— Oui.

Il se mit en position de départ dans les starting-blocks, les jambes repliées, et s'apprêta à s'élancer.

— N'essaie pas de résister à l'impact, dit-il. Laisse-moi faire.

Violet secoua la tête.

— Ne tente rien pour moi. Va-t'en ! Protège Maggie !

— Un, cria Wyatt.

— Tu vas te faire tuer !

— Deux.

— Wyatt !

— Trois !

Il se propulsa en avant, se précipita vers la femme qu'il aimait. Il ne la laisserait pas mourir. Il ne permettrait pas qu'une petite fille de huit mois devienne orpheline. Pas maintenant. Pas alors qu'il avait pour mission de les protéger.

Emporté par son élan, il saisit Violet par les épaules et s'envola avec elle dans les airs. L'explosion qui s'ensuivit fut assourdissante. Ils furent projetés par le souffle et roulèrent sur le sol à plusieurs mètres de là. Des centaines de débris retombèrent en pluie autour d'eux.

Un instant sonné, Wyatt s'ordonna d'ouvrir les paupières et de remettre ses idées en ordre. Des images de champs de bataille remontaient à sa mémoire, se mêlant au présent de manière effrayante.

Une seule personne lui importait.

— Violet ?

Elle était étendue sur le dos, non loin de lui. Comme elle ne répondait pas, son cœur se serra. Il se traîna jusqu'à elle et la prit dans ses bras.

— Réveille-toi, je t'en supplie. Violet.

Mais elle restait inerte et silencieuse, telle une poupée de chiffon. Livide, les yeux clos, elle ne bougeait plus.

Comme il l'observait avec plus d'attention, il se rendit compte qu'elle respirait. Il perçut les battements de son cœur sous ses doigts.

Dieu merci, elle avait survécu ! comprit-il, intensément soulagé.

Mais il s'aperçut qu'elle avait les cheveux poisseux de sang. Sa tête avait dû heurter une pierre quand elle était retombée sur le sol.

S'était-elle assommée ? Ou pire, fracturé le crâne ?

Il scruta son visage avec une inquiétude croissante.

— Violet, parle-moi. Réponds-moi.

Derrière lui, il entendit des pas précipités.

— Wyatt ?

Sawyer apparut. Il sortit de la rangée de pins et s'approcha de

Wyatt. Maggie pleurait dans ses bras, tendant les mains vers sa mère mais Violet ne réagit pas.

— J'appelle une ambulance ? lança Sawyer.

— Surtout pas. Il n'est pas question que le fils de pute qui a sciemment posé des mines antipersonnel ici apprenne que nous avons trouvé sa cachette. Occupe-toi de Maggie. De mon côté, je vais conduire Violet aux urgences, ajouta-t-il en la soulevant. Et nous reviendrons tous les deux à la nuit tombée pour fouiller ce puits et découvrir ce qui y est caché.

Wyatt parcourut à grands pas la distance qui les séparait de leurs véhicules.

— Si nous voulons obtenir justice, il va falloir trouver de l'aide à l'extérieur de ce comté, de cette ville maudite, où règne un shérif véreux qui a tous les pouvoirs.

— Veux-tu que j'essaye de joindre l'adjoint dont tu m'as parlé ? demanda Sawyer. Le dénommé Santos ?

— Non. Rentre avec Maggie à la maison et protège-la. Au prix de ta vie, s'il le faut, répondit Wyatt. Je te rejoindrai dès que possible. Ensuite, nous réglerons définitivement cette histoire.

— D'accord.

Le trajet jusqu'à l'hôpital fut atroce. Non seulement Wyatt souffrait pour Violet chaque fois qu'ils passaient sur un nid-de-poule. Mais il avait beau la supplier d'ouvrir les yeux, elle restait inanimée.

En arrivant, il abandonna son camion devant l'entrée des urgences, sans couper le moteur, et pénétra en courant à l'intérieur.

— J'ai besoin d'aide ! cria-t-il alors que les portes vitrées s'ouvraient sur son passage.

Il revint chercher Violet. Il était en proie à une angoisse mortelle. Elle ne bougeait pas et sa blessure à la tête saignait abondamment. Sa chemise était trempée de sang.

— Aidez-moi ! répéta-t-il avec force pour attirer l'attention.

Enfin, il vit apparaître un homme en blouse blanche, deux infirmières sur les talons. Tous trois se mirent en action.

— Que s'est-il passé ? demanda le médecin.

— Je ne sais pas bien, prétendit Wyatt.

Il n'avait pas pris le temps d'inventer une histoire pour justifier les blessures de Violet. En tout cas, il préférait ne pas leur parler de la mine antipersonnel. Les blessures de Violet étaient dues à la violence de leur atterrissage, pas à l'explosion elle-même. Il n'était pas question d'évoquer le drame auquel ils avaient échappé de justesse. S'il apprenait qu'ils avaient trouvé son puits, le shérif déplacerait immédiatement ce qu'il y avait caché, cinquante ans plus tôt. Wyatt en était certain.

— Nous nous baladions dans les collines et nous escaladions des rochers quand elle est tombée, dit-il. Elle s'est cogné la tête sur une grosse pierre. Elle s'est assommée.

Le médecin ouvrit les paupières de Violet et y passa le faisceau d'une minuscule lampe de poche pendant que les infirmières couraient chercher un brancard. Elles l'y installèrent et l'emportèrent. L'une d'elles lui posa une perfusion.

Sans cesser de l'ausculter, le médecin bombardait Wyatt de questions.

— Depuis combien de temps est-elle inconsciente ? Avez-vous une idée de la hauteur d'où elle est tombée ? Où étiez-vous au moment de l'accident ?

Wyatt répéta qu'ils faisaient de la randonnée, qu'ils admiraient la vue lorsque le bord du sentier s'était effondré sous leurs pieds. Ils avaient dévalé une pente sur plusieurs mètres, se heurtant dans leur chute aux rochers et à des racines d'arbres.

Bientôt, il fut repoussé dans le couloir pendant que le trio s'activait autour de Violet.

Wyatt se laissa choir sur une chaise et prit son visage entre ses mains.

Autour de lui, les bruits et les odeurs de l'hôpital l'assaillaient, lui remémorant des épisodes terrifiants vécus alors qu'il était en mission à l'étranger.

— Apparemment, elle souffre d'une légère commotion cérébrale, annonça soudain une voix, le tirant de sa torpeur.

597

Wyatt se redressa.

— Comment va-t-elle ? A-t-elle repris connaissance ?

Le médecin, qui serrait une chemise cartonnée contre sa poitrine, hocha la tête.

— Elle a subi un choc violent, elle est couverte d'ecchymoses, de plaies et de contusions. Elle s'est cassé deux côtes. Mais aucune de ces blessures n'a causé de dégâts irréversibles. Elle s'en remettra. Nous avons recousu sa plaie à la tête et lui avons injecté par intra-veineuse un puissant antalgique.

Des larmes de soulagement brûlèrent les paupières de Wyatt. Il prit la main du médecin dans la sienne et la serra avec force.

— Merci, merci beaucoup.

— Elle m'a recommandé de ne pas vous laisser partir sans vous avoir examiné.

— Elle est réveillée ? s'exclama-t-il, prêt à courir la rejoindre.

Mais le médecin le rattrapa par le coude.

— Elle a en effet repris connaissance mais vous ne la verrez pas avant que je vous aie ausculté.

Wyatt continuait de se débattre.

— Je veux la voir.

Il se dégagea et écarta le rideau derrière lequel Violet était étendue. Sa tête était enveloppée de pansements. Une des infir-mières barbouillait ses bras de désinfectant.

Il s'approcha et lui caressa les cheveux.

— Violet. Je suis vraiment désolé.

Elle battit des paupières. Ses yeux brillaient.

— Désolé ? Mais de quoi ? Tu nous as sauvé la vie.

Bouleversé de la voir en vie et consciente, il laissa échapper une larme.

Elle l'essuya avec douceur.

— Tout va bien, murmura-t-elle. Grâce à toi.

Wyatt se pencha vers elle et enfouit son visage dans son cou. Ce n'était pas le moment de lui dire qu'il l'aimait, mais il se promit de lui déclarer bientôt sa flamme et de lui demander sa main. Ce qu'elle déciderait alors n'appartenait qu'à elle.

Violet regarda par-dessus son épaule à travers la pièce.

— Où est Maggie ? Sawyer est avec elle dans la salle d'attente ?

— Non. Ils ne sont pas ici mais ils sont en sécurité. Avec lui, elle ne risque rien, ne t'inquiète pas.

Le médecin se racla la gorge.

— Je ferais mieux de vous examiner, à présent, monsieur.

Wyatt se retourna. Il avait presque oublié qu'ils n'étaient pas seuls.

— Allez-y.

Il serra la main de Violet, ne voulant pas la lâcher. Il avait tellement de choses à dire mais le moment était mal choisi. Et il était en proie à des émotions aussi violentes que nouvelles pour lui. Il ne savait pas par où commencer.

Il rêvait d'un avenir avec Violet et Maggie. Il voulait former un couple avec Violet, un couple fort comme celui de ses propres parents, et fonder une famille avec elle, une famille comme celle qu'il avait eue.

Lorsqu'il avait décidé de s'enrôler, de devenir militaire, il y avait renoncé. Une dizaine d'années au sein de l'armée l'avait changé, durci. Mais Violet et Maggie étaient en train de faire réapparaître l'homme qu'il était avant de s'engager, l'homme qu'il était fondamentalement.

Comme le médecin se rapprochait, projetant le faisceau de sa lampe-stylo dans les yeux de Wyatt, Violet le saisit par le bras pour lui demander :

— Quand le médecin en aura fini avec toi, pourras-tu monter t'assurer que ma grand-mère va bien ? Et peut-être demander à Tanya de descendre, si elle est là ? Je dois signer des papiers pour la demande de transfert.

Après un instant, elle se tourna vers Wyatt et poursuivit :

— Ni ma grand-mère, ni Maggie, ni moi ne devons rester dans ce comté. C'est trop dangereux.

Wyatt déposa un baiser sur son front, inhalant son doux parfum avec délice.

— D'accord, je comprends.

Il accorda au médecin deux minutes supplémentaires pour l'examiner avant de s'arracher à son emprise.

— Merci, dit-il. Je sais ce que je dois faire. Prendre des antalgiques, mettre de la glace sur ma tête et me reposer. Sans oublier de boire beaucoup d'eau.

Wyatt prit l'ascenseur jusqu'au deuxième étage, à la recherche de la cousine de Violet. Il avait également l'intention de passer voir sa grand-mère.

Un des vigiles de l'hôpital était accoudé au bureau des infirmières, flirtant avec une jeune blonde. La chaise devant la chambre de Mme Ames était vide.

— Hé, lui lança Wyatt. N'êtes-vous pas chargé de surveiller la chambre 214 ?

L'homme se tourna vers Wyatt.

— Ne vous en faites pas, elle ne risque rien. L'ancien shérif Masterson est avec elle.

— Quoi ? cria Wyatt.

Malgré ses jambes endolories, il se précipita vers le bout du couloir.

Tom Masterson était penché au-dessus du lit de la vieille dame qui gisait, inconsciente. Il lui chuchotait quelque chose à l'oreille.

— Que faites-vous ici ? lança Wyatt de la porte. Éloignez-vous d'elle.

Le vieux Masterson considéra Wyatt avec un mauvais sourire.

— Eh bien, vous en avez une drôle de tête ! Que vous est-il arrivé ?

— Sortez.

Tom Masterson traversa la chambre et s'arrêta près de Wyatt.

— Vous pensez que j'ignore ce que vous avez fait, dit-il d'un ton arrogant. Mais cette ville est la mienne et je sais tout ce qui s'y passe, tout ce qui s'y trame.

Wyatt redressa les épaules et serra les mâchoires.

— Ne vous approchez plus d'aucune femme de la famille Ames.

— J'ai essayé de les tenir à distance, croyez-moi.

Il jeta un coup d'œil en direction de la grand-mère de Violet.

— Ce sont elles qui sont venues mettre le nez dans mes affaires. Je leur avais pourtant dit de me laisser tranquille. Malheureusement, certaines personnes ne veulent rien entendre.

On frappa et un homme en blouse blanche apparut à la porte.

— Désolé de vous déranger. Je suis le Dr Fisk. Je suis passé voir comment se portait notre princesse au bois dormant.

— J'étais sur le point de m'en aller, dit Masterson. Je vous laisse. J'ai beaucoup à faire, aujourd'hui.

Il salua le médecin et quitta la chambre.

Wyatt s'approcha de la vieille femme sur le lit d'hôpital. Il devait la sortir de là avant que Masterson n'ait la possibilité de terminer ce qu'il avait commencé.

17

Assise sur le plancher du salon de sa grand-mère, Violet empaquetait des souvenirs et priait pour qu'ils réussissent tous à quitter River Gorge vivants. Elle enveloppa avec soin une photo encadrée de ses grands-parents, le jour de leurs noces, dans des feuilles de journal puis la rangea avec d'autres dans un carton.

— Je sais que je ne peux pas tout emporter mais j'ai l'impression que tout ce que je laisse sera voué à la destruction.

Depuis le canapé où il faisait sauter Maggie sur ses genoux, Wyatt se tourna vers elle.

— Prends tout ce qui te fait plaisir, tout ce que tu veux garder. Il y a beaucoup de place à l'arrière de mon camion et, si besoin est, nous pouvons louer une remorque.

— Merci.

Violet avait mal à la tête. En réalité, tout son corps était endolori mais elle refusait de se plaindre. Pas après l'épisode qu'elle venait de vivre avec Wyatt. Ils avaient échappé à une mort affreuse. Le reste semblait dérisoire.

— Le médecin a organisé le transfert de ma grand-mère dans l'autre hôpital demain, après le petit déjeuner. Tout ce que je n'aurai pas fini d'emballer à ce moment-là restera dans cette maison.

Violet avait failli mourir, déchiquetée par un engin explosif. L'effroi qu'elle ressentait encore lui permettait de relativiser sa tristesse à laisser des objets qu'elle aimait derrière elle.

— Je n'ai plus envie de chercher sur quoi enquêtait ma grand-mère.

À quoi bon risquer sa vie pour découvrir un secret qui remonte à plus de cinquante ans ? Maintenant, je n'ai plus qu'un objectif : les sortir, elle et ma fille, de ce maudit comté avant demain soir.

Wyatt posa Maggie sur le sol, puis vint s'asseoir à côté d'elle.

— Je suis désolé que tu aies été exposée au danger, dit-il en la dévisageant avec gravité. Rien de tout cela n'aurait dû se produire. J'étais chargé de vous protéger toutes les trois et j'ai échoué. Mais je ne partirai pas d'ici tant que celui qui a tenté de te tuer et qui s'est attaqué à Mme Ames n'aura pas été arrêté. Les Masterson ne me font pas peur.

Maggie s'accrocha au pantalon de Wyatt, s'efforçant de se redresser. Déterminée, elle le regardait, les yeux brillants.

Le tendre sourire qu'il lui décocha en retour fit fondre Violet.

— Que fais-tu, ma puce ? demanda-t-il à l'enfant.

La petite tira sur ses bras et parvint enfin à se mettre debout.

Violet faillit hurler de joie.

— Mon Dieu, elle a réussi !

Le sourire de Wyatt s'élargit.

— Bravo, Maggie !

Il l'attrapa et la lança en l'air avec un grand rire avant de la tendre à Violet.

Elle couvrit sa fille de baisers.

— Tu es une championne ! Je suis fière de toi !

— Non !

Wyatt se pencha pour déposer un baiser sur le front de la fillette.

— Beau travail, cow-girl. Marcher n'est plus qu'une formalité pour toi à présent, et tu ne vas plus tarder à galoper.

Consciente d'avoir franchi une étape, Maggie frappa dans ses mains pour applaudir son exploit.

Violet mesurait la profonde complicité qui unissait sa fille chérie et Wyatt. Depuis le début, tous deux s'entendaient à merveille. La petite n'avait jamais noué de tels liens avec quelqu'un d'autre que sa mère.

Penser qu'ils allaient bientôt tous se séparer l'anéantissait.

— Tu n'as pas besoin de rester ici, tu sais, dit-elle. Ma grand-mère comprendrait que tu jettes l'éponge. Je la connais. Elle ne voudrait pas que quiconque meure à cause de ce secret.

Wyatt eut un sourire contrit.

— Ne t'inquiète pas. Je ne te quitterai pas d'une semelle tant que vous ne serez pas toutes les trois à l'abri à Winchester. Mais ensuite, je reviendrai à River Gorge pour terminer ma mission. Ta grand-mère le mérite. Et toi aussi.

— Rester dans cette maison, dans ce comté, me semble une très mauvaise idée, répliqua-t-elle. Les Masterson sont dangereux et ils ont tous les pouvoirs dans la région. Voilà pourquoi nous avons tous intérêt à partir. D'ailleurs, rien ne dit que ma grand-mère sera en sécurité dans l'établissement où elle va être transférée. Le shérif Masterson n'aura sans doute pas trop de mal à découvrir où elle sera désormais hospitalisée. Comment l'empêcher de s'y rendre ? Pour tout dire, je ne sais pas comment réussir à protéger à la fois ma fille et ma grand-mère. Et mon incapacité à veiller en même temps sur l'une et sur l'autre me terrifie.

Comme l'avait signalé la terrible lettre qu'elle avait trouvée à l'hôpital, elle n'y parviendrait pas. Elle n'avait pas le don d'ubiquité et pour ne rien arranger, elle était blessée, à présent. Le moindre mouvement lui était douloureux.

— Tu as raison de partir, dit-il.

— Peut-être. Mais si, toi, tu restes, tu ne pourras plus nous protéger. Où que je sois, je serai seule et donc vulnérable.

Quelques jours plus tôt, ils avaient déjà eu cette discussion et n'avaient pas trouvé de bonne réponse. Wyatt n'avait pas de solution.

Ils entendirent la jeep de Sawyer remonter l'allée jusqu'à la maison. Il avait mis la radio à fond et le refrain d'une chanson country s'échappait de l'habitacle par les vitres ouvertes. Lorsqu'il coupa le moteur, le silence retomba.

Wyatt se leva pour l'accueillir.

Sawyer entra et salua Violet d'un sourire.

— Le gars de l'atelier de carrosserie m'a dit que ta voiture serait prête demain matin. Ils avaient des pneus en stock.

L'adjoint Santos apparut soudain et suivit Sawyer à l'intérieur.

Violet sursauta en le voyant. À cause de la musique de Sawyer, elle n'avait même pas entendu un deuxième véhicule arriver.

Dissimulant sa surprise, Wyatt tendit la main au nouvel arrivant.

— Bonjour, Santos. C'est sympa de votre part d'être passé.

Sawyer envoya une bourrade amicale dans le dos de l'adjoint.

— Il voulait voir par lui-même comment vous alliez après avoir frôlé la mort de si près.

L'adjoint Santos haussa un sourcil surpris.

— De quoi parlez-vous ? Je suis venu parce que vous m'avez dit avoir été victimes d'un nouveau cambriolage.

Sawyer haussa les épaules.

— J'ai menti. Mais puisque vous êtes là, autant vous asseoir et nous écouter vous raconter notre journée. Elle a été palpitante, vous ne serez pas déçu.

Wyatt ferma la porte derrière eux.

Violet cala Maggie sur sa hanche et entraîna les trois hommes dans la cuisine. Chaque pas lui était douloureux.

— Puis-je vous offrir une tasse de café ? proposa-t-elle à l'adjoint.

— Non, merci.

Il considéra avec effarement le visage tuméfié de Wyatt et la tête bandée de Violet.

— Que s'est-il passé ?

Elle toucha le pansement qui ornait son crâne en grimaçant.

— Je souffre d'une légère commotion cérébrale, répondit-elle. Je m'en tire bien. J'ai failli sauter sur une mine antipersonnel, aujourd'hui.

Elle installa Maggie sur sa chaise haute et lui donna sa girafe en caoutchouc.

Santos fronça les sourcils.

— Je vous écoute.

Wyatt déposa la boîte à cigares contenant les affaires de Henry Davis sur la table.

— Nous avons trouvé cette boîte cachée dans la grange.

Sawyer se rapprocha.

— Nous parlons, bien sûr, de la grange de Mme Ames, la grange qui semble attirer de nombreuses vieilles dames, ces temps-ci, la grange dans laquelle elles viennent grimper à l'échelle au risque de se briser le cou, ajouta-t-il en lui tendant une paire de gants en latex.

Santos les enfila et souleva le couvercle de la boîte.

Violet raconta à Santos tout ce qu'ils avaient appris depuis leur dernière conversation.

— Et si l'implication du shérif actuel et de son père se confirme – et nous en sommes de plus en plus persuadés –, nous aurons besoin de votre aide, conclut-elle.

Les yeux rivés sur le contenu de la boîte, Santos passa la main dans ses épais cheveux noirs.

Sawyer sortit une clé USB de sa poche et la lui tendit.

— Vous trouverez sur cette clé tous les éléments dont vous aurez besoin pour localiser le puits. En particulier, plusieurs cartes géographiques et aériennes et une copie de l'acte de vente du terrain. J'y ai ajouté les notes que Wyatt a prises depuis son arrivée dans votre belle ville.

Santos opina du chef.

— D'accord, je les regarderai. Je verrai ce que je peux en faire et ce que je trouve de mon côté. Mais je dois vous prévenir que je me sens surveillé au bureau du shérif. J'enquête sur votre affaire mais comme mes investigations doivent rester secrètes, je n'avance pas vite.

— Et malheureusement, nous n'avons plus beaucoup de temps, monsieur l'adjoint, dit Violet. Il me reste moins de vingt-quatre heures, à présent.

Elle le raccompagna à la porte et le regarda par la fenêtre monter dans sa voiture de patrouille et disparaître au bout de l'allée.

Sawyer était resté dans la cuisine avec Maggie.

Wyatt s'approcha derrière elle. Elle sentit sa présence, la chaleur qui émanait de lui. Sans se retourner, elle s'adossa à lui et il l'enlaça tendrement.

— Comment te sens-tu ? murmura-t-il.

Leur reflet dans la vitre lui renvoyait l'image d'un couple animé par une confiance mutuelle, une profonde complicité et du désir.

— En ce moment ? dit-elle en souriant. Très bien.

Violet n'avait pas envie de quitter Wyatt et pourtant, leurs routes se sépareraient bientôt. Elle posa la tête contre son torse.

Il enfouit le visage dans son cou.

— Je ne te quitterai pas avant d'être certain que vous êtes en sécurité, Maggie et toi. Je te le promets mais pour l'instant tu devrais dormir un peu. Demain, une dure journée nous attend.

Violet se retourna pour lui faire face.

— Et si je n'étais pas prête à te dire adieu ? lança-t-elle.

Une expression de surprise passa dans le regard de Wyatt et il sourit.

— Sérieux ?

— Sérieux.

Il colla son front au sien.

— Alors, il ne s'agira que d'un au revoir.

Sawyer surgit alors, rompant le charme, Maggie dans les bras.

— J'ai découvert quelque chose, dit-il d'un air sombre.

— De quoi s'agit-il ? s'enquit Wyatt.

Violet le lâcha et s'écarta de lui. Pendant un moment, elle avait espéré que tout s'arrangerait. Dans quelques heures, sa grand-mère quitterait la ville. Un adjoint local, qui semblait honnête, les aidait. Comme elle, Wyatt ne voulait pas non plus d'un adieu…

Mais maintenant, Sawyer arrivait, manifestement porteur de mauvaises nouvelles. Découragée, elle faillit exploser en sanglots.

— De quoi s'agit-il ? répéta Wyatt d'un ton plus grave.

— De la voiture sur laquelle vous m'avez demandé d'enquêter. J'en ai trouvé une qui correspond à la description et qui avait participé à un derby organisé lors de la foire du comté, il y a une dizaine d'années. Son propriétaire est âgé de quatre-vingts ans. En allant chercher Santos, je me suis arrêté chez lui pour l'interroger. C'est un charmant vieux monsieur. Mais il est un peu désorienté. Il a été victime d'un accident vasculaire cérébral, il y a deux ans, et il vit seul.

— D'accord...

— Il m'a expliqué que sa voiture était dans son garage. Il n'y a pas remis les pieds depuis son AVC.

Violet réfléchit aux nouvelles informations.

— Tu penses que quelqu'un lui a volé sa voiture.

— Peut-être, répondit Sawyer. En tout cas, avant de tomber malade, Mary Alice Masterson le conduisait fréquemment à ses rendez-vous médicaux ou au supermarché, au volant de cette bagnole. Quand leurs enfants étaient jeunes, ils se voyaient souvent.

Elle hocha la tête.

— Tom Masterson est donc probablement au courant de l'existence de cette voiture et surtout, de la possibilité qu'il a de l'emprunter sans que son propriétaire s'en aperçoive. C'est lui qui essaie de se débarrasser de moi. Je le sens depuis le début.

Wyatt se frotta les joues.

— Je revois le visage de Masterson, à l'hôpital. Il savait forcément que j'étais près du but et que j'allais bientôt tomber sur l'une de ses mines antipersonnel. Il n'a même pas cillé.

— La bonne nouvelle est que la nuit tombe, poursuivit Sawyer. Dans le noir, il ne va pas aller extraire ce qu'il avait planqué dans le puits pour le mettre ailleurs. Nous avons donc plusieurs heures devant nous.

La peur saisit soudain Violet. Elle se tourna vers les deux hommes.

— Vous n'avez pas l'intention de retourner là-bas ce soir, n'est-ce pas ?

L'horrible souvenir du moment où elle avait heurté l'engin explosif remonta à sa mémoire. Elle se rappelait parfaitement le poids de Maggie dans ses bras, la terreur sur le visage de Wyatt, la douleur de sa chute après l'explosion.

— Vous n'allez pas faire ça ! répéta-t-elle avec vigueur. C'est trop dangereux. Surtout en pleine nuit !

Sawyer ne répondit pas.

— Dis-lui qu'il ne faut pas, je t'en supplie, dit-elle à Wyatt. C'est de la folie !

Avant qu'il ne puisse répondre, la sonnerie du téléphone portable de Violet retentit. Quand elle vit le numéro de Tanya s'afficher sur l'écran, elle changea de couleur. En une fraction de seconde, elle imagina les pires scénarios. Le vieux Masterson avait-il étouffé sa grand-mère à l'aide d'un oreiller ? Réussi à lui injecter un poison mortel via sa perfusion ?

— Allô ? balbutia-t-elle d'une voix tremblante.

— Violet ?

— Oui ?

— Elle a repris connaissance ! s'exclama Tanya. Viens vite. Elle te réclame. Je dois m'occuper des malades mais toi, viens !

Violet bondit de joie.

— Grandma est sortie du coma !

Wyatt l'enlaça et l'étreignit avec force.

— Je vais te conduire là-bas, dit-il en prenant Maggie dans ses bras.

Sawyer les accompagna jusqu'au camion.

— De mon côté, je rassemble mon équipement et vais voir ce qu'il y a au fond de ce maudit puits.

— Sois très prudent, dit Violet en l'embrassant sur la joue. Je t'en prie, fais attention à toi.

Sawyer se tourna vers Wyatt, un sourire éblouissant sur les lèvres.

— Ta chérie vient de m'embrasser.

Wyatt prit Violet par les épaules et secoua la tête.

— Ne va pas te faire des idées.

— J'affole les femmes. Aucune ne me résiste. Dès que j'apparais, elles ne voient plus que moi. Il faut t'y faire, vieux.

Violet sentit des papillons danser dans sa poitrine. Lorsque

Sawyer l'avait désignée comme « sa chérie », Wyatt ne l'avait pas contredit.

Il lui ouvrit la portière passager de son camion.

— Tout le monde a repéré la jeep de Sawyer, maintenant. Alors autant rouler installés confortablement.

Violet boucla sa ceinture de sécurité avec un sourire. Des senteurs de cuir, d'eau de Cologne et de menthe flottaient dans l'habitacle. Elle devait admettre que le camion de Wyatt lui plaisait davantage que la jeep de Sawyer.

Wyatt retira le siège-auto de Maggie de la jeep et l'installa à l'arrière du camion, puis il grimpa au volant.

— Allons voir ta grand-mère.

Violet traversa l'hôpital en courant et appela l'ascenseur.

Wyatt la suivait, Maggie dans les bras. Ses enjambées étaient si grandes qu'il n'avait pas besoin de hâter le pas pour rester à sa hauteur.

Violet recula à la vue des personnes qui sortaient de la cabine.

Les deux Masterson passèrent devant eux sans un mot. Le visage du shérif était fermé. Celui de son père ne valait guère mieux.

Une femme en tailleur-pantalon gris monta avec eux dans l'ascenseur. Une étiquette sur sa poitrine indiquait qu'elle était la directrice de l'établissement.

— Quatrième, s'il vous plaît.

Violet appuya sur le bouton tandis qu'une idée germait dans son esprit.

— Le shérif et son père étaient là, il y a un instant, lui dit-elle. Ils avaient l'air dévastés. J'espère que l'état de Mary Alice ne s'est pas aggravé.

Son interlocutrice la dévisagea avec curiosité.

— Êtes-vous une amie de la famille ?

— Oui, improvisa Violet. J'ai côtoyé les Masterson toute ma vie. Ma grand-mère et Mme Masterson ont toujours été très liées.

610

La directrice prit une expression de circonstance.

— Je suis désolée d'avoir à vous l'annoncer mais Mary Alice est morte. Hier, elle a été victime d'une terrible chute et malgré les efforts de toute l'équipe médicale, il n'a pas été possible de la sauver. Une tragédie. Je suis vraiment désolée. Si je peux faire quelque chose pour sa famille, dites-le-moi, d'accord ?

Violet hocha la tête. Elle posa la main sur le bras de Wyatt.

Mary Alice Masterson était morte. Sa grand-mère serait-elle la prochaine sur la liste ?

Wyatt, qui lisait probablement dans ses pensées comme d'habitude, lui sourit d'un air rassurant.

Lorsque l'ascenseur s'ouvrit à l'étage, ils se précipitèrent vers sa chambre.

À la vue de la chaise vide devant la porte, Violet imagina tout de suite le pire. De terribles questions la traversèrent.

Où était passé le vigile chargé de la sécurité de sa grand-mère ? Le shérif Masterson lui avait-il demandé de s'en aller ? Pour pouvoir l'assassiner sans témoin ?

Livide, elle actionna la poignée et se rua à l'intérieur.

— Grandma !

Violet s'immobilisa quand elle découvrit la vieille dame assise sur son lit d'hôpital.

Un homme en uniforme lui tendait un verre d'eau.

— Regardez, madame Ames, vous êtes réveillée depuis moins d'une heure et déjà, vous avez des visites, dit-il. Je serai derrière la porte si vous avez besoin de moi.

Un grand sourire sur les lèvres, sa grand-mère se tourna vers Violet et lui ouvrit les bras. Des larmes brillaient dans ses yeux.

— Viens m'embrasser, ma chérie.

Violet se jeta à son cou et lui couvrit le visage de baisers.

Sa grand-mère lui effleura le bandage qui ornait son crâne.

— Seigneur !

Elle reporta alors son attention sur l'homme qui se tenait à quelques pas.

— Monsieur Stone, j'imagine ?

Wyatt lui tendit la main.

— Bonjour, madame. Je suis ravi de vous rencontrer enfin.

— Vous avez compris ce qui s'est passé, alors ?

— Non, répondit Violet. Pas vraiment. Nous avons émis des hypothèses mais il nous manque beaucoup d'éléments.

Sa grand-mère découvrit Maggie, endormie dans les bras de Wyatt.

— S'agit-il de mon arrière-petite-fille ? demanda-t-elle, sidérée. De Maggie ?

— Bien sûr, répondit-il en s'approchant.

Elle caressa les jambes potelées de l'enfant et lui sourit.

— Comme elle a grandi ! Elle est de plus en plus belle.

— Merci, dit Violet avec fierté. Grandma, nous allons rester avec toi aussi longtemps qu'il le faudra mais dans l'immédiat, nous avons besoin de savoir ce que tu sais.

Sa grand-mère hocha la tête.

— Tout a commencé le mois dernier lorsque j'ai déjeuné avec Mary Alice sur sa terrasse, dit-elle.

Son front se plissa et elle ajouta :

— Comment va-t-elle, d'ailleurs ? Es-tu allée la voir ?

Violet hésita, regarda Wyatt et décida finalement de dire la vérité.

— Elle est morte, Grandma. Je suis désolée. Je sais qu'elle comptait beaucoup pour toi.

Son aïeule parut accablée.

— Comment est-elle morte ?

— Elle est tombée de ton grenier à foin.

— Tombée de mon grenier à foin, répéta-t-elle, sonnée.

— Grandma, la pressa Violet, espérant qu'elle ne poserait pas de questions sur Ruth tout de suite.

Elle n'avait pas le cœur à lui annoncer d'autres mauvaises nouvelles et sa grand-mère n'était sans doute pas en état de les entendre. De plus, l'urgence était ailleurs. Ils étaient tous en danger.

— Nous devons vraiment savoir ce que tu sais.

La vieille dame essuya les larmes de ses joues.

— Pendant tout le repas, Mary Alice m'a parlé d'un garçon qu'elle avait connu, il y a longtemps, un jeune GI. Je ne l'avais croisé qu'une ou deux fois mais Mary Alice avait été proche de lui avant qu'il ne parte se battre au Vietnam...

Wyatt déplaça Maggie dans ses bras et lui tapota doucement le dos lorsqu'elle commença à se réveiller.

— Vous parlez de Henry Davis, n'est-ce pas ?

— Exact. Vous avez trouvé la boîte.

— Oui, madame.

— Bien.

— Continue, dit Violet en serrant la main de sa grand-mère.

— Peu de temps après le départ de Henry au Vietnam, Mary Alice s'était fiancée avec Tom. Un jour, Henry, qui était revenu en permission, est passé lui dire bonjour. Tous deux étaient allés se promener pour évoquer cette guerre quand Tom a surgi. Il a toujours été jaloux. Et d'après Mary Alice, la voir avec Henry l'a mis dans une colère folle. Cela ne m'a pas étonnée. Tom n'était alors qu'un adjoint mais il a toujours été tyrannique. Leur fils ne vaut pas mieux.

Elle regarda tour à tour Violet et Wyatt.

— Quoi qu'il en soit, le reste de l'histoire était tellement horrible qu'au début, j'ai pensé que Mary Alice délirait. J'ai cru que sa maladie mentale la poussait à inventer, à travestir les faits. Mais j'ai quand même voulu vérifier, en avoir le cœur net. J'ai mené ma petite enquête via Internet et j'y ai trouvé assez d'éléments pour me faire réfléchir.

Violet se tendit.

— Tom Masterson, le mari de Mary Alice, a tué Henry Davis, n'est-ce pas ?

Sa grand-mère soupira.

— Je le crains. D'après Mary Alice, il s'agissait d'un accident. Tom aurait frappé Henry qui serait tombé en arrière. Sa tête aurait heurté la margelle du puits, un puits situé près du Potter's Field.

Un malheureux concours de circonstances, en somme. Et non un acte volontaire. Quoi qu'il en soit, le pauvre GI ne s'est jamais relevé. Tom n'avait pas envie d'aller en prison à cause d'un stupide accident. Et voilà pourquoi il a jeté le corps de Henry dans le puits. Par la suite, aucun d'eux n'en a plus jamais parlé. Quand elle m'a donné cette vieille boîte à cigares en me demandant de la cacher quelque part et de n'en souffler mot à personne, je ne savais pas quoi faire. Me taire ne me semblait pas juste.

— Je suis vraiment désolée, dit Violet.

— Je ne voulais pas raconter cette histoire aux autorités sans preuves. J'ai donc décidé d'enquêter de mon côté d'abord. J'aurais ensuite contacté quelqu'un en dehors du comté pour obtenir de l'aide.

— C'est à ce moment que tu as fait appel à Wyatt, dit Violet.

— Oui.

La vieille dame explosa soudain en sanglots et sortit un mouchoir d'un paquet posé sur sa table de chevet.

— Solliciter la protection d'un professionnel était intelligent de ta part, dit Violet. Le vieux Masterson est un individu dangereux. C'est certainement à cause de lui que tu t'es retrouvée dans le coma et tu as eu beaucoup de chance de rester en vie.

— Eh bien, dit sa grand-mère en considérant ses pansements, je ne suis donc pas si intelligente que ça. J'ai sous-estimé la menace, j'aurais dû être plus prudente.

Elle se moucha.

— Mary Alice voulait que la famille de ce GI, de Henry Davis, récupère ses affaires et sache ce qui lui était vraiment arrivé. Il n'a jamais été un déserteur. Et Mary Alice tenait à ce qu'il soit enterré correctement.

Wyatt s'éclaircit la gorge.

— Je vais m'assurer qu'il le soit, madame. Comptez sur moi.

— Merci, chuchota la vieille dame.

Violet prit une profonde inspiration. Maintenant, il leur suffirait de faire témoigner sa grand-mère pour que Henry Davis obtienne justice et que plus personne ne meure.

18

Le smartphone de Wyatt bourdonna dans la poche de son jean. Il s'en empara et regarda l'écran d'un œil perplexe. Il ne reconnaissait pas le numéro qui s'affichait.

Il prit l'appel.

— Wyatt Stone.

— Adjoint Santos à l'appareil. Pourrions-nous nous retrouver quelque part ?

Wyatt fronça les sourcils. Près de lui, Violet serra plus fort Maggie dans ses bras comme si elle devinait les tensions dont il était la proie.

La grand-mère de Violet se redressa.

— Que se passe-t-il ?

Wyatt se détourna pour tenter d'obtenir un peu d'intimité.

— Où ? demanda-t-il à Santos.

L'adjoint poussa un gros soupir.

— Je ne sais pas. Dans cette ville, aucun lieu n'est sûr.

— Avez-vous découvert quelque chose ? s'enquit Wyatt.

Si l'adjoint les croyait à propos de l'ancien shérif, alors ils avaient un allié au sein des forces de l'ordre locales. Indéniablement, Santos serait un atout inestimable. Ils avaient surtout besoin de retrouver les restes de Henry Davis. En effet, le témoignage de Mme Ames à propos des confidences d'une morte ne suffirait sans doute pas à convaincre l'adjoint. Compte tenu de l'état mental de

Mary Alice au moment de ces révélations, il leur fallait quelque chose de plus probant.

— À la fin de mon service, je me suis rendu dans un cybercafé pour y étudier les documents contenus dans la clé USB que vous m'avez remise, dit Santos. Je dois admettre que l'histoire m'a troublé et pour en avoir le cœur net, je suis retourné au bureau. Je voulais consulter le dossier des affaires non résolues, dans l'espoir d'y trouver plus de détails. Quand je suis arrivé, j'ai vu tout de suite que mon armoire était ouverte. Or, je la verrouille systématiquement. La clé est toujours dans ma poche.

— Retrouvons-nous chez les Ames, suggéra Wyatt. Mme Ames est sortie du coma il y a deux heures et elle a pu nous donner des éléments qui nous manquaient, combler beaucoup de trous. Je vous communiquerai ce que j'ai appris.

— Parfait, dit Santos avant de raccrocher.

Wyatt jeta un long regard aux trois Ames. Qu'y avait-il de mieux pour elles ?

— Violet, pourquoi ne resterais-tu pas avec Maggie auprès de ta grand-mère ? Vous seriez toutes les trois en sécurité. Il y a un vigile à la porte. Des gens partout.

— Pas question, répliqua Violet, serrant Maggie dans ses bras.

Wyatt essaya de discuter.

— Et pourquoi pas ? Je dois entendre ce que Santos a découvert de son côté mais je t'appellerai sur le chemin du retour. Je ne serai pas long et tu pourras en profiter pour bavarder avec ta grand-mère.

— Non. Moi aussi, je veux entendre ce que Santos a à dire. Nous reviendrons tout de suite après.

— Vas-y, chérie, dit sa grand-mère. Tu es plus en sécurité avec M. Stone qu'avec moi.

Sur ces entrefaites, Tanya entra dans la chambre, chargée d'un sac en plastique rose.

— Oh ! vous êtes tous là, formidable. Je viens de descendre à la boutique de cadeaux installée dans le hall pour y faire quelques emplettes. J'ai pris toutes les revues que tu aimes lire, Grandma.

Celles qui concernent le jardin, bien sûr, et aussi quelques magazines consacrés à l'histoire.

Son sourire s'estompa à la vue des visages autour d'elle.

— Que se passe-t-il ?

— Nous devons retourner chez Grandma, répondit Violet. Peux-tu rester avec elle ?

— Bien sûr.

— Je t'appellerai si nous apprenons quelque chose d'important, dit Violet. Et j'essayerai de revenir ce soir. De toute façon, quoi qu'il advienne, je serai là demain matin pour t'accompagner au cours de ton transfert.

— Mon transfert ? répéta sa grand-mère visiblement perdue.

Tanya agita la main.

— Allez-y. Je vais m'occuper d'elle et j'en profiterai pour tout lui expliquer. À plus tard.

Violet hocha la tête.

— Merci. À bientôt, Grandma.

Wyatt l'entraîna vers le parking. Ils installèrent Maggie à l'arrière et prirent la route.

— Merci, dit Violet alors qu'ils s'éloignaient de l'hôpital.

Wyatt la regarda avec étonnement.

— Merci pour quoi ?

— Pour m'avoir laissée venir, dit-elle. Je sais que tu aurais préféré que je reste à l'hôpital.

— Je veux te protéger, répondit-il. Pas te contrôler.

Violet sourit, puis posa la main sur sa cuisse.

Il mêla leurs doigts.

— Et en réalité, je veille mieux sur toi si tu es avec moi que loin de moi. Cet échange avec Santos devrait être bref et sans danger. Je réagissais probablement de manière excessive. Je vois du danger là où il n'y en a pas. Croiser le vieux Masterson tout à l'heure m'a perturbé, je crois.

— En tout cas, j'espère que Santos aura quelque chose pour nous permettre d'avancer. J'aimerais que toute cette histoire finisse vite.

Le cœur gonflé de gratitude, Violet se félicitait de l'aide de Santos. Elle était aussi intensément soulagée que sa grand-mère soit sortie du coma. Et que des vigiles de l'hôpital se relaient pour monter la garde devant sa chambre. Et surtout, que deux des cofondateurs de l'agence Fortress Security se chargent de leur protection à toutes les trois. Tout s'arrangeait, tout irait de mieux en mieux, maintenant.

Elle contemplait la nuit, savourant ce moment de paix et d'harmonie, quand une sirène derrière eux la poussa à se retourner sur son siège.

— Que se passe-t-il ? demanda-t-elle avec inquiétude.

— C'est un camion de pompiers, répondit Wyatt, un sourire rassurant sur les lèvres.

Il se mit sur le bas-côté pour permettre au véhicule de secours de passer. Quelques instants plus tard, il dut répéter la manœuvre, cette fois pour laisser une ambulance le doubler.

Toute son allégresse envolée, Violet sentit son cœur se serrer. Le fourgon d'incendie comme l'ambulance se dirigeaient tous deux vers la maison de sa grand-mère.

Avec un juron, Wyatt écrasa la pédale d'accélérateur.

Violet s'accrocha au siège. Elle était si tendue qu'elle craignait que son pied ne traverse le plancher du camion. Morte d'inquiétude, elle se demandait quelle nouvelle catastrophe s'était produite.

— Et s'il était arrivé malheur à Sawyer ? dit-elle enfin d'un ton angoissé.

Wyatt désigna du doigt son smartphone posé entre les sièges.

— Appelle-le.

Violet parcourut ses contacts, trouva « Sawyer » et frappa la touche d'appel. Son téléphone sonna, sonna, et elle finit par tomber sur la messagerie vocale.

Wyatt serra les mâchoires.

— Sawyer sait se défendre. Celui qui arrivera à le surprendre n'est pas né.

Malheureusement, Sawyer avait aussi un tempérament vif.

Et le shérif verrait dans toute réaction brusque un bon prétexte pour lui tirer dessus.

Derrière eux, deux voitures de patrouille apparurent, sirènes hurlantes et gyrophares allumés. Elles aussi fonçaient vers la propriété de sa grand-mère.

Lorsque Wyatt s'engagea dans l'allée qui menait à l'ancienne ferme, il resta un instant sonné.

— Seigneur, murmura-t-il.

Violet retint un cri de désespoir à la vue du triste spectacle qui s'offrait à eux.

La vieille maison était la proie d'un impressionnant incendie. D'immenses flammes s'élevaient vers le ciel étoilé et une épaisse fumée noire emplissait l'air. Plusieurs véhicules de secours stationnaient dans la cour. Des hommes en uniforme s'activaient dans tous les sens. Des pompiers postés aux quatre coins de la pelouse dirigeaient leurs lances vers le feu, cherchant à le circonscrire. Un peu à l'écart, des adjoints considéraient la scène, bouche bée.

Horrifiée, Violet regardait la maison de son enfance partir en fumée. La cuisine où elle avait grandi près de sa grand-mère qui préparait des repas, la chambre où son grand-père lui lisait ses histoires, la salle à manger où ils se retrouvaient tous les trois le soir pour se raconter leurs journées... Tout serait bientôt réduit en cendres... Demain, il n'y aurait plus rien. Et tous les souvenirs qu'elle avait soigneusement emballés en prévision du déménagement subiraient le même sort. Tout serait détruit.

Wyatt la serra dans ses bras.

— Je suis désolé pour la maison mais heureusement, personne ne se trouvait à l'intérieur.

Violet hocha la tête. L'odeur âcre de la fumée lui piquait les yeux et lui brûlait la gorge. Une chaleur infernale régnait alentour.

— Je vais réessayer d'appeler Sawyer, dit-elle.

Wyatt contourna son camion pour aller chercher Maggie. Il revint, un instant plus tard, avec l'enfant dans les bras.

— Messagerie vocale, répéta-t-elle une fois de plus.

Wyatt enfonça son vieux stetson sur la tête et s'avança vers le sinistre.

— Quelqu'un l'a peut-être vu et nous renseignera.

Violet le suivit, priant en silence pour le salut de Sawyer.

Mais à la vue de sa jeep garée entre les véhicules d'urgence, elle changea de couleur.

— Wyatt, murmura-t-elle en lui désignant la voiture.

Avec un juron, il lui tendit Maggie.

Il se rapprocha à grands pas de l'incendie et héla l'un des pompiers qui se trouvaient là.

L'homme fit de grands gestes dans leur direction pour les inviter à s'éloigner.

— Reculez, restez à distance. Ce n'est pas prudent. La structure n'est pas saine et risque de s'écrouler à tout moment.

— Je crois qu'il y a quelqu'un dans la maison, dit Wyatt. Mon copain est sûrement à l'intérieur. Sa jeep est dans l'allée.

Le pompier secoua la tête.

— Nous avons fouillé toutes les pièces et n'avons trouvé personne. L'ordre vient d'être donné d'évacuer les lieux.

Le hurlement d'une sirène les fit se retourner.

La voiture de patrouille du shérif s'arrêta en travers du chemin. Il s'avança à grands pas vers eux. Son indifférence manifeste mit les nerfs de Violet à vif. Visiblement, il se fichait complètement que la maison de sa famille soit la proie des flammes. Il n'avait même pas l'air surpris.

— Je dois vous demander de vous éloigner et de laisser ces hommes travailler, dit-il.

Wyatt se tourna vers lui.

— Qu'avez-vous fait ?

Une fenêtre à l'étage se brisa et Wyatt pivota dans cette direction.

— De quoi s'agit-il ?

Il regarda brièvement Violet, de l'espoir dans les yeux.

— Est-ce que c'est Sawyer ? Essaie-t-il de sortir ?

Elle le pensait aussi.

620

Il s'élança vers la maison en feu et disparut dans la fumée.

— Non ! cria Violet. Wyatt !

Maggie se mit à pleurer dans ses bras.

— Pardon, chérie. Je t'ai fait peur. Désolée.

Violet la berça doucement pour la calmer. Quand l'enfant cessa de crier, elle reporta son attention sur les deux hommes.

— Faites quelque chose, ordonna-t-elle au shérif et au pompier qui regardaient passivement Wyatt se faire happer par l'incendie.

Le pompier pressa un bouton de son talkie-walkie.

— Un homme se dirige vers le bâtiment. Essayez de l'intercepter.

Le ventre de Violet se noua. Maggie s'était remise à sangloter et ses cris déchiraient son cœur.

— Chut, ma puce.

Elle aussi était au bord des larmes.

— Capitaine, lança l'un des soldats du feu. Il n'y avait personne dans la maison. Nous sortons. Et nous allons nous efforcer de sauver la grange.

Le pompier lança à Violet un long regard teinté de regret. Il appuya à nouveau sur le bouton du talkie-walkie.

— Reçu.

Violet ferma les paupières et pria pour Wyatt et Sawyer.

— Madame, intervint le pompier, la forçant à rouvrir les yeux. Votre ami a peut-être contourné le bâtiment. Peut-être a-t-il vu quelque chose qui nous aurait échappé. Mes hommes se dirigent maintenant vers l'ancien hangar.

Violet acquiesça et essuya ses larmes d'un revers de main. Wyatt avait en effet le don de voir ce que les autres ne voyaient pas.

Elle reculait, s'éloignant de la fumée quand une détonation retentit.

— Quel est ce bruit ? demanda-t-elle.

Le shérif se contenta de hausser les épaules sans répondre.

— Hé ! cria Violet. Vous n'avez pas entendu ?

Masterson l'ignora ostensiblement et reporta son attention sur les hommes au visage noirci de suie.

L'un d'eux lança :

— C'était un coup de feu, non ?

Le shérif secoua la tête.

— Certainement pas. Il s'agit plus probablement du bois qui craque sous l'effet de la chaleur.

Le soldat du feu plissa le front.

— Cela ressemblait plutôt à une déflagration.

Deux hommes sortirent alors de la maison à travers l'épaisse fumée et Violet reprit espoir. Malheureusement, aucun n'était Sawyer ou Wyatt.

— L'incendie est circonscrit, cria l'un d'eux.

Ses cheveux étaient gris de cendres et il tenait son casque sous le bras.

Les pompiers s'éloignèrent, tournant le dos à Violet et au shérif Masterson. Elle les entendit discuter de la meilleure façon d'opérer pour minimiser les dommages que l'effondrement inévitable de la maison allait provoquer.

Les adjoints remontaient déjà dans leurs voitures, les ambulanciers emballaient leurs affaires.

Violet regardait la vieille bâtisse fumante.

Une éternité plus tard, un homme apparut dans la brume, coiffé d'un chapeau de cow-boy qu'elle connaissait bien.

Violet courut vers lui. Elle s'efforça d'éviter la fumée, consciente que Maggie sur sa hanche en serait gênée.

Quand elle parvint à mieux distinguer l'homme, elle s'aperçut qu'il tenait une arme dans sa main.

Elle eut l'impression que son cœur s'arrêtait de battre. Quelque chose clochait dans sa façon de se mouvoir. Elle s'arrêta.

Lorsqu'il s'avança et sortit de l'ombre, elle reconnut le vieux Masterson. Peu rassurée, elle recula de plusieurs pas, gardant une distance entre eux.

Elle buta alors sur un corps étendu par terre et se laissa tomber à côté de lui.

— Wyatt ? Mon Dieu ! Que s'est-il passé ?

À la vue de la chemise trempée de sang de Wyatt, elle se souvint du coup de feu qu'elle avait entendu plus tôt.

Elle se tourna vers le vieillard.

— Vous lui avez tiré dessus, cria-t-elle.

Les yeux de Wyatt s'ouvrirent à demi.

— Cours, murmura-t-il. Pars vite !

Violet se redressa brusquement.

Oui, elle devait courir mais ce serait pour aller chercher de l'aide.

— Je reviens.

Alors qu'elle s'apprêtait à bondir vers le camion de pompiers garé sous les arbres, un ricanement dans son dos la glaça.

Tom Masterson apparut, le stetson de Wyatt sur sa tête.

— Il est temps d'y aller. Venez avec moi, Violet, dit-il.

Elle recula.

— Non. Je ne le laisserai pas.

Masterson agita son pistolet d'un air menaçant.

— Êtes-vous sûre de vouloir rester ici ? Parce que je ne vous poserai pas deux fois la question, je vous préviens. Si vous refusez de me suivre, vous allez le regretter.

Violet blêmit.

Allait-il vraiment la tuer ? Alors qu'elle avait un bébé dans les bras ?

Elle promena les yeux autour d'elle, à la recherche d'une aide. Mais les pompiers étaient loin. Leur camion les empêchait de la voir.

— Je vais crier, dit-elle d'un ton menaçant.

— Criez et je l'achève d'une balle en pleine tête. Qu'en dites-vous ?

Pour lui prouver qu'il ne plaisantait pas, il pressa le canon de son arme sur la tempe de Wyatt.

Celui-ci essaya de rouler sur le ventre. Manifestement, il voulait attraper la jambe du vieux Masterson et le faire tomber, mais il n'en eut pas la force.

Une voix masculine – sans doute celle du pompier à qui Violet avait parlé un moment plus tôt –, lança :

— Tout va bien, madame ? Vous revenez vers nous ?

Tom Masterson la regarda, attendant sa réaction. Il avait son pistolet braqué sur Wyatt.

Violet était piégée.

— J'arrive, je vous rejoins tout de suite, répondit-elle au jeune homme.

Résignée, elle suivit Masterson jusqu'à un véhicule stationné derrière les arbres, à quelques mètres de là.

Tandis que le vieillard démarrait, elle berça Maggie contre sa poitrine.

Le pompier qui la cherchait allait s'étonner qu'elle ne revienne pas vers eux, se dit-elle. Il retournerait sur ses pas pour en comprendre la raison et il trouverait Wyatt.

19

Wyatt se traîna sur ses avant-bras, grimaçant de douleur à chaque traction. Il avait pris une balle dans le ventre et ramper ne faisait qu'aggraver sa blessure. Mais il avait vu le vieux Masterson enlever Violet et Maggie et il devait absolument faire quelque chose. Le pire était à craindre.

— Au secours ! cria-t-il, essayant d'attirer l'attention des pompiers. Aidez-moi !

L'un des soldats du feu finit par l'entendre et se précipita vers lui. Il évalua rapidement la gravité de son état et appela ses collègues à la rescousse.

Pour parler de son cas, ils se servaient de termes médicaux que Wyatt connaissait et il n'eut pas de mal à décrypter leurs propos. Ses signes vitaux étaient bons mais son rythme cardiaque trop élevé, ce qui n'avait rien d'étonnant. Non seulement il avait été pris pour cible, mais il avait vu la femme qu'il aimait et la petite fille qui lui avait volé son cœur se faire kidnapper.

— Nous allons vous conduire aux urgences, monsieur, dit l'un des pompiers. Que vous est-il arrivé ?

Wyatt serra les dents, luttant contre la douleur.

— Le vieux Masterson m'a tiré dessus.

Wyatt avait vu une silhouette dans la fumée et avait couru dans cette direction, espérant qu'il s'agissait de Sawyer. Il se serait contenté de capturer le pyromane. Un coup de feu l'avait stoppé net dans son élan et il était tombé dans l'herbe. Il n'avait repris connaissance qu'au moment où Violet avait trébuché sur lui.

Une folle colère s'empara de lui en se remémorant la façon dont Tom Masterson avait ensuite parlé à Violet et l'avait forcée à le suivre.

— L'ambulance est en route, dit quelqu'un. Encore une chance qu'elle n'était pas trop loin.

— Je n'en ai pas besoin, dit Wyatt. Appelez plutôt l'adjoint Santos. Je dois me rendre chez l'ancien shérif, chez Tom Masterson... avant qu'il ne les tue.

Il tira son smartphone de sa poche et contacta lui-même Santos. Tandis qu'il attendait qu'il réponde, il demanda à l'un des pompiers :

— Je vous en prie, recousez-moi pour que je puisse y aller.

— Santos, répondit l'adjoint dans l'appareil.

— Il a enlevé Violet et Maggie, dit Wyatt.

La tête lui tournait, il souffrait de vertiges. Il avait perdu beaucoup de sang et il craignait de perdre connaissance.

— Retrouvons-nous au puits, ajouta-t-il d'une voix faible.

Il était certain que l'ancien shérif les avait conduites là-bas, sur les lieux de son crime.

— Nous nous y rendions justement, répondit Santos. Sawyer est avec moi. Nous y serons dans vingt minutes.

— Faites vite. Chaque seconde compte.

Le pompier qui nettoyait sa blessure cessa soudain de s'activer. Son visage s'assombrit

— Qui, avez-vous dit, voulait les tuer ?

— Le vieux Masterson, grogna Wyatt. Le père du shérif.

L'homme balaya les alentours des yeux.

— En tout cas, lui, il était là, il y a quelques instants. Où est-il donc passé ?

— Il est probablement parti chez son père.

Wyatt le supplia du regard.

— Allez-y, recousez-moi en vitesse, répéta-t-il. C'est important. Ou si vous préférez, donnez-moi le kit de suture, je me débrouillerai.

Le pompier fronça les sourcils.

— L'ambulance n'est pas loin. Peut-être vaudrait-il mieux laisser faire un professionnel. Je n'ai pas posé de points de suture depuis vingt ans, je vous préviens. Et c'était sur un champ de bataille. Le blessé que j'ai recousu a gardé une cicatrice monstrueuse.

— A-t-il survécu ? demanda Wyatt.

— Oui, monsieur, répondit l'autre avec fierté.

— Alors, allez-y.

Lorsque le vieux Masterson la poussa sans ménagement vers le puits, Violet tomba sur les genoux. Quelques heures plus tôt, elle avait failli sauter sur une mine antipersonnel à cet endroit-là. En proie à une folle terreur, elle sentit son cœur se serrer.

À la vue des barbelés, elle se tourna vers le vieillard.

— Non, je vous en supplie. Ne faites pas cela, cria-t-elle.

Les morceaux de terre dispersés aux alentours témoignaient de la violence de l'explosion de la veille.

— Laissez-moi partir, monsieur Masterson. Je ne dirai rien à personne. Je le jure.

— Fermez-la et avancez.

— Il s'agissait d'un accident, poursuivit-elle. Vous n'avez jamais voulu tuer Henry Davis. Mais quand il ne s'est pas relevé de sa chute, vous ne saviez pas quoi faire. Vous étiez jeune, vous avez paniqué. Dans cette situation, n'importe qui aurait agi comme vous l'avez fait.

L'ancien shérif souleva les fils de fer barbelés et lui ordonna de se glisser dessous.

— Vraiment ? Vous aussi ?

Violet se mordit les lèvres. Malgré ses efforts, un mensonge si énorme ne parvenait pas à les franchir. Non, elle n'aurait pas réagi comme lui. Si elle avait été à sa place, elle aurait tout fait pour venir en aide au malheureux Henry Davis. Elle aurait appelé les secours, se serait efforcée de le ranimer. Et si, malgré ses efforts, il avait succombé à ses blessures, elle aurait avoué l'histoire aux autorités, présenté ses excuses aux parents du jeune GI et prié pour obtenir leur pardon.

Certes, des drames se produisaient tous les jours mais ce que Masterson avait fait n'était pas un accident. La mort de Henry Davis était peut-être accidentelle mais la suite ne l'était pas. Le fait que l'ancien shérif n'ait pas tenté de le sauver ni contacté les pompiers, qu'il ait jeté son corps dans un puits et caché la vérité pendant cinquante ans, était un crime. Qu'il ait laissé penser que Davis était un déserteur était honteux. Et, cerise sur le gâteau, il avait mis sa propre femme sous cloche pour s'assurer qu'elle ne révélerait son secret à personne.

Non, elle n'aurait jamais fait ce que Masterson avait fait.

— Non.

— C'est bien ce que je pensais, dit-il. Maintenant, passez sous ces barbelés ou je vous arrache cette gamine des mains. Et cette fois, c'est au milieu d'un champ de mines que je la laisserai ramper.

Violet serra plus fort Maggie contre elle.

— C'est vous qui l'avez prise l'autre jour à la bibliothèque pour la laisser dans la rue. Toute seule. Elle aurait pu s'aventurer vers la chaussée, se faire écraser. Être tuée !

— C'était l'idée, répliqua-t-il en agitant le pistolet jusqu'à ce que Violet passe sous les fils de fer comme il l'avait ordonné. Après une telle tragédie, vous n'auriez plus eu le cœur à enquêter sur cette vieille affaire. Vous m'auriez laissé tranquille... Ne vous arrêtez pas, avancez !

Il pointa son arme sur Maggie.

— Dépêchez-vous. Ou je la bute.

Violet hâta le pas, s'efforçant d'éloigner son bébé de ce psychopathe. Mais à la vue du puits, elle se pétrifia. Son estomac se tordit en constatant que les planches qui le fermaient avaient été retirées.

Masterson avait tout prévu, comprit-elle. Il ne s'arrêterait pas avant qu'elle soit au fond de ce puits avec Henry Davis.

Terrifiée, elle refusa de faire un pas de plus dans cette direction.

— S'il vous plaît. Laissez-nous partir. Maggie est trop jeune pour témoigner contre vous et je ne le ferai pas non plus, je le jure.

À ce moment, des phares crevèrent soudain la nuit, balayant Potter's Field et illuminant le puits abandonné. Le vieillard fronça les sourcils.

Le shérif sortit de sa voiture de patrouille, traversa le champ à grands pas et se glissa à son tour sous les barbelés.

Il regarda son père en secouant la tête.

— Es-tu devenu fou ? Tu ne sais plus ce que tu fais. Tu as mis le feu à la maison des Ames.

Le vieux Masterson considéra son fils avec mépris.

— J'ai fait ce que j'avais à faire. Ne te mêle pas de cette histoire.

— Je suis le shérif. Je dois m'en mêler et je t'ordonne d'arrêter.

Tom Masterson posa la main sur son arme. Ses yeux étaient révulsés, sa bouche grimaçait. Il avait soudain tout d'un dément.

— Tu n'as pas d'ordres à me donner. Je suis ton père.

Il braqua son arme sur Violet qui se sentit blêmir. Elle recula, Maggie contre elle, et se prépara au pire.

— S'il vous plaît, non. Je vous en supplie. Ne tirez pas.

Le shérif s'avança, l'arme au poing.

— Papa, arrête !

Le vieux Masterson saisit Violet et la plaqua contre lui. Il avait visiblement l'intention de se servir d'elle comme d'un bouclier humain.

— Je t'ai dit de ne pas t'en mêler, fiston. Tu ferais mieux de m'écouter. Garde tes mains propres. Contrairement aux miennes, elles ne sont pas couvertes de sang.

— À peine !

Violet reconnut la voix de Wyatt dans l'obscurité, et son cœur se mit à battre à coups redoublés dans sa poitrine. Il surgit de l'ombre, une main tenant un pistolet, l'autre pressée contre son flanc.

— Posez votre arme, Masterson. Laissez-les partir. De toute façon, vous n'échapperez plus à la justice, maintenant. Nous savons ce que vous avez fait. Il aura fallu cinquante ans pour cela, mais la vérité a fini par vous rattraper.

Le vieux Masterson regarda son fils.

— Arrête ces trois-là et finissons-en.

— Non, dit Wyatt. Tout ne fait que commencer. Votre femme a confié toute l'histoire à la grand-mère de Violet. Troublée par ces révélations, Mme Ames a mené l'enquête et découvert que tout était vrai. Elle a deviné que le sujet était explosif et, pour assurer sa protection, elle a contacté ma société de sécurité privée. Trop tard, malheureusement. Vous ou votre fils l'avez attaquée dans l'espoir de la réduire au silence. Dommage pour vous, il y a quelques heures, elle est sortie du coma. Et elle nous a tout raconté. Mon associé est descendu en rappel dans votre puits.

Tout en parlant, Wyatt s'avança jusqu'aux pins.

— Il a trouvé des ossements, les restes de Henry Davis. Vous avez acheté ces terres autrefois pour enterrer votre secret mais la vérité est en train d'éclater au grand jour. Nous savons aussi que vous avez « emprunté » à votre voisin sa voiture de derby pour envoyer Violet dans le décor, que vous avez vandalisé nos véhicules et laissé une note menaçante pour Violet à l'hôpital, dans la chambre de sa grand-mère. Et que vous avez mis le feu à la maison de Mme Ames, ce soir.

Il tourna les yeux vers le shérif actuel.

— Quant à vous, vous avez tenté d'aider votre père à dissimuler son crime. Vous êtes entré par effraction chez Mme Ames, après avoir tenté de la tuer, dans l'espoir de retrouver la boîte contenant les affaires de Henry Davis. Et vous avez prétendu que mon camion avait été volé.

Les Masterson échangèrent des regards furieux.

Le ton ferme de Wyatt contrastait avec sa pâleur. De grosses gouttes de sueur coulaient sur son front. Il luttait pour ne pas perdre connaissance.

— Maintenant, vous allez payer pour vos crimes, ajouta-t-il. L'un et l'autre.

Le vieux Masterson empoigna Violet par les cheveux pour la forcer à avancer vers le puits béant.

— Je ne pense pas, non.

Cramponnée à la poitrine de sa mère, Maggie hurla de peur devant le trou noir et profond.

— Arrêtez ! cria Violet. S'il vous plaît, ne faites pas ça. Non !

Derrière elle, un coup de feu claqua.

Tom Masterson la lâcha et lança à son fils d'un ton rageur :

— Tu as osé tirer sur moi !

Violet était tombée contre la margelle. Comme elle atterrissait sur les genoux, le souvenir des mines antipersonnel lui revint à l'esprit et elle explosa en sanglots.

Sans prévenir, le shérif s'approcha de Wyatt et le frappa au bras pour envoyer valser son pistolet. Les deux hommes se précipitèrent pour tenter de le récupérer, chacun voulant le ramasser le premier. Ils roulèrent sur le sol.

Le vieux Masterson les rejoignit et envoya un violent coup de pied dans le flanc de Wyatt. Avec un gémissement, Wyatt s'effondra.

Horrifiée, Violet serra Maggie contre elle. De la main, elle lui couvrit les yeux pour l'empêcher de regarder la scène.

Wyatt fit appel à toute sa volonté pour se redresser et se jeter sur le vieux Masterson.

Mais le shérif vola aussitôt au secours de son père. Il tordit le bras de Wyatt et lui passa les menottes.

Tom Masterson ricana.

— Vous êtes stupide, Stone. Vous n'avez jamais eu la moindre chance de l'emporter. Mon fils est le shérif de ce comté. Il est assermenté. Pas vous. Personne ne vous croira. Vous allez finir en...

Avant qu'il ne puisse finir sa phrase, des phares apparurent et éclairèrent la scène. Bientôt, un fourgon s'arrêta à côté de la voiture de patrouille du shérif.

Stupéfait, le vieux Masterson baissa son arme.

La voix de l'adjoint Santos se fit entendre.

— Bonsoir, shérif, Wyatt, mademoiselle Ames. J'aimerais

vous présenter Sam Culley, ajouta-t-il en leur désignant d'un geste l'homme qui le suivait. Le coroner du comté de Grove.

Sawyer sauta à son tour du véhicule. Tous trois s'approchèrent des barbelés.

— Il était temps, grogna Wyatt.

Il se tourna vers le shérif.

— Saviez-vous que dans l'État du Kentucky, seul le coroner en exercice a le pouvoir d'arrêter le shérif d'un comté ? demanda-t-il.

L'adjoint Santos braqua le faisceau d'une lampe de poche sur le sol et s'avança prudemment vers Tom Masterson pour lui confisquer son arme.

Tandis que Sam Culley lisait ses droits au shérif, Sawyer se dirigea vers Wyatt.

— Désolé de n'avoir pas été plus rapide mais sortir le coroner de son lit à cette heure tardive n'a pas été facile. En plus, il vit loin d'ici. Et surtout, il conduit plus lentement que mon arrière-grand-mère.

Wyatt serra la main de Sawyer avec force.

— Vous êtes arrivés à temps, c'est l'essentiel.

Il arracha son stetson de la tête du vieux Masterson, l'enfonça sur son propre crâne et se hâta vers Violet.

Elle sanglotait sans pouvoir s'arrêter en serrant Maggie contre elle. Mais cette fois, il s'agissait de larmes de soulagement. Enfin, cette histoire se terminait, enfin elle n'aurait plus à s'inquiéter pour sa grand-mère et pour sa fille. Et comprendre que Wyatt était en vie lui procurait tant de joie que cet afflux d'émotions devenait presque douloureux.

Wyatt l'aida à se relever et lui prit Maggie. Il les étreignit toutes les deux.

L'enfant se blottit instantanément contre lui. Ses cris se muèrent vite en gazouillis joyeux.

Violet savait très bien ce que ressentait sa fille. Dans les bras de Wyatt, tout devenait possible.

Assis dans la salle d'attente, Violet et Wyatt regardaient Maggie galoper dans les couloirs de l'hôpital. Il était difficile de croire que près d'un an s'était écoulé depuis l'appel terrifiant qui avait appris à Violet que sa grand-mère était dans le coma. Ce coup de fil avait été l'élément déclencheur d'une série d'événements qui avaient radicalement changé sa vie.

— Comment te sens-tu ? demanda Wyatt, toujours préoccupé par son bien-être.

— Très bien, assura-t-elle.

Il sourit.

— Tant mieux.

Il souleva Maggie qui revenait jouer dans leurs jambes et l'installa sur ses genoux. Elle tendit ses petites mains vers son stetson en riant.

Un instant plus tard, la grand-mère de Violet sortit d'une salle et les rejoignit, s'appuyant sur sa canne. Depuis des mois, elle s'astreignait à des séances de rééducation qui commençaient à porter leurs fruits. Elle marchait mieux qu'avant sa chute et grâce à sa kinésithérapeute, elle avait retrouvé un nouveau souffle. D'ailleurs, elle oubliait de plus en plus souvent sa canne parce qu'elle n'en avait plus vraiment besoin.

— Je suis en retard ? demanda-t-elle. Vous m'attendez depuis longtemps ?

Wyatt et Maggie se levèrent et l'embrassèrent avec chaleur.

— Pas du tout.

Elle s'assit à côté de Violet, posa un petit baiser sur le nez de l'enfant avant de reporter son attention sur l'homme qui leur avait sauvé la vie à toutes.

— Le procès est terminé. Avez-vous entendu les condamnations ?

Wyatt hocha la tête.

— Le procureur nous a téléphoné après le petit déjeuner pour nous les énoncer.

— Il m'a appelée, moi aussi, dit la vieille dame, l'air pensif mais satisfait.

Violet essaya de sourire, mais elle était en proie à trop d'émotions contradictoires pour y parvenir.

Le vieux Masterson avait été reconnu coupable des meurtres de Henry Davis et de Ruth, de tentatives de meurtre sur les personnes de Gladys Ames et de Wyatt, d'enlèvement et de tentatives de meurtre sur Violet et Maggie. Quant à son fils, le shérif Masterson, il avait été condamné pour complicité. Il avait en effet joué un rôle actif pour dissimuler les crimes de son père.

Justice avait été rendue mais il était difficile de se réjouir du verdict alors que tant de personnes avaient perdu la vie.

— Madame Stone ?

Une infirmière apparut sur le seuil de la salle d'attente et fit signe à Violet.

En comprenant qu'elle s'adressait à elle, Violet sentit une vague de bonheur la submerger. Certes, ils s'étaient mariés plusieurs mois plus tôt, mais elle avait encore du mal à croire qu'elle était l'épouse de Wyatt. Se savoir aimée par cet homme hors du commun la remplissait de joie. Et lorsqu'elle se rappelait qu'à la naissance de Maggie, elle s'était juré qu'elle ne tomberait plus jamais amoureuse d'un militaire, elle se trouvait ridicule.

Wyatt l'aida à se lever.

Il lui sourit avec chaleur.

— Tu es magnifique.

Elle lui rendit son sourire tout en se frottant les reins. Depuis le début de sa grossesse, elle avait pris beaucoup de poids, pourtant il ne cessait de lui répéter qu'elle était magnifique.

Elle glissa sa main dans la sienne. Elle savoura sa joie d'être la femme de cet homme merveilleux qui lui avait sauvé la vie de toutes les manières possibles. Son mari était adorable, courageux et formidable.

— Je t'aime, dit-il en se penchant pour l'embrasser.

Sa grand-mère sourit et se leva.

— Petite Maggie, il est temps de laisser tes parents tranquilles.

Viens, ajouta-t-elle en lui prenant la main. Nous rentrons, toutes les deux.

Avant de quitter la salle, elle se tourna vers Violet et Wyatt.

— Nous vous attendons chez moi pour le déjeuner, dit-elle. Et Wyatt, vos parents m'ont appelée ce matin pour me dire qu'ils apporteraient le dessert.

Gladys Ames vivait maintenant dans le même quartier que Violet, Wyatt et Maggie. Après l'incendie, elle avait touché la prime d'assurance, vendu le terrain et acheté un chalet à Lexington. Chaleureux et accueillant, celui-ci demandait moins d'entretien que son ancienne ferme.

Et elle avait planté une roseraie dans l'arrière-cour.

Wyatt et Violet embrassèrent Maggie et Gladys puis ils suivirent l'infirmière vers la salle d'échographie.

— Avez-vous décidé si vous aviez ou non envie de connaître le sexe du bébé ? demanda l'infirmière.

Violet sourit à son mari.

— Absolument. Nous voulons le savoir.

Ils annonceraient ensuite la nouvelle à toute la famille. Violet avait hâte de commencer cette nouvelle aventure avec l'homme de sa vie.

RESTEZ CONNECTÉ AVEC HARLEQUIN

Harlequin vous offre un large choix de littérature sentimentale !

Sélectionnez votre style parmi toutes les idées de lecture proposées !

 www.harlequin.fr

 L'application Harlequin

- **Découvrez** toutes nos actualités, exclusivités, promotions, parutions à venir...

- **Partagez** vos avis sur vos dernières lectures...

- **Lisez** gratuitement en ligne

- **Retrouvez** vos abonnements, vos romans dédicacés, vos livres et vos ebooks en précommande...

- Des **ebooks gratuits** inclus dans l'application

- **+ de 50 nouveautés tous les mois !**

- Des **petits prix** toute l'année

- Une **facilité de lecture** en un clic hors connexion

- Et plein d'autres avantages...

Téléchargez notre application gratuitement

SUIVEZ-NOUS !   facebook.com/HarlequinFrance
twitter.com/harlequinfrance

VOTRE COLLECTION PRÉFÉRÉE DIRECTEMENT CHEZ VOUS

0€*

Vos **2** premiers **livres** découverte

+ 1 cadeau surprise

L'amour vous transporte, on vous l'apporte !

*+4,95 € de frais de traitement.

REDER SAS au capital de 1 500 000 € - RCS Paris B 410 714 885.
Renseignements au 0 892 680 181 (0,40 €/min + prix appel).

Collections au choix	1ers Envois	Envois suivants
AZUR	2 livres 0 €* + 1 cadeau	6 livres par mois 32,70 €
BLACK ROSE	2 livres 0 €* + 1 cadeau	2 livres par mois 20,00 €
BLANCHE	2 livres 0 €* + 1 cadeau	2 livres par mois 18,20 €
VICTORIA	2 livres 0 €* + 1 cadeau	3 livres tous les 2 mois 29,45 €

✂ -

OFFRE DÉCOUVERTE

À compléter et à retourner sans affranchir :
LIRIADE-HARLEQUIN - Libre-réponse 40181 - 27039 ÉVREUX CEDEX

☐ **OUI**, je profite de votre **Offre Découverte Harlequin** gratuitement (+ 4,95 € de frais de traitement).

Je choisis de recevoir la collection :

☐ **AZUR** — Club 3A02E /Clé E3788   ☐ **BLACK ROSE** — Club 3R01J /Clé E3789   ☐ **BLANCHE** — Club 3B01E /Clé E3790   ☐ **VICTORIA** — Club 3V01G /Clé E3791

Ci-joint mon règlement pour les frais de traitement de 4,95 € par :

☐ **Chèque** à l'ordre de **HARLEQUIN**

☐ **Carte bancaire** (Carte Bleue, Visa, Eurocard Mastercard)

N°: ⌷⌷⌷⌷ ⌷⌷⌷⌷ ⌷⌷⌷⌷ ⌷⌷⌷⌷

Date de validité : ⌷⌷ ⌷⌷

Cryptogramme au dos de ma carte : ⌷⌷⌷
(indispensable)

Date limite : 31 décembre 2025. Envoyez-moi sans obligation selon la lettre jointe à mon envoi les colis suivants de la collection que j'ai choisie. Mon premier colis de 4,95 € me sera livré sous 6 jours environ selon les délais postaux. Si je ne suis pas satisfaite, il me suffira de le retourner sous 30 jours dans son emballage d'origine. Je serai alors remboursée.

Mme/M. : ⌷⌷⌷⌷⌷⌷⌷⌷⌷⌷⌷⌷⌷⌷⌷⌷
Prénom : ⌷⌷⌷⌷⌷⌷⌷⌷⌷⌷⌷⌷⌷⌷⌷⌷
Adresse : ⌷⌷⌷⌷⌷⌷⌷⌷⌷⌷⌷⌷⌷⌷⌷⌷

Code postal : ⌷⌷⌷⌷⌷
Ville : ⌷⌷⌷⌷⌷⌷⌷⌷⌷⌷⌷⌷

Indispensable pour le suivi de votre commande :
Téléphone : ⌷⌷⌷⌷⌷⌷⌷⌷⌷⌷
E-mail : ⌷⌷⌷⌷⌷⌷⌷⌷⌷⌷⌷⌷

Signature obligatoire ▼   Date : ⌷⌷JJ ⌷⌷MM ⌷⌷AA

Offre valable pour la France métropolitaine et Monaco. Conformément à la loi informatique et libertés du 06.01.1978 (Art. 27) et au Règlement européen du 27 avril 2016, vous disposez d'un droit d'accès et de rectification aux données personnelles vous concernant. Notre politique de traitement des données personnelles est consultable sur demande. Les prix sont garantis dans la limite des stocks disponibles, offres valables jusqu'au 31 décembre 2025. En cas d'épuisement, seul le remboursement de la somme versée, majorée des intérêts légaux, peut être exigé. Par notre intermédiaire, vous pouvez être amené à recevoir des propositions de nos partenaires, si vous ne le souhaitez pas, il suffit de cocher ici ☐ ou de nous contacter en nous indiquant vos nom, prénom et adresse. Offre réservée aux personnes majeures. Ce délai est valable uniquement pour les articles disponibles. Pour les commandes passées par courrier, il convient d'ajouter le délai d'acheminement et de traitement de votre bon de commande.

PAPIER   BAC DE TRI

REDER SAS au capital de 1 500 000 € - RCS Paris B 410 714 885.